ELSBETH SCHNEIDER

P WIE POLE

Elsbeth Schneider ist am Niederrhein geboren und aufgewachsen und lebt seit 2005 mit ihrer Familie in der Nähe von Tübingen. Ursprünglich Ärztin, arbeitet sie seit Jahren als freie Autorin und hat u. a. unter dem Autorennamen Isabell Pfeiffer mehrere historische Romane und Jugendbücher veröffentlicht. Besonders interessiert sie sich für Geschichte, Politik und Psychologie.

www.elsbethschneider.de

Elsbeth Schneider

P wie Pole

Ein Roman aus Schwaben

SILBERBURG

1. Auflage 2020

Umschlaggestaltung: BUCHFLINK
Rüdiger Wagner, Nördlingen.
Coverfoto: Zwangsarbeiter im
Auffanglager Görden 1942, @ akg-images /
Sammlung Berliner Verlag / Archiv.
Satz und Layout: Sabine Düde,
César Satz & Grafik GmbH, Köln.
Lektorat: Michael Raffel, Tübingen.
Druck: CPI books, Leck.
Printed in Germany.

ISBN 978-3-8425-2293-0

Dies ist eine erfundene Geschichte, denn alle handelnden Personen hat es nie gegeben, genauso wenig wie das Dorf Laifingen. Dies ist eine wahre Geschichte, denn während des Zweiten Weltkriegs gab es im Deutschen Reich rund acht Millionen ausländische Zwangsarbeiter, darunter knapp zwei Millionen Polen. Acht Millionen Schicksale, acht Millionen Geschichten – wie sollte man da etwas erfinden können, das es nicht gegeben hat?

1942

I

Der Marktbetrieb war schon in vollem Gange, als Tomasz gegen neun Uhr am Morgen den Kercelak-Platz erreichte. Käufer und Verkäufer drängten sich zwischen den hölzernen Buden, lärmten, schubsten, feilschten; Eimer voller Kartoffeln, getragene Herrenanzüge, Kochgeschirr, französisches Parfum, Kristallvasen, gefälschte Papiere wechselten den Besitzer, zerlumpte Kinder sammelten heruntergefallene Abfälle auf oder bettelten. Wie konnte es sein, dass nach gut zweieinhalb Jahren Besatzung immer noch so viele Leute kostbare Dinge besaßen, die sie auf dem Schwarzmarkt verscherbelten?, überlegte Tomasz, während er sich seinen Weg bahnte. Und woher konnte das französische Parfum stammen, wenn nicht durch die Hände der Wehrmacht direkt aus dem besetzten Paris? Mittlerweile hatte er Barteczko erreicht, der ihm immer einen Platz neben sich freihielt. Der Alte hob grüßend die Hand.

»Und, Tomasz? Keine Schwierigkeiten heute Morgen?«

Tomasz stellte seinen Rucksack ab und klopfte Barteczko leicht auf die Schulter. »Nein, alles war ruhig. Die einzige Schwierigkeit war das Aufstehen.«

Barteczko lachte leise. Früher, in einem anderen Leben, war er Dozent für Kunstgeschichte an der Universität Warschau gewesen, ein Feingeist, der stundenlang über das kulturelle Leben im Florenz der ausgehenden Renaissance diskutieren konnte, heute war er ein verhärmter Wicht in einem verschlissenen Wollmantel, der auf einem Klapptisch antiquarische Bücher anbot. Er hatte immer noch gute Verbindungen in die ehemalige akademische Welt oder was davon noch übrig geblieben war, so dass sein Zustrom an Erstdrucken und anderen interessanten Druckerzeugnissen unerschöpflich schien. Tomasz und Barteczko hatten sich im Arbeitsamt kennengelernt, als sie für eine Arbeits-Kennkarte anstanden und überrascht feststellten, dass sie beide eine Stelle als Nachtwächter gefunden hatten, Tomasz bei einem Eisenbahndepot, der Professor beim Fernmeldeamt – Stellen, die sich mühelos mit einer Tätigkeit auf dem Schwarzmarkt verbinden ließen.

»Hast du 'ne Zigarette für mich?«

Unwillig beugte sich Tomasz über seinen Rucksack, holte die letzten beiden Zigaretten aus dem Seitenfach, hielt Barteczko eine hin und steckte die andere wieder zurück.

»Hier, mehr gibt's nicht … Ich hoffe, ich kann heute ein paar Packungen eintauschen, Wolski hat mir den ganzen Rucksack mit Selbstgebranntem vollgepackt. Mein Gott, wenn du dessen Bude sehen könntest, das ganze Chaos auf diesem Hof! Irgendwann fliegt er mit seiner gesamten Destille mal in die Luft.«

»Ist vielleicht kein schlechtes Ende«, sinnierte Barteczko und nahm einen gierigen Zug. »In einer Schnapswolke zum Himmel aufsteigen.«

»Ich dachte, du bist ein Freigeist und glaubst nicht an den Himmel?«

Der Professor kniff die Augen zusammen. »Hab meine Meinung geändert. Da es meiner Erfahrung nach an der Existenz der Hölle keinen vernünftigen Zweifel mehr geben kann«, er vollführte eine Handbewegung, die den ganzen riesigen Platz, vermutlich sogar die ganze Stadt Warschau mit einschließen sollte, »stehen die Chancen auf einen Himmel vermutlich gar nicht so schlecht.«

»Immer noch der alte Optimist! Kann ich meinen Fusel mit zu deinen Sachen stellen?« Auf Barteczkos Nicken hin packte Tomasz seinen Rucksack aus und stellte ein paar Literflaschen Wodka hinter die fleckigen Bände einer polnischen Literaturgeschichte.

»Wenn du früher kommen würdest, könntest du dein Zeug leichter loswerden«, bemerkte Barteczko, drückte die halb gerauchte Zigarette an seiner Schuhsohle aus und schob den Rest bedauernd in seine Hosentasche. »In der Dämmerung trauen sich auch die Deutschen aus ihren Löchern und stöbern hier herum. Die besten Geschäfte machst du mit denen, bevor es hell wird.«

»Vielleicht will ich ja gar keine Geschäfte mit denen machen? Vielleicht bin ich ja ganz zufrieden damit, wie es jetzt läuft? Ich brauche nicht viel.«

Der Alte schüttelte den Kopf. »Eine ehrenwerte, aber schwachsinnige Haltung.«

Tomasz schob sich die Mütze in den Nacken, gähnte und rieb sich die Augen. »Verdammt, ich bin einfach hundemüde. Gestern Abend war ich erst um zwölf von Wolski zurück, und heute Morgen bin ich schon um halb sechs wieder aufgebrochen.«

»Ich dachte, du hast ein Fahrrad?«

»Ja. Aber es ist mir zu gefährlich, damit in die Stadt zu fahren. Wenn irgendeiner von denen auf die Idee kommt, es zu beschlagnahmen, bricht mein Geschäftsmodell zusammen. Ich brauche das Fahrrad, um zu meinen Bauern zu fahren.« An zwei, manchmal auch an drei Tagen in der Woche fuhr Tomasz seine Runde ab zu den Bauern, die er noch aus den Anfangsjahren seiner Zeit als Reporter kannte, bevor er seine Liebe zum Sportressort entdeckt hatte. Als Grünschnabel der Redaktion war er für das Warschauer Umland zuständig gewesen und hatte regelmäßig über die Fortschritte in der Schweinezucht, die Jahrmärkte und die Pflege dörflicher Traditionen geschrieben. Damals hatte er das langweilige Einerlei gehasst, heute kamen ihm seine Kontakte zugute. Er hatte sich auf den Alkoholschmuggel spezialisiert, weil die Flaschen, die er bei einer Tour auf seinem Fahrrad transportieren konnte, ein Vielfaches von dem einbrachten, was etwa mit Kartoffeln oder Gemüse zu verdienen war. Die Bauern verkauften an ihn, weil sie ihm trauten, und waren froh, dass er sie dafür mit Zigaretten und Nachrichten aus der Hauptstadt versorgte.

»Du könntest bei uns einziehen, das weißt du ja, dann hättest du es nicht so weit. Wir haben in der Küche doch das Schlafsofa stehen. Antonia würde sich freuen, nicht immer nur mit mir zu streiten.«

»Nein«, antwortete er, ohne den Professor anzusehen. Zurück nach Warschau? Wo sie gemeinsam gewohnt hatten. Wo jede Straße, jeder Park an sie erinnerte, die süße Juniluft und der Herbstwind und die ersten Schneeflocken, die quietschenden Türen der Straßenbahnen und das Läuten der Glocken und das Klappern der Milchkannen am Morgen. Zurück nach Warschau.

»Auf keinen Fall. Ich komme zum Markt hierher, das reicht. Und ich wohne gut bei Andrzej, er käme ohne mich gar nicht mehr zurecht.«

Barteczko zog die Augenbrauen hoch. »Hattest du nicht gesagt, du schläfst dort im Treppenhaus? Auf einem Teppich? Und du brauchst eine Stunde, um bis zu deinem Arbeitsplatz zu kommen?«

»Na und! Dafür ist es ruhiger dort, und ich bin schneller auf dem Land draußen! Außerdem kann ich im Depot schlafen.«

»Ist ja gut. Brauchst dich nicht aufzuregen, ich versteh schon.«

Es war nicht richtig, dass sich all seine Wut plötzlich auf Barteczko richtete, einen alten, freundlichen Mann, dessen einziges Verbrechen darin bestand, dass er mit seiner Antonia immer noch in einer winzigen Wohnung im Warschauer

Stadtzentrum wohnte. Es war nicht richtig. Tomasz holte tief Luft und versuchte sich zu entspannen. »Wie geht's Antonia?«

»Geht so. Die Bronchitis hat sie irgendwie überstanden, aber sie ist fast wahnsinnig vor Sorge wegen Halina. Wir haben jetzt wochenlang nichts von ihr gehört, und Antonia stellt sich immer das Schlimmste vor.«

Das Schlimmste. Was für Antonia wohl das Schlimmste war? Ihre Tochter Halina lebte mit ihrem russischen Mann in Moskau und war mit ihrem ersten Kind schwanger; seit dem Einmarsch der Wehrmacht in die Sowjetunion hatten sie nur sehr sporadisch von ihr gehört.

»Ist gar nicht gesagt, dass es sich unter sowjetischer Herrschaft schlechter lebt als unter deutscher«, sagte Tomasz. »Ich zumindest kann's mir nicht vorstellen.«

»Und ich dachte immer, als Journalist braucht man Fantasie«, bemerkte Barteczko trocken.

In dem Augenblick spürte Tomasz, wie in dem Markttreiben um sie herum eine eigenartige Unterströmung einsetzte, eine Bewegung ohne Ziel und Richtung. Dann hörte er das Geräusch schwerer Maschinen, Schritte, die im gleichen Rhythmus näher kamen, gebrüllte Befehle, zu weit entfernt noch, um ein Wort zu verstehen. Der ganze Markt wurde von einer Art Fieber erfasst; Händler rafften in größter Hast ihre Waren zusammen, Frauen zerrten ihre Kinder hinter sich her, jemand schrie, und die Ersten begannen zu laufen.

»Hast du das gehört, Tomek? Was ist da los?« Barteczko war bleich geworden, bleich und grau wie alter Schnee.

»Die Deutschen«, antwortete Tomasz. »Sie machen eine Razzia auf dem Kercelak.«

Mittlerweile waren die Soldaten unübersehbar aufmarschiert, die Waffen im Anschlag, und riegelten den Platz ab. Eine Gewehrsalve knatterte zu ihnen herüber, gefolgt von panischem Geschrei; Menschen rannten wild durcheinander, versteckten sich in den hölzernen Buden, drückten sich in Kellereingänge, versuchten sich an den Fenstern der umliegenden Häuser hochzuziehen. Wenn es noch eine Chance zu entkommen gab, dann jetzt, sofort. Er wusste das, aber ein Gefühl der Lähmung hatte ihn überfallen; es war, als ob nicht er selbst dort am Rande des Platzes stünde, sondern jemand anderer, den er dabei beobachtete: ein schlecht rasierter kräftiger Mann in einem schäbigen Armeemantel, daneben Barteczko, der sich an seine Bücher klammerte. Er wollte dem alten Mann den Arm um die Schultern legen und ihm etwas Tröstliches ins Ohr flüstern, einen Satz voller Zuversicht und Tiefe, aber ihm fiel nichts ein, nicht ein Wort.

»Es hat uns erwischt, alter Freund«, sagte er schließlich. Kurz schoss es ihm durch den Kopf, dass er die letzte Zigarette doch hätte rauchen sollen. Stattdessen griff er zu einer der Wodkaflaschen, schraubte sie auf und hielt sie Barteczko hin. »Auf Warschau!« Barteczko nahm die Flasche und nickte. Tränen liefen ihm über das Gesicht und ließen ihn aussehen wie einen kindischen Greis. Er trank einen Schluck und reichte die Flasche zurück.

»Auf Warschau.«

Soldaten und Sicherheitspolizisten drängten die panischen Menschen jetzt in Richtung Lesznostraße, wo eine Reihe von Lastwagen vorgefahren war. Barteczko fing an, hektisch in seinen Jackentaschen herumzuwühlen.

»Meine Arbeitskarte … Wenn sie sehen, dass ich eine Arbeitskarte habe und eine legale Stelle, dann lassen sie mich laufen, bestimmt lassen sie mich laufen, oder, Tomasz? Was meinst du? Das Fernmeldeamt ist doch wichtig, oder? Verdammt wichtig ist das. Sie werden doch niemanden mitnehmen, der dafür sorgt, dass sie ihre Scheißtelegramme rechtzeitig auf den Weg schicken können …« Mit zitternden Fingern zog er schließlich die Papiere hervor, die im besetzten Warschau mehr wert waren als Tausendmarkscheine: die Kennkarte und die Arbeitsbescheinigung. »Hier, ich habe sogar einen Sonderausweis, weil ich beim Fernmeldeamt bin … und den Ausweis, ich habe noch meinen alten von vor dem Krieg, schau, auf dem Foto da, so habe ich damals ausgesehen …« Der alte Professor redete unentwegt, als könnte er auf diese Weise verhindern, dass die Polizeikräfte näher rückten. Tomasz griff nach den Wodkaflaschen und ließ sie eine nach der anderen auf dem Boden zerschellen. Besser so, als dass sie den Deutschen in die Hände fielen. Seine eigenen Papiere brauchte er nicht zu suchen – er trug sie immer in seiner Gesäßtasche mit sich.

»He, ihr, rüber da! …« Deutsche Kommandos, Schlagstöcke, Stiefeltritte; das klapprige Tischchen fiel in den Dreck. Barteczko schrie auf und bückte sich nach seinen Büchern; Tomasz gelang es gerade noch, ihn an seiner Jacke wieder hochzuzerren, bevor die zurückweichende Menge über sie hinwegschwappte und sie mit sich riss. Heute hatten sie nicht einmal die Papiere kontrolliert, schoss es ihm durch den Kopf, während er schon zu einem der wartenden Lkws gedrängt wurde, den schluchzenden Barteczko hinter sich herziehend.

»Ich hab sie verloren … Gerade hatte ich sie doch noch, und jetzt sind sie nicht mehr da!« Der Professor starrte ungläubig auf seine leeren Hände, die vor wenigen Minuten noch die rettenden Papiere gehalten hatten. »Was soll ich denn tun, wenn die mich festhalten? Was soll denn aus Antonia werden? O Gott, Antonia denkt doch, ich bin heute Abend wieder zu Hause …« Der alte Reflex hatte ihn überwältigt; die Unfähigkeit, seine geliebten Bücher im Dreck liegen zu lassen, hatte ihn eine entscheidende Sekunde lang die Papiere vergessen und sich schützend nach der Literaturgeschichte bücken lassen. Eine Sekunde lang, in der er wieder der war, als den seine

Familie, seine Studenten ihn kannten: ein bibliophiler Gelehrter und schrulliger Feingeist anstelle eines abgerissenen Schwarzmarkthändlers …

Tomasz biss die Zähne zusammen, um nicht auf ihn einzubrüllen, während der Laster sich in Bewegung setzte. »Reiß dich zusammen, Bartek! Die nehmen deine Personalien auf und schicken dich zurück nach Hause. Du bist zu alt fürs Lager.« Vielleicht stimmte es sogar. Oder vielleicht hatte Antonia noch einen Pelz oder ein Schmuckstück retten können, um ihren Mann damit freizukaufen. Mit Wertsachen war immer noch vieles möglich.

Tomasz wandte sich ab und suchte unter den anderen Verhafteten nach einem bekannten Gesicht, aber niemand außer Barteczko kam ihm vertraut vor. Einige der Leute auf dem Wagen winkten und riefen den Passanten zu, sie sollten ihre Familien benachrichtigen, aber die meisten schienen viel zu schockiert zu sein und klammerten sich nur stumm aneinander. Ein kleines Mädchen schrie aus Leibeskräften, bis eine ältere Frau es hochhob und sein Gesicht gegen ihre Brust drückte. Lesznostraße, Tłomackiestraße, Bielańskastraße, Theaterplatz; Senatorska, Zamkowyplatz, Nowyzjazd. Vor der Kierbedziabrücke gab es einen Aufenthalt; eine Fahrradrikscha war umgekippt und blockierte die Straße. Die Polizisten brüllten auf den unglücklichen Fahrer ein, aber der Mann blutete aus einer Wunde am Kopf und war offensichtlich zu benommen, um sein Fahrzeug allein wieder auf die Räder zu stellen. Ein SS-Mann gab ihm einen Stoß vor die Brust, dass der Mann ins Taumeln geriet, rief dann einen anderen Uniformierten zu Hilfe und schob mit ihm zusammen das Gefährt aus dem Weg. Für ein paar Sekunden war die Aufmerksamkeit der Polizisten abgelenkt. Jetzt. Die Entschlossenheit, die Tomasz eben gefehlt hatte, war plötzlich wieder da, ließ ihn über die Reling hechten und auf die Straße springen. Es gab noch eine Rettung, wenn er nur schnell genug war, schnell genug in einer Seitenstraße verschwinden und sich in irgendeinem Kellerloch verstecken konnte …

Er war noch nicht ganz gelandet, da traf ihn schon der Schlag eines Gewehrkolbens in den Rücken, so dass er aufstöhnte vor Schmerz. Der nächste Schlag ließ ihn zusammensacken wie eine Stoffpuppe.

»Du Hurensohn, Scheißpolack, glaubst du, du kannst uns hier Ärger machen? Warte …« Er hob die Arme vors Gesicht, versuchte sich zu schützen. Dann eine andere Stimme.

»Papiere.« In seinem Kopf war ein Dröhnen; er schmeckte Blut und fuhr sich mit der Zunge über die geplatzte Lippe. Wie im Nebel nestelte er die Papiere heraus. Ein Polizist riss ihm die Arbeitsbestätigung aus der Hand.

»Nur das hier. Den Rest kannst du behalten.« Der Mann warf einen Blick auf die Bescheinigung, grinste und riss sie dann in Fetzen. »Wieder aufsteigen, los.«

Tomasz konnte sich nicht erinnern, wie er wieder auf den Wagen gekommen war, aber plötzlich schwebte Barteczkos Gesicht über ihm wie ein bleiches Gespenst. »Tomek, mein Junge, kannst du mich hören? Ich fürchte, das war eine Dummheit, ich glaube nicht, dass sie dich jetzt noch laufen lassen …« Tomasz nickte stöhnend. »Kannst du aufstehen? Komm schon, ich helfe dir. Wir sind gleich in der Skaryszewskastraße.«

Das Durchgangslager in der Skaryszewskastraße – es gab keinen Warschauer, der es nicht kannte. Es war ein klotziges, vierstöckiges Gebäude mit einer Mauer darum, in dem vor dem deutschen Einmarsch eine höhere Schule untergebracht gewesen war. Vor dem deutschen Einmarsch, bevor alle höheren Schulen und Universitäten von den Besatzern geschlossen worden waren. Wenigstens hatte Tomasz sagen hören, dass man von der Skaryszewskastraße nicht ins Konzentrationslager, sondern zur Zwangsarbeit geschickt würde. Er stolperte mit den anderen zusammen durch ein Spalier von Bewaffneten zum Tor.

Gleich am Eingang wurden die Papiere kontrolliert. Zusammen mit anderen, die ebenfalls keine Arbeitspapiere vorzeigen konnten, wurde Tomasz weiter in das Gebäude gedrängt; er hörte die Menschen um sich herum stöhnen und schreien und eine Frau, die man ebenso wie ihn der Gruppe der Festgehaltenen zugeteilt hatte, laut und energisch protestieren.

»… ich arbeite in einer Armeebäckerei, ich bin unabkömmlich! Ihr könnt mich hier nicht festhalten! Ich habe meine Arbeitskarte, ich kann mich ausweisen! Lasst mich gehen, ihr Schweine …« Ein dumpfer Schlag und ein Schrei beendeten die Tirade. Hatte sie wirklich *ihr Schweine* gesagt, fragte sich Tomasz, und wenn ja, war es dumm gewesen oder mutig? Oder beides?

»Frauen nach rechts, Männer nach links, macht schon!« Uniformierte trieben sie durch die Flure in einen großen Raum, der vielleicht einmal ein Zeichensaal gewesen war. »Ausziehen und die Kleider ordentlich um die Schuhe zusammenrollen! Alles dahinten an den Durchgang legen! Die Kleidung wird desinfiziert. Und dann rüber zum Duschen!« Was vor wenigen Minuten noch eine Gruppe unterschiedlicher Männer gewesen war mit unterschiedlicher Lebensgeschichte – Handwerker, Berufsschüler, Geistliche, Beamte, Schieber –, verwandelte sich in eine Masse nackter, zitternder Leiber. Tomasz steckte seinen Brustbeutel in die Jackentasche und hoffte, dass er ihn später wiederfinden würde. Der Beutel enthielt ein paar wenige Dinge, die ihn mit seiner Vergangenheit verbanden – ein Exemplar seines ersten veröffentlichten Artikels; ein kleines Stückchen Bernstein. Und natürlich das Foto von Agnieszka und Jan, als der Kleine gerade drei Monate alt gewesen war.

Die Wachen drängten ihre Gefangenen in Richtung einer großen Flügeltür; es war sinnlos, sich zu widersetzen. Die Berührung von fremder nackter Haut war unangenehm, und Tomasz bemerkte, wie ein Gefühl der Scham sich über sie alle legte und daran hinderte, sich in die Augen zu sehen, ja überhaupt ein Zeichen zu geben, dass sie sich gegenseitig wahrgenommen hatten. Als könne man so wenigstens eine Illusion von Würde bewahren.

Der Nebenraum war so groß wie der, in dem sie ihre Kleider ausgezogen hatten, kahl und fensterlos und mit einigen Dutzend Duschköpfen ausgestattet, die an Rohren unter der Decke montiert warten. Keiner unter ihnen, der nicht schon von den Duschen gehört hatte, keiner. Tomasz spürte, wie sein Herz sich weigerte weiterzuschlagen, wie es ihm den Atem nahm, jetzt schon den Atem nahm. So war es also, so würde es sein … Er stolperte barfuß über den kalten Betonestrich, suchte Halt an seinem Vordermann, an der gefliesten Wand. Plötzlich traf ihn ein Stück grauer Seife an der Schulter; die Wachen warfen sie wahllos zu ihren Gefangenen hinein, harte, graue, billige Seife, die doch nur bedeuten konnte, dass sie weiterleben durften, dass es eine Zukunft gab, dass das noch nicht das Ende war. Das kalte Wasser war wie eine Erlösung, die Taufe am Beginn eine neuen Lebens.

Handtücher gab es nicht. Obwohl es draußen ein milder Frühsommertag gewesen war, zitterte Tomasz am ganzen Körper, als sie noch nass aus einer anderen Tür wieder hinausgetrieben wurden und sich in einem Gang in einer Reihe aufstellen und die Hände über den Kopf heben mussten. Zwei junge Sicherheitspolizisten – fast Kinder noch, dachte Tomasz, so jung, so jung! – liefen mit einer Art Pumpe an ihnen vorbei und sprühten eine widerlich stinkende Flüssigkeit auf ihre Haare, auf den Kopf, unter die Achseln, auf die Genitalien. Tomasz schloss die Augen, nicht nur, um sie vor der aggressiven Chemikalie zu schützen. Er wusste, dass er niemals die Gesichter der Männer vergessen würde, die er in diesem Zustand gesehen hatte; die ihn in diesem Zustand gesehen hatten. Dass er in Zukunft in jedem fremden Gesicht danach suchen würde, ob es dabei gewesen war. Dass er in diesem Moment aufgehört hatte, der alte Tomasz zu sein, und von jetzt an darum kämpfen musste, wenigstens ein Mensch zu bleiben, mit Leidenschaften und Schwächen, mit Träumen, Plänen, Geheimnissen. Wenigstens hatte er den Professor gleich am Eingang schon aus den Augen verloren.

Nach Desinfektion und Entlausung wurden sie an einer Kommission vorbeigeführt, immer noch nackt, die Haare feucht vom Desinfektionsmittel. Es waren drei Leute hinter einem Behördenschreibtisch, eine Frau und zwei Männer, alle in Uniform, alle mit einem gelangweilten Ausdruck im Gesicht. Tomasz konzentrierte sich darauf, nur ihre Schuhe anzuschauen, die schwarzen Stiefel der Männer, die flachen Halbschuhe der Frau. Er hob die Arme, wie ihm befohlen wurde, drehte sich, öffnete den Mund, ließ sich in den Hals sehen, in die Ohren. Tief einatmen, Luft anhalten, tief ausatmen. Knie beugen. Kopf drehen. Vergiss, wer du warst. Vergiss deine Pläne.

Nach der Untersuchung durften sie sich ihre Kleider aus einem großen Haufen wieder heraussuchen; alles war noch feucht und stank. Tomasz war erleichtert, den Beutel mit seinen persönlichen Dingen wiederzufinden. Sowohl seine Hose als auch seine Jacke waren bei der Behandlung eingelaufen und jetzt zu kurz; die Schuhe hatten sich verfärbt, waren aber noch tragbar. Er empfand ein demütigendes Gefühl von Dankbarkeit deswegen.

Die nächsten Tage verbrachten sie in ehemaligen Klassenräumen, schliefen auf Pritschen aus Drahtgittern, fünfzig, sechzig Leute in einem Raum. Dreimal am Tag wurde Essen ausgegeben, wässriger Kaffee, wässrige Suppe, Brot, Marmelade. Familien kamen wieder zusammen, Freunde trafen aufeinander, bildeten kleine Grüppchen, diskutierten. Gerüchte entstanden und verbreiteten sich wie schlechte Luft: Man werde sie alle in die Steinbrüche des Lagers Rosen bringen, sie würden zu Schanzarbeiten nach Osten an die Front verschickt, die Deutschen suchten Freiwillige für medizinische Experimente – nichts schien unmöglich, nichts zu weit hergeholt. Nachdem er vergeblich versucht hatte, Barteczko zu finden, blieb Tomasz für sich. Vielleicht war der Professor wirklich zu alt und nach Hause geschickt worden, er hoffte es wenigstens. Vielleicht würde Bartek dann Tomasz' Familie in Kraków darüber informieren, was aus ihm geworden war. Wobei der Alte vermutlich gar nicht wusste, dass Tomasz' Familie in Kraków wohnte. Niemand wusste das, und auch er selbst hatte es ja schon halb vergessen.

Nach vier Tagen wurden sie in Kolonnen die zwei Kilometer zum Arbeitsamt in der Kawęczyńskastraße geführt. Tomasz verstand nicht, wie es möglich war, aber offenbar wussten einige Angehörige der Internierten schon vorher darüber Bescheid, hatten am Straßenrand auf sie gewartet und versuchten jetzt, ihren Lieben Lebensmittel oder warme Kleidung zuzuwerfen. Soweit Tomasz beurteilen konnte, gelang es nur in den seltensten Fällen; das meiste landete in den Taschen der Bewacher oder im Dreck. Fast war er froh, dass er nicht damit rechnen musste, irgendjemand würde versuchen, ihm etwas mitzugeben.

Im Arbeitsamt wurden sie in eine Halle mit verschiedenen Schaltern geführt, registriert und mit einem Transportschein ausgestattet. »Ludwigsburg (Württemberg)« stand auf Tomasz' Schein. In einem Raum in der Skaryszewskastraße hing noch eine alte Karte, und nach einigem Suchen hatte er den Ort gefunden: Er war im Südwesten des Reichs, fast schon in der Schweiz, mehr als tausend Kilometer von Warschau entfernt.

2

Vereinzelt fiel Licht durch die Ritzen des Güterwaggons; hatten die Augen sich erst an das Halbdunkel gewöhnt, konnte man die Menschen unterscheiden, die sich auf den Boden kauerten, flüsterten, stöhnten, weinten. In der Ecke der Latrineneimer, jetzt schon nach nur wenigen Stunden Fahrt voll bis zum Rand. Tomasz hockte an einer Seitenwand, eingezwängt zwischen einer jungen Floristin aus einer Warschauer Vorstadt und einem älteren Mann, der seit Beginn der Reise kein Wort gesprochen hatte. Es war so eng, dass man seine Beine nicht ausstrecken konnte, und Tomasz fühlte sich bald schon benommen, als hätte er zu viel getrunken. Die Angst erfüllte den Raum wie ein schlechter Geruch, dem man nicht ausweichen konnte. Mit jedem Atemzug nahm man sie auf und spürte, wie sie den ganzen Brustkorb für sich einnahm und dann ins Blut überging, um sich mit jedem Schlag des Herzens weiter im Körper auszubreiten und sich untrennbar mit der eigenen Substanz zu vermischen. Tomasz presste die Handflächen gegen die Bretterwand in seinem Rücken. Ich habe nichts mehr zu verlieren, sagte er sich. Sie können mir nichts mehr tun, ich brauche mich nicht zu fürchten. Aber die Angst interessierte sich nicht dafür.

Das unregelmäßige Ruckeln und Rattern des Zuges nahm Tomasz jedes Gefühl für die vergehende Zeit; als der Zug irgendwann unvermittelt bremste und anhielt, hätte er nicht sagen können, ob sie zwei oder zehn Stunden unterwegs gewesen waren. Draußen näherten sich Schritte, und die Waggontür wurde aufgerissen. Grelles Licht flutete herein.

»Los, raus hier, aber dalli! Scheißpause, los, los!« Die ersten taumelten nach draußen; Tomasz ließ sich zur Waggonöffnung drängen und verfluchte seine verkrampften Muskeln, als er hinaussprang und ungeschickt auf Händen und Knien landete. Der Zug stand im Nirgendwo, keine Stadt, kein Dorf, nicht einmal ein Haus war in Sicht, nur flache Steppe und vertrocknete Felder unter einem leeren Sommerhimmel. Fünfundzwanzig, dreißig Waggons, aus denen viel zu viele Menschen quollen und sich dann entlang des Bahndamms verteilten. Ein paar Frauen versuchten, sich mit ihren weiten Röcken vor zudringlichen Blicken zu schützen, andere hatten sich schon einfach irgendwo hingehockt, um ihre Notdurft zu verrichten. Die kleine Floristin war dabei, sah Tomasz, bevor er sich schnell abwandte. Sie hatte die Augen geschlossen, als könnte niemand sie sehen, wenn sie selbst auch nichts sah. Die meisten Männer stellten sich mit dem Rücken zum Zug und taten so, als wären sie allein. Eine Truppe von Wachleuten mit Gewehren hatte einen weiten Halbkreis um sie gebildet und beobachtete sie abschätzig; einer warf seine Mütze in die Luft und schoss darauf, alle übrigen lachten.

Gleich neben Tomasz stand ein Bursche von fünfzehn, höchstens sechzehn Jahren, ein hübscher Junge mit einem noch bartlosen Kindergesicht und hellblonden Haaren, die so weich aussahen, dass sie an ein Baby erinnerten. Der Junge sah sich mehrmals verstohlen um; er schien auf etwas zu warten, presste die Kiefer fest aufeinander, und Tomasz meinte zu spüren, wie dessen Muskeln bis zum Zerreißen angespannt waren und bereit, auf einen winzigen Impuls hin loszuschnellen. Er legte dem Jungen die Hand auf die Schulter und hielt ihn fest.

»Mach das nicht, Junge«, sagte er leise. »Die knallen dich ab, ohne mit der Wimper zu zucken.« Der Junge drehte sich wild zu ihm um und sah ihm ins Gesicht.

»Lass mich los, ich muss nach Hause! Meine Eltern haben keine Ahnung, wo ich bin! Ich muss hier weg!« Riesengroße blassblaue Augen, die Pupillen groß wie Kirschkerne; ein weicher Mund mit zitternder Unterlippe.

»Sicher. Nach Hause wollen wir alle.« Tomasz verstärkte seinen Griff. »Aber wenn du jetzt losrennst, kommst du nie nach Hause. Du hast keine Chance, dich zu verstecken. Die erschießen dich, bevor du hundert Meter weit gekommen bist. Sei vernünftig.« Ein weiterer Schuss ließ sie zusammenzucken; der Junge, der gerade noch versucht hatte, sich von Tomasz loszureißen, fing an zu zittern.

»Ganz ruhig, Kleiner ... Es wird alles gut, hörst du? Alles wird gut! Du darfst nur keine Dummheiten machen ...« Was rede ich da für einen Unsinn?, dachte Tomasz, während er den Jungen mit sich zog zu der Stelle, wo jetzt schwarzes Brot verteilt wurde und man mit seinem Becher Wasser aus einem Eimer schöpfen konnte. »Wie heißt du eigentlich?«

»Jan«, flüsterte der Junge. »Jan Dobiezcewski. Aus Lemberg.«

Jan, von allen Namen. Von allen Namen ausgerechnet dieser. Tomasz zog scharf die Luft ein, schloss für ein paar Sekunden die Augen, bis der Pfiff einer Trillerpfeife das Kommando zum Einsteigen gab. »Komm, es geht weiter ... Jan. Komm.«

Jemand hatte die Geistesgegenwärtigkeit besessen, den Latrineneimer mit nach draußen zu nehmen und zu leeren. Der Eimer wurde als Erstes wieder eingeladen, dann kletterten die Gefangenen zurück. Tomasz ließ den Arm des Jungen nicht los und sorgte dafür, dass sie einen Platz nebeneinander fanden, so nah an der Waggontür wie möglich, wo man noch einen kleinen Luftzug spürte.

Der kurze Aufenthalt hatte die Lebensgeister der Deportierten angefacht und ihre Hoffnungen. Wenn man ihnen zu essen gab, konnte es ja wohl so schlecht nicht um sie bestellt sein, oder? Wozu sollte man das tun, wenn man sie nur umbringen wollte? Gespräche flackerten auf, munterer als zuvor, hier und da war sogar leises Lachen zu hören. Der Junge zitterte wieder; Tomasz legte ihm den Arm um die Schultern.

»Alles in Ordnung bei dir?«

»Ich – ja. Alles in Ordnung.«

Er hörte ihn schluchzen; wahrscheinlich schämte der Junge sich dafür. Tomasz konnte sich noch dunkel daran erinnern, für wie viele Dinge er sich geschämt hatte, als er in dem Alter gewesen war – ein zu schwacher Bizeps, zu spärlicher Bartwuchs, zu dünn, zu weich, zu verträumt. Es schien hundert Jahre her zu sein. Er drückte den Jungen leicht an sich.

»Und du bist ganz allein hier? Oder ist deine Familie in einem anderen Waggon?«

»Nein, meine Familie ist in Lemberg. Ich bin allein.« Selbst im fahlen Zwielicht des Waggons glänzte das Gesicht des Jungen von Tränen. Er wischte sich mit dem Ärmel über die Augen.

»Ist ja gut, Janek«, sagte Thomas hilflos. »Ist ja schon alles gut. Sicher gibt es bald eine Gelegenheit, nach Hause zu schreiben und deinen Eltern Bescheid zu geben, wo du steckst. Vielleicht kannst du ihnen ja sogar ein bisschen Geld schicken. Ich habe gehört, dass man in Deutschland mehr verdient als hier.« Zumindest hatte das immer auf den Werbeplakaten gestanden, mit denen die Deutschen anfangs versucht hatten, polnische Arbeitskräfte ins Reich zu locken. Tomasz hatte nie daran geglaubt.

»Dann – dann denken Sie, man bringt uns zum Arbeiten nach Deutschland, Pan? Nicht ins Lager? Mein Onkel hat gesagt, in den Lagern ...« Die Stimme brach ab.

Tomasz griff nach der feuchten Hand des Jungen und hielt sie fest. »Sag Tomasz zu mir, einverstanden? Ich denke, die wollen, dass wir für sie arbeiten. Ob das in einem Lager ist oder nicht …« Er ließ den Satz in der Luft hängen. Viele Deportierte lebten in Deutschland in Lagern, das wusste in Warschau jedes Kind. »Damit beschäftigen wir uns, wenn es so weit ist. Und im Lager bist du immerhin nicht allein. Kannst du ein bisschen Deutsch?«

»Wenig. Ich war auf dem Gymnasium, bis sie die Schulen geschlossen haben. Da habe ich es ein bisschen gelernt. Aber ich würde mir lieber die Zunge abbeißen, als diese Nazisprache zu sprechen.«

Tomasz seufzte. »Überleg dir das gut. Wahrscheinlich ist es ein Vorteil, wenn du Deutsch kannst.«

»Und du?«

»Ich spreche ganz gut Deutsch. Vor dem Krieg habe ich Germanistik und Philosophie studiert.« Tomasz spürte, wie der Körper des Jungen sich versteifte und ein Stück von ihm abrückte. Wahrscheinlich war dieses Kind überzeugt davon, jeder, der sich mit deutscher Geschichte, Philosophie und Literatur beschäftigt hatte, mit Kant, Goethe und Lessing, sei automatisch ein Kollaborateur.

»Ich bin im Widerstand! Bei den Partisanen!«

»Bist du wahnsinnig, das hier herauszuposaunen?! Behalt das für dich, kapiert? Hast du vergessen, wo du hier bist?« Immerhin hatte der Junge aufgehört zu heulen und hatte sogar die Fäuste geballt. Gut so. Im Flüsterton sprach Tomasz weiter.

»Und was hast du da gemacht, bei den Partisanen?«

»Nachrichten überbracht, Flugblätter verteilt … Und manchmal nachts haben wir Plakate überklebt oder andere Botschaften daraufgeschrieben.«

»Und das hast du in Warschau gemacht? Oder in Lemberg?«

»In Lemberg. Erst haben wir gegen die Russen gekämpft, dann gegen die Deutschen.«

Erleichtert stellte Tomasz fest, dass der Junge sich langsam beruhigte. »Wir? Du und deine Familie?«

»Nein. Meine Eltern wissen gar nichts davon. Wir, das ist meine Pfadfindergruppe. Wir haben uns der Untergrundarmee angeschlossen. Ganz viele Gruppen haben das getan, Sportvereine, kirchliche Jugendgruppen … Wir wollen ein freies Polen, stark, gerecht, unabhängig!«

Die Begeisterung war dem Jungen selbst jetzt noch anzuhören; Tomasz empfand so etwas wie Neid. Was für ein Alter, dachte er, in dem man in einer Minute ein heldenhafter Freiheitskämpfer sein konnte und in der nächsten ein Häufchen Elend, dem das Heimweh das Wasser in die Augen trieb. Erst dann fiel ihm auf, dass das mit dem Alter gar nichts zu tun hatte. Wie viele gestandene Männer und Frauen hatte er in den letzten Monaten unter dem Druck der Verhältnisse erst kämpfen und dann zusammenbrechen sehen? Und wieder aufstehen, darauf kam es an. Immer wieder aufstehen.

»Vergiss das«, sagte er etwas schroffer als nötig. »Diesen ganzen Helden- und Widerstandskram. Ab heute hast du nur noch ein Ziel: lebend zurück nach Hause zu kommen.« Der Junge murmelte etwas, das Tomasz nicht verstand. »Was hast du gesagt?«

»Bist du überhaupt ein Pole?, habe ich gefragt«, antwortete Jan hitzig. »Der Widerstand ist das Wichtigste überhaupt! Wie kann dir das egal sein?«

»Sprich nicht so laut, oder willst du gleich hier schon sterben?!« Am liebsten hätte Tomasz den Jungen geschüttelt, hätte ihn genommen und die ganze Naivität, den ganzen Idealismus und Leichtsinn aus ihm herausgeschüttelt. Die ganze Jugend, die es ihm so schwer machen würde zu überleben. »Wer sagt, dass es mir egal ist? Aber für alles gibt es eine Zeit. Und wenn du gerade in einem verdreckten Güterwaggon sitzt mit Bewaffneten rings um dich herum wie die Engelein um dein Bett, dann ist nicht die Zeit für Heldentum.« Auf diesen Jungen würde man aufpassen müssen, Gott im Himmel. Aber er, Tomasz, war nicht der Richtige dafür. Sicher nicht. »Was hast du in Warschau gemacht, als sie dich geschnappt haben? Oder bist du schon in Lemberg gefangen worden?«

»Nein, in Warschau. Ich habe einen Onkel dort, dem sollte ich Schuhe bringen, einen Koffer voll. Mein Vater ist Schuhmacher. Er wollte, dass mein Onkel die Schuhe in Warschau verkauft, weil es mehr bringt als zu Hause. Aber mein Onkel hatte keine Zeit, er arbeitet jetzt bei der Reichsbahn, beim Gleisbau. Deshalb bin ich selbst mit dem Koffer zum Kercelak gegangen, und da haben sie mich erwischt.« Er zog die Beine eng zu sich heran und umschlang sie mit den Armen. Genauso, dachte Tomasz, hat er bestimmt am Lagerfeuer gesessen, als er noch bei den Pfadfindern war, hat romantische Lieder gesungen und von Heimat und Heldentum geträumt.

»... wenn ich mich nur besser ausgekannt hätte, wäre ich abgehauen – in irgendeine Seitenstraße hinein, und zack! Ich wäre garantiert entkommen, garantiert.«

»Oder tot«, sagte Tomasz trocken. »In Warschau schießen sie auf Leute, die bei einer Razzia flüchten. Ist in Lemberg vielleicht anders.«

»Mein Freund Frantek ...« Die Stimme war ganz leise, kaum noch zu hören jetzt. »Sie haben ihn erschossen, als er abends noch kurz mit dem Fahrrad zum Bäcker fahren wollte. Einfach so. Und das Fahrrad haben sie mitgenommen.«

»Es tut mir leid.« Tomasz suchte nach tröstenden Worten. »Du kannst dir nicht vorstellen, wie leid mir das tut. Und deshalb musst du alles versuchen, lebend zurückzukommen, hörst du? Dass deine Eltern so etwas nicht erleben müssen. Du musst so unauffällig sein wie möglich, tun, was sie dir sagen, gut arbeiten, einstecken. Und Deutsch sprechen, wenn es dir hilft. Davon, dass du's nicht tust, geht der Krieg keinen Tag früher zu Ende.« Der Junge antwortete nicht. »Dein Vater ist Schuster, sagst du? Hast du bei ihm auch etwas gelernt? Warst du manchmal in der Werkstatt? Könnte nützlich sein.« Jan räusperte sich.

»Die letzten zwei Jahre habe ich ihm geholfen … als ich nicht mehr zur Schule gehen konnte. Aber es hat mir keinen Spaß gemacht. Ich bin nicht besonders geschickt … Zwei linke Hände, sagt mein Vater immer. Aus mir wird nie ein Handwerker.« Er senkte die Stimme zu einem dramatischen Flüstern. »Ich werde Geistlicher. Der erste Pfarrer in meiner Familie.«

Tomasz hielt einen Seufzer zurück. Die Begeisterung für den Partisanenkampf und die alte Geschichte mit der anderen Wange schienen ihm nicht besonders gut zusammenzupassen, aber im Kopf eines Sechzehnjährigen mochte das anders sein.

»Du kannst dir nicht vorstellen, wie stolz meine Eltern darauf sind«, hörte er den Jungen sagen. »Ein Geistlicher in der Familie! Seit ich auf die Welt gekommen bin, haben sie jeden Złoty für meine Ausbildung zur Seite gelegt, den sie nicht unbedingt gebraucht haben.«

»Und du? Gefällt dir die Aussicht?« Der Junge straffte sich.

»Was meinst du damit? Es war meine eigene Entscheidung! Sie haben zwar immer darauf gehofft, aber letzten Endes muss man ja eine Berufung spüren, wenn man sein Leben Gott weihen will.«

»Und spürst du sie, diese Berufung?«

»O ja. Zum ersten Mal bei meiner Firmung, vor vier Jahren … Ein Gefühl, als stünde Gott selbst hinter mir und legte mir die Hand auf die Schulter, als wäre ich nach Hause gekommen …«

Tomasz war froh, dass es zu dunkel war, als dass Jan seinen Gesichtsausdruck hätte genau erkennen können. Seine eigene Beziehung zum lieben Gott hatte nach einer langen Zeit der Entfremdung und des gegenseitigen Desinteresses mit der Bombardierung Warschaus im September '39 ihr jämmerliches Ende gefunden.

»Aha. Und wie ist es mit den Mädchen?«

»Hat mich nie interessiert. Höchstens als Kameradinnen bei den Pfadfindern …«

»Komm schon, du bist doch ein hübscher Bursche, da muss doch mal was gewesen sein!« Jan schüttelte den Kopf.

»Man muss auch Opfer bringen.«

In Tschenstochau gab es einen längeren Aufenthalt, bei dem alle Verschleppten in einem Gebäude in der Nähe des Bahnhofs erneut desinfiziert wurden, bevor man sie zurück in die Waggons trieb. Nach dieser zweiten Desinfektion hatte Tomasz keine Socken mehr – sie waren entweder in der Hitze und den Chemikalien des Ofens zu Staub zerfallen, oder jemand anderes hatte sie brauchen können. Aber wenigstens war Sommer, sagte er sich. Bis zum Winter würde er sich neue besorgen. Bis zum Winter wäre er vielleicht längst wieder zu Hause in Warschau.

Über Breslau, Berlin, Leipzig fuhren sie, fünf Tage und vier Nächte lang, ein Zug mit sechsundzwanzig Anhängern. Mehr als fünfzig Menschen waren in jedem einzelnen Waggon zusammengepfercht, in einem Raum ohne Fenster, Bänke, Decken oder Waschmöglichkeit. Gelegentlich hielt der Zug an, an einem Bahnhof, auf freier Strecke, aber nur zwei Mal jeden Tag öffneten sich die Türen, so dass die Verschleppten herausstolpern und inzwischen ohne jede Scheu oder Scham ihre Notdurft verrichten konnten; die Bewacher gaben Brot und Wasser aus, manchmal auch wässrige Kohlsuppe oder ein paar kalte Kartoffeln. Sie leerten den Kübel aus, der für Tomasz zum Sinnbild für die Schrecken dieser Fahrt geworden war, ein Eimer voller Mist und Dreck, der mit jeder Minute mehr Raum, mehr Atemluft für sich beanspruchte. Die Gegenwart des Kübels bewirkte, dass Tomasz sich selbst schmutzig und widerwärtig fühlte, dass er selbst in den Momenten, die er an der frischen Luft war, daran denken musste, wie seine eigene Kleidung, seine Haare, seine Haut stinken mussten; dass er sich schämte vor den geringschätzigen Blicken der Wachmänner und Wut empfand auf eine junge Frau, die sich während der Fahrt aus Ungeschick den Rock mit Kot beschmiert hatte. Bei einer dieser unberechenbaren Fahrtunterbrechungen sah Tomasz, wie ein paar Männer den steifen Körper einer alten Frau aus dem Nachbarwaggon hoben und am Bahndamm ablegten. Eine alte Frau mit langen dunklen Röcken und einer bestickten Jacke, mit abgearbeiteten Händen und dünnen weißen Haaren unter einem schlichten Kopftuch, gestorben an Altersschwäche, Angst und Gestank. Der eine oder andere zog sich bei dem Anblick die Mütze vom Kopf, die meisten aber nahmen den Vorgang kaum zur Kenntnis. Niemand hatte die Kraft und Energie, der Toten ein Grab auszuheben, und so lag sie noch am Bahndamm, als der Zug weiterfuhr. Immerhin hatte jemand ihr die Hände auf der Brust gefaltet und ein Kreuz aus zwei zusammengebundenen Zweigen zwischen ihre Finger gesteckt.

Bereits in der zweiten Nacht begannen die Wanzen über sie herzufallen, dreistes furchtloses Ungeziefer, für das es keine besseren Jagdgründe zu geben schien als die feuchte Wärme ungewaschener Körper. Der Junge war entsetzt, als er am nächsten Tag die rot geschwollenen Einstichstellen entdeckte, sobald sie zum ersten Mal aussteigen durften.

»Ich bin krank, Tomasz, schwer krank … Schau dir das an, überall diese Flecken! Und es juckt wie verrückt.« Nackte Panik stand in seinen Augen. »Glaubst du, es könnte Flecktyphus sein?« Jeder wusste, dass in den Lagern regelmäßig Flecktyphus ausbrach. Es war eins dieser Dinge, die man einfach wusste, ohne dass man hätte zurückverfolgen können, woher die Information eigentlich stammte. So wie man von Treblinka wusste oder von Auschwitz.

Tomasz nahm den Arm des Jungen und betrachtete ihn kritisch. »Mach dir keine Sorgen, Janek. Das sind bloß Stiche, Wanzen vermutlich.«

Jan sah ihn entgeistert an. »Das kann nicht sein«, sagte er. »Ich habe noch nie Ungeziefer gehabt! Meine Mutter nimmt jedes Frühjahr die Bettgestelle auseinander und wäscht sie mit Karbollösung ab, und in den Zimmerecken verbrennen wir Schwefel, und dann … Da gibt es keine Wanzen! Garantiert nicht.«

Tomasz hätte ihm am liebsten die Haarsträhnen aus der Stirn gestrichen wie einem kleinen Kind. »Bestimmt nicht«, sagte er. »Bei mir zu Hause gibt es auch keine. Es liegt nicht an dir oder an mir, sondern an diesem Scheißwaggon und daran, dass wir hier zu so vielen eingesperrt sind, immer noch die gleichen Klamotten am Leib haben wie an dem Tag, als sie uns geschnappt haben, und uns nicht waschen können. So etwas mögen die Wanzen, da kommen sie von allein. Ich hab auch ein paar Stiche am Bein.«

»Aber …« Dem Jungen standen die Tränen in den Augen, Tomasz sah schnell zur Seite.

»Du kannst Spucke drauf machen, dann juckt es nicht mehr so sehr. Und lange werden wir nicht mehr unterwegs sein, wir sind ja schon in Deutschland. Mit Sicherheit jagen sie uns wieder durch so eine Waschküche, bevor sie uns näher an sich ranlassen.«

Jan presste die Lippen zusammen. »Ich hasse sie«, flüsterte er. »Du kannst dir nicht vorstellen, wie ich sie hasse!«

»Besser Wanzen als Fleckfieber«, sagte Tomasz und klopfte dem Jungen leicht auf die Schulter. »Komm, dahinten kriegen wir Wasser, aber nur, wenn wir nicht länger herumtrödeln.«

Der Transport verwandelte sie in genau die Kreaturen, als die die Nazi-Propaganda sie immer schon dargestellt hatte: verdreckte, verlauste, geduckte Gestalten, mutlos, trostlos, hoffnungslos; demütige Sklaven, die dankbar waren für ein Stückchen trockenes Brot und einen Schluck Kohlsuppe und sich zu sehr schämten, um auch nur den Blick zu heben und sich in die Augen zu sehen. Selbst der Junge hatte seinen Trotz und seine Wut irgendwo unterwegs verloren, stellte Tomasz fest, als er Janek mit hängendem Kopf hinter den anderen her über den Bahnsteig trotten sah, die Schultern gebeugt wie ein alter Mann. »Bietigheim« stand auf dem Schild; Tomasz hatte den Namen noch nie gehört. Er beeilte sich, um Jan unter den Hunderten grauer Menschen nicht zu verlieren, die sich jetzt in Richtung Ausgang in Bewegung gesetzt hatten. Wie ruhig sie waren, dachte Tomasz. Außer den Kommandos der deutschen Wachen war kaum etwas zu hören – scharrende Füße, mal ein Husten, leises, furchtsames Gemurmel. Als sie das Bahnhofsgebäude verließen, konnten sie einige Hundert Meter entfernt die Wohnhäuser des nächsten Ortes ausmachen, so weit entfernt, dass man die Menschen nicht erkennen konnte, die dort auf der Straße herumliefen. Genauso wenig, wie diese Dorfbewohner die ankommenden Zwangsarbeiter erkennen konnten.

Durch ein lichtes Wäldchen marschierten sie eine Straße entlang und hatten schon nach wenigen Minuten das Lager erreicht, eine Gruppe niedriger Holzbaracken auf einem drahtumzäunten Gelände. Der beißende Geruch von Desinfektionsmittel quoll ihnen entgegen, stach in die Nase, brannte in den Augen, die sofort zu tränen begannen. Sie stolperten voran zu einem Seiteneingang, wo gerade ein Tor aufgeschwungen wurde. Ein Uniformierter stand gelangweilt daneben, musterte die Neuankömmlinge und machte sich einen Spaß daraus, mal dem einen, mal dem anderen einen

Schlag mit seinem Gewehrkolben zu verpassen. Auch die Frau neben Tomasz wurde getroffen und schnappte nach Luft; sie wäre gestürzt, wenn er sie nicht am Arm gehalten hätte. Einen Augenblick lang, einen winzigen Augenblick nur überlegte er, ob er nicht protestieren sollte – er sprach doch gut Deutsch, die Sprache der Philosophen und Herrenmenschen, er hätte sagen können, dass es für den Angehörigen eines Kulturvolkes unwürdig war, eine entkräftete Frau aus Langeweile zu schlagen, unwürdig und beschämend – da war der Augenblick schon vorbei und er mit der Frau in seinem Arm in die Lagerwelt eingetreten.

Das Durchgangslager Bietigheim bestand aus zwei voneinander durch einen Zaun getrennten Bereichen, nämlich dem unreinen und dem reinen Bereich. Als Schleuse fungierte die sogenannte Entlausungsanlage. Sofort wurde die erste Gruppe in die Anlage hineingetrieben, während die anderen auf dem Appellplatz zu warten hatten, bis sie an der Reihe waren. Nur die wenigsten verstanden die auf Deutsch gebrüllten Anweisungen; die meisten hockten ergeben und apathisch auf dem Boden und ließen sich von den Wachen hin- und herschieben wie Gepäck.

»Hätte nie gedacht, dass ich mich auf die Entlausung freuen würde«, presste Janek zwischen den Zähnen heraus, als er sich neben Tomasz in eine Schlange einreihte, um endlich die Ankunftsration – ein Stück Roggenbrot mit Margarine – in Empfang zu nehmen. Der Junge reagierte stärker auf das Ungeziefer als die meisten anderen; statt der üblichen roten Punkte und Quaddeln entwickelte er großflächige, übel aussehende Schwellungen, die noch dazu erbärmlich juckten und ihn in den Nächten kaum zur Ruhe kommen ließen. Mehrfach war Tomasz davon aufgewacht, dass der Junge sich im Halbschlaf kratzte wie verrückt, und hatte versucht, ihn davon abzuhalten. Er warf einen Blick auf die andere Seite, die reine Seite des Zauns. Es war nicht schwer zu erkennen, dass das Lager hoffnungslos überbelegt war, dass vermutlich auch im reinen Bereich überfüllte Baracken auf sie warteten, aus denen Läuse und Wanzen sich nicht vertreiben ließen, mochte man auch jeden Tag die Insassen samt deren Kleidung desinfizieren. Ermutigend klopfte er Jan auf die Schulter.

»Geduld, Kleiner. Wenn wir erst hier raus sind, wird es besser.«

Janek sah ihn aus verklebten Augen an. »Was denkst du, wie lange das dauern wird?«

»Keine Ahnung. Aber ich glaube, die brauchen uns dringend zum Arbeiten, sonst hätten sie uns ja nicht hierhergeschleppt. Wahrscheinlich wollen sie uns so schnell hier durchschleusen wie möglich.«

Weil jeder nur ein Stück Brot bekam, ging es zügig voran, fast waren sie schon an der Ausgabestelle angelangt. Viele hatten ihr Brot schon aufgegessen, wenn sie zu ihrem Platz zurückkehrten.

»Ich habe eigentlich noch nie richtig gearbeitet …«

»Haben sie dich nicht eingezogen?«

»Doch, schon. Um die Arbeitspflicht kommt man nicht herum. Aber mein Vater kennt jemanden bei der Stadtverwaltung, der hat mir eine Aushilfsstelle gegeben, so dass ich wenigstens auf dem Papier etwas nachweisen konnte und eine Arbeitskarte hatte. Eigentlich hatte ich da aber nichts zu tun, sondern konnte anfangen, Altgriechisch zu lernen.«

Altgriechisch, was zum Teufel!, dachte Tomasz. Was für eine Vorbereitung auf das Leben als Hilfsarbeiter unter Tage oder wo auch immer! Er riss seinen Brotkanten in zwei Teile und nahm sich vor, ein Stück davon für später zu verwahren und den Rest so langsam zu essen wie möglich.

»Antreten, los, los!«

Tomasz schreckte von seiner Pritsche hoch. Seit drei Tagen waren sie jetzt im Lager, und er hatte sich noch nicht daran gewöhnt, ständig darauf gefasst zu sein, irgendeinem Befehl zu gehorchen. Ein Befehl rief die Deportierten in die Duschräume und hieß sie danach frierend und nackt darauf warten, dass ihre Kleidung aus der Entwesungsanlage kam, ein Befehl trieb sie durch die ärztliche Untersuchung, zum Lagerfotografen und zu der Stelle, wo ihre Fingerabdrücke genommen wurden wie von Kriminellen; ein Befehl klebte an der Ausländerkennkarte und erst recht an den fünf P-Abzeichen, die an der Kleidung anzubringen waren und jeden darüber informierten, dass der Träger ein polnischer Arbeiter war und somit jedem Deutschen zu Gehorsam und Demut verpflichtet. Tomasz besaß gar keine fünf Kleidungsstücke, um alle Abzeichen vorschriftsmäßig anzunähen; ein einziges hatte er an seiner eingelaufenen Jacke angebracht. Er zog sich die Schuhe an (noch ein, zwei Entwesungen, schätzte er, dann würden sie komplett auseinanderfallen) und lief mit den anderen Barackenbewohnern nach draußen auf den zentralen Platz. Niemand hielt sich freiwillig hier auf, denn von der Latrine, einem riesigen Loch in der Lagermitte mit Querpfählen darüber, auf denen man sitzen musste, um seine Notdurft zu verrichten, ging ein bestialischer Gestank aus, der Fliegen in großer Anzahl anzog. Wenigstens konnten sich auch die Lagerwärter, die entlang des Platzes Aufstellung bezogen hatten, dem Gestank nicht entziehen.

»Antreten!«

Sie stellten sich vor den Baracken auf wie befohlen; Tomasz schaffte es, sich neben Janek zu platzieren. Der Junge hatte in den letzten Tagen kaum ein Wort mit ihm gesprochen; die weißblonden Haare hingen strähnig um sein Gesicht, das immer noch von Ungezieferstichen angeschwollen war. Wieder und wieder hatte Tomasz versucht, ihn aufzumuntern und seinen Kampfgeist anzustacheln, aber Janek zog sich immer weiter in sich selbst zurück wie ein kleines Tier, das sich vor Feinden schützen will. Ein typisches Opfer, dachte Tomasz beunruhigt, ein Opfer, das durch seine Schwäche andere geradezu zu Gewalt einlädt.

»So, Junge, es geht los!«, flüsterte er Janek zu und hoffte, dass seine Stimme sich ermutigend anhörte. Janek reagierte nicht. »Brust raus, Bauch rein, komm schon, du weißt doch, wie das geht! Und egal, was sie von dir wollen, du musst versuchen, es zu lernen. Je mehr du kannst und je besser du arbeitest, desto mehr werden sie dir zu fressen geben, glaub mir.«

Janek sah ihn unsicher an. »Und du? Du hast doch studiert, hast du gesagt.«

»Immerhin hatten meine Großeltern einen Hof, da habe ich früher jeden Sommer verbracht. Wenn mich einer danach fragt, ob ich Erfahrungen in der Landwirtschaft habe, dann sage ich Ja. Und du auch.«

»Aber …«

»Hier geht es nicht darum, die Wahrheit zu sagen oder fair zu sein oder edel. Es geht nur noch darum, lebend wieder rauszukommen, lebend, mit allen zehn Fingern und allen Zähnen und in der Lage, danach wieder ein normaler Mensch zu sein, verstehst du? Wenn sie dich fragen, ob du Deutsch kannst, dann sagst du Ja. Wenn sie dich fragen, ob du sensen und melken und dreschen kannst, dann sagst du Ja! Und wenn sie dich fragen, ob Hitler ein großer Mann ist und der gottgewollte Führer der Welt …«

»Dann sage ich Ja?«

Tomasz lachte leise und gab dem Jungen einen leichten Klaps. »Dann hältst du die Klappe. Vergiss nie, dass du ein Mensch bist, auch wenn sie versuchen, etwas anderes aus dir zu machen.«

3

Alles schien ruhig, selbst aus Hermanns Zimmer kam kein Geräusch. Wahrscheinlich war ihr Bruder mit seinen Pimpfen irgendwo unterwegs und sammelte Altmetall oder ließ sie marschieren und mit Schlagbällen auf Vogelscheuchen werfen, um sie so auf den Kampf mit der Handgranate vorzubereiten. Was früher nur notwendig oder sinnvoll gewesen war oder einfach Spaß gemacht hatte, hatte sich in einen Kampf für das Vaterland verwandelt, dachte Charlotte Voss – die Arbeit, die Freizeit, der Schlaf, so als lebte man in einem permanenten Belagerungszustand, in dem schon das Wort »Spaß« unanständig erschien. Sie lauschte noch einmal in die Diele hinaus, bevor sie Briefe und Zigaretten zuunterst in den Korb legte, zwei Äpfel dazupackte und alles mit einem Geschirrtuch abdeckte, um es vor neugierigen Blicken zu schützen. Dann knotete sie sich ein Kopftuch um, griff nach ihrer Jacke und verließ das Haus.

Das Anwesen der Familie Voss war ein repräsentatives, mächtiges Gebäude, das mit seinen Stuckverzierungen und dem schmiedeeisernen Tor überhaupt nicht in das Ortsbild von Laifingen passte. Alle im Dorf wussten, dass Charlottes Mutter Erika aus einer Fabrikantenfamilie stammte und sich schlicht geweigert hatte, in die Dachgeschosswohnung der Schule zu ziehen wie die früheren Oberlehrer. Stattdessen hatte sie ihr umfangreiches Erbe eingesetzt und gemeinsam mit ihrem Mann Arnold dieses Haus bauen lassen, sobald sich abgezeichnet hatte, dass sie die nächsten Jahrzehnte in dem Ort wohnen würden. Wo ursprünglich eine pingelig gestutzte Rasenfläche mit Rosenlaube und Blumenrondell demonstriert hatte, dass hier jemand Besseres wohnte, erstreckten sich seit diesem Frühjahr bescheidene Gemüsebeete mit Karotten, Buschbohnen, Zwiebeln und Salat. Charlottes Vater hatte selbst mit Hand angelegt, um den Boden umzugraben und mehrere Schubkarren voll Mist einzuarbeiten, die der alte Fahrner ihnen vorbeigebracht hatte. Dieser Krieg, so hatte Arnold Voss erklärt, werde nicht nur auf den Kampffeldern in ganz Europa gewonnen, sondern auch an der Heimatfront. Deutschland müsse sich unabhängig machen von Rohstoffeinfuhren aus dem feindlichen Ausland, und er selbst gedenke sich durch die Anlage eines Gemüsegartens an der Erzeugerschlacht zu beteiligen. Der belehrende Tonfall war ihm im Laufe seines Berufslebens so sehr in Fleisch und Blut übergegangen, dass es ihm nie ganz gelang, ihn abzulegen, egal, ob er vor einer Schulklasse stand, in irgendeinem SA-Heim einen Vortrag hielt oder einfach nur im Wohnzimmer mit seiner Familie sprach. Bis sie Fahrners näher kennengelernt hatte, war Charlotte davon ausgegangen, dass es gar keinen anderen Tonfall gab, in dem ein Vater mit seinen Kindern umging. Aber es war sinnlos, sich darüber zu beschweren und zu erwarten, von ihm ernst genommen zu werden. Solange sie in diesem Haushalt wohnte, *solange du deine Füße unter meinen Tisch steckst*, wie ihr Vater es ausdrückte, solange würde sich nichts daran ändern.

Die ausgesäten Gemüsepflanzen sahen bisher nicht vielversprechend aus – kein Wunder, da sich niemand wirklich verantwortlich dafür fühlte. Erika Voss hatte sich mit dem Hinweis, vom Bücken bekomme sie Migräne, geschickt aus der Affäre gezogen, und Hermann war durch seine kriegswichtigen Arbeiten als Fähnleinführer selbstverständlich viel zu eingespannt, um regelmäßig zu gießen oder Löwenzahn auszujäten. Von ihrem Vater selbst ganz zu schweigen – der Dienst für die Partei ließ ihm neben seiner Lehrertätigkeit ja praktisch keine freie Minute! Während sie selbst, Charlotte, doch vorhatte, in einen Bauernhof einzuheiraten. Da war ja wohl nicht zu viel verlangt, wenn sie sich auch im elterlichen Garten ein wenig nützlich machte?

Ein paar Kannen Regenwasser würden vermutlich schon reichen, dachte sie, holte sich die Kanne und goss, bis es vier Uhr läutete. Wenn sie jetzt nicht ging, würde sie vermutlich ihrem Vater in die Arme laufen und konnte gleich ganz zu Hause bleiben. Sie durchquerte den Garten, lief an den Kartoffeläckern entlang und über die Streuobstwiesen, bis sie einen alten Hohlweg erreichte, der steil zum Schönbuchtrauf hinaufführte. Bis vor dem Krieg hatten die Breitmeyers hier noch Wein angebaut, aber seit die beiden Söhne vor zwei Jahren eingezogen worden waren, hatte der alte Bauer den Weinberg kaum noch gepflegt, und die Reben waren mittlerweile von Unkraut und Brombeeren überwuchert. Charlotte kletterte die Weinbergtreppe hoch und bahnte sich einen Weg zwischen den dornigen Ranken an Breitmeyers Werkzeugschuppen vorbei bis zu dem Trampelpfad, der zu dem aufgelassenen Steinbruch führte. Bis vor zehn, fünfzehn Jahren hatte man hier Sandstein abgebaut, Stubensandstein; ein Material, das zwar als Baustoff eingesetzt wurde, gleichzeitig aber so instabil war, dass man es zwischen den Fingern zerbröseln konnte. Der Steinbruch veränderte fortwährend sein Gesicht – hier kam ein ganzer Abschnitt ins Rutschen, dort bildeten sich Sandhügel am Fuß einer Abbruchkante. Steine bröckelten auseinander, und Wurzeln wuchsen in die entstehenden Spalten hinein, so dass diese sich immer weiter öffneten und schließlich Frost und Eis ganze Felsformationen zum Einsturz brachten. In hundert Jahren, dachte Charlotte, würde der Wald alle Spuren zugedeckt haben, die Menschen hier hinterlassen hatten. Es war ein guter Platz, wenn man seine Ruhe haben wollte, ein Platz ohne das Gedudel des Volksempfängers, ohne Fahne und Führerbild an der Wand.

Charlotte legte ihre Jacke auf die Erde und lehnte sich gegen eine immer noch sonnenwarme Felswand. Sie schloss für ein paar Minuten die Augen und genoss es, dass niemand ihr über die Schulter sah und irgendwelche Aufträge erteilte. »Fräulein Voss, können Sie das nicht gleich beim ersten Mal fehlerfrei schreiben?« Martha Belser war jahrelang die einzige Schreibkraft auf dem Rathaus gewesen und ließ keinen Zweifel daran aufkommen, dass sie Charlotte für unfähig und überflüssig hielt. »Machen Sie noch eine Abschrift hiervon und bringen Sie sie mir dann zur Vorlage, ich brauche das noch vor dem Mittagsläuten … Laufen Sie doch schnell zum Postamt und geben Sie die Briefe auf … Ach, und wenn Sie schon unterwegs sind, fragen Sie gleich bei Frau Ries nach, ob sie meine Blusen fertig gebügelt hat, und bringen Sie sie mit!« Niemals hätte sie sich freiwillig auf diese Stelle beworben, aber ihre Eltern hatten ihr keine andere Wahl gelassen, als sie in Tübingen mit der Stenotypistinnen-Ausbildung fertig gewesen war. Mit neunzehn Jahren hatte sie keine Möglichkeit gehabt, sich ihnen zu widersetzen. »Sei doch dankbar, dass dein Vater dir diese Stelle besorgt hat und du nicht in irgendeiner Fabrik Maschinengewehre zusammenschrauben musst«, war der Kommentar ihrer Mutter gewesen. »Und dann erst die Zeit, die du einsparst, weil du nicht noch in die Stadt fahren musst! Da kannst du mir noch ein bisschen im Haushalt helfen oder Joachims Mutter, die braucht es nötiger als ich!« Im Unisekretariat hätte sie anfangen können, das Angebot hatte sie schon schriftlich in den Händen gehalten. Und sie hätte auch deutlich mehr verdient. Aber Arnold Voss hatte alle ihre Wünsche und Ambitionen vom Tisch gewischt. »Wenn du volljährig bist, kannst du machen, was du willst, aber bis dahin entscheide ich, was du zu tun hast. Und ich habe entschieden, dass du hier bei Bürgermeister Lanz anfängst. Lanz ist ein guter Mann, schon ewig bei der Bewegung … Der kennt jeden in der Verwaltung bis nach ganz oben! Gute Verbindungen kann man immer brauchen. Du wirst mir noch einmal dankbar dafür sein.«

Sie blies sich die Haare aus der Stirn und kramte in ihrem Korb nach den Zigaretten. »Die deutsche Frau raucht nicht«, flüsterte sie vor sich hin, während sie den ersten Zug nahm. Ihr Vater würde durchdrehen vor Wut und Entsetzen, wenn er sie jetzt sehen könnte. Aber er konnte sie nicht sehen. Solange sie tat, was er wollte, interessierte er sich selten für sie. Solange sie in dem Rahmen blieb, den er ihr gesetzt hatte: Ein. Deutsches. Mädel. Gefährtin des Mannes, patent, hilfs- und opferbereit und dabei immer das hohe Ziel vor Augen, Mutter zu werden und Kinder zu gebären, am besten gleich ein Dutzend. Deutsche Jungen, hart wie Kruppstahl und so weiter. Joachim, da war sie sich sicher, dachte anders darüber. Joachim, der sie hier, genau hier, zum allerersten Mal geküsst hatte; der sie schließlich an dem Abend, bevor er eingerückt war, überredet hatte, sich mit ihm auf die mitgebrachte Wolldecke zu legen. *Richtig verloben*, hatte er es genannt, *mit allem, was dazugehört! Dann kann uns nichts mehr trennen. Du willst es doch auch, Lotti, oder? Du willst es?* Sie war sich an dem Abend nicht sicher gewesen, ob sie es wollte, aber er hatte sie so flehentlich angesehen und ihre Brüste gestreichelt, dass sie einfach nicht gewusst hatte, wie sie ihn abweisen sollte, ohne ihn an ihrer Liebe zweifeln zu lassen. Und dann war es einfach passiert, viel schneller und prosaischer, als sie erwartet hatte. Die Erde stand keineswegs still, und auch sie selbst war kein anderer Mensch dadurch geworden. Sie war eben noch völlig unerfahren gewesen, sagte sie sich. Aber wenn sie in ihrem Bett lag, stellte sie sich gern vor, wie es wäre, ihn neben sich zu spüren; wie er ihr das Nachthemd hochstreifen und mit zärtlichen Händen über ihren Körper streichen würde, wie er sie leidenschaftlich küssen und dann mit dem Mund über ihre Haut gleiten würde … Es war gut, dass sie gemeinsam diesen Schritt getan hatten, dachte sie, und dass sie dabei nicht gleich schwanger geworden war. Niemand konnte ihr das wegnehmen, niemand konnte es rückgängig machen. Sie hatte einen entscheidenden Schritt in Richtung Erwachsenwerden getan.

Ob Eva wohl kommen würde?, überlegte sie. Eva war Joachims Schwester und seit der Kinderzeit ihre beste Freundin. Heute Morgen auf dem Weg zur Arbeit hatten sie sich kurz gesehen, als Eva draußen vor dem Haus die Hühner gefüttert hatte. Im Vergleich zu der Freundin, dachte Charlotte, hatte sie es im Rathaus vielleicht doch gar nicht so schlecht getroffen. Immerhin durfte sie arbeiten und ihr eigenes Geld verdienen (wenn sie auch mehr als die Hälfte davon zu Hause abgeben musste), während Evas Eltern nach der Einberufung ihres Ältesten klipp und klar gesagt hatten, dass sie auf die Hilfe der einzigen Tochter nicht verzichten könnten. Für Eva war das ein harter Schlag gewesen. Vorher hatte sie noch gemeinsam mit Charlotte die Mädchenrealschule in Tübingen besucht und geplant, eine Ausbildung zur Schneiderin zu machen, aber der Wille der Eltern ging natürlich vor – der Wille der Eltern und der Hof. Der Hof ging immer vor.

Charlotte verscharrte den Zigarettenstummel im Dreck und holte die Briefe heraus, die sie hier in Ruhe lesen wollte, den alten und den, der heute erst gekommen war. Allzuviele Briefe kamen nicht; Joachim war kein großer Briefeschreiber, das hatte sie vorher schon gewusst. Seiner Meinung nach gab es für richtige Männer Wichtigeres zu tun als lesen und schreiben, und jetzt im Dienst im Osten hatte er vermutlich sowieso kaum Zeit und Ruhe dazu. Aber darauf kam es auch gar nicht an, dachte Charlotte. Worauf es ankam, war, dass er sie aus dem Herrschaftsbereich ihres Vaters herauslösen würde, dass er ihr helfen würde, endlich frei zu sein und zu tun, was sie selbst wollte. Joa sah gut aus, verwegen geradezu in seinem Schwarzhemd und der Uniformmütze; er war ehrlich, geradlinig, zuverlässig und außerdem ein Zauberer, was Motoren anging und alles, was Räder hatte. Irgendwann, sobald der Krieg vorbei war, würde er sich ein eigenes Auto kaufen, und sie würden zusammen über die Landstraßen brausen und Berlin besuchen, Rom, Paris … Brennend gern würde sie auch selbst fahren lernen. Joachim hatte schon angeboten, es ihr beizubringen, aber natürlich waren ihre Eltern dagegen gewesen, die deutsche Frau und so weiter. Sie seufzte und faltete das Blatt auf, dessen Text sie inzwischen fast auswendig konnte.

»Mein liebes Lottchen, ich liege hier in meiner Koje und denke daran, wie schön es wäre, dich hier bei mir zu haben und dein süßes Mäulchen und noch mehr zu küssen! Aber das müssen wir wohl aufschieben bis zum nächsten Heimaturlaub. Ich habe hier mit drei anderen Jungs von der Sipo eine kleine Wohnung mit zwei (!) Stuben, eine zum Schlafen und eine zum Wohnen. Es ist zwar eng und einfach, könnte aber schlimmer sein, schließlich haben wir Krieg!«

Daneben hatte er ein paar Bildchen gezeichnet, die seine Kameraden darstellen sollten: Einer davon hatte furchtbar abstehende Ohren, ein anderer schielte. Joachim hatte immer schon eine gute Hand fürs Zeichnen gehabt, auch wenn er sich in den letzten Jahren meistens auf irgendwelche technischen Dinge konzentriert hatte. Aber Charlotte konnte sich noch gut an ein paar ziemlich freche Karikaturen ihres eigenen Vaters erinnern, auf denen der Oberlehrer wie ein aufgeplusterter Gockel vor einer vollgekritzelten Tafel hin und her stolziert war.

»An der Front sieht's viel übler aus. Wir Deutschen haben hier in Warschau ein Stadtviertel für uns, und das ist ein Segen. Du kannst dir nicht vorstellen, wie heruntergekommen und dreckig die Leute hier sind, Männer wie Frauen! Auf den Straßen fühlt man sich oft seines Lebens nicht mehr sicher. Außerhalb des Dienstes kommen wir aber kaum mit ihnen zusammen. Wir essen gutes deutsches Essen in unserer eigenen Kantine, haben unsere eigenen Kneipen und Kinos und natürlich die Kamerad-

schaftsabende. Aber du kannst dir sicher vorstellen, um wie viel lieber ich mit dir zusammen wäre! Richtig zusammen!!! Wie dumm waren wir, dass wir so lange gewartet haben! Schon der Gedanke daran lässt es bei mir jucken und zucken! Bist du auch brav, mein Frauchen, und wartest auf mich?...«

Das »richtig« war so fett unterstrichen, dass sie es nicht missverstehen konnte, ebenso wie die vielen Ausrufezeichen. Charlotte faltete den Brief wieder zusammen und legte ihn zurück in den Korb. Sie hatte Eva ein bisschen daraus vorgelesen, aber vieles lieber auch nicht. Eva musste nicht unbedingt mitkriegen, wie Joachim von den Erfahrungen schwärmte, die er an dem besagten Abend gemacht hatte. Der neue Brief knisterte in ihren Händen; sie hielt ihn kurz an die Nase und roch daran. Wenn überhaupt, dann meinte sie, eine leichte Spur Motoröl zu riechen – Joachim war nicht der romantische Typ, der seine Briefe parfümierte.

»Mein kleines Mädle, du fragst mich nach Warschau.«

Nachdem sie erfahren hatte, dass Joachim in Warschau war, hatte sie gleich auf der großen Europakarte im Flur nachgeschaut, auf der ihr Vater – wie er es auch in der Schule tat – mit verschiedenfarbenen Stecknadeln den Verlauf der Front markierte. Für den Osten benutzte er Weiß. Wegen der langen Winter, hatte er erklärt. Der viele Schnee! Immerhin war die weiße Linie beruhigend weit von Warschau entfernt, als dass sie hätte befürchten müssen, Joachim könnte gleich in Kämpfe verwickelt werden.

»Warschau ist eine große Stadt, viel größer als unser Stuttgart. Die Weichsel fließt mittendurch. Wir haben sogar schon darin gebadet, es war hundekalt! Es gibt eine Altstadt mit einem Markt, ein paar Parks sowie große Straßen mit mehrstöckigen Häusern daran, alles verlottert und heruntergekommen.«

Auf der Skizze daneben sah es allerdings ganz hübsch aus, schöne alte Häuser, eine Art Schloss und davor ein Brunnen.

»Besonders in den Vororten, aber auch im Zentrum ist von vielen Gebäuden nur noch ein Trümmerhaufen übrig – da haben die Jungs von der Luftwaffe ganze Arbeit geleistet!«

Es knackte im Gebüsch, und Charlotte sah hoch.

»Eva! Ich hatte schon gedacht, du kommst nicht mehr!«

Eva lachte leise. Sie war nur ein paar Monate jünger als Charlotte, wirkte aber noch wie eine Vierzehnjährige – ein schmales Mädchen mit blonden Zöpfen und einem Kindergesicht, dessen zartem Körperbau man nicht ansehen konnte, dass es ein Bauernkind war und schwere körperliche Arbeit gewohnt. Eva streckte die Nase in die Luft und schnüffelte.

»Puh, hier stinkt's! Hast du geraucht?«

Charlotte nickte. »Willst du auch eine?«

»Igitt, nein! Außerdem würde ich einen Mordsärger zu Hause kriegen, wenn die mich mit einer Zigarette erwischen.«

»Na, ich doch auch. Deshalb mache ich es ja.« Sie klopfte neben sich auf den Boden. »Setz dich hierhin, ist noch ganz warm.«

Eva ließ sich nieder und kreuzte die Beine. »Fast wäre ich nicht mehr weggekommen … Die Zwillinge sind krank, haben irgendetwas Verkehrtes gegessen. Den ganzen Tag schon putze ich hinter ihnen her.«

Hans und Emil waren die Nachkömmlinge im Hause Fahrner; als sie gezeugt worden waren, war ihre Mutter schon zweiundvierzig Jahre alt gewesen und hatte vermutlich nicht mehr damit gerechnet. Anfangs hatte es nicht so ausgesehen, als ob auch nur einer der beiden winzigen Säuglinge die ersten Lebenswochen überstehen würde, aber sie hatten sich verbissen an das Leben geklammert und die kritische Phase überstanden. Auch an der Bäuerin hatte die späte Schwangerschaft gezehrt. Nach der schwierigen Entbindung hatte sie wochenlang im Bett gelegen und war seitdem nicht wieder richtig auf die Beine gekommen, so dass der damals zwölfjährigen Eva ganz natürlich die Aufgabe zugefallen war, sich um die Kleinen zu kümmern. Sie liebte ihre kleinen Brüder abgöttisch, obwohl sie ein Grund dafür waren, dass sie selbst immer hatte zurückstecken müssen. Eva reckte ihr Gesicht in die Sonne und schloss die Augen.

»Joachim hat geschrieben«, sagte Charlotte.

Mit einem Ruck war Eva wieder munter. »Dir schreibt er viel häufiger als uns. Meine Mutter ist schon ganz traurig deswegen.«

»Vielleicht sind meine Briefe interessanter?«

Eva zuckte mit den Schultern. »Vielleicht. Mutter schreibt ihm wirklich jeden Tag, und so viel Neues gibt es von uns gar nicht zu berichten. Was steht denn drin? Lies vor!«

Charlotte überflog noch einmal die ersten Zeilen.

»Er ist in Warschau, aber das weißt du ja. Vieles ist während der Belagerung kaputtgegangen, aber trotzdem scheint es nicht so schlecht dort zu sein. Auf jeden Fall interessant: *Auf den Straßen herrscht ein unbeschreibliches Durcheinander. An jeder Ecke hat jemand einen Stand aufgebaut und verkauft seinen Kram: alte Kleider, Blumentöpfe, kaputte Möbel, Kohl, was du dir nur denken kannst! Dazu schreien sie herum in dieser schrecklichen Sprache, die kein normaler Mensch verstehen kann. Und überall wird geschachert und gefeilscht. An diesem Geschacher merkt man schnell, wie verjudet diese ganze Gesellschaft hier ist! Kraftwagen gibt es nur die, die wir selbst mitgebracht haben. Ein paar Polacken fahren mit Pferdedroschken durch die Stadt, andere verdienen sich ein paar Złoty damit, Leute mit Fahrradrikschas durch die Gegend zu kutschieren.*«

Von diesem eigenartigen Gefährt hatte Joachim wieder eine Skizze angefertigt. Charlotte zeigte Eva das Bildchen, wobei sie gut darauf achtete, dass sie den übrigen Text dabei mit der Hand verdeckte.

»*Wie die schlitzäugigen Kulis in China, und genauso gerissen! Ich habe mich auch schon mal rumfahren lassen, nur so zum Spaß, und natürlich hat dieser Gauner versucht, mich dabei übers Ohr zu hauen … aber nicht mit mir! Du kannst dir vorstellen, dass der Kerl sich in Zukunft zweimal überlegen wird, sich mit einem deutschen SiPo anzulegen.*«

»Und weiter?«

Charlotte überflog den restlichen Brief. »Was dann kommt, ist persönlich.«

»Ach so.« Eva schlang die Arme um die aufgestellten Knie. »Was meint er wohl mit dem, was er zum Schluss geschrieben hat? Das mit diesem Rikschafahrer?«

»Weiß auch nicht. Vermutlich hat er sich einfach geärgert und dem Kerl ordentlich den Marsch geblasen. Der Pole ist feige, sagt mein Vater zumindest immer. Wenn man den einmal anbrüllt, kuscht er.«

»Na ja. Brüllen kann Joachim jedenfalls, das weiß ich. Und zulangen auch. Die Zwillinge haben von ihm schon mehr Ohrfeigen gekriegt als von beiden Eltern zusammen.«

»Wahrscheinlich ärgern sie ihn auch mehr.« Charlotte faltete den Brief zusammen und ließ ihn in ihrem Korb verschwinden. »Ich wünschte, Joachim wäre schon wieder zurück aus Warschau«, sagte sie.

Eva sah sie mitfühlend an. »Hast du so große Angst um ihn?«

»Nein. Aber es ist so schrecklich langweilig hier! Nur noch alte Leute, Frauen und Kinder! Niemand mehr da, mit dem man tanzen oder wenigstens mal ins Kino gehen könnte!«

Eva kicherte und gab Charlotte einen freundschaftlichen Knuff. »Du kannst ja Hermann oder einen von seinen Pimpfen fragen, die gehen bestimmt liebend gern mit. Wenn du sie einlädst!«

»So weit kommt's noch!« Charlotte lehnte sich zurück und genoss die Abendsonne auf ihrem Gesicht. »Hermann war schon immer eine grauenhafte Nervensäge. Schon immer. Aber seit er Fähnleinführer geworden ist und meine Eltern ihm diese Uniform gekauft haben, ist er vollständig unerträglich.«

Vom Dorf her waren die Glocken zu hören: fünf Uhr. Eva stand auf und klopfte sich den Sand vom Rock. »Ich muss gehen. Bei uns gibt's Bratkartoffeln heute Abend, willst du zum Essen kommen?«

Charlotte schüttelte den Kopf, stand dann auch auf und reckte sich. »Geht nicht. Mein Vater will, dass ich ihm mit den Diktaten der Mittelklasse helfe. Wahrscheinlich wartet er schon sehnsüchtig, dass ich komme. Aber wir können wenigstens noch zusammen runterlaufen.«

»Morgen gehen wir in die Johannisbeeren. Wenn du Zeit hast, kannst du ja dazukommen.« Kein Tag, an dem auf dem Fahrnerhof nicht irgendetwas gearbeitet werden musste. Es war bekannt, dass sie »schaffige Leute« waren – das größte Kompliment, das die Dorfgemeinschaft jemandem machen konnte. Im Vergleich dazu kam Charlotte sich oft träge und nutzlos vor. Aber Obst zu ernten und zu verarbeiten war eine der wenigen Arbeiten in Hof und Garten, die auch ihr Freude machten, und sie würde die Gelegenheit nutzen, ihre Zeit morgen zusammen mit Eva und deren Mutter zu verbringen statt bei sich zu Hause.

Insgeheim war sie erleichtert, dass Joachim keinerlei Ehrgeiz zeigte, die Landwirtschaft seiner Eltern zu übernehmen, sondern alles darangesetzt hatte, als Kraftfahrer und Mechaniker Karriere zu machen. Bevor er in die Schule gekommen war, konnte er schon Fahrrad fahren, hatte dann später begeistert bei der Motorsportgruppe der HJ mitgemacht und war so früh wie möglich dem Nationalsozialistischen Kraftfahrerkorps in Tübingen und später als Kraftfahrer der Schutzstaffel beigetreten. Auch jetzt in Warschau bestanden seine Pflichten im Wesentlichen in Chauffeurdiensten für die höheren Chargen sowie in der Pflege und Wartung des Fuhrparks – das jedenfalls war es, wovon er schrieb. Wenn der Krieg erst zu Ende und er wieder zu Hause war, wollte er eine Reparaturwerkstatt aufmachen, am besten in Tübingen, wo auch Charlotte viele Möglichkeiten hätte, als Bürokraft oder in der Buchhaltung mitzuhelfen. Hauptsache, ihr stand keine Zukunft als Bäuerin bevor! Sollte Eva mit dem Mann, der sich früher oder später für sie finden würde, ruhig den Hof übernehmen, Charlotte gönnte es ihr von ganzem Herzen. Leider konnte sie mit Eva nicht darüber sprechen, da Joachim seine Eltern noch nicht in seine Pläne eingeweiht hatte. Der alte Fahrner rechnete felsenfest damit, dass sein zweiter Sohn nach dem Soldatentod des Ältesten in Russland den Hof übernehmen würde. Die Nachricht, dass Joachim sich sein Leben ganz anders vorstellte, würde die Familie wie ein Erdbeben erschüttern, da war sich Charlotte sicher.

»Und du meinst, dein Vater ist zu Hause?«, fragte Eva, als sie eine halbe Stunde später vor dem Voss-Haus angekommen waren. »Dann komme ich noch kurz mit rein und entschuldige die Zwillinge für morgen.« Charlotte nestelte ihren Schlüssel heraus, öffnete und zog Eva hinter sich herein. Aus dem Wohnzimmer hörten sie gedämpfte Stimmen.

»Da sind sie«, sagte Charlotte, ging voran über die Steinfliesen und trat in die Stube.

»Aber Lotti, wo warst du so lange?«, ertönte die tadelnde Stimme ihrer Mutter. Dann erst hatte sie Eva entdeckt. »Oh, Eva, schön, dich zu sehen.«

»Guten Abend«, murmelte Eva und blieb an der Schwelle stehen, aber Arnold Voss war schon aufgesprungen und reckte die rechte Hand.

»Heil Hitler, Mädchen! Nur herein! Und, wie geht's zu Haus? Was macht der tapfere Kraftfahrer?« Charlottes Vater war ein stattlicher Mann, dem schon Dutzende kichernder Schulmädchen eine gewisse Ähnlichkeit mit Hans Albers nachgesagt hatten. Er leitete die Dorfschule und hatte alle Laifinger Kinder schon unterrichtet. Jetzt stand er vor Eva und wartete auf eine Antwort, als wäre sie eine Zehnjährige, die ihre Aufgaben nicht gemacht hat.

»Danke der Nachfrage«, sagte sie endlich. »Aber Charlotte weiß es besser als ich, sie hat heute einen Brief bekommen. Joachim ist immer noch in Warschau und betreut dort die Kraftwagenflotte. Wir hoffen sehr, dass sie ihn nicht zu den kämpfenden Truppen an die Front schicken.«

»Jeder nach seinen Fähigkeiten, Eva! Der Endsieg für Deutschland wird schließlich nicht nur mit der Waffe in der Hand erkämpft. Wenn auch unser Hermann darauf brennt, dass er endlich einrücken kann und sie ihm ein Gewehr in die Hand geben.« Bei diesen Worten ließ Erika Voss ihren Stopfpilz in den Schoß sinken und sah auf.

»Du musst es doch nicht auch noch beschwören, Arnold!«, tadelte sie. »Manchmal glaube ich, wenn du nicht immer davon sprechen würdest, dann hätte der Junge niemals solche Flausen im Kopf!«

»Flausen? Seit wann sind das Flausen, wenn ein deutscher Junge für sein Vaterland kämpfen will?«

»Er ist doch erst sechzehn, Arnold. Unser einziger Sohn.«

»Eben deshalb! Wenn wir nicht bereit sind, das Beste zu geben, was wir haben, wie soll dann Deutschland …«

»Eva will noch ihre Brüder entschuldigen«, unterbrach Charlotte. »Sie sind krank.«

Arnold Voss wandte sich wieder den Mädchen zu. »Was Ernstes?«

»Nein, Herr Voss, nur eine Magenverstimmung … Aber morgen sind sie bestimmt noch nicht so weit, dass sie wieder zur Schule kommen können.«

Er nickte. »Gut, ich weiß Bescheid. Sag einen lieben Gruß zu Hause, Eva, ja? Und komm gut heim! Heil Hitler!«

Charlotte schob Eva energisch aus dem Wohnzimmer in die Diele und schloss die Zimmertür.

»Jeden Tag, sag ich dir. Jeden Tag muss ich mir das anhören. Hermann, seine Gesundheit, seine schulischen Leistungen, seine Berufsaussichten und jetzt eben seine Zukunft bei der Wehrmacht – als ob es nichts anderes gäbe, über das sie reden könnten!«

»Will Hermann wirklich an die Front?«, fragte Eva.

Charlotte verzog das Gesicht. »Na klar. Erst mal weg von zu Hause und dann zeigen, was für ein toller Kerl er doch ist. Aber wer will schon wissen, was Hermann will! Ich jedenfalls nicht.« Eva zuckte mit den Schultern.

»Ich muss los!«

»Bis morgen dann, Eva!« Nachdem sie die Tür geschlossen hatte, blieb Charlotte noch ein paar Augenblicke im schummrigen Flur stehen. Irgendwo draußen krähte ein Hahn. Aus der Stube kam immer noch Arnold Voss' Stimme.

»… solche Jungen wie Hermann sind es doch, die der Führer meint! Mutig, intelligent, pflichtbewusst, deutschnational erzogen …«

Charlotte holte die Briefe heraus und drückte sie an ihre Brust. Komm gesund zurück!, murmelte sie. Bitte, komm bald zurück!

4

Familie Fahrner bewohnte einen der Höfe im alten Ortskern, ein Fachwerkhaus, das in den vergangenen vierhundert Jahren immer wieder aus- und umgebaut worden war – Zwerchgiebel waren aufgesetzt, das Dach angehoben, eine Hopfendarre angebaut worden; zuletzt hatte Evas Großvater Gotthold kurz nach der Jahrhundertwende sein Haus an die neue Wasserleitung anschließen und elektrisches Licht legen lassen. Ihre Mutter hatte sich jahrelang einen modernen elektrischen Herd gewünscht, aber dafür war nie genug Geld da gewesen. Jahrhunderte der Realteilung hatten den Landbesitz auf wenige Hektar schrumpfen lassen, die in der ganzen Gemarkung verstreut waren und nur wenig mehr abwarfen, als für den Bedarf der eigenen Familie nötig war; die Wirtschaftsgebäude – Scheune, Kuhstall, Schweinestall, Hühnerhaus, gemauerter Backofen – gruppierten sich um den ungepflasterten Hof, in dem sich auch Miste und Plumpsklo befanden, der Gemüsegarten lag hinterm Haus in Richtung Maderbach.

»Na, Eva, auch schon da?« Eva drückte sich an ihrer Mutter vorbei in die Küche, die das halbe Erdgeschoss einnahm. Marie Fahrner, hager, faltig, grau, sah deutlich älter aus als ihre knapp fünfzig Jahre – ein Leben voller Arbeit und Härte hatte seine Spuren hinterlassen und der Tod ihres Ältesten irgendwo in den Weiten Russlands ihre Gesichtszüge gezeichnet. Seit diesem Tag vor sieben Monaten trug sie schwarze Schürzen bei der Arbeit; für richtige Trauerkleidung waren weder Geld noch Kleiderkarten da gewesen. Fast das Schwerste schien es zu sein, dass sie Karl nicht hier auf dem Friedhof hatten beerdigen können. Er sei irgendwo in Russland begraben worden, stand in dem offiziellen Brief, der schließlich noch gekommen war, und dass sie stolz auf ihn sein sollten. In heldenhaftem Kampf habe er sein Leben gegeben für Führer, Volk und Vaterland. Georg Fahrner verbrannte den Brief im Küchenherd. Aus ein paar Brettern stellte er ein Kreuz her, versah es mit Karls Namen, Geburts- und Sterbedatum und stellte es im Garten auf. Marie Fahrner pflanzte Blumen davor, Rosen, Stiefmütterchen und Goldlack, und hielt hier Zwiesprache mit dem Sohn, den sie nie wieder in die Arme schließen würde.

»Tut mir leid, ich habe noch Charlotte getroffen und nicht auf die Zeit geachtet … Hast du schon mit den Kartoffeln angefangen? Warte, ich helfe dir …«

Die Mutter reichte ihr Schälmesser und Kartoffeleimer. »Wenn du gerade weitermachst? Ich muss noch an Joachim schreiben«, sagte sie. »Er wundert sich sicher, wenn er nichts von mir hört …«

Eva nickte. »Geh nur. Ich mach das schon.«

Sie sah ihrer Mutter nach, die schwerfällig die Stufen zur Diele hochging. Karls Tod hatte von der Frau, die tüchtig jeden Tag ihre Arbeit verrichtet hatte, ohne jemals deren Sinn in Frage zu stellen, nicht viel übrig gelassen. Ein Teil von ihr wanderte immer noch durch östliche Sümpfe, durch Schützengräben und Unterstände und feindliches Feuer und suchte nach ihrem ältesten Sohn, ein anderer Teil von ihr schrieb Briefe an Joachim, den Zweitältesten, in Warschau – stundenlange, nächtelange Briefe. Es war, als könnte ihm nichts passieren, wenn sie nur ausführlich genug an ihn schrieb. Als könnte sie ihn damit beschützen. Eva wünschte sich, Joachim würde ihr häufiger antworten, aber vielleicht waren diese traurigen Briefe ihm auch einfach nur lästig.

Sie nahm die nächste Kartoffel, schälte sie, wusch sie, schnitt sie klein. Kartoffeln, weiter hatte ihre Mutter sich nichts überlegt. Zwiebeln gab es im Garten, genauso Pflücksalat, Radieschen und Karotten. Vielleicht waren die Zwillinge wieder so weit hergestellt, dass sie sie gleich nach draußen schicken konnte. Eva hielt einen Moment inne. Sie spürte genau, wie ihre Mutter sich von ihnen allen entfernte, wie sich die Last des Haushalts mehr und mehr auf ihre eigenen Schultern legte. Eines Tages, hoffentlich noch nicht so bald, würde sie ganz allein verantwortlich sein. Sie konnte nur hoffen, dass Joachim bald zurückkehrte und sich mit Charlotte eine tüchtige Hausfrau auf den Hof holte. Andererseits – sie wischte sich ein paar Schweißtröpfchen von der Stirn. Andererseits war es manchmal schwierig mit Charlotte. Vielleicht lag es daran, dass ihre Familie so anders war. Sie hatten immer genug Geld gehabt und sich nie Sorgen machen müssen, ob es noch für einen Schulranzen reichte oder für einen neuen Mantel, und selbst jetzt, wo überall rationiert wurde, war bei Voss zu Hause von Einschränkungen nur wenig zu spüren. Sie konnten ihre Kinder auf die höhere Schule schicken, fuhren im Sommer in den Schwarzwald und hatten sogar ein Klavier. Jahrelang war Charlotte jede Woche zur Klavierstunde gegangen, obwohl sie immer wieder erklärt hatte, wie sehr sie den Unterricht hasste. Aber irgendetwas fehlte in der Familie trotzdem, auch wenn Eva nicht hätte sagen können, was.

Während Eva das Essen vorbereitete, hörte sie, wie ihr Vater hereinkam und sich am Wasserhahn im Flur wusch. Fast alle anderen Häuser hatten fließendes Wasser nur in der Küche, aber bei ihnen gab es wenn auch kein besonderes Badezimmer, so doch wenigstens einen zweiten Trinkwasseranschluss. Am Samstag dann wurde die große Waschbütte in die Küche getragen, wurden Wäscheleinen gespannt und mit alten Bettlaken eine Badekabine abgetrennt. Das Wasser musste kesselweise auf dem Herd erhitzt werden, bis dann endlich zunächst Evas Mutter, dann Eva selbst und nach ihr der Vater und die Brüder den Schmutz der Woche darin einweichen konnten. Wenn Hans und Emil an der Reihe waren, war das Wasser meist schon so weit abgekühlt, dass sie noch einen weiteren Kessel Wasser heiß machen mussten. Wenn sie einmal verheiratet war, würde sie ein eigenes Badezimmer besitzen, schwor sich Eva jeden Samstag, wenn sie den zehnten Kessel mit kochend heißem Wasser vom Herd zur Waschbütte getragen hatte. Ein Badezimmer mit eingebauter Wanne, in die man heißes Wasser fließen lassen konnte, und das eine Tür hatte mit einem Schloss daran, so dass niemand plötzlich grinsend seinen Kopf hereinstecken oder aber einem einen Eimer kaltes Wasser über den Rücken kippen konnte …

Es dauerte noch eine Stunde, bis sie schließlich gemeinsam am Küchentisch saßen, Eva, ihre Eltern Georg und Marie, die Zwillinge, die beide noch ein bisschen blass um die Nase waren und viel ruhiger als sonst. An Karls Platz, Karls *früherem* Platz, stand eine Kerze, die seine Mutter zu jeder Mahlzeit anzündete, und an Joachims Platz lag das kleine Kreuz, das er von seinem Paten zur Konfirmation geschenkt bekommen und dann mit nach Warschau zu nehmen vergessen hatte. Hundertmal schon hatte Marie es ihm nachschicken wollen und nur deshalb davor zurückgeschreckt, weil sie Angst hatte, es könnte auf dem langen Weg verloren gehen.

»Komm, Herr Jesus, sei unser Gast, und segne, was du uns bescheret hast.« Es war immer Georg Fahrner, der das Tischgebet sprach, und immer seine Frau, die noch einen Segensspruch anfügte.

»Segne auch uns und unser ganzes Dorf und besonders auch die Männer, die im Feindesland für unsere Heimat kämpfen. Halte deine schützende Hand über sie und lass sie gesund wieder zurückkehren. Segne besonders unseren – unseren Joachim, der seinen schweren Dienst in Warschau verrichtet.« Regelmäßig geriet ihre Stimme an dieser Stelle ins Stocken, und obwohl Eva den Schmerz ihrer Mutter nachfühlen konnte, war sie doch dankbar, dass deren Rührung verhinderte, das Gebet noch weiter auszudehnen. Auch so war es kaum möglich, auch nur für einen Tag Karls Tod und Joachims Feindeinsatz zu vergessen. Schweigend begannen sie zu essen.

»Ich habe eben noch mit Erich gesprochen«, sagte Georg schließlich und schob seinen Teller zurück. Eva blickte überrascht auf. In einem so kleinen Ort wie Laifingen kannte natürlich jeder jeden, und Ortsbauernführer Erich Maifeld gehörte nicht zu denjenigen, mit denen ihr Vater zufällig ein Gespräch führen würde. »Ich habe ihn getroffen, als ich heute Abend die Milch weggebracht habe. Er hat Nachricht aus Ludwigsburg. Sie wollen ein paar Fremdarbeiter hier ins Dorf schicken, es kommen jetzt täglich Transporte an … Erich meint, demnächst wäre vermutlich jemand für uns dabei, weil doch Joachim jetzt auch nicht mehr da ist. Ein oder zwei Männer vielleicht. Den Antrag haben wir ja längst gestellt.«

»Gott sei Dank!« Marie Fahrner griff nach dem Kreuz an Joachims Platz und drückte es an ihre Brust. »Ich wusste, dass der Herrgott uns nicht vergessen hat! Und dann gerade jetzt, wo wir mit der Heuernte anfangen und ich nachts schon nicht mehr schlafen konnte vor Sorge, wie wir das allein schaffen sollen … Vielleicht sind es ja Leute, die selbst schon in der Landwirtschaft gearbeitet haben, der Armand von Bauers zum Beispiel schafft bei ihnen auf dem Hof, als wär's sein eigener, und Belsers François erst, der ist ja wie ein Sohn im Haus!«

Französische Kriegsgefangene waren die ersten Fremdarbeiter gewesen, die vor zwei Jahren schon ins Dorf gekommen und inzwischen ein alltäglicher Anblick geworden waren. Sie wohnten gemeinsam im Gasthof »Zur Sonne« und waren jeweils einem oder auch zwei Bauern zugeteilt. Aber Fahrners waren nicht darunter; als die Männer eingetroffen waren, waren ja Joachim und Karl beide noch da gewesen, so dass sie sich gar nicht erst um Unterstützung beworben hatten. Wer hätte denn damals ahnen können, dass der Krieg so lange dauern und noch den letzten jungen Mann fordern würde, dass nur noch alte Leute und Frauen zurückbleiben und die Feldarbeit leisten würden?

»… und Charlotte kann doch ein bisschen Französisch, oder, Eva? Vielleicht kann sie dir ja etwas beibringen, dann kannst du dich mit den Männern unterhalten. Wenn jemand in seiner Muttersprache angesprochen wird, fühlt er sich gleich angenommen und hat viel mehr Lust zu arbeiten.«

Georg Fahrner hatte den Redeschwall seiner Frau schweigend über sich hinwegrollen lassen. Jetzt räusperte er sich.

»Es sind keine Franzosen, Marie. Im Augenblick kommen nur noch Leute aus dem Osten, Polen hauptsächlich. Wir werden Ostleute bekommen. Immerhin sind es Zivilarbeiter, keine Kriegsgefangenen.«

Das hoffnungsvolle Leuchten verschwand aus Maries Gesicht, sie riss die Augen weit auf und umklammerte das Kreuz, als wäre es eine Waffe. »Ostleute?«, flüsterte sie fassungslos.

Georg nickte. »Woher genau sie kommen, wusste Erich nicht. Er fährt in ein paar Tagen nach Bietigheim und holt sie ab.«

»Ich – wir dürfen keine Ostarbeiter auf dem Hof haben, Georg! Keine Polen, keine Russen! Hast du ganz vergessen, wie Karl – ich will sie nicht hier haben, verstehst du? Ich will es nicht! Das sind doch keine Menschen, das sind Bestien! Bestien, die meinen Karl ermordet haben. Wie kannst du auch nur einen Augenblick darüber nachdenken, diese Mörder auf unseren Hof zu holen?«

Georg Fahrner rutschte auf seinem Stuhl hin und her und sah hilfesuchend zu Eva hinüber.

»Schau sie dir doch erst einmal an, Mama«, sagte Eva. »So schlimm werden sie schon nicht sein, und wenn doch, dann können wir ja immer noch den Ortsbauernführer rufen oder den Rössler.« Rössler war der Dorfpolizist. »Ich denke, wir müssen dankbar für jede Hilfe sein, die wir bekommen können.« Sie nickte zu den Zwillingen hinüber. »Hans, Emil, macht euch fertig fürs Bett.«

»Ooch, Eva! Es hat noch nicht mal acht geläutet!«

Sie zog die Augenbrauen hoch. »Ich habe Herrn Voss Bescheid gesagt, dass ihr morgen wahrscheinlich noch nicht in die Schule gehen könnt, aber wenn ihr so lange aufbleiben könnt, dann seid ihr wahrscheinlich doch schon wieder gesund, oder?« Die Jungen rutschten hastig von ihren Stühlen.

»Ich bin immer noch ganz schlapp auf den Beinen«, behauptete Emil, und Hans fasste sich vielsagend an den Bauch und gab ein dramatisches Stöhnen von sich.

»Wir gehen ja schon … Liest du uns noch was vor? Davon werden wir bestimmt schneller wieder gesund.«

»Aber danach ist Ruhe, klar? Was wollt ihr hören?«

»Ein Märchen, Eva, bitte! Das mit dem kalten Herz! Oder Rübezahl, das hast du ewig nicht mehr gelesen!«

Eva schüttelte entschieden den Kopf. »Das ist zu lang. Das tapfere Schneiderlein oder Hänsel und Gretel, sucht euch eins davon aus …«

Als sie zum Spülen zurück in die Küche kam, war der Streit noch in vollem Gange.

»Nein. Das kannst du nicht von mir verlangen, Georg. Das nicht. Dass ich mit diesen Leuten unter einem Dach … diesen Leuten, die unseren Karl …« Eva wünschte sich, sie könnte verschwinden, aber es wäre undenkbar gewesen, ihre Mutter mit der Aufräumarbeit nach dem Essen allein zu lassen.

»Aber Marie, bitte sei doch vernünftig! Die Arbeiter, die jetzt kommen, haben doch nichts damit zu tun, gar nichts! Und sie müssen ja auch nicht im Haus wohnen, ich denke, wir können ihnen neben dem Stall einen Schlafbereich abtrennen, in der alten Weberwerkstatt.«

»Hast du nicht gehört, wie die – wie die sind? Dreckig und verlaust, und wenn du nicht aufpasst, stoßen sie dir ein Messer in die Brust!«

»Marie, bitte erinnere dich, wie es war, als die Franzosen angekommen sind! Was für Ängste wir alle hatten. Und kaum waren sie ein paar Wochen da, war das alles wie weggeblasen, und es war klar, das sind Menschen wie wir! Und mit den Leuten jetzt wird es genauso sein.«

»Menschen wie wir!« Marie Fahrner kniff die Lippen zusammen und wich zurück. »Woher willst du das wissen, Georg

Fahrner? Woher? Hast du Augen und Ohren zugemacht in den letzten Monaten, keine Zeitung gelesen?«

»Hör mir doch auf mit diesem Zeug. Als würdest du sonst glauben, was in dem Schmierblatt steht! Ich sag dir, wenn wir jetzt keine Unterstützung bekommen, kriegen wir die Ernte nicht eingebracht, dann weiß ich nicht mehr, wovon wir leben sollen! Ich weiß nicht mal mehr, ob ich den Hof noch halten kann! Willst du das?«

Eva sah erschreckt von einem zum anderen. Sie konnte sich nicht daran erinnern, ihre Mutter vorher jemals so aufgebracht, ihren Vater so laut erlebt zu haben, konnte sich an überhaupt keine Auseinandersetzung zwischen ihren Eltern erinnern, bei der sie dabei gewesen wäre. Georg Fahrner war das Oberhaupt der Familie, das war die selbstverständliche Grundlage, auf der das ganze Familienleben sich abspielte. Was er entschied, das galt, und alle hatten sich danach zu richten, selbst wenn sie eigentlich anderer Meinung waren. Joachim war bisher der Einzige gewesen, der dagegen aufbegehrt hatte; dass ihre Mutter das auf einmal in Frage stellte und so verbissen ihren eigenen Standpunkt verteidigte, zeigte deutlich, wie tief ihre Angst war.

»Mama«, begann Eva zögernd, aber ihr Vater machte nur eine abwehrende Handbewegung, legte seiner Frau den Arm um die Schultern und zog sie an sich, auch das eine Geste, die Eva noch nie bei ihren Eltern erlebt hatte – Zärtlichkeit zwischen Mann und Frau gehörte nicht in die Öffentlichkeit.

»Du musst keine Angst haben, Marie, ich passe schon auf euch auf.«

5

»Sie haben Glück, Ortsbauernführer Maimann, Wachtmeister Rössle – «, Lagerleiter Demmler warf einen kurzen Blick auf den Zettel in seiner Hand, »Maifeld, genau. Ortsbauernführer Maifeld. Vor drei Tagen haben wir eine Lieferung bekommen, junge, kräftige Leute zumeist.« Er wandte sich mit einem leicht herablassenden Lächeln an die beiden Männer ihm gegenüber. Der Kleinere der beiden, ein rundlicher Großvatertyp mit Apfelbäckchen und stoppeligem Kinn, fühlte sich in seiner Uniform sichtlich unwohl und kratzte sich immer wieder verstohlen den Hals unter dem verknitterten Kragen, der andere wirkte so, als könnte er vor lauter Wichtigkeit kaum laufen, dabei waren seine Stiefel ungeputzt und die Jacke vermutlich überhaupt noch nie gewaschen worden. So waren sie alle, dachte Demmler. Unter der Uniform, unter einer dünnen Schicht von nationalsozialistischem Lack blieben sie Bauern ohne wirkliche politische Überzeugung, denen die deutsche Sache im Grunde herzlich egal war, solange nur die Sonne reichlich schien und die Sauen fett wurden.

Er seufzte. »Alle vorgesehen für einen Einsatz im Bereich des Arbeitsamtes Ludwigsburg.«

Der kleine Dicke meldete sich zu Wort; er war der Ortsbauernführer.

»Wir brauchen Leute, die anpacken können, am besten welche mit Erfahrung in der Landwirtschaft … Und Deutsch. Ein bisschen Deutsch müssen sie schon verstehen, wir können ja kein Polnisch.«

»Das kann keiner. Wozu auch? Eine sterbende Sprache.« Demmler stand auf. »Lassen Sie uns rausgehen. Ich habe die Polacken schon antreten lassen. Sie können sich selbst einen Überblick verschaffen und die Leute aussuchen, die Sie haben wollen.«

Der übliche Gestank schlug ihm entgegen, als er nach draußen trat – Polengestank, versetzt mit Russen- und Ukrainergestank, die unverkennbare Duftmischung aus Jauche und Schweiß, Kohl und Zwiebeln. Selbst wenn seine Wäsche frisch aus der Reinigung kam, hing der Gestank immer noch darin. Hinter Berlin, irgendwo im Warthegau, musste eine Welt des dauerhaften Gestanks beginnen. Die Leute, die dorthin abkommandiert waren, konnten einem leidtun. Er selbst hatte wenigstens ein Haus in der Stadt, wo er dieses Gesindel nicht sehen oder riechen musste. Sie standen in einem großen Kreis auf dem Appellplatz, eine Truppe grauer, zerlumpter Gestalten, mit denen man Kinder hinter den Ofen hätte jagen können. Er gab einem der Wachleute einen Wink; der Mann zog seine Trillerpfeife heraus und ließ einen Pfiff ertönen. Zufrieden registrierte Demmler, wie auch die beiden Bauern an seiner Seite zusammenzuckten.

»Antreten in einer Reihe, ihr Polenschweine! Und keinen Mucks!« Wie immer hatten nur die wenigsten die Kommandos verstanden; diese Polen waren ein ungebildetes Gesindel, dessen Interessen über Fressen und Saufen nicht hinausging. Vermutlich waren die meisten gerade einmal in der Lage, den eigenen Namen zu schreiben. Immer einmal wieder hatten sie auch Holländer und Franzmänner hier im Lager, manchmal sogar Norweger, und obwohl diese Leute meist einen rebellischen Zug hatten, waren sie Demmler doch um Längen lieber als diese Untermenschen aus dem Osten, die sich vermutlich noch nie im Leben mit Wasser und Seife gewaschen hatten. Er betrachtete die Jammergestalten vor sich und wartete. Erst, nachdem die paar zumindest ansatzweise Gebildeten die Order übersetzt hatten, kam Bewegung in die Meute, und die Leute bildeten einen Kreis. Demmler straffte die Schultern.

»Polnische Fremdarbeiter in deutschen Landen! Ihr wisst, dass ihr hier nach Deutschland gekommen seid zur Wiedergutmachung all der Gräueltaten, die Polen an Reichs- und Volksdeutschen im Warthegau und im Generalgouvernement begangen haben! Außerdem aber erhaltet ihr die Möglichkeit, mit harter, ehrlicher Arbeit Geld zu verdienen und euren Familien daheim zukommen zu lassen. Und nicht zuletzt dürft ihr mit der Kraft eurer Hände an der neuen Zukunft mitarbeiten, die unter dem Oberbefehl unseres großen Führers Adolf Hitler für Europa, für die ganze Welt anbrechen wird! Erweist euch dieser Aufgabe als würdig. Denjenigen von euch, die glauben, sie könnten mit Bummelei, Sabotage und polnischer Wirtschaft der deutschen Sache schaden, sei gesagt, dass wir darauf mit härtester Konsequenz reagieren werden! Wer lässig arbeitet, die Arbeit niederlegt, andere Arbeiter aufhetzt, die Arbeitsstätte eigenmächtig verlässt und so weiter, erhält Zwangsarbeit im Konzentrationslager. Wer mit einer deutschen Frau oder einem deutschen Mann geschlechtlich verkehrt, wird mit dem Tode bestraft ...«

Wie immer flossen die Worte wie von selbst aus seinem Mund; er hätte nicht sagen können, wie oft er diese Ansprache schon gehalten hatte. Die Dolmetscherin war heute leider nicht da, so dass er ungeduldig darauf warten musste, bis die halblaute Übersetzung der deutschkundigen Polen zu jedem durchgedrungen war. Er nickte zu den beiden Bauern hinüber. »Wenn Sie selbst schauen wollen?«

Zögernd gingen der Ortsbauernführer und sein Begleiter auf die Deportierten zu.

»Könnt ihr Deutsch?«, fragte der Dicke leise. Niemand antwortete, natürlich nicht. Demmler ließ wieder pfeifen.

»Wer von euch Deutsch kann, vortreten, aber dalli!« Ein knappes Dutzend Leute machte einen vorsichtigen Schritt nach vorn. Der Lagerleiter zuckte bedauernd mit den Schultern. »Allzu viele sind es nicht. Aber einfache Befehle werden Sie auch den anderen schnell beigebracht haben. Oft kommt es nur auf die Art der Vermittlung an.« Er berührte mit der Hand leicht die Reitgerte, die immer an seiner Seite hing. »Mit ein bisschen Nachdruck versteht selbst der dümmste Polacke, was Sie von ihm wollen.«

Ortsbauernführer Maifeld nickte, damit war er offensichtlich vertraut. Wenigstens das.

»Kannst du mähen?«, fragte er jetzt den Ersten. Der Mann nickte. »Melken? Bäume fällen?«

»Ja«, antwortete der Pole. Mutiger geworden, griff Maifeld nach dessen Oberarm, als wollte er die Muskelkraft dort prüfen.

»Du gesund? Nichts Schmerzen? Zeig mal Zähne.«

Gehorsam sperrte der Mann den Mund auf; Demmler schüttelte genervt den Kopf.

»Die Leute sind alle arbeitsfähig, Ortsbauernführer«, sagte er scharf. »Sie sind desinfiziert, entlaust und ärztlich untersucht worden. Nehmen Sie, was Sie kriegen können, und seien Sie dankbar dafür! Solche Rosinenpickerei ist unsolidarisch gegenüber der Volksgemeinschaft.«

Verschreckt sprang Maifeld ein paar Schritte zurück. »Entschuldigung, Lagerführer Demmler! Ich – natürlich, Sie haben recht. Ich nehme diese acht Leute hier. Die ersten acht.«

»Fünf, Ortsbauernführer. Nicht mehr als fünf. Und nicht nur Männer.« Er zeigte nacheinander auf fünf Leute. »Einverstanden?« Der Ortsbauernführer nickte eingeschüchtert. »Also los. Holt euren Krempel und macht euch marschfertig.« Er wandte sich noch einmal an die beiden Bauern. »Seien Sie vorsichtig, wenn Sie mit diesem Pack nach Hause fahren, sonst machen die sich gleich bei der ersten Gelegenheit aus dem Staub! Sie kennen diese Polacken nicht. Die sind hinterfotzig und mit allen Wassern gewaschen, da haben Sie ein Messer im Rücken, bevor Sie bis drei zählen können! Und vergessen Sie nicht, den örtlichen Bauernfamilien die Regeln zum Umgang mit Polen und Ostarbeitern einzubläuen! Der Pole ist unser Feind, das darf niemals vergessen werden.«

Ortsbauernführer Maifeld, Wachtmeister Rössle und die polnischen Fremdarbeiter legten die Strecke von Bietigheim nach Laifingen mit der Bahn zurück, Holzklasse, über Ludwigsburg, Stuttgart und Herrenberg.

Im Vergleich zu dem Transport von Warschau nach Bietigheim war dieser Personenzug Luxus, dachte Tomasz. Und im Vergleich zum Leben im Lager würde auch das Leben auf einem Bauernhof Luxus sein, ganz gleich, was man von ihnen erwarten, wie man dort mit ihnen umgehen würde. Die wenigen Tage im Durchgangslager hatten gereicht, um die Furcht und Abscheu davor unauslöschlich in seine Seele, seinen Körper einzubrennen – der allgegenwärtige Schmutz und Gestank, die Enge in den Baracken, in denen sie zusammengepfercht auf primitiven Bettgestellen schliefen, die Wanzen, die Nacht für Nacht über sie herfielen; das widerliche, immer zu knappe Essen, das nicht satt machte, aber wie ein Stein im Magen lag und einen dazu zwang, viel zu häufig die zentrale Latrinengrube aufzusuchen, ein Stück Fegefeuer inmitten der Lagerwelt; die Willkür der Wachen, die jederzeit und ohne Anlass zuschlagen konnten, die Hoffnungslosigkeit in den Gesichtern der anderen Verschleppten. Verstohlen warf er einen Blick auf den Jungen, der ihm gegenübersaß.

Janek hatte die Augen geschlossen und hielt den Kopf gesenkt; seine Lippen bewegten sich unablässig, vermutlich betete er den Rosenkranz, dessen Perlen nur in seinem Kopf existierten. Anfangs hatte Tomasz darüber gewitzelt, aber schnell damit aufgehört, als er erkannte, wie gekränkt der Junge jedes Mal war. Vermutlich war es ein Segen, dass er etwas hatte, das ihn innerlich so bestärkte und ablenkte. Ein Segen. Tomasz war sich sicher, dass er das Wort jahrelang nicht in den Mund genommen, nicht einmal gedacht hatte. Ohne diesen verbissenen katholischen Glauben hätte den Jungen die Lagererfahrung möglicherweise noch mehr mitgenommen. Durch die vielen Ungezieferstiche und -bisse sah er aus wie entstellt; schmal und schmächtig, wie er vorher schon gewesen war, machte ihm auch das schlechte Essen mehr zu schaffen, zumal er sich anfangs geweigert hatte, den halb verfaulten Kohl, das angeschimmelte Russenbrot herunterzuwürgen. Wenn diese uniformierten Bauern vom Lagerführer nicht so eingeschüchtert gewesen wären, hätten sie Jan in seinem Zustand niemals mitgenommen. Die anderen Polen, die sie zugewiesen bekommen hatten, waren aus der Gegend von Radom; die Schwestern Mascha und Helena waren nach dem Gottesdienst vor der Kirche in ihrem Heimatdorf einfach verhaftet worden, Pjotr, ein wortkarger Mittdreißiger, hatte sich freiwillig beim örtlichen Arbeitsamt gemeldet, um zu verhindern, dass die Lebensmittelrationen seiner Familie gekürzt wurden – eine übliche Methode der Okkupationsbehörden, um die Anzahl der »freiwilligen« Meldungen zu erhöhen.

Tomasz bemühte sich, der Unterhaltung der Deutschen unauffällig zu lauschen, aber obwohl er immer geglaubt hatte, die Sprache gut zu beherrschen, verstand er von ihrem Dialekt nicht allzu viel. Aber das konnte auch Vorteile haben. Intellektuelle, intellektuelle Polen vor allem, waren den Nationalsozialisten zuwider und stellten in ihren Augen eine Gefahr dar; unzählige polnische Ärzte, Anwälte, Lehrer, Geistliche, Journalisten waren gleich nach der Besetzung des Landes im Herbst '39 ermordet oder verschleppt worden. Tomasz' Freundeskreis hatte sich in diesen Monaten auf eine Handvoll verschreckter Überlebender reduziert, die gerade noch rechtzeitig hatten untertauchen können und sich immer noch fragten, was für ein fürchterlicher Sturm da eigentlich über sie hinweggezogen war. Es konnte nicht schaden, wenn man ihn selbst für einen einfachen Landmann hielt, der irgendwo ein paar Brocken Deutsch aufgeschnappt hatte und sich gerade eben damit verständigen konnte.

In dem Gespräch der örtlichen Funktionäre schien es darum zu gehen, wie man die Fremdarbeiter auf die Bauernhöfe verteilen sollte. Offensichtlich gab es viel mehr Nachfragen, als Hilfsarbeitskräfte zur Verfügung standen – kein Wunder, da ja so gut wie jeder Mann, der zwei Beine hatte und noch nicht senil war, inzwischen irgendwo an der Front für den deutschen Größenwahn kämpfte. Egal, dachte Tomasz, egal, wo wir hinkommen. Hauptsache, ich kann ein Auge auf den Jungen haben, sonst landet er gleich innerhalb der ersten Wochen auf dem Friedhof oder im KZ.

Hinter den Zugfenstern glitt die Landschaft vorbei, Wälder, Felder, einzelne Dörfer, kleine Städtchen. Die einzige Großstadt, die sie passierten, war Stuttgart, wo sie umsteigen mussten – ein Provinznest, verglichen mit der Metropole Warschau. Plötzlich bemerkte Tomasz, wie die Deutschen sich gegenseitig anstupsten und vielsagend in Richtung des Jungen blickten, der mit seinem verquollenen Gesicht und den unablässig vor sich hin murmelnden Lippen wirkte, als wäre er nicht ganz gescheit.

»He, du!«, sagte der größere der beiden Bauern zu Janek und stieß ihn mit der Stiefelspitze an. Jan zuckte zusammen. »He, du sprechen Deutsch?«

Der Junge wirkte, als käme er nach einem langen Schlaf nur zögernd wieder zu sich. Er setzte sich gerade hin, rieb sich über das Gesicht. Der Deutsche verdrehte die Augen.

»Ob du mich verstehen kannst, will ich wissen. Du verstehen?« Jan nickte zögernd. »Du stinkst, Polacke! Du stinkst schlimmer als ein ganzer Schweinestall! Setz dich irgendwo dahinten hin, wo wir dich nicht riechen müssen!« Der Sprecher gab sich Mühe, laut und Hochdeutsch zu sprechen, aber Janek hatte ihn nicht verstanden und sah hilfesuchend zu Tomasz hinüber.

»Die wollen nicht neben uns sitzen«, sagte Tomasz und stand auf. »Komm, wir gehen da rüber zur Tür, da gibt es genug Platz.« Der Junge wurde feuerrot, die Deutschen lachten.

»Hopp, hopp, du Polenschwein!« Dieses Wort hatte Jan schon häufiger gehört; es gab wohl keinen Polen, dem es noch nicht begegnet war. Er ballte die Fäuste, Tomasz legte ihm begütigend die Hand auf die Schulter.

»Lass dich nicht provozieren, Junge ... bleib ruhig.« Er drückte den Jungen auf den Platz neben der Tür. »Versuch, noch ein bisschen zu schlafen, wer weiß, wann du wieder dazu kommst.«

Es war schon Abend, als sie in Laifingen ankamen, an einem winzig kleinen Bahnhof mit nur einem Gleis. Der Wachtmeister, der die letzten Kilometer verdöst hatte, streckte sich kurz in seinem Sitz und fuchtelte dann mit seiner Waffe herum.

»Aussteigen und dann in einer Reihe aufstellen«, brüllte er, so dass die wenigen Zivilisten, die außer ihnen im Zug saßen, überrascht zu ihm hinübersahen.

»Na dann los«, sagte Tomasz leise. »Schauen wir uns an, wohin es uns verschlagen hat.«

Das Dorf lag am Fuß eines Höhenzugs und zog sich ein Stück den Hang hinauf; von einer leichten Kuppe ein paar Kilometer entfernt hatten sie eben einen guten Blick auf die vielleicht hundert Höfe mit ihren Scheunen und Stallungen gehabt. Dazu gab es ein paar größere Gebäude und unübersehbar in der Mitte des Ortes die Kirche, die auch jetzt vom Bahnhof aus betrachtet alles andere überragte.

»Der Turm ist schief, Tomasz, siehst du? Er kippt nach rechts«, flüsterte der Junge. »Könnte es ein deutlicheres Zeichen geben?«

»Zeichen wofür?«, fragte Tomasz und spürte im nächsten Augenblick einen Stoß in seinem Rücken, der ihn stolpern ließ.

»Ihr haltet das Maul, bis ihr gefragt werdet, kapiert?«

Er nickte, um dem Polizisten keinen weiteren Anlass zu geben, seine schlechte Laune an ihm auszulassen. Obwohl es natürlich eigentlich keinen Anlass brauchte.

»Ganze Kolonne – Marsch!«

Die beiden Schwestern waren die Ersten, die sie in den Händen eines einheimischen Bauern zurückließen, dann folgte der schweigsame Pjotr, der bei einer Metzgerei in der Ortsmitte landete. Hoffentlich lassen sie uns zusammenbleiben, dachte Tomasz, damit ich ein Auge auf den Kleinen haben kann. Was für einen überraschend großen Raum in seinen Gedanken die Sorge um den Jungen einnahm, der ihm so unerwartet vor die Füße gefallen war! Einen Raum, der vorher leer gewesen war wie ein ausgebranntes Haus oder eine umgestürzte Kinderwiege.

Über die geschotterte Ortsdurchfahrt liefen sie an kleinen Läden vorbei, einem Schuhmacher, einer Gipserei, mehreren Wirtshäusern, überquerten einen kleinen Markt mit wehenden Hakenkreuzfahnen. An einem Laufbrunnen spielten Kinder im Wasser; sobald sie die kleine Kolonne gesehen hatten, fingen sie an, zu spritzen und Faxen zu machen, bis der kleine Dicke etwas zu ihnen hinüberbellte. Wenn die Fahnen nicht wären, könnte es zu Hause sein, dachte Tomasz, in irgendeinem polnischen Dorf. Die Kinder, die Misthaufen vor den Türen, das Katzenkopfpflaster am Dorfplatz. Aber es war nicht zu Hause.

Schließlich traten sie durch einen Hofeingang am Ortsrand. Hühner stoben gackernd auseinander; ein älterer Mann, der gerade dabei gewesen war, an einem Lederriemen ein großes Messer zu schleifen, sah bei diesem Geräusch auf, wischte sich die Hände an seiner Arbeitshose sauber und kam dann zu ihnen herüber.

»Marie! Marie, sie sind da!«, rief er zu einem offenen Fenster des Hauses hinüber, auf dessen Brett ein dampfender Topf stand. Die Küche, dachte Tomasz, und: Heute Abend gibt es etwas Warmes zu essen.

Der Alte hatte inzwischen ein Gespräch mit den Uniformierten angefangen, von dem Tomasz nur Bruchstücke verstand, aber es war ja klar, worum es ging. Ebenso wie es klar war, dass es nichts gab, das er selbst hätte sagen können, um an der Situation irgendetwas zu verändern. Mittlerweile hatten sich auch die anderen Hausbewohner eingefunden: eine ältere, verhärmt wirkende Frau mit schwarzer Schürze und schwarzem Kopftuch, bei der es sich vermutlich um die angesprochene Marie handelte, zwei jüngere Frauen, Mädchen fast noch, die miteinander tuschelten, sowie zwei kleine Zwillingsbuben mit staubigen nackten Füßen, kurzen Hosen und glatt gescheitelten Haaren. Auch bei dieser Familie hätte es sich genauso gut um eine polnische handeln können, fromme kaschubische Bauern vielleicht aus der Gegend von Chmielno, die zufrieden waren mit ihrem einfachen Leben und auf nichts weiter hofften als auf eine gute Ernte. Tomasz betrachtete sie unter gesenkten Lidern und revidierte sein erstes Urteil: Eine der jungen Frauen gehörte nicht dazu. Ihre Kleidung, der Schnitt ihrer kastanienfarbenen Haare, die Art, wie sie sich hielt und wie ihre Blicke zwischen dem alten Bauern, den Zwangsarbeitern und dem anderen Mädchen hin und her huschten, ließen sie wie einen Fremdkörper erscheinen – wie einen scharfkantigen Glassplitter unter glatt geschliffenen Kieseln.

Es waren die ersten Polen, die Charlotte zu Gesicht bekam, und sie waren genauso schmutzig und heruntergekommen, wie die Propaganda immer gesagt und Joachim geschrieben hatte. Was für ein Glück, dass sie gerade heute den Nachmittag und Abend bei Fahrners verbracht hatte! So konnte sie gleich an Joachim weitergeben, wie sich die Dinge in seinem Elternhaus entwickelt hatten und was ihr Eindruck von den Fremdarbeitern war. Fast musste sie ihren Eltern dankbar dafür sein, dass bei ihnen immer noch das Hauskreuz schief hing, sonst hätte sie vermutlich nicht Wärme und Trost in der Fahrnerfamilie gesucht.

Voller Neugier betrachtete sie jetzt die beiden Fremdarbeiter, die neben Erich Maifeld und Wachtmeister Rössle im Hof standen und zu Boden schauten. Gepäck hatten sie nicht mitgebracht, keine Tasche, keinen Rucksack, nichts. Der Ältere, ein kräftiger, großer Mann mit Stoppelbart und verfilzten Haaren, war schätzungsweise um die dreißig Jahre alt, der andere sicher noch keine zwanzig, dazu schmalbrüstig und mager. Sein Gesicht leuchtete rot und verschwollen, als wäre er schwer krank; Charlotte konnte sich nicht vorstellen, dass dieser schwächliche Junge eine große Hilfe auf dem Hof darstellen würde. Hoffentlich hatte er keine ansteckende Krankheit mitgebracht! Beide Polen waren unglaublich verdreckt und zerlumpt; der ältere hatte Bindfäden um seine Schuhe gewickelt, damit sie nicht ganz auseinanderfielen. Außerdem ging ein Gestank von ihnen aus, als hätten sie sich tagelang nicht gewaschen. Unwillkürlich lief Charlotte ein Schauder über den Rücken. Es war gut, dass Georg Fahrner den beiden Polen neben dem Stall einen Schlafplatz zurechtgemacht hatte und nicht im Haus. Sie machte ein paar Schritte auf die Gruppe zu, um besser hören zu können, was gesprochen wurde.

»… dir zugeteilt«, sagte Maifeld gerade. »Wenn sie dir nicht passen, kriegst du eben niemanden.« Georg Fahrner antwortete etwas, das Charlotte nicht verstehen konnte, aber Maifeld schien sich darüber zu ärgern, denn rote Flecken erschienen auf seinen Wangen.

»Ja, glaubst du denn, wir hätten da die große Auswahl gehabt?! Ich habe die Besten mitgebracht, die ich bekommen konnte! Aber du musst sie ja nicht nehmen, wenn du nicht willst! Ich bin sicher, der Lämmle fällt mir um den Hals, wenn ich sie ihm überlasse.«

»Und dieser Junge da ist in Ordnung, Maifeld? Der sieht aus, als wäre er schon halb gestorben! Dass der mir nur nichts einschleppt. Kann mir nicht vorstellen, dass der auch nur einen Spaten hochheben kann.«

»Unsinn. Der hat zu viel Sonne abgekriegt, das ist alles. Los, Junge, zeig dem Bauern mal deine Muskeln!« Er gab dem Jungen einen leichten Schubs; der Junge sah panisch hin und her wie ein gehetztes Tier und schien nicht zu verstehen, was man von ihm wollte. Erst, als der Ältere ihm die Hand auf die Schulter legte und etwas zu ihm sagte, streifte er seinen Ärmel hoch, hob den Arm und spannte den Bizeps, wobei er jeden Blickkontakt vermied und stattdessen vor sich hin auf einen Fleck am Boden starrte.

»Da, siehst du?« Maifeld packte den Arm und schwenkte ihn hin und her. »Ein gesunder junger Mann, stark wie ein Ochse …« Eine eigenartige Scham stieg bei dieser Demonstration in Charlotte auf und brannte ihr in der Kehle. Sie wandte die Augen ab. In dem Moment schob sich Wachtmeister Rössle nach vorn.

»Schluss mit dem blöden Gequatsche! Während unsere deutschen Soldaten im Osten ihr Blut für das Vaterland geben, habt ihr nichts Besseres zu tun, als über die Scheißpickel im Gesicht eines Polenbengels zu streiten! Und die zwei Polacken stehen daneben und lachen sich ins Fäustchen. Wir sind im Krieg, nicht im Sandkasten! Los, Maifeld, lies die Anweisungen zum Umgang mit polnischen Fremdarbeitern vor.«

Der Ortsbauernführer räusperte sich. »Deutscher Bauer, deutsche Bäuerin, werde nicht zu Verrätern an der deutschen Volksgemeinschaft! Die Polen gehören nicht zur deutschen Volksgemeinschaft. Wer sie wie Deutsche behandelt oder gar noch besser, der stellt seine eigenen Volksgenossen auf eine Stufe mit den Fremdrassigen. Vergiss es nie: Der Pole ist unser Feind! Er kann nicht dein Haus- oder Tischgenosse, erst recht nicht dein Freund sein! Wenn es nicht zu vermeiden ist, dass sie mit Euch unter einem Dach wohnen, dann bringt sie so unter, dass jede engere Berührung mit Eurer Familie ausgeschlossen ist. Alle im Reichsgebiet zum zivilen Arbeitseinsatz eingesetzten Polinnen und Polen haben auf der rechten Brustseite jedes Kleidungsstückes ein mit ihrer jeweiligen Kleidung fest verbundenes Kennzeichen – lila ›P‹ auf gelbem Grund – stets sichtbar zu tragen. Seid zu stolz, Euch mit Polen einzulassen! Seid gegenüber den Polen selbstbewusst, seid stolz auf Eure Überlegenheit in jeder Beziehung! Lasst keinen Zweifel daran, dass Ihr die Herren im eigenen Land seid! Jede Art von Kontakt, die über das hinausgeht, was zur Arbeit absolut erforderlich ist, ist verboten. Kontakte zwischen deutschen Frauen und polnischen Männern sind strengstens verboten und werden mit Schutzhaft für die Frau und der Todesstrafe für den Polen geahndet. Haltet das deutsche Blut rein! Gemeinsame Mahlzeiten am Familientisch sind verboten, ebenso Wirtshaus-, Theater- und Kinobesuche. Der Kirchgang ist verboten, genauso der Ausgang bei Dunkelheit. Polen dürfen nicht fotografieren, kein Fahrrad besitzen oder damit fahren. Die Benutzung der Reichsbahn und der örtlichen Bus- und Tramlinien ist verboten, in besonderen Fällen kann eine Ausnahmegenehmigung erteilt werden. Arbeitsverweigerung, Sabotage und Aufsässigkeit sind der Ortspolizeibehörde zu melden und werden strengstens bestraft.«

Charlotte musste sich zwingen zuzuhören. Maifeld war es nicht gewöhnt, einen längeren Text zu lesen; immer wieder stolperte und stockte er, legte Pausen ein, wo keine Pausen hingehörten, und wischte sich schließlich erleichtert mit seinem Taschentuch den Schweiß von der Stirn, als er endlich fertig war. Obwohl er damals alle Hebel in Bewegung gesetzt und sogar bei der Kreisleitung vorgesprochen hatte, war es ihrem Vater nicht gelungen, Maifeld als Ortsbauernführer zu verhindern – als einer der Ersten, die sich der Bewegung angeschlossen hatten, galt Erich Maifeld als absolut zuverlässig und seine bescheidenen intellektuellen Fähigkeiten als Nebensache.

»Hier gibt es noch ein Merkblatt, da könnt ihr alles nachlesen. Und morgen als Erstes gehst du zur Polizei und meldest die beiden an.«

Inzwischen war auch Marie Fahrner zu der Gruppe getreten und sagte etwas, worauf Maifeld hilfesuchend zum Wachtmeister sah.

»Hm, soweit ich weiß – also eine richtige Kleiderkarte ist nicht vorgesehen, jedenfalls nicht sofort, warte mal …« Rössle zog ein Notizbuch aus der Tasche und blätterte darin herum. »Spinnstoffkarte, hier ist es. Sie kriegen eine Spinnstoffkarte und Holzschuhe. Die Holzschuhe kannst du auf dem Rathaus abholen, die kriegen sie aus Tübingen geliefert.«

»Holzschuhe?!«, fragte Georg Fahrner. »Die sollen in Holzschuhen auf dem Feld schaffen?«

Der Wachtmeister nickte. »Genau. Du weißt ja selbst, wie knapp das Leder ist, und Holzschuhe halten ewig. Und schnell rennen kann man damit auch nicht. Dürfte schwierig sein, damit zu Fuß bis nach Polen zurückzukommen.« Nur Maifeld lachte. »Und was die Kleidung angeht …« Rössle maß die beiden Polen mit einem abschätzigen Blick. »Also, zu Hause laufen die auch nicht anders rum. Und außerdem ist ja Sommer, da wird es wohl reichen.« Er klappte sein Notizbuch wieder zu. »Noch Fragen? Sonst lasse ich euch die beiden jetzt da. Wir sind schon den ganzen Tag wegen dieser Scheißpolacken unterwegs, wir haben auch noch etwas anderes zu tun. Heil Hitler.«

Eine eigenartige Stille breitete sich aus, nachdem die zwei Uniformierten den Hof verlassen hatten. Wie in einem Theaterstück, bei dem die Schauspieler den Text vergessen haben, dachte Charlotte. Aber vielleicht musste der Text ja auch erst gefunden werden. Vielleicht war ja noch gar nicht klar, was für ein Stück gegeben wurde. Jeder schien darauf zu warten, dass der andere etwas sagte, dem Geschehen eine Richtung gab. Schließlich straffte Georg die Schultern.

»Ich zeige euch eure Unterkunft«, sagte er laut und in bemühtem Hochdeutsch. »Schlafen, versteht ihr?«

Der Ältere der beiden nickte. »Ich deutsch«, sagte er und zeigte erst auf den Jungen, dann auf sich selbst. »Jan. Tomasz.« Der alte Bauer nickte.

»Ich bin der Georg Fahrner, meine Frau Marie, die Bäuerin … Das sind Eva, Hans und Emil, unsere Kinder. Und Charlotte, die Braut von unserem Sohn Joachim.«

»Joachim ist in Polen«, sagte Marie Fahrner. »In Warschau.« Bei diesen Worten zuckte der Junge zusammen, während der Ältere zum ersten Mal der Bäuerin ins Gesicht sah.

»Warschawa«, sagte er. »Ja. Ich komme Warschawa.« Charlotte verstand, dass die Bäuerin den Fremden etwas hatte sagen wollen, das sie miteinander verband, aber aus dem Mund des Polen hörte es sich so an, als wäre es etwas, das sie trennte. Als wären mit Warschau und Warschawa zwei unterschiedliche Städte gemeint. Sie spürte, wie die Röte ihr vom Hals ins Gesicht stieg, und war erleichtert, als Georg Fahrner mit einem Schulterzucken der eigenartigen Vorstellung ein Ende bereitete.

»Kommt mit. Ihr schlaft in der alten Werkstatt.« Er ging voran zum Kuhstall hinüber, die beiden Polen folgten ihm und verschwanden hinter der Stalltür.

»Bestimmt haben die Hunger.« Marie wandte sich an ihre Tochter. »Eva, du bringst den beiden Kraut und Brot … und ein Handtuch und Seife. Zeig ihnen die Pumpe im Hof, die sollen sich erst mal waschen.«

6

Bis vor zwanzig, dreißig Jahren war Laifingen ein Dorf der Weber gewesen. Auf einem Teil der Feldflur war Flachs angebaut worden, und im Frühsommer hatte die Blüte wie ein blauer Schleier über der Landschaft gelegen. Jeder zweite Kleinbauer hatte sich im Winter mit der Herstellung von Leintuch ein paar Groschen dazuverdient, sauer verdient, denn zwischen der Ernte der Leinstängel und dem Weben des Stoffes lagen zahlreiche kraft- und zeitintensive Arbeitsschritte. In dieser Zeit hatte auch Georg Fahrners Großvater an den großen Viehstall einen Schuppen angebaut und darin seinen Webstuhl aufgestellt. Inzwischen war die Hausweberei längst unrentabel geworden, der Webstuhl eingemottet, und in der ehemaligen Weberwerkstatt hatte jahrelang nur alter Krempel herumgestanden. Dieser Raum, hatten Georg und Marie Fahrner entschieden, war ideal für die Unterbringung der Polen geeignet: Er lag nicht im Wohnhaus selbst, aber gleich nebenan, wurde im Winter gewärmt von den Kühen, die nur durch eine Bretterwand getrennt in ihrem Stall standen, und konnte von draußen mit einem Vorhängeschloss gesichert werden, worauf besonders der Oberwachtmeister Wert gelegt hatte. Einziger Nachteil war, dass es im ganzen Stallgebäude kein elektrisches Licht gab.

»Meinst du nicht, die brennen uns den Hof ab, wenn wir denen eine Petroleumlampe reinstellen?« Der laute Widerspruch der Bäuerin gegen die Zuweisung von polnischen Fremdarbeitern war zwar verstummt, aber ihr Misstrauen, ihr Widerwillen und ihre Angst sprachen aus jeder ihrer Bewegungen, aus der Vehemenz, mit der sie auf ihren Brotteig einschlug, der fahrigen Ungeduld beim Füttern der Hühner und selbst noch aus der Heftigkeit, mit der sie sich das Kopftuch zuknotete. »Der Heuboden ist ja gleich darüber!«

»Kann ich mir nicht vorstellen.« Georg Fahrner schüttelte entschieden den Kopf. »Wenn's im Stall anfängt zu brennen, sind die im Weberschuppen doch viel gefährdeter als wir. Die werden sich doch nicht die eigene Bude anstecken. So verrückt sind die nicht.«

Er betrachtete die Frau, die an seiner Seite alt und faltig geworden war. Sie waren inzwischen so lange verheiratet, dass er sich ein Leben ohne sie überhaupt nicht mehr vorstellen konnte. Ohne lange zu überlegen, glaubte er zu wissen, was sie dachte, wovor sie sich fürchtete, wovon sie träumte, so wie sie das Gleiche von ihm wusste. Bisher war es nie nötig gewesen, darüber zu sprechen. »Hör zu, Marie … Ich weiß ja, wie schwer es für dich ist, die Polen hier aufzunehmen, und wenn es eine andere Möglichkeit gäbe, dann würde ich sie nutzen, bestimmt. Ist ja nicht so, als hätte ich den Karl vergessen! Ich geh schließlich auch jeden Tag an dem Kreuz vorbei.« Er zog ein Taschentuch heraus und wischte sich den Schweiß von der Stirn. »Aber wir haben noch vier andere Kinder, und für die will ich den Hof erhalten, egal, welches von ihnen die Wirtschaft übernimmt. Seit über zweihundert Jahren ist er im Familienbesitz, acht Generationen! Und ich fürchte, ohne die Polen können wir den Betrieb nicht halten. Ich fürchte, wenn ich unsere Quoten nicht abliefern kann, nehmen sie mir alles weg und geben das Land an einen anderen. Es ist Krieg, da ist alles möglich.«

Und so standen sie jetzt in der früheren Werkstatt, der Bauer und die zwei Polen. Fahrner nahm die Lampe und stellte sie auf die Kiste, die als Tischchen dienen sollte; daneben standen zwei einfache Bettgestelle, die er in den letzten Tagen aus alten Brettern selbst zusammengezimmert hatte, mit Strohmatratzen, Kissen und Wolldecken drauf. Er war zufrieden damit gewesen, was er zustande gebracht hatte – immerhin würde er den Fremdarbeitern nicht zumuten, auf dem Boden zu schlafen, wo sich hier neben dem Kuhstall immer wieder auch Mäuse und anderes Ungeziefer herumtrieben, gelegentlich sogar eine Ratte. Jetzt, im Licht der Petroleumlampe, die beiden Männer an seiner Seite, erschien es ihm roh und armselig. In dem Raum stand die staubige Wärme eines Frühsommertags; es roch nach saurer Milch, Kuhfladen und Mist.

»Hier schlafen«, sagte er, um überhaupt etwas zu sagen, und zeigte überflüssigerweise auf die Betten. Der Jüngere – hieß er nicht Jan? – antwortete nicht, der Ältere nickte.

»Schlafen gut«, sagte er und redete dann eine Zeit lang auf Polnisch mit dem Jungen, der immer nur leise, abgehackt darauf antwortete. Ich will wissen, was die sagen, dachte Georg Fahrner unbehaglich. Ich will wissen, was die planen! Reden die über mich? Zwei fremde, kräftige Männer, und ich bin mit den Frauen und den Kindern allein hier auf dem Hof.

»Morgen früh Arbeit«, unterbrach er schroffer, als er beabsichtigt hatte. »Früh aufstehen, verstanden?«

»Tack«, sagte dieser Thomas. Von dem Mann ging ein so intensiver Gestank aus, das Fahrner die Kühe fast nicht mehr riechen konnte.

»Und waschen«, setzte er hinzu und rümpfte unwillkürlich die Nase. »Draußen auf Hof. Da Pumpe, klar?« Er machte eine Geste, als würde er einen Pumpenschwengel auf und nieder bewegen. Sie selbst wuschen sich am Wasserhahn im Haus, seit sie fließendes Wasser hatten legen lassen, aber im Hof gab es immer noch den alten Brunnen, dessen Wasser sie auch für das Vieh verwendeten. Der Pole grinste und zeigte überraschend weiße Zähne.

»Also. Bald Essen. Meine Tochter Eva bringt Essen, dann Waschen und Schlafen.« Er war sich nicht sicher, ob der Junge irgendein Wort verstanden hatte, aber der Ältere schien zumindest den Großteil dessen zu begreifen, was zu ihm gesagt wurde. Gut, mehr durfte man nicht erwarten, sagte sich Georg. Er würde sehen, wie er mit den beiden zurechtkam. Er nickte ihnen ein letztes Mal zu. »Gute Nacht.«

Sollte er abschließen?, überlegte er, während er nach draußen ging. Sollte er abschließen, Eva dann wieder aufschließen, das Essen hineintragen, dann wieder abschließen? Was für ein Umstand. Und wenn die beiden sich wuschen? Musste er daneben stehen, um sie danach wieder einzuschließen? Ich bin kein Gefängniswärter, sondern Bauer, dachte er missmutig, entschloss sich aber trotzdem, den Schlüssel herauszuholen und die Tür mit dem Vorhängeschloss abzusperren. Wenigstens heute, am ersten Abend. Wenigstens einmal, um der Pflicht Genüge zu tun. Wer weiß, vielleicht kam der Rössle noch einmal vorbei oder schickte einen von den Pimpfen, um sie zu kontrollieren. Diese Jungen waren so verbohrt und verbiestert, schlimmer als die Erwachsenen. Die würden noch den eigenen Vater ans Messer liefern. Oft hatte er schon den Tag verflucht, an dem er Karl und Joachim erlaubt hatte, der Hitlerjugend beizutreten und sich diese Uniform zu kaufen. Wobei es auf seine Erlaubnis ja gar nicht angekommen wäre, denn das Recht des Reiches auf seine Söhne und Töchter sollte plötzlich größer sein als sein eigenes. Der Ton hatte sich geändert danach, dachte er. Sein Wort, das Wort des eigenen Vaters, war plötzlich nicht mehr unumstößlich gewesen, sondern klein und unwichtig geworden im Vergleich zum Wort *des Führers*. Nicht, dass er selbst die Autorität des Führers in Frage stellen wollte, das nicht. Der Führer hatte Deutschland wieder groß gemacht und dafür gesorgt, dass man wieder stolz darauf sein konnte, ein Deutscher zu sein, vor allem ein deutscher Bauer.

Es war wichtig, dass die jungen Leute lernten, den Boden unter ihren Füßen zu achten, die heilige deutsche Erde, auf der schon ihre Väter und Großväter geschuftet hatten. Das war Nationalsozialismus, so wie Georg Fahrner ihn verstand. Was er nicht verstand, war, dass ein Geländespiel oder eine Kundgebung auf dem Marktplatz in Tübingen wichtiger sein sollte, als den Eltern beim Heueinbringen vor dem Gewitter zu helfen.

Das Schloss klemmte, es war rostig, ewig lang hatte es auf der Bühne herumgelegen. Trotzdem. Er fummelte am Schlüssel herum. Die Polen sollten von vornherein wissen, wie es hier zuging, was ihr Platz war. Er drehte sich um, und ein wohl vertrauter Schmerz fuhr ihm ins linke Knie. Vor Jahren beim Holzfahren war ihm das Bein von einem Baumstamm gequetscht worden – er hatte es eilig gehabt damals und die Ladung nicht gut genug verzurrt, so dass sie auf dem abschüssigen Weg ins Dorf hinunter ins Rutschen gekommen war. In der letzten Zeit machte sich die alte Verletzung immer öfter bemerkbar – bei ungeschickten Bewegungen, wenn das Wetter sich änderte, manchmal aber auch völlig unerwartet und aus dem Nichts heraus. Du wirst alt, sagte das Knie, pochte bösartig und zwang ihn, kurz stehen zu bleiben und scharf den Atem einzuziehen. Du schaffst es nicht mehr! Fahrner humpelte zum Wohnhaus hinüber. Es war gut, dass die Polen da waren, sagte er sich mit zusammengebissenen Zähnen.

Tomasz hörte, wie der Bauer mit dem Schlüssel kämpfte, hörte die Schritte sich entfernen.

»Hörst du?«, sagte er zu dem Jungen und legte den Finger an die Lippen, als er sah, dass Janek antworten wollte. »Psst. Nur hören.« Er schloss die Augen, verharrte für ein paar Herzschläge reglos vor der blakenden Lampe. Eine Kirchenglocke läutete drei Schläge, etwas raschelte, im Stall nebenan klirrte eine Kette; Stimmen, leise, gedämpfte Stimmen verschlangen sich weit draußen ineinander, schwangen hin und her, verebbten. Es tat gut, ganz diesen Geräuschen hinterherzulauschen und der Stille, die sich immer wieder dazwischen öffnete. Eine Stille, die er mit dem ganzen Körper wahrnehmen konnte. Seit sie ihn in Warschau verhaftet hatten, war es das erste Mal, dass er nichts hörte, was ihm Angst machte.

»Merkst du? Niemand schreit«, sagte er schließlich. »Es hört sich an wie zu Hause. Wie Frieden.« Der Junge sah ihn unsicher an.

»Findest du?«

Tomasz lachte leise. »Ich träume. Und, was sagst du zu unserem neuen Zuhause?«

»Besser als das Lager. Aber immer noch in Deutschland.« Jan klopfte mit der Hand auf die Strohmatratze, auf der er saß; Staub stieg in kleinen Wölkchen auf. »Hast du verstanden, was die gesagt haben? Ich hätte nicht mal erkannt, dass das Deutsch war. Und ich habe Hunger! Meinst du, die bringen uns noch etwas?«

»Bestimmt. Das zumindest habe ich verstanden.« Tomasz legte Jan die Hand auf die Schulter und sah ihm prüfend ins Gesicht. Eine Woche im Lager, und von dem zornigen, vaterlandstrunkenen Jungen war nichts mehr übrig geblieben außer einem Häufchen Elend und Dreck. »Bestimmt gibt's hier viel besseres Essen als unterwegs und im Lager. Die Bauern schaffen es doch immer, etwas für sich selbst auf die Seite zu schaffen. Die haben sogar noch Butter und Fleisch, sollst sehen!«

»Ich will meinen Eltern schreiben«, sagte Jan unvermittelt. »Die wissen immer noch nicht, wo ich bin. Wahrscheinlich sind sie halb verrückt vor Sorge! Kannst du fragen, ob sie dir Papier geben und einen Bleistift?« Tomasz nickte.

»Sicher. Ich glaube, Schreiben war nicht bei den Dingen dabei, die verboten sind. Aber ich bin sicher, dass irgendjemand kontrolliert, was du geschrieben hast, also sei vorsichtig.«

»Vorsichtig!« Der Junge legte sich auf die Matratze zurück und schloss die Augen. »Weißt du, was ich gedacht hab, als wir heute Morgen im Lager antreten mussten?«

Tomasz war schon dabei, ihre Unterkunft genauer in Augenschein zu nehmen: klein auf jeden Fall, aber sauber. Jetzt im Juni war es schon stickig und warm hier drin, im Hochsommer würden sie vermutlich in ihrem eigenen Schweiß ertrinken. Und im Winter würde es zwischen den Brettern kalt hereinziehen, aber vielleicht konnten sie ja ein bisschen Stroh in die Ritzen stopfen.

»Tomasz?«

»Also, was hast du gedacht?« Er fuhr mit der Daumenkante über das Bettgestell; das Holz war nur grob gehobelt, und kleine Späne und Splitter lösten sich. Sobald es möglich war, würde er mit einem Stückchen Sandpapier darüber gehen oder wenigstens einer Feile. So etwas musste es auf jedem Hof geben. Er dachte daran, wie gern er immer mit Holz gearbeitet hatte; es war so befriedigend gewesen, am Ende des Tages mit den Händen das greifen zu können, was man selbst hergestellt hatte. Je weniger er geschrieben hatte, desto mehr hatte er sich mit Holz beschäftigt, hatte Löffel geschnitzt, kleine Schalen, einmal sogar eine Kasperfigur, die Agnieszka bunt angemalt und Tarzan getauft hatte. Er fragte sich, wie lange Tarzan wohl gebrannt hatte.

»… seit Lincoln!«

»Lincoln? Wieso Lincoln?«

»Du hörst mir nicht zu! Weil Lincoln die Sklaverei abgeschafft hat. Ich dachte, seitdem gibt es keine Sklaverei mehr, aber wenn das heute Morgen kein Sklavenmarkt war, dann bin ich ein Hitlerjunge. Wie die uns angeglotzt haben! Als wären wir irgendwelche Wilde aus dem Kral.«

Untermenschen, dachte Tomasz. So heißt das: Untermenschen. Aber er hielt den Mund.

»Als dieser Obernazi angefangen hat, den Leuten in den Mund zu schauen und ihre Zähne zu prüfen, wäre ich ihm am liebsten an den Hals gegangen – «

»Und dann? Was hättest du dann gemacht? Tot im Dreck gelegen wahrscheinlich. Vergiss das, Janek. Dieses ganze verlogene Geschwafel von Heldentum und Edelmut bringt dich schneller unter die Erde als Pest und Cholera zusammen. Freu dich lieber, dass wir aus dem Lager raus sind, dass es gleich etwas zu essen gibt – «

» – dass wir hier neben dem Schweinestall eingesperrt sind und wie Ungeziefer behandelt werden, meinst du?« Jan spuckte aus.

»Kuhstall, Junge. Eindeutig Kuhstall.« An dem Schloss draußen klimperte es, Kinder kicherten, die Tür schwang auf. Jan griff nach seiner Wolldecke und zog sie sich hoch bis zum Hals. Das schmale blonde Mädchen kam herein und stellte ein Tablett auf die Holzkiste, hinter ihr drängten sich die Zwillinge. Einer von ihnen trug schwer an einem Eimer Wasser, der andere streckte Tomasz ein Stück Seife, einen Lappen und ein Handtuch entgegen.

»Euer Abendessen«, sagte das Mädchen. »Und Wasser zum Waschen.«

»Ist aber kalt«, krähte der eine Junge strahlend. »Aus der Pumpe. Wir müssen uns auch immer mit kaltem Wasser waschen.«

»Nur am Samstag nicht«, setzte sein Bruder hinzu. Er war der Zurückhaltendere von den beiden, sprach so leise, dass man ihn nur schwer verstehen konnte, hob den Blick kaum vom Boden. »Am Samstag gehen wir in die Waschbütte zum Baden.«

»Ich kann schon schwimmen«, teilte jetzt der Erste mit und blähte sich. »Aber der Emil nicht. Emil ist ein Schisser.« Der Emil genannte kleine Junge knuffte seinen Bruder unsanft in die Seite, die große Schwester packte ihn an den Schultern und schob ihn zurück.

»Schluss jetzt, Emil, Hans! Stellt die Sachen hier ab und lasst die Leute in Ruhe.« Sie wandte sich an Tomasz. »Der Abort ist gerade über den Hof, das kleine Häuschen. Verstehst du?« Tomasz nickte, deutete dann auf das Schloss und zog fragend die Schultern hoch. Das Mädchen wurde rot.

»Ich weiß auch nicht … Jetzt wascht euch erst mal.« Sie schob die kleinen Jungs vor sich her nach draußen. »Gute Nacht.«

Tomasz sah sich an, was auf dem Tablett stand: zwei tiefe Teller mit Kartoffeln und Kraut, Brot, ein Krug, zwei Becher. Er nahm das Brot, riss es in zwei Teile und warf eins davon Janek zu.

»Nehmet und esset alle davon …«

Janek warf ihm einen wütenden Blick zu. »Über die heilige Eucharistie macht man keine Witze!«

»Wenn du meinst.« Tomasz hob den Krug hoch und roch daran. »Most«, stellte er fest und nahm einen Schluck. »Hübsches Mädchen, stimmt's? Und abgeschlossen hat sie auch nicht. Hatte wahrscheinlich Sorge, wir würden in ihren Eimer scheißen.«

Jan kaute auf beiden Backen. »Dir ist gar nichts heilig, oder? Die Kirche nicht, die Heimat, die Ehre …«

»Doch, doch. Wahnsinnig heilig. Ich glaube nur einfach nicht daran. Hier, nimm deinen Teller, das Essen wird kalt. Schmeckt fast ein bisschen wie Bigos, bloß das Fleisch fehlt.«

Er schlang das Essen hinunter und sah aus dem Augenwinkel, dass der Junge es nicht anders machte. Wie die Schweine, dachte er. Wir fressen und stinken wie die Schweine. Er wünschte sich, das Mädchen würde noch einmal kommen und einen Nachschlag bringen, aber draußen blieb alles ruhig. Schließlich ging er auf den dunklen Hof, zog sich splitternackt aus, nahm den Lappen und wusch sich den Lagerdreck vom Körper. Es kam ihm vor, als hätte er jahrelang kein Stück Seife mehr in den Händen gehabt oder Schaum auf der Haut, hätte sich jahrelang nicht mehr mit einem Handtuch abgetrocknet. Danach schüttelte er seine Kleidung aus, aber es half nicht viel. Er konnte sich nicht überwinden, sich sofort wieder in die verdreckten Sachen hineinzuzwängen, warf sie stattdessen in die Ecke auf den Boden und legte sich schließlich nackt auf seine Decke.

»Und du, Dreckspatz? Keine große Wäsche heute?«

Aber der Junge schlief schon.

7

Georg Fahrner bewirtschaftete eine Fläche von rund sechs Hektar; ein Drittel davon war Wiese, auf den restlichen Äckern baute er hauptsächlich Kartoffeln, Zuckerrüben und Getreide an. Er besaß fünf Kühe, zwei Mastschweine, Hühner und Gänse, ein paar Kirsch- und Apfelbäume, einen Gemüsegarten. Sein Land lag im Talgrund, wo die Böden lehmig und so schwer waren, dass man sie nach dem Pflügen und Eggen kaum noch mit einem Gespann bearbeiten konnte; mähen, hacken, ernten, das alles geschah in Handarbeit, und seit die Söhne Karl und Joachim nicht mehr da waren, wusste Fahrner kaum noch, wie er die Arbeit schaffen sollte. Zumal auch seine Frau Marie nicht mehr zupacken konnte wie früher. Es tat ihm weh zu sehen, wie sie immer wieder grundlos in Tränen ausbrach oder minutenlang regungslos an einer Stelle verharrte, den Blick ins Weite gerichtet, die Ohren taub für alles, was er zu ihr sagte, mochte es eine freundliche Bitte sein oder auch ein barsches Kommando. Der tote Karl nahm in ihrem Leben deutlich mehr Raum ein, als es der lebende getan hatte, und es schien inzwischen wichtiger zu sein, Karls Kreuz im Garten mit Blumen zu schmücken, als zum Kartoffelnanhäufeln aufs Feld zu gehen. Dazu kam diese elende Briefeschreiberei, deren Nutzen ihm nicht einleuchten wollte. Und Eva hatte einfach noch nicht genug Übersicht und Erfahrung, um ihre Mutter zu ersetzen, und außerdem (der alte Fahrner kniff verbissen die Lippen zusammen, wenn er daran dachte) sollte das Mädel doch etwas mehr vom Leben haben, als von morgens bis abends in der Landwirtschaft zu schuften. Seine einzige Tochter! Immer hatte er davon geträumt, ihr ein besseres Leben zu ermöglichen, ein leichteres Leben. Deshalb hatte er auch den Weinberg, den er geerbt hatte, vor ein paar Jahren an einen Mitspieler aus dem evangelischen Posaunenchor verkauft und das Geld auf ein Sparbuch für Eva eingezahlt. Nicht einmal nach Karls Tod, als Marie ihm wochenlang damit in den Ohren gelegen hatte, dass sie sich schwarze Kleidung anschaffen müssten, war er an dieses bescheidene Kapital gegangen. Allerdings hatte er sich in letzter Zeit immer wieder bei dem Gedanken ertappt, mit dem Geld, wenigstens mit einem Teil des Geldes, einen Knecht einzustellen. Nur dass es keine Knechte mehr gab, da ja mittlerweile fast jeder junge Mann in Russland, Frankreich, Afrika oder wo auch immer für Führer, Volk und Vaterland kämpfte. Georg Fahrner nickte sich selbst ermutigend zu, als er in der Morgendämmerung über den Hof hinüber zum alten Weberschuppen stapfte. Die Polen waren seine Rettung – sie würden nur einen Bruchteil von dem verdienen, was ein deutscher Arbeiter verlangen konnte, durften weder kündigen noch den Hof verlassen und mussten sich seinen Anordnungen widerspruchslos fügen, wenn sie nicht Bekanntschaft mit einem Arbeitslager oder Schlimmerem machen wollten. Wenn sie sich nicht allzu dämlich anstellten oder krank wurden, konnte er in Zukunft wieder mit leichterem Herzen wirtschaften.

»He, aufstehen!« Er klopfte kräftig und riss dann die Tür auf, die Tür, die Eva gestern Abend nicht abgeschlossen hatte. Für einen Moment konnte Fahrner im Dunkel vor seinen Augen nichts erkennen und stellte sich vor, die Männer hätten die Vertrauensseligkeit des Mädchens ausgenutzt und wären in der Nacht abgehauen – wie würde er dann vor Rössle dastehen, erst recht vor Maifeld, diesem verkniffenen Oberbauern? Garantiert würde man ihn verantwortlich dafür machen, und Gott weiß, welche Konsequenzen das hätte! Aber dann regte sich etwas vor ihm, und ein nackter Mann kam schlaftrunken auf ihn zu. Fahrner schreckte zurück.

»Herrschaftszeiten, Mann, zieh dir was über!« Wie gut, dass er nicht Eva geschickt hatte, die Polen aufzuwecken! Der Mann – Thomas? Theo? Tillmann? – grinste dämlich und griff erst nach seiner schmutzstarrenden Hose, dann nach den Schuhen, deren Spitzen aufklafften wie hungrige Hundeschnauzen. Dringend brauchten die beiden anständige Arbeitskleidung, dachte Fahrner, wenigstens Schuhe, die nicht gleich am ersten Tag auseinanderfielen. Vielleicht konnte Marie sich ja darum kümmern, dass sie wenigstens diese Holzpantinen bekamen. Inzwischen hatte sich auch die zweite Gestalt erhoben. Der Junge stank doch tatsächlich noch genauso wie gestern! Entschlossen packte der Bauer den Polen am Arm und zerrte ihn über den Hof zur Pumpe.

»Da, mach, dass du den Dreck runterkriegst! Kein Mensch kann neben dir arbeiten bei dem Gestank. Und sieh zu, dass du in zehn Minuten fertig bist, sonst sollst du mich kennenlernen! Wir müssen raus und Grünschnitt machen.« Der Junge sah ihn erschreckt an, zerrte sich die Kleider herunter und griff nach dem Pumpenschwengel. Wenn nicht die Worte, so hatte er vermutlich zumindest den bedrohlichen Ton verstanden, dachte

Fahrner. Diese Polen waren doch ein unzivilisiertes Pack! Er war froh, dass Marie und Eva noch im Haus beschäftigt waren. Inzwischen war der Ältere der beiden immerhin so weit, dass er helfen konnte. Zusammen holten sie den Wagen aus dem Schuppen und spannten das Zugtier davor. Georg Fahrner nahm eine Sense von der Wand und hielt sie dem Polen hin.

»Hier, weißt du, was das ist? Kannst du damit umgehen?« Der Mann nickte bestätigend, packte sich die Sense und tat so, als würde er gleich hier auf dem Hof anfangen zu schneiden. Immerhin, dachte Fahrner. Der hat so ein Ding schon einmal in der Hand gehabt und hackt sich nicht gleich damit ins Bein. Inzwischen war auch der Junge zu ihnen herübergelaufen, Haare und Kleidung triefend nass, einen verschreckten Ausdruck im Gesicht. Mein Gott, der Bursche hatte Angst vor ihm! Fast tat es Fahrner leid, dass er den Kleinen so grob angefasst hatte – bis zum Abend war er vermutlich sowieso wieder genauso verdreckt wie gestern. Andererseits war es wichtig, von vornherein klarzustellen, dass es das Wort des Bauern war, das uneingeschränkt hier auf dem Hof galt – sein Wort. Und dass sie zu parieren hatten, wenn er eine Anweisung gab, sofort und ohne Widerspruch.

»Also. Wir laufen in die Wiese und schneiden Futter für das Vieh, verstanden?« Der ältere Pole nickte, lud Sensen und Heugabeln auf den Wagen, der jüngere zögerte erst unsicher und trottete dann hinter ihnen her den holprigen Feldweg zum Maderbach hinunter, wo Fahrners Wiesen lagen.

Ob der Junge wohl fror in seinen nassen Kleidern?, überlegte Tomasz, während er hinter dem Bauern her durch den Morgennebel lief. Die Feuchtigkeit hing noch in dicken Tropfen an den Blättern der Brombeerhecke und lag als Tau auf den Wiesen, drang durch seine löchrigen Schuhe und klebte in lehmigen Brocken unter seinen Sohlen. Allmählich wurde es hell; bald würde die Sonne durchbrechen und das Gras trocknen. Grünfutter musste geschnitten werden, solange es noch feucht war, das wusste Tomasz. Es war immer eine der ersten Arbeiten, die in dieser Jahreszeit auf einem Hof verrichtet wurde, und er erinnerte sich noch gut daran, wie anstrengend es für ungeübte Arme war, die Sense zu führen. Janek, so viel war klar, hatte überhaupt noch nie damit gearbeitet; es würde ein harter Tag für ihn werden, eine harte Anfangszeit überhaupt, und es gab wenig, was Tomasz dabei für ihn tun konnte. Er hoffte, der Junge wäre zumindest so klug, sich eifrig und lernwillig zu zeigen, so dass der Bauer nicht auf die Idee käme, ihn zurück ins Lager zu schicken oder wegen Arbeitsverweigerung und Bummelei anzuzeigen. Lass ihn doch selbst sehen, wie er zurechtkommt, sagte eine vernünftige Stimme in seinem Kopf. Bist du etwa für ihn verantwortlich? Ich weiß es nicht, sagte er sich. Irgendwie schon.

»So musst du's halten, und dann aus der Hüfte heraus schwingen …« Der Bauer stand hinter Janek und führte seine Hände. »Versuch's einfach, mit der Zeit wird es immer besser. Und du«, er nickte Tomasz zu, »übernimmst den Teil da drüben, wo's steiler wird.« Er griff zu seiner eigenen Sense und mähte in kraftvollen Schwüngen, wobei er alle acht, neun Schritte kurz innehielt, um Rücken und Beine zu strecken. Tomasz fand, dass er nach den ersten noch mühsamen Bewegungen allmählich wieder ein Gefühl für die Sense bekam und einigermaßen mit dem Alten mithalten konnte.

»Sieht aus, als hättest du dein Lebtag nichts anderes gemacht«, keuchte Jan, nachdem er zum wiederholten Mal die Klinge in den Erdboden geschlagen hatte.

»Meine Großeltern hatten einen Hof bei Białowieża. In den Sommerferien sind wir immer dorthin gefahren und haben beim Heuen und Ernten geholfen.« Tomasz grinste und wischte sich den Schweiß aus der Stirn. »Ich hab's gehasst, diese elende Hitze und den Dreck und die juckenden Halme, aber das war der Preis dafür, dass wir später Pakete vom Schlachtfest in die Stadt geschickt bekommen haben und gedörrtes Obst und selbst gemachte Marmelade. Alles, was so anfiel.« Er nickte dem Jungen aufmunternd zu. »Am Anfang hab ich mich auch nicht besser angestellt als du … Das dauert ein paar Tage, dann hast du's raus!« Er fasste nach der Sense und fuhr mit dem Daumen an der Klinge entlang. »Stumpf, Kleiner. Das kann so nichts werden.« Er holte sich den Wetzstein, den der Bauer in einer Lederschlaufe am Gürtel trug, und fuhr ein paarmal damit über das Sensenblatt. »So geht es wieder. Stell dir einfach vor, es sind die Lagerwachen, die da vor dir stehen, und du ganz allein mit einer Sense in der Hand … Auf geht's.«

Nachdem sie eine gute halbe Stunde gemäht hatten, ließ der Bauer sie mit den Heugabeln das Schnittgut aufladen und nach Hause fahren. Inzwischen war es ganz hell geworden; Marie Fahrner und Eva waren gerade fertig damit, die Kühe zu melken, und brachten die vollen Kannen in den Hof, während die Zwillinge mit der Pumpe die Viehtränke füllten. Georg Fahrner kniff die Augen zusammen und betrachtete abschätzend seine neuen Hilfskräfte.

»Du da, Thomas! Du gibst den Kühen Grünzeug in die Krippe, gehst dann mit dem Rest in die Scheuer, häckselst ihn klein und breitest ihn aus, dann kannst du beim Misten helfen. Warte, ich zeig dir die Häckselmaschine, du verstehst ja doch nicht, was ich sage! Und der Kleine bringt die Milch weg. Eva!« Eva kam zu ihnen herüber, ein kariertes Kopftuch um den Kopf geschlungen, alte Schuhe an den Füßen, die Kleidung unter einer riesigen Schürze verborgen. »Du gehst mit und zeigst ihm das Milchhäusle, dass er es heute Abend allein findet.« Er nickte ihr zu und stapfte dann Richtung Scheuer davon.

»Komm.« Eva wandte sich an den Jungen. »Wir stellen die Kannen in die kleine Karre, sie steht hinten im Stall.« Der Pole sah sie verwirrt an, offenbar hatte er nicht verstanden, was sie von ihm wollte. Sie zupfte an seinem Ärmel. »Da drüben, verstehst du? Der Stall! Kuhstall! Komm mit!« Sie zog ihn hinter sich her, deutete auf den Bollerwagen. »Karre, verstehen? Die Karre für die Milchkannen.« Das immerhin schien er mitbekommen zu haben. Er nahm die Kannen und hob sie auf den Wagen. »Jeden Morgen und jeden Abend nach dem Melken bringen wir die Milch zum Milchhäusle, sie wird dann abgeholt und nach Tübingen gebracht …«

Eigentlich war es eine der Aufgaben, die sie gern machte, dachte Eva, als sie gemeinsam den Bollerwagen zogen. Meistens traf man am Milchhäusle andere junge Leute und konnte ein bisschen schwätzen oder sich für später verabreden. Der junge Pole an ihrer Seite dagegen blieb stumm.

»Wie heißt du?«, fragte sie schließlich. »Ich bin die Eva.« Der Junge sah sie an, und Eva merkte, dass er sich nicht traute, ihr geradeaus ins Gesicht zu schauen. *Die Polacken sind feige Duckmäuser*, schoss es ihr durch den Kopf. Joachim musste es in einem seiner Briefe geschrieben haben.

»Jan«, sagte da der Pole. »Ich Name Jan. Janek.«

»Jan, das gibt es hier auch. Das ist wenigstens nicht so schwierig auszusprechen! Die Bäumers hatten mal einen Polen, der hieß Walslaff oder so ähnlich, den haben alle immer nur Walter genannt …« Was rede ich für einen Unsinn?, dachte Eva. Wahrscheinlich sollte ich überhaupt nicht mit ihm sprechen, schließlich ist er nur ein Pole. Aber es war irgendwie peinlich und beklemmend, so wortlos nebeneinanderher zu laufen. »Wo kommst du her? Aus Polen, klar, das weiß ich, aber gibt es da eine Stadt oder so?«

»Lewoh«, sagte Jan leise. Eva lachte.

»Lebwohl?«

»Nein. Lewoh.«

Konnte es eine Stadt geben, die Lewoh hieß? Sie musste auf der großen Karte im Schulhaus nachschauen. Vielleicht konnte sie mit Charlotte zusammen heute Abend hingehen.

»Und deine Familie? Mein Bruder Joachim ist in Warschau, und die Zwillinge kennst du ja schon. Sie heißen Hans und Emil. Joachim ist mit Charlotte verlobt, meiner besten Freundin. Sie war gestern auch hier, erinnerst du dich? Ein bisschen größer als ich, schlank, rötliche Haare … Sie arbeitet auf dem Rathaus, die Glückliche! Ihr Vater ist der Lehrer hier im Ort, ich war selbst in seiner Klasse …«

Eigenartigerweise fiel es ihr leichter, über Charlotte zu sprechen als über sich selbst. Über sie gab es eben auch nicht viel zu sagen, dachte sie. Zwischen Stall und Küche passierte nicht viel. Janek antwortete nicht, sondern starrte die ganze Zeit stur auf den Boden vor seinen Füßen. »Du verstehst kein Wort, stimmt's? Ich könnte dir jedes Geheimnis erzählen, und du würdest es nicht verstehen?« Abgesehen davon, dass es keine Geheimnisse zu erzählen gab außer denen, die Charlotte ihr anvertraut hatte. Plötzlich wurde sie wütend, wütend auf den Jungen, der so stumm an ihrer Seite trottete. »Deutsche, seid zu stolz, Euch mit Polen einzulassen!«, wiederholte sie laut und klar einen Satz, der ihr von gestern noch in Erinnerung war.

Der Junge wendete den Kopf und lächelte sie schüchtern an. »Guten Dank«, flüsterte er, und Eva schoss die Röte ins Gesicht.

Den Rest des Wegs legten sie schweigend zurück, sorgfältig darauf bedacht, dass ihre Hände sich an der Wagendeichsel nicht berührten.

»Achtundvierzig Liter.« Agnes Scheller trug den Betrag in ihr Wachstuchheft ein und nickte Eva zu. Früher hatte ihr Mann für die staatliche Molkerei hier die Milch entgegengenommen, gewogen und quittiert, aber Erich Scheller war gleich zu Beginn des Kriegs eingerückt und irgendwo im Süden Russlands verschollen. Seine Frau war dankbar gewesen, dass sie die Stelle übernehmen konnte – das Reich ließ seine opferbereiten Bürger in der Stunde der Not eben nicht im Stich. Die

Schellers hatten sich als eine der ersten Familien im Ort für die Bewegung engagiert; Agnes Scheller leitete immer noch die Ortsgruppe der NS-Frauenschaft. Im ersten Kriegsjahr hatte Eva bei ihr eine Hauswirtschaftsschulung besucht, bei der es im Wesentlichen darum gegangen war, wie man sparsam und ausschließlich mit heimischen Erzeugnissen kochen konnte. Eigentlich hatte sie gar nicht hingehen wollen, weil sie die Scheller nicht mochte, aber alle anderen Mädchen waren auch da gewesen, selbst Charlotte. Die Vorträge über Eintopfsonntag und Krautverwendung waren zwar entsetzlich langweilig gewesen, aber danach hatten sie gemeinsam gesungen und einmal sogar im Kartoffelfeuer Kartoffeln und Stockbrot gebacken. Neben Charlotte hatte sie gesessen, in die Flammen geschaut und sich frei und erwachsen gefühlt wie selten. Das Leben war groß und bunt und voller Möglichkeiten und konnte auch sie aus ihrem kleinen Dorf hinaus in die aufregende Welt führen! Wie ihr die zwanglose, fröhliche Kameradschaft gefallen hatte, das Lagerfeuer und natürlich die Möglichkeit, der nie endenden Arbeit auf dem Hof zu entwischen und den Eltern gegenüber sogar einen unwiderlegbaren Grund zu haben, warum sie erst abends um zehn wieder zurück sein konnte. Schön war das gewesen. Um das wieder zu erleben, war sie bereit, sich noch viele Vorträge über Ersatzkaffee, die Aufgabe der deutschen Frau im Nationalsozialismus und die Wiederverwertung aufgezogener Sockenwolle anzuhören.

»Ordentlich, Eva! Und jetzt habt ihr also auch eine tüchtige Hilfe auf dem Hof?« Die flinken Augen der Scheller wanderten über den Polen hinweg wie Ameisen, registrierten das zerstochene, aufgequollene Gesicht, die struppigen Haare, die abgerissene Kleidung. »Schade, dass es keine Franzosen mehr gab!«

»Der Jan hier ist schon recht. Muss noch ein bisschen Deutsch lernen und sich eingewöhnen, aber dann wird es gehen.«

Agnes Scheller lehnte sich in ihrem Stuhl zurück und lächelte ein wenig schief. Eine Kuh hatte ihr vor Jahren beim Melken einen Schneidezahn ausgeschlagen, und sie tat alles, damit man die Lücke nicht bemerkte.

»Aber trotzdem seid ihr vorsichtig, ja? Vor allem ein junges Mädel wie du! Der Rössle hat euch ja sicher Bescheid gesagt.«

Eva war ein bisschen verwirrt. »Er hat uns eine Bekanntmachung vorgelesen. Wie wir umgehen sollen mit den Polen auf dem Hof.« Sie reichte ihr Milchbüchlein über den Tisch, um sich die Lieferung quittieren zu lassen. Die Scheller nahm ihren Stift und zwinkerte verschwörerisch, während sie den Betrag abzeichnete.

»Die haben eine tierische Natur, diese Ostleute. Polen, Russen, Ukrainer – das sind die reinsten Böcke! Sie können nichts dafür, es liegt in ihrem minderwertigen Blut. Wenn die eine Frau sehen, denken die nur an eins.«

»Und woran?«

Agnes Scheller ließ ihren Stift fallen, griff nach Evas Hand und drückte sie. »Mein Gott, Mädel, du bist so unschuldig! Nimm dich einfach in Acht und sprich kein Wort mehr mit denen, als unbedingt nötig ist. Und frag mal deine Freundin, die Charlotte. Die kann dir sicher mehr dazu sagen.«

Eva hatte das Gefühl, etwas Schmieriges, Widerwärtiges hätte sich im Raum ausgebreitet, ohne dass sie gewusst hätte, was das sein könnte. Sie steckte hastig ihr Buch ein und gab Jan einen Wink, dass er die leeren Milchkannen wieder aufladen sollte.

»Willst du Magermilch mitnehmen heute Abend?«, fragte die Scheller wieder in geschäftlichem Tonfall.

»Gern.« Irgendetwas musste sie sagen, um das unangenehme Gefühl loszuwerden, das wie ein fauler Apfel in ihrem Mund lag. »Gibt es bald wieder eine Schulung, Frau Scheller?«

»Dann hat es dir also gefallen beim letzten Mal? Hast du was gelernt?«

»Sicher, ich – es war ganz lehrreich und außerdem – « Sie wusste nicht, was sie sagen sollte, denn lügen wollte sie nicht. »Es war schön, mit den anderen zusammenzusitzen«, sagte sie schließlich. Die Scheller nickte zufrieden.

»Was kann es Schöneres geben als eine Gruppe gesunder deutscher Mädel, die unter der Hakenkreuzfahne zusammenkommen und lernen, wie sie ihren Beitrag zum großen Kampf des Volkes leisten können … Ich fahre selbst Ende des Monats zu einem Treffen der NS-Frauenschaft nach Stuttgart und freue mich schon darauf! Wahrscheinlich gibt es jede Menge Anregungen für die Arbeit vor Ort, und dann gibt es auch hier wieder einen Kurs für euch Mädels. Also dann, Eva! Bis heute Abend. Heil Hitler!«

Mechanisch streckte Eva den rechten Arm vor. »Heil Hitler, Frau Scheller! Und einen schönen Tag noch.«

Der Pole Jan lehnte draußen an ihrem Karren, wo inzwischen noch andere Milchlieferanten warteten: die alte Röhrig, die Mädchen vom Lindenhof und Hermann Voss. Die Voss selbst hatten zwar keine Kühe, aber Hermann verdiente sich ein paar Groschen dazu, indem er morgens noch vor der Schule und am Abend bei den beiden Nachbarhöfen die Milch holte und zur Sammelstelle brachte. Als HJ-Fähnleinführer galt er als absolut zuverlässig, und auf allen Höfen waren inzwischen die Arbeitskräfte rar geworden.

»Milch gut, Eva?« Eva spürte die Blicke der anderen auf sich zu fliegen wie angespitzte Pfeile.

»Halt doch den Mund«, fuhr sie Jan an und griff nach der Deichsel. »Wir müssen nach Hause.«

»Ist das euer Polacke?« Hermann schob sich näher heran und grinste. »Verdammt mickriges Exemplar, wenn du mich fragst.« Plötzlich griff er nach dem Stoffabzeichen, das traurig an einem einzelnen Fädchen von der rechten Hemdbrust des Jungen baumelte, riss es mit einem Ruck herunter und warf es auf den Boden. »Schlampig angenäht«, stellte er fest. »Kann ja kein Mensch erkennen auf der Straße, dass man es hier mit einem Dreckspolen zu tun hat und sich in Acht nehmen sollte. Wenn ich wollte, könnte ich ihn wegen Gehorsamsverweigerung anzeigen, dann holen sie ihn ab, noch bevor er bei euch den ersten Löffel klauen kann.«

»Lass uns in Ruhe, wir müssen nach Hause.«

Der junge Pole war bleich geworden und biss auf seiner Unterlippe herum. Eva konnte sehen, dass er Angst hatte, und Hermann sah es auch; seine Augen funkelten. Hermann, der kleine Bruder von Charlotte, der ein paar Jahre jünger war als sie und hier versuchte, sie einzuschüchtern! »Das geht dich gar nichts an!«

Aber Hermann vertrat ihnen den Weg. »Klar geht's mich was an, wenn die Polen frech werden! Der Führer vertraut auf uns von der HJ. Ist ja sonst keiner mehr da, der aufpassen kann.« Er gab dem Jungen einen Stoß. »Los, heb's auf, aber zackig!«

Jan bückte sich hastig und griff nach der Stoffraute; Tränen liefen ihm über die verpickelten Wangen.

»Lass dir das eine Lehre sein … Wenn ich dich noch einmal erwische, gibt's eine Anzeige, da kannst du Gift drauf nehmen!«

Als sie endlich auf dem Heimweg waren, brachte Eva es nicht über sich, zu Jan hinüberzusehen. Sie hielt den Deichselgriff so fest umklammert, dass ihr die Hand wehtat, und starrte vor sich auf den Boden, ohne auch nur für eine Sekunde den Jungen an ihrer Seite vergessen zu können. Wenn er wenigstens aufhören würde zu schniefen! Sie spürte das Feuer seiner Scham und Wut und den rasenden Schlag seines Herzens und wünschte sich, sie wäre allein zum Milchhäusle gegangen.

»Oh, Charlotte, wie schön, dass du kommst!« Die ganze Familie saß beim Abendessen und löffelte Brotsuppe, die ganze Familie inklusive der beiden Polen. Sie hockten nebeneinander am Ende der Bank und ließen ihren Teller keine Sekunde aus den Augen. Der Kleinere der beiden bekreuzigte sich hastig und verstohlen. Keinen Tag hatte es gedauert, nicht einmal einen Tag!, dachte Charlotte und stellte den schweren Korb ab. Was wohl Joachim davon halten würde, oder ihr Vater?

»Heil Hitler«, sagte sie leise. »Grüß Gott zusammen.«

»Wer mit uns schafft, soll auch mit uns essen.« Georg Fahrner schien ihre Gedanken gelesen zu haben. »Setz dich zu uns, Lotte! Für dich reicht's auch noch, gehörst doch praktisch schon zur Familie.« Er lächelte sie freundlich an, ohne den Argwohn in seinen Augen zu verbergen.

Joachims Vater hatte nie einen Hehl daraus gemacht, dass die nationalsozialistische Sache in seinem Leben nur eine untergeordnete Rolle spielte. Seine Gesinnung endete am Tor zum Kuhstall, behauptete Joachim immer; seine Eltern seien viel zu kirchenhörig und provinziell, um die großdeutsche Mission zu verstehen. Unbehaglich quetschte Charlotte sich zwischen Marie Fahrner und Emil und ließ sich einen Teller Suppe geben. Alle sehen mich an, dachte sie. Alle sehen mich an und überlegen, ob ich es Joachim weitersage. Sie blies auf ihren Löffel. Irgendetwas roch merkwürdig, stellte sie fest, nach Stall und Kuh und Dreck. Oder waren es die Polen? Sie versuchte, unauffällig zu schnuppern, bis Hans neben ihr anfing zu kichern.

»Der Thomas da ist in die Miste gefallen«, prustete er los. »Der hat die Schubkarre das Brett hoch geschoben, da ist er über seinen Schuh gestolpert und klatsch! reingeplumpst! Voll rein! Wir haben ihn abgespritzt hinterher, aber er stinkt immer noch.« Begeistert widmete er sich wieder seiner Suppe.

»Ich bin noch nie in die Miste gefallen«, erklärte Emil ernst. »Man kann da drin untergehen wie im Sumpf.«

»Quatsch. Der Thomas ist auch nicht untergegangen.« Hans sah seinen Bruder herablassend an. »Du hast Angst vor der Miste! Ein richtiger Junge hat keine Angst!«

Emil sah aus, als würde er jeden Augenblick in Tränen ausbrechen, da streckte der ältere Pole seinen Fuß in die Luft.

»Kaputt«, sagte er. Der Schuh war in einem traurigen Zustand: Die Sohle hatte sich fast vollständig vom Schaft gelöst und hing herunter, so dass der nackte Fuß zu sehen war.

»Damit kannst du morgen nicht wieder Heu machen gehen«, stellte der alte Fahrner fest. »Wie soll ich mit Leuten arbeiten, die nicht mal ein Paar heile Schuhe haben!?«

»Ich habe Holzschuhe für die Polen mitgebracht.« Charlotte zeigte auf den großen Korb, den sie am Eingang abgestellt hatte. »Sie sind ins Rathaus geliefert worden, aus Tübingen … ein Paar Pantinen für jeden.«

»Holzschuhe, aha. Und sonst? Hosen, Jacken, Strümpfe?«

»Sonst nichts, tut mir leid. Vielleicht kommt ja noch was.« Sobald sie mit ihrer Suppe fertig war, stand sie vom Tisch auf, holte ein Paar Holzschuhe heraus und reichte sie an den Polen weiter. Der Mann streifte seinen kaputten Schuhe ab und zwängte seine Füße in die Holzpantinen.

»Klein«, sagte er, zog sie wieder aus und reichte sie an den Jungen weiter. Das zweite Paar war ein bisschen größer. Klonk, klonk machte es, als der Mann ein paar Schritte damit ausprobierte, klonk, klonk. Bei jedem Schritt rutschte er mit der Ferse aus dem Schuh; um die Pantinen nicht zu verlieren, musste er beim Gehen entweder die Füße voranschieben oder sie hochheben wie ein Storch. Schnelles Laufen war unmöglich.

»So ein Scheißdreck«, knurrte Georg. »Die taugen doch bloß für den Ofen! Wollen die so auch den Krieg gewinnen?«

Die Bäuerin sah ihn strafend an. »Eines Tages redest du dich noch um Kopf und Kragen«, flüsterte sie. »Und fluchen sollst du auch nicht. Der Pfarrer hat gesagt – «

»Ich will nicht hören, was der Pfarrer gesagt hat, verstanden? Der Pfarrer hat doch keine Ahnung, wie es ist, einen Hof zu versorgen!«

Eva sah unbehaglich zwischen ihren Eltern hin und her. Sie hasste es, wenn es zwischen den beiden Unstimmigkeiten gab. »Auf jeden Fall sind die Dinger robust«, sagte sie forsch. »Vielleicht muss man sich erst daran gewöhnen, und in ein paar Tagen – «

»In ein paar Tagen? Das Heu muss aber diese Woche rein, so viel Zeit haben wir nicht!« Georg kniff die Augen zusammen und musterte die beiden Fremdarbeiter abschätzend. »Da sind doch noch die Sachen vom Karl! Da muss für die beiden doch was dabei sein!« Die Bäuerin war blass geworden und fingerte nervös an ihrem Kittel herum.

»Aber Georg! Die Sachen vom Karl … wir können die Sachen vom Karl doch nicht an diese Leute geben! Diese Polen, die zu denen gehören, die – « Sie brach ab; Tränen liefen ihre faltigen Wangen hinunter und tropften in ihren Teller. »Georg, bitte …« Ihr Mann streichelte beruhigend ihre Hand.

»Warum sollten denn diese Leute dabei gewesen sein, Mutter, überleg doch mal! Die letzte Nachricht vom Karl kam doch aus Russland, das ist Hunderte von Kilometern weiter im Osten. Und wir müssen doch das Heu reinholen und später den Weizen und die Kartoffeln, da können die beiden doch nicht nackt arbeiten, das geht doch nicht …«

Gott sei Dank hat er den richtigen Tonfall getroffen, dachte Charlotte. Ein falsches Wort, und Marie Fahrner fiel in einen Zustand von Jammern und Wehklagen, in dem sie nur noch heulend auf ihrem Stuhl vor und zurück schaukelte und zu keiner vernünftigen Handlung mehr fähig war.

»… wollen wir nicht einfach mal in seinem Schrank nachschauen? Eva kann das bestimmt machen, du musst gar nicht dabei sein. Und ich bin sicher, der Karl wäre einverstanden damit, dass mit seinen Kleidern noch etwas gemacht wird, was uns allen weiterhilft. So wie er an dem Hof gehangen hat!« Georg Fahrner hatte seine Frau inzwischen in seine Arme gezogen, klopfte ihr sacht auf den Rücken und signalisierte mit einem Kopfnicken den anderen zu verschwinden.

»Gut Nacht«, sagten die Polen, standen auf und gingen. Eva und Charlotte stellten das schmutzige Geschirr zusammen und trugen es in die Küche, scheuchten die Zwillinge auf den Hof und stiegen dann hoch zu der kleinen Kammer im Zwerchgiebel, in der Karl zusammen mit Joachim gewohnt hatte.

Charlotte, die einen staubigen, muffigen Raum erwartet hatte, war überrascht, als sie die Tür öffnete. Alles in diesem Zimmer schien makellos, als wäre es erst heute Morgen geputzt worden, und wahrscheinlich war es ja tatsächlich so: Wahrscheinlich schlich sich Marie Fahrner jeden Morgen hier hoch, wischte den Staub von dem verwaisten Bettgestell, dem Stuhl, dem Waschtisch und träumte davon, ihren Ältesten auf diese Weise zurück ins Leben zu holen.

»Macht sie jeden Tag hier sauber?«, fragte sie.

Eva zuckte mit den Schultern. »Ich frag nicht danach. Wenn es ihr guttut, soll sie machen, was sie will. Komm, wir schauen mal, was noch in dem Schrank drin ist.«

Viel war es nicht: eine Alltagshose, eine Sonntagshose, eine Arbeitsjacke, eine Sonntagsjacke. Zwei Baumwollhemden. Ein Wintermantel. Wäsche, Strümpfe, Handschuhe, Schal, eine Mütze, die Eva in der Schule gestrickt hatte. Ein paar Halbschuhe, ein Paar Stiefel. Karl hatte seine Uniform angehabt, als er von zu Hause aus zum Sterben aufgebrochen war. Eva nahm die Sachen heraus, schüttelte sie, breitete sie über das bezogene Bett.

»Was denkst du? Für den Thomas müsste es doch gehen. Er kann die Stiefel nehmen, und die Halbschuhe können wir mit Stroh ein bisschen auspolstern.«

»Thomas ist der Größere, oder? Der ein bisschen Deutsch spricht?«

Eva nickte und schob ihre Finger unter eine fadenscheinige Stelle an einem Ärmel, die dringend ausgebessert werden musste. »Genau. Der andere heißt Jan.«

»Diesen Thomas mag ich nicht. Der hat irgendwie etwas Verschlagenes. Keine drei Meter weit würde ich dem trauen. Vielleicht ist er ja ein Spitzel.«

Eva lachte. »So ein Quatsch, Lotte! Du hast wohl zu Hause zu viel im ›Stürmer‹ gelesen! Was sollte der hier denn ausspionieren!? Ich finde ihn jedenfalls ganz in Ordnung. Und als er in die Miste gefallen ist, hat er gelacht wie wir alle, das war wirklich lustig. Und der Kleine hat einfach Angst vor uns. Nachdem der sich einmal gewaschen hat, sieht er auch nicht mehr so verboten aus, und wenn er erst etwas Anständiges zum Anziehen hat – ich denke, ich kann hier an der Hose ein bisschen rausnehmen, dann müsste sie ihm passen, oder?«

Charlotte ließ sich auf den Schemel am Fußende des Bettes fallen. »Du willst für die Polen Klamotten nähen?«

»Nicht nähen, sondern umändern, ja. Sie brauchen dringend etwas, ihr eigenes Zeugs fällt ja praktisch auseinander. Und ich kann mir nicht vorstellen, dass sie das selbst können.« Eva warf ihrer Freundin einen verblüfften Blick zu. »Passt dir das nicht?«

Charlotte zog die Unterlippe zwischen die Zähne. »Ich weiß nicht … ist einfach eine blöde Situation für mich.«

»Wieso für dich? Du hast doch erst einmal mit den Polen gar nichts zu tun.«

»Ja sicher, aber – na ja, du weißt schon. Es ist wegen Joachim. Soll ich es ihm schreiben oder nicht? Was denkst du?«

»Was schreiben?«

»Na, das mit euren Polen. Dass sie jetzt bei euch am Tisch sitzen und mit euch essen, dass sie demnächst Karls Hosen tragen, die seine Schwester für sie passend gemacht hat, und so weiter …«

Entgeistert ließ Eva die Jacke sinken, die sie gerade auf links gedreht hatte. »Spinnst du? Vater kann ja wohl selbst entscheiden, wen er an seinem Tisch essen lässt!«

»Ja klar, das weiß ich doch! Aber was soll ich denn machen? Spätestens beim nächsten Heimaturlaub kriegt er doch mit, wie's hier zugeht, und dann stellt er mich zur Rede! Ich kann ja wohl kaum so tun, als hätte ich nichts gesehen! Wenn ich ihm nichts sage, kriege ich Krach mit ihm, und wenn ich es ihm sage, kriege ich Krach mit deinem Vater!«

»Und mit mir. Komm schon, Lotte, das kann doch nicht dein Ernst sein!« Versöhnlich streckte Eva den Arm aus. »Außerdem glaube ich nicht, das Joachim so verbohrt ist! Der wird schnell sehen, dass das Menschen sind wie wir auch und dass wir glücklich sein können, sie hier zu haben.«

»Keine Ahnung. Immerhin ist er bei der SS, und was er so aus Warschau schreibt – na, du hast ja selbst gehört, was er über die Polen denkt.«

Energisch packte Eva die Kleider zusammen.

8

In der Stube war es dämmrig, als Joachim Fahrner erwachte; die beiden Kameraden schnarchten noch zum Gotterbarmen, die Luft stank nach Fusel und schmutzigen Socken. Joachim schlug die Wolldecke zurück, richtete sich langsam auf und ließ die nackten Füße auf das kühle Linoleum sinken. In seinem Kopf hämmerte es; wenn er nur gekonnt hätte, wäre er liegen geblieben und hätte weitergeschlafen. Aber er musste dringend pissen, und der Abort, den sie sich mit der Nachbarwohnung teilten, lag im Treppenhaus eine halbe Etage tiefer. Vorsichtig Schritt vor Schritt setzend tappte er über den kalten Flur und die fünf Treppenstufen und drückte die Klinke nach unten: besetzt. Klar, die Kameraden von nebenan hatten gestern Abend genauso getankt wie er selbst. Nach den Sondereinsätzen fand traditionell ein Besäufnis statt, es gab Bier und Schnaps und polnischen Wodka bis zum Abwinken, und es wurde gesoffen, dass man nicht mehr wusste, ob man Männlein oder Weiblein war. Obwohl er nicht zu den Jungs gehörte, die sich deshalb sogar freiwillig zu den Kommandos meldeten, ließ Joachim doch keins der Gelage aus und war insgeheim stolz darauf, dass er meist bei den Letzten war, die noch stehen konnten. Ihn jedenfalls hatte noch keiner dabei erwischt, wie er auf dem Boden des Kasinos in seiner eigenen Kotze einschlief. Er hämmerte gegen die Tür.

»He, beeil dich, Mann! Ich muss pissen!« Keine Antwort. Wahrscheinlich war der Idiot da drin auf der Klobrille eingepennt. Joachim trommelte gegen die verschlossene Tür, brüllte, trat dagegen – nichts. Schließlich öffnete er das kleine Flurfenster und urinierte in den Hinterhof, wo ein paar Dienstfahrräder standen. Egal, dachte er. Sollen die doch denken, es hätte geregnet. Und vielleicht regnet es ja auch noch, obwohl es in diesem Scheißland im Sommer fast nie regnete. Erleichtert knöpfte er seine Hose wieder zu, schloss das Fenster und schlurfte zurück. Lössmann war inzwischen auch aufgewacht und schwankte ihm leichenblass entgegen.

»Scheiße, Fahrner, wir hätten nicht so viel saufen dürfen … Ich bin halb tot!«, stöhnte er. Joachim zuckte nur mit den Achseln. Lössmann war ein Schlappschwanz, der noch nicht mal seine Pistole halten konnte, ohne zu zittern.

»Dann trink eben Milch beim nächsten Mal«, sagte er. »Übrigens, das Scheißhaus ist besetzt. Lass mich durch, Lössmann. Ich muss um acht Uhr zum Fahrdienst antreten.«

»Quatsch nicht rum«, sagte Lössmann und rülpste. »Wir haben doch alle einen Tag Sonderurlaub wegen gestern.«

Joachim grinste. »Hab's komplett vergessen!«

Das war natürlich eine glatte Lüge. Gestern war einer dieser Sondereinsätze gewesen, die man *nie* würde vergessen können. Anfangs hatte Joachim regelmäßig Albträume gehabt danach, und einer aus seiner Einsatzgruppe hatte sich tatsächlich selbst in den Fuß geschossen, nur damit sie ihn wieder nach Hause schickten. Aber sie nahmen diesen unappetitlichen Dienst für Deutschland auf sich, wiederholte Joachim im Stillen die Worte des Sturmbannführers, für Deutschland, die Zukunft und den Führer. Da hieß es die Zähne zusammenbeißen und einfach seine Pflicht tun. Für Schwäche und weibisches Mitgefühl war da kein Platz. Und tatsächlich wurde es mit jedem Mal einfacher, mit jedem Mal mehr Routine. Joachim hatte sich angewöhnt, in solchen Situationen tief durchzuatmen und an die Werkstatt zu denken, die er irgendwann eröffnen würde, die Werkstatt und die süße Charlotte, die zu Hause auf ihn wartete. Und sich hinterher besinnungslos zu betrinken.

»Der viele Wodka ist mir auf die Birne geschlagen. Was ist das bloß für ein Zeugs! Das Einzige, was diese Polacken vernünftig zustande kriegen.«

Ein freier Tag, dachte er, als er zu ihrem Schlafraum zurücktrottete. Warschau war kein schlechter Ort, wenn man zur SS gehörte und einen freien Tag hatte. Die deutschen Besatzungsbehörden hatten keine Kosten und Mühen gescheut, um den oft unwillig in den Osten abgeordneten Soldaten, Polizei- und SS-Truppen das Leben so angenehm wie möglich zu machen. Neben deutschen Geschäften und deutschen Ärzten gab es Kinos, Theater, Varietés, das »Deutsche Haus« an der Krakauer

Straße, wo man gemütlich und gut essen und feiern konnte, sowie viele verschiedene Sportstätten und -vereine. Joachim selbst hatte in Warschau angefangen zu rudern, ging regelmäßig schwimmen und spielte Fußball. Die meisten dieser Vergnügungen, wenn man von den öffentlichen Lesestuben und dem Rundfunk absah, standen ihnen allerdings nur an den Wochenenden oder am Abend offen. Polnische Restaurants und Cafés dagegen waren natürlich auch tagsüber geöffnet, doch es war strengstens verboten, sich dort zu amüsieren. Genauso wie der Kontakt zu Einheimischen streng verboten war, insbesondere zu einheimischen Frauen. Joachim grinste, als er daran dachte. Man hörte ja so einiges. Gerade die höheren Chargen hatten nicht so strenge Strafen zu befürchten wie das gemeine Fußvolk und trieben sich gern in diesen Etablissements herum, wo angeblich entlassene polnische Künstler die besten Vorstellungen gaben. Und der eine oder andere hatte sich sogar ein polnisches – oder, noch schärfer, ein jüdisches! – Flittchen zugelegt, das für ein neues Paar Schuhe oder auch nur für eine Portion Eisbein mit Sauerkraut praktisch zu allem bereit war.

Joachim griff nach dem Foto von Charlotte, das er gerahmt auf seinem Nachtschränkchen stehen hatte, und legte sich damit zurück aufs Bett. Rassig sah sie aus auf dem Bild mit ihren rötlichen Haaren, den hellen Augen und der süßen Stupsnase! Und erst das winzige Muttermal in der Grube zwischen ihren Schlüsselbeinen! Er konnte sich noch genau daran erinnern, wie es sich unter seiner Zunge angefühlt hatte. Inzwischen hatte er ja einige Frauen kennengelernt – näher kennengelernt –, aber keine, das hätte er Lotti schwören können, wenn er so dumm gewesen wäre, ihr davon zu erzählen, keine konnte sich mit ihr vergleichen. Und dabei war dieses eine Mal alles gewesen, was sie ihm erlaubt hatte! Was für ein Schwachsinn, so lange mit dem Wesentlichen zu warten, wo es doch letzten

Endes sowieso darum ging, gesunde Kinder für das Deutsche Reich in die Welt zu setzen! Er spürte, wie es in seinen Lenden pochte und er steif wurde, und schob seine Hand unter den Hosenbund. Blöderweise konnte Lössmann jede Sekunde hereinkommen und seine Klamotten zusammensuchen, und auch Erwin Beck schnarchte nicht mehr so herzhaft wie vorher und würde vermutlich bald ins Reich der Lebenden zurückkehren. Ein paar Sekunden mussten reichen, ein paar –

»Fahrner, du alter Wichser …« Rasch zog Joachim seine Hand zurück und sprang auf.

»Kümmer dich um deinen eigenen Dreck«, fauchte er zu Beck hinüber, der sich in seinem Bett räkelte und die Gelenke knacken ließ.

»Ist doch nichts dabei.« Beck pulte in einem seiner überdimensionierten Ohren. »Wenn ich so 'ne Mieze hätte …« Das war eine angenehme Eigenschaft von Erich Beck: Er hatte zwar ein loses Maul und ließ sich keine Zote entgehen, war aber ansonsten völlig gleichgültig, was das Verhalten anderer Leute anging, und hielt keine Moralpredigten. »Und, Fahrner, schon eine Idee, was du mit dem freien Tag anfangen willst? Ich glaube, ich bleib in der Falle und penne, bis sich mein Kater vor lauter Langeweile verpisst hat.«

»Nix gewöhnt, Beck, stimmt's? Was seid ihr bloß für Jammerlappen, dass ein paar Flaschen Fusel euch schon von den Beinen hauen?!«

»Mein Mutti hat mich immer nur Himbeersaft trinken lassen«, kicherte Beck. »Aber ehrlich, Fahrner, du kannst ja saufen wie ein Loch und hinterher immer noch fehlerfrei das Horst-Wessel-Lied singen! Das nenne ich ideologisch gefestigt.«

»Red keinen Scheiß, Beck! Ich kann überhaupt nicht singen, nüchtern nicht und besoffen erst recht nicht.« Trotzdem lächelte Joachim zufrieden. Beck war kein Speichellecker wie Lössmann. Der meinte, was er sagte.

»Den ganzen Tag rumliegen, da würde ich durchdrehen«, antwortete er. »Schätze, ich schau mal bei den Kameraden in der Kraftfahrzeuggarage vorbei. Die haben eine Ausstattung hier, allererste Sahne! Wird Zeit, dass ich mal wieder 'n Schraubenschlüssel zu fassen kriege, mir jucken die Finger.«

»Wie man sich doch täuschen kann. Sah eben so aus, als würde bei dir was ganz anderes jucken.« Beck furzte genüsslich. »Schon besser.«

»Wirklich, Beck, du bist so ein Dreckskerl ...« Joachim griff nach seinen Schuhen, marschierte aus der Stube und knallte die Tür hinter sich zu, bevor der Gestank ihn erreicht hatte.

Der Heereskraftfahrpark befand sind in Fort Wola, vom Stadtzentrum durch das Ghetto getrennt. Der Park gehörte zur Wehrmacht, aber Joachim hatte es mit Beziehungen und Glück geschafft, sich trotzdem Zutritt zu verschaffen. Die meisten Kameraden von SS und Sicherheitspolizei konnten die Wehrmacht nicht ausstehen – nur weil sie als Erste in Warschau eingerückt waren, glaubten die Soldaten, sich hier als Herren aufspielen zu können! Dabei überließen sie die Arbeit, die wirklich harte, schwierige Drecksarbeit, den Männern von SS und Polizei, lagen stattdessen gemütlich in ihren Kasernen herum und genossen das Leben in der Etappe. Begegnete man ihnen irgendwo in der Stadt, was natürlich nicht zu vermeiden war, dann konnte im Handumdrehen ein erbitterter Streit darüber ausbrechen, wer denn jetzt wen zu grüßen hatte. Aber für ein paar Stunden in der schmierölgeschwängerten Luft der Heereswerkstatt war Joachim bereit, die Überheblichkeit der Wehrmachtsangehörigen zu ertragen.

Nach Fort Wola fuhr die Straßenbahn – leider nicht die, die allein den deutschen Besatzern vorbehalten war, sondern eine reguläre Bahn. Wegen der Seuchengefahr, die von den verdreckten Polacken ausging, sollten Deutsche sich nicht in die Waggons hineinsetzen, sondern nur draußen auf der Plattform stehend mitfahren. Joachim fluchte leise vor sich hin, als er zur nächsten Haltestelle lief. Auf diesen offenen Plattformen bestand doch immer das Risiko, von irgendeinem Passanten angespuckt oder mit Dreck beworfen zu werden, ohne dass man auf die Schnelle hätte erkennen können, wer es gewesen war. Diese feigen Polen hassten die Deutschen und nutzten jede Gelegenheit, ihnen das Leben schwer zu machen. Wenigstens hatten sie das Straßenbahnnetz vernünftig hingekriegt, man kam ohne große Schwierigkeiten in Warschau überallhin. Er wünschte, er hätte einen eigenen Wagen oder wenigstens sein Krad, dann wäre er unabhängig, aber in seiner augenblicklichen Situation konnte er nur davon träumen. Die Tram kam, er stieg auf, hielt sich fest und behielt im Vorbeifahren die Gehwege im Auge, auf denen sich Volk jeden Alters tummelte. Man könnte meinen, die Polen hätten nichts zu tun, dachte er. Herrschte hier nicht Arbeitspflicht? Garantiert hätte doch jeder zweite dieser Burschen irgendwo schaffen müssen, statt sich hier herumzutreiben! Sie fuhren an den Absperrungen vorbei durch das Ghetto, unter der Holzbrücke hindurch und schließlich auf der anderen Seite nach Wola, wo Joachim kurz hinter dem Friedhof ausstieg und die letzten Meter zu Fuß zurücklegte. Diese Fahrten mit der polnischen Straßenbahn waren eine Zumutung. Wenn es nach ihm gegangen wäre, würden die Polacken alle laufen, und die Deutschen hätten die Bahn für sich.

Joachim atmete auf, als er die Werkstatthalle betrat. Mehrere Kraftwagen waren aufgebockt, damit man die Reifen kontrollieren und wechseln konnte; in der Luft lag das Tuckern zuverlässiger Viertakter, unterbrochen vom Klirren zu Boden gefallener Werkzeuge und den routinierten Flüchen der Mechaniker. Gierig atmete Joachim das Gemisch aus Schmieröl und Männerschweiß, Auspuffgasen und abgeriebenem Gummi ein. Das war seine Welt, eine Welt, der er sich schon mit acht

Jahren verschrieben hatte, als er zum ersten Mal eine Opel-Limousine an ihrem Hof zu Hause hatte vorbeifahren sehen.

»He, Fahrner!« Einer der Kraftfahrzeugwarte, ein Kerl im Blaumann mit raspelkurzem Wehrmachtshaarschnitt, klopfte ihm auf die Schulter. »Wie's der Teufel will! Dein Freund Wagner ist auch gerade hier und verzweifelt mal wieder an seiner Karre. Wird sich freuen, dich zu sehen! Da hinten, Platz sechs.«

Ein Glückstag, dachte Joachim zufrieden. Wer hätte ahnen können, dass Wagner ausgerechnet heute hier war und vermutlich Hilfe brauchte? Trotz seines verheißungsvollen Namens war der Oberst einfach hoffnungslos, wenn es um Automobile ging – er verstand vermutlich nicht einmal, wie eine Schubkarre funktionierte. Joachim hängte seine Uniformjacke an einen Haken, griff sich einen Arbeitskittel, schlenderte zu Platz sechs hinüber und salutierte.

»Heil Hitler, Herr Oberst! Probleme mit der Kiste?«

Oberst Wagner sah überrascht von der geöffneten Motorhaube seiner BMW-Limousine auf. Er war ein untersetzter Brillenträger mit weichen, fleischigen Händen; auf den ersten Blick würde niemand in ihm einen erfolgreichen Militär vermuten, aber Joachim hatte gehört, im Dienst sei Wagner erbarmungslos und effektiv. Sie hatten sich schon vor dem Krieg in der NS-Motorsportschule in Tübingen kennengelernt, als Wagner bei einem Besuch nach dem begabtesten Nachwuchsmechaniker gefragt hatte. Jetzt war ihm die Erleichterung ins Gesicht geschrieben.

»Fahrner, Sie schickt der Himmel! Das verdammte Ding will nicht mehr richtig.«

»Was hat der Wagen denn, Herr Oberst?«

»Zieht nicht, die Kiste! Sie springt an, ich gebe Gas, aber ich komme kaum vom Fleck! Und die ganze Zeit dieses komische Getucker.«

Joachim beugte sich über die Motorhaube. »Können Sie sie mal anlassen?«

Der Oberst stieg ein und startete den Motor; ein unregelmäßiges Knattern ertönte, und Joachim grinste. Einfach, so einfach. Jeder der Mechaniker hätte es gewusst, aber die hatten natürlich keine Zeit, sich mit Privatwagen abzugeben. Er richtete sich auf, machte ein besorgtes Gesicht und kratzte sich am Kinn.

»Hört sich nicht gut an, Herr Oberst … Keine Ahnung, ob ich das wieder hinkriege!«

»Aber – aber er ist nicht ernsthaft defekt, oder, Fahrner? Sie haben eine Idee?«

Wagner sah aus wie ein dicker kleiner Junge, dem man sein Schaukelpferd wegnehmen wollte, dachte Joachim. Er wiegte bedächtig den Kopf hin und her.

»Vielleicht. Kann sein, dass wir den Vergaser rausnehmen und reinigen müssen … oder es ist die Pleuelstange. Dann allerdings sehe ich schwarz.«

Er hätte sagen können, was er wollte, Wagner verstand sowieso kein Wort. Der Oberst war bleich geworden. Er stieg wieder aus und fasste Joachim bei den Schultern. »Wenn Sie das wieder hinkriegen, Fahrner, können Sie sicher sein, dass ich mich erkenntlich zeige!«

»Danke, Herr Oberst. Ich weiß Ihre Unterstützung zu schätzen.« Es war der Zündverteiler, konnte nur der Zündverteiler sein, der ging bei diesem Modell sowieso dauernd kaputt. Eine Kleinigkeit, die er mit zehn Jahren schon hätte reparieren können. »Ich will noch eine Sache prüfen, bevor ich an den Vergaser gehe … Vielleicht haben wir ja Glück.« Er schraubte den Deckel des Zündverteilers ab und betrachtete ihn, na bitte, genau wie erwartet, einer der Kontakte war korrodiert und spielte nicht mehr mit, kein Wunder, dass die Kiste nicht rundlief und immer wieder nach Luft schnappte! Er zog sein Taschentuch heraus und polierte sorgfältig die Metalloberflächen. »Möglicherweise Wasser im Zündverteiler, Herr Oberst! Kann sein, dass wir die Sache so schon in den Griff bekommen! Anlassen, bitte!« Der BMW schnurrte wie ein Kätzchen, der Oberst strahlte.

»Fahrner, Sie Teufelskerl! Wie haben Sie das so schnell gesehen?!«

Joachim zuckte mit den Schultern. »Erfahrung, Herr Oberst. Einfühlungsvermögen.«

»Wissen Sie was, Fahrner? Wir machen eine Probefahrt, wir beide! Sie dürfen fahren, einverstanden? Sie wissen, wie der BMW gehandhabt wird? Haben Sie Zeit?« Joachim bemühte sich, seine Begeisterung nicht allzu offen zu zeigen, damit Wagner nicht glaubte, er hätte damit seine Schuld schon abgetragen. Mit Wagners rotem BMW durch Warschau zu rauschen, ging es noch besser?

»Jawohl, Herr Oberst! Bin schon in der Ausbildung mit so einem Fahrzeug unterwegs gewesen! Und heute habe ich einen Tag Sonderurlaub.«

Wagner zog die Augenbrauen hoch. »Sonderurlaub?«

»Ja. Gestern hatten wir eine Aktion, draußen Richtung Nadarzyn. Ein Partisanendorf, vollgepackt mit aufständischen Polacken.«

Wagner seufzte. »Ein schreckliches Ungeziefer, Fahrner! Ich beneide Sie nicht um diese Aufgabe. Also dann, können wir sofort los?«

»Zu Befehl, Herr Oberst!« Joachim stieg in den Wagen und ließ sich hinter das Lenkrad gleiten. Wagner mochte zwar ein hoffnungsloser Fall sein, was die Technik anging, aber in puncto Pflege ließ er sich nicht lumpen – sein Wagen war sensationell gut in Schuss, das Armaturenbrett poliert, das Lenkrad passend zu den Sitzen mit Leder umwickelt. Endlich am richtigen Platz, dachte er, endlich wieder da, wo ich hingehöre!

Er stellte sich den Spiegel ein und justierte den Sitz, während der Oberst auf dem Beifahrersitz Platz nahm.

»Ein fantastisches Fahrzeug, Herr Oberst!«, sagte er und ließ den BMW langsam aus der Halle rollen.

»O ja!« Wagner nickte begeistert. »Ich habe ihn '37 in Stuttgart gekauft. Das ist Vorkriegsqualität! Hat mich eine Stange Geld gekostet, die Kriegszulassung für den Wagen zu bekommen und ihn hierherzuholen, aber wozu hat man so ein Ding, wenn nicht zum Fahren?! Und meine Frau lasse ich da nicht dran, sie – « Er verstummte abrupt, als wäre ihm plötzlich aufgefallen, in welch vertraulichem Ton er mit einem im Rang deutlich niedrigeren SS-Mann sprach.

»Aus der Stadt hinaus, Herr Oberst?«, fragte Joachim Fahrner, der am liebsten sofort mit Vollgas auf die nächste Landstraße gedonnert wäre.

»Meinetwegen, Fahrner. Aber seien Sie vorsichtig, die Straßen hier … Na, Sie wissen es ja selbst.«

»Selbstverständlich, Herr Oberst.«

Die nächste Stunde war die beste, die Joachim bisher in Warschau erlebt hatte, die vielleicht beste seiner Dienstzeit überhaupt. Den wohlwollenden Oberst an seiner Seite erforschte er in der Umgebung von Warschau den Charakter des 326er BMW, ließ den Motor aufheulen, legte sich in Kurven, bremste präzise. Was für ein Fahrzeug, dachte er berauscht, was für eine Geschwindigkeit! Das war besser als Alkohol, besser sogar noch als Sex – der BMW gehorchte jedem Impuls, das Lenkrad schmiegte sich in seine Hände, die Schaltung gehorchte, als wüsste sie vorher schon, was er von ihr wollte.

»Sie sind in Ihrem Element, Fahrner, stimmt's?« Wagner grinste anerkennend. »Sind ein verdammt guter Fahrer, Mann! So weit werd ich selbst es nicht bringen. Aber jetzt müssen wir langsam zurück, die Pflicht ruft.«

»Zurück zur Werkstatt, Herr Oberst?«

»Ja, ich habe dort einen Stellplatz in der großen Garage, fahren Sie einfach – sagen Sie, waren Sie schon im Ghetto?«

Joachim zuckte mit den Schultern. »Unvermeidlich, Herr Oberst. Ich bin zwar meistens in Praga eingeteilt, auf der anderen Weichselseite, aber seit wir mit der Räumung angefangen haben …«

»Stimmt, Fahrner, die Räumung. Unangenehme Aufgabe, aber unvermeidlich. Wie ich höre, läuft es bisher reibungslos?«

»Wie man's nimmt, Herr Oberst. Im Wesentlichen.« Tatsächlich schienen sich die meisten der ausgemergelten Gestalten, die sie an den Sammelstellen zusammentrieben, um sie in das Lager nach Treblinka und damit in den sicheren Tod abzutransportieren, mit ihrem Schicksal abgefunden zu haben. Da war keiner, der auch nur versucht hätte, ernsthaft Widerstand zu leisten, die meisten schlurften apathisch dahin, wo man sie haben wollte. Was ihnen die Aufgabe auf jeden Fall leichter machte. »Allerdings muss ich zugeben, dass es mir anfangs schwergefallen ist, mit der nötigen Härte vorzugehen, vor allem, wenn es sich um Kinder handelt, Frauen oder alte Leute.«

»Verständlich, Fahrner. Sie haben eben ein weiches Herz! Aber Sie müssen sich vor Augen halten, was geschieht, wenn wir dieses Ungeziefer weiter gewähren lassen. Sehen Sie sich nur den Krieg an, den diese jüdischen Plutokraten und Bolschewiken angezettelt haben! Das jüdische Gift zerstört den Volkskörper, die ganze Weltgemeinschaft, wenn wir uns dem nicht entgegenstellen. Mit Sanftheit kommen Sie da nicht weit. Da braucht es Entschlossenheit und Härte.«

»Jawohl, Herr Oberst. Durch das Ghetto also?«

»Genau. Da vorn der Hauptstraße folgen und dann links.«

Gehorsam lenkte Joachim den Wagen in die angegebene Richtung. Bisher war er nur dienstlich im Ghetto gewesen –

Privatbesuche waren offiziell selbstverständlich verboten, stellten aber doch einen festen Bestandteil eines jeden Warschauaufenthalts dar, denn das Ghetto mit seinen mehr als fünfhunderttausend Bewohnern war weltweit einmalig. Erich Beck ging regelmäßig hin, um sich mit Luxusartikeln und vielerlei anderen knapp gewordenen Gütern zu versorgen. *»Die reinste Goldgrube«*, erzählte er regelmäßig. *»Du kannst dir nicht vorstellen, was diese Drecksjuden noch alles gehortet haben! Aber was nützt einem ein Nerzmantel, wenn es nichts zum Fressen gibt? Für einen Sack Mehl kannst du da einen halben Juwelierladen kaufen. Du bist ein Trottel, Fahrner, dass du nicht mitmachst!«* Aber Joachim verspürte einen inneren Widerwillen gegen das Ghetto, gegen den Dreck, den Lärm, das Elend – es reichte schon, dass er sich im Dienst ständig mit diesem Pack herumschlagen musste, sagte er sich, er wollte nicht auch noch seine freie Zeit dort verbringen. Aber wenn Wagner es so wünschte, würde er natürlich fahren. Den Oberst musste er bei Laune halten, dann würde er vielleicht häufiger noch die Chance bekommen, sich hinter das Steuer dieses wunderbaren Wagens zu setzen.

»Zu Befehl, Herr Oberst!« Wenige Kurven später erreichten sie die Ghettomauer und hielten am Tor. Einer der Wachhabenden ließ sich Wagners Dienstausweis zeigen und winkte sie dann durch.

Das Ghetto war eine andere Welt. Menschen, ausgemergelte, hohlgesichtige, krallenfingrige, zerlumpte, verkommene, schmutzstarrende, fiebrige, entkräftete, aufgequollene, gelb- und grauhäutige Menschen drängten sich zwischen den Häusern, auf der Straße und hinter den Fenstern, lagen in der Gosse und auf dem Gehweg, stolperten vor das Auto und wurden von anderen Schreckgespenstern aus der Bahn gezerrt. Viele der Gestalten auf der Erde waren gar nicht betrunken, wie man auf den ersten Blick vielleicht meinen konnte, sondern tot, manche wenigstens mit einem schmuddeligen Lumpen oder einem Stück Packpapier abgedeckt, andere völlig schutzlos und oft auch nackt. Wo kein Mensch ging, humpelte oder lag, da türmte sich der Dreck. Immer wieder zog bestialischer Gestank in das Auto hinein, zusammen mit dem ohrenbetäubenden Lärm schreiender, kreischender, heulender Stimmen. Gelegentlich meinte Joachim sogar einen deutschen Satzfetzen aufzuschnappen. Er spürte, wie kalte Schauder über seinen ganzen Körper liefen. Die Szenerie erfüllte ihn mit unerträglichem Widerwillen und Ekel. Wie konnten Menschen in einen so animalischen Zustand abstürzen? Kein Deutscher, das wusste er mit Sicherheit, kein Deutscher würde jemals so weit absinken.

»Nicht so zaghaft, Fahrner, sonst kommen wir hier nie durch! Immer forsch voran! Die sollen uns Platz machen und zur Seite springen«, kommandierte Wagner. »Immer wieder interessant, oder? Das kommt heraus, wenn man die Juden unter sich lässt! Ein Schweinestall ist der reinste Palast dagegen.«

»Herr Oberst!« Im Schritttempo bahnte er sich einen Weg. Kinder huschten zur Seite wie Ratten, die Augen glühend vor Hunger und Hass. Plötzlich stand eine Frau vor der Kühlerhaube, mittelgroß und hager und in dunkle Kleidung gehüllt. Unter dem Kopftuch quollen farblose, zottige Haare hervor, und die Hand, die sie ihnen entgegenstreckte, bestand nur noch aus Knochen. Sie hätte genauso gut zwanzig wie hundertzwanzig Jahre alt sein können.

»Fragen Sie, was sie will«, knurrte Wagner. Joachim kurbelte das Fenster herunter.

»Bitte, zweihundert Złoty, guter Herr«, heulte die Frau in gebrochenem Deutsch. »Zweihundert Złoty für Medizin für mein Kind!« In dem Augenblick erst erkannte Joachim, dass das schmutzige Bündel in ihrem linken Arm ein winziges Gesicht besaß, eingedrückt wie eine verunglückte Käthe-Kruse-Puppe. »Zweihundert Złoty für Ring, Gold und Amethyste, bitte!« Sie hielt einen dicken Ring hoch; das Gold schimmerte obszön in ihrer grauen Hand. Joachims Herz klopfte. Zweihundert Złoty, das waren hundert Reichsmark nach offiziellem und zwanzig nach Schwarzmarktkurs, nicht viel für so ein Schmuckstück.

»Kein Mensch kann sagen, ob das echt ist«, kommentierte Wagner, der sich gut amüsierte. »Die will Sie übers Ohr hauen. Zeigen Sie mal, was Sie draufhaben! Für zweihundert Złoty soll sie Ihnen noch was dazulegen, fragen Sie, was sie hat. Die Jacke zum Beispiel sieht nicht schlecht aus.« Joachim überlegte einen Moment.

»Die Jacke noch dazu«, sagte er, und weil er vor Wagner nicht als ein schlechter Verhandler dastehen wollte, setzte er hinzu: »Hundertachtzig Złoty, mehr gibt's nicht für das Dreckszeug.« Die Frau machte nicht einmal den Versuch zu handeln. Sie nickte und schälte sich quälend langsam aus der Jacke, wobei sie gleichzeitig versuchte, das Baby an sich zu drücken. Das Kind gab keinen Laut von sich, vielleicht war es ja schon gestorben.

»Hier.« Sie reichte Jacke und Ring ins Auto, Joachim ließ die hundertachtzig Złoty auf den Boden segeln. Mühsam bückte sich die Frau und hob das Geld auf. Sie trug jetzt nur noch eine Art Hemdchen über ihrem Rock, so durchsichtig, als stünde sie nackt da. Ihre Magerkeit war abstoßend; wo bei einer Mutter eigentlich die Brust sein sollte, hingen nur zwei dürre Hautsäcke. Kein Wunder, wenn es dem Kind schlecht ging.

»Weiter, Fahrner. Wenn wir hier zu lange stehen, kommt gleich der Nächste angebettelt.«

Joachim warf seine Beute auf den Rücksitz. Hoffentlich hatte er da nicht voreilig gehandelt und ein schlechtes Geschäft gemacht! Auf jeden Fall musste er die Jacke zur Reinigung geben, am besten gleich zur Entwesung. Das Ghettopack war ja bis über die Ohren verseucht mit Ungeziefer! Er gab Gas und war froh, als er die Frau endlich aus den Augen verloren hatte. Kein Grund, sich zu schämen, sagte er sich. Kein Grund.

9

Drei Tage lang machten sie Heu, alle zusammen. Wenn morgens die Tiere versorgt waren und sie selbst gefrühstückt hatten, spannten sie die Kühe ein und zogen mit dem Leiterwagen zu den Fahrner'schen Wiesen hinaus. Das Heuen geschah immer noch in Handarbeit, genauso wie fast alle anderen bäuerlichen Arbeiten auch; nur zum Dreschen ließ die Genossenschaft eine Dreschmaschine kommen, deren Besitzer nacheinander das Korn aller örtlichen Bauern ausdrosch. Einen Bulldog hatte bisher nur der Zollinger angeschafft, der als einziger der hiesigen Bauern mehr als zwanzig Hektar Land besaß. Joachim war natürlich Feuer und Flamme für die Maschine gewesen, hatte sie begutachtet wie einen Preisochsen und auf Bitten von Zollinger ein paarmal gewartet oder sogar repariert, aber Georg hatte gleich abgewinkt. Obwohl der Reichsnährstand die Mechanisierung der Landwirtschaft vor dem Krieg sehr gefördert hatte, war eine Zugmaschine immer noch eine große Investition, die sehr gut überlegt sein wollte. Und was hatte der Zollinger jetzt davon? Benzin war kaum mehr zu bekommen und niemand da, der das Ding instand halten konnte, so dass es seit dem letzten Winter nur noch in seinem Schuppen herumstand. Die Arbeitskühe dagegen konnte jeder selbst versorgen, und solange man nur über genügend Arbeitskräfte verfügte und das Wetter einem keinen Streich spielte, bekam man das Heu auch ohne Maschinen sicher in die Scheune.

Bei der Heuernte arbeiteten die Männer mit der Sense, während die Frauen mit ihren Sicheln das Gras an den Rändern oder den schwer zugänglichen Stellen schnitten und dann zum Trocknen ausbreiteten. Dabei konnten auch die Zwillinge schon helfen. Abends wurde das Heu dann zusammengerecht und in Hocken aufgesetzt, damit es in der Nacht nicht wieder feucht wurde, und am nächsten Tag erneut ausgebreitet, bis es so weit getrocknet war, dass es zusammengebunden, auf den Wagen geladen und nach Hause gefahren werden konnte. Es war eine anstrengende, schweißtreibende Arbeit, und am Abend kam man heißhungrig nach Hause und musste sich zwingen, nach dem Essen noch die juckenden Halme und Spelzen von der Haut zu waschen, bevor man wie tot ins Bett fiel.

Man konnte nicht so intensiv zusammen arbeiten, zusammen auf dem Feld vespern, über den schmerzenden Rücken stöhnen und die lästigen Schnaken, zusammen hoffen, dass die Wolken sich verzogen, und gleichzeitig über die stechende Sonne fluchen, zusammen schimpfen und lachen und husten und verschnaufen, ohne sich dabei kennenzulernen. Man konnte es nicht. Nach diesen drei Tagen wussten alle, dass sie mit Thomas einen Glückstreffer gelandet hatten, dass er mähte wie ein Einheimischer, zuverlässig und kräftig arbeitete und einen Blick dafür hatte, was getan werden musste. Genauso wie sie wussten, dass es sich bei Jan um einen blassen Stubenhocker handelte, der noch nie zuvor irgendetwas mit seinen Händen gearbeitet hatte und sich so ungeschickt anstellte, dass es einen grauste; dass der Junge jederzeit damit rechnete, für diese Ungeschicklichkeit bestraft zu werden, und deshalb die Zähne zusammenbiss und die blutigen Blasen an seinen Händen versteckte; dass er die Deutschen mit einer Mischung aus Angst und Verachtung betrachtete und in unbeobachteten Momenten vor Heimweh weinte. Schon am ersten Abend hatte die Bäuerin ihre selbst gemachte Ringelblumensalbe geholt, den Jungen die Hände ausstrecken lassen und sie dick eingeschmiert. Am zweiten und dritten Tag hatte er dann mit Handschuhen gearbeitet.

»So ist es noch jedem gegangen, der zum ersten Mal senst«, versicherte Marie. Der Junge nickte, aber Georg Fahrner war sich nicht sicher, ob er sie tatsächlich verstanden hatte. Dabei konnte man auch bei ihm merken, dass ihm die Sprache nicht völlig fremd war, zumindest, wenn man sich bemühte, Hochdeutsch mit ihm zu sprechen. Das Heu war auf der Bühne in der Scheune eingelagert, das Werkzeug verstaut, und sie saßen am Esstisch und tranken Most, wie sie es nach der Heuernte immer abends machten. Er wollte verdammt sein, wenn er das den Polen nicht genauso gönnte, dachte Georg, mochten die Behörden dazu sagen, was sie wollten. Dieser Thomas hatte gut gearbeitet, und einem guten Arbeiter stand ein Becher Most am Abend zu und ein ordentlicher Teller mit Bratkartoffeln, und Punkt. Und der Kleine hatte sich immerhin Mühe gegeben. In Karls Arbeitshosen und -kittel erinnerte er tatsächlich ein bisschen an ihren Ältesten, und den besorgten Blicken nach, mit denen Marie ihn immer wieder streifte, schien sie das genauso zu sehen. Wenn es sie von ihrem Schmerz ablenkte, sollte es ihm recht sein, dachte Georg und hob seinen Becher.

»Wir haben gut geschafft die letzten Tage!«, sagte er. »Prosit euch allen!«

Thomas kniff ein Auge zu und grinste. »Nasdrowje«, sagte er, nahm einen Schluck und verzog das Gesicht.

»Schmeckt's dir nicht?«

»Sauer«, antwortete er. »Ist sehr sauer.«

Jan beäugte seinen Becher misstrauisch und schob ihn dann verstohlen zu seinem Landsmann hinüber. Die Polen wechselten ein paar Worte miteinander.

»Morgen Sonntag«, erklärte Thomas. »In Polen wir sonntags gehen zu Kirche.«

Georg Fahrner lehnte sich in seinem Stuhl zurück. »Hier auch«, sagte er. »Aber ihr seid doch alle katholisch, oder? Hab doch gesehen, dass der Kleine sich dauernd bekreuzigt. Bei uns gibt es nur eine evangelische Kirche.«

Jan schien verstanden zu haben, was er gesagt hatte, und redete im Flüsterton auf Thomas ein, bis der mit der Hand abwinkte.

»Egal. Janek will in Kirche am Sonntag.«

Unbehaglich sah Fahrner zu seiner Frau hinüber. Dass sie die Polen hier mit am Tisch sitzen und essen ließen, war eine Sache – das ging niemanden etwas an, und niemand musste davon erfahren. Wenn sie sie aber mit in die Kirche nahmen, würde das ganze Dorf es wissen. Nicht, dass er etwas dagegen gehabt hätte, dass die beiden zur Kirche wollten oder wenigstens der Kleine. Er selbst ging ja auch zur Kirche und sah voller Verachtung auf die Gemeindemitglieder, die ihr Fähnchen in den braunen Wind gehängt hatten und sonntags jetzt lieber an ihrem Volksempfänger saßen und der Rede irgendeines aufgeblasenen Oberkreisführers oder was auch immer lauschten. Mit Sicherheit wusste der Führer nichts davon, dass seine Gefolgsleute auf Kreis- und Dorfebene alles dafür taten, die Leute vom Kirchgang abzuhalten. Georg hatte schon oft überlegt, ob er nicht selbst einmal deswegen an die Reichskanzlei schreiben sollte, aber er konnte sich nicht vorstellen, dass der Führer die Zeit hatte, solche Briefe zu lesen – gerade jetzt im Krieg, wo er Tag und Nacht als Feldherr und Oberkommandierender gefordert war! Im Gegenteil, einer seiner Schranzen würde wahrscheinlich die Post abfangen und ihm dann hinterher nur Ärger machen. Besser war es, man hielt den Mund. Aber was die Polen betraf, war die Sache eindeutig: Maifeld hatte ganz klar vorgelesen, dass gemeinsamer Kirchenbesuch von Deutschen und Polen verboten war, und er konnte jetzt nicht so tun, als hätte er es nicht gehört. Fahrner nahm einen großen Schluck und räusperte sich.

»Ihr bleibt besser zu Hause«, sagte er. »Morgen müsst ihr nicht arbeiten, wenn das Vieh versorgt ist, verstanden? Ihr könnt schlafen oder die anderen Polen besuchen oder nichts tun. Ist doch auch gut. Beten kann man auch zu Hause, dem lieben Gott ist das egal. Kirche hier ist nur für Deutsche.« Und für die Franzosen, aber das sagte er nicht. Die französischen Kriegsgefangenen, die im Dorf arbeiteten, waren zwar auch katholisch, aber sie durften am Samstagabend für eine halbe Stunde in die Kirche und dort ihre eigene Betstunde halten oder was auch immer. »Verstanden?«, fragte er noch einmal, und Thomas nickte.

»Keine Kirche für Polen«, wiederholte er.

»Genau.« Georg Fahrner war erleichtert, dass sich das Problem so schnell gelöst hatte.

»Egal, was der Bauer sagt, ich gehe am Sonntag in die Kirche.« Janek tauchte einen Lumpen in den Eimer Wasser, den sie sich in ihre Schlafkammer geholt hatten, und begann, sich zu waschen. »Seit wir von zu Hause weg sind, war ich nicht mehr im Gottesdienst. Ich gehe auf jeden Fall.«

Tomasz lag schon auf seinem Bett, hatte die Hände hinter dem Kopf verschränkt und kaute auf einem Strohhalm herum. »Was willst du mit einer Kirche, die das alles hier zulässt? Mit einem lieben Gott, der das alles zulässt? Bleib doch lieber den Tag über im Bett und ruh dich aus. Nächste Woche müssen wir Mist fahren, ich schätze, da bist du froh über jede Minute, in der du dich ausruhen kannst.«

Jan sah auf; Wasser tropfte von seinem Gesicht auf den Boden. In den letzten Tagen waren die Schwellungen zurückgegangen, und er sah jung aus und verletzlich. »Manchmal frage ich mich, ob du überhaupt ein echter Pole bist«, sagte er.

»Du machst dir nichts aus der polnischen Sache, du glaubst nicht an Gott …«

»O doch, ich glaube an ihn. Ich mag ihn nur nicht. Er ist mir zu grausam und unberechenbar.«

»Warum bist du so zynisch?«

»Warum wohl?! Schau dich doch um, dann weißt du's! Gegenfrage: Warum bist du so naiv?«

»Ich bin nicht naiv. Ich – ich spüre einfach, dass da etwas ist, eine große Kraft, die mich umgibt, die mich liebt, in der ich geborgen bin.«

Tomasz spürte ein Kribbeln am ganzen Körper. Er stützte sich auf den Arm hoch und spuckte den Strohhalm aus. »Geborgen, aha. Warst du in Warschau mal im Ghetto?« Er bereute den Satz, noch bevor das letzte Wort aus seinem Mund gekommen war.

»Gott prüft die, die er liebt«, antwortete Janek leise, aber fest. »Seine Wege sind unbegreiflich. Auch Christus selbst ist verzweifelt und gestorben, nur um dann von den Toten wieder aufzuerstehen.«

Tomasz biss sich auf die Lippen, um eine Antwort zurückzuhalten.

»… und deshalb will ich morgen in die Kirche, und – bitte, Tomek, kannst du mitkommen?«

»Willst du mich bekehren?« Wieder falsch. Er wusste doch genau, warum Janek nicht allein gehen wollte. Warum zwang er ihn zuzugeben, dass er Angst hatte? »Quatsch, Junge. Wenn es dir wichtig ist, komme ich mit. Natürlich komme ich mit.«

Sie warteten am Sonntagmorgen eine gute Viertelstunde, nachdem die Familie das Haus verlassen hatte – Marie, Georg, Eva, Hans und Emil Fahrner in Sonntagkleidung, selbst die Zwillinge hatten gebügelte Hemden an und ordentliche Schuhe an den Füßen –, und machten sich dann selbst auf den Weg zu der Kirche mit dem schiefen Turm. Die Ortsstraßen waren wie leer gefegt; diejenigen, die nicht zum Gottesdienst gingen, scheuten wohl das öffentliche Bekenntnis dazu und versteckten sich lieber zu Hause hinter ihrer Hakenkreuzfahne. So leise wie möglich öffneten die beiden Polen den Hintereingang des wuchtigen Kirchenschiffs und schoben sich hinein, während die Orgel ein Lied anstimmte. Unterhalb einer Treppe, die zur hölzernen Empore führte, fanden sie einen halb verdeckten Platz. Janek faltete die Hände und begann, lautlos die Lippen zu bewegen, Tomasz sah sich um.

Es war Jahre her, dass er in einer Kirche gewesen war, und auch das mehr aus kunstgeschichtlichem als aus religiösem Interesse. Diese Kirche hier, in der die Gemeinde jetzt stur und tapfer Strophe für Strophe eines nicht enden wollenden Chorals abarbeitete, war alt, viele Hundert Jahre alt. Am Übergang von Romanik zu Gotik gebaut, schätzte Tomasz. Eindeutig musste diese Kirche selbst katholisch getauft worden, später zum Protestantismus konvertiert und vor einigen Jahren deutschnational wiedergetauft worden sein: An den Wänden hingen steinerne Epitaphe und fromme Gemälde neben einer Hakenkreuzfahne, das Chorgestühl schien gotisch zu sein und die Orgel, die über einem eigenartig hinter den Altar gequetschten Einbau schwebte, barock. Trotz mehrerer großer Fenster wirkte der Kirchenraum düster, denn die Wände waren von einem dunklen Film überzogen: Ruß, erkannte Tomasz, der in den letzten Jahren mit dem Aussehen von Brandruinen vertraut geworden war. Irgendetwas musste hier gebrannt haben. Hatte es der Bombenkrieg schon bis nach Laifingen geschafft? Der Gedanke daran ließ ihn frösteln. Davor zumindest, hatte er geglaubt, waren sie hier sicher.

Eigentlich hatten sie genug gesehen, fand er, und sollten verschwinden, bevor jemand sie bemerkte. Er tippte Janek auf die Schulter und deutete nach draußen, aber der Junge schüttelte wie wild den Kopf. Der Pfarrer vorn setzte zum Vaterunser an, und bevor Tomasz ihn daran hindern konnte, fiel der Junge ein, halblaut und auf Polnisch.

»Ojcze nasz, któryś jest w niebie, święć się imię Twoje; przyjdź królestwo Twoje …«

»Halt die Klappe, du polnisches Schwein!«, zischte es plötzlich neben ihnen. Ein Junge in HJ-Uniform war aufgetaucht und stieß Jan in Richtung Ausgang. »Das ist eine deutsche Kirche! Da wollen wir keine Polacken haben, verstanden? Raus mit euch!«

Jan schien völlig überrascht; er stolperte voran und versuchte, dabei noch seine Mütze über den Kopf zu ziehen. Da schnellte eine Hand vor, packte die Mütze und warf sie auf den Boden.

»In unserer Kirche setzt kein Dreckspolack seine Mütze auf, klar? Und jetzt hopp!«

Für ein paar Augenblicke war es in der Kirche totenstill; niemand flüsterte, kein Handtaschenverschluss klackte, keine Buchseite raschelte. Und niemand blickte sich um, sondern alle starrten in Richtung des Pfarrers, der wiederum zu Tomasz und Jan hinsah und den Mund öffnete und schloss wie ein Karpfen. Schließlich setzte die Orgel wieder ein. Jan griff nach seiner Mütze und flüchtete nach draußen, und Tomasz folgte ihm.

Hinter der Kirche lag ein kleiner Friedhof, der von einem Mäuerchen abgegrenzt wurde, dahinter eine Streuobstwiese. Der Junge kauerte sich hinter einen Grabstein und heulte wie ein Schlosshund.

»Komm, lass uns da rübergehen. Nach dem Gottesdienst laufen die bestimmt alle noch über den Friedhof, da haben wir keine Ruhe.« Tomasz zog den Jungen hoch, führte ihn über den Friedhof und durch das Tor und drückte ihn im Schutz der kleinen Mauer auf den Boden. »Ist ja gut …« Er hockte sich neben Jan ins feuchte Gras und legte dem Jungen den Arm um die Schultern.

»Ich will hier weg, Tomek! Ich will nach Hause!«

Verflucht sollen sie sein!, dachte Tomasz verbittert, in der tiefsten Hölle sollen sie schmoren! Nur dass es keine Hölle gibt und keine Vergeltung im Jenseits. Vergeltung kann es nur hier geben, in dieser Welt, in dieser widerwärtigen Gegenwart. Am liebsten wäre er aufgesprungen und hätte diesem kleinen arroganten Nazibengel sein ach so deutsches Gesangbuch ins Maul gestopft. Dann würden sie ihn zusammenschlagen und ins Lager sperren, und es wäre wenigstens vorbei. Janeks Schluchzen ging ihm durch Mark und Bein.

»Bald«, sagte er schließlich. »Bald sind wir wieder zu Hause. Wir schaffen das schon. Ich passe auf dich auf.« Trösten war noch nie seine Aufgabe gewesen, und er bezweifelte, dass er gut darin war. Immer hatte es andere gegeben, die die richtigen Worte gefunden und die Tränen abgewischt hatten, während er den Part übernommen hatte, die Distanz zu wahren und die Situation ironisch zu kommentieren. Wie überlegen hatte er sich dabei gefühlt, und wie erbärmlich war es eigentlich gewesen! Janek hatte inzwischen den Kopf auf die angezogenen Knie gelegt, so dass niemand sein Gesicht sehen konnte; seine Schultern zuckten. Als wollte er sich so klein und unsichtbar machen wie möglich.

»Kein Grund, sich zu schämen, Janek … überhaupt kein Grund. Manchmal ist alles so beschissen, dass gar nichts anderes übrig bleibt, als zu heulen. Geht mir doch genauso.«

Janek reagierte nicht; Tomasz hätte nicht sagen können, ob der Junge überhaupt zuhörte. So billig, das erkannte er, so billig war Trost nicht zu haben. Wenn er den Jungen wirklich erreichen wollte, musste er etwas hergeben von seinem eigenen Schmerz, seiner eigenen Geschichte, von den Erinnerungen, die er selbst kaum ertragen konnte. »Vor drei Jahren, als die

Deutschen Warschau belagert haben – kannst du dich daran erinnern? Du warst ja erst dreizehn, und in Lwów habt ihr wahrscheinlich gar nicht so viel mitbekommen.«

Der Junge hob langsam den Kopf und sah Tomasz aus verquollenen Augen an. »Doch, natürlich. Jeder hat es mitbekommen, das ganze Land – es gab gar kein anderes Thema mehr als den Heldenkampf um Warschau! Wir haben jeden Abend gebetet und gehofft, dass die Verteidigung hält. Wir wussten ja, dass nichts mehr bleibt, wenn Warschau fällt.«

»Und die Warschauer haben gekämpft. Wie die Leute zusammengehalten haben! In den ersten Tagen gab es auch noch die Hoffnung, dass man es schaffen könnte. Niemand konnte sich vorstellen, dass die Deutschen anfangen würden, die Stadt in Schutt und Asche zu schießen. Niemand konnte sich vorstellen, wie es sich anfühlt, wenn Bomben fallen! Niemand.«

»Hast du selbst auch mitgekämpft?«

Tomasz spürte sein Herz gegen die Rippen schlagen, als wollte es ausbrechen. »Ich – ich war kurz vor dem deutschen Einmarsch zu Freunden aufs Land gefahren, Richtung Siedlce … Ich hatte nicht wirklich damit gerechnet, dass es gerade dann passieren würde, verstehst du?«

Wie schwierig das war. Der Junge nickte, und in dem Augenblick wurde es hinter der Mauer laut – der Gottesdienst war zu Ende, Schritte näherten sich. Tomasz verstummte und hielt warnend den Finger an die Lippen. Sie lauschten. Leute unterhielten sich über die Predigt, Blumen wurden gegossen, Gebete gesprochen. Ein paar Kinder stritten sich lautstark und wurden von den Erwachsenen ermahnt. Niemand sah über das Mäuerchen, und Tomasz war dankbar dafür. Schließlich wurde es wieder ruhiger, aber er hatte den Faden verloren und auch den Mut, weiterzusprechen.

»Wollen wir gehen? Wir könnten schauen, ob wir Pjotr antreffen.« Tomasz stand auf, klopfte sich den Dreck von der

Hose und streckte Janek die Hand entgegen, um ihn auf die Füße zu ziehen, da fand er sich plötzlich Auge in Auge mit der rothaarigen Frau, die häufig bei den Fahrners zu Gast war, Charlotte. Die Frau schien mindestens so überrascht wie er selbst. War sie im Gottesdienst gewesen, hatte sie ihren Rauswurf mitbekommen? Vermutlich. Tomasz spürte, wie der weiß glühende Zorn wieder in ihm hochkochte. Ein Wort, dachte er, sag ein falsches Wort, und ich weiß nicht, was ich tue. Er kniff die Lippen zusammen und starrte ihr unfreundlich ins Gesicht.

»Oh, grüß – grüß Gott«, stotterte sie. Ihr Blick blieb an Janeks verheulten Augen hängen, an der gelben Raute mit dem violetten ›P‹ darauf. »Ich wusste nicht, dass ihr hier seid …«

Tomasz antwortete nicht, Jan stand langsam auf und vermied es, irgendjemanden anzuschauen. Geh weiter, dachte Tomasz, los, geh weiter, mach deinen Scheißspaziergang oder was auch immer und lass uns in Ruhe! Aber diese Charlotte rührte sich nicht von der Stelle.

»Ich hab gehört, was Hermann zu euch gesagt hat«, sagte sie leise.

»Hermann?«

»Mein Bruder, ja. Er ist Fähnleinführer bei der HJ und nimmt sich furchtbar wichtig. Er ist erst sechzehn.« Sie sagte das in einem Ton, als wäre es eine Entschuldigung, aber Tomasz hatte nicht vor, eine Entschuldigung anzunehmen.

»Janek ist auch erst sechzehn«, antwortete er grob. »Schwieriges Alter, stimmt? Da man ist so verdammt empfindlich.«

Charlotte wurde purpurrot. »Ich wollte nur sagen, dass es mir leidtut. Er hätte das nicht sagen dürfen in der Kirche.«

»Aber auf Straße schon? Auf Straße darf er anderen Jungen herumschubsen und demütigen, wenn es ein Pole ist?!« Halt das Maul, warnte eine Stimme in seinem Kopf, halt endlich dein großes Maul, sonst findest du dich morgen im KZ wieder!

»Natürlich nicht! Die polnischen Fremdarbeiter sollen *nirgendwo* in Deutschland ungerecht behandelt werden. Wir Deutschen tun so etwas nicht.«

»Nein?«

»Nein. Dazu sind wir zu anständig und ehrenhaft, wenn du es genau wissen willst.«

»Anständig und ehrenhaft, aha. Lernt man doch dazu jede Tag.« Mit Befriedigung registrierte er, wie ihre Mundwinkel zitterten. Dass jemand ihr widersprechen könnte, damit hatte sie sicher nicht gerechnet, als sie den dummen, armseligen Polen ihre noch armseligere Entschuldigung vor die Füße geworfen hatte.

»Du sprichst sehr gut Deutsch, wie kommt das eigentlich?«, sagte sie plötzlich. »Bisher hast du immer so getan, als könntest du nicht bis drei zählen. Da stimmt doch was nicht!«

»Sie dachten, in Polen gibt keine Schulen? Keine Universität? Sie dachten, alle Polen sind Trottel?« Es gelang ihm nicht, seine Zunge im Zaum zu halten; die Worte flossen aus seinem Mund, ohne dass er sie zurückhalten konnte. Er lächelte böse. »Die Deutschen haben Hochschulen geschlossen, vorher gab alles. Ich selbst habe Germanistik und Philosophie studiert; ich bin Journalist. Aber ist heutzutage für Polen nicht gesund, zu viel zu wissen.«

Charlotte betrachtete ihn misstrauisch. »Ich verstehe dich nicht.«

»Nein? Dann will ich erklären. Von Kollegen aus meiner Redaktion es leben nur noch drei, nämlich die, die sind rechtzeitig untergetaucht und hatten gute Freunde. Den Rest haben sie abgeholt, irgendwo draußen in Wald erschossen und verscharrt.«

»Ich glaube dir nicht«, sagte sie heiser. »Woher willst du das wissen?«

»Ich weiß, reicht das nicht?«

Sie starrten sich an. Das war es dann, dachte Tomasz seltsam unbeteiligt, das bricht mir den Hals, warum konnte ich nicht einfach ruhig sein?!

»Ich glaube dir kein Wort«, sagte Charlotte noch einmal, drehte sich um und ging.

»Psiakrew«, fluchte Tomasz und schlug mit der geballten Faust gegen das Mäuerchen. »Was bin ich für ein gottverdammter Idiot!«

Ohne sich bewusst dafür entschieden zu haben, schlug Charlotte den Weg zum Wald ein, der oberhalb der bewirtschafteten Hänge anfing und sich fast bis nach Stuttgart zog. Die Leute aus dem Dorf gingen nur in den Wald, wenn sie dort etwas zu tun hatten, wenn sie Holz machten, Beeren pflückten, Pilze suchten. Einfach zum Vergnügen in den Wald zu gehen wäre ihnen faul erschienen, fast unmoralisch – wer nicht jede Stunde schaffte, die der Herrgott ihm geschenkt hatte, konnte kein anständiger Mensch sein. Sie war sicher, dass sie am Sonntag niemanden im Wald treffen würde.

Die Worte des Polen klangen noch in ihr nach, dieses Mannes, der so tat, als wäre er ein einfacher Bauernknecht, während er in Wirklichkeit möglicherweise mehr von der Welt wusste als alle hiesigen Parteigenossen zusammen. Dieser Thomas war gefährlich – vielleicht musste sie Joachims Vater vor ihm warnen! Aber konnte überhaupt stimmen, was er behauptet hatte? Jeder wusste, dass die Ostvölker im Vergleich zu den Ariern wesentlich weniger entwickelt und leistungsfähig waren; kulturelle Fortschritte gab es nur dort, wo sich der germanische Einfluss ungehindert Raum schaffen konnte. Ihr Vater hatte erst gestern einen Artikel vorgelesen, der sich mit der vor Kurzem erfolgten Vereinfachung des polnischen Bildungssystems befasste: Polnische Kinder sollten in Zukunft nur noch lesen und schreiben lernen und das Rechnen bis hundert, damit sie in der Lage waren, einfache deutsche Befehle zu verstehen und auszuführen. Oberlehrer Voss war sich mit dem Autor der Zeilen völlig einig gewesen, dass es sich dabei um eine höchst sinnvolle, segensreiche Maßnahme handelte, die geeignet war, den Frieden im östlichen Siedlungsraum zu sichern und die verbleibenden Polen in idealer Weise auf ihre Aufgaben in Landwirtschaft und Industrie vorzubereiten. Charlotte wäre es nie in den Sinn gekommen, dass es in diesem Bauernland so etwas wie eine Universität geben könnte.

Und doch wollte dieser Thomas Germanistik und Philosophie studiert haben. Dass er verblüffend gut Deutsch sprach, hatte sie ja gerade erst selbst festgestellt. Und sicher, in einer so großen Stadt wie Warschau musste es natürlich Zeitungen geben. Wahrscheinlich war es ein bolschewikisches Hetzblatt gewesen, bei dem dieser Thomas gearbeitet hatte, sonst hätten die Behörden ja nicht die Redaktion aufgelöst. Kein Wunder, wenn seine Kollegen danach von der Bildfläche verschwunden waren! Vielleicht waren sie ja einfach zu den Partisanen gegangen. In Polen gab es massenhaft Partisanen, die den Deutschen auflauerten und sie aus dem Hinterhalt ermordeten, ständig schrieb Joachim davon.

Sie hatte inzwischen einen ihrer Lieblingsplätze erreicht, eine Wegkreuzung im Schatten eines der riesigen Bäume, die irgendein württembergischer König vor hundert Jahren hier hatte pflanzen lassen, und ließ sich auf einem umgestürzten Baumstamm nieder. Joachims Briefe hatte sie immer bei sich, einerseits, um sie jederzeit hervorholen und lesen zu können, andererseits, um sie vor Hermanns neugierigen Augen zu schützen. Sie zog das Päckchen aus ihrer Bluse und blätterte darin herum.

Mein süßes Mäuschen, hast du das Kölnisch Wasser bekommen, das ich dir mit der letzten Post geschickt hatte? Genau, das war der letzte Brief gewesen. *Du schreibst gar nichts da-*

von, während ich hier auf meiner Koje liege und daran denke, wie gern ich an dir riechen würde, am Hals, unter den Achseln und – na, du weißt schon wo! Tupf es dir überallhin und denke an mich! … Es ist mir ein ganz grässlicher Gedanke, dass meine Eltern jetzt die Polacken auf dem Hof haben! Wenn's wenigstens Holländer wären oder Franzmänner, das sind mehr oder weniger Menschen wie wir, aber dieses dreckige Ostgesindel? Die können nur beten, klauen und saufen, zu mehr reicht es nicht. Ich hab sie hier ja zur Genüge kennengelernt, und ich sag dir, der Pole braucht eine harte Hand, sonst tanzt er dir auf dem Kopf herum und schneidet dir nachts die Kehle durch! Ich kann mir nicht vorstellen, dass zwei Betknechte wie Mama und Papa dazu in der Lage sind, und befürchte deshalb das Schlimmste! Liebes Lottchen, willst du mich beruhigen und mir schreiben, dass du ein Auge auf die beiden hast und besonders auch auf Eva? Dass du den Ortspolizisten einschaltest oder die Kameraden von der SS, wenn die Polen frech werden? Das ist ein Dienst, den du in der Heimat tun kannst und der für den Sieg der gerechten Sache so wichtig ist wie der Soldatendienst an der Front!

Nachdenklich ließ sie das Blatt sinken. *Beten, klauen und saufen, zu mehr reicht es nicht.* Vielleicht galt das für die Polen, mit denen Joachim in Warschau zu tun hatte. Für die Polen auf dem Fahrnerhof galt es jedenfalls nicht. Aber überall würde es vermutlich Ausnahmen geben, selbst bei den Juden war es ja nicht anders. Dass man *einen* kannte, der anständig war, bedeutete im Hinblick auf die Verderbtheit des gesamten jüdischen Volkes gar nichts. Genauso verhielt es sich mit den Polen: *Ein* gebildeter Pole bewies nicht, dass die Polen insgesamt den Deutschen geistig ebenbürtig waren. Allerdings hatte auch der Junge ein paar Brocken Deutsch gesprochen.

Den Rest haben sie abgeholt, irgendwo draußen im Wald erschossen und verscharrt. Der Satz wollte einfach nicht aus ihrem Kopf verschwinden. Verunsichert blickte sie auf die Buchen am Rand der Lichtung; irgendwo hämmerte ein Specht. Für Charlotte war der Wald immer ein märchenhafter Ort gewesen. Ein Ort, an dem unerwartete Begegnungen stattfanden, wo Menschen neue Wege einschlugen und den sie verändert wieder verließen. Kein Ort von Verbrechen und Mord. Sie wünschte, sie wäre heute Morgen zu Hause geblieben. Die Begegnung eben nach der Kirche war jämmerlich gewesen – das verheulte Gesicht des Jungen, ihr eigenes Herumgestotter, die Scham, die sie über Hermanns Verhalten gespürt hatte. Genau das, erkannte sie jetzt, war es, war ihr so schwer auf der Seele lag: Sie hatte sich geschämt vor den Polen, geschämt vor den Tränen eines Sechzehnjährigen, geschämt für die Arroganz ihres eigenen Bruders und dafür, die beiden für schwerfällig und beschränkt gehalten zu haben. Vielleicht sollte sie mit Joachim darüber sprechen, dachte sie, er kannte schließlich viele Polen. Aber erstens würde er erst in ein paar Monaten Urlaub haben, und zweitens wusste sie, was er sagen würde. Sie hätte gar nicht erst mit den Polen sprechen sollen. Es war dumm gewesen, bei den beiden stehen zu bleiben. Genauso dumm wie diese bohrende Scham und die Frage, ob dieser Thomas vielleicht doch die Wahrheit gesagt hatte. Denn dann musste irgendjemand anderes lügen.

10

»Schön, dass du auch endlich kommst, Lotte.« Oberlehrer Voss stand in der Diele vor dem Spiegel und ließ sich von seiner Frau ein paar Staubflocken von den Schultern seiner Uniformjacke bürsten, als Charlotte die Tür hinter sich schloss. »Hatten wir nicht verabredet, dass du mir bei den Korrekturen der Sechstklässler zur Hand gehst? Du weißt doch, dass ich heute Nachmittag einen wichtigen Parteitermin habe.«

»Tut mir leid«, murmelte Charlotte. »Ich hatte gar nicht mehr daran gedacht. Die Rechenarbeit, stimmt's?«

»Genau. Die Hefte liegen auf meinem Schreibtisch Warte, ich zeig dir, wie weit ich gekommen bin …«

Während Erika Voss sich in die Küche zurückzog, wo an diesem Eintopfsonntag eine Kartoffelsuppe vor sich hin brodelte, ging ihr Mann voraus ins Wohnzimmer. Unter einem gerahmten Führerporträt – der Reichskanzler in visionärer Haltung, den Blick zuversichtlich in die Weite gerichtet – stand dort der Schreibtisch, ein Ungetüm aus schwarz gebeizter Eiche. Voss griff nach einem Blatt Papier, auf dem er selbst sorgfältig die Aufgabenstellung notiert hatte. »Hier, die Textaufgabe … eigentlich ein simpler Dreisatz. Und bitte vergiss nicht, dass zu einer richtigen Lösung auch der Lösungssatz gehört, genauso wie die korrekt abgeschriebene Aufgabe.«

Charlotte nahm das Blatt in Empfang und überflog den Text: *»Der jährliche Aufwand des Staates für einen Geisteskranken beträgt im Durchschnitt 766 RM, ein Tauber oder Blinder kostet 615 RM, ein Krüppel 600 RM. In geschlossenen Anstalten werden auf Staatskosten versorgt: 167000 Geisteskranke, 83000 Taube und Blinde, 20600 Krüppel. Wie viele Millionen RM kosten diese Gebrechen jährlich? Wieviel erbgesunde Familien könnten bei 60 RM durchschnittlicher Monatsmiete für diese Summe untergebracht werden?«*

»In Ordnung, das kann ich machen. Ich fange gleich nach dem Mittagessen an.«

»Das ist mein Mädel, immer fleißig! Ich wusste doch, dass ich mich auf dich verlassen kann.« Arnold Voss klopfte seiner Tochter anerkennend auf die Schulter. »Aus dir wäre auch eine gute Lehrerin geworden, geradlinig, diszipliniert! Jammerschade, so ein Talent zu verschwenden …«

Es konnte nicht mehr lange dauern, und er wäre bei einem seiner Lieblingsthemen angekommen: seiner Unzufriedenheit darüber, dass seine Tochter einen Bauernsohn heiraten wollte, von seiner Gesinnung her zwar untadelig, aber ansonsten ganz klar ein gesellschaftlicher Abstieg. Charlotte hatte nicht vor, es so weit kommen zu lassen, heute nicht.

»Wo ist eigentlich Hermann?«, fragte sie und versetzte dem Globus auf dem Schreibtisch einen leichten Schubs, so dass er sich zu drehen begann.

»Oh, Hermann hat noch ein paar von seinen Pimpfen getroffen.« Voss zog seine Taschenuhr heraus und ließ sie aufklappen. »Ich denke, er wird in den nächsten zehn Minuten kommen. Er weiß ja, dass bei uns pünktlich gegessen wird.«

Nordafrika präsentierte sich jetzt vorn, kleine schwarze Punkte zeigten vermutlich an, wo der Wüstenfuchs mit seinen Truppen lag. Charlotte wandte sich ab.

»Was sagst du denn zu dieser Geschichte heute in der Kirche?«, fragte sie leise. Voss sah erstaunt zu ihr herüber.

»Diese Aktion mit den Polen, meinst du? Na ja, ein bisschen forsch vielleicht, aber von der Sache her völlig richtig. In einem deutschen Gottesdienst haben diese Leute nichts zu suchen. Erschreckend, dass Fahrner das zugelassen hat! Aber vermutlich wusste er gar nichts davon.«

»Was ist so schlimm daran, wenn sie in die Kirche wollen? Die Polen sind doch alle fromm, wahrscheinlich sind sie hier viel zufriedener, wenn sie ab und zu einen Gottesdienst besuchen können!«

Arnold Voss ließ seine Taschenuhr wieder verschwinden und straffte die Schultern. »Darum geht es doch gar nicht, Charlotte.« Wie immer, wenn es um seine Grundüberzeugungen ging, bekam seine Stimme einen beschwörenden Klang. »Es geht nicht darum, den Polen ihre Beterei zu verbieten. Wenn ich Pole wäre, würde ich vermutlich auch Tag und Nacht beten, haha! Es geht darum, dass sie es nicht *gemeinsam mit uns Deutschen* tun. Wenn wir da einmal nachgeben, wollen sie demnächst mit uns ins Kino und sitzen uns schließlich abends in der Dorfkneipe gegenüber. Man weiß ja, wo das hinführt!«

Charlotte wusste, dass es besser war, bei diesen Predigten den Mund zu halten, aber wie so oft gelang es ihr nicht. »Ich weiß es nicht«, sagte sie. »Wo führt es hin, wenn die Polen hinten stehen, während wir Gottesdienst feiern?«

Voss sog scharf die Luft ein. »Willst du sagen, du hast nichts von diesem Vorfall in Neuhengstett gehört?«

Charlotte schüttelte den Kopf.

»Rassenschande mit einem polnischen Fremdarbeiter, ein besonders krasser Fall. Offensichtlich waren mehrere deutsche Frauen verwickelt, unfassbar! Wie tief muss eine Frau sinken, um sich mit so einem – Tier geschlechtlich einzulassen! Wenn du mich fragst, stimmt in dem ganzen Ort etwas nicht, sonst wäre das ja nicht möglich gewesen. Keinen Funken Stolz auf ihr deutsches Blut, die haben mit dem Fraternisieren bestimmt sofort angefangen – vielleicht sogar in der Kirche. Ich kann mir nicht vorstellen, dass hier in Laifingen –! Auf jeden Fall haben sie den Saupolen und seine Huren erwischt, ein Nachbar hat sie angezeigt.«

Charlotte spürte, wie der Raum um sie schwankte, Nordafrika und Neuhengstett und die Tauben und Krüppel, die dem Staat so zur Last fielen.

»Und – und was passiert jetzt mit ihnen?«, fragte sie leise. Voss schnaubte.

»Was wohl? Die Frauen sind in Schutzhaft genommen worden, und der Pole wird aufgeknüpft.«

In den folgenden Tagen wartete Tomasz darauf, dass etwas passierte: dass der Bauer sein Verhalten ihm gegenüber änderte; dass sie schließlich kamen, um ihn abzuholen. Er wusste, dass er sich alles selbst zuzuschreiben hatte. Hundertmal, tausendmal hatte er sich für die Geschwätzigkeit verflucht, die ihn dazu verleitet hatte, so viel von sich preiszugeben. Ein Pole, der log; der sich dumm stellte; Angehöriger einer Berufsgruppe, die die Deutschen zuallererst ausmerzen wollten; der mehr oder weniger zugegeben hatte, nur durch rechtzeitiges Untertauchen entkommen zu sein. Genauso gut hätte er gleich zur Gestapo gehen und um seine Verhaftung bitten können. Wenn er morgens mit dem alten Fahrner aufs Feld ging, rechnete er nicht damit, den Hof, ihre Schlafkammer am Abend wiederzusehen, und dachte darüber nach, ob es noch irgendetwas gab, was er dem Jungen mit auf den Weg geben wollte. Er versteckte den Beutel mit Agnieszkas Bild im Kuhstall und warf die paar Seiten mit Aufzeichnungen, die er in den letzten Tagen angefertigt hatte, in die Jauchegrube. Er versuchte, sich vorzubereiten. Aber sie kamen nicht.

Stattdessen nahm ihn Charlotte eines Abends, während Jan mit den Zwillingen zusammen die Hühner einsperrte, nach dem gemeinsamen Essen beiseite (er hatte inzwischen verstanden, dass sie Evas beste Freundin, die zukünftige Schwiegertochter der Fahrners und deshalb so häufig da war). Jetzt, dachte er, jetzt wird sie mir sagen, dass sie mich verraten hat und an wen. Er bemühte sich, ruhig zu bleiben, ihrem Blick standzuhalten, konzentrierte sich, auf das rötliche Haar, die unruhigen Augen, die Sommersprossen, die sich über Nase und Wangen zogen, während er gleichzeitig fiel, immer schneller, immer tiefer.

»Ich habe mit dem Pfarrer gesprochen«, sagte Charlotte. Mit dem Pfarrer, dachte er verwirrt, warum mit dem Pfarrer, warum nicht mit Fahrner oder dem Ortspolizisten oder irgendeiner anderen lokalen Nazigröße? »Ich habe es ihm erklärt. Er hat eingewilligt, dass ihr sonntags abends in die Kirche gehen könnt, nach dem Vesperläuten. Er schließt euch auf.«

Die Angst rauschte in seinen Ohren. Für einen kurzen Moment verstand er nichts, nicht einmal die Worte selbst, dann erst drang die Bedeutung dessen, was sie gesagt hatte, in sein gelähmtes Hirn vor, und er spürte wieder sicheren Boden unter den Füßen.

»Sonntags«, sagte er und schloss kurz die Augen. »Ja. Ich verstehe. Ich gebe Janek weiter, er wird sich freuen.«

Sie schien irritiert. »Und du? Freust du dich nicht?«

»Doch, natürlich. Aber für mich ist nicht so wichtig wie für ihn. Jan will selbst Priester werden.«

»Katholischer Priester wahrscheinlich?«

»Sicher. Ja. Bei uns sind fast alle katholisch. Bis auf die Juden natürlich.«

»Die Juden«, wiederholte Charlotte nachdenklich. »In Polen gibt es viele Juden, oder? Mehr als in Deutschland? Mein Verlobter hat davon geschrieben.«

»Viele Juden, ja. Jeder dritte Warschauer ist Jude, das heißt, vor dem Krieg war so.« Er wollte mit ihr nicht über Warschau sprechen, die Juden dort und ihren Verlobten, der zu den Besatzern gehörte.

»Ich kenne gar keinen Juden«, sagte Charlotte. »Ich meine, persönlich. Hier im Dorf haben nie welche gelebt. Und vor euch kannte ich auch keinen Polen. Früher dachte ich immer – « Sie brach ab.

»Was? Was dachten Sie immer?«

Sie lachte unsicher. »Nichts. Jedenfalls – jedenfalls könnt ihr Sonntagabend in die Kirche. Außer dem Pfarrer ist dann niemand da.« Sie drehte sich um und wollte gehen, aber Tomasz hob die Hand, um sie aufzuhalten.

»Danke, Fräulein«, sagte er und verbeugte sich. Sie wurde rot.

»Nur Charlotte, bitte. Kein Mensch hier im Dorf sagt zu irgendjemandem ›Fräulein‹.«

»Charlotte dann, gut. Dann darf ich fragen – «

»Ja?«

»Warum hast du getan, Charlotte?«

Sie lachte noch einmal. »Warum nicht? Wahrscheinlich war es einfach das Richtige, ich weiß es nicht. Und für mich war es leichter zu fragen als für euch, ich kenne den Pfarrer schon lange. Er hat mich konfirmiert.«

»Du hast sonst mit niemandem gesprochen, warum?«

Ihre Augen flackerten unruhig. »Weil ich es nicht wollte«, antwortete sie, griff nach ihrem Körbchen und wandte sich zur Tür. »Gute Nacht.«

Janek lag schon auf seinem Bett, als Tomasz hereinkam, und kritzelte irgendetwas. Seit er Papier und Bleistift bekommen hatte, schrieb er ständig an seine Eltern, auch wenn die Briefe nur alle paar Wochen zusammen weggeschickt werden konnten.

»Gute Nachrichten für dich«, sagte Tomasz und griff nach dem Eimer, um Waschwasser hereinzuholen. »Nächsten Sonntag kannst du in die Kirche gehen und beten. Der Pfarrer schließt am Abend für dich auf.«

Jan ließ sein Blatt sinken. »Wie hast du das hingekriegt? Ich dachte nicht – «

»Ich habe gar nichts gemacht. Charlotte hat mit ihm gesprochen. Sie kennt ihn schon seit Jahren, vermutlich hatte sie noch etwas bei ihm gut.«

»Komisch«, sagte Jan. »Ich meine, wunderbar, dass es geklappt hat, aber komisch, dass diese SS-Braut überhaupt etwas für uns getan hat.«

»SS-Braut? Was meinst du damit?«

»Na, dieser Joachim ist doch ein SS-Mann, Eva hat's mir erzählt. So jemanden heiratet man nicht einfach so, nicht, wenn man nicht selbst total begeistert von der ganzen Scheiße ist.«

»Das wusste ich gar nicht. Ich dachte, er ist als Soldat in Polen.« SS-Mann. Oh ja, Tomasz hatte sie noch lebhaft vor Augen, all diese selbstgefälligen Uniformträger, die mit ihren Peitschen, Prügeln und Pistolen die Herrschaft in den Straßen Warschaus ausübten. Hatte die Razzia, der er selbst zum Opfer gefallen war, nicht auch in den Händen der SS gelegen? Er presste seine Kiefer so fest zusammen, dass die Zähne knackten.

»Ich hatte die Fahrners gar nicht für so überzeugte Nazis gehalten«, presste er schließlich heraus und ließ sich schwer auf sein Bett fallen

»Sind sie auch nicht. Denen ist Politik egal, solange man sie in Ruhe lässt.« Janek grinste altklug. »Es muss jede Menge Krach mit diesem Joachim gegeben haben, sagt Eva. Ihr Vater war überhaupt nicht damit einverstanden, dass er nicht mehr zur Kirche gegangen und lieber zu irgendwelchen Aufmärschen gefahren ist, statt hier auf dem Hof zu arbeiten.«

»Das erzählt dir Eva?« Tomasz traute seinen Ohren nicht. Dass Eva solche Informationen mit einem polnischen Feind teilte, konnte nur heißen, dass sie entweder strohdumm war oder dass sich in ihr Verhältnis zu Janek eine fast schon familiäre Vertrautheit eingeschlichen hatte. Eine gefährliche, scheinheilige Vertrautheit.

Schon in den ersten Tagen hier auf dem Hof war es klar geworden, dass Jan zu der harten Feldarbeit nicht wirklich taugte; er war zu schmächtig und einfach nicht so kräftig wie andere Jungen in seinem Alter, noch dazu völlig linkisch und unpraktisch veranlagt. Es erschien ganz natürlich, dass er mehr und mehr mit den Frauen zusammenarbeitete und Tomasz die schweren Tätigkeiten überließ, zumal Marie Fahrner kaum belastbar war und die meiste Last auf Evas Schultern ruhte. Jan kümmerte sich unter ihrer Anleitung um Geflügel, Kühe und Schweine, pflückte Obst, arbeitete im Gemüsegarten und auf dem Kartoffelacker. Fast den ganzen Tag war er mit Eva zusammen; Tomasz war schon aufgefallen, wie sehr das Deutsch des Jungen sich in der kurzen Zeit verbessert hatte. Kein Wunder, wenn die beiden den ganzen Tag miteinander redeten. Kein Wunder.

»Du solltest mit Eva nicht über solche Dinge sprechen. Hinterher tut's ihr leid, dass sie dir davon erzählt hat, und du musst dann dafür büßen.«

Jan betrachtete ihn überlegen. »Ich kenne Eva ja wohl besser als du. Die ist nicht so, wie sich alle die deutschen Mädchen vorstellen, mit Hakenkreuz über dem Bett und Stahlzähnen im Mund. Das ist ein ganz normales Mädchen, könnte genauso gut aus Polen kommen.«

»Du willst mir etwas über Mädchen beibringen, ausgerechnet du, ein zukünftiger Pfaffe? Was du über Mädchen weißt, passt doch in einen Fingerhut!«

Jan wurde feuerrot und wandte sich wieder seinem Geschreibsel zu. »Du bist nur neidisch, dass Eva sich lieber mit mir unterhält als mit dir.«

Eine unangenehme Pause machte sich zwischen ihnen breit, Tomasz packte wieder den Eimer und ging zur Tür.

»Und, schreibst du deinen Eltern? Die freuen sich bestimmt, dass du ab jetzt sonntags wieder zur Kirche gehen kannst!«

Fuchsteufelswild fuhr der Junge hoch und fuchtelte mit seinem Zettel in der Luft herum; es war kein Brief, sondern eine Zeichnung, aber Tomasz konnte so schnell nicht erkennen, was sie darstellen sollte.

»Du sollst dich nicht über mich lustig machen, klar? Da ist nichts Lustiges dran!«

Tomasz seufzte; egal, was er sagte, es schien das Falsche zu sein. Was für ein Vater wäre er wohl geworden?, dachte er. Vielleicht war es ja besser, dass er den Umgang mit Heranwachsenden nie hatte ausprobieren müssen.

»Es war nicht lustig gemeint, Jan.« Er öffnete die Tür und zögerte noch einen Moment, bevor er zur Pumpe hinausging. »Sei vorsichtig, Junge. Mehr will ich gar nicht.«

Die beiden Gestapoleute erschienen, als Tomasz nicht mehr damit gerechnet hatte. Schon seit zwei Tagen war er gemeinsam mit dem Bauern beim Ernten des Sommerweizens; in aller Herrgottsfrühe packten sie ihre Sensen, liefen hinaus und begannen mit dem Schnitt, später kamen dann die Frauen und Janek dazu, um das Getreide aufzunehmen und zum Trocknen auszubreiten. Sie hatten sich gerade in Schweiß gearbeitet, als die Beamten auf dem staubigen Feldweg auftauchten: zwei Männer in grauen Uniformen, der ältere trug eine Brille. Sie näherten sich zügig, redeten und lachten dabei, und Tomasz' Gehirn setzte einfach aus, ließ ihn allein mit dem alles überrollenden Gefühl der Panik. Es ließ ihm die Beine einknicken, so dass er sich auf die Sense aufstützen musste.

Fahrner reagierte als Erster.

»Was wollt ihr hier?«, rief er den Männern entgegen.

Sie blieben stehen. »Heil Hitler, Fahrner! Keine Sorge, von dir wollen wir nichts. Wir kommen für deinen Polacken.« Der Brillenträger zeigte auf Tomasz und grinste. Tomasz zwang sich, Atem zu holen. Jetzt, dachte er. Jetzt geschieht es.

»Du, los, komm mit!« In Zeitlupe löste er die Hände, rückte seine Kappe gerade, zu langsam vermutlich für die Polizisten, denn der eine packte ihn am Arm, zog ihn zu sich, stieß ihn ein Stück den Weg entlang.

»Schneller, Mann, wir sind hier nicht in Polen! Wir haben nicht den ganzen Tag Zeit!«

»He, ihr könnt mir doch meinen Knecht nicht von der Weizenernte wegholen!«, brüllte Fahrner jetzt und schwang hilflos die Gerte, mit der er seine Tiere antrieb. »Wie soll ich denn allein mit der Arbeit fertig werden?! Sagt mir das! Das ist Sabotage!«

»Nun mach mal halblang«, antwortete der Jüngere der beiden Uniformierten und spuckte herzhaft auf den Boden. »Heute Abend bringen wir ihn dir von unserem Ausflug unversehrt wieder zurück. Sollst sehen, der frisst dir danach aus der Hand.«

Fahrner ballte die Fäuste. »Muss das wirklich sein nur für irgendeinen Parteikram, wenn ich hier vor Arbeit kaum aus den Augen gucken kann?«

»Pass bloß auf, dass dich nicht mal jemand wegen Defätismus rankriegt.« Der Ältere lispelte, was seinen Worten eine beklemmende Harmlosigkeit gab. »Das ist nicht ›irgendein Parteikram‹. Das ist kriegswichtig. Hast du nicht selbst eine Tochter?« Fahrner nickte. »Also. Los jetzt, du Polensau, hopp!«

Tomasz spürte die schwere Hand des Bauern auf seiner Schulter, deren ermutigenden Druck.

»Komm heil zurück«, sagte Fahrner. »Ich brauch dich hier, verstanden?«

Er nickte, dann setzten sie sich in Bewegung, den Feldweg entlang, am Milchhäusle vorbei bis zum Dorfplatz, wo ein offener Lkw wartete. Auf der Ladefläche drängten sich zwanzig, fünfundzwanzig Leute, jeder mit dem Polenabzeichen an der Brust, darunter Janek, die zwei Schwestern aus Radom und Pjotr.

»Deinetwegen haben wir eine Viertelstunde verloren«, grollte der Brillenträger. »Mach, dass du zu dem anderen Pack hochkommst, damit wir endlich loskommen!«

Ganz langsam, so als befände sich sein Gehirn immer noch in einer giftigen Betäubung, ganz langsam wurde Tomasz klar, dass es nicht um ihn selbst ging, um ihn persönlich, sondern dass es sich offensichtlich um eine Gestapo-Aktion handelte, die alle polnischen Fremdarbeiter betraf. Die Tränen stiegen ihm in die Augen vor Erleichterung, er hätte heulen können. Hände streckten sich ihm entgegen und zerrten ihn hoch, wofür er dankbar war, denn aus irgendeinem Grund schien er vergessen zu haben, wie man an einem Lkw hochklettert. Er nickte den anderen zu und suchte sich einen Platz neben Jan, der ziemlich weit hinten auf dem Boden kauerte. Der Lkw setzte sich in Bewegung.

»Was ist los? Wo fahren wir hin?«, fragte er. Jan zuckte mit den Schultern.

»Keiner weiß es. Ich war gerade mit Eva beim Bohnenpflücken, als sie gekommen sind … Sie haben alle Polen aus den Dörfern hier im Umkreis heute Morgen geholt, sogar aus Tübingen sind ein paar dabei. Mehr als hundert Menschen! Drei Lkws sind schon vorgefahren, während sie dich noch gesucht haben.«

»Vielleicht ist es ja irgendein besonderer Arbeitseinsatz«, sagte Tomasz. »Wo sie viele zusätzliche Arbeiter brauchen. Vielleicht gab es ja einen Bombenangriff auf Stuttgart, und wir müssen die Trümmer wegräumen.« Der Fahrtwind wirbelte Staubfahnen zu ihnen hoch; er schmeckte den Staub zwischen seinen Lippen und spürte ihn auf der Haut.

Jan rieb sich über das Gesicht. »Hauptsache, dass sie uns nicht wieder ins Lager bringen! Aber zu Eva haben sie gesagt, dass wir heute Abend wieder zurück sind.« Der Junge rückte ein Stück näher und flüsterte in Tomasz' Ohr. »Eva hat versucht, mich loszubitten … Sie hat sich überhaupt nicht einschüchtern lassen! Aber sie sind nicht darauf eingegangen.« Tomasz nickte unbehaglich. »Sie ist wirklich mutig. Ich denke immer – « Tomasz hielt den Finger vor die Lippen.

»Nicht hier, Janek. Du weißt nicht, wer uns alles zuhört.« Es war die erstbeste Erklärung, die ihm eingefallen war, obwohl er nicht daran glaubte, irgendeiner der Polen, die hier mit ihnen auf der Ladefläche zusammengedrängt waren, käme auf die Idee, sie zu belauschen oder zu verraten. Aber irgendwie musste er den Jungen zum Schweigen bringen. Janek sollte nicht so viel über Eva nachdenken, egal, wie nett, hübsch, mutig auch immer sie war. Eva war ein deutsches Mädchen und als solches gefährlich und tabu, auch wenn ein sechzehnjähriges Herz das nicht akzeptieren wollte. Er schloss die Augen, um dem Jungen zu signalisieren, dass er nicht weiterreden wollte. Auch die anderen Polen sprachen nur wenig, und wenn, dann im Flüsterton – sie wirkten eingeschüchtert und bedrückt, und jeder schien sich zu fragen, was es mit dieser Fahrt auf sich hatte. Dass es nichts Gutes sein konnte, brauchte man ihnen nicht zu erklären.

Nach einer knappen Stunde hielten sie am Rand eines anderen Dorfes auf dem Platz neben einer Turnhalle, wo schon die vorausgefahrenen Lkws standen.

»Alles runter und in Zweierreihen angetreten!«, kommandierte der jüngere Gestapomann und steckte sich eine Zigarette an, während die Polen von der Ladefläche kletterten. Dann marschierten sie los auf ein kleines Wäldchen zu, schweigend, wie ihre deutschen Bewacher es angeordnet hatten. Tomasz fragte sich unwillkürlich, ob dort nicht vielleicht eine Grube auf sie wartete, an deren Rand sie sich aufstellen und erschossen werden würden – jeder, der aus Warschau kam, wusste, dass Wälder keine unschuldigen Orte waren, wusste, dass im Schatten der Bäume und abgeschirmt von den Augen der Öffentlichkeit schreckliche Dinge passierten; dass viele von denen, die man in den Wald hineinführte, niemals wieder herauskamen. Aber sie brauchen uns, dachte Tomasz und biss die Zähne zusammen, sie brauchen unsere Arbeitskraft, auf den Feldern und in den Ställen und den Fabriken, und sie haben gesagt, dass wir heute Abend wieder zurück sind. Er zwang sich, sich auf andere Dinge zu konzentrieren, den gleichmäßigen Tritt der Marschierenden, den kaum wahrnehmbaren Geruch der Zigarette, den warmen Kiefernduft. Der Weg, den sie entlangliefen, war ausgetreten von vielen Füßen, hier und da waren auch Reifenspuren zu sehen. Schließlich erreichten sie eine große Lichtung und hielten an.

Am Rand der Lichtung in einem großen schweigenden Halbkreis standen die Polen; gegenüber, unterhalb einer großen Buche, war eine Art Podest mit Stufen aufgebaut. Erst auf den zweiten Blick erkannte Tomasz die Schlinge, die darüber vom untersten Ast des Baumes baumelte. Es war ein Galgen, den man hier errichtet hatte, eine gleichzeitig improvisierte wie nach dem stabilen Aussehen des Podestes zu schließen auch durchaus gebräuchliche Exekutionsvorrichtung. Tomasz wurde der Hals eng, er sah sich nach Janek um und erkannte, dass der Junge Sinn und Zweck der Gerüsts ebenso schnell erfasst hatte wie er selbst.

»Schau nicht hin!«, flüsterte er hastig und streckte die Hand nach Jan aus, aber die Gewehre ihrer Bewacher ließen ihn verstummen, so dass er nur noch heftig den Kopf schütteln konnte, schau nicht hin, damit nicht Bilder in deinen Kopf eindringen, die du nie wieder loswerden wirst, schreckliche Bilder – . Jetzt trat eine Gruppe von Menschen aus dem Schatten des Waldrandes: in der Mitte ein großer, schlanker Mann mit Schnurrbart und zotteligem dunklem Haar, dessen Hände auf dem Rücken gefesselt waren; an seiner Seite zwei hohlwangige Gestalten in gestreiftem Häftlingsdrillich, dahinter vier Uniformträger mit Hakenkreuzbinden um den rechten Arm. Fast im Gleichschritt bewegten sie sich bis in die Mitte des Halbkreises und blieben wie auf Kommando gemeinsam stehen. Einer der Offiziellen trat vor, entfaltete ein Papier und begann zu lesen, zunächst auf Deutsch, dann auf Polnisch. Tomasz verschwammen die Worte im Kopf, Worte, die er hören musste, die er nicht hören wollte:

» Tomczak, Marian … GV-Verbrechen … Rassenschande. Deutsche Frau, polnischer Mann. Widernatürlich. Und deshalb … im Namen des deutschen Volkes und seines Führers, Reichskanzler Adolf Hitler! … hinzurichten. Am Hals aufzuhängen … Polen, so geht es jedem! Jedem, der! Nehmt euch in Acht! …«

Tomasz wurde es speiübel. Es war nicht so, als hätte er noch nie einen Toten gesehen, im Gegenteil – in den Straßen Warschaus unter der Besatzung wäre es fast einem Wunder gleichgekommen, wenn man noch niemals einen Toten gesehen hätte, schon die Kinder waren damit vertraut. Aber diese Menschen waren schon tot gewesen, als er sie erblickte; mitzuerleben, wie ein gesunder, starker junger Mann, der eigentlich noch Jahrzehnte vor sich hatte, bewusst und gezielt getötet wurde, war etwas anderes, etwas so Monströses, dass er glaubte, es nicht ertragen zu können. Dieser Mann würde keine Kinder mehr zeugen und großziehen können, keine Häuser bauen und Bäume pflanzen; keine Kunstwerke erschaffen, technische Erfindungen ausbrüten, Ideen entwickeln und andere begeistern. Er würde nicht mehr lieben und streiten und nie als alter Mann zufrieden in der Sonne hinter seinem Haus sitzen und denken: Es ist gut. All diese Möglichkeiten wurden zerstört durch die Willkür einer Gruppe von Leuten, die davon überzeugt waren, zum Henker der ganzen Welt berufen zu sein.

Die beiden Häftlinge führten den Verurteilten zum Podest, legten ihm die Schlinge um den Hals. Der Mann leistete keinen Widerstand; Tomasz erkannte, dass seine Oberlippe aufgerissen war und sein linkes Auge von einem dunklen Ring umgeben. Einer der Gestreiften sagte etwas zu ihm; der Mann sah in Richtung der Zuschauer und sagte laut und deutlich auf Polnisch:

»Ich bin nicht schuldig!« Seine Stimme brach; er fing an zu schluchzen.

Das Letzte, was Tomasz verstand, war ein gewimmertes »Mamusia«, dann öffnete sich eine Klappe in dem Podest, und der Mann fiel, bis ihn die Schlinge um den Hals nicht weiterfallen ließ. Tomasz spürte, dass er selbst von nun an immer fallen würde. Ein lautes Aufstöhnen ging durch die Reihen der Zuschauer; einige weinten, andere beteten laut, während der Verurteilte zuckte und am Strick hin- und herschwang. Schließlich griff einer seiner Henker nach seinen Hüften und zog kräftig daran. Ein widerliches Schnappen beendete den Todeskampf des Delinquenten; reglos hing er über dem Podest. Die Frau neben Tomasz übergab sich auf den Waldboden, er bückte sich zu ihr hinunter, legte ihr den Arm um die Schultern.

»Lasst euch das eine Lehre sein! Wer von euch sich mit deutschen Frauen und Männern einlässt und Rassenschande begeht, wird von der ganzen Härte des Gesetzes getroffen werden …«

Ein Arzt kam und stellte den Tod des Hingerichteten fest; die beiden Häftlinge nahmen ihn vom Galgen ab, trugen ihn an den Rand der Lichtung und legten ihn dort in eine bereitstehende Kiste. Tomasz sah sich nach Jan um: der Junge war bleich wie ein Gespenst und hatte die Hände vor der Brust ineinandergekrampft. An seinem rechten Hosenbein war ein großer nasser Fleck.

»Alles wird gut«, hörte Tomasz sich sagen. »Wir fahren wieder nach Hause, Janek, bestimmt. Alles wird gut.«

II

Während sie nach Laifingen zurückfuhren, versuchte Tomasz, mit dem Jungen zu reden, als könnte er so das Schreckliche der letzten Stunden in etwas Erträglicheres verwandeln oder es wenigstens erklären, aber Jan fiel ihm sofort heftig ins Wort.

»Nicht, Tomek, sprich nicht davon! Ich will nie wieder darüber sprechen, niemals!«

»Ist ja gut, Junge. Ist ja gut. Wir machen es so, wie du willst. Ist dir kalt? Warte, ich geb dir meine Jacke, häng sie dir um die Schultern, dann wird es besser …« Ob es die Kälte seiner vollgepinkelten Hose war, die Janek zittern ließ, oder ob die Anspannung der Nerven sich irgendwo ein Ventil suchte, war letztlich egal, dachte Tomasz. Er hüllte Janek ein, zog ihn an sich und spürte, wie dessen Zähneklappern irgendwann aufhörte. Auch von den anderen Leuten auf dem Wagen war nichts zu hören bis auf das eintönige Rosenkranzgebet einer jungen Frau, das in seinem Singsang gleichzeitig beruhigend wie enervierend wirkte. Tomasz beneidete die Frau um einen Trost, der ihm selbst nicht zur Verfügung stand.

Natürlich hatte sich mittlerweile in Laifingen herumgesprochen, zu welcher Veranstaltung man die Polen gebracht hatte. Nichts blieb in einem Dorf lange ein Geheimnis, schon gar nicht skandalöse Geschichten wie diese. Vermutlich war es der Lehrer gewesen, dachte Georg Fahrner, der im Unterricht ein paar entsprechende Bemerkungen gemacht hatte, und die Kinder hatten sich ihren Reim darauf gemacht und weitererzählt. Er hatte noch eine Zeit lang allein weitergesenst, aber irgendwann hatte das Knie sich gemeldet, und wohl oder übel hatte er früh Feierabend machen müssen. Eine Schande war das, bei hellem Sonnenschein und trockenem Wetter das reife Getreide stehen lassen zu müssen! Ohne die Polen konnte er seinen Hof zumachen, das wusste Fahrner so sicher wie den Ferkelpreis und den richtigen Zeitpunkt, um das Getreide zu säen oder die Zuckerrüben zu verziehen. Ohne die Polen war er pleite, erledigt, fertig, und er würde den Teufel tun und es sich mit ihnen verderben, egal was für ein Theater diese Parteiheinis auch immer aufführen würden. Die ganze Zeit schwadronierten sie vom heiligen deutschen Boden, dabei kümmerten sie sich einen Dreck darum, dass dieser deutsche Boden auch bestellt werden musste. Natürlich, er wollte auch nicht, dass seine Tochter sich mit einem Polacken irgendwo im Heu wälzte, aber wenn er ehrlich war, wollte er nicht, dass sie sich überhaupt mit irgendjemandem im Heu wälzte. In seinen Augen war niemand gut genug für sie, auch nicht der blondeste, blauäugigste, blutreinste Arier von allen. Und wegen so etwas musste ein junger starker Arbeiter gehenkt werden, nur deswegen?! Da hätte es eine Ermahnung ja wohl auch getan. Fahrner fluchte leise vor sich hin, damit niemand es hörte. Wenn er den Karl noch hätte, dann wäre alles besser. Der Karl war ein echter Bauer gewesen, einer, der schon mit Ackerdreck unter den Fingernägeln auf die Welt gekommen war. Der hatte die Milchleistung jeder einzelnen Kuh gekannt und nur einmal zum Himmel schauen müssen, um zu wissen, ob er an diesem Tag das Heu reinholen musste oder ob es noch einen Tag trocknen konnte. Aber Karl Fahrner würde nicht zurückkehren, und Joachim – Georg Fahrner ließ die angehaltene Luft mit einem leisen Pfiff zwischen seinen Lippen ausströmen. Es war egal, welche Wünsche Joachim hatte oder wie schwierig ihre Beziehung zueinander war. Der Hof ging vor, und Joachim würde ihn übernehmen, und Punkt. Joachim war am Ende doch immer noch ein Bauernsohn, und er würde einsehen, dass das wichtiger war als alle Parteipflichten und alle Träume von der eigenen Autowerkstatt. Fahrner holte die Flasche mit Selbstgebranntem aus ihrem Versteck, schenkte sich ein und setzte sich mit dem Glas auf den Hackklotz hinter der Scheune. Vielleicht wäre es klüger gewesen, er hätte vor Jahren Joachims Drängen nachgegeben und einen Bulldog angeschafft. Natürlich wäre es eine große, eigentlich zu große

Investition gewesen, und das Ding würde jetzt mangels Treibstoff genauso herumstehen wie das vom Zolllinger, aber Joachim hätte es gezeigt, dass auch sein Wort etwas galt, und ihn stärker an den Hof gebunden. Aber Fahrner hatte ja nicht wissen können, dass es Krieg geben, Karl irgendwo in Russland fallen und der Hof an Joachim übergehen würde. Der Bauer nahm einen kräftigen Schluck. Einer verpassten Gelegenheit nachzutrauern war nicht seine Art. Oft musste man ja dankbar sein, dass man vorher nicht wusste, was das Schicksal einem noch zumuten würde. Vom Hof waren Schritte zu hören, leise Stimmen – die Polen waren zurück. Er packte die Flasche und ging ihnen entgegen.

»Hier«, sagte er. »Schnaps, selbst gebrannt, verratet's nicht weiter! Kirschwasser.«

Der Kleine schüttelte nur den Kopf und sah vor sich auf den Boden. Herrgott, der war praktisch noch ein Kind! Und die Hosen nass gemacht hatte er sich auch noch, man konnte es riechen. Wahrscheinlich schämte er sich, genauso wie Fahrner selbst sich dafür schämte, was man mit diesem Halbwüchsigen gemacht hatte.

»Geh schon und zieh dich um«, sagte er schließlich und räusperte sich. »Und dann komm rüber in die Stube. Die Frau hat gebacken, es gibt frisches Brot.« Der Junge verschwand in ihrer Schlafkammer. »Und du? Nimmst du einen Schluck?«

»Ja.« Thomas streckte die Hand aus, nahm das Glas und trank.

»Du darfst nicht denken, dass wir alle einverstanden damit sind«, erklärte Fahrner mit Nachdruck. »Bestimmt nicht.« Der Pole gab keine Antwort. »Sicher, es gibt auch ein paar Hundertfünfzigprozentige hier wie überall, aber die meisten sind nicht damit einverstanden, mit dieser Gewalt. Überhaupt nicht.«

»Aha«, sagte Thomas, hielt das Glas hin und ließ sich noch einmal einschenken.

»Aber es gibt so wenig, das wir tun können! Wenn einer den Mund aufmacht und etwas dagegen sagt, dann ist er dran, dann holen sie ihn ab, und er verschwindet irgendwo im Lager und kommt nie wieder.«

Thomas hielt das Glas hoch, die klare Flüssigkeit leuchtete im Licht. »Ihr seid doch alle evangelisch hier, oder?«, fragte er zusammenhanglos.

Fahrner nickte überrascht. »Fast alle, ja. Hier ist Württemberger Boden, da sind die meisten Lutheraner, aber es gibt auch ein paar Freikirchler, besonders Fromme. Die treffen sich zum Gottesdienst in einem Saal beim Bahnhof.«

Der Pole lächelte. »Weißt du, ich glaube nicht an Gott, deshalb ist eigentlich egal. Aber wenn, dann wäre ich katholisch, denn bei euch Evangelischen ist großer Nachteil: Es gibt keine Absolution bei euch. Und jetzt denke ich: Gut, dass es nicht gibt. Müsst ihr leben mit eure Schuld in Ewigkeit, Amen.«

Fahrner schluckte. »Ich dachte, du glaubst nicht an Gott?«

»Nein. Aber ihr glaubt daran, das reicht.«

In den nächsten Tagen brachten sie die restliche Getreideernte ein. Sie schnitten die fast reifen Halme mit der Sense, nahmen sie auf, legten sie zum Trocknen aus und stellten sie zum Schutz vor der nächtlichen Feuchte in Hocken auf, um sie am nächsten Tag wieder auszubreiten. Sobald der Weizen völlig getrocknet war, banden sie ihn zu Garben, luden ihn auf den Leiterwagen und fuhren ihn zum Hof, wo er in der Scheune gelagert wurde. Die Ernte war so arbeitsintensiv, dass die ganze Familie helfen musste, selbst die Zwillinge – sie konnten mit kleinen Rechen die heruntergefallenen Ähren zusammenlesen, die Garbenstricke zurechtlegen, auf das Kuhgespann aufpassen und die Tiere mit frischem Grünfutter füttern, damit sie ruhig stehen blieben, und schließlich in der Scheune das eingelagerte Getreide zusammenstampfen. Auch Charlotte war jeden Nachmittag dabei, obwohl sie der anstrengenden Arbeit unter brennender Sonne nur wenig abgewinnen konnte – aber das Gemeinschaftsgefühl dabei begeisterte sie jedes Jahr aufs Neue, das Vespern am Feldrand, das Gekicher, wenn man sich gegenseitig die Halme aus den Haaren zupfte und seine Mückenstiche verglich, der Stolz, wenn man es geschafft hatte und die Ernte trocken und sicher in der Scheune lag.

Zwei Wochen später fuhr die Dreschmaschine der Genossenschaft auf den Hof, und die Garben wurden von der Scheunenbühne heruntergeholt und ausgedroschen. Die Dreschmaschine war ein Monstrum mit reißenden Zähnen, vor denen die Zwillinge alle Viertelstunde gewarnt wurden (»Abstand halten! Nicht hineinlangen!«). Der Bauer und Tomasz wechselten sich dabei ab, oben auf der Maschine zu stehen und sie mit den aufgebundenen Garben zu füttern. Unter dem ohrenbetäubenden Gedröhn des Elektroantriebs wurde auf der einen Seite das ausgedroschene Korn ausgeworfen, auf der anderen gebündeltes Stroh, das von Eva und den Kindern sofort in die Scheune getragen und dort gestapelt wurde. Die vollen Kornsäcke dagegen waren so schwer, dass niemand außer Tomasz sie schultern und zurückschaffen konnte. Am Abend des Dreschtages wurde die große Zinkwanne in der Waschküche befüllt, und einer nach dem anderen stieg hinein und befreite sich von den juckenden Spelzen. Selbst als die Polen als Letzte an die Reihe kamen, war das Wasser noch lauwarm.

Gleich am nächsten Tag begannen Eva und Jan, das noch verunreinigte Korn in der altertümlichen Windfege von der Spreu zu trennen. Dazu wurde über eine Handkurbel ein starker Luftzug erzeugt, der die leichtere Spreu aus der Maschine wehte. Aber auch die Spreu musste noch aufgefangen werden, denn man konnte sie dem Schweinefutter untermischen. Der Müller würde später mit seinem Fuhrwerk aus dem Nachbardorf kommen, die Kornsäcke abholen und nach einer Woche das Mehl zurückbringen. Mehrere Tage kostete es, die abgeernteten Felder zu düngen. Dazu luden Georg Fahrner und Tomasz den gesammelten Mist auf einen Wagen, warfen ihn in kleinen Häufchen auf den ausgelaugten Boden und verteilten ihn schließlich gleichmäßig mit Rechen über die ganze Fläche. Danach stanken sie wie die Schweine und spritzten sich gegenseitig auf dem Hof mit dem Schlauch ab, nachdem sie das Tor geschlossen und allen anderen streng verboten hatten, dabei zuzusehen. Splitternackt und klatschnass standen sie sich gegenüber und grinsten sich an.

»Wie Adam und Eva«, sagte Georg Fahrner.

»Wie Adam und Adam«, sagte Tomasz.

Nach dem Düngen wurde das Feld zum ersten Mal gepflügt, um den Mist einzuarbeiten und den Boden zu lockern. Bis zur Einsaat im nächsten Frühling würde mindestens noch zweimal gepflügt werden. Die Kartoffeln wurden noch einmal durchgehackt und das schlimmste Unkraut herausgerissen. An einem Dienstagvormittag um elf Uhr rückte die gesamte Unterklasse der Schule unter dem Kommando von Arnold Voss an, um auf den Fahrner'schen Äckern nach Kartoffelkäfern zu suchen. Georg Fahrner freute sich über die Hilfe und hatte Eva angewiesen, für die Kinder eine Erfrischung bereitzustellen. Jetzt stand sie da und schenkte verdünnten Apfelmost aus. Dieses Mal fing die Kartoffelkäferjagd bei den Fahrners an, aber es hatte nichts damit zu tun, dass Charlotte bald eine Fahrner sein würde – Charlotte selbst hatte es Eva erzählt. »I wo!«, war ihr leicht verbitterter Kommentar gewesen. »Das ist ein Kriegseinsatz, da würde es der nationalsozialistischen Gesinnung widersprechen, jemanden zu bevorzugen. Mein Vater hat für jeden Bauern im Dorf einen Loszettel beschriftet und Hermann ziehen lassen. Ihr habt einfach Glück gehabt.«

»Schön, dass ihr kommt!«, begrüßte Eva die Kinder. Die meisten trugen ihre HJ- oder BDM-Uniformen, denn der Einsatz heute war eine dienstliche Pflicht, so zumindest hatten die Zwillinge erzählt, die natürlich zwischen den größeren Kindern herumwuselten und auch mithelfen wollten. Arnold Voss selbst war in seiner Parteiuniform erschienen, schützte aber seinen Kopf mit einem Strohhut, was ihm ein eigenartiges Aussehen verlieh. »Wenn ihr fertig seid, könnt ihr zum Vespern hier auf den Hof kommen.« Voss nickte.

»Das ist recht, Eva. Wer arbeitet, soll auch essen.« Dann wandte er sich an die Schüler. »Stillgestanden!« Keiner muckste sich; Lehrer Voss war für seine Kopfnüsse und Tatzen berüchtigt. Er hatte schon zahlreiche Schulkinder damit auf Linie gebracht, Eva konnte sich nur zu gut daran erinnern. Allerdings tat das seiner Beliebtheit bei den Eltern keinen Abbruch, im Gegenteil: Die meisten waren der Meinung, dass Disziplin noch niemandem geschadet habe, und sie schätzten es sehr, dass Voss regelmäßig mit den Kindern in Wald und Flur unterwegs war, die heimische Flora und Fauna erkundete und Respekt vor der bäuerlichen Tradition und Lebensleistung vermittelte. »Der Kartoffelkäfer ist ein übler Schädling, der die Nahrungsgrundlage des deutschen Volkes gefährdet. Der Kampf gegen den Kartoffelkäfer ist kriegswichtiger Dienst an der Ernährungsfront!«

»Jawohl!«, riefen die Schüler.

»Habt ihr die Verse gelernt?« Eifriges Nicken.

»Der Lehrer muss den Kampf nun leiten und auch alle Schwierigkeiten, die sich bei der Abwehr finden, schnell und sicher überwinden.« Die Schüler leierten den Spruch herunter, den auch Eva damals aus der »Kartoffelkäferfibel« hatte lernen müssen. *»Kampferprobt erwartet er das Kartoffelkäferheer … Da der Käfer uns bedroht, ist es oberstes Gebot, dass nun alle Volksgenossen suchen ständig unverdrossen nach dem Käfer und der Larve, ganz entsprechend dem Bedarfe.«*

»Gut.« Voss nickte zufrieden. »Und woher stammt nun dieser Ernteschädling?« Keine Hand streckte sich nach oben;

die Jungen und Mädchen starrten auf ihre Fußspitzen. »Keiner weiß es?«

»Aus Amerika?«, murmelte jemand.

Voss nickte anerkennend. »Ganz recht. Aber zwischen Amerika und Deutschland liegt –?«

»Der Atlantische Ozean!« Das kam wieder im Chor.

»Genau. Tausende Kilometer Wasser! Wir wissen alle, dass Käfer nicht einfach so weit fliegen können, und herüberschwimmen können sie schon gar nicht. Dass die Käfer immer wieder ins Reich einfallen, ist aber kein Zufall und auch kein Wunder der Natur, sondern eine perfide Kriegslist unserer Feinde.« Die Kinder lauschten mit gespitzten Ohren. »Ihr alle habt schon die englischen Flieger gesehen, die von der Luft aus das Deutsche Reich ausspionieren. Aber sie spionieren nicht nur! Sondern –?«

»Die Tommies werfen Kartoffelkäfer über deutschen Feldern ab«, rief jetzt ein schlaksiger Junge, dessen Uniform noch mindestens eine Nummer zu groß war.

»Richtig, Walter! Die Engländer wollen unsere Kartoffeln vernichten, unser Land aushungern und uns so in die Knie zwingen. Aber so leicht werden wir es ihnen nicht machen, stimmt's?«

»Jawohl, Lehrer Voss!«

»Gut. Der Führer weiß, dass er auf seine deutsche Jugend zählen kann! Zeigt eure Gläser her!« Jeder kramte das Marmeladenglas heraus, in dem die Käfer gesammelt werden sollten. »Gut. Ihr wisst, was zu tun ist. Jeder kontrolliert immer die Reihen rechts und links neben sich; Vorrücken im Verbund! Und jetzt Abmarsch in Zweierreihen!«

Die Schüler marschierten los, Arnold Voss stimmte an: »*Vorwärts! vorwärts! schmettern die hellen Fanfaren …*« Eva hörte sie noch lange singen. »… *Wir marschieren für Hitler durch Nacht und durch Not mit der Fahne der Jugend für Freiheit und Brot …*«

Verschwitzt und müde kehrte der Trupp am frühen Nachmittag zurück. Hunderte der gelbbraun gestreiften Käfer wurden von den Schülern in einen Eimer gekippt und von Arnold Voss feierlich mit Spiritus übergossen.

»Gute Arbeit!«, lobte er und betrachtete zufrieden die toten Käfer. »So wie mit diesen Schädlingen auf dem Feld werden wir auch mit den Schädlingen am deutschen Volkskörper verfahren, mit Juden, Bolschewiken, Rassenschändern! Aber jetzt rührt euch. Eva, hattest du nicht etwas vorbereitet?«

Eva nickte; mit Janeks Hilfe hatte sie in der letzten Stunde ein paar Strohballen zum Sitzen nach draußen geschleppt, Marmeladen- und Schmalzbrote bestrichen und mehrere Kannen mit Apfelmost und Wasser bereitgestellt.

»Janek, kannst du die Brote holen?«, rief sie über den Hof. Wenige Augenblicke später tauchte der junge Pole in der Küchentür auf, ein riesiges Tablett mit Bechern und Vesperbroten in den Händen. Er ging damit herum, während Eva mit dem Krug neben ihm herlief und ausschenkte.

»Soll ich noch mehr, Eva?«, fragte Jan. »Ist vielleicht nicht genug.«

Sie lächelte ihn an. »O ja, gern! Du weißt ja, wo alles steht!« Jan drehte sich um und wollte zurück zum Haus, da stolperte er über einen ausgestreckten Fuß und kam zu Fall; die letzten Becher von seinem Tablett landeten im Dreck, einer ging dabei zu Bruch. Schadenfrohes Gelächter brandete auf; Walter sprang hoch und verbeugte sich. Dann verdrehte er die Augen und fuchtelte mit den Armen in der Luft herum, bevor er unter grässlichem Geschrei das Gleichgewicht zu verlieren schien und zu Boden ging. Die Schüler lachten immer noch, vereinzelt wurde geklatscht, und selbst Voss wischte sich mit dem Schnupftuch die Tränen aus den Augen.

»Wirklich, Walter, jetzt ist es aber gut! Was für ein Schauspieler ist an dir verloren gegangen.«

Wütend bückte Eva sich zu Jan herunter und legte ihm die Hand auf die Schulter. »Hast du dir wehgetan?«

Der Junge presste die Lippen zusammen und schüttelte den Kopf. Gemeinsam sammelten sie die Scherben ein. »Geh schon rein, ich komm dann gleich nach … Ich schaff den Rest hier allein, ja?«

Der junge Pole hielt das Tablett wie einen Schild vor seinen Körper und humpelte zum Haus hinüber; Eva wusste nicht, was sie sagen sollte. Sie wollte zu den Zwillingen hinübergehen, da legte jemand ihr eine Hand auf die Schulter.

»Einen Augenblick, Eva.« Arnold Voss sah ihr streng ins Gesicht. »Weiß dein Vater, wie – vertraulich du mit diesem Fremdarbeiter umgehst?« Er schüttelte tadelnd den Kopf, Eva schoss die Röte ins Gesicht.

»Ich hab doch gar nichts getan«, stammelte sie.

»Du lässt dich beim Vornamen nennen … Du lächelst ihm freundschaftlich zu … Du fasst ihn sogar an! Hat dir denn niemand erklärt, dass du dich von den Polen fernhalten sollst!? Ein junges deutsches Mädel! Wenn ich deinen Vater nicht so gut kennen würde – «

Erschreckt sah Eva ihn an. »Ja?«

»Ich müsste das melden, verstehst du? Wir sind im Krieg, da können wir nicht dulden, dass sich im deutschen Volkskörper eine faule Stelle bildet.«

»Aber – aber wir haben doch nur zusammen das Essen vorbereitet, der Janek und ich!«

»*Der Janek*. Dass du nicht einmal einsiehst, wozu du dich da hergibst! Hast du denn gar kein Rassebewusstsein? Gar keine Ehre im Leib, Mädel?«

Eva schluckte; der Mund war ihr trocken geworden. Das ist doch nur der Lehrer Voss, dachte sie krampfhaft, Charlottes Vater! Aber sie hatte Angst vor ihm, genauso wie sie Angst vor ihm gehabt hatte, als sie noch zur Schule gegangen war.

»Doch. Doch, bestimmt, Herr Voss! Ich – «

»Lass gut sein, Eva, bevor du dich noch weiter reinreitest. Ich muss darüber nachdenken, ob und welche Konsequenzen ich ziehe. Heil Hitler!« Er drehte sich zu den Schülern um. »Zeit aufzubrechen, Kinder! Bedankt euch, packt eure Sachen und formiert euch zum Abmarsch!«

Am Abend des nächsten Tags nahm ihre Mutter Eva nach dem Essen an die Seite.

»Komm, Eva, setz dich noch einen Augenblick mit mir an das Kreuz …« Das Kreuz war nichts anderes als das Gedenkkreuz, das ihr Vater für Karl aufgestellt hatte und an dem die Mutter jeden Abend noch eine einsame Andacht hielt. Gehorsam griff Eva nach ihrem Flickkorb und lief hinter ihr hinaus. War es früher aus Sparsamkeit und der pietistischen Ablehnung von Luxus und Konsum geschehen, so blieb einem heute gar nichts anderes übrig, als jedes Kleidungsstück so lange zu wenden, zu stopfen und zu flicken, bis es buchstäblich in seine Bestandteile zerfiel. Neue Kleidung war teuer und nur auf Bezugsschein zu bekommen, das heißt meist gar nicht, und selbst für Wolle, Nähgarn, Stoff musste die Spinnstoffkarte vorgezeigt und abgeknipst werden. Bevor ein Kleidungsstück endgültig ausrangiert werden durfte, wurden alle Knöpfe abgetrennt und auch das eine oder andere noch passable Stoffstück als zukünftiger Flicken abgetrennt oder herausgeschnitten. Eva holte ihren Stopfpilz heraus, einen löchrigen Socken von Emil und machte sich ans Werk.

»Das ist schön, dass du das machst, Kind … Du weißt ja, dass es bei mir mit dem Sehen immer schlechter wird. Hör zu. Der Voss hat heute Morgen mit deinem Vater gesprochen. Der Lehrer.«

Also doch. Eva wurde es heiß. »Ich hab nichts Böses getan, Mutter. Bestimmt nicht.«

»Gut, böse …« Marie Fahrner blickte starr auf das Flickzeug in der Hand ihrer Tochter. »Du bist ein tüchtiges Mädchen, Eva, eine Tochter, wie man sie sich besser nicht wünschen kann, und noch so jung und unschuldig. Vielleicht hätte ich schon früher mit dir sprechen sollen, wie es ist – du wirst jetzt langsam erwachsen, und wenn junge Männer und junge Frauen – « Sie hielt inne, ganz offensichtlich auf der Suche nach den richtigen Worten für das, was sie sagen wollte, worüber zu sprechen ihr aber eigentlich ihre gesamte Erziehung und Tradition verboten. Eva spürte überrascht, dass die Mutter ihr leidtat.

»Du musst dir keine Sorgen machen, ich weiß Bescheid«, sagte sie hastig. »Wir haben auf einem Mädelschaftsabend darüber gesprochen … Ehetauglichkeit, Mutterschaft, Rassenhygiene und so weiter. Und ich weiß ja, was passieren muss, damit die Kuh ein Kälbchen bekommt! Die Zeiten haben sich geändert. Wir sind nicht so ahnungslos, wie ihr es früher wart.«

Ihre Mutter seufzte erleichtert. »Dann ist es ja gut, Kind! Ich dachte schon – auf jeden Fall bin ich beruhigt. Sei anständig und zurückhaltend, ganz besonders, wenn jemand Fremdes auf den Hof kommt. Der gute Ruf eines jungen Mädchens ist sein größter Schatz, du weißt es ja.«

»Lotte? Lotte!« Hastig drückte Charlotte ihre Zigarette aus, fächelte den Rauch aus dem Fenster und steckte sich ein paar getrocknete Pfefferminzblätter in den Mund. Es war Mittwochabend, und ihr Vater hatte darauf bestanden, dass die gesamte Familie sich heute vor dem Volksempfänger versammelte, um gemeinsam die Rede des Führers zum diesjährigen Winterhilfswerk anzuhören. Charlotte war es egal, wer sprach – diese Abende waren immer furchtbar und vergeudete Zeit. Aber bei den nationalsozialistischen Pflichten kannte Arnold Voss kein Pardon, und Charlotte hatte den abgedroschenen Spruch »Solange-du-deine-Füße-unter-meinen-Tisch-stellst-und-soweiter« so oft gehört, dass sie wusste, wie sinnlos jeder Widerspruch war. Erst mit Heirat und Auszug aus dem Haus würde sie davon befreit sein.

Missmutig griff sie nach dem Buch, in dem sie schon seit Monaten las; nach der Rede war unzweifelhaft gemütliches Beisammensein angesagt, und indem sie sich in das Buch versenkte, zumindest scheinbar versenkte, war sie einigermaßen sicher davor, von ihrem Vater angesprochen zu werden. Es war ein Geschenk von Joachim, der es ihr überreicht hatte, als er Richtung Osten aufgebrochen war: »Gudrun. Für Deutschlands Jugend und Volk bearbeitet von Gustav Schalk.« Er hatte eine Widmung hineingeschrieben: *Meinem lieben Weibchen zum Abschied! Möge das Schicksal der getreuen Gudrun dir Trost und Stärkung sein in Zeiten der Trennung. Dein Verlobter Joachim Fahrner, Unterscharführer.* Charlotte betrachtete das Buch: Zwei grimmig aussehende Frauen mit flatternden Haaren waren auf dem Titel dargestellt; mit bloßen Armen standen sie im Schneetreiben an einem winterlichen Strand und starrten auf das Meer, von wo sich ihnen ein Kahn mit zwei Männern darin näherte. Unbehaglich erinnerte Charlotte sich an die Kapitel, die sie bereits gelesen hatte: Wie die unerträglich tapfere Gudrun dreizehn Jahre lang als Gefangene am Hof des Normannen Hartmut und seiner grausamen Mutter lebte und Not und Demütigung ertragen musste, weil sie sich weigerte, ihrem Verlobten Herwig untreu zu werden und stattdessen den Normannenkönig zu heiraten. Stundenlang stand sie am eisigen Strand und wusch mit bloßen Händen die Wäsche ihrer Peiniger, bis ihr das Blut von den Fingern tropfte. Charlotte grauste es schon bei der Vorstellung, und sie hoffte, dass Joachim von ihr nicht eine ähnliche Haltung und Handlungsweise erwartete. Aber wahrscheinlich hatte er ja das Buch selbst gar nicht gelesen (schließlich las er nie Bücher), sondern nur auf eine Empfehlung hin gekauft.

»Charlotte, jetzt komm! Es geht gleich los!«

Der Rest der Familie saß schon am Tisch, Arnold Voss und Hermann tatsächlich in Uniform; Mutter Erika hatte ihr Handarbeitszeug in der Hand. Seit die Versorgungslage so schlecht geworden war, verschenkte sie ausschließlich Stofftaschentücher aus ihrer eigenen Aussteuer, in die sie mit winzigen Stichen Sinnsprüche hineinstickte – *Morgenstund hat Gold im Mund, Eig'ner Herd ist Goldes wert, Früh übt sich, was ein Meister werden will* und Ähnliches, nichtssagend, geschmacklos und peinlich. Charlotte hatte selbst einige davon in ihrer Nachttischschublade liegen. Das Radio knisterte, der Radetzky-Marsch erklang.

»Endlich! Setz dich hin, es geht gleich los.« Ungeduldig fuchtelte Arnold Voss mit seiner Pfeife herum. »Eigentlich hätte ich von dir mehr Eifer und Interesse erwartet! Du willst schließlich einen SS-Mann heiraten, da wird ein hoher Maßstab an deine Gesinnung angelegt!« Charlotte nickte wortlos und setzte sich neben ihre Mutter.

»Meine deutschen Volksgenossinnen und Volksgenossen! Es ist nun schon ein Jahr her, seit ich zum letzten Male von diesem Platz aus zu Ihnen und dem deutschen Volk sprechen konnte …« Der Führer selbst. In wie vielen deutschen Küchen und Wohnzimmern, Büros und Werkhallen saßen jetzt wohl die Leute zusammen und lauschten? Vermutlich nicht mehr in ganz so vielen wie noch vor dem Krieg. Seit die Gefallenen- und Vermisstenzahlen stetig stiegen, war die nationale Begeisterung abgeflaut. Bei Fahrners, das wusste Charlotte todsicher, hatte niemand Zeit dafür.

»Ich habe am 1. September 1939 in der damaligen Reichstagssitzung zwei Dinge ausgesprochen: Erstens, dass, nachdem man uns den Krieg schon aufgezwungen hat, keine Macht der Waffen und auch nicht die Zeit uns jemals niederzwingen werden, und zweitens, dass, wenn das Judentum einen internationalen

Weltkrieg zur Ausrottung etwa der arischen Völker anzettelt, dann nicht die arischen Völker ausgerottet werden, sondern das Judentum! …« Arnold Voss hatte tatsächlich die Augen geschlossen und die Hände gefaltet, Hermann krakelte gelangweilt mit einem Bleistift auf der Tageszeitung herum. Ob ihr Vater tatsächlich einen Juden kannte?, überlegte Charlotte. In Tübingen hatte es auf jeden Fall welche gegeben, sie hatten ein Modehaus gegenüber der Stiftskirche betrieben. Charlotte hatte keine Ahnung, was aus diesen Leuten geworden war, das Modehaus jedenfalls war arisiert worden.

»Die Juden haben einst auch in Deutschland über meine Prophezeiungen gelacht. Ich weiß nicht, ob sie auch heute noch lachen oder ob ihnen nicht das Lachen bereits vergangen ist. Ich kann aber auch jetzt nur versichern: Es wird ihnen das Lachen überall vergehen. Und ich werde auch mit diesen Prophezeiungen recht behalten.«

Es war, wenn man es genau bedachte, nicht wesentlich anders als die sonntägliche Predigt in der Kirche, salbungsvoll und langweilig. Wobei Streible, der Pfarrer, keine Predigt hielt, die länger dauerte als zehn Minuten, was seine Gemeinde ihm hoch anrechnete. Seine Predigten waren so langweilig und knochentrocken, dass man sich danach regelrecht eingestaubt vorkam. Das einzige Mal, dass Charlotte ihn heftig erlebt hatte, war gewesen, als ihr Vater gemeinsam mit dem Ortsbauernführer beschlossen hatte, die Hakenkreuzfahne in der Kirche aufzuhängen. Die Kirche sei ein Gotteshaus und gehöre keiner Partei, hatte Streible widersprochen und sich geweigert. Arnold Voss hatte daraufhin wutschnaubend erklärt, dann solle der Pfarrer sich gefälligst jemand anderen suchen, der sonntags die Orgel spiele, er selbst stehe dafür nicht mehr zur Verfügung (seitdem begleitete die altjüngferliche Schwester des Pfarrers die Gemeinde beim Singen). Außerdem habe Streible ja wohl den Eid auf den Führer geleistet und sich zu Treue und Gehorsam verpflichtet? Ob er sich beim Oberkirchenrat danach erkundigen solle? Drei Wochen hatte es gedauert, dann hing die Fahne. Ihr Vater, das wusste Charlotte, betrachtete dies als persönlichen Sieg und ging unter anderem deshalb sonntags zur Kirche, um sich im Scheine dieses Siegs und Streibles Niederlage zu sonnen. Eigentlich erstaunlich, dass Streible bereit gewesen war, auf ihre Bitten hin die Kirche für die Polen zu öffnen! Aber vielleicht hatte er es als eine Art Rache gesehen, denn dass Arnold Voss damit nicht einverstanden wäre, brauchte ihm niemand zu erklären. Charlotte beobachtete ihren Vater unter gesenkten Wimpern. Natürlich wusste er inzwischen von dieser Übereinkunft – in einem Dorf wie Laifingen wusste es vermutlich jeder –, aber offensichtlich hatte er keine Ahnung, dass seine eigene Tochter dahintersteckte. Streible hatte sie nicht verraten, warum auch immer.

»*... dass sie uns jemals schlagen, ist unmöglich und ausgeschlossen! Nur das nationalsozialistische Deutschland und die mit ihm verbündeten Staaten werden als junge Nationen, als wirkliche Völker und Volksstaaten aus diesem Krieg mit einem glorreichen Sieg hervorgehen!*« Die Nationalhymne erklang, es war vollbracht. Erleichtert lehnte sich Charlotte zurück.

»Was für ein begnadeter Redner dem deutschen Volk mit dem Führer geschenkt worden ist!«, erklärte Arnold Voss und schaltete das Radiogerät aus. »Sicherlich werden sie seine Rede morgen in der *Tübinger Chronik* bringen ... Im *Völkischen Beobachter* sowieso. Was meinst du, Lotte? Man könnte ein Diktat für die Oberklasse daraus entwickeln – oder sogar einen Aufsatz: Welche Aufgabe kommt der Landbevölkerung im Kriege zu?«

Dass der Führer dazu etwas gesagt hatte, war an Charlotte vorbeigegangen. »Das mit dem Aufsatz kommt mir zu schwierig vor«, sagte sie vorsichtig.

Ihr Vater nickte langsam. »Wahrscheinlich hast du recht … Dabei ist es doch so wichtig, dass sich der deutsche Bauer klar über seine Pflicht ist! Selbst hier im Dorf – « Er griff nach seiner Pfeife und fing an, sie umständlich zu stopfen – eine winzige Prise kostbaren Tabaks, der Rest getrocknete Kräuter, die er selbst gesammelt hatte. »Ich muss sagen, ich war erschüttert davon, was ich letztens bei Fahrners auf dem Hof erleben musste!«

»Tatsächlich?« Interessiert blickte Erika von ihrer Stickarbeit (*Üb immer Treu und Redlichkeit*) auf.

»Ja. Diese Polen benehmen sich, als wären sie dort zu Hause! Und Eva bestärkt sie noch darin! Janek hier, Janek da … Keine Spur von deutschem Stolz, sage ich dir! Sie hat ihn sogar *angefasst*! Was sagt denn Joachim dazu, Lotte? Weiß er überhaupt Bescheid?«

»Doch, doch sicher«, antwortete Charlotte. »Sie schreiben ihm ja jeden Tag, vor allem Mutter Fahrner. Natürlich wär's ihm lieber, es ginge ohne die Polen, aber dann könnte sein Vater den Hof nicht halten. Ihr wisst ja, dass seine Mutter seit Karls Tod kaum noch mitarbeiten kann. Ich seh's selbst jedes Mal, wenn ich drüben bin … Sie sitzt den halben Tag an seinem Gedenkkreuz und heult.«

»Kein Wunder, Karl war doch ihr Liebling«, bemerkte Erika Voss und zog geschickt einen dunkelblauen Faden aus einem völlig verschlissenen Handtuch, um ihn als Stickgarn zu verwenden. »Was kann es Schlimmeres geben, als seinen Sohn zu verlieren?« Hermann grinste Charlotte heimlich zu: Klar, der Verlust einer Tochter war natürlich eher zu verschmerzen.

Aber Arnold Voss ließ sich nicht so leicht von seinem Thema abbringen. »Ich habe natürlich mit Georg darüber geredet. Ich hoffe, dass er seiner Tochter den Kopf zurechtgesetzt hat und auf seinem Hof für Ordnung sorgt! Ansonsten – «

»Ich kann ja auch noch einmal mit Eva sprechen«, sagte Charlotte schnell, bevor ihr Vater zu dem Schluss kam, die Fahrners anzuzeigen. »Wahrscheinlich weiß sie gar nicht, was sie da tut. Sie ist einfach zu jedem freundlich, sie kann gar nicht anders.«

»In ihrem Alter sollte sie wissen, mit wem sie es zu tun hat. Aber sprich mit ihr, das ist sicher eine gute Idee.« Sein Blick fiel auf das Buch. »Ah, *Gudrun*! Eine hervorragende Lektüre!«

Charlotte nickte unschuldig. »Joachim hat es mir geschenkt.«

»Wir beschäftigen uns viel zu wenig mit unseren guten alten deutschen Sagen.« Arnold Voss war in seinem Element. »Dabei ist Gudrun ein Vorbild für jedes deutsche Mädel: Stolz, stark und treu, selbst wenn es das Leben kosten könnte! Vielleicht solltest du es Eva leihen?«

»Bestimmt, Vater.«

12

Der September brachte Regen und ersten Nebel, und der Bauer fluchte über den schweren und klebrigen Boden, als sie mit der Kartoffelernte anfingen. Er selbst und Tomasz gingen nebeneinander die aufgehäufelten Reihen entlang, packten die Kartoffelstauden und hoben sie vorsichtig mit der Hacke aus der Erde; Eva und Jan rissen das verwelkte Kraut ab, befreiten die Kartoffeln dann vom gröbsten Schmutz und sortierten die fauligen und beim Hacken verletzten Knollen aus, die nur noch als Schweinefutter taugten. Der feuchte Lehm klebte hartnäckig an den Schalen, und schon nach kurzer Zeit waren ihre Finger rot angelaufen und eiskalt.

»Vorsichtig, Mann!«, schimpfte Georg Fahrner, als Tomasz zum wiederholten Mal mit einem kraftvollen Schlag zu nah an der Staude mehrere große pralle Kartoffeln angeschnitten und so fast wertlos gemacht hatte. »Den ganzen Sommer sind sie gewachsen, und du machst sie mit einem Schlag kaputt! Da darfst du nicht einfach draufhauen, verstehst du? Da braucht es Feingefühl.«

Tomasz grinste schief. »Hab nicht.«

»Ach was! Schau mal, so!« Fahrner hob die Hacke, holte elegant aus und fror plötzlich in der Bewegung ein. »Gottverflucht …« Mit schmerzverzerrtem Gesicht ließ er das Werkzeug fallen, griff sich in den Rücken und schnappte nach Luft.

»Was ist? Hast du dich verletzt?« Eva sprang auf und lief zu ihm hinüber. Mühsam schüttelte Georg Fahrner den Kopf.

»Hexenschuss«, presste er heraus. »Heilandsack, gerade jetzt bei der Kartoffelernte!«

»Wir bringen nach Hause«, erklärte Tomasz und zeigte auf den Mistwagen, auf den später eigentlich die Kartoffeln aufgeladen werden sollten. »Fahren mit dem Wagen.«

»Auf keinen Fall, ich komm schon zu Fuß heim … hab's schon öfter im Rücken gehabt. Und heute Nachmittag können die Zwillinge helfen.« Er schloss die Augen und stöhnte. »So ein Scheißdreck! …«

»Wir bringen dich zum Wagen, und ich fahr dich nach Hause«, erklärte Eva bestimmt. »Kommt nicht in Frage, dass du jetzt läufst. Mit den Kartoffeln kommen wir schon noch klar! Ich kann auch hacken, und heute Nachmittag kommt Charlotte vorbei und hilft. Also los.«

Gemeinsam hievten sie den leichenblassen Fahrner auf den Wagen; Tomasz sah ihnen noch kurz nach, als die beiden Zugkühe sich in Bewegung setzten und sie sich Richtung Dorf auf den Weg machten. Janek hockte am Boden und strich mit den Händen über die Kartoffeln, als wären es Goldstücke.

»So viele Kartoffeln«, sagte er leise. »Wenn meine Eltern in Lwów nur zwei Säcke davon hätten, ach was, nur einen Sack, könnten sie damit durch den ganzen Winter kommen.« Aus Lwów, seit dem deutschen Einmarsch in die Sowjetunion wieder Lemberg, kamen nur sehr sporadisch Briefe, und was drinstand, hörte sich nicht gut an. Tomasz hatte schon mehrfach beobachtet, wie Janek vor Freude strahlte, wenn ein Brief seiner Eltern kam, um dann in Angst und Panik zu verfallen, während er ihn las. Schlimmer noch als das, was sie ihm schrieben, schien das zu sein, was sie nicht schrieben, was sich aber umso leichter in Janeks lebhafter Fantasie entfaltete und mit jedem Tag düsterer und bedrohlicher schien. Die Nachrichten von Janeks Großmutter aus Warschau waren ebenso belastend, aber wenigstens berichtete sie klar und schnörkellos, was in der Stadt vorging – Warschau hungerte, verhungerte unter der deutschen Besatzung. Aus Lwów dagegen kam nur die Aufforderung, sich keine Sorgen zu machen und eifrig zu beten. Manchmal wünschte sich Tomasz, Jan würde ihn nicht zwingen, daran teilzuhaben, indem er ihm die Briefe vorlas. Er selbst bekam keine Post, von wem auch.

»Ich muss immer daran denken, dass ein Großteil dieser Kartoffeln bei der Wehrmacht landet. Und wir essen uns hier auch dreimal am Tag satt, während meine Familie zu Hause … Am liebsten würde ich die ganzen Scheißkartoffeln in einen Haufen stampfen!«

»Du bist nicht schuld daran, dass es deinen Leuten zu Hause schlecht geht«, sagte Tomasz fest. »Völlig egal, ob du dir hier den Bauch mit Kartoffeln vollschlägst oder ob du solidarisch mit ihnen hungerst, für sie ändert sich dadurch gar nichts. Nur deine Chance, gesund wieder zu ihnen zurückzukehren, wird kleiner.«

»Ich weiß.« Jan packte eine Kartoffel und schleuderte sie wütend zwanzig, dreißig Meter über das Feld. »Geht es dir nicht auch so, dass du manchmal einfach etwas *tun* willst? Irgendetwas tun für deine Leute zu Hause? Die Scheune in Brand stecken oder den Brunnen vergiften oder dem Erstbesten den Hals rumdrehen? Stattdessen gehen wir brav an die Arbeit, sitzen am Sonntag in der Sonne und schreiben Briefe, die vielleicht gar nicht ankommen …«

»Ich habe keine Leute zu Hause«, sagte Tomasz. »Und außerdem gibt es nichts, was du hier tun könntest, außer auf deine eigene Haut aufzupassen. Was soll es helfen, die Scheune anzustecken?! Los, wir machen weiter.« Ein paar Schritte weiter lag etwas Weißes zwischen den Kartoffelstauden – ein Blatt Papier. Neugierig griff Tomasz danach, hob es auf und strich es glatt: Es war ein Flugblatt, abgeworfen vermutlich von einem englischen Flieger.

»Denk bei jeder Bombe dran: Diesen Krieg fing Hitler an!«, las er. Auf der Rückseite fanden sich die brüllenden Visagen der Regierungsnazis samt den haltlosen Versprechungen, die sie ihrem Volk in der Vergangenheit gemacht hatten über die Versorgungslage und die Überlegenheit der deutschen Truppen in der Luft und auf dem Lande. Dann stimmte es also, dass die Alliierten mittlerweile auch Ziele in Deutschland bombardierten, etwas anderes konnte es nicht heißen! Tomasz ballte die Faust in der Tasche. Irgendwann würde auch dieser Krieg zu Ende gehen, sogar dieser Krieg. Hier in Laifingen war er im Grunde abgeschnitten von jeder objektiven Information; gelegentlich hörte er zwar in der Fahrner'schen Küche die Nachrichten und Kommentare, wenn gerade der Volksempfänger eingeschaltet war, aber natürlich berichteten die Nazisender ausschließlich das, was der schmierige Goebbels ihnen vorgebetet hatte. Und die *Tübinger Chronik*, diese sogenannte Zeitung, war noch viel schlimmer – sie schien überhaupt nur da zu sein, um zwischen Fortsetzungsroman und Ferkelpreisen die Erfolge und das Genie der deutschen Führung zu bejubeln und Churchill

und Roosevelt in den Dreck zu ziehen. Aber natürlich gelang es ihm nur selten, einen Artikel zu erwischen und zu lesen, bevor die Seiten zerschnitten und als Toilettenpapier in den Abort gehängt wurden – das Einzige, wozu sie wirklich taugten. Diese Flugblätter waren seine Verbindung zur Welt, das Versprechen, dass es eine Zukunft gab, und natürlich war es streng verboten, sie aufzusammeln und zu lesen, erst recht für Fremdarbeiter. Deshalb war es gut, dass Jan zu sehr mit seinen Kartoffeln beschäftigt war und offenbar nichts gesehen hatte. Tomasz faltete das Papier hastig zusammen und schob es in seine Hosentasche. Er würde es noch einmal in aller Ruhe lesen, sobald er allein war, und dann zu den anderen unter seinen Strohsack stecken.

Als Eva wenig später zurückkam, griff sie sich die verwaiste Hacke ihres Vaters und überließ Jan das Putzen und Sortieren. Sie war geschickt bei der Arbeit, aber natürlich nicht so stark wie ihr Vater, brauchte häufigere Pausen und kam nicht so schnell voran. Selbst mit Hilfe von Charlotte und den Zwillingen schufteten sie bis in den Abend, bis sie mit dem Feld fertig waren, die inzwischen getrockneten Kartoffeln verlesen, in Säcke verpackt und auf den Wagen geladen hatten. Eva wischte sich den Schweiß von der Stirn.

»Jetzt kommt das Beste!«

»Das Beste?«

»Kartoffelfeuer!«

Die Zwillinge hatten schon damit angefangen, das Kartoffelkraut, das zu nichts mehr nutze war, zusammenzutragen; sie schichteten es zu einem Haufen und zündeten es an, so dass die Flammen hoch in den Abendhimmel schossen. Hans und Emil hatten sich beide ein Stöckchen gesucht und stocherten damit im Feuer herum, angelten glimmende Stängel heraus, freuten sich, wenn die Funken stoben. Es dauerte nicht lange, und Emil brach in ein ohrenzerreißendes Geschrei aus – ein glimmender Strunk, der mit den Flammen hochgelodert war, war auf seinem nackten Oberschenkel gelandet.

»Wie kann man bloß so dämlich sein«, sagte Hans verächtlich. »Du bist viel zu nah rangegangen! Und heulen tust du wie ein Mädchen!«

»Gar nicht! Überhaupt nicht! Und außerdem hast du mich geschubst!«

»Ich? Du spinnst wohl!«

»Zeig mal her.« Tomasz war herangekommen und hatte sich zwischen die Streithähne gestellt. »Ah, kleiner Brand … Ich mache immer so, warte.« Er hockte sich hin, setzte Emil auf seinen Schoß, spuckte auf die verbrannte Stelle und pustete. »Besser?« Emil nickte unter Tränen.

»Komm, wir sitzen hier …« Inzwischen war das Kartoffelkraut fast heruntergebrannt; sie setzten sich im Kreis darum, und Eva legte ein paar Dutzend von den aussortierten Kartoffeln in die Glut.

»Hast du dich auch schon mal verbrannt?«, fragte Hans neugierig.

Tomasz grinste. »O ja, war ich kleiner Feuerteufel.« Er krempelte den linken Ärmel hoch und zeigte den Kindern eine Narbe auf seinem Arm. »Hier, seht ihr? Ist gekommen, als ich kleiner Junge war wie ihr.«

Sie sahen ihn mit großen Augen an. »Echt? Was hast du gemacht?«

Tomasz lehnte sich auf den aufgestützten Armen zurück. »War bei meinen Großeltern auf dem Land. Sie hatten auch Bauernhof, so wie ihr – Kühe, Schweine, Kartoffeln. In den Ferien musste ich helfen, jeden Sommer. Gab es anderen Junge da, der hieß Pavel. War mein Freund, der Pavel. Sommerfreund, jedes Jahr. Wenn wir Zeit hatten, waren wir schwimmen im See und oft spielen im Wald. Einmal bin ich von hohem Baum gefallen, Fuß kaputt. Egal.«

»Und das mit dem Feuer? Wie war das?«

Tomasz stocherte in der Glut herum, um zu schauen, dass die Kartoffeln nicht schon schwarz wurden, aber es war noch nicht so weit. »Na, ein Jahr haben wir immer Indianer gespielt. Mit Pfeil und Bogen geschossen, Zelt gebaut aus Tannenzweigen, Pfeife geraucht.«

»Habt ihr echten Tabak geraucht?« Emil hatte seinen Schmerz offensichtlich vergessen.

»Ach was, hatten wir doch nicht! Nein, getrocknetes Moos und so ein Zeug. Schmeckt furchtbar, müsst ihr nicht machen. Und dann das Lagerfeuer! Durften wir nicht im Wald, natürlich. Haben wir trotzdem gemacht auf einer Lichtung, heimlich. Und dann haben wir gedacht, wollen wir Rauchzeichen machen wir echte Indianer.«

»Aber dann sieht euch doch jeder!«

»Ja, war blöde Idee, aber wir waren noch klein. Haben nicht gut nachgedacht. Ich hatte einen Sack mitgebracht, Sack für Mehl, wisst ihr? Das Feuer hat gequalmt, ich hab Rauchzeichen gemacht mit meinem Sack, und plötzlich Sack hat gebrannt, und dann mein Hemd hat auch gebrannt, und ich bin zum Bach gelaufen und reingesprungen … Feuer war aus, aber mein Hemd war kaputt und Arm verbrannt …«

»Hast du geheult?« Emils Gesicht war ein einziges Fragezeichen.

Tomasz nickte. »Und wie! Hat sehr, sehr wehgetan. Und mein Opa war sehr, sehr wütend und hat mich verprügelt. Dann habe ich noch mal geheult. Also immer vorsichtig mit Feuer. Ich glaube, Kartoffeln sind fertig.«

Sie holten die Kartoffeln aus der Glut – außen schwarz, innen fast noch roh – und stopften sie sich in den Mund, sobald sie ein bisschen abgekühlt waren. Die Zwillinge bestürmten Eva so lange, noch mehr Kartoffeln rauszugeben, bis sie endlich nachgab.

»Aber nur noch zwei für jeden, klar? Und nehmt welche von den kleinen. Ich will sie sehen, bevor ihr sie bratet!« Begeistert wühlten die Jungen in einem der Säcke am Feldrand.

»Dass du das mit dem Heulen gesagt hast, war wichtig, schätze ich«, sagte Charlotte leise, die sich neben Tomasz gesetzt hatte. »Immer machen sie den Kleinen fertig, weil er so nah am Wasser gebaut hat, Hans, die anderen Jungs vom Jungvolk …«

»Nah am Wasser gebaut?«

»Weil er so schnell heult. Ein deutscher Junge macht das nicht.«

»Ach so?«

»Flink wie Windhunde, zäh wie Leder und hart wie Kruppstahl, nie gehört?«

Tomasz zog die Augenbrauen hoch. »Hart wie Kruppstahl …«

»Der Satz ist nicht von mir!«, sagte Charlotte hastig. »Stammt aus einer Führerrede an die deutsche Jugend oder so … Mein Vater zitiert ihn mindestens einmal pro Tag. Ist nicht leicht für Jungs wie Emil, die so weich sind.«

»Ich mag den Emil.« Tomasz sah hinüber auf die andere Seite des Gluthaufens, wo Jan und Eva mittlerweile in ein Gespräch vertieft waren. Bis hierher konnte er den begeisterten Ausdruck in Jans Gesicht erkennen, begeistert, strahlend, schwärmerisch … Voller Unbehagen wandte er sich ab. »Ich mag, dass er so weich ist. *Kein* richtiger deutscher Junge.«

»Pavel heißt Paul auf Deutsch, richtig?«, fragte Charlotte nach einer Weile. Tomasz nickte. »Und, was ist aus ihm geworden? Ist er immer noch dein Freund?«, fragte Charlotte.

Tomasz sah in die Glut. Vielleicht sollte er einfach so tun, als hätte er die Frage nicht verstanden. Noch ein paar Minuten, dann würde nichts mehr übrig sein vom Kartoffelkraut, dann würden sie die Kühle des Herbstabends spüren, die letzten Sachen zusammenpacken und nach Hause fahren. Die Frage würde hier auf dem abgeernteten Acker zurückbleiben und zusammen mit den letzten Kartoffelresten in ein paar Wochen untergepflügt werden.

»Ich weiß nicht«, sagte er schließlich. »Sie sind schon bald nach Kriegsanfang abgeholt worden, die ganze Familie – Eltern, drei Schwestern, ein Bruder, Pavel selbst.«

»Abgeholt?« Charlotte sah ihn verständnislos an.

»Ja.« Er riss einen herunterhängenden Faden von seiner Hose ab, warf ihn auf die Glut und sah befriedigt, dass er sich noch entzündete. »Sie waren Juden, weißt du. Alle Juden aus dem Dorf wurden abgeholt. Auf ihr Hof ist dann ein Volksdeutscher eingezogen, ein ehemaliger Anstreicher.«

»Ein Anstreicher«, wiederholte Charlotte. »Aber wohin sind sie gebracht worden, dieser Pavel und seine Familie?«

Vielleicht nach Warschau, dachte Tomasz, oder nach Treblinka. Oder einfach nur in den nächsten Wald, es waren ja nicht so viele Leute gewesen. Die wurden oft gleich an Ort und Stelle erschossen und verscharrt. Ob sie das wirklich nicht wusste? Aber vermutlich machte die Propaganda es einem leicht, die Augen davor zu verschließen, was wirklich geschah, und lieferte beruhigende Lügen über eine Neuansiedlung im Osten. Wer wollte schon allzu intensiv nachfragen, wer wollte der monströsen Wahrheit schon wirklich ins Gesicht sehen –? Und wenn er jetzt davon erzählte, würde sie ihm glauben? Er zuckte mit den Schultern.

»Keine Ahnung. Ich weiß nur, dass keiner seitdem mehr von ihnen gehört.«

Charlotte schluckte. »Ich – das tut mir leid«, sagte sie leise.

Von der anderen Seite des Feuers hörten sie Eva und Janek einvernehmlich lachen, dann sprang Eva auf die Füße.

»Pause zu Ende«, rief sie. »Los, wir räumen die letzten Sachen auf den Wagen und fahren, sonst machen sie sich Sorgen zu Hause!«

Tomasz stand auf und klopfte sich den Schmutz von der Hose. Die Zwillinge rannten begeistert herum wie junge Fohlen; Tomasz schnappte sich zuerst Emil, dann Hans und hob sie oben auf die Kartoffelsäcke. Emil hielt sein Bein in die Höhe.

»Da, tut gar nicht mehr weh!«

»Na, prima, Emil. Morgen denkst du nicht mehr.«

Eva schwang sich auf den Bock und griff nach den Zügeln. »Komm hoch, Lotte, du kannst noch mitfahren!«

»Ist mir zu holperig, ich laufe lieber!« Stattdessen kletterte Jan am Wagen hoch und setzte sich neben Eva.

»Willst du mal lenken?«, fragte sie. Janek nickte begeistert, sie drückte ihm die Riemen in die Hand. »Dann los … nicht so fest, ganz locker, ich pass schon auf …« Gemächlich setzte der Wagen sich in Bewegung, Tomasz und Charlotte sahen ihm hinterher.

»Die verstehen sich gut«, stellte Charlotte fest, und wenn man die beiden nebeneinander auf dem Kartoffelwagen sitzen sah, konnte es daran keinen vernünftigen Zweifel geben. Tomasz verkniff sich eine Antwort. Verdammt, wie konnte der Junge nur so unvorsichtig sein? Und gleichzeitig von brennendem Patriotismus erfüllt und auf der Suche nach der nächsten Heldentat, die er zur Rettung des Vaterlandes vollbringen konnte.

Tomasz verstand es einfach nicht. War er in dem Alter genauso gewesen, genauso leidenschaftlich, waghalsig und unvernünftig? Wenigstens das Mädchen hätte er für klüger gehalten, aber sie war vielleicht einfach zu naiv, um die Gefahren zu sehen. Er musste etwas unternehmen, irgendetwas, um die beiden wieder auf einen sicheren Abstand voneinander zu bringen. Schweigend stapfte er neben Charlotte her. Plötzlich wurde er von einer Woge der Wut überrollt; sie nahm ihm den Atem und ließ das Bild vor seinen Augen verschwimmen. Er sah sich selbst, wie er Emil auf den Schoß nahm und tröstete, hörte sich Geschichten erzählen und lachen … Du widerlicher Opportunist, dachte er und biss sich auf die Unterlippe, bis er Blut schmeckte. Du biederst dich an und vergisst ganz, wo du hier bist! Abrupt blieb er stehen und wandte sich zu Charlotte.

»Ich habe gelogen«, sagte er und war überrascht, wie normal seine Stimme sich anhörte.

Charlotte lachte verwirrt. »Wann denn? Warum?«

»Ich weiß, was aus Pavel geworden ist. Die Deutschen haben ihn umgebracht, genau wie seine Familie. Er hatte zwei Jahre vor dem Krieg geheiratet und eine kleine Tochter.« Er sah ihre Augen sich weiten, sah, wie sie sich die Faust vor den Mund presste, aha, sie hatte es tatsächlich nicht gewusst, nicht wissen wollen, aber jetzt wusste sie es, kein Grund zum Mitleid, schließlich hatte sie gefragt, schließlich gehörte sie dazu! Er starrte sie an, erwartete einen Schwall an Beschimpfungen, aber sie blieb stumm, schien darauf zu warten, dass er noch etwas sagte.

Schließlich lief sie los, den Wagenspuren hinterher, ohne auf ihn zu warten, ohne sich noch einmal umzudrehen. Er ließ sie fünfzig, hundert Meter vorausgehen, bevor er ihr fluchend folgte.

Die Verdunklung war noch nicht angebracht, als Charlotte nach Hause kam. So leise wie möglich schloss sie die Tür auf und registrierte erleichtert, dass wirklich niemand da war – sicher, es war Mittwoch, Hermann hatte seinen Heimabend, und ihre Eltern waren nach Herrenberg zu einem Vortrag über die Besiedelung des Ostens gefahren und würden erst in der Nacht zurückkehren. Sie erinnerte sich dankbar, wie ihre Eltern darüber gesprochen hatten – einen gemeinsamen Abend im Familienkreis hätte sie heute nicht ertragen. Im ganzen Haus roch es intensiv nach Kohlrouladen, einem von Hermanns Lieblingsgerichten. Charlotte war froh, dass sie schon Kartoffeln gegessen hatte.

Sie befestigte die Verdunklungsläden im ganzen Haus und ging schließlich in ihr Zimmer. Was für ein Luxus, wenn man eine Tür hinter sich zuziehen konnte! Sie setzte sich auf das Bett und ließ ihre Augen durch den Raum wandern, der all die Schätze enthielt, die sich in den letzten Jahren angesammelt hatten: ein Puppenhaus aus Holz, das inzwischen in einer Ecke verstaubte, ein zum Bersten gefülltes Bücherregal, ein Tennisschläger mit schlaffen Saiten, ein Philips Aachen-Super-Radiogerät und seit dem letzten Geburtstag ein richtiges Grammofon nebst Schallplatten. Ein Kinderzimmer noch, erkannte sie. Solange sie hier wohnte, würde sie in den Augen ihrer Eltern immer ein Kind bleiben, von dem Gehorsam und Unterordnung erwartet wurden. Das alles glaubte, was man ihm erzählte, und keine ungezogenen Fragen stellte. Aber sie war kein Kind mehr, sie war eine erwachsene Frau.

Unruhig sprang sie auf, bückte sich zu der untersten Schublade ihrer Wäschekommode und zog sie heraus. Minutenlang wühlte sie in Unterhosen, uralten Leibchen und kostbaren Strümpfen herum, aber es waren keine Zigaretten mehr da. Ausgerechnet jetzt, wo sie etwas brauchte, um ihre Nerven zu beruhigen, und wo niemand im Haus war, um hinter ihr herzuschnüffeln! Ihr Blick fiel auf ein Paar Seidenstrümpfe, die sie ewig nicht mehr angehabt hatte – wozu auch? Die deutsche Frau trug frohgemut ihre zehnmal gestopften Strickstrümpfe und errang so den Endsieg in der Versorgungsschlacht an der Heimatfront, und außerdem gab es niemanden mehr, den sie damit hätte beeindrucken können. Alle jungen Männer waren im Krieg, und ob sie sich noch für Frauenbeine interessieren würden, wenn – wenn! – sie irgendwann einmal wiederkamen, war durchaus zweifelhaft. Charlotte nahm die Strümpfe heraus und rieb ihre Wange an dem zarten Gewebe. Es strömte noch ganz leicht den Geruch nach dem Parfum aus, das sie sich beim letzten Tragen in die Kniekehlen getupft hatte: Soir de Paris. Ihr Vater hatte ihr den Flakon geschenkt, ein hauchdünnes gläsernes Gebilde in der Form einer Rosenblüte, als sie 1940 harmlose Siebzehn geworden war. Überall und vor allem auf dem Schwarzmarkt waren zu dieser Zeit auf einmal französische Luxusartikel erschienen, Beutestücke, die die siegreichen Soldaten aus dem eroberten Frankreich mit nach Haus gebracht hatten: elegante Handtaschen, hochhackige Schuhe, seidene Schals, extravagante Hüte. Aber aus dem Straßenbild waren all diese Dinge längst schon wieder verschwunden, eingemottet vielleicht an einem sicheren Platz für eine Zukunft, in der keine Versorgungsschlachten mehr zu schlagen waren, wahrscheinlicher aber irgendwo auf einem Dorf eingetauscht gegen eine Speckseite oder einen Sack gelber Rüben. Charlotte war sicher, dass ihr Vater sich nicht mehr an dieses Geschenk erinnerte, sonst hätte er es sicher schon zurückgefordert. Sie suchte weiter, bis sie das Fläschchen gefunden hatte, drehte den Verschluss auf und atmete das Aroma ein, blumig, geheimnisvoll, vielleicht ein bisschen verrucht. *Soir de Paris.* Wie sie sich danach sehnte, dass dieser Krieg endlich zu Ende ging und das normale Leben wieder anfing! Ein Leben ohne Winterhilfswerk und Wehrmachtsberichte, ohne Eintopfsonntag, Verdunkelung und Heldentod. Ein Leben, in dem man Parfum benutzen und Zigaretten rauchen konnte, ohne den Endsieg zu gefährden; in dem man mit jedem Mann flirten konnte, der einem gefiel, ohne Rassenschande zu begehen. Sie atmete den Blumenduft ein und schloss die Augen.

Das Gespräch mit dem Polen hatte sie aufgewühlt, gestand sie sich ein. Er hatte etwas an sich, das sie anzog, etwas Dunkles, Tiefes; vielleicht war es auch nur die Art, wie er sich bewegte, und der fremdartige Klang seiner Stimme. Wahrscheinlich genau das, wovor sie zunächst instinktiv zurückgeschreckt war. Sie ertappte sich dabei, dass sie sich wünschte, häufiger mit ihm zusammenzutreffen, dass sie in seinen Worten und Blicken nach Zeichen von Zuneigung suchte. Und Joachim?, fragte eine Stimme in ihrem Kopf. Unsinn, sagte sie sich. Mit Joachim hat das nichts zu tun. Ich will doch einfach nur mal mit jemandem reden, den ich nicht mein Leben lang schon kenne! Aber heute, gerade als sie geglaubt hatte, einen freundschaftlichen Umgangston gefunden zu haben, hatte er diese Geschichte erzählt. Sie war noch nicht zu einer Entscheidung gekommen, wie sie das Ganze einordnen sollte.

Eigentlich gab es nur zwei Möglichkeiten: Entweder hatte er die Wahrheit gesagt, oder er hatte gelogen. Aber konnte es stimmen, dass sein Freund zusammen mit seiner Familie umgebracht worden war, nur weil sie Juden gewesen waren? Natürlich, die Juden waren Feinde des deutschen Volkes und hatten durch ihre perfide Machtpolitik Deutschland einen Krieg aufgezwungen. Deshalb wurden sie ja auch aus dem deutschen Volkskörper ausgeschlossen und in den Osten umgesiedelt, dorthin, wo sie keinen Schaden mehr anrichten konnten. Da sie überhaupt keinen Juden kannte, hatte Charlotte sich noch nie ernsthaft mit der Judenfrage beschäftigt. Wir behandeln unsere Feinde hart, aber doch ehrenhaft und gerecht, dachte sie. Das ist die deutsche Wesensart, wir können gar nicht anders. Und das bedeutet, dass Thomas gelogen hat. Er hat mich angelogen, dachte Charlotte noch einmal, weil er unser Feind ist und weil er mich verletzen wollte und weil es einfach nicht sein kann … Sie hätte heulen können und wusste nicht, warum.

Sie stand auf, um zum Waschtisch hinüberzugehen, da fiel ihr Blick noch einmal auf das Radio, ein technisches Wunderding, das eigentlich Hermann hätte bekommen sollen, das aber infolge zweier bedrohlicher blauer Briefe kurz vor Weihnachten stattdessen in ihren Besitz übergegangen war. Ein

Gerät, das Kurz-, Lang- und Mittelwelle empfangen konnte. Sie vergewisserte sich noch einmal, dass sie Tür und Fenster geschlossen hatte, und schaltete ein: Der Großdeutsche Rundfunk sendete ein Wunschkonzert. Entschlossen fing sie an, an den Knöpfen herumzudrehen, es knackte, rauschte und pfiff. Endlich war leise zwar, aber dennoch erkennbar ein jazziges Stück zu hören, und eine Stimme sang: *My heart belongs to daddy* … Das war englisch, BBC vielleicht. Charlotte kauerte sich neben dem Radio zusammen, zog sich eine Decke über den Kopf und wartete. Gerade, als eine Sprecherstimme mit deutlichem Akzent den Vortrag eines berühmten Dichters ankündigte, nahm das Rauschen wieder zu, und sie verstand nichts mehr. Es dauerte mehrere Minuten, bis sie die Verbindung wiederhergestellt hatte.

»… Jetzt ist man bei der Vernichtung, dem maniakalischen Entschluss zur völligen Austilgung der europäischen Judenschaft angelangt. ›Es ist unser Ziel‹, hat Goebbels in einer Radiorede gesagt, ›die Juden auszurotten. Ob wir siegen oder geschlagen werden, wir müssen und werden dieses Ziel erreichen. Sollten die deutschen Heere zum Rückzug gezwungen werden, so werden sie auf ihrem Wege den letzten Juden von der Erde vertilgen.‹ Kein vernunftbegabtes Wesen kann sich in den Gedankengang dieser verjauchten Gehirne versetzen …«

Eine gepflegte Stimme sprach, die sie nicht zuordnen konnte. Welcher deutsche Dichter würde sich so respektlos, so verächtlich über die deutsche Regierung auslassen?! Und wieder war die Verbindung unterbrochen. Lohnte es sich wirklich, diesem Schmutz weiter zuzuhören und das Risiko einzugehen, erwischt zu werden? Unentschlossen fummelte sie an den Knöpfen herum.

»… Ich glaube ja freilich, dass die zurückflutenden deutschen Heere an anderes zu denken haben werden als an Pogrome. Aber bis sie geschlagen sind, ist es irrsinniger Ernst mit der Ausrottung

der Juden. Das Ghetto von Warschau, wo fünfhunderttausend Juden aus Polen, Österreich, Tschechoslowakien und Deutschland in zwei Dutzend elende Straßen zusammengepfercht worden sind, ist nichts als eine Hunger-, Pest- und Todesgrube, aus der Leichengeruch steigt. Fünfundsechzigtausend Menschen sind dort in einem Jahr, dem vorigen, gestorben. Nach den Informationen der polnischen Exilregierung sind alles in allem bereits siebenhunderttausend Juden von der Gestapo ermordet oder zu Tode gequält worden …«

Mit zitternden Händen brachte sie das Gerät zum Schweigen und drehte den Sendeknopf zurück auf den Großdeutschen Rundfunk. Lügen, alles Lügen, um den Führer und ganz Deutschland in den Dreck zu ziehen! Kein echter Deutscher würde so etwas tun, kein echter Nationalsozialist … Joachim war in Warschau, er lebte dort, und er hatte *nichts* von solchen ungeheuerlichen Vorgängen geschrieben. Sie würde Joachim fragen, sobald er wieder hier war. Nie wieder würde sie diesen Sender abhören, Goebbels wusste genau, warum er das Abhören dieser verleumderischen Feindpropaganda verboten hatte … Aber trotzdem. Sorgfältig notierte sie, auf welcher Welle sie die BBC gefunden hatte, und versteckte den Zettel in der Wäscheschublade.

13

Eva hatte Glück, dass ihr Geburtstag am ersten Oktober war, dachte Charlotte, während sie den Bollerwagen mit dem Paket hinter sich herzog. Ursprünglich war in der Familie Fahrner am ersten Sonntag im Oktober nur der Erntedank gefeiert worden wie überall im Ort, aber inzwischen hatte sich das Fest mehr und mehr in eine Geburtstagsfeier für Eva verwandelt, denn unter der Woche war natürlich nie Zeit, irgendetwas zu feiern. Seit der Machtübernahme durch die nationalsozialistische Bewegung war aus dem eigentlich kirchlichen Erntedank ein staatliches Spektakel geworden mit dem Aufmarsch von SA und Jugendverbänden morgens auf dem Rathausplatz und einer meist entsetzlich langweiligen Rede des Ortsbauernführers, die bis zum Ende anzuhören eine Zumutung war und die Charlotte nur durch die Aussicht auf Evas Geburtstagsfeier am Nachmittag ertragen konnte. In der Regel hatten die Bauernfamilien für ein Geburtstagskind bestenfalls einen Segenswunsch; Geschenke gab es, wenn überhaupt, nur zu Weihnachten und zur Konfirmation. Aber Eva war der Liebling ihres Vaters, das war Charlotte schon lange klar. So wie Hermann der Liebling ihres eigenen Vaters war. Für seinen Liebling war ein Vater bereit, Regeln zu brechen. Sie spürte, wie ein altbekanntes, unangenehmes Gefühl erwachte – Neid, und versuchte, es schnell zu unterdrücken, bevor es ihr den ganzen Tag verdarb. Sie war bisher gut durchs Leben gekommen, ohne jemandes Liebling zu sein, und wenn Joachim erst zurück war und sie heirateten, wurden die Karten neu gemischt.

Es war noch angenehm warm für einen Herbsttag; Charlotte war nicht überrascht, dass der Kaffeetisch im Freien gedeckt war.

»Lotte, schön, dass du endlich kommst, dann können wir anfangen!«, strahlte Eva. »Es gibt Kaffee – echten Bohnenkaffee! Was ist denn in dem riesigen Paket?!«

»Das Geschenk der Familie Voss, Geburtstagskind!« Sie hob das Paket heraus und reichte es Eva hinüber. »Na los, pack schon aus! Aber vorsichtig!«

Zum Vorschein kam ein Schokoladenkuchen mit echter Buttercreme und kleinen Marzipanröschen darauf. Eva war verblüfft.

»Wie hast du das denn hingekriegt? Ist das etwa richtige Schokolade da drin? So was habe ich ewig nicht mehr gegessen.«

»Mein Vater kennt ein paar Leute in einer Großbäckerei in Stuttgart. Und das Marzipan ist nicht echt, besteht fast nur aus Zucker und Kartoffeln.«

Natürlich hatte Arnold Voss sich zunächst mit Händen und Füßen dagegen gesträubt, seine Beziehungen anzuzapfen, und eine Grundsatzrede darüber gehalten, dass alle Volksgenossen gleich und Schieberei ein Verbrechen sei; erst nachdem Charlotte ihn an die Stapel von Klassenarbeiten erinnert hatte, die sie für ihn korrigiert hatte, seit der Unterlehrer kurz vor Ostern zur Wehrmacht eingezogen worden war, war er kompromissbereit gewesen.

»Meinetwegen«, hatte er schließlich geknurrt. »Aber das muss eine Ausnahme bleiben, verstanden? Und ich verlasse mich darauf, dass du auch in Zukunft mit anpackst …« Als ob sie eine andere Wahl hätte!

Interessiert wandte sie sich dem Gabentisch zu und begutachtete die anderen Geschenke: eine Schürze und gestrickte Strümpfe von Evas Eltern, selbst bedrucktes Briefpapier von den Zwillingen, ein Buch … Verblüfft hob sie es hoch: »Gudrun. Für Deutschlands Jugend und Volk bearbeitet …«

»Joachim hat es geschickt«, hörte sie Eva sagen. Joachim, wer sonst. Vielleicht hatte er ja gleich ein Dutzend davon gekauft und sie deshalb billiger bekommen.

»Gudrun, ausgerechnet! Ich hab's vor Kurzem erst gelesen. Holde Maiden und tapfere Recken, viel Feind, viel Ehr … Nicht so, wie ich mir das Leben vorstelle. Und langweilig war es außerdem.«

»Ich freue mich, dass er überhaupt etwas geschickt hat!« Beschämt erkannte Charlotte, dass Eva gekränkt war; sie hatte Tränen in den Augen. »Bestimmt hat er keine Zeit gehabt, stundenlang herumzulaufen und nach Geschenken zu suchen.«

»Nein, tut mir leid … Es ist sicher ein Wunder, dass er überhaupt etwas gefunden hat. Es gibt ja fast nichts mehr zu kaufen.« Charlotte bemühte sich um einen versöhnlichen Ton. »Komm, lass uns den Kuchen anschneiden, bevor die Wespen ihn ganz für sich haben wollen!«

»Lauft und sagt Jan und Thomas Bescheid, ihr zwei!« Eva stupste Emil an, der sich mit seinem Bruder zusammen gehorsam in Bewegung setzte. »Die können ihre Schuhe auch später noch weiterflicken.«

Charlotte sah ihnen nach, wie sie über den Hof zu der kleinen Tür neben dem Kuhstall stürmten. Ihr wäre es lieber gewesen, allein mit der Familie Kaffee zu trinken; seit dem Abend am Kartoffelfeuer hatte sie Thomas noch nicht wieder gesprochen, und sie wusste immer noch nicht, wie sie ihm begegnen sollte. Aber da ging die Tür zu der Polenkammer schon auf, und die beiden kamen heraus, Jan in einer abgelegten Joppe von Karl, Thomas in einem Hemd, das im letzten Jahr mit Sicherheit noch Joachim getragen hatte. Er hat mich angelogen, dachte Charlotte noch einmal, weil er ein Pole ist, und die Polen lügen wie gedruckt – am liebsten wäre sie aufgesprungen und nach Hause gelaufen.

»Herzlichen Glückwunsch zu Geburtstag, Eva«, sagten die Polen, und dann fingen sie an zu singen: »Stola, stola, nech schije …« Verblüfft hörte die Familie zu, Georg Fahrner brummte sogar leise und falsch mit.

»So singen zu Hause«, erklärte Jan. »Heißt hundert Jahre leben. Das wünschen wir, hundert Jahre!« Dann griff er in seine Hosentasche und holte etwas heraus, das in einen Lappen eingewickelt war. »Hier. Habe ich auch Präsent. Mach Augen zu, Eva.« Sie gehorchte, und er drückte ihr das Päckchen in die Hand. Sie drehte es in den Fingern, betastete es und lachte verwirrt.

»Keine Ahnung, was das sein soll …« Sie öffnete die Augen erst, als sie es ausgepackt hatte: Es war eine grob geschnitzte Figur mit Flügeln, nicht viel größer als ihre Handfläche.

»Das ist Anjoustrusch«, erklärte er und zwinkerte verlegen. »Du weißt, Anjou von Himmel … Er passt auf dich, wenn Krieg kommt zu Laifingen. Ich hab selbst gemacht.«

Eva strich sanft mit dem Finger über das hölzerne Köpfchen und blickte nicht hoch, so dass Charlotte nicht erkennen konnte, was sie gerade dachte. In Thomas' Gesicht dagegen zu lesen war keine Kunst: Er war überrascht, aber nicht nur das: überrascht, erschreckt und verärgert.

»Das hast du selbst gemacht?«, sagte Eva jetzt leise. »Wie schön … Ich werde ihn neben mein Bett stellen. Ich dank dir ganz herzlich.«

Die Rührung in ihrer Stimme war Charlotte unangenehm. Wenn das so weitergeht, sitzen wir alle gleich hier und heulen, dachte sie. Fehlt nur noch, dass Mutter Fahrner auf Karl zu sprechen kommt.

»Kann ich auch mal sehen?« Sie sah zu Eva hinüber und nahm ihr die Figur aus der Hand. »Ein richtiger Schutzengel! So einen könnte ich auch gut brauchen, jetzt, wo man immer mit diesen englischen Bombern rechnen muss! Aber weißt du was, Jan? Du könntest für uns eine Weihnachtskrippe schnitzen! Unsere alte sieht ganz furchtbar aus, außerdem ist der Holzwurm drin. Ich bin sicher, mein Vater würde ein paar Mark dafür lockermachen, ganz bestimmt! Was meinst du?«

Jan zuckte mit den Schultern. »Ich weiß nicht. Schwierig.«

»Na komm! Holz können wir dir besorgen, und dann schaust du dir einfach mal den Stall an, den wir schon haben, den können wir nämlich weiter benutzen, und dann …«

»Jetzt lass ihn mal, Lotte.« Fahrner hob abwehrend die Hände. »Wir haben genug zu tun auf dem Hof und keine Zeit für solchen Schnickschnack. Und jetzt setzt euch alle hin, wir wollen doch Kuchen essen!« Neben dem extravaganten Schokoladenkuchen gab es noch Apfel- und Streuseltörtchen. Fast wie vor dem Krieg, dachte Charlotte. Wenigstens hatte es mal einen Vorteil, wenn man auf dem Land wohnte und nicht in der Stadt. Wahrscheinlich gab es keinen Hof im Dorf, wo nicht heimlich für den Eigenbedarf gebuttert wurde, nicht mal beim ortsbauernführeroberlinientreuen Maifeld.

Hans, Emil und Jan aßen sicher doppelt so viel Kuchen wie die anderen zusammen. Die Kinder kleckerten mit ihrem Most, gerieten sich in die Haare und wurden von ihrer Mutter zurechtgewiesen, während die Erwachsenen den Kaffee tranken, der doch nicht so schmecken wollte wie vor dem Krieg. Schließlich schob Fahrner seinen Stuhl zurück und stand auf. Er strich Eva über das Haar.

»Ich geh mal rein jetzt, Kind ... Wenn ihr mich braucht, wisst ihr ja, wo ihr mich findet.« Der Sonntagnachmittag war ihm heilig – ein paar gesegnete Stunden, die nicht für die alltägliche Arbeit verplant waren und in denen er sich gern in die Wohnstube zurückzog und gründlich die Zeitungen der letzten Woche las. Er nickte der Kaffeerunde noch einmal zu und verschwand dann im Haus.

»Schau mal, ein Negerengel«, sagte Emil und griff nach der Holzfigur: Irgendwie war sie der Schokolade auf den Kuchentellern zu nahe gekommen und hatte ein ganz braunes Gesicht.

»Neger sind keine Engel«, erklärte Hans. »Neger sind Amerikaner und Indianer auch.«

Marie, Eva und Charlotte räumten das Geschirr zusammen und trugen es in die Küche. Eva hielt den kleinen Schutzengel unter den Wasserstrahl und wischte ihm dann auch noch einmal mit dem feuchten Daumen durch das Gesicht.

»Weißt du noch, letztes Jahr, wie es da gewittert hat an deinem Geburtstag? Da war der Joachim noch da, und auch der Karl«, sagte Marie und putzte sich die Nase; ihre Augen schimmerten verdächtig. Nicht, dachte Charlotte, nicht heute, reiß dich doch einmal zusammen und mach Eva nicht ihren Geburtstag kaputt!

»Nächstes Jahr ist der Krieg zu Ende und Joachim wieder zu Hause«, sagte sie forsch. »Und jetzt feiern wir Geburtstag!«

Marie Fahrner wischte sich die Augen. »Ja, geht nur in den Garten! Ich bleib hier und mach euch einen schönen Kartoffelsalat für heute Abend, mit Gurke und Ei.« Sie schob Eva nach draußen. »Du ruhst dich aus heute!«

Die Zwillinge waren inzwischen ganz nah an Thomas herangerückt.

»Mein Bruder Joachim ist auch in Polen, in Farschau!«, sagte Emil gerade, während Jan und Hans ungeniert die letzten Kuchenkrümel von ihren Tellern leckten. »Warst du schon einmal in Farschau?« Thomas nickte.

»Ja, ich habe gewohnt. Ist sehr, sehr große Stadt, Warschau.«

»Größer als Tübingen?«

»Viel größer! Viel, viel.«

»Größer als Stuttgart?« Thomas kniff ein Auge zu.

»Ich denke … ich war noch nicht in Stuttgart.«

»Größer als – als Berlin?«

»Vielleicht. Ich weiß nicht.«

»Geht gar nicht, Berlin ist die größte Stadt der Welt!«, behauptete Emil kühn. »Und der Führer ist der mutigste Mann der Welt. Er wohnt in Berlin in einem Sportpalast.«

»Aha«, sagte Thomas.

»Mein großer Bruder ist auch sehr mutig.« Hans wollte seinem Zwilling offenbar nicht das Feld überlassen und fuchtelte mit seinen verschmierten Fingern vor Thomas' Gesicht herum. »Er hat schon Hunderte von Polen erledigt, ganz allein! Zack, peng, fertig!« Eva wurde rot, Charlotte zupfte an ihrem Kleid herum. Thomas sagte nichts. »… aber Polen sind einfach. Die sind so feige und können nicht kämpfen! Die Tommies dagegen – «

Eva griff nach Hans' Arm und zog ihn hoch. »Schluss jetzt, Hans, Emil! Geht auf die Straße spielen. Bestimmt sind der Willi und der Georg auch längst draußen und warten auf euch.«

Hans zog einen Flunsch. »Och, ich will aber noch hierbleiben!«

Eva gab ihm einen leichten Klaps auf den Hintern. »Nichts da. Los jetzt, Abmarsch!«

Maulend zogen die beiden los, aber die unangenehme Stille blieb. Hat Joachim seinen kleinen Brüdern das von den Hunderten Polen erzählt, überlegte Charlotte, oder hat der kleine Mistkäfer sich das selbst ausgedacht, um die Fremdarbeiter zu beeindrucken? Mir hat er jedenfalls nichts dazu geschrieben.

»Wie – wie feiert ihr eigentlich zu Hause Geburtstag?«, fragte sie schließlich, um das Gespräch wieder in Gang zu bringen. »So wie hier?«

»Wir feiern Namenstag«, antwortete Thomas. »Geburtstag nicht so wichtig.«

»Essen und trinken, Geschenke«, ergänzte Jan. »Und dann singen, natürlich, Sto lat … und vielleicht eine bisschen Tanz.«

»Tanzen!« Charlotte seufzte. »Mit Joachim habe ich auch immer getanzt, aber jetzt, wo keine Männer mehr hier sind, gibt es nur noch diese ewigen Volkstänze beim BDM … Können wir nicht wenigstens euren Volksempfänger rausholen und Musik hören?«

»Ich weiß nicht …« Eva sah ihre Freundin unsicher an.

»Wer sollte schon etwas dagegen haben? Dafür habt ihr doch diesen Olympia-Koffer gekauft, oder?«

1936 war dieses Modell auf den Markt gekommen, aus Anlass der Olympischen Spiele in Berlin. Das Radio funktionierte mit Batterien, war aber so schwer, dass man nur wenig Lust hatte, es über größere Strecken zu transportieren, wenn man nicht selbst auch ein durchtrainierter Sportler war. Der sportbegeisterte Karl hatte damals durchgesetzt, dass das Ding gekauft wurde, damit er auch bei der Arbeit im Stall die Übertragungen verfolgen konnte.

Eva nickte zu ihr hinüber. »Komm, du kannst mir tragen helfen.«

Zusammen schleppten sie das Ungetüm nach draußen und stellten es auf einen Gartenstuhl. Charlotte klappte den Koffer auf und drehte an den Knöpfen herum, bis sie endlich einen Sender mit Tanzmusik gefunden hatte.

»Man müsste Klavier spielen können, wer Klavier spielt, hat Glück bei den Frau'n. Weil die Herrn, die Musik machen können, schnell erobern der Damen Vertrau'n …«

»Johannes Heesters«, sagte Charlotte schwärmerisch. »Kennt ihr den?« Jan schüttelte den Kopf; Thomas verschränkte die Arme und antwortete nicht. »Ist ein bekannter deutscher Sänger und Schauspieler! Gasparone, Rosen in Tirol …«

Niemand antwortete, aber Jan klopfte mit den Fingern den Rhythmus auf seinen Oberschenkel. Eva starrte auf den abgeräumten Tisch; möglicherweise schämte sie sich noch für das Benehmen der Zwillinge. Charlotte spürte, wie die Stimmung immer weiter nach unten segelte wie die Herbstblätter, die von den Bäumen fielen. Dabei hatte sie sich so auf einen unbeschwerten Nachmittag gefreut, hatte sie den unbeschwerten Nachmittag so gebraucht …

»Kommt, wir tanzen ein bisschen hier draußen! Hier auf dem Hof sieht uns kein Mensch.« Sie wusste selbst nicht, welcher Teufel sie geritten hatte; Eva blickte erschreckt zu ihr hoch. Schon einen Fremdarbeiter zum Geburtstagskaffee einzuladen war nicht erlaubt; mit ihm zu tanzen galt wahrscheinlich als Blutschande und Verbrechen. Und irgendwie war es nicht anständig, mit Joachim in Warschau und der schlechten Zeit und allem. Aber wem war damit geholfen, wenn sie hier zusammenhockten und Trübsal bliesen? Im Gegenteil, war es nicht sogar kriegswichtig, die Stimmung an der Heimatfront hochzuhalten? Und wer sollte es schon erfahren?

»*Einen Walzer für dich und für mich singt mein Herz Tag und Nacht …*«, tönte das Radio. Charlotte stand auf.

»Komm, Eva! Tanz mit mir einen Geburtstagswalzer!« Es war nicht einfach, den Herrenschritt zu tanzen, und Eva war steif wie ein Stock. Als das Lied zu Ende war, setzte Eva sich sofort wieder hin, aber Charlotte blieb stehen und sah Thomas herausfordernd an – Thomas, der sie angelogen hatte.

»Ich wette, du traust dich nicht«, sagte sie leise und spürte ein aufregendes Kribbeln in ihrem Körper. Verboten, sagte eine Stimme in ihrem Kopf, Rassenschande!, und das Kribbeln verstärkte sich. Es dauerte eine Ewigkeit, bis Thomas aufstand, und erst dachte sie, er wollte einfach gehen, aber dann verbeugte er sich vor ihr.

»Bitte.«

Zögernd legte sie ihm die Hand auf die Schulter und machte die ersten Schritte. Es war eigenartig, mit Thomas zu tanzen. Sie spürte seine warmen Finger und den Druck seiner Hand auf ihrer Hüfte, die sie hin und her dirigierte. Er war kein schlechter Tänzer, und eigentlich hätte es eine Freude sein müssen, mit ihm zu tanzen. Aber sie fühlte sich völlig verkrampft; ihre Füße klebten am Boden, und als sie zum zweiten Mal stolperte, konnte Thomas sie gerade noch festhalten.

»Kannst du nicht mit einem Polen tanzen«, stellte Thomas fest. War da ein spöttischer Ton in seiner Stimme gewesen? Charlottes Puls beschleunigte sich.

»Ich weiß auch nicht, was heute mit mir los ist«, sagte sie. »Es gibt eben Tage, da klappt einfach gar nichts.« Warum hatte sie den Polen herausfordern müssen? Es war dumm, sich so verletzlich zu machen, und wenn er auf die Idee kam, mit jemandem darüber zu sprechen – aber das würde er nicht tun. Die Konsequenzen für ihn selbst wären ja wesentlich heftiger als für sie.

Mit einem Griff schaltete Eva das Radio aus.

»Genug für heute«, sagte sie schroff. »Wer weiß, wer draußen vorbeigeht. Wir sollten besser aufhören, bevor uns einer erwischt.«

Charlotte schenkte sich noch ein Glas Wasser ein. »Du hast recht. Und überhaupt, auf diesem Boden kann man sowieso nicht richtig tanzen.«

Thomas nickte zu Jan hinüber und sagte etwas auf Polnisch; der Junge stand auf.

»Danke für Kuchen«, murmelte er. »Wir wollen noch schreiben Briefe nach Hause.« Sie schoben ihre Stühle unter den Gartentisch und liefen über den Hof zurück zu ihrer Kammer. Das war's dann wohl mit dem Geburtstag, dachte Charlotte.

»Komm, lass uns reingehen, es wird langsam kühl«, sagte sie. »Vielleicht kann deine Mutter ja noch Hilfe brauchen.« Sie hoben das Radio hoch und schleppten es wieder hinein; Charlotte hätte schwören können, dass es schwerer geworden war. In der Küche stand schon eine große Schüssel gekochter Kartoffeln auf dem Tisch.

»Du brauchst nicht zu helfen, Evakind, heute nicht«, sagte Marie Fahrner zwar, ließ aber doch zu, dass die beiden Mädchen sich Schürzen umbanden und daranmachten, Kartoffeln und Gurken klein zu schneiden.

»Ich kann nicht draußen sitzen und nichts tun, während du hier für uns kochst«, erklärte Eva, und ihre Mutter strahlte.

»Dann – dann mache ich die Soße. Das ist ein Familienrezept, Lotte, schwäbischer Kartoffelsalat, wie ihn schon meine Oma gemacht hat …«

Sie steckten bis zu den Ellbogen im Kartoffelsalat, als ein Auto vor der Tür hielt; der Motor wurde ausgeschaltet, Türen schlugen zu. Irritiert sah Marie Fahrner hoch.

»Wer ist das? Wollen die zu uns?« Sekunden später klingelte es an der Haustür. »Hans, geh und mach auf!«, rief Marie und machte sich daran, Öl, Essig, Petersilie und klein geschnittene Zwiebeln zu vermengen. Charlotte hörte fremde Männerstimmen im Flur und wischte sich rasch die Hände an der Schürze ab.

»Papa?«, rief Hans schrill, »Papa!« Schritte polterten in die benachbarte Stube, jemand lachte.

»Hans?« Eva hastete an Charlotte vorbei und riss die Stubentür auf. »Hans, was ist denn?« Zwei fremde Männer standen dort in der Stube und schauten zu ihnen herüber, einer davon in schwarzer SS-Uniform, während sich Hans und Emil hinter dem Kachelofen in die Ecke drückten und heulten. Joachim, schoss es Charlotte durch den Kopf, es ist etwas mit Joachim! Die kleinen Sünden bestraft der liebe Gott sofort, das ist die Strafe dafür, dass du mit dem Polen getanzt hast, mit dem Polen, der dich angelogen hat, und trotzdem wolltest du wissen, wie seine Hände sich anfühlen und sein Mund –

»Geheime Staatspolizei«, sagte jetzt der eine der Männer, während der andere sich schon wieder abgewandt hatte und interessiert die Bilder ansah, die an der Wand hingen: das Hochzeitsfoto, Eva im Konfirmationskleid, Karl bei seinem ersten Wehrmachtsurlaub. »Die ganze Familie, wie schön! Wir wollen zu Georg Fahrner. Ihr Vater?«

Georg Fahrner, Gott sei Dank, es ging gar nicht um Joachim! Ihr Herz begann wieder zu schlagen, fast hätte sie aufgelacht: Es ging gar nicht um Joachim, es war nicht ihre Schuld! Es konnte nichts Schlimmes sein, Georg Fahrner war der harmloseste, friedlichste Mensch unter der Sonne, niemand konnte ihm irgendeine Schlechtigkeit nachsagen …

»Mein – mein Vater ist krank«, stammelte Eva. »Mein ältester Bruder ist vor sechs Monaten in Russland gefallen, der andere steht in Warschau. Bitte – «

»Rufen Sie Ihren Vater her! Oder wollen Sie, dass wir nach ihm suchen?«, fragte jetzt der Zweite. Er war noch ein junger Mann, kaum älter als fünfundzwanzig, mit einem weichen Gesicht und wässrigen blauen Augen, und lächelte sie an. »Wollen Sie das wirklich?« Er machte einen Schritt auf sie zu, Eva wich zurück.

»Was wollen Sie von meinem Mann? Er hat doch nichts getan!« Aufgeregt kam Marie Fahrner aus der Küche, mit gerötetem Gesicht, die Hände von Salatsoße beschmiert, das Haar aufgelöst.

Verächtlich musterte sie der Gestapomann, der zuerst gesprochen hatte. »Lassen Sie das unsere Sorge sein«, sagte er. »Sind Sie Frau Fahrner? Dann rufen Sie jetzt endlich Ihren Mann und packen Sie ihm ein paar Sachen zusammen. Wir nehmen ihn mit.«

»Was denn – was denn für Sachen? Wohin soll er denn gehen? Das kann doch niemals richtig sein …« Wie gehetzt sah sie von einem zum anderen, tut etwas, helft mir doch!

Charlotte zwang sich, einen Schritt nach vorn zu machen. »Herr Fahrner hat in seinem ganzen Leben noch nichts Böses getan! Ich schwöre Ihnen – «

»Woher wollen Sie denn das wissen? Wer sind Sie überhaupt?«

»Ich bin die Verlobte von Herrn Fahrners Sohn Joachim, er ist bei der SS, er wird bestätigen, dass sein Vater nie – «

Der Jüngere drehte sich jetzt wortlos um, zog seine Pistole und entsicherte sie ruhig. Dann ging er zurück zur Tür und legte die andere Hand auf die Klinke.

»Nein, warten Sie! Ich – ich hole ihn schon …« Eva drängte sich an ihm vorbei durch die Dielentür zur Treppe, Charlotte sah ihr atemlos hinterher. Die Gestapo war da, um Evas Vater mitzunehmen, und es gab nichts, was man dagegen tun konnte. Sie hatte schreckliche Dinge gehört von Leuten, die abgeholt worden waren und nie wieder zurückkamen. Abgeholt, flüsterten die Zurückgebliebenen nur entsetzt, und jeder wusste, was damit gemeint war. Marie Fahrner, die auf der Wandbank zusammengesunken war, fing jetzt laut an zu weinen. In dem Augenblick erschien Georg Fahrner oben an der Treppe; sein leichenblasses Gesicht schwebte im Halbdunkel wie ein Lampion.

»Ich hab's schon gehört. Ich komme herunter. Sei so gut und pack mir etwas Wäsche zusammen und ein paar Zigaretten, Eva. Und das Neue Testament aus meinem Nachtschränkchen.«

Wie konnte er so gefasst sein? Eva stürzte auf ihn zu und schlang ihm die Arme um den Hals. »Was ist denn nur passiert? Was wollen die von dir?«

Aber Georg Fahrner schob sie zurück. »Es ist jetzt nicht die Zeit, es dir zu erklären. Pack mir die Sachen zusammen.« Dann stieg er die Treppe hinunter, während Eva in der Schlafkammer ihrer Eltern verschwand. »Ich bin Georg Fahrner«, sagte er und streckte den beiden Polizisten die Hand entgegen, aber keiner griff danach. »Wie lange wollen Sie mich festhalten?«

Der Ältere zuckte mit den Schultern. »So lange es nötig ist … Das werden Sie selbst am besten wissen. Nehmen Sie Ihren Mantel.« Er sah auf die Uhr und rief nach oben: »Wird's bald?«

Eva erschien auf der Treppe, eine fadenscheinige Reisetasche in der Hand, und kam wieder nach unten, während ihre Mutter hektisch in den Schubfächern der großen Anrichte herumsuchte.

»Lass gut sein, Marie«, sagte Georg Fahrner. »Ich bin sicher schon in ein paar Tagen wieder bei euch.«

»Aber Georg, ich will dir doch nur das Bild mitgeben … Du weißt doch, das letzte Bild von Karl …« Hilflos sah sie von einem zum anderen. Der junge Gestapomann spielte mit seiner Waffe.

»Warum nehmen Sie Herrn Fahrner mit?«, fragte Charlotte zittrig. »Er ist ein unbescholtener Mann. Ein anständiger Mann. Ich – «

»Ihr Schwiegervater ist ein Defätist«, antwortete der Junge und zog die Augenbrauen verwundert hoch. »Haben Sie das noch nicht gewusst? Er hat doch wahrscheinlich auch zu Hause aus seiner Meinung kein Geheimnis gemacht, oder doch? Im trauten Familienkreis?«

»Ich weiß nicht, was Sie meinen!«

»Das hoffe ich. Für Sie. So ein hübsches Gesicht … wär schade drum.« Er griff nach Charlottes Hand; sein Daumen schob sich zwischen ihre Hände und wanderte mit leichtem Druck über ihre Handfläche, während er sie festhielt. »Auf Wiedersehen. Los.«

Sie packten Georg Fahrner an den Ellbogen und führten ihn hinaus; Marie und Eva liefen hinter ihnen her. Auf der Straße stand ein dunkler Wagen; sie schoben den Gefangenen hinein, zündeten den Motor und fuhren davon.

»Warum haben sie Papa abgeholt?«, heulte Emil, als sie zurück ins Haus gegangen waren. »Ich will, dass Papa zurückkommt! Mein Papa hat nichts Böses getan!«

»Nein, hat er nicht.« Eva strich dem Kind beruhigend durch das Haar, aber Emil war nicht so leicht zu trösten. Marie sackte auf einem Stuhl zusammen und sagte kein Wort.

»Weißt du, warum sie ihn geholt haben?«, fragte Eva ihre Mutter. Marie sah sie müde an: Eine alte Frau, der man nicht zutraute, dass sie auch nur ihr eigenes Leben im Griff haben könnte. Sie nickte langsam.

»Er konnte den Mund nicht halten«, flüsterte sie. »Ich hab's ihm oft genug gesagt! Am letzten Sonntag nach der Kirche haben wir noch zusammengestanden, als du schon gegangen warst. Es ging um den Karl, und dass er irgendwo in fremder Erde begraben liegt …« Ihre Stimme verlor sich irgendwo zwischen ihren gefalteten Händen; sie begann wieder zu schluchzen. Nicht jetzt, dachte Charlotte.

»Mutter, Karl ist tot! Was weiter?«

Mühsam sah Marie ihre Tochter an, die Augen voller Tränen. »Warum immer noch junge Männer in Russland sterben müssen, hat er dann gefragt. Der Krieg wär sowieso schon verloren! Man sollte sie alle nach Hause holen und endlich in Ruhe lassen. Alle konnten es hören, die meisten haben genickt.«

Auch Eva und Charlotte nickten. So musste es gewesen sein. Sie hatten alle genickt, und dann hatte einer ihn angezeigt. Wer konnte es wohl gewesen sein? Heute musste man bei jedem damit rechnen, dass er zur Polizei lief.

»Was sollen wir denn jetzt tun?«, wisperte Marie. »Was sollen wir denn jetzt nur tun? Eva?«

»Ich weiß es auch nicht.« Eva hatte die Hände zusammengepresst; sie atmete schwer. »Heute Abend werden wir nichts mehr ausrichten können«, sagte sie schließlich. »Morgen früh muss eine von uns nach Tübingen fahren und in der Münzgasse nachfragen.« In der Münzgasse: Jeder wusste, dass sich dort im ersten Stock des »Martinianums«, wo früher arme Studenten gewohnt hatten, seit ein paar Jahren die Tübinger Zweigstelle der Geheimen Staatspolizei befand, gleich neben der Polizeidirektion. »Vielleicht können wir ihn ja sofort wieder mit nach Hause nehmen.«

»Du musst fahren, Eva«, flüsterte Marie Fahrner. »Ich kann das nicht! Du bist jung und hübsch und unverdächtig, dir werden sie viel eher etwas sagen als mir.« Sie kam zu ihrer Tochter herüber und drückte ihre Hand. »Du musst fahren, Eva, bitte!«

Evas Augen weiteten sich. »Ich, ganz allein?!«

Charlotte zwang sich zu antworten. »Nicht ganz allein, Eva. Ich komme mit. Und heute Abend spreche ich noch mit meinem Vater, vielleicht kann er ja etwas machen.«

»Georg Fahrner ist eben abgeholt worden, von der Gestapo.« Arnold Voss sah überrascht von den Deutschheften auf, die er gerade korrigiert hatte. Ein ganzer Stapel lag säuberlich aufgeschichtet auf seinem Schreibtisch, und von der aufgeschlagenen Seite leuchtete Charlotte die rote Tinte entgegen. Ihr Vater hatte die Angewohnheit, den ganzen Rand mit bissigen Anmerkungen vollzukritzeln: »Hast du das nach drei Jahren immer noch nicht verstanden?«, oder »Lerne Sorgfalt, übe sie, das erspart dir Zeit und Müh!« Häufig schrieb er mehr als der Schüler, dessen Arbeit er gerade vor sich hatte.

»Abgeholt?«, wiederholte er irritiert. »Was soll das heißen: abgeholt?!«

Charlotte setzte sich auf einen kleinen Hocker. »Wir waren gerade dabei, Kartoffelsalat zu machen … Eva feiert doch heute Geburtstag. Da hielt ein Auto vor der Haustür, es klingelte, und zwei Gestapoleute standen in der Stube und wollten, dass wir Evas Vater holten.«

»Aber was wollen sie denn von ihm? Hat er Kartoffeln verschoben oder was?«

»Nein, das war es nicht … Er soll ein Defätist sein.« Charlottes Unterlippe zitterte. »Georg Fahrner, ein Defätist! Das ist doch lächerlich. Jemand muss ihn denunziert haben. Letzten Sonntag vor der Kirche hat er sich wohl kritisch zum Krieg in Russland geäußert … Kein Wunder, der Karl ist doch dort gefallen! Er hat doch nur laut ausgesprochen, was im Stillen alle denken! Und dann geht einer hin und schwärzt ihn an. Ich verstehe das nicht!«

Voss schob den Heftestapel ein paar Zentimeter zur Seite. »Es denken nicht alle so, Charlotte, da muss ich dich korrigieren. Ich habe ja selbst gehört, was er gesagt hat! Gute Deutsche denken nicht so. *Ich* denke nicht so, und ich hoffe, die Mehrheit im Dorf auch nicht. Und du erst recht nicht.« Voss hatte den Zeigefinger mahnend erhoben und unterstrich damit imaginäre Sätze in der Luft. »Jeden Tag vermittle ich den Kindern in der Schule, wie wichtig es ist, dass sie mit ganzem Herzen bei unseren kämpfenden Truppen sind und ihnen mit ihrer Hoffnung und ihrem Vertrauen Mut und Kampfkraft stärken! Wir singen die *Wacht am Rhein*, wir verfolgen den Verlauf der Front, wir sammeln für das Winterhilfswerk! Wir tun alles, um die Moral an der Heimatfront aufrechtzuerhalten, und da geht Evas Vater hin und stellt mit seinen verleumderischen Behauptungen alles in Frage!« Er hatte die Augenbrauen hochgezogen und sah zu ihr herunter. »Nicht, dass ich ihn jemals anzeigen oder es ihm gönnen würde, aber er muss sich nicht wundern, wenn er jetzt die Quittung kriegt!«

Charlotte spürte den Impuls, die Hefte zu nehmen und ihm ins Gesicht zu werfen; aufzuspringen, hinauszulaufen und nie mehr zurückzukehren. Sie schloss kurz die Augen und atmete tief ein und aus.

»Papa«, sagte sie schließlich. »Bitte tu etwas für Evas Vater … meinen Schwiegervater! Du weißt doch, wie es ihm geht, seit Karl gestorben ist.« Jetzt fing ihre Stimme doch an zu schwanken. »Mag sein, dass er unrecht hatte mit dem, was er gesagt hat! Mag alles sein! Aber das ist doch kein Grund, einen guten Mann verschwinden zu lassen. Wenn sie – wenn sie ihn ins Lager schicken in seinem Alter! Evas Mutter hält das nicht aus, sie ist jetzt schon halb durchgedreht. Bitte, Vater! Du kennst doch die halbe Parteiführung, du musst doch irgendetwas machen können!« Ihr Mund war knochentrocken, als könnte sie niemals mehr ihre Angst und Wut hinunterschlucken.

Arnold Voss sah hinüber zu dem Vitrinenschrank, wo eine Sammlung von Pokalen von seinen früheren Erfolgen als Turner kündete. Er trommelte mit den Fingern auf die Schreibtischplatte.

»Es tut mir leid, Charlotte«, sagte er schließlich. »Aber ich kann nichts für Fahrner tun. Ich habe selbst eine Familie, an die ich denken muss. Das weißt du ja wohl am besten. Es wirft ein schlechtes Licht auf mich, auf uns alle, wenn ich mich für einen Defätisten einsetze. Glaube nicht, meine Stellung hier wäre unantastbar! Was soll aus euch werden, wenn sie mich nicht länger unabkömmlich stellen und ich einrücken muss?«

Es war einer der Augenblicke, in denen die Welt sich verändert, in denen die Zeit einen Sprung macht und nachher nichts mehr so ist wie zuvor.

»Du willst Georg Fahrner nicht helfen, Vater?«

»Das ist keine Frage des Wollens, Charlotte … Ich kann es nicht. Und außerdem muss ein deutscher Mann für seine Handlungsweise geradestehen und die Konsequenzen tragen.«

14

»Ihr Vater, Frau Fahrner – «

»Fräulein.«

»Fräulein Fahrner, meinetwegen.« Der Mann, der sich ihr als Kriminalrat vorgestellt hatte, musterte sie durch seine runde Hornbrille. Er trug keine Uniform wie der Mann von gestern Abend, der ihren Vater verhaftet hatte, sondern einen dunkelgrauen Anzug und ein beigefarbenes Hemd ohne Binder. Die schütteren Haare waren ordentlich gescheitelt und über den Kopf gekämmt, ohne die beginnende Glatze zu verbergen; unter den Augen hingen schwere Tränensäcke, und ein kleines Pflaster an der bartlosen Wange ließ vermuten, dass er sich beim Rasieren geschnitten hatte. Ein Postbeamter oder Buchhalter, vielleicht Ende vierzig, Anfang fünfzig, hätte Eva geschätzt, wäre sie ihm auf der Straße begegnet. Sie hielt ihre Tasche fest umklammert und presste die Knie auf dem Stuhl zusammen.

»Was kann ich für Sie tun?«

Hinter ihr an der Wand hing ein großes Foto, das den Führer bei einer seiner Ansprachen zeigte, die rechte Hand zum Gruß erhoben, die Augen in die Ferne gerichtet. Eva hatte es beim Eintreten gesehen, und jetzt spürte sie den Blick in ihrem Nacken brennen.

»Mein Vater, Georg Fahrner aus Laifingen ... Es kann sich nur um einen Irrtum handeln. Er ist ein guter Deutscher, der sich immer für sein Vaterland eingesetzt hat. Er hat im letzten Krieg gekämpft und ist verwundet worden und war jahrelang Mannschaftsführer bei der Feuerwehr.« Sie hatte sich diese Sätze zurechtgelegt, hatte sie mit Charlotte geübt auf dem Weg hierher in der Bahn. Jetzt kam es ihr vor, als hätte sie das Wichtigste noch nicht gesagt. Aber was war das Wichtigste?

Der Kriminalrat faltete die Hände und beugte sich vor. »Ihr Vater gehört keiner nationalsozialistischen Organisation an, ist das richtig? Partei, Kraftfahrerkorps, Deutsche Arbeitsfront?«

Eva schüttelte den Kopf.

»Ist das richtig, habe ich gefragt?«

»Ja, es ist richtig, aber – «

»Ihre Mutter hat es mehrfach abgelehnt, der NS-Frauenschaft beizutreten, und Sie selbst – «

»Mein Bruder Joachim ist bei der SS in Warschau stationiert. Und mein ältester Bruder Karl ist vor acht Monaten in Russland gefallen «

»Wie Tausende andere auch, die ihre Pflicht getan haben. Fräulein Fahrner – «

»Mein Vater ist ein Einzelgänger. Er – er macht sich einfach nichts aus Vereinen oder Politik! Aber das heißt doch nicht – «

»Ihr Vater ist ein Defätist, Fräulein Fahrner! Ich habe hier die glaubwürdige Aussage eines Volksgenossen über Äußerungen Ihres Vaters – « Er zog ein gefaltetes Blatt aus seinen Akten und klappte es auf. »*Des Weiteren äußerte Fahrner, der Krieg im Osten sei sowieso verloren und es wäre ein Verbrechen, weiterhin junge Männer zum Sterben dahinzuschicken, und wer das tue, sei nicht besser als ein Mörder.*« So etwas wie ein Lächeln umspielte seine Lippen. »Und, Fräulein Fahrner? Was sagen Sie dazu?«

Eva spürte ihr Herz wie einen Stein in ihrer Brust.

»Der Tod meines Bruders hat meinen Vater schwer getroffen«, sagte sie kaum hörbar. »Er sollte einmal den Hof übernehmen. Mein Vater – er ist verzweifelt, verstehen Sie das nicht? Aus lauter Verzweiflung sagt er Dinge, die er gar nicht meint.«

Der Kriminalrat – Müller, Meier, Schmitz, sie hatte auf den Namen nicht geachtet – legte den Kopf ein wenig schief.

»Fräulein Fahrner.« Er klang, als wollte er einem störrischen Kind etwas erklären. »Kennen Sie das Gesetz gegen heimtückische Angriffe auf Staat und Partei? Nicht?« Die Kälte in ihrer Brust breitete sich in ihren ganzen Körper aus, kroch durch ihre Adern bis in die Zehenspitzen und ließ ihre Zähne klappern. »Dann lese ich es Ihnen einmal vor. ›*Wer öffentlich gehässige, hetzerische oder von niedriger Gesinnung zeugende Äußerungen über leitende Persönlichkeiten des Staates oder der NSDAP, über ihre Anordnungen oder die von ihnen geschaffenen Einrichtungen macht, wird mit Gefängnis unbestimmter Dauer bestraft.*‹ Verstehen Sie, was ich meine?«

»Ich – «

»Der nationalsozialistische Staat befindet sich im Krieg, Fräulein Fahrner. Wir alle stehen im Feld! Nur durch Bündelung aller Kräfte auch an der Heimatfront werden wir dieser historischen Aufgabe gerecht werden können! Wer wie Ihr Vater gegen den Führer hetzt, schwächt den Volkskörper und spielt Bolschewiken und Juden in die Hände.« Er hatte nicht einmal die Stimme erhoben.

»Mein Vater hat niemandem etwas Böses getan, glauben Sie mir doch! Ich schwöre, in seinem ganzen Leben – «

»Sie sollten vorsichtiger mit Ihren Schwüren umgehen. Heil Hitler.«

»Herr Kriminalrat, ich bitte Sie!«

»Ich habe noch zu tun. Sie finden sicher allein den Weg nach draußen.«

Er schlug seine Akten auf und fing an zu lesen. Eva war nicht in der Lage aufzustehen; immer noch war ihr entsetzlich kalt, und ihre Lippen zitterten. Plötzlich fasste jemand sie am Ellbogen, zog sie hoch und schob sie zur Tür. Sie fühlte sich, als hätte sie eine ganze Flasche Schnaps getrunken, als hätten die Muskeln in ihren Beinen von einer Sekunde auf die nächste ihre ganze Kraft verloren und könnten ihr Gewicht nicht mehr tragen. Vor ihren Augen breitete sich dichter Nebel aus. Ohne es eigentlich zu wollen, lehnte sie ihren Kopf an die Schulter des Wachmanns, der sie nach draußen geschoben hatte, und begann zu weinen. Der Mann hielt sie und drückte sie an sich, strich ihr beruhigend mit den Händen über Rücken, und erleichtert registrierte sie, wie ganz allmählich das Leben in ihre versteinerten Glieder zurückkehrte. Nie hätte sie erwartet, ausgerechnet hier auf jemanden zu treffen, der ihr Halt gab; der sie stützte, als sie schon Angst hatte, in Ohnmacht zu fallen. Alles würde wieder gut werden. Sie wollte sich bedanken, wollte dem Mann sagen, wie sehr er ihr geholfen hatte, wollte ihm ins Gesicht sehen, bevor sie zu ihrer Mutter zurückkehrte. Da erst bemerkte sie, wie fest er sie umklammert hielt, und spürte den merkwürdig harten Druck gegen ihren Unterleib; spürte, wie seine Hüften sich bewegten und sein Mund sich feucht über ihr Ohr legte und er sie gegen die Wand drängte. Mit einem Ruck riss sie sich los und suchte sein Gesicht: Es war der junge Gestapo-Mann von gestern Abend.

Er grinste sie an und leckte sich über die Lippen.

»Heil Hitler, kleine Eva!«

Sie flüchtete nach draußen.

»Eva!« Charlotte wartete auf dem Marktplatz, wo sie ein paar Einkäufe gemacht hatte. Überall hingen noch die Hakenkreuzfahnen an den Fenstern und erinnerten an den gestrigen Erntedanktag; ein paar alte Frauen kehrten mit ihren Reisigbesen den Feiertagsdreck vom Kopfsteinpflaster. Charlotte winkte Eva zu und lief ihr entgegen.

»Wie ist es gewesen? Du bist ganz blass! Sollen wir uns irgendwo hinsetzen?«

Eva schüttelte den Kopf. »Lass uns zum Bahnhof gehen, ich will nach Hause.«

»Hast du denn etwas erreicht? Konntest du mit deinem Vater sprechen? Bitte, Eva, schau mich an!«

»Ich habe ihn nicht gesehen. Lass uns bitte nach Hause fahren.«

Eine Gruppe junger Leute stand am Marktbrunnen zusammen und lachte; es waren hauptsächlich Mädchen, einige von ihnen hatten Bücher unter dem Arm. Studenten vermutlich, dachte Eva und starrte sie an wie eine Erscheinung. Konnte es sein, dass es wirklich noch Menschen gab, die einfach so weiterleben durften wie früher? Die unbeschwert lernten und lachten und studierten, als ob sie nicht wüssten, dass jeden Tag irgendwo jemand abgeholt wurde und nicht wiederkam?

»Es war alles sinnlos … ich hätte gar nicht herfahren sollen. Vielleicht habe ich alles nur noch schlimmer gemacht.«

Charlotte legte ihr den Arm um die Schultern. »Wir setzen uns jetzt da vorn hin, bis du wieder zu dir gekommen bist«, sagte sie. »Du siehst aus, als würdest du jeden Augenblick zusammenklappen.« Sie schob Eva eine der steilen Seitengassen hinauf und drückte sie auf einen Treppenstein. »Besser?«

Eva schloss die Augen und atmete tief. »Es geht schon wieder.«

»Hast du etwas herausgefunden?«

Sie nickte. »Er ist verhaftet worden wegen einem Gesetz, warte … einem Gesetz gegen heimtückische Angriffe gegen den Staat oder so ähnlich. Wegen dieser Bemerkung, die er da vor der Kirche gemacht hat.« Sie wunderte sich selbst, wie ruhig ihre Stimme klang, während ihr Inneres sich in Aufruhr befand. Was, wenn du nicht so unüberlegt weggelaufen wärst, du dumme Gans?, fragte jemand höhnisch. Vielleicht hätte dieser junge Schnösel ja etwas für deinen Vater tun können, weißt du's? Vielleicht ist er ja einer, der etwas zu sagen hat! Wenn du dich hättest gegen die Wand drängen lassen und den Rock hochgehoben hättest, wäre dein Vater vielleicht schon frei! Ein paar Minuten hätte es gedauert, mehr nicht. Was sind schon ein paar Minuten? Jetzt siehst du ihn vielleicht nicht wieder! Du hast deine Chance gehabt, und du hast sie vertan.

»Sie haben so getan, als wäre unsere ganze Familie eine Schande für Deutschland, als wäre Papa ein Verbrecher …« Sie brach ab und stand auf. »Ich glaube, es geht schon wieder besser. Ich will nach Hause, und du hast doch bestimmt auch noch etwas anderes vor.«

»Aber wir können doch nicht einfach wieder nach Hause fahren, wir müssen doch irgendetwas tun?!«

»Sag mir, was! Sag es mir.«

Sie überquerten die Neckarbrücke, über die nach dem siegreichen Frankreich-Feldzug die heimkehrenden Soldaten marschiert waren, liefen durch die Platanenallee und über den schmalen Indianersteg, am Uhlanddenkmal vorbei und durch den Anlagenpark bis zum Bahnhof. Eine halbe Stunde dauerte es, bis die Bahn kam; sie wechselten in der ganzen Zeit kaum ein Wort. Die Bahn war fast leer; nur ein Kriegsinvalide mit einem hochgesteckten Hosenbein saß in der Holzklasse und las Zeitung, einen Bericht über die Ansprachen zum gestrigen Feiertag. Eva konnte an nichts anderes denken als an den jungen Geheimpolizisten im Korridor des Martinianums. Draußen rauschte die Landschaft des Ammertals vorbei, die sattgrünen Wiesen, die Landmarke der Wurmlinger Kapelle. Die Kapelle erinnerte sie an den hölzernen Schutzengel, den Janek ihr geschenkt hatte – war es tatsächlich erst gestern gewesen? Heute Morgen hatte sie die kleine Figur noch rasch in die Rocktasche gesteckt. Sie tastete danach und hielt sie fest in der Hand.

»Machen wir ein Kerz und stellen an Fenster«, schlug Janek nach dem Abendessen vor. Kaum einer hatte einen Ton gesagt; selbst die Zwillinge, die eigentlich nie richtig satt zu sein schienen, kauten lustlos auf ihrem Brot herum. Marie sah müde zu den Polen hinüber.

»Kerzen sind teuer«, erklärte sie. »Morgen müsst ihr mit den Rüben anfangen, Eva kann euch helfen.«

Jan schob seinen Teller zurück. »Zu Hause wir machen so, wenn einer ist weg. Damit er Weg zurück findet.«

»Er ist ja noch nicht tot!« Marie Fahrners Stimme war ungewöhnlich schrill geworden, sie stand auf. »Ich gehe zu Bett, es war ein anstrengender Tag. Ihr kommt sicher ohne mich zurecht?«

Eva nickte. »Geh ruhig. Ich spüle noch ab und mach die Verdunklung dran.«

Tomasz stand auf. »Ich schaue noch nach Zugkühe. Die Ella war irgendwie matt heute, ich will sehen, wie es geht. Gute Nacht.«

Er griff nach seiner Jacke, ging hinaus und schlüpfte in den Kuhstall, nur für den Fall, dass jemand ihm nachsah. Ella und Ria, die Zugtiere, lagen friedlich im Stroh und kauten, wie er es nicht anders erwartet hatte. Er ließ sich auf den Boden gleiten, streckte die Beine aus und lehnte sich gegen die Wand. Es war gut, endlich einmal allein zu sein, allein mit sich und seiner Verwirrung. Der Bauer war verhaftet worden – sollte er nicht eigentlich zufrieden sein, dass der Alte am eigenen Leib zu spüren bekam, was großdeutsche Gesinnung bedeutete? Stattdessen hatte die niedergedrückte Stimmung der Familie ihn angesteckt, er machte sich Sorgen um Georg Fahrner und die überforderte Marie, erst recht die Kinder. Es sind deine Feinde, versuchte er sich klarzumachen. Vermutlich haben sie die Nazis genauso gewählt wie Millionen andere auch, haben Sieg Heil geschrien und gefeiert, als Warschau gefallen ist …

Plötzlich überkam ihn eine überwältigende Sehnsucht nach Warschau, nach dem Warschau, wie es vor vier, fünf Jahren gewesen war, nach dem Leben, wie es vor vier, fünf Jahren gewesen war. Er presste die Hände auf den Stallboden, spürte Strohhalme und Dreck, versuchte, an die Rübenernte zu denken, die morgen anfangen sollte, an die wiederkäuenden Kühe, die Schuhe, die er schon wieder reparieren musste – aber die Sehnsucht war stärker und ließ sich nicht wegschieben, genauso wenig wie der Schmerz.

Als er erwachte, war es immer noch stockdunkel; er wusste nicht, ob er nur ein paar Minuten oder ein paar Stunden geschlafen hatte, wollte aufstehen und den Rest der Nacht in seinem Bett verbringen, da hörte er Stimmen ganz in der Nähe – Evas und Jans Stimmen. Sie konnten nur ein paar

Meter von ihm entfernt sein, standen vermutlich direkt am Stallfenster.

»Glaubst du, Vater kommt wieder zurück?«, fragte Eva. »Janek?«

»Ich weiß nicht«, antwortete Jan. »Ich kann nicht sagen. Ich hoffe.«

»Die Leute da in Tübingen heute Morgen … Sie waren so unauffällig, so normal … und ich hatte solche Angst vor ihnen! Oh Gott, ich habe solche Angst! Wenn er jetzt nicht wiederkommt!«

»Muss man weinen manchmal«, sagte Janek. »Ich auch. Wenn ich denke an zu Hause.«

»Geht es dir nicht gut bei uns?«

»Doch. Aber ist nicht mein Familie.«

»Ja, das kann ich verstehen.«

Das Schweigen dauerte minutenlang an. Wie gut muss man sich kennen, um so lange miteinander zu schweigen?, fragte sich Tomasz. Ob sie sich an der Hand hielten, ob Jan seinen Arm um das weinende Mädchen gelegt hatte? Dann wieder Evas Stimme.

»Da war ein junger Mann bei der Gestapo in Tübingen. Der gleiche, der auch gestern dabei war, als sie Vater geholt haben. Und als ich wieder rausging – ich war so verzweifelt, ich dachte, ich breche in der Tür zusammen. Da ist er gekommen und hat mir aufgeholfen und mich festgehalten, und ich hab's erst gar nicht gemerkt und war dankbar, dass er sich um mich kümmert … Aber dann nach einer Weile ist mir aufgefallen, wie komisch er mich hält und an sich presst, und es war mir so widerwärtig, dass ich mich schnell losgerissen hab und rausgerannt bin … Und jetzt denke ich den ganzen Tag, er hätte vielleicht etwas für meinen Vater tun können, wenn ich nur ein bisschen mehr – ich weiß ja gar nicht genau, was er eigentlich wollte! Verstehst du?«

Nein, das würde der Kleine nicht verstehen, dachte Tomasz, sprachlich nicht und sonst erst recht nicht, oder doch? Trotz der Wärme im Kuhstall war ihm eiskalt geworden.

»Ja, ich versteh schon.« Janeks Stimme war kaum noch zu verstehen, so leise sprach er. »Du hast richtig gemacht, Eva. Deine Vater will nicht.«

»Glaubst du?«

»Ganz bestimmt. Ist gut Mann, deine Vater. Kein gut Vater will, dass die Kinder machen – wie sagt man: Ofiara? Wie in Kirche?«

»Opfer«, murmelte Eva.

»Dass die Kinder machen Opfer für ihn.«

Wieder Schweigen.

»Ich muss gehen, Janek. Gute Nacht und – und Danke.«

»Gute Nacht, Eva. Dobranoc.«

Tomasz zwang sich, ein paar Minuten zu warten, nachdem die Schritte sich entfernt hatten, dann ging er hinüber in ihre Kammer. Janek hatte eine Lampe auf den Boden gestellt und war dabei, sich auszuziehen; seine Augen leuchteten eigenartig, oder schien es Tomasz nur so?

»Ich war noch auf dem Abort«, sagte er, als hätte Jan eine Erklärung von ihm verlangt, legte sich auf sein Bett und starrte an die Decke. »Ein langer Tag, oder?«

»Ja. Lang und anstrengend. Gute Nacht.«

Wenn er jetzt nicht mit Jan darüber sprach, würde er es morgen auch nicht tun, dachte Tomasz. Und er *musste* mit dem Jungen sprechen.

»Die Bäuerin hat es schwer getroffen, diese Sache mit ihrem Mann«, entschied er sich schließlich zu sagen. »Hoffentlich kommt er bald zurück. Wenn sie länger allein wäre, würde hier alles zusammenbrechen, und wer weiß, was dann mit uns passiert … Gut, dass sie Eva an der Seite hat.«

»O ja, Eva ist ein gutes Mädchen. Gut und stark.«

»Du magst sie gern, stimmt's?«

»Natürlich. Natürlich mag ich sie gern. Ich habe noch nie vorher – « Janek brach ab.

Verdammt, dachte Tomasz, ich kann das einfach nicht, dieses vorsichtige Um-den-heißen-Brei-Herumreden, dieses Taktieren, warum musst du es mir so schwer machen?

»Ich hab euch gehört, eben am Stallfenster«, sagte er. »Ich kann verstehen, dass du sie trösten willst, aber du darfst so nicht mit ihr sprechen. Egal, wie lieb und nett sie ist, Eva bleibt doch ein deutsches Mädchen, Janek! Was du da machst, ist gefährlich.«

Janek fuhr hoch wie von der Tarantel gestochen. »Halt die Klappe! Das geht dich einen Dreck an, was ich mit Eva bespreche! Niemals hätte ich gedacht, dass du mir so – so gemein hinterherspionieren würdest – «

»Es war Zufall. Von Spionieren kann keine Rede sein! Jeder andere hätte euch genauso gut hören können, jeder! Ich mache mir einfach Sorgen um dich. Du hast doch gesehen, was sie mit uns machen, wenn wir einer ihrer heiligen deutschen Frauen zu nahe kommen! Du warst doch dabei!«

»Natürlich war ich dabei. Glaubst du, das könnte ich jemals vergessen? Aber das war etwas anderes. Eva und ich, wir sind einfach Freunde, wir haben miteinander geredet …«

»Einfach Freunde? Mach dir nichts vor, Janek. Ich höre es an deiner Stimme, wenn du mit ihr sprichst, sehe, wie deine Augen leuchten … Das ist nicht ›einfach Freunde sein‹. Das ist – «

»Na und? Evas Vater wird verhaftet, niemand weiß, ob er jemals wieder nach Hause kommt, und du regst dich auf, weil ich mit ihr *rede*?«

Die Lampe flackerte; in ihrem Schein sah Tomasz den Jungen wütend auf seinem Lager sitzen, bereit aufzuspringen und sich auf ihn zu stürzen, um ihn zum Schweigen zu bringen. Tomasz holte tief Luft.

»Ruhig, sonst haben wir gleich die Ortspolizei hier stehen. Denk doch mal nach, Jan. Denk nur eine Sekunde nach! Wir sind im Krieg, wir sind praktisch rechtlos, und kein Mensch schert sich darum, ob wir hier verrecken oder nicht. Wir – «

»Das stimmt nicht! Frag doch den Bauern, ob er ohne uns zurechtkommt! Und Eva – «

Tomasz stöhnte. »Kannst du verdammt noch mal nicht endlich aufhören, von Eva zu reden, du Idiot? Geh ihr aus dem Weg, schlag sie dir aus dem Kopf, sprich nicht mehr mit ihr!«

»Ich kann das nicht! Und ich will es auch gar nicht. Eva ist das einzig Gute, was ich hier erlebe, verstehst du? Das einzige Gute! Sie hilft mir dabei, das alles durchzuhalten! Sie ist immer in meinem Kopf wie ein Schutzengel, ich denke ständig an sie! Wenn ich die Augen zumache – «

»Unsinn! Du bist doch kein kleines Kind mehr. Reiß dich zusammen und vergiss das Mädchen! Es gibt Hunderte, Tausende wie sie. Konzentrier dich lieber drauf, dass du diesen Dreck hier irgendwie überstehst und nach Lemberg zurückkehren kannst!«

»Du tust immer so, als wüsstest du alles, aber in Wirklichkeit hast du doch keine Ahnung! Du hast in deinem Leben noch niemanden geliebt, stimmt's?«

Janeks Augen waren zu Schlitzen verengt, seine Stimme vibrierte von Wut und Verachtung, und für einen Augenblick schoss es Tomasz durch den Kopf, wie gut es war, dass der Junge immer noch auch über diese Gefühle verfügte, Gefühle, die ihn stark machten, aggressiv und handlungsfähig und nicht nur weich und wehrlos.

»Jan, hör mir zu! Janek!«

»Für dich gab es immer nur dich selbst, deine Arbeit und vielleicht mal ein Mädchen, das mit dir ins Bett gegangen ist, und am nächsten Tag hattest du sie schon vergessen! So ist es doch, oder? Deshalb bist du so ein jämmerlicher Zyniker, der das kleinredet, was er selbst nicht versteht! Aber von dir lasse ich mir gar nichts sagen. Du weißt ja nicht, wovon du sprichst! Denkst du, ich will so werden wie du? Oder bist du vielleicht einfach neidisch, ist es das? Hast du selbst ein Auge auf sie geworfen und wirst nicht fertig damit, dass sie mich lieber hat als dich?«

Der Angriff traf ihn unvorbereitet und an einer Stelle, von der er nicht erwartet hatte, dass sie noch so schmerzen würde wie rohes Fleisch, immer noch so schmerzen würde und ihm den Atem nahm. Erst hatte er noch geglaubt, er könnte Jan zur Vernunft bringen, könnte ihm erklären, wie gefährlich die Schwärmerei war, die er so unschuldig Liebe nannte, aber inzwischen wollte er nur noch, dass es aufhörte, dass der Junge endlich still war.

»Du bist verrückt«, presste er mühsam hervor. »Sag das nie wieder zu mir, hörst du?«

»Ach, ich soll den Mund halten, aber du darfst alles sagen, was du willst? Der große, kluge Tomasz erklärt dem kleinen dummen Janek die Welt und erwartet, dass der kleine Janek ihm andächtig zuhört und sonst nichts? Aber so ist es nicht. Dir ist nichts heilig, du weißt ja nicht mal, was das ist! In dir ist alles kaputt, und deshalb bist du neidisch, dass ich noch jemanden habe, für den ich leben will, dass ich noch etwas fühlen kann! Du bist so armselig in deiner Überlegenheit, Tomasz, du bist so …«

Das Blut pulste so laut in seinen Ohren, dass er den Rest des Satzes nicht mehr verstand, Gott sei Dank nicht mehr verstand. Wenn er gekonnt hätte, wäre er hinausgegangen und nicht mehr zurückgekommen, aber nicht einmal das war ihm geblieben. Er ballte die Fäuste.

»Sei still«, sagte er leise. »Halt um Gottes willen endlich die Klappe, sonst weiß ich nicht, was ich tue.«

Jan sah überrascht zu ihm herüber. »Tomasz?«

»Lass mich einfach in Ruhe jetzt, verstanden? Lass mich einfach nur in Ruhe.«

15

Niemals hätte Joachim geglaubt, ausgerechnet hier am Ende der Welt seinem Ziel einer eigenen Autowerkstatt näher kommen zu können, und doch war es so. Mit dem Ring aus dem Ghetto hatte es angefangen. Zunächst hatte er gedacht, er könne ihn seiner Mutter oder Charlotte schenken, aber irgendwie war ihm die Vorstellung unangenehm gewesen, er wusste selbst nicht, warum. Ein Judenring an einer Hand, die ihm so vertraut war? Undenkbar. Ein Ring war irgendwie viel persönlicher, viel bedeutungsvoller als zum Beispiel diese Jacke, die ihm inzwischen wirklich gut gefiel – sie war aus einem festen Wollstoff gefertigt, elegant geschnitten und hatte sogar einen Kragen aus echtem Fuchs. Die Jacke würde er Charlotte bedenkenlos zu Weihnachten überreichen, und tatsächlich war es mittlerweile eine seiner liebsten Fantasien, sich vorzustellen, wie sie in dieser Jacke an seinem Bett stand, in dieser Jacke und sonst nichts, wie er die Jacke aufknöpfen und sie entblättern würde – den Ring dagegen wollte er loswerden. Deshalb hatte er sich damit an einem Abend auf einen der zahlreichen Schwarzmärkte Warschaus begeben und viel schneller als erwartet einen Kunden dafür gefunden – einen zivilen Mitarbeiter der Warschauer Fernmeldebehörde, dessen Beamtenseele viel zu verängstigt und verknöchert war, um selbst in den Handel mit den Polen, erst recht mit dem Ghettopack, einzusteigen. Fünfzig Reichsmark hatte Joachim kühn gefordert und tatsächlich auch bekommen, mehr als doppelt so viel, wie er ausgegeben hatte, und in diesem Moment hatte er klar erkannt, dass das besetzte Warschau ungeahnte Möglichkeiten für ihn bereithielt, vorausgesetzt, er war nicht zu blöd oder unvorsichtig. Freilich, im Ghetto war nicht mehr viel zu holen, da waren andere schneller gewesen als er, aber die Polen hatten auch noch genug, was sie bereitwillig und zu lächerlichen Preisen an jeden verkauften, der ihnen dafür Geld oder besser noch Lebensmittel bot. Manchmal konnte er in ihrer eigenen Kantine ein Säckchen Linsen, eine Flasche Öl mitgehen lassen, meistens aber nutzte er die zahlreichen Überlandfahrten, die in seinem Dienstbereich anfielen, um sich bei den Bauern umzusehen und dort Essbares entweder für einen Spottpreis einzukaufen oder aber zu beschlagnahmen, wenn ihm danach war. Es war unfassbar, wie einfach das Leben wurde, wenn man in einer SS-Uniform durch die Dörfer fuhr! Was auch nur entfernt nach Nahrung aussah, ließ sich wiederum bei den Warschauern gegen alles eintauschen, was das Herz begehrte – Kleidung, Möbel, Hausrat, Wertgegenstände, die dann von den Besatzern mit Kusshand entgegengenommen wurden. Allerdings sank die Qualität des Angebots leider mit jeder Woche weiter, und Joachim haderte oft damit, dass er nicht sofort nach seiner Ankunft in der Stadt in den Schwarzmarkthandel eingestiegen war. Aber auch so machte er einen guten Schnitt und hatte inzwischen mehr als zwölfhundert Reichsmark auf die Seite gelegt. Und das war noch nicht alles. Es gab so viele Dinge, die das Leben als Besatzer angenehmer machten, wenn man sie sich nur leisten konnte.

Und so waren sie auch an diesem windigen Oktobertag mit einem Kübelwagen unterwegs auf einer nicht asphaltierten Schlaglochpiste irgendwo im Niemandsland südöstlich von Warschau. Es hatte wenig geregnet in den letzten Wochen, und kilometerweit zogen sie eine Staubfahne hinter sich her. Der Himmel war von einem bleiernen Weiß, die Baumgrüppchen am Straßenrand ließen kraftlos die Äste hängen. Selbst die Bäume sahen polnisch aus, dachte Joachim, dreckig, heruntergekommen, wertlos. Seit anderthalb Stunden waren sie jetzt schon unterwegs, viel länger als geplant, und von dem ewigen Staub klebte ihm die Zunge am Gaumen. Jetzt ein Glas Wasser wäre gut, dachte er, oder ein Bier. Besser ein Bier, ein kühles Helles von Schwabenbräu. Das polnische Bier schmeckte wie Spülwasser.

»Scheißland«, sagte Hoffmann und wischte sich mit seinem Taschentuch den Staub vom Gesicht. »Scheißdreck.«

Die beiden Soldaten auf der Rückbank sagten nichts. Joachim wusste nicht, wie sie hießen; vermutlich hatte Hoffmann sie irgendwo rumstehen sehen und mit dem Versprechen geködert, dass es etwas zu holen gäbe, Schinken vielleicht oder Wodka. Hoffmann hatte einen Riecher dafür, und er war anständig genug zu teilen. Er machte seit kurzer Zeit Dienst im Pawiak-Gefängnis und kriegte bei den Verhören viel Nützliches mit – wo einer schwarz schlachtete zum Beispiel oder heimlich Schnaps brannte. Außerdem war er schon seit Beginn des Krieges in Warschau stationiert und kannte sich in der Region besser aus als die meisten Einheimischen, sprach sogar ein paar Brocken Polnisch. Es war gut, wenn man jemanden wie Hoffmann kannte; sie waren nicht zum ersten Mal zusammen unterwegs. Als SS-Obersturmführer konnte Hoffmann einen Wagen mit Kraftfahrer anfordern.

Joachim grinste, als er daran dachte, wie er sich damals heimlich nach Tübingen aufgemacht hatte, um als einer der Ersten in den neuen Motorsportklub am Galgenberg einzutreten. Niemals hätte er die Stelle bei der Sicherheitspolizei bekommen, wenn er nicht nur gelernt hätte, wie man ein Motorrad oder einen Kraftwagen steuert, sondern auch, wie die Maschinen zusammengebaut waren und repariert werden konnten. Die SiPo sah sich die Bewerber genau an, da musste alles stimmen, der Stammbaum, die Gesinnung, die Familie, einfach alles; wenn es nicht so verdammt wenige gute Techniker geben würde, hätten die doch niemals über die ständige Nörgelei und Kirchenhörigkeit seiner Eltern hinweggesehen. Der Krieg hatte für ihn durchaus auch sein Gutes gehabt, dachte er, bisher zumindest. Er war endlich raus aus diesem Drecksnest und der ständigen Kontrolle seines Vaters und konnte hier besser leben, als er es sich je vorgestellt hätte. Vermutlich hätte es noch Ewigkeiten gedauert, bis er sich einen eigenen Wagen hätte leisten können, aber hier in Warschau war er im Grunde jeden Tag mit dem Kraftfahrzeug unterwegs. Dafür konnte er die eine oder andere Härte, mit der er im Dienst konfrontiert war, gut verschmerzen. Es war schließlich Krieg, da konnte keiner erwarten, mit Samthandschuhen angefasst zu werden. Erst recht kein Polacke.

»Wie weit ist es noch?«, fragte er.

Hoffmann faltete die Karte auf und tippte mit dem Finger auf einen Fleck, der vermutlich ein Dorf darstellen sollte. »Noch rund fünf Kilometer ... Gleich hinter dem kleinen Wäldchen da musst du abzweigen. Dann geht's über einen besseren Feldweg rein ins Dorf, aber die Karre hier hält das aus, oder?«

Wenn der Feldweg erst noch kam, was war dann das hier? Die Schlaglöcher konnten ja kaum noch schlimmer werden. Joachim schaltete einen Gang herunter, der Motor ruckelte und jaulte, einer der beiden auf dem Rücksitz fluchte leise.

»Verdammte Scheiße, ich hab mir bei deiner Fahrerei das Knie angehauen. Pass doch auf!«

»Kannst ja laufen, wenn mein Fahrstil dir nicht passt.« So ein Jammerlappen, heulte hier rum, weil er sich einen blauen Fleck gefangen hatte! Hoffentlich machte der ihnen nicht die ganze Aktion heute kaputt mit dieser Winselei. Kein Wunder, dass die Polacken keinen Respekt hatten vor der Wehrmacht. Vielleicht hätten sie heute allein losfahren sollen, Hoffmann und er, aber so machte es natürlich immer mehr Eindruck – wenn sie als Gruppe aufmarschierten, konnten diese Drecksbauern gar nicht schnell genug den Schwanz einziehen. Er trommelte mit den Fingern auf dem Lenkrad herum. Dieses widerliche Land machte ihn fertig, der Staub, der graue Himmel. Heute Abend, wenn sie erst wieder zurück waren, würde er sich volllaufen lassen, so voll, dass sie ihn hinterher in seine Stube tragen mussten.

»Ich habe noch nie gesehen, wie man ein Schwein schlachtet«, kam eine zaghafte Stimme von hinten. »Ist bestimmt – bestimmt eine Riesensauerei.«

Was für eine Memme, dachte Joachim verächtlich, und so was zieht für Deutschland in die Schlacht!

»Gut erkannt«, kommentierte Hofmann. »Sauerei wie Sau, Gefreiter Labitz. Aber du brauchst dir nicht in die Hosen zu scheißen, wenn du kein Blut sehen kannst! Wir sind ja nicht so blöd und nehmen die hoch, bevor sie mit der Arbeit fertig sind. Ich will schließlich kein halbes Schwein mit nach Warschau schleppen.«

Schließlich erreichten sie das Dorf, eine schäbige Ansammlung von Holzhäusern und Schuppen, in der Mitte eine winzige Kirche. Die lehmigen Straßen waren ausgestorben; vermutlich hatten sich die Bewohner versteckt, sobald sie den knatternden Motor des Wehrmachtsfahrzeugs näher kommen hörten. Hoffmann warf noch einen kurzen Blick auf seine Karte und sah sich dann mit zusammengekniffenen Augen um.

»Dahinten, rechts hinter der Kirche, Fahrner … das muss es sein. Sieh zu, dass du eine scharfe Bremsung hinlegst am Tor, dann wissen sie gleich, woran sie sind.« Nichts lieber als das, dachte Joachim und grinste. Eine scharfe Bremsung, aber sicher doch!

»Festhalten!«, schnauzte er den beiden Hampeln auf den Rücksitzen noch zu und drückte aufs Gas. Der Motor heulte auf; er hielt auf die Kirche zu, riss den Wagen herum, schleuderte um die Kurve und brachte das Fahrzeug schließlich in einer Staubwolke zum Stehen, exakt vor dem Hoftor, das Hoffmann ihm gezeigt hatte.

»Alle Achtung, Fahrner, was bist du doch für ein Teufelsbraten …« Hoffmann klopfte ihm anerkennend auf die Schultern. »Na, dann mal los, meine Herren.«

Einer der beiden Soldaten fluchte leise, als er aus dem Sitz kletterte. War wahrscheinlich noch nie mit einem echten Kraftfahrer unterwegs gewesen.

Sie marschierten durch den verlassenen Hof (magere Hühner, Dreck, Misthaufen, Jauchegrube, kaputte Schubkarre, Holzrechen) zur Eingangstür. Hinter einem der winzigen Fenster erschien ein erschrecktes Gesicht und zog sich sofort wieder zurück. Joachim schnupperte: Ein eigenartiger Geruch lag in der Luft, nach verbrannten Haaren, zu lange gebratenem Fett und Blut; niemand, der auf einem Bauernhof groß geworden war, konnte auch nur den Hauch eines Zweifels daran haben, dass hier vor Kurzem geschlachtet worden war.

Hofmann grinste zufrieden; ein gieriger Ausdruck lag über seinem Gesicht. »Was hab ich euch versprochen, Kameraden …«

Dann stieß er mit einem einzigen Tritt die Tür auf. »Razzia, ihr Drecksäue! Wer Widerstand leistet, wird sofort erschossen!« Sie stürmten über die Schwelle und fanden sich in einer verrauchten, düsteren Stube wieder, wo sich die verängstigte Bauernfamilie in der Ecke um eine Marienfigur drängte – Mann und Frau gleichermaßen mager und verhutzelt, dazwischen fünf, sechs barfüßige Kinder mit Rotznasen und schmuddeligen Kleidern, das kleinste davon noch bei der Mutter auf dem Arm. Wahrscheinlich hatten sie kein Wort verstanden, aber Hoffmanns Tonfall reichte wohl aus, dass sie wussten, was das Stündlein geschlagen hatte – zwei oder drei der Kinder heulten, der Mann hatte abwehrend die Hände erhoben. Hoffmann nickte seinem Trupp zu, und während er begann, polnische Sätze durch den Raum zu bellen, machten die anderen sich daran, die Wohnung zu durchsuchen, öffneten Kisten und Truhen, fegten das Geschirr von einem Wandbrett, rissen die frommen Bilder von der Wand. Nicht, dass es irgendetwas Wertvolles gegeben hätte, das mitzunehmen oder wenigstens zu zerstören sich gelohnt hätte, dachte Joachim unwillkürlich. Gemessen an diesen Polen lebte seine eigene Familie in Laifingen ein Leben in Saus und Braus.

Die Frau war inzwischen aus ihrer Ecke herausgekommen und hatte ein Gezeter angestimmt, das Joachim durch Mark und Bein ging. Sie schüttelte wild den Kopf, schrie und krümmte sich hin und her, während das Baby auf ihrem Arm mit den Beinen strampelte und wimmernd an seinem winzigen Fäustchen lutschte. Hoffmann machte einen Schritt auf die Bäuerin zu, streichelte dem Kind überraschend sanft über die Bäckchen und sagte dann leise etwas zu ihr. Die Frau verstummte wie vom Schlag getroffen; sie sank auf dem Boden zusammen und drückte das Kind an ihre Brust, so dass es laut aufschrie. In die übrige Familie dagegen schien Leben zu kommen; der Bauer gab Joachim ein Zeichen, ihm nach draußen zu folgen, während eins der größeren Kinder (war es ein Junge? Ein Mädchen? Joachim hätte es nicht entscheiden können) zum Kamin hinüberging, mit einer Art langer Gabel im Rauchfang herumstocherte und nacheinander mehrere Würste und Fleischstücke herunterholte und vor den Deutschen ablegte.

»Na also, warum nicht gleich so«, knurrte Hoffmann. »Los, Fahrner, lass dir von dem Schrumpfkopf zeigen, wo er sein Salzfleisch versteckt hat … Er soll es gleich hinten auf den Wagen laden.«

Joachim folgte dem Bauern über den Hof in einen baufälligen Schuppen; der Mann räumte einen Haufen altes Gerümpel zur Seite, und darunter kam ein Fass zum Vorschein. Joachim warf einen Blick hinein: Gute, eingesalzene Fleischstücke lagen darin, nicht anders, als der Hausmetzger in Laifingen sie einlegen würde, wenn seine Eltern ihr Mastschwein schlachten ließen. Er nickte dem Mann zu und wies auf den Wagen; ohne ein weiteres Zeichen des Widerstands hob der Bauer das Fass hoch, wuchtete es auf seinen Rücken und schleppte es zu ihrem Fahrzeug hinüber, das Fass, das vermutlich einen Großteil des Fleischvorrats für den kommenden Winter enthielt. Wie würde sein eigener Vater darum gekämpft haben, schoss es Joachim durch den Kopf; niemals hätte Georg Fahrner so schnell aufgegeben, wenn es um das Überleben der Familie ging! Aber die Polen waren eben eine hündische Rasse, ohne Mut, ohne Ehre und daran gewöhnt, im Dreck zu kriechen …

Schneller als erwartet waren sie fertig, stiegen wieder in ihren Wagen und fuhren zurück Richtung Warschau.

»Warum haben wir den Mann nicht verhaftet?«, fragte Labitz von der Rückbank. »Schließlich war das Diebstahl an deutschem Volkseigentum, das mit der Schwarzschlachtung.«

Hoffmann lachte gut gelaunt. »Du bist so ein Idiot«, stellte er fest. »Wozu sollen wir den Dreckspolen mitnehmen? Viel besser ist, dass wir jetzt wissen, was für ein feiges Arschloch er ist und wo er wohnt … Jedes Mal, wenn wir wieder in die Gegend kommen, können wir ihn besuchen, und ich versichere dir, er wird sich freuen, uns an seiner jüngsten Gaunerei zu beteiligen, nur damit wir wieder gehen.« Er gähnte. »Höchste Zeit, dass wir zurückkommen. Ich will heute noch ins Kino, Ilse Werner. Das braucht man nach all dem Dreck hier.«

Die beiden Soldaten fingen tatsächlich an zu pfeifen, als müssten sie beweisen, dass sie auch schon einmal im Kino gewesen waren, und dann begannen sie ein angeregtes Gespräch darüber, ob Ilse Werner oder nicht doch eher Zarah Leander die größere Schauspielerin sei …

»Darf ich Sie noch etwas fragen, Obersturmführer?« Joachim hatte seine Hände locker auf dem Lenkrad liegen, für heute war die Arbeit getan.

»Immer frisch heraus, Fahrner! Worum geht es?«

»Was haben Sie den Leuten gesagt, dass die auf einmal so kooperativ waren?«

Hoffmann lachte leise. »Ich habe gesagt, dass ich ihre Kinder in der Jauchegrube ertränke, wenn sie nicht sofort mit dem Theater aufhören und brav das Schweinefleisch verladen, den kleinen Scheißer auf ihrem Arm zuallererst.«

Joachim spürte einen unangenehmen Druck im Magen; ihm wurde schlecht. »Hätten Sie – ich meine jetzt, würden Sie wirklich – also, es sind natürlich nur Polen, aber so ein kleines Kind?«

Hoffmann grinste und antwortete nicht.

Drei Stunden später stand Joachim vor dem mehrstöckigen Wohnhaus in der Lipowa-Straße und klingelte. Man konnte noch gut erkennen, dass das hier einmal ein wohlhabendes Viertel gewesen sein musste mit vornehmen hohen Räumen, Messinglaternen und schmiedeeisernen Geländern an den Balkonen, mit dicken Teppichen, Kristalllüstern, Köchinnen und Dienstmädchen. Na, diese Zeiten waren Gott sei Dank vorbei; seit die Deutschen die Stadt besetzt hatten, wehte ein anderer Wind. Käthes Familie jedenfalls lebte in zwei Zimmern, von denen das größere als Wohnküche mit Schlafbank diente, das andere, winzig kleine als Elternschlafzimmer. Oder aber, wenn Joachim zu Besuch kam, als der Ort, an dem Käthe ihren Beitrag zum Überleben der Familie leistete. Natürlich hieß sie nicht Käthe, aber den polnischen Namen hatte Joachim von vornherein nicht aussprechen können, und der Familienname interessierte ihn nicht. Genauso wenig wie er seinen richtigen Namen genannt hatte, Käthe und ihre Eltern kannten ihn nur als Hans Müller. Je weniger sie wussten, desto weniger konnten sie auch weitergeben.

Die Tür öffnete sich, und fröhlich pfeifend stieg er die Treppe hinauf in den vierten Stock. Von seinem Anteil an ihrer Beute hatte er bereits den größten Teil sehr ordentlich eingetauscht (zwei Broschen hatte er bekommen sowie einen goldenen Maria-Theresia-Taler, die sicher in einer eigens eingenähten Tasche in seiner Uniformhose steckten), und die beiden geräucherten Würste würden ihm ein paar angenehme Bettstunden mit Käthe verschaffen. Obwohl eigentlich eine Wurst ausgereicht hätte, die hatten hier wahrscheinlich seit hundert Jahren keine Wurst mehr in den Fingern gehabt. Aber er war nicht kleinlich, er nicht. Der Alte wartete schon oben am Treppenabsatz, ein krummes Männchen mit schiefen Zähnen und schütterem Haar, den Joachim noch nie anders als im verschlissenen Dreiteiler gesehen hatte.

»Moipanje …« Der Alte nuschelte sein Kauderwelsch und winkte ihn herein; auch nach drei Jahren Besatzung sprach er noch kein verständliches Wort Deutsch. Wahrscheinlich war er einfach schon so verkalkt, dass er nichts mehr dazulernen konnte. Joachim konnte sich beim besten Willen nicht vorstellen, wie dieser Mann irgendwann einmal seinen Lebensunterhalt verdient hatte. Käthe und die Frau sahen auf, als er die Wohnung betrat. Offensichtlich hatten sie eben gegessen; die beiden waren mit Abwaschen beschäftigt, und es roch unappetitlich nach Kohl.

»Mach das Fenster auf, hier stinkt's«, sagte Joachim und ließ sich auf die Schlafcouch fallen. »Und sieh zu, dass ihr fertig werdet. Ich hab nicht viel Zeit.«

Er beobachtete das Mädchen, wie sie sich die Hände ordentlich abtrocknete, das Fenster öffnete und dann zögernd zu ihm herüberkam. Wie war es nur möglich, dass zwei solche Schreckgespenster wie die Alten (auch die Mutter sah so aus, als wäre sie schon einmal beerdigt worden) ein so zartes Wesen wie Käthe in die Welt gesetzt hatten? Aber vielleicht lag es ja nur am Alter. Vielleicht war auch die Alte mit siebzehn, achtzehn so unverschämt blond und blauäugig gewesen. Joachim klopfte auf seinen Schoß. »Hierher.«

Vorsichtig ließ das Mädchen sich nieder; auch sie roch nach Kohl. Joachim verzog das Gesicht und gab ihr einen leichten Klaps.

»Dich kann man ja mit der Kneifzange nicht anfassen! Geh dich waschen und nimm das Parfum, das ich dir mitgebracht habe! Und mach schnell, ich habe keine Lust, stundenlang in diesem Dreckslock zu warten.«

Erschreckt verschwand Käthe hinter einem Vorhang; man hörte Wasser in eine Schüssel laufen. Na also, dachte Joachim, zog die beiden Würste aus der Tasche und warf sie auf den Esstisch. »Hier!«

Die beiden Alten stießen laute Entzückensschreie aus, und bevor Joachim es verhindern konnte, hatte die Frau sich seine Hand gegriffen und unter unverständlichem Gebrabbel geküsst. Angewidert zog er die Hand zurück.

»Fass mich nicht an!«

Sie sah ihn an, als wäre er der Heilige Geist persönlich. Endlich wurde der Vorhang zurückgezogen, und Käthe kam wieder heraus, das Gesicht noch gerötet vom kalten Wasser, die Augen glänzend, als hätte sie irgendetwas hineingetupft.

Joachim stand auf. »Na, dann wolln wir mal«, sagte er, öffnete die Tür zum Schlafzimmer (Gott sei Dank waren die Betten gemacht) und schob das Mädchen hinein. Aus dem Augenwinkel sah er noch, wie der Alte nach einer Kerze griff; Käthes Eltern pflegten vor der unvermeidlichen Madonna in der Ecke zu knien und zu beten, solange Joachim mit ihrer Tochter beschäftigt war. Sollten sie ruhig, Hauptsache, sie fingen nicht an zu singen! Das hatte er gleich beim ersten Mal klargestellt. Leise beten ja, warum nicht, aber kein wie auch immer geartetes Geheul und Gejammer.

Er ließ sich auf das Bett fallen und beobachtete Käthe dabei, wie sie sich auszog, das schäbige Kleid, die Strümpfe, die erstaunlich reichhaltige Unterwäsche.

»Die Stiefel, Pan Müller?«, fragte das Mädchen schließlich und griff schon nach dem ersten. Joachim nickte; er liebte es, wenn sie nackt vor ihm stand und ihm die Schuhe auszog. Ob er es jemals schaffen würde, Charlotte dazu zu bringen? Aber es war nicht klug, jetzt an Charlotte zu denken. Stattdessen zog er die Kleine zu sich herunter und legte ihre Hände auf seinen Hosenbund.

»Mach schon … hol ihn raus …« Oh, das war gut, dachte er kurze Zeit später, als er ihre Lippen spürte, das war so verdammt gut –

Und das alles für zwei hundsgemeine polnische Würste.

Es war schon dunkel, als Joachim wieder zu seiner Unterkunft zurückkehrte – nach dem Besuch bei Käthe war er noch kurz zu den Sportanlagen gegangen, um dort die Gemeinschaftsduschen zu nutzen. Was für ein Tag! Hatte er zu Hause jemals einen besseren erlebt? Er musste unbedingt darauf achten, den Kontakt zu Hoffmann nicht einschlafen zu lassen. Der Mann war ein Genie, was das Organisieren anging.

Beck war schon in ihrem Zimmer, als Joachim hereinkam, um die verschwitzte Uniform auszuziehen.

»Telegramm für dich, Sportsfreund«, sagte er und deutete mit dem Kopf auf das Kuvert auf Joachims Bett. »Dachte erst, ich mach's selbst auf, aber dann hab ich mich zusammengerissen.«

»Dein Glück«, kommentierte Joachim, während sein Magen sich zusammenzog. Ein Telegramm, was sollte das bedeuten? Etwas Gutes sicherlich nicht. Mit zitternden Fingern riss er den Umschlag auf, zog das Telegramm heraus und las: d e i n v a t e r v o n g e s t a p o a l s d e f ä t i s t v e r h a f t e t t u w a s d u k a n n s t c h a r l o t t e.

»Verdammte Scheiße!«, brüllte er und knüllte das Telegramm zusammen.

»Einer gestorben?«, fragte Beck interessiert. Joachim sah ihn wütend an.

»Das geht dich einen Scheißdreck an!« Wenn Beck es nicht sowieso schon wusste; wenn es nicht sowieso der ganze Standort schon wusste, was irgend so ein Trottel im Fernmeldeamt mitgeschrieben hatte! Joachim wurde es heiß und kalt. Wie hatte Charlotte nur so – so dumm sein können, ihm dieses Telegramm zu schicken?! Konnte sie sich nicht denken, was für Konsequenzen das für einen SS-Mann haben konnte? Und erst sein Vater! Natürlich, mit Nationalsozialismus hatte der noch nie viel am Hut gehabt, aber dass er gleich die ganze Familie so in Gefahr brachte, hätte Joachim niemals geglaubt. Die ganze Familie und die berufliche Zukunft des eigenen Sohnes. Er knirschte mit den Zähnen und setzte sich auf das Bett. Irgendetwas musste er tun, irgendwie seinen Namen reinwaschen und die ganze Sache erledigen, bevor sie alle über ihn lachten. Irgendetwas – Hoffmann fiel ihm ein, aber der hatte keine Beziehungen in Tübingen, war vielleicht auch ein zu kleiner Fisch, aber Wagner – Wagner müsste etwas tun können. Wagner würde ihm helfen, garantiert. Er stieß einen Seufzer der Erleichterung aus. Wagner würde die Sache für ihn deichseln, und mit seinem Vater und Charlotte würde er Klartext reden, sobald er das nächste Mal wieder zu Hause war.

»Üble Sache, Fahrner … Hätte ich gar nicht erwartet, dass so etwas in Ihrer Familie möglich ist.«

Joachim ballte die Faust in der Tasche. Nachdem er endlich seine Mutter am Telefon gehabt hatte (der Metzger Gerlach war der Einzige in Laifingen, der einen Fernsprechanschluss besaß, und musste Marie Fahrner erst von zu Hause an den Apparat holen), hatte er ja selbst seinen Ohren kaum getraut.

»Ich auch nicht, Herr Oberst. Aber mein Vater ist ein schwäbischer Sturkopf, der nie gelernt hat, dass er auch einmal das Maul halten muss.«

»So …« Unerträglich gönnerhaft sah Wagner zu ihm herüber; er hatte Joachim in sein Büro bestellt und tatsächlich in voller Uniform antreten lassen. »Und das gerade jetzt, wo wir alle Kräfte zusammennehmen müssen … Vermutlich will die Gestapo ein Exempel statuieren und zeigen, dass Defätismus nicht geduldet wird.«

»Mein Vater ist ein überzeugter Nationalsozialist«, zwang sich Joachim zu sagen. »Ein deutscher Bauer, der die heimische Scholle beackert und '17 in den Ardennen schwer verwundet worden ist. EK eins. Egal, was er auch immer zu seinen Betbrüdern gesagt hat, in seinem Herzen ist er immer ein überzeugter Deutscher gewesen.«

»Ein Kirchgänger?« Wagner hatte die Augenbrauen hochgezogen, Joachim schüttelte hastig den Kopf.

»Nur meiner Mutter zuliebe, Herr Oberst. Sie hat den Heldentod meines ältesten Bruders nicht verkraftet und sucht Trost bei der Kirche. Mein Bruder ist vor einem halben Jahr an der Ostfront gefallen.«

»Schrecklich.« Wagner spielte mit dem Stift in seinen Händen. »Und, Fahrner, wenn ich mich für ihn einsetze – können Sie mir garantieren, dass er danach keinen Ärger mehr machen wird?«

»Selbstverständlich, Herr Oberst. Dafür werde ich sorgen.«

Wagner nickte unmerklich. »Nun gut … Ich werde sehen, was ich tun kann. Ich kenne einen oder zwei Beamte in Stuttgart – aber ich kann nichts versprechen! Und ich gehe davon aus, Fahrner, dass die Sache erstens unter uns bleibt und ich zweitens jederzeit auf Ihre Unterstützung und Erfahrung im Umgang mit meinem Kraftfahrzeug zählen kann?«

Joachim schlug die Hacken zusammen. »Ich danke vielmals, Herr Oberst! Immer zu Ihrer Verfügung!«

Wagner lächelte. »Na dann. Weggetreten, Fahrner. Und lassen Sie sich den Tag nicht versauen.«

16

Der November lag auf den Feldern wie eine nasse Wolldecke. Sie hatten die letzten Spätkartoffeln eingeholt und den Großteil davon zur Sammelstelle gebracht, denn wie Eier, Milch und Getreide unterlagen seit einigen Monaten auch die Kartoffeln der staatlichen Bewirtschaftung und mussten zum Festpreis abgeliefert werden; nur was als Saatkartoffeln und für den Eigenbedarf benötigt wurde, durfte zurückgehalten werden. Die letzten Reste vom Kartoffelkraut mussten vom Feld geeggt werden. Der Bauer war nach vier Wochen immer noch nicht entlassen worden, aber die Arbeit konnte nicht warten. Tomasz schirrte die Rinder an und ließ es zu, dass Hans und Emil auf dem Drahtrahmen standen, den sie als Egge benutzten.

»Aber aufpassen, hört ihr? Aufpassen und nicht runterfallen!«

Den beiden tat es gut, dass sie einmal ein bisschen Ablenkung hatten. Auf dem Hof gab es keine Ecke, in der Georg Fahrners Abwesenheit nicht zu spüren war, im Haus, im Stall, in der Scheuer. Am schlimmsten war es bei den Mahlzeiten – Marie bestand darauf, auch den Platz ihres Mannes zu decken (schließlich konnte er jede Sekunde zur Tür hereinkommen, oder etwa nicht?) und Tischgebet und Andacht immer weiter auszudehnen und zu verlängern, so dass die Suppe längst nicht mehr heiß war, wenn sie endlich auf dem Teller landete. Die Zwillinge saßen mit aufgerissenen Augen dabei, und nicht nur Emil musste sich anstrengen, seine zitternde Unterlippe zu verbergen. Tomasz hätte ihnen gewünscht, dass sie das drohende Unheil wenigstens für kurze Zeit hätten vergessen dürfen, aber das ließ ihre Mutter nicht zu. Als ob es einen Unterschied machte! Als ob Fahrners Chancen, heil und unversehrt zurückzukehren, von den bangen Gebeten seiner Familie abhängig wären oder von der verbissenen Inbrunst, mit der seine Frau jeden Abend sein Foto küsste! Aber Marie machte immer weiter, und alle fügten sich, beteten brav um seine baldige Wiederkehr und wagten es nicht, die Frage auszusprechen, die ihnen unentwegt im Kopf herumspukte – wie es weitergehen sollte, wenn der Bauer gar nicht wiederkam, sondern auf unabsehbare Zeit in irgendeinem Lager verschwand.

Tomasz erinnerte sich, dass das Wort »Lager« eins der deutschen Worte gewesen war, die wirklich jeder in Warschau kannte. Nachdem er das Durchgangslager in Bietigheim erlebt hatte, sträubten sich ihm schon beim Gedanken daran die Haare. Alles war besser als ein Lager, vielleicht sogar der Friedhof. Und wenn Fahrner inhaftiert blieb und der Hof nicht mehr bewirtschaftet werden konnte, dann würden auch Jan und er selbst wieder in ein Lager verfrachtet werden. Die Flugblätter, die er regelmäßig aufsammelte, ließen keinen Zweifel daran, dass die Nazis inzwischen alle verfügbaren Kräfte in die Rüstungsindustrie steckten: Der Vormarsch der Wehrmacht war sowohl im Kaukasus als auch in Nordafrika zum Stillstand gekommen, aber der größenwahnsinnige Hitler und seine Generäle dachten nicht daran aufzugeben, sondern planten ihren Krieg noch größer, noch länger, noch blutiger als je zuvor. Wenn es hier nichts mehr für sie zu arbeiten gab, dann würden sie sich in kürzester Zeit in einem Rüstungsbetrieb wiederfinden, wo die Lebensbedingungen für Fremdarbeiter unvergleichlich schlechter waren als hier auf dem Hof. Tomasz hätte gern mit Janek darüber gesprochen, aber seit ihrem Streit ging der Junge Gesprächen aus dem Weg. Und in seinem Verhalten Eva gegenüber hatte sich nichts geändert, jedenfalls nicht zum Positiven.

Eva hatte allerdings kaum noch Zeit für vertrauliche Gespräche und gefährliche Treffen unter dem Herbstmond. Sie war diejenige, die die Leitung des Betriebs übernommen hatte, denn ihre Mutter zog sich von Tag zu Tag weiter in sich selbst zurück. Sie entschied, was jeden Tag zu tun war, organisierte die Arbeit, schickte die Zwillinge zur Schule und schrieb Eingaben an die Gestapo in Tübingen, auf die nie eine Antwort kam. Sie aß wie ein Spatz und war bis Mitternacht im Haus beschäftigt, und die Ringe unter ihren Augen ließen sie fast aussehen wie eine Vierzigjährige. Es war ein Segen, dass Charlotte inzwischen so viel Zeit auf dem Hof verbrachte und erst spät am Abend wieder nach Hause ging. Natürlich war sie kein Bauernkind wie Eva und die schwere Arbeit nicht gewöhnt, außerdem stellte sie sich in vielem noch ungeschickter an als Janek, aber Eva schien es einfach gut zu tun, sie an ihrer Seite zu haben. Und ihm selbst, stellte Tomasz verwundert fest, tat es auch gut. Charlotte hatte etwas Kratzbürstiges, Widerspenstiges, das sich nicht unterkriegen ließ, sondern sie im Gegenteil erst recht dazu anstachelte, nicht aufzugeben. Sie übernahm das Regime in der Küche und schob Marie Fahrner freundlich, aber bestimmt aus dem Weg, kümmerte sich um die Hausaufgaben der Zwillinge, dämpfte die Kartoffeln für das Schweinefutter und wagte sich sogar an die Waschbütte, stets unterstützt von einem kleinen Büchlein, das sie in der Schürzentasche bei sich trug: »Der Hausarbeitslehrling im ländlichen Haushalt«, ein Lehrbuch, das der angehenden deutschen Jungbäuerin die Mangelwirtschaft schmackhaft machen sollte.

»*Nichts darf in unserem Vaterlande umkommen*«, las sie vor und verdrehte die Augen. »*Im kleinsten Haushalt wie im größten Gutshof muss uns der Gedanke beherrschen: Kampf dem Verderb an jeder Stelle!*«

Eva lachte. »Steht auch irgendetwas Brauchbares drin?«

»Na klar, jede Menge: ›*Hell prasseln die Sonnwendfeuer. Es ist ein weihevoller Moment, wenn der Bauer vor dem reifenden Acker steht und spricht: Das walte Gott!*‹ Quatsch, das ist ja für den Sommer. Aber hier: ›*In der Spinnstube. Lustig wird es dort, wo die Burschen zu später Stunde mit Fiedel und Ziehharmonika ihre fröhlichen Schnaken singen, die Mädel necken und zum Tanze locken!*‹ Hast du jemals eine Schnake gesungen, Thomas?«

Tomasz schüttelte verwirrt den Kopf. »Ich denke, Schnake sticht«, sagte er. »Oder?«

»Genau.« Charlotte gähnte. »Ich muss nach Hause, sonst falle ich um.«

»Vielleicht singt Hermann ja eine Schnake für dich, wenn du ihn darum bittest«, sagte Eva und grinste.

»Hermann? Das walte Gott! Der singt nur *Die Fahne hoch.*«

»Willst du ein Fässchen Apfelmost mitnehmen? Wenn du schon den ganzen Tag hier schaffst, sollst du auch etwas davon haben.«

»Gern. Wenn es mir jemand nach Hause trägt, ich bin zu müde.«

»Ich kann machen.« Tomasz knöpfte seine Jacke zu. »Von den Fässchen in Keller?«

»Genau.«

Als sie losgingen, lag das Dorf in der absoluten Verdunklungs-Finsternis, an die sie sich allmählich gewöhnt hatten. Anfangs hatten die Laifinger die Verdunklungspflicht nicht sonderlich ernst genommen, aber die zunehmenden Fliegerangriffe in der Region Stuttgart sowie die Kontrollen durch Trupps von übereifrigen Hitlerjungen hatten dafür gesorgt, dass inzwischen jedes Fenster ordnungsgemäß zugehängt war.

»Trinkt dein Familie gern Most?«, fragte Tomasz

Charlotte beleuchtete mit der alten Stalllaterne den Weg. »Mein Vater, ja. Ich mag es nicht besonders, aber für meinen Vater ist es der reinste Nektar. Das ehrliche Getränk des schwäbischen Bauern, so nennt er es. Wein sei erst durch die Römer ins Land gekommen, aber Apfelmost hätten schon die Germanen getrunken.«

»Ist ein echter Germane, dein Vater, oder? Was sagt er, dass du bist so viel Zeit bei uns?«

»Ist mir egal, was er sagt. Außerdem nimmt er mich sowieso nur dann zur Kenntnis, wenn er etwas von mir will. Für den gibt es nur Hermann, den Fähnleinführer.«

Tomasz stolperte über einen Stein und fluchte leise.

»Scheißdunkel!«

»Mein Bruder Hermann ist immer noch stolz darauf, dass er den Schneck zur Strecke gebracht hat«, sagte Charlotte.

»Zur Strecke gebracht?«

»Na, bei der Polizei angezeigt, weil er nicht verdunkelt hatte. Der Schneck ist einer, der sich nicht gern reinreden lässt … was man im Dorf so schwätzt. Angeblich hat er früher eine rote Fahne in der Stube hängen gehabt und für die Kommunisten gestimmt, aber nach der Machtübernahme durch die Bewegung konnte man ihm nichts nachweisen. Klar, dass Hermann und seine Jungs bei dem besonders oft vorbeimarschiert sind! Schließlich musste er zwanzig Reichsmark Strafe zahlen.«

»Netter Kerl, dein Bruder!«

»O ja. Hermann ist so ein Hundertfünfzigprozentiger, der geht noch mit der Hakenkreuzbinde ins Bett! Ich bin sicher, der würde keine Sekunde lang überlegen, was er tun sollte, wenn er mich – « Sie blieb plötzlich stehen. »Thomas?«

»Ja?«

»Nichts.« Sie kaute unentschlossen auf ihrer Unterlippe.

»Du bist kein Hundertfünfzigprozentige, oder?« Tomasz stellte das Fässchen ab und rieb sich die Schulter.

»Ich? Hundertfünfzigprozentig bestimmt nicht. Ich weiß oft nicht, was ich denken soll ... Früher war es viel einfacher, aber jetzt, wo sie Joachims Vater abgeholt haben – « Sie holte tief Luft. *Entscheide dich!* »Es tut mir leid, dass ich gedacht habe, du hättest mich angelogen, weil du – nur weil du ein Pole bist.«

»Wegen dem Deutsch sprechen?«

»Nein, das ist doch egal. Wegen deinem Freund in Polen. Dass sie ihn umgebracht haben, weil er Jude war.« Sie standen auf dem Dorfplatz, die Hitlerlinde über ihren Köpfen war längst schon kahl, und der Wind raschelte in den letzten Blättern, die noch niemand zusammengefegt hatte.

»Und?«

»Ich konnte das nicht glauben, verstehst du? Dass so schreckliche Dinge in Polen passieren und überhaupt! Ich *wollte* das nicht glauben. Wo doch auch Joachim in Polen ist. Aber jetzt – « Der klägliche Schein der Laterne geisterte über das Kopfsteinpflaster.

»Jetzt was?«

»Jetzt denke ich, dass es stimmt.«

»Warum? Warum glaubst du auf einmal?«

»Ich hab's im Radio gehört, heimlich ... BBC.«

Er fasste sie am Arm, unwillkürlich zuckte sie zurück.

»Du hast BBC gehört? Was noch? Was sagen sie von Krieg? Von Polen?«, stieß er hervor. »Sag mir, Charlotte! Ich muss wissen!« Er war wie elektrisiert, wie ausgewechselt. Sie spürte, wie die Erregung seinen Atem schneller machte, den Griff um ihren Arm verstärkte. Plötzlich hatte sie Angst vor ihm, wünschte, sie hätte dieses Gespräch nie begonnen.

»Von Polen? Ich weiß nicht. Sie sprechen nicht viel über Polen. Sie reden meistens davon, dass die Regierung lügt, dass es an der Ostfront viel schlechter steht, als sie uns erzählen … Und dass sie Rommel geschlagen haben, in Nordafrika.« Sie hielt inne. Es war schwierig zu erklären, welche der Nachrichten es genau gewesen war, die ihr ganzes Weltbild ins Wanken gebracht hatte – sie wusste es ja nicht einmal selbst.

Tomasz ließ ihren Arm los und fuhr sich mit den Händen durch die Haare.

»Sie sprechen nicht viel über Polen«, wiederholte er fast tonlos. »Ist nicht so wichtig, Polen. Ob es gibt oder nicht.« Er starrte in die Richtung, wo an Festtagen die Fahnen an der Rathausfassade flatterten, das schwarze Hakenkreuz im weißen Kreis auf rotem Hintergrund, rot wie Blut. »Aber vielleicht ist Krieg bald zu Ende, oder?« Sie zuckte unsicher mit den Schultern. »Danke, dass du mir gesagt hast.« Plötzlich beugte er sich vor und flüsterte in ihr Ohr. »Bist du vorsichtig, Charlotte, ja? Erzähl es nicht, dass du hörst BBC. Ist gefährlich.«

Sie lachte kurz auf, ihre Angst war verflogen. Wie hatte sie Angst haben können vor diesem Mann, mit dem sie jeden Tag zusammenarbeitete, der ihr mittlerweile vertrauter war als ihr eigener Bruder?

»Das weiß ich selbst. Ich bin ja kein Kind mehr. Natürlich spreche ich nicht darüber, schon gar nicht zu Hause! Ich mache es so, dass niemand es mitbekommt.«

Er sah sie ernst an. »Aber mir hast du erzählt, Charlotte.« Für einen Moment legte er seine Hand an ihre Wange. »Mir hast du erzählt.«

»Ja.« Sie zögerte kurz. Sie hatte vorher noch nicht gewusst, wie sehr ein gefährliches Geheimnis zwei Menschen miteinander verbindet. Vielleicht, weil es vorher keine gefährlichen Geheimnisse gegeben hatte. »Bitte verrate mich nicht.«

Er zog die Hand zurück, bückte sich nach dem Fässchen. »Nein. Natürlich nicht.«

Georg Fahrner kam Mitte November nach Hause, genau an dem Tag, an dem der Hausmetzger da war, um die Herbstsau zu schlachten. Es war nicht möglich, zwei Schweine durch den Winter zu füttern; immer schon war eins zu Beginn der kalten Jahreszeit geschlachtet worden, weil das frische Fleisch sich dann besonders lange hielt. Seit Einführung der Bewirtschaftung musste zuvor auf dem Rathaus ein Schlachtschein beantragt werden, in den das exakte Lebendgewicht der betreffenden Sau einzutragen war; das wurde dann auf die Fleischmarken der damit zu versorgenden Personen angerechnet. Die öffentliche Viehwaage befand sich in der Ortsmitte in einem kleinen Holzschuppen etwa sechshundert Meter vom Fahrnerhof entfernt; Tomasz und Janek trieben das laut kreischende Schwein, dem sein Schicksal irgendwie zu dämmern schien, durchs Dorf und dann in die geeichte Waagenkiste. Nach dieser Prozedur wusste das ganze Dorf, dass es in den nächsten Tagen frische Metzelsuppe vom Fahrnerhof geben würde.

Charlotte war dankbar, dass sie bis gegen Mittag arbeiten musste und deshalb nicht dabei sein konnte, als der Metzger die Sau mit einem Bolzenschuss tötete. Vor zwei Jahren hatte sie einmal den gesamten Schlachttag miterlebt, und die Prozedur stand ihr noch allzu lebhaft vor Augen, angefangen bei dem Moment, in dem die panische Sau wild um sich gebissen und Joachim am Bein erwischt hatte, bevor die Männer sie bändigen konnten.

Als sie an diesem Tag den Fahrnerhof betrat, war die ganze Familie unter Anleitung des Metzgers bereits in der Waschküche mit dem Wursten beschäftigt, während Tomasz und Jan in einer Ecke draußen noch die Därme ausspülten. Der ausgenommene Schweinekadaver hing an den gespreizten Hinterläufen zum Auskühlen am sogenannten Galgen, und Charlotte konnte nicht verhindern, dass das nackte Fleisch sie an einen menschlichen Körper erinnerte – so wehrlos, so ausgeliefert.

In einem wassergefüllten Eimer schwamm der abgetrennte Kopf (das widerliche Geräusch, mit dem der Metzger damals die Halswirbelsäule durchgehauen hatte!). Sie bemühte sich, nicht hinzusehen, holte sich eine Schürze aus der Diele und ging in die Waschküche.

»Ah, Lotte, gut, dass du kommst«, begrüßte sie Marie Fahrner. Der Schlachttag tat ihr sichtlich gut: Die hochgesteckten Haare unter einem alten Kopftuch verborgen, die Ärmel hochgekrempelt, drehte sie das abgekochte Kesselfleisch durch den Wolf, wie sie es schon Dutzende von Malen in ihrem Leben getan hatte, und wirkte tatkräftig und energisch wie lange nicht mehr. »Ich dachte erst, du wärst der Fleischbeschauer, aber der hat's mal wieder nicht eilig. Hier, du kannst Zwiebeln hacken für die Wurst …«

Das typische Geruchsgemisch von Kot, Blut und Fett lag in der Luft; der Boden war glitschig, und auch die aufgebockte Holzplatte, die als Arbeitstisch diente, fühlte sich fettig an. Charlotte holte sich ein Messer, setzte sich neben Eva an den Tisch und griff nach dem Zwiebelkorb. Schon nach wenigen Minuten liefen ihr die Tränen die Wangen herunter.

»Habt ihr keine Petersilie?« Horst Gerlach, der nicht nur Metzger war, sondern auch die Gastwirtschaft Hirsch betrieb, stand in seinem Gummikittel vor einer großen Schüssel und knetete den Wursttteig. Er war schon über siebzig, aber seit sein Sohn und Nachfolger eingerückt war, hatte er die Hausmetzgerei wieder übernommen, auch wenn seine zittrigen Hände nicht mehr so sicher waren wie früher. Angeblich hatte er schon einmal drei Versuche für eine einzige Sau gebraucht. »Ein bisschen Petersilie würde der Leberwurst ganz guttun.«

Marie drehte sich zu den Zwillingen um, die sich neben dem Waschkessel postiert hatten, wo schon Innereien, Schwarten und Beinfleisch für Schwarzwürste und Metzelsuppe kochten. Vermutlich hofften sie darauf, sich in einem unbeobachteten

Augenblick ein Fleischstückchen herausangeln zu können – frisches Schlachtfleisch hatte es seit dem Frühling nicht mehr gegeben.

»Holt dem Horst Petersilie aus dem Garten, ihr zwei! Und fragt den Thomas, wie weit sie mit den Därmen sind, wir wollen gleich die ersten Würste abfüllen.« Unwillig trotteten die Jungen nach draußen und waren kaum aus dem Blickfeld verschwunden, als ein lautes Gebrüll ertönte.

»Was um alles in der Welt –?«, murmelte Marie und ließ verwirrt ihre blutverschmierten Hände sinken. In dem Augenblick hinkte Georg Fahrner zur Waschküchentür herein, stellte seine Reisetasche auf den klebrigen Boden und blieb einfach stehen, ohne jemandem ins Gesicht zu blicken.

»Georg! Mein Gott, Georg …« Es dauerte keine Sekunde, da war Marie bei ihm, hatte ihm die Arme um den Körper geschlungen, bedeckte sein Gesicht mit Küssen, verteilte Schweinebrät auf seinen Haaren und Kleidern. »Dass du wieder da bist, Georg … dass du nur wieder da bist! Und so mager, mein Liebster, so schrecklich mager …«

Georg antwortete nicht, aber nach ein paar Minuten ließ er sich auf einen der Hocker fallen, schlug die Hände vors Gesicht und schluchzte. Marie zog seinen Kopf an ihre Brust und wiegte ihn hin und her.

»Es wird alles gut, mein Liebling, wird ja alles gut …«

Der Metzger starrte ratlos in seine Wurstmasse, Eva stand auf und ging zu ihren Eltern hinüber. Charlotte wusste nicht, was sie tun sollte. Bei aller Erleichterung darüber, dass Joachims Vater zurückgekehrt war, hatte sie doch gleichzeitig das Gefühl, Zeuge zu werden von etwas Intimem, das sie eigentlich nichts anging – noch nie zuvor hatte die zurückhaltende Marie Fahrner ihre Gefühle so unverhohlen, so hemmungslos preisgegeben. Es war so ungewöhnlich, als würde sie nackt durchs Dorf laufen. Auch Eva schien das zu spüren, denn sie redete leise auf ihren Vater ein, bis der sich langsam wieder erhob und an der Hand von Frau und Tochter nach draußen ging.

»Und jetzt?«, wandte sich Gerlach an Charlotte, als wäre das Kommando automatisch an sie übergegangen. »Machen wir weiter, oder lieber nicht?«

Charlotte nickte energisch. »Natürlich machen wir weiter. Was sollten wir sonst tun?«

Immer machte man weiter, egal, was geschah, das lernten schon die Kleinsten in der Schule. Man machte weiter, wenn aus Freunden Volksverräter wurden und aus Polizisten Henker, machte weiter, wenn Väter und Brüder und Söhne irgendwo im Osten für immer verschwanden, machte weiter, wenn man selbst alle Ideale, alle Ziele, alle Träume auf den Müllhaufen geworfen hatte und längst nicht mehr wusste, wozu: machte weiter.

Charlotte war erleichtert, dass Marie und Eva bald zu dem Fleischberg in die Waschküche zurückkehrten – allein hätte sie nicht gewusst, was zu tun war, und der Metzger schien keine Lust zu haben, selbst die Initiative zu ergreifen. Georg müsse sich ausruhen und liege im Bett, erklärte Marie. Er freue sich schon auf das Kesselfleisch zum Nachtessen. Ihr Gesicht leuchtete.

»Gut, dass wieder zurück ist«, sagte Jan und schob sich verstohlen ein Stückchen Blutwurst in den Mund. »Ich habe gebetet, jede Abend!« Marie strich ihm gerührt über den Kopf.

»Da hast du recht getan! Du bist ein guter Junge. Iss nur, heute soll keiner hungrig zu Bett gehen!«

Charlotte wäre mit ihrem Topf voller Metzelsuppe gern vor dem Abendessen nach Hause gegangen und hätte der Familie ihre Ruhe gelassen, aber der Brauch wollte es, dass alle Helfer gemeinsam den Ertrag ihrer Arbeit genossen, und Marie wäre es nicht im Traum eingefallen, von diesem Brauch abzusehen, erst recht nicht an so einem Tag. Sie nötigte auch den Metzger, noch zu bleiben, und deckte den Tisch mit dem guten Geschirr, das sonst nur an Feiertagen auf den Tisch kam. Georgs Platz wurde mit Blumen bekränzt und aus irgendeinem Versteck im Keller noch eine Flasche Vorkriegswein hervorgekramt.

»Zu Ehren deiner Wiederkehr!«, verkündete Marie und drückte ihrem Mann den Korkenzieher in die Hand.

Ungeschickt setzte er ihn an, der Korken zerbröselte. Mager war der alte Fahrner geworden, dachte Charlotte, als sie ihn an seinem Ehrenplatz sitzen sah, der ihm irgendwie zu groß zu sein schien, mager und grau. Nicht nur die Haare, nein, auch die Gesichtshaut und die Augen wirkten grau, selbst die Stimme, wenn er denn überhaupt einmal etwas sagte. Er aß hastig, wie jemand, der Angst hat, man könne ihm den Teller wieder wegnehmen, und als seine Frau versuchte, ihm das Fleisch zu schneiden, nachdem ihm zum zweiten Mal das Messer aus der Hand gefallen war, stieß er sie grob zur Seite.

»Was hast du denn, Georg? Ich will dir doch nur helfen …«

Ein Gespräch wollte nicht in Gang kommen, und auch Charlotte fiel nichts ein, worüber sie hätte sprechen wollen, außer der Frage, die niemand stellte: Was nämlich Georg Fahrner widerfahren war während seiner Haft, warum man ihn entlassen hatte und ob man damit rechnen musste, dass noch etwas hinterherkam.

»Noch jemand vom Kesselfleisch?« Eva hielt den großen Löffel in der Hand und füllte reichlich nach; die Polen, Hans und Emil aßen wie die Scheunendrescher, während der Metzger die Knochen auf seinem Teller hin und her schob und offenbar nur auf die passende Gelegenheit wartete, sich verabschieden zu können. Für ihn war es auch nicht das einzige Schwein, das er in diesen Wochen schlachten würde, nicht das einzige Kesselfleisch, mit dem er sich den Magen vollschlagen konnte.

»Ich geh dann mal, Marie, Georg«, sagte er schließlich und stand auf. »Gewöhn dich schnell wieder ein, Fahrner!

Ist gut, dass du zurück bist und hier nach dem Rechten sehen kannst … bevor die Polen deinen Hof noch ganz übernommen haben.« Sie hörten seinen schweren Schritt noch in der Diele; danach war es noch schweigsamer als vorher.

»Hast du in einem richtigen Gefängnis gesessen, so mit Gittern vor der Tür?«, fragte Hans in die quälende Stille hinein. »Gab es da auch echte Mörder? Und hast du versucht, mit deinem Löffel einen Tunnel nach draußen zu graben?«

Georg Fahrner sah ihn an, als hätte er ihn noch nie zuvor gesehen. Lautlos bewegte er die Lippen, während Hans' verwirrte Augen sich allmählich mit Tränen füllten.

»Vater muss ins Bett«, entschied Marie schließlich und tippte Georg auf die Schulter. »Komm, ich bring dich hoch!«

Fahrner stützte sich mit beiden Händen auf den Tisch und erhob sich schwankend. »Gute Nacht«, flüsterte er und folgte seiner Frau.

17

Es kam einem Wunder gleich, dass Joachim zu Weihnachten 1942 einen Heimaturlaub bewilligt bekam, vor allem nach dieser Geschichte mit dem Telegramm. Entweder war es Wagner gelungen, die Sache sehr diskret zu regeln, oder aber an höherer Stelle war man der Meinung, dass die Verdienste des SS-Unterscharführers Joachim Fahrner die Verfehlungen seines Vaters, des pflichtvergessenen Volksgenossen Georg Fahrner, mehr als aufwogen. Egal. Zum ersten Mal seit neun Monaten – waren es wirklich schon neun Monate? – fuhr er nach Hause, und er würde den Teufel tun und sich allzu lange mit der Frage herumschlagen, warum und wieso. Die Züge Richtung Westen waren brechend voll; Zivilisten, Wehrmachtsangehörige, Drückeberger jeder Sorte hatten es eilig, den rauen Osten so schnell wie möglich zu verlassen, blockierten Bahnhöfe, Gänge, Türen, Abtritte, Gepäcknetze, kurz, es herrschte ein Chaos, wie es in der Garnison nie geduldet worden wäre. Aber Joachim hatte nicht umsonst die letzten Monate in Warschau verbracht; er wusste, wie man sich durchsetzt. Meist reichte schon ein scharfer Befehlston aus, und die Jammerlappen kuschten und ließen ihn vorbei. Nur ein Mal hatte er kurz mit seiner Dienstwaffe herumspielen müssen, und ein anderes Mal hatten ihn Kameraden mitsamt seinen zwei Koffern durch das Fenster in ein völlig verstopftes Abteil hineingezogen, in Litzmannstadt war das gewesen.

Wie gut es tat, dieses verdammte Polen mit seinem Dreck und seinen Ruinen einmal hinter sich zu lassen! Deutschland, sein Deutschland, das hinter dem Abteilfenster vorbeizog, sah heil und sauber aus, das reinste Schlaraffenland. Zwar hatten die Tommies ein paar Angriffe gegen das Ruhrgebiet geflogen, aber in den Stuttgarter Raum wagten sie sich fast nie. Die Engländer mit ihrem feisten Lügner Churchill an der Spitze hatten zwar eine große Klappe, kniffen aber doch die Schwänze ein, sobald ihnen die ersten Kugeln um die Ohren pfiffen. Fast wie die Polen! Joachim hatte nie verstanden, warum der Führer in den ersten Jahren der Bewegung immer wieder versucht hatte, England auf seine Seite zu ziehen. Aber auch ein großer Mann konnte schließlich einmal irren. Draußen glitten die Weinberge am Main vorbei, Tauberfranken, Hohenlohe. Wie liebte er diese sanft hügelige Landschaft, die kleinen Wäldchen und Weiler, die schmucken Fachwerkstädtchen! So etwas gab es nicht, wenn man die Weichsel einmal überschritten hatte. In schwachen Stunden hatte er manchmal befürchtet, auch hier zu Hause würde die Welt nicht mehr so aussehen wie früher, und er war froh, dass er sich gründlich getäuscht hatte. Deutschland würde, Deutschland konnte nicht untergehen! Nicht, solange der Führer mit seinem Genie und seiner Weitsicht die Geschicke des Landes lenkte und jeder Einzelne an seinem Platz seine Pflicht tat wie der SS-Unterscharführer Joachim Fahrner.

Natürlich hatte er der Familie die genaue Ankunftszeit vorher nicht mitteilen können – nicht einmal die Reichsbahn konnte in diesen Zeiten einen geregelten Fahrbetrieb gewährleisten, und so war er nicht überrascht, dass niemand am Bahnsteig stand, um ihn abzuholen. Er packte seine beiden Koffer und lief los, die ungepflasterte Bahnhofsstraße entlang, über den Marktplatz. Nein, hier hatte sich wirklich nichts geändert, nur dass jemand an der Hitlerlinde als eine Art von Weihnachtsschmuck kleine Hakenkreuze aus Metall aufgehängt hatte, geschmacklos, wie Joachim fand. Das kraftvolle Symbol der Bewegung so für eine schwächliche Religion zu missbrauchen, deren Anhänger einen herumvagabundierenden Judenbengel verehrten! Wenn der Krieg erst vorbei war, würde die Partei mit diesem Aberglauben aufräumen! Er seufzte und nahm sich vor, im Haus seiner Eltern keine Diskussionen darüber zu führen, es hatte ja doch keinen Sinn und würde ihm nur den Urlaub versauen. Er betrat den Hof und erstarrte.

War es denn möglich? Gefallen, hatte es geheißen, in Russland gefallen, aber jeder, der einmal ein Schlachtfeld gesehen hatte, wusste, wie schwierig es sein konnte, die Toten zu identifizieren – aber warum hatten sie ihm nichts davon geschrieben? Das war ungeheuerlich, unverzeihlich, er hätte doch sofort – er machte einen Schritt auf den Mann zu, der dort in Karls Hosen, Kals Jacke vor dem Scheunentor stand und Holz hackte. Karls Gestalt, die Art, wie er sich bewegte …

»Karl«, murmelte er, und lauter dann: »Karl!!«, und lief los. Der Mann ließ die Axt sinken und drehte sich um, und Joachim fühlte sich, als wäre er in gestrecktem Galopp gegen eine Betonwand gerannt. Ein Fremder. Ein Fremder in Karls Kleidern, der ihn jetzt zu allem Überfluss unsicher anlächelte.

Eine rote Lawine aus Wut ging über ihm nieder. Er stürzte auf den Mann zu, riss ihm die Jacke herunter, die Wollmütze.

»Ausziehen, du Scheißkerl, runter mit dem Zeug!« Der Mann fing an unverständlich zu schreien, eigentlich war es noch ein Milchgesicht, eine weiche Kinderfresse, egal, der Scheißkerl lief in Karls Jacke herum, in Karls Stiefeln –

»Joachim, hör auf! Lass ihn in Ruhe, das ist doch unser Jan, Herrgott, Joachim, lass ihn los!«

Langsam kam er wieder zu sich. Seine Mutter hing an seinem Arm, der Scheißkerl lag mit blutender Nase im Dreck, Eva beugte sich hinunter und wollte ihm aufhelfen, aber der Scheißkerl hatte zu viel Angst und sah unsicher von einem zum anderen.

»Unser Jan?«, wiederholte er blöde.

Eva nickte. »Unser Pole. Der Kleine. Komm, steh auf, Janek ... Joachim hat dich verwechselt.« Der Pole kam wieder auf die Beine und klopfte sich den Dreck ab. Er wagte es nicht, den Blick zu heben, gut so.

»Dass du wieder da bist, Joachim ... Komm doch erst mal rein! Ich habe Linsen mit Spätzle gemacht, extra für dich, und Grießpudding mit Himbeersirup, wir wussten ja nicht, wann du kommst, mein Gott, wie wird Vater sich freuen! ...« Bevor er Marie ins Haus folgte, wandte er sich noch einmal um.

»Trag die Koffer rein, aber plötzlich! Und geh vorsichtig damit um, sonst kriegst du Ärger.«

Wie aufgeräumt es überall aussah, wie sauber. Früher war ihm das nie aufgefallen. Marie hielt ihm seine alten Pantoffeln hin.

»Hier, Joa, zieh doch die schmutzigen Stiefel aus ...«

Er stellte die Stiefel in die Diele, der Polenbengel mit den zwei Koffern schlich hinter ihm her. Sie waren schwer, die Koffer; Joachim hatte sich nicht lumpen lassen und trotz allem reichlich Geschenke eingekauft. Selbst für Georg Fahrner hatte er irgendwo ein Päckchen Zigarren aufgetrieben, eine wahre Rarität. Am meisten allerdings freute er sich auf die Gesichter der Zwillinge, für die er einen handgeschnitzten Bogen samt federverzierten Pfeilen besorgt hatte. Der Maria-Theresia-Taler hatte dafür daran glauben müssen, aber das war es ihm wert. Seine kleinen Brüder! Er würde mit Hans und Emil eine Zielscheibe basteln und ihnen beibringen, wie man mit Pfeil und Bogen schoss.

»Wohin Koffer?«, fragte der Polenjunge eingeschüchtert, und Joachim musste unwillkürlich grinsen. Die Polacken waren doch alle gleich – eine servile Bande! Da musste man nur einmal ein bisschen auf den Putz hauen, schon parierten sie wie abgerichtete Köter! Der Junge hatte offensichtlich auch gleich kapiert, wo sein Platz war. Joachim schnalzte mit der Zunge, der Junge zuckte zusammen.

»Ganz nach oben, die Kammer unter dem Dach. Und dann putz mir die Stiefel, da hängt noch Polendreck dran.«

Wie ein Schatten huschte der Polacke die Treppe hinauf. Joachim dehnte die verspannten Schultern – wie unbequem war das Fahren in der Reichsbahn, verglichen mit einer Tour in Wagners rotem BMW, selbst verglichen mit einer Tour im Kübelwagen! Er betrat die Küche, wo Eva schon dabei war, den Tisch zu decken.

»Mama hat extra vom Gerlach Rinderknochen geholt und eine Rinderbrühe gekocht«, plapperte sie und strahlte ihren Bruder an. »Dir zu Ehren!«

Joachim ließ sich auf seinem angestammten Platz nieder und musterte das Blümchengeschirr, das sonst nur an Feiertagen aus dem Küchenbüfett geholt wurde.

»Kommt noch Besuch?«, fragte er. »Ich hatte gedacht, den ersten Abend bleiben wir unter uns.«

»Besuch? Nein, wieso denn? Ich meine, wenn du willst, können wir natürlich noch schnell die Jungen rüber zu Voss schicken, damit sie Charlotte Bescheid sagen. Aber Mama wollte gern heute Abend nur die Familie da haben.«

Joachim klopfte mit dem Mittelfinger auf die Tischplatte, als wollte er darauf eine Nachricht morsen. »Acht Teller«, sagte er schließlich. »Ich sehe hier acht Teller, wir sind aber nur zu sechst: die Eltern, du, Hans und Emil, ich.«

Eva wich seinem Blick aus. »Du hast Jan und Thomas vergessen«, sagte sie.

»Jan und Thomas?«

»Unsere Polen. Jan hast du doch eben schon kennengelernt.«

Eine kurze Pause trat ein, dann plötzlich schlug Joachim mit der Handfläche auf den Tisch. Eva schrak zusammen und stieß einen kleinen Schrei aus; der Mostkrug, den sie gerade gefüllt hatte, rutschte ihr aus den Händen und zerschellte am Boden in hässliche Scherben.

»Was ist denn los? Hast du dir wehgetan?« Ängstlich kam Marie Fahrner aus der Vorratskammer gestürzt, die Flasche mit dem Himbeersirup gegen die Brust gepresst; auch Georg Fahrner humpelte aus der Stube herein und sah fragend von einem zum anderen, ohne etwas zu sagen. Überhaupt hatte er noch kein Wort mit ihm gesprochen, seit er das Haus betreten hatte, stellte Joachim fest. Nun, das würde sich ändern. Offensichtlich gab es eine ganze Menge zu besprechen.

»Wollt ihr mir etwa sagen, ihr lasst die Polacken hier ins Haus? Ihr lasst sie mit euch am Tisch sitzen?!«

»Wer arbeitet, soll auch vernünftig essen«, murmelte sein Vater. Für einen Moment war es still, totenstill, bis Joachim antwortete.

»So«, sagte er. »Dafür also habe ich dich rausgeholt, habe meinen guten Ruf riskiert und meine Karriere? Dafür, dass ich zu Hause mit Polacken an einem Tisch essen soll?«

Niemand sagte ein Wort.

»Wisst ihr eigentlich, wie es wirklich ist da draußen in Warschau?«, brüllte er. »Wisst ihr, wie viele Kameraden in den letzten Monaten auf offener Straße ermordet worden sind? Diese hinterfotzigen Polenschweine machen Jagd auf alles, was eine deutsche Uniform trägt! Dabei sind sie zu feige, uns Mann gegen Mann gegenüberzutreten. Die lauern im Hinterhalt, verstecken sich in ihren Dreckslöchern und knallen uns aus sicherer Entfernung ab! Jeden Tag muss ich froh sein, dass sie mich noch nicht erwischt haben! Und dann komme ich nach Hause, und was finde ich da? Statt die Scheißpolen zu behandeln, wie sie's verdienen und wie's angeordnet ist, tut ihr so, als gehörten sie zur Familie! Sie laufen frech in Karls Kleidern herum – wo Karl doch von solchen Ostschweinen ermordet worden ist! Schon vergessen?! Sie sitzen am Tisch und fressen sich den Wanst voll, wo die Kameraden an der Front oft nichts zum Essen haben außer Kartoffelschalen! Meine eigene Schwester reicht so einer Kreatur die Hand und turtelt herum, ›ach, Janek, hab keine Angst, der böse Joachim meint es nicht so‹!« Er holte kurz Luft und sah in die Runde. Keiner wagte zu antworten, Marie und die Zwillinge schluchzten, Eva starrte ihn fassungslos an, sein Vater stierte auf den Boden.

»Dass ihr euch nicht schämt!«, zischte Joachim. »Dass ihr euch nicht in Grund und Boden schämt!« Er stand auf und schob mit Karacho den Stuhl an den Tisch zurück. »Überlegt euch, mit wem ihr lieber an einem Tisch sitzen wollt, mit denen – oder mit mir.«

Er stapfte in den Flur, griff sich seine Uniformjacke, die Stiefel, die natürlich noch nicht geputzt waren. Eva kam zögernd hinter ihm her.

»Bitte, Joachim … wo willst du denn hin? Du kannst doch nicht einfach jetzt gehen, Mama hat sich auf dich so gefreut!« Seine kleine Eva mit den blonden Zöpfen, die schon verdammt so aussah wie eine richtige Frau.

»Ich gehe in den *Hirsch*, da bin ich jedenfalls sicher, dass mir keine dreckige Polenfresse über den Weg läuft«, sagte er kalt. »Und mit dir habe ich auch noch ein Wörtchen zu reden. Ein deutsches Mädel, und du bist dir nicht zu schade, diesen Dreckslümmel auch noch anzufassen! Ich hab gedacht, ich seh nicht richtig. Wenn du nicht meine Schwester wärst –!« Er griff nach der Kappe. »Vielleicht sollte ich dir mal eine ordentliche Tracht Prügel verpassen, bis du wieder weißt, wie man sich benimmt! Vater ist ja scheinbar zu blöd und feige dazu.«

»Wie sprichst du von unserem Vater, Joachim!?« Er war schon halb auf der Straße.

»Wie er es verdient. Und das werde ich in Zukunft immer tun.«

Wie sprichst du von unserem Vater? Der Satz ging ihm noch nach, als er durch das Dorf zum *Hirsch* schlenderte, trotz aller Wut doch ganz zufrieden damit, wie er die Dinge angegangen war. So musste es sein, falsche Rücksicht hatte er lange genug genommen. Immer hatte er Georgs Autorität als naturgegeben akzeptiert und sich untergeordnet, selbst als er gehört hatte, wie sein Vater sich mit seinem defätistischen Gequatsche in die Scheiße geritten hatte. Aber diese Unterwürfigkeit war jetzt vorbei. Eine neue Zeit war angebrochen, längst schon angebrochen, eine Zeit, die den Jungen und Starken gehörte, denen, die bereit waren, sich die Zukunft zu erkämpfen, die die Fesseln von Tradition, Anstand und Religion abgeworfen hatten. Die nur an die eigene Stärke und Überlegenheit glaubten und daran, dass der Überlegene das Recht, ja, die Pflicht hatte, sich die Welt zu unterwerfen. Da war kein Platz mehr für Weichheit, Schwäche, Mitgefühl – all das stand der neuen Weltordnung im Wege und musste ausgemerzt werden, und wer die Kraft dazu nicht hatte, würde untergehen. Und sein Vater, das wurde Joachim schlagartig klar, war ein typischer Vertreter dieser zum Untergang verurteilten Schwärmer.

Aber einen alten Bauern wie Georg Fahrner würde er nicht mehr ändern, und seine Mutter würde immer das tun, was ihr Ehemann ihr sagte. Nur um Eva und die Jungs würde er kämpfen, damit wenigstens die nicht für die deutsche Sache verloren waren. Warum hatte Eva nicht ein Sterbenswörtchen dazu verlauten lassen, wie es mit den Polen auf dem Hof zuging? Hatte sie sich nicht getraut? Oder hatte sie vielleicht gedacht, alles wäre in Ordnung so? Und auf Charlotte konnte er sich auch nicht verlassen. Charlotte wenigstens hätte ihn informieren müssen, hätte ihn warnen müssen, dass da einiges gewaltig schieflief! Stattdessen hatte sie ihm dieses Telegramm geschickt, das ihn ohne Weiteres hätte in den Abgrund reißen können. Er hielt inne und überlegte kurz, ob er nicht lieber den Weg zum Haus der Familie Voss einschlagen und Charlotte überraschen sollte, statt in Gesellschaft der Ortsinvaliden den Abend mit ein paar Bierchen im *Hirsch* herunterzuspülen. Andererseits wollte er es nicht auf einen echten Streit ankommen lassen, und gerade jetzt war er in einer so gereizten Stimmung, dass genau so ein Streit wahrscheinlich unvermeidlich wäre. Aber der Urlaub war nicht lang genug, um sich anschließend wieder zu versöhnen. Er wandte sich wieder in Richtung Gastwirtschaft.

Die Sache mit dem Telegramm musste natürlich geklärt werden, genau wie diese unsägliche Polengeschichte.

Zunächst wollte er streng mit ihr sein, um ihr dann, wenn sie verängstigt und in Tränen aufgelöst auf dem Boden vor ihm kniete, großzügig seine Vergebung zu gewähren. Er konnte sie vor sich sehen, wie sie die verweinten Augen dankbar zu ihm erhob und ihm zuflüsterte, dass sie so viel Herzensgüte nicht verdiene, dass sie ihm nie, niemals habe Kummer und Schwierigkeiten machen wollen, dass sie alles tun würde, um ihr Vergehen wiedergutzumachen! Er würde ihr die Hand reichen und sie auf seinen Schoß ziehen (in seiner Vorstellung war sie zu diesem Zeitpunkt meistens schon nackt, warum auch immer), während sie an seinem Hosenbund herumnestelte und ihre Lippen dann fest um seinen Steifen schloss. Oh, die Versöhnung würde süß sein, fast unerträglich süß!

Sein Atem ging hastig und stoßweise, als er die Wirtsstube betrat.

»Da laus mich doch der Affe, wenn das nicht der Joa ist!« Was für ein Glück! Zwei junge Männer in Wehrmachtsuniform begrüßten ihn überschwänglich, beides nicht gerade enge Freunde von ihm, aber immerhin Kameraden, mit denen er zusammen in der Schule und später in der Hitlerjugend gewesen war. Er zog sich die Kappe vom Kopf und ließ sich auf den Holzstuhl an deren Tisch fallen.

»Weihnachtsurlaub. Und ihr?«

»Frisch von der Front, Toulon. Wo die Scheiß-Franzacken gerade ihre gesamte Flotte versenkt haben.«

Joachim pfiff durch die Zähne. »Und sonst? Kein schlechtes Leben da im Süden, oder? Sonne, Rotwein, heiße Mädchen ... während wir uns in Warschau den Arsch abfrieren!«

»Na, komm schon, Fahrner, da in der Etappe kann man's ja wohl aushalten! Aber mein Bruder sitzt schon seit September in einem beschissenen Schützengraben bei Stalingrad, und kein Mensch kann sagen, ob er da jemals lebend wieder rauskommt! Diese ganze Stalingradgeschichte ist doch für'n – « Der zweite Soldat boxte den Sprecher in dem Augenblick kräftig in die Rippen.

»Ach, scheiß drauf, Kameraden! Wir sind hier zu Hause, und Bier ist auch noch da, was wollen wir mehr? Also Prost, auf die Heimat!«

»Auf den Sieg«, antwortete Joachim und kippte sein Bier in einem Schluck hinunter.

»Also, ihr beiden ...«

Der Bauer trat verlegen von einem Fuß auf den anderen.

Die Haft hatte ihn verändert, dachte Tomasz, hatte irgendetwas in ihm zerbrochen, das dafür da gewesen war, ihn aufrecht zu halten. Jetzt stand er unter dem niedrigen Türsturz ihrer Kammer und drehte den Korb in den Händen, als hätte er so ein Ding vorher noch nie gesehen.

»Wir haben überlegt, jetzt, wo der Joachim da ist …« Fahrner gab sich einen Ruck. »Ihr wisst ja selbst, wie eng es immer ist bei uns da am Esstisch. Also, solange der Joachim da ist, esst ihr besser hier.« Er hielt ihm den Korb hin, und im ersten Augenblick wollte Tomasz danach greifen, unterdrückte dann aber den Impuls, die Hand auszustrecken. Warum sollte er es dem Alten so einfach machen? Klar, es konnte nicht angenehm sein, so einen fanatischen Nazi und Polenhasser zum Sohn zu haben, aber wer trug schließlich die Verantwortung dafür?

»Er mag uns nicht, dein Sohn«, sagte er stattdessen.

Fahrner wich seinem Blick aus. »Vielleicht … so ist das eben im Krieg. Und da, bei seinem Einsatz in Warschau – « Er schien nicht mehr zu wissen, was er eigentlich hatte sagen wollen; der Satz hing sinnlos in der Luft, ohne sich jedoch aufzulösen: *bei seinem Einsatz in Warschau, bei seinem Einsatz in Warschau* … O ja. Tomasz konnte sich vorstellen, wie es bei seinem Einsatz in Warschau so zuging.

»Scheint so, als bist du nicht Herr in Haus«, sagte er und erkannte sofort, dass er damit einen Schritt zu weit gegangen war. Der Bauer lief rot an, pfefferte den Korb in eine Ecke und richtete sich auf.

»Pass auf, wie du mit mir sprichst, du – du Pole! Du wirst hier behandelt wie ein Teil der Familie, und dann kommst du mir so. Du sollst mich kennenlernen, dann weißt du, wer Herr im Haus ist! So eine Unverschämtheit, so eine Frechheit …«

Er drehte sich auf dem Absatz herum und stapfte über den Hof zum Haus zurück, Tomasz schloss die Tür, hob den Korb auf und stellte ihn auf die wackelige Kiste, die sie als Tisch benutzten.

»Was ist denn drin?«, fragte Jan. Er hatte die ganze Zeit hinten im Halbdunkel gestanden und sich nicht gerührt. Tomasz lupfte das Geschirrtuch und spähte darunter.

»Brot«, sagte er. »Marmelade. Ein Krug mit Wasser.«

»Ich dachte, es gibt Spätzle und Linsen?«

Tomasz lächelte. Es war ein böses Lächeln, eins, das ihm selbst vermutlich nicht gefallen hätte.

»Bist du denn wirklich so ein naiver Trottel?«, fragte er. »Du hast ihn doch erlebt heute Abend, den fantastischen Joachim! Hast du wirklich nicht mitgekriegt, dass wir nicht länger Menschen sind, sondern Polenschweine, an denen man sich nicht die Finger schmutzig macht?«

»Ich habe Angst vor ihm … er ist gefährlich.« Janek hatte geflüstert, aber jetzt straffte er sich. »Aber selbst wenn der Bauer vor ihm klein beigibt, glaube ich nicht, dass Eva auf ihn hört. Dazu ist sie viel zu klug und gut.«

»Herrgott, Junge!« Tomasz spürte, wie sein Herzschlag sich noch weiter beschleunigte. »Kannst du dir dieses Mädchen nicht aus dem Kopf schlagen?! Erst recht jetzt, wo wir diesen Nazi auf dem Hof haben. Was glaubst du denn, was passiert, wenn er dich einmal dabei erwischt, wie du sie anschmachtest?«

Janek blies sich eine überlange Haarsträhne aus der Stirn. Er sah aus wie ein Kind, schoss es Tomasz durch den Kopf, wie ein Kind, das fröhlich kreischend mit seinem Dreirädchen auf einen Abgrund zu raste.

»Ich weiß schon, was ich tue«, sagte der Junge unerträglich überlegen, und Tomasz schoss auf ihn zu, hob die Hand und schlug ihm ins Gesicht und wusste doch genau, dass das heute schon das Zweite war, was er besser nicht getan hätte. Mindestens das Zweite. Jan wich einen Schritt zurück und funkelte ihn wütend an.

»Mach das nie wieder, hörst du?! Nie wieder! Was glaubst du eigentlich, wer du bist?«

»Ich – « Tomasz versuchte, ruhig zu atmen. »Ich bin dein Freund, Jan. Jemand, der sich Sorgen um dich macht.«

»So? Ich dachte, du bist jemand, der immer alles besser weiß und der es nicht ertragen kann, wenn jemand mal nicht daran glaubt.«

»Janek, bitte …«

»Ich bin erwachsen, Tomasz, vergiss das gefälligst nicht! Und du bist nicht mein Vater. Also lass mich in Ruhe.« Der Junge beugte sich zu dem Korb hinunter, wog das Brot in der Hand.

»Ich will doch nur, dass du vorsichtig bist«, sagte Tomasz leise. »Ich will doch nur, dass du heil wieder nach Hause kommst.«

»Und, Joachim? Was gibt's Neues von der Front?«

»Nicht von der Front, Herr Voss. Ich bin in Warschau stationiert. Besatzungspolizei.« Oder wie sonst hätte man seine vielfältigen Aufgaben nennen können? Voss jedenfalls nickte zufrieden. Joachim hatte sofort gemerkt, dass er in der Achtung des Parteigenossen und SA-Funktionärs deutlich nach oben geklettert war, seit er die SS-Uniform angezogen hatte, erst recht, seit er im Osten Dienst tat.

»Warschau, genau. Lotte hat uns davon erzählt.«

Voss nickte zu seiner Tochter hinüber. Wie rassig sie aussah mit ihren roten Haaren und den leuchtenden Augen, fand Joachim. Etwas magerer zwar und die Haare in brave Zöpfe geflochten, aber trotzdem! Er konnte spüren, wie seine Hände feucht wurden und die Säfte stiegen. Was für ein Schwachsinn, dass die altmodische Einstellung ihrer Eltern sie dazu zwang, hier in der guten Stube herumzusitzen und artig im Familienkreis zu plaudern, statt sich ohne große Vorrede die Kleider vom Leib zu reißen und zu rammeln, bis der Urlaub vorbei war. Wer wusste schon, wie viele Gelegenheiten sie noch haben würden! Sein Einsatz wurde von Tag zu Tag gefährlicher, die verdammten Partisanen und Straßenkämpfer immer frecher, und keiner konnte wissen, ob er den nächsten Frühling noch erleben würde.

»… sicher, der Pole wird sich nicht mehr erheben. Damit ist es ein für alle Mal vorbei, Gott sei Dank! Aber vielleicht kann mit eurer Hilfe ja selbst aus dem Generalgouvernement noch etwas werden. Hätte Lust, es mir einmal selbst anzusehen! Wenn der Krieg vorbei ist, natürlich. Wie ich gehört habe, gibt es ja sogar ein umfangreiches kulturelles und sportliches Angebot bei euch, stimmt's?«

»Jawohl. Ich selbst spiele regelmäßig Fußball, und vor Kurzem war ich mit ein paar Kameraden im Kino. Aber meistens bin ich viel zu sehr dienstlich eingebunden, um dafür Zeit zu haben.« Keiner sollte denken, sein Leben als Besatzer in Warschau sei ein Zuckerschlecken! Joachim fing einen Blick von Charlotte auf, die brav auf dem Sofa saß, und versuchte, ihr zu signalisieren, dass er sich liebend gern mit ihr verdrücken würde. Was für ein spießiges Wohnzimmer, dachte er, Mief und Plüsch und Vorgestrigkeit! Mochte Voss auch Parteigenosse und glühender Nationalsozialist sein, im Grunde war seine Zeit genauso abgelaufen wie die seiner eigenen Eltern. Wahrscheinlich war diese Generation gar nicht in der Lage, so radikal und brutal mit den eigenen Gewohnheiten zu brechen, wie es das neue Deutschland verlangte. Für einen wie Voss, erst recht für seine Frau, würde der schöne Schein, das bürgerliche Getue immer wichtiger sein als die klaren Notwendigkeiten von Volk und Rasse. Notwendigkeiten, die Joachim immer gebieterischer in seinen Lenden pochen spürte.

»… ja, der Dienst bei den Polacken, kann mir schon denken, dass das kein Spaß ist! Da muss man konsequent sein und von vornherein durchgreifen. Wehret den Anfängen, sage ich immer! Selbst hier im Dorf haben wir ja schon unsere Erfahrungen mit der slawischen Rasse gemacht. Da heißt es, immer auf der Hut zu sein!«

»Ohne die beiden Polen könnte Joachims Vater den Hof jedenfalls nicht länger bewirtschaften.« Charlotte, die die ganze Zeit stumm dagesessen hatte, schien noch mehr sagen zu wollen, sich nach einem Blick auf ihren Verlobten aber dann eines Besseren zu besinnen.

Ihre Mutter sah überrascht von ihrem Stickrahmen auf, Arnold Voss zog die Augenbrauen hoch. Joachim reagierte nicht. Wenn er das Thema jetzt auf den Tisch brachte, war der Nachmittag gelaufen, das konnte er nicht riskieren.

»So? Na, du musst es ja wissen. Verbringst ja jeden freien Augenblick dort! Also, Joachim, auf eins kannst du dich jedenfalls bei deiner künftigen Frau verlassen: Wie's bei euch zu Hause zugeht, weiß sie inzwischen aus dem Effeff. Wird noch eine echte Bäuerin, unsere Lotte!« Er lachte. »Und, ihr zwei? Wie sieht's aus, wollt ihr nicht noch eine Runde mit deiner Maschine drehen?«

Joachim zuckte bedauernd die Achseln. Sein Motorrad, eine DKW RT 100, die er 1938 gebraucht gekauft und in mühsamer Kleinarbeit wieder hergerichtet hatte, stand gut eingepackt hinten in der Scheune und wartete auf bessere Zeiten.

»Ist nicht das richtige Wetter zum Motorradfahren, Herr Voss!«, sagte er. »Außerdem steht die Kleine jetzt so lange herum, da muss ich erst mal Hand anlegen, bis sie wieder läuft wie am Schnürchen.«

Voss nickte, als hätte er eine Ahnung, wovon Joachim sprach. »Du wirst's wissen, Junge! Na, auf jeden Fall ... Man kann ja auch zu Fuß gehen, stimmt's? Junge Leute wie ihr, die wollen doch mal allein sein und unter vier Augen miteinander reden.«

Joachim musste unwillkürlich grinsen und erhob sich. »Und ob! Bis heute Abend bringe ich sie wieder zurück. Kommst du, Lotte?«

Charlotte stand langsam auf und nickte.

»Aber nimm Schal und Handschuhe mit, Kind, es ist kalt draußen!«

Es war klar, dass Lottes Mutter am liebsten gehabt hätte, wenn sie hiergeblieben wären. Je eher sie nach draußen kamen, desto besser! Joachim griff nach Lottes Hand und zog sie hinter sich her in den Flur.

»Schnell, zieh dich an, bevor sie es sich anders überlegen!«, flüsterte er und half ihr in den Mantel. »Ich weiß schon, wo wir hingehen können!«

»Ich dachte, wir wollen spazieren gehen?«

»In die Turnhalle!«

Die Idee war so einfach wie genial. Vor zehn Jahren hatte der örtliche Turnverein mit finanzieller Unterstützung der Gemeinde in unzähligen freiwilligen Arbeitsstunden die lange ersehnte Turnhalle errichtet, die auch gut genutzt wurde: ein zweckmäßiger Holzständerbau mit einem Kleinspielfeld, zwei Umkleideräumen und zwei Waschräumen, in denen es fließendes (wenn auch kaltes) Wasser gab. Als einige Zeit später die aufstrebende Hitlerjugend nach geeigneten Räumlichkeiten für ihre Veranstaltungen gesucht hatte, war es klar gewesen, dass man früher oder später auf diese Turnhalle zurückgreifen würde. Joachim konnte sich noch gut daran erinnern, wie sehr der Verkauf der Halle an die HJ den Ort gespalten hatte. Wütende Diskussionen waren geführt worden, und Siggi Balinger, der Vorsitzende des Turnvereins, war sich nicht zu schade gewesen, das Wort *Enteignung* ins Spiel zu bringen. Schließlich war die Sache dann auf entschiedenen Druck von oben unter Dach und Fach gewesen. Hinterher hatte jeder gewusst, auf welcher Seite der andere stand, wie wichtig ihm die deutsche Sache, die deutsche Jugend war, und Balinger, dieser unbelehrbare Bolschewik und KPD-Wähler, war auf Nimmerwiedersehen im Lager verschwunden. Wie nicht anders zu erwarten war die Turnerjugend letztendlich komplett in der HJ aufgegangen.

Joachim griff mit seiner freien Hand (die andere hielt Lottes Schulter fest umklammert) in die Tasche und betastete liebevoll den Hallenschlüssel. Als HJ-Fähnleinführer hatte er ihn vor Jahren bekommen und nie zurückgeben müssen, und heute würde er damit, so hoffte er zumindest, die Tür zum Paradies aufschließen. Heute, davon hatte er sich überzeugt, war die Halle völlig ungenutzt.

Schon beim Öffnen der Tür schlug ihnen der klassische Turnhallenmief entgegen – Schweißfuß, Bohnerwachs, Kernseife. Egal.

»Aber Joa, was wollen wir denn hier? Es stinkt, und geheizt ist auch nicht …«

»Ich hab schon dran gedacht, Süße … dahinten liegen Decken … komm!« Er zog sie an sich, presste seinen Mund auf ihren, fummelte an ihren Mantelknöpfen. »Ich hab schon befürchtet, dein Alter lässt uns nie mehr gehen«, murmelte er fiebrig in ihr Ohr. »Die ganze Zeit, ich schwör's dir, die ganze Zeit habe ich nur daran gedacht!« Die Blusenknöpfe sind noch schwieriger, mit zittrigen Fingern sind sie kaum aufzukriegen, einer reißt ab, landet mit einem Pling auf dem Boden.

»Bitte, Joachim, nicht so schnell, wir müssen – «

So schnell, so schnell, was kann nach all den Monaten des Wartens schnell sein?! Er küsst sie wieder, drängt seine Zunge in ihren Mund, trägt sie zu dem Matratzenlager, das er heute Morgen vorbereitet hat; spürte ihre weiche Haut, die samtige Wärme ihrer Brüste, und in Sekundenschnelle hat er die Hosen heruntergestreift und sich in Stellung gebracht, er ist nicht mehr der naive Junge, der er einmal war, er hat Erfahrungen gesammelt dort im Bett seiner polnischen Hure, er weiß jetzt, wie man's macht … Nichts gilt mehr außer dem Drang, es jetzt zu tun, jetzt jetzt jetzt, und dem Recht darauf, schließlich ist er ein Mann, der sein Leben einsetzt für Deutschland, und sie ist seine Frau. Und dann geht es doch viel zu schnell, ein, zwei hastige Stöße, und er kommt, nicht länger, nicht berauschender als zwischen Käthes mageren Schenkeln in der Absteige in Warschau. Aber vielleicht später noch einmal, später vielleicht. Er wundert sich, dass er trotzdem so verschwitzt ist, bleibt noch eine Weile auf ihr liegen und genießt das Gefühl, ans Ziel gekommen zu sein. So, genau so soll es sein. Nach einer Weile stützt er sich auf die Ellenbogen und sieht ihr zufrieden, zärtlich fast ins Gesicht.

»Das war so gut … so gut war das! Ich wusste doch, dass es sich lohnen würde, nach Hause zu kommen«, flüstert er.

Sie holt ein, zwei Mal tief Luft, lächelt unsicher. »Ich will nur noch kein Kind«, sagt sie.

»So schnell geht das nicht«, antwortet er und lacht leise, bewegt sich ein wenig in ihr und spürt, dass er bald wieder kann, o ja, er ist kein Schwächling, der schon beim ersten Mal sein Pulver verschießt, er ist hart und zäh und ausdauernd –

»Du – du bist furchtbar schwer, Joa, und kalt ist mir auch … Sollen wir uns nicht langsam wieder anziehen?«

Aber es ist schon zu spät, das Blut pulst ihn voran, er wächst und wächst in seiner dunklen Höhle wie ein Saatkorn in der Ackerkrume, er keucht, er stößt, er reibt sich, dieses Mal, ja, dieses Mal, ja, dieses Mal!

»Ich will nicht mehr«, sagte Charlotte laut und schob ihn von sich, und er fühlte sich so verausgabt, so erschöpft, dass er es geschehen ließ, warum auch nicht, sie hatten ja noch ein paar Tage, es musste nicht alles heute schon passieren. Sie stand auf, schüttelte die Haare aus; irgendwann waren ihre Zopfbänder aufgegangen. Es sah lustig aus, wie sie nur in ihren

Strümpfen dastand und sich nach ihrem Rock bückte, der Wäsche, der Bluse, und er musste lachen.

»Warte!«, rief er, aber sie verschwand im Waschraum. Er hörte das Wasser spritzen, während er sich selbst wieder anzog und die Schachtel aus dem Spind hervorkramte, in dem er sie versteckt hatte. Schließlich kam Charlotte zurück, die Haare feucht, die Wangen gerötet.

»Hier, Mäuschen! Ich habe ein Geschenk für dich, dachte, ich geb's dir jetzt gleich, nicht wenn alle anderen dabei sind. Mach auf!« Er hielt ihr das Paket hin; sie nahm es zögernd entgegen, löste die Paketbänder, hob den Deckel ab.

»Was – mein Gott, Joa, die ist doch viel zu wertvoll! Mit einem echten Fellkragen!«

Sie hielt die Jacke hoch, schüttelte sie. Er lächelte besitzerstolz.

»Ach was, für mein Weibchen ist doch nichts zu wertvoll! Los, zieh sie über.« Gut stand ihr das Teil, dachte Joachim, kaum zu glauben, dass sie die gleichen Sachen tragen konnte wie diese Ghettohexe! Nur die Ärmel hätten vielleicht eine Spur länger sein können.

»Vielen Dank, Joa … das hättest du nicht machen müssen! Und mein Geschenk für dich habe ich auch noch nicht dabei.«

Er grinste großzügig. »Macht nichts. In Warschau kann man dann und wann noch ein günstiges Geschäft machen, wenn man nur schlau genug ist. Übrigens, du solltest das Teil noch waschen, ich bin nicht mehr dazu gekommen.«

»Aber es sieht gar nicht schmutzig aus, und außerdem weiß ich nicht, ob es das Waschen überhaupt verträgt – das Fell bestimmt nicht! Wenn überhaupt, dann muss es in die Reinigung, aber ich weiß nicht – «

»Ich dachte, du trägst die Jacke Heiligabend«, erklärte Joachim und begann, die Decken zusammenzufalten. »Bei der Weihnachtsfeier vom NSKK.«

Charlotte sah ihn überrascht an. »Beim NSKK? Aber wir sind doch immer in der Christvesper, und danach singen wir zu Hause und machen Bescherung! Ich hatte gehofft, dass du – «

»Komm schon, Lotte, willst du wirklich bei diesem Quatsch mitmachen, bis du alt und grau bist? Du gehörst doch jetzt zu *mir*, und *ich* spare mir dieses dämliche Geflenne in der Kirche und den ganzen Zauber drum herum! Bei den Kameraden gibt's Bowle, und später wird getanzt. Soll ich etwa sagen, meine zukünftige Frau ist eine Betschwester und geht lieber mit Mama und Papa in die Kirche?!«

»Ich – nein, natürlich nicht. Aber meine Eltern legen wahnsinnig viel Wert darauf, Weihnachten zusammen in der Familie zu feiern, und wenn ich nicht dabei bin, werden sie furchtbar enttäuscht sein.«

»Sieh an, der Herr Oberlehrer muss Weihnachten zu den Pfaffen rennen! Und so etwas ist in der Partei.«

Charlotte zog die Jacke wieder aus, faltete sie sorgfältig zusammen und legte sie zurück in die Schachtel.

»Sei doch nicht so – so verbohrt«, sagte sie leise.

»Verbohrt? Was soll das denn schon wieder heißen?«

»Dass du nicht *einmal* fünf gerade sein lassen kannst. Eva hat mir erzählt, wie du mit eurem Vater umgegangen bist. Als wäre dieser ganze Parteikram wichtiger als die Familie! Sie ist völlig fertig.«

»So, ist sie das?« Also doch. Gut, wenn Lotte es so wollte, dann würde er die Dinge jetzt klarstellen. War vielleicht auch besser, als es ewig vor sich herzuschieben.

»Ja. Und deine Eltern auch! Sie – «

»Jetzt hör mir mal gut zu! Mein Vater hat sich mit seiner großen Klappe selbst in die Scheiße geritten. Nicht nur, dass er sich solchen defätistischen Mist in seinem Dickschädel zusammenspinnt, nein, er ist auch noch blöd genug, es laut herauszutrompeten! Kein Wunder, dass sie ihn sich geschnappt haben, ich hätt's genauso gemacht! Andere sind schon für viel weniger im Bau verschwunden. Und dann kommt ihr angeflennt, damit ich seine Haut rette!«

»Aber Joachim, ich – «

»Weißt du, wie das für mich war, als du dieses dämliche Telegramm geschickt hast!? Ich habe wahnsinnig viel Glück gehabt, dass die Kameraden im Fernmeldeamt dichtgehalten haben! Du hättest mich zum Gespött der ganzen Warschauer Garnison machen können! Wenn das rausgekommen wäre, dass mein Vater so ein Volksschädling ist, dann hätte ich gleich einpacken und nach Hause gehen können. Gott sei Dank habe ich gute Verbindungen nach oben, die mich da rausgehauen haben.« Er holte tief Luft.

Charlotte war einen Schritt zurückgewichen und starrte ihn an. »Dein Vater, ein Volksschädling!? Aber Joachim – «

»*Aber Joachim, aber Joachim*, etwas anderes fällt dir nicht ein? Scheiße! Ich reiße mir den Arsch auf für die Familie, und dann komme ich nach Hause, um zwei grinsende Scheißpolen am Tisch zu finden, und keiner denkt sich etwas dabei!«

»Jan und Thomas sind ordentliche Leute, Joachim! Und wenn sie – «

»Ordentliche Leute? Ja, seid ihr alle denn durchgedreht? Scheißpolacken sind das und nichts anderes! Ich glaube, ihr alle habt noch nicht verstanden, dass wir im *Krieg* mit denen liegen. Wir bringen die um, die bringen uns um, und wer dabei erfolgreicher ist, gewinnt. Bis jetzt sind wir das. Und warum?«

Lotte sah ihn verständnislos an, ihre Unterlippe zitterte. Er streifte sich die Handschuhe über, es war wirklich scheißkalt in diesem Bau.

»Weil wir härter sind, stärker, gnadenloser und uns von keinem sentimentalen Volksverräter davon abhalten lassen.

Weil wir keinen Zweifel daran lassen, was mit denen passiert, die nicht sofort springen, wenn man ihnen einen Befehl hinwirft. Weil wir dafür sorgen, dass sie Angst vor uns haben, jede einzelne Sekunde ihres jämmerlichen Lebens. Der Stadtkommandant lässt gelegentlich ein paar Polacken erschießen, nur um zu zeigen, dass er es kann. Damit sie wissen, dass es jederzeit auch sie selbst treffen könnte, und Angst davor haben. Wenn sie keine Angst vor uns hätten, würden sie uns die Kehle durchschneiden.« Er schloss auf und schob Lotte nach draußen ins Dunkel. »Die Polacken sind hier, um zu arbeiten, bis sie tot umfallen. Und eure Aufgabe ist es, dafür zu sorgen, dass sie nie vergessen, wo ihr Platz ist.«

18

»Sobald ich zurück in Warschau bin, werde ich einen Antrag beim RuSHA stellen.« Joachim Fahrner nahm das Gläschen Schlehenlikör, das Charlottes Mutter ihm hingestellt hatte, und kippte es in einem Zug hinunter. Viel zu süß, dachte er, genau wie dieses ganze Festtagsgetue hier, viel zu süß und schwer erträglich. Da war ja sogar das polnische Bier besser. Erika Voss sah ihn irritiert an.

»Was für einen Antrag? Ich dachte, jetzt im Krieg geht das alles viel einfacher! Meine Freundin Mia hat mir erst vor Kurzem erzählt, bei ihrer Tochter brauchten sie nicht einmal ein Aufgebot.«

»Weil sie vermutlich einen einfachen Wehrmachtsangehörigen geheiratet hat, deshalb. Aber ich bin schließlich bei der SS. Bei SS-Angehörigen muss das Rasse- und Siedlungshauptamt eine Eheschließungserlaubnis erteilen.«

»Eine Formalität, nehme ich an?« Arnold Voss griff nach seiner Pfeife und fing umständlich an, sie zu stopfen. »Einen ausgezeichneten Tabak hast du mir da übrigens mitgebracht, Junge! Wundert mich, was man in Warschau noch alles kaufen kann, hier gibt's das lange schon nicht mehr.«

Joachim streifte ihn mit einem Blick. »Kaum einer kann sich vorstellen, was die Juden im Osten zusammengeschachert haben … Die Stadt ist ein einziges Warenlager. Wurde höchste Zeit, dass wir da mal aufgeräumt haben.« Er lehnte sich zurück. »Und was den Antrag angeht: Da geht es um Dinge wie rassische Eignung, Erbgesundheit, ideologische Zuverlässigkeit und so weiter, natürlich auch bei der Braut. Lotte muss zwei unbescholtene Bürgen benennen, die über sie Auskunft geben können.«

»Aber höre mal!« Voss war empört, wie nicht anders zu erwarten. »Wer sollte denn ideologisch gefestigt sei, wenn nicht unsere Familie!? Ich bin seit fünfzehn Jahren in der Partei und der SA und NSDAP-Ortsgruppenführer und halte im ganzen Gau Vorträge über Rasselehre und die Siedlungspolitik im Osten …«

Joachim betrachtete ihn unter gesenkten Lidern, und er musste sich eingestehen, dass Voss' Entrüstung ihm Spaß machte. Wie selbstgerecht und arrogant war Voss immer aufgetreten, hatte den Oberlehrer und Nazi der ersten Stunde herausgekehrt und mehr als einmal durchblicken lassen, dass ein Laifinger Bauernlümmel nicht gut genug für seine Tochter wäre! Kein Wunder, dass er die Ehetauglichkeitsprüfung als Demütigung betrachtete. Joachim unterdrückte ein Grinsen. Geschah dem alten Klugscheißer recht! Er war entschlossen, sich keine Sekunde davon entgehen zu lassen.

»Na ja«, sagte er gedehnt. »Die Schutzstaffel ist eben etwas Besonderes, die nehmen nur die Besten. War verdammt schwer, da hineinzukommen! Wenn das Reich den Krieg erst gewonnen hat, werden wir die neue Führungsschicht sein, das Herz des neuen Deutschlands. Ist doch klar, dass da genau hingeschaut wird! Aber bei so einem frischen deutschen Mädel wie Lotte – was sollte da schon schiefgehen! Oder gibt es da noch irgendwo eine Leiche im Keller bei euch?«

Er lachte laut; niemand von den Voss stimmte ein, nicht einmal Hermann. Die haben Angst vor mir, schoss es Joachim durch den Kopf, diese verknöcherten Spießer haben tatsächlich Angst vor mir! Er schickte einen triumphierenden Blick zu Charlotte hinüber, aber deren Augen klebten fest an dem Zeitungsständer in der Zimmerecke und bemerkten es nicht.

»Leichen im Keller?« Voss musste sich räuspern, bevor er weitersprechen konnte. »So ein dummes Zeug, selbstverständlich nicht!«

Joachim grinste. »Na, dann ist ja alles klar! Das heißt, da gibt es noch diese Kurse, die jede zukünftige SS-Ehefrau nachweisen muss, Kinderpflege und so weiter …«

»Vielleicht sollten wir Lotte auf der Bräuteschule anmelden, in Tübingen.« Erika Voss schien wie aus einem tiefen Schlaf erwacht. »Das soll ein gutes Haus sein, erstklassige Lage, nette, saubere Zimmer … In nur sechs Wochen kann man da alle Lehrgänge besuchen, die das Mütterwerk anbietet. Das wäre doch was, Lotte! Lauter nette junge Frauen um dich herum, und du kämst auch noch mal heraus aus unserem Kaff, bevor der Ernst des Lebens losgeht! Was meinst du? Lotte?«

Charlotte zuckte zusammen. »Sechs Wochen nach Tübingen? Das geht doch gar nicht, so lange lassen die mich auf dem Rathaus niemals weg! Und den Nähkurs und den Hauswirtschaftskurs hab ich doch hier schon gemacht, bei der Scheller.«

»*Frau* Scheller«, korrigierte Erika Voss sanft. »Andere Mädchen würden sich freuen, wenn sie so eine Möglichkeit hätten. Und ob du als verheiratete Frau immer noch auf dem Rathaus arbeiten willst –? Na, überleg es dir!«

»Jeder wird gebraucht, der arbeiten kann«, antwortete Charlotte automatisch. Sie stand auf. »Ich gehe schlafen. Das war alles ein bisschen viel heute.« Sie nickte Joachim zu. »Gute Nacht.«

Noch während sie die Tür hinter sich schloss, hörte sie die indignierte Stimme ihres Vaters: »Was hat sie denn? So empfindlich ist sie doch sonst nicht!«

Und ihre Mutter darauf: »Als ob du ein junges Mädchen verstehen könntest! Das war ein wichtiger Tag für sie heute …«

Charlotte huschte über den Flur in ihr Zimmer, verriegelte hinter sich und legte sich angezogen auf ihr Bett. Sie griff nach der Stoffpuppe, die sie selbst vor Jahren im Handarbeitsunterricht genäht hatte, und presste sie gegen ihre Brust. Mit keinem Wort hatte Joachim sie darauf vorbereitet, dass er heute mit ihren Eltern über die Hochzeit sprechen wollte. Vielleicht hatte er geglaubt, sie selbst brenne darauf – hatte sie ihm doch erst an diesem Nachmittag erklärt, dass sie kein uneheliches Kind wollte. Wahrscheinlich war er sich sicher gewesen, dass sie einverstanden damit war, und auf jeden Fall nicht auf die Idee gekommen, sie nach ihrer Meinung zu fragen. So wie er in der Turnhalle nicht nach ihrer Meinung gefragt hatte und es auch in Zukunft nicht tun würde, weil es ihn nicht interessierte. Für Joachim schien klar zu sein, dass nur noch sein Wille zählte, nachdem sie einmal zugestimmt hatte, seine Frau zu werden. Und war es bei ihren Eltern nicht genauso? Es konnte keinen vernünftigen Zweifel daran geben, dass Arnold Voss der Herr über das Familienleben war und der Entscheidungsbereich seiner Frau knapp hinter der Küchentür endete. Das war ja einer der Gründe gewesen, weshalb sie selbst ihr Elternhaus als so eng und beklemmend erlebt hatte und sich möglichst schnell daraus befreien wollte! Nur dass an der Seite von Joachim Fahrner kein völlig anderes, freies Leben auf sie wartete, sondern die Fortsetzung genau dessen, was sie jetzt schon kaum ertragen konnte. Und wenn sie erst einmal zwei, drei Kinder hatte, würde sie sich nie mehr daraus befreien können. Sie verstand nicht, wie es hatte so weit kommen können; wieso sie das nicht vorher schon erkannt hatte.

Aus dem Wohnzimmer war lautes Lachen zu hören. Ja, ihre Eltern hatten ganz offensichtlich ihren Frieden mit dem zukünftigen Schwiegersohn gemacht, hatten gewittert, dass er im Grunde war wie sie, dass er zum selben Rudel, zur selben Rotte gehörte! Sie hatten sogar die selbst gemachte Zeichnung aufgehängt, die Joachim ihnen geschenkt hatte: Blick über die Weichsel.

Charlotte vergrub ihr Gesicht in dem weichen Stoffkörper der Puppe. Nach all den Jahren roch er immer noch ganz zart nach dem Lavendel, den sie damals auf Anraten von Marie Fahrner unter die Füllwolle gemischt hatte. Wie hatte sie es als Kind geliebt, in der warmen Fahrner'schen Küche zu sitzen, wenn ihre eigene Mutter wieder einmal Migräne hatte! Immer hatte es für Eva und sie eine Kleinigkeit zu tun gegeben, Erbsen palen, Knöpfe annähen, Marmeladengläser spülen, während Marie ihnen neben ihrer Arbeit Geschichten erzählt und Joachim und sein Bruder Karl mit irgendeinem Spielzeug um sie herumgetobt hatten. Immer schon war da der Wunsch gewesen, dazuzugehören – zu dieser heilen Welt, dieser heilen Familie. Aber spätestens seit Karls Tod, eigentlich schon seit der Geburt der Zwillinge und Marie Fahrners Schwermütigkeit gab es diese heile Familie gar nicht mehr, und auch eine Hochzeit mit Joachim würde sie nicht zurückbringen.

Joachim war nicht so, wie sie ihn immer gesehen hatte. Vielleicht hatte der Krieg ihn verändert, der Einsatz im Osten; vielleicht war er auch immer schon anders gewesen, und nur sie selbst hatte sich geweigert, das zur Kenntnis zu nehmen, hatte verbissen an dem romantischen Traum vom Märchenprinzen festgehalten. Joachim, das hatte sie jetzt verstanden, endlich verstanden, war kein Märchenprinz, sondern SS-Mann mit Leib und Seele. Einer, der nichts dabei fand, Polen umzubringen; der stolz darauf war, härter, stärker und gnadenloser zu sein als andere, und im Zweifelsfall auch seine eigene Familie über die Klinge springen lassen würde. Der es genoss, wenn andere Angst vor ihm hatten. Allein der Gedanke, ihn um Rat zu bitten, weil die Gespräche und Begegnungen mit den polnischen Fremdarbeitern sie so verwirrt hatten, war absurd. Joachim würde in den Polen immer nur Vertreter einer minderwertigen Rasse sehen, die er verachtete und ohne Gewissensbisse aus dem Weg räumen würde.

Sie wünschte sich, er würde möglichst schnell wieder abreisen. Sie wünschte sich, sie müsste ihn nie wieder sehen, könnte vergessen, ihn je gekannt zu haben. Den Mann, mit dem sie sich vor weniger als einem Jahr verlobt hatte; der mit ihren Eltern in der Stube saß und die Hochzeit plante. Sie ballte die Fäuste und versuchte, das Zittern zu unterdrücken, das von ihrem Körper Besitz ergriffen hatte. Ich heirate ihn nicht, niemals! Ich will es nicht, und ich kann es nicht.

Für einen Moment spürte sie den Impuls aufzuspringen, in die Stube zu laufen und es allen ins Gesicht zu sagen, aber noch bevor sie die Füße auf den Boden gesetzt hatte, hielt sie inne. Sie war schon so weit gegangen. Nicht einmal heute Nachmittag hatte sie sich gegen Joachims Drängen gewehrt, hatte alles geschehen lassen, obwohl sie es eigentlich nicht gewollt hatte. Wenn sie jetzt die Verlobung aufkündigte, wäre er blamiert bis auf die Knochen: ein selbstgefälliger SS-Mann, den seine Braut sitzen gelassen hatte! Wie würden sie sich über ihn die Mäuler zerreißen, hier im Dorf, bei den NSKK-Kameraden in Tübingen, vermutlich auch in seiner Garnison in Warschau. Und dann würde er blindwütig zurückschlagen und dafür sorgen, dass jedes Kind wusste, wie Charlotte Voss sich an ihn herangeworfen hatte und die Beine nicht schnell genug hatte breit machen können; dass sie es mit jedem treiben würde wie eine rollige Katze und er ihr deshalb den Laufpass gegeben hätte. Aus gekränkter Ehre, das wusste sie instinktiv, war er zu allem imstande. Wie dumm war sie gewesen, wie dumm! Aber sie konnte ihn nicht heiraten – sie konnte nicht.

Mit klappernden Zähnen lag sie auf dem Bett; ihr war furchtbar kalt. Jetzt, im vierten Kriegswinter, war das Heizmaterial knapp, und natürlich ging Oberlehrer Voss, der sich vielleicht mehr Komfort hätte leisten können, mit gutem Beispiel voran und befeuerte nur noch den Ofen in der Stube. Du musst nicht sofort etwas unternehmen, sagte die alte, zuverlässige Charlotte im Kopf des frierenden Mädchens. Noch vier Tage, dann ist er auf dem Weg zurück nach Warschau und kommt vor dem Sommer nicht mehr nach Hause. Bis dahin ist noch eine lange Zeit, und der Osten ist gefährlich. Wer weiß, was bis zum Sommer alles passieren kann! Was für ein schrecklicher Gedanke; was für ein schrecklicher Wunsch.

Ihr Blick fiel auf die Schachtel mit der Winterjacke darin, dem Geschenk von Joachim. Sie hätte es nicht annehmen dürfen, dachte sie. Es kam ihr vor, als wäre sie damit eine fragwürdige Verpflichtung eingegangen. Aber jetzt war es zu spät.

Die Polen im Dorf wollten Weihnachten gemeinsam feiern. Tomasz legte im Allgemeinen keinen größeren Wert darauf, Zeit mit ihnen zu verbringen – Mascha und Helena, die beiden Schwestern, waren ihm zu fromm und naiv, Pjotr dagegen so griesgrämig und ständig schlecht gelaunt, dass einem jede Begegnung mit ihm auf Tage hinaus wie ein Bleigewicht auf der Seele lag. Aber Weihnachten war etwas Besonderes, erst recht, seitdem klar war, dass sie im Wohnhaus der Fahrners unerwünscht waren, solange Joachim dort wohnte. Janek hatte es nicht glauben wollen, dass Eva, seine angebetete Eva, sich dem Diktat ihres Nazibruders unterwerfen würde, aber sie hatte es getan und damit, so hoffte Tomasz, den ersten Zweifel an ihren engelhaften Qualitäten gesät. Nach seinem ersten Schnitzversuch hatte Janek das Arbeiten mit Holz aufgegeben und stattdessen für sie eine Bleistiftzeichnung angefertigt, die er eifersüchtig vor jedem neugierigen Blick abschirmte. Tomasz hatte für niemanden aus der Bauernfamilie ein Geschenk (er arbeitete schließlich fast umsonst für sie, das reichte), für Janek hatte er aus einer knorrigen Baumwurzel einen Ständer gebastelt, an dem der Junge nach der Arbeit seine nassen Schuhe zum Trocknen aufhängen konnte.

Wie an allen anderen Tagen war es auch an Heiligabend schon stockdunkel, als sie damit fertig waren, das Vieh zu versorgen.

»Du, Thomas …« Der Bauer legte ihm die Hand auf die Schulter und hielt ihn zurück. »Heute fängt Weihnachten an.«

Tomasz nickte; aus dem Augenwinkel konnte er sehen, wie Janek zu Eva hinüberschlenderte und mit ihr im Halbdunkel des Stalles verschwand.

»Du weißt, dass es sonst nicht meine Art ist, aber ich kann euch in diesen Tagen nicht ins Haus einladen.«

»So.« Tomasz spürte, wie etwas in ihm sich verhärtete. Nicht meine Art, dachte er. Was ist denn deine Art? Kuschen, wenn dich jemand anbrüllt? Zuschauen, wenn andere Menschen schikaniert werden?

»Mein Sohn Joachim … Ich will keinen Streit mit ihm haben. Einen Sohn hab ich schon verloren, den zweiten will ich nicht auch noch verlieren! Meinen Hoferben.«

Tomasz gab sich einen Ruck; er war ungerecht, er wusste es. Fahrner immerhin hatte für seine Meinung schon im Gefängnis gesessen.

»Ist nicht deine Schuld«, sagte er. Der alte Bauer scharrte unruhig mit den Stiefeln über den strohbestreuten Stallboden.

»Was würdest du denn tun, wenn du wählen müsstest zwischen deinem Hoferben und deinen Fremdarbeitern?«, flüsterte er. »Die Nazis haben ihn verändert. Ich muss alles tun, um ihn hier einzubinden … dass er sich wieder zu Hause fühlt auf dem Hof. Sonst bleibt er ganz weg, und dann – «

»Gibt doch noch die Zwillinge«, antwortete Tomasz. »Und Eva. Arbeitet für zwei, die Eva.«

»Ja, ja, sicher. Aber ein Sohn ist etwas anderes, und Hans und Emil sind noch so klein.«

Fahrner langte hinter sich, griff nach einem Henkelkorb und drückte ihn Tomasz in die Hand. »Frohe Weihnachten, Thomas. Ist etwas Gutes zum Essen drin und ein kleines Geschenk. Nicht viel, gerade, was wir uns leisten können. Und danke für deine Arbeit, deine und Jans. Ohne euch könnte ich den Hof so nicht halten.« Für einen Moment griff er nach Tomasz' freier Hand und drückte sie. »Denk nicht schlecht von mir«, sagte er leise, drehte sich um und hinkte zur Stalltür hinüber.

»Frohe Weihnachten euch auch«, rief Tomasz hinterher. »Wesołych Świąt Bożego Narodzenia.« Dann steckte er zwei Finger in den Mund und pfiff. »Janek, he! Jan! Wo steckst du?« Ein leises Kichern, dann Schritte, die näher kamen. Die Wangen des Jungen waren gerötet, seine Augen glänzten. Ein hübscher Kerl, dachte Tomasz unwillkürlich, wenn er nur genug zu essen hat und sich regelmäßig waschen kann. »Auf, Janek! Wir ziehen uns schnell um, und dann müssen wir los. Du weißt doch, dass Mascha und Helena uns alle eingeladen haben.«

Jan strich sich die Haare zurück. »Was ist in dem Korb?«

»Etwas zum Essen, das können wir mitnehmen. Und ein kleines Geschenk.« Tomasz grinste. »Neugierig?«

»Ein bisschen.« Offenbar hatte Eva sein Geschenk angenommen und sich darüber gefreut, was auch immer er für sie gezeichnet hatte. Jan strahlte über das ganze Gesicht, und

Tomasz beschloss, zumindest an diesem Tag nichts weiter dazu zu sagen. Er klopfte dem Jungen auf die Schulter. »Na los. Wir sind sowieso schon zu spät dran, die ersten Sterne sind längst aufgegangen.«

»Nein, tut mir wirklich leid, Joachim, aber ich kann dich leider nicht zu Charlotte hineinlassen – sie liegt im *Bett*!« Für Erika Voss war selbstverständlich klar, dass kein Mann, der nicht zur Familie gehörte, ihre Tochter im Nachthemd sehen durfte, mochte er auch dreimal ihr Verlobter sein. Charlotte hielt den Atem an und lauschte; die Tür zu ihrem Zimmer war glücklicherweise nur angelehnt, damit ihre Mutter sie hören konnte, wenn sie Hilfe brauchte.

»Aber wir wollten doch zusammen zur NSKK-Weihnachtsfeier gehen«, sagte Joachim jetzt.

»So?« Charlotte konnte ihre Mutter vor sich sehen, wie sie indigniert die Augenbrauen hochzog. »Heute, am Heiligen Abend? Da gehen wir immer gemeinsam in die Christvesper, das müsstest du doch wissen! Deine Familie ist doch auch immer da. Aber heute Abend geht Lotte überhaupt nirgendwohin. Sie ist krank und liegt im Bett.«

Auch Joachim hustete leise, vielleicht war ihm der Nachmittag in der ungeheizten Turnhalle auf die Brust geschlagen.

»Was hat sie denn? Gestern war sie doch noch ganz gesund!«

»Sie hat sich verkühlt, untenrum. Kein Wunder bei diesem Wetter, und wenn man dann noch den ganzen Tag in diesen dünnen Strümpfen herumläuft – «

»Bitte, kann ich nicht wenigstens Guten Tag sagen? Übermorgen muss ich schon wieder zurück nach Polen!«

Eine kurze Stille trat ein, Erika schien zu überlegen.

»Die Tür ist einen Spalt offen. Meinetwegen kannst du dadurch mit ihr sprechen.«

Also doch. Charlotte zog sich die Decke bis zum Hals und wartete.

»Na, Lottimaus, was machst du denn für Sachen? Ich hatte mich schon so gefreut, den Kameraden meine zukünftige Frau vorzustellen!«

Ich nicht, dachte Charlotte.

»Tut mir leid, Joachim«, antwortete sie leise. »Aber es geht wirklich nicht ... Du hättest keinen Spaß mit mir heute, glaub mir.«

»Was hast du denn? Ist es was Ernstes?« Es hörte sich tatsächlich an, als würde er sich Sorgen machen.

»Blasenentzündung ... hatte ich schon häufiger. Tut eklig weh, und ständig muss ich zur Toilette laufen.«

»Deine Mutter meint, du solltest im Winter lieber mit selbst gestrickten Strümpfen herumlaufen«, sagte Joachim. »So wie sie vermutlich selbst.«

»Ich weiß nicht, ob das wirklich hilft ... Wahrscheinlich haben wir uns ein bisschen zu viel zugemutet, als wir spazieren waren. Es war ganz schön kalt!« Vermutlich ließ sich ihre Mutter kein Wort entgehen, deshalb beließ es Charlotte bei dieser Andeutung; Joachim würde schon verstehen, was gemeint war. Tatsächlich hörte sie ihn leise lachen.

»Ach was, Mäuschen ... Ein echtes deutsches Mädel steckt das doch weg wie nichts! Ich glaube, du musst einfach häufiger an die Luft! Und jetzt – « Und damit stand er im Zimmer, geschniegelt und gestriegelt, in SS-Uniform und Hakenkreuzbinde um den Arm, und grinste sie an. »Und jetzt ein Abschiedskuss, wenn ich schon allein zu der Feier gehen muss!« Mit zwei Schritten war er an ihrem Bett, presste seinen Mund auf ihren, zog ihre Unterlippe zwischen seine Zähne und biss kräftig zu. »Dafür, dass du mich im Stich lässt ...«, flüsterte er und richtete sich wieder auf. »Das macht man nicht, weißt du. Nicht mit mir.«

Und dann war er schon wieder draußen. Charlotte starrte ihm fassungslos hinterher; das Herz raste in ihrer Brust wie ein eingesperrtes Tier, und in ihrem Mund schmeckte sie Blut.

»Aber Joachim! Durch die Tür, hatte ich doch gesagt! Ich bin sehr enttäuscht von dir …«

»Ach was! Was denkst du, liebe Schwiegermama, wo Deutschland heute wäre, wenn jeder SS-Mann so schnell kuschen würde?« Er lachte, es klang richtig fröhlich. »Und einen besinnlichen Abend euch allen! Betet für mich mit.«

Die Haustür schlug ins Schloss, Schritte näherten sich. Charlotte hielt sich die Hand vor den Mund; ihre Mutter sollte nicht sehen, dass ihre Lippe blutete.

»So was, Lotti! Kommt einfach hier rein … Das hätte ich nicht gedacht! Soll ich dein Kissen aufschütteln?« Erika Voss fing an, sich in Charlottes Zimmer zu beschäftigen, räumte die Strümpfe zur Seite, zog die Vorhänge gerade.

»Nein, nicht nötig … Ich glaube, ich möchte ein bisschen schlafen.«

»Ja, tu das nur, Kind! Soll ich dir noch einen Tee machen? Du weißt ja, dass du viel trinken musst! Und eine Wärmflasche, ich bring dir noch eine Wärmflasche!« Sie stand am Fenster und sah auf den verschneiten Garten, und unwillkürlich breitete sich ein Lächeln über ihrem Gesicht aus. »Ungezogen und ungehörig war das, wie dein Bräutigam sich benommen hat, aber mein Gott! Das ist doch mal ein schneidiger Kerl! Und ich glaube, er ist ganz verrückt nach dir.« Sie strahlte Charlotte an. »Hätte nie gedacht, dass der Sohn von Georg und Marie mal so ein Draufgänger wird. Das war die SS, denke ich. Die haben einen echten Mann aus ihm gemacht, der sich von keinem herumschubsen lässt wie – wie viele andere. Ich bin stolz, dass er in unsere Familie kommt, Lotte. Stolz und glücklich.«

»Ja«, murmelte Charlotte.

»Schade, dass du nicht mit zur Christvesper kommen kannst. Besonders der Chor wird dich vermissen.« Erika Voss ging zur Tür. »Was meinte Joachim denn mit dieser komischen Weihnachtsfeier? Weiß er nicht, dass wir Heiligabend immer in die Kirche gehen?«

Charlotte schloss die Augen und hoffte, ihre Mutter würde sie endlich allein lassen. »Keine Ahnung. Wir haben nicht groß davon gesprochen. Machst du den Tee?«

»Sofort, Kind. Pfefferminze ist ja noch reichlich da, Eva hat heute Morgen ein ganzes Glas voll gebracht. Sie lässt dich herzlich grüßen.«

Erikas Schritte entfernten sich; Charlotte setzte sich auf, holte den kleinen Taschenspiegel aus ihrem Nachtschränkchen und betrachtete ihre Lippe. Wer genau hinsah, konnte darunter den Abdruck von Joachims Zähnen erkennen. Wenn sie sich nur etwas Ansteckendes ausgedacht hätte, Grippe zum Beispiel oder Scharlach, dann hätte er sie in Ruhe gelassen! Aber sie war einfach zu selten krank; eine Blasenentzündung war das Einzige, woran sie sich aus der letzten Zeit hatte erinnern können und was nicht allzu schwer vorzutäuschen war – schmerzverzerrtes Gesicht, Hand auf den Unterbauch, ein bisschen am Thermometer reiben, oft die Spülung ziehen. Ihre Mutter zumindest hatte ihr sofort geglaubt; bei Joachim allerdings war sie sich nicht sicher. Joachim. Sie fuhr mit der Zunge über ihre Unterlippe, die schon leicht angeschwollen war. Gab es nicht irgendwelche Tiere, die durch einen Biss ihr Eigentum markierten? Um es mit einem weiteren Biss schließlich zu töten?

Sie kroch tiefer unter ihre Decke. Hier im Bett hatte sie sich immer sicher gefühlt, aber diese Sicherheit gab es nicht mehr. Joachim war mit der gleichen Selbstverständlichkeit in ihr Zimmer eingedrungen wie vor ein paar Tagen erst in ihren Körper; es gab keinen Ort mehr, an dem sie vor ihm sicher war.

Unwillkürlich begannen ihre Zähne aufeinanderzuschlagen. Noch nie in ihrem Leben hatte sie, Charlotte Voss, hübsch, klug, selbstbewusst, vor einem anderen Menschen Angst gehabt. Als Kind war sie manchmal bange gewesen vor ihrem Vater oder selbst jetzt noch vor Martha Berner, der leitenden Schreibkraft auf dem Rathaus, aber Angst war etwas anderes. Es war ein Gefühl, das ihren ganzen Körper besetzte, das ihren Atem schwer machte und ihr Herz so erbärmlich klein; das genauso ihre Gedanken beherrschte und sie dazu zwang, von jetzt an um den Augenblick zu kreisen, an dem sie ihm das nächste Mal begegnen würde.

»Hier, Lotti, jetzt trink schön …« Erika Voss stand vor ihrem Bett, die dampfende Kanne und den alten Becher in der Hand, aus dem Charlotte schon als Kind heißen Kakao getrunken hatte, wenn sie einmal krank gewesen war. »Wir gehen jetzt gleich zur Kirche. Bist du sicher, dass du allein zu Hause bleiben kannst?«

»Ich komm schon zurecht, mach dir keine Sorge.«

»Du kannst ja Radio hören, dann fühlst du dich nicht so allein. Heute kommt doch die Weihnachtsringsendung … Stell dir nur vor, du könntest den Bernhard Scheller grüßen hören, der ist doch in Stalingrad! …«

Sie beugte sich über das Radio und schaltete ein; es rauschte, knisterte, krächzte, denn Charlotte hatte sich zuletzt nach dem BBC-Hören nicht mehr die Mühe gemacht, die Frequenz des großdeutschen Rundfunks wieder genau einzustellen, sondern großzügig am Senderknopf gedreht. »Ist das Radio etwa kaputt? Das kann ja wohl nicht wahr sein, so ein teures Ding …«

»Wahrscheinlich hast du aus Versehen den Sender verstellt. Ich mach das schon.«

»Na gut. Ich muss mich noch umziehen, dann gehen wir los. Du weißt ja, dass es später werden könnte, der Streible macht an den Feiertagen gern länger.«

»Ja.« Charlotte stand auf, stellte den Reichsrundfunk ein und schaltete das Radio so laut, dass man es bis in die Küche hören musste.

»Bist du verrückt, hier barfuß herumzulaufen? Jetzt schnell zurück ins Bett!«

Endlich war sie draußen, endlich fiel die Haustür ins Schloss, endlich war es ruhig. Charlotte ging wieder zu ihrem Radio, drehte es auf leise und suchte nach der BBC. Joachim wäre wütend, wenn er es wüsste, dachte sie. Vielleicht sollte sie ihm sagen, dass sie regelmäßig Feindsender hörte, und er würde daraufhin die Verlobung lösen. Viel wahrscheinlicher allerdings war, dass er sie deswegen ins Gefängnis bringen würde, denn daran, dass für ihn die Interessen des Reiches und der Partei wichtiger waren als die Familie, hatte er keinen Zweifel gelassen.

»Hier ist England«, sagte der Sprecher. »Hier ist England! Sie hören die Weihnachtssendung des deutschen Dienstes der BBC.« Sie würde es trotzdem weiter tun, dachte sie. Wenn ihr auch sonst nicht viel einfiel, wie sie Widerstand leisten konnte, sie würde immerhin weiter BBC hören. Sie setzte sich ans Radio und zog ihre Decke über den Kopf.

»›Es genügt nicht, den jüdischen Menschheitsfeind zu isolieren – der Jude muss ausgerottet werden!‹ Das war Herr SS-Obergruppenführer Groß in Karlsruhe am 20. Mai dieses Jahres. ›Wir werden diesen Krieg weiterführen, bis wir das Judentum vom Antlitz der Erde weggetilgt haben!‹ Das war Herr Dr. Ley erst kürzlich in Essen. Der letzte Akt der Judentragödie beginnt. In Massen wurden die übrig gebliebenen Juden – Greise, Frauen, Kinder – in ungeheizten Viehwagen nach den polnischen Ghettos verfrachtet. Unzählige gingen unterwegs zugrunde an Erschöpfung und Hunger. Ganze Transportzüge wurden vergast. Eine internationale Kommission gibt folgende Ziffern …«

Mit zitternden Fingern drehte sie am Lautstärkeknopf herum. Feindpropaganda, Lügen, dröhnte es in ihren Ohren, das kam davon, wenn man Feindsender hörte! Sie wollte das nicht hören, sie wollte das nicht, die Lügen der Engländer, die Deutschland hassten, die grauenhafte Dinge erfanden über Deutschland, die nicht ertragen konnten, dass Deutschland wieder auferstanden war ... Sie presste die Hand an den Mund, spürte, wie es in ihrer Lippe pochte, als wollte jemand heraus.

»... *In Rumänien, wo es 900 000 Juden gab, leben kaum mehr als 25 000. In Jugoslawien wurden von 85 000 Juden 84 000 getötet, eingekerkert oder verschleppt. In Polen gab es nach Schätzungen des Instituts für deutsche Ostarbeit Ende 1940 2 332 000 Juden. Sie alle sollen von SS-Vernichtungskommandos liquidiert werden. In diesen nüchternen Zahlen enthüllt sich die grauenhafteste Tragödie. Millionen Menschen werden ausgerottet. Und warum? Was steckt hinter diesen Massenmorden? Womit rechtfertigen die Nazis ihr beispielloses Verbrechen? ...*«

SS-Vernichtungskommandos in Polen, in Polen. Warschau zum Beispiel lag in Polen, das heißt natürlich in dem Rest, der von Polen noch übrig geblieben war, im Generalgouvernement. Warschau, der Ort, von dem Joachim ihr seine Feldpostbriefe schickte, *mein liebes Frauchen, was für eine verjudete, verlotterte Gesellschaft es hier ist, du würdest es nicht glauben ...*

Sie saß reglos im Dunkel und lehnte ihren Kopf unter der Decke gegen das Radio. Ich glaube das nicht, sagte sie zu der Kommode, die all die lächerlichen kleinen Dinge enthielt, die ihr früher einmal wichtig gewesen waren, die Seidenstrümpfe, die Zigaretten, den Lippenstift, ich glaube das nicht! Du lügst, sagte die Kommode nüchtern, komm schon, Charlotte, früher warst du wenigstens zu dir selbst ehrlich, warum jetzt nicht mehr? Schau dich an, wie du da im Bett kauerst wie ein Häufchen Elend, natürlich glaubst du es, natürlich!

19

Niemand hätte es laut gesagt, aber es war eine Erleichterung, als Joachim am zweiten Weihnachtstag die Rückreise nach Warschau antrat. Noch am gleichen Abend klopfte Emil an die Tür der Polenkammer.

»Ihr sollt zum Essen kommen«, sagte er und spähte neugierig in den Raum, den er doch schon hundert Mal gesehen hatte. »Es gibt Maultaschen und eingeweckte Bohnen. Beeilt euch, hat Mama gesagt, bevor es kalt wird.« Immer noch schien er nicht gefunden zu haben, was er suchte, ließ die Augen hin und her huschen.

»Was suchst?«, fragte Jan. »Was verloren?« Der Kleine wurde rot.

»Joachim hat gesagt, wo die Polen wohnen, wohnen auch die Ratten … und dass überall Marienbilder an den Wänden hängen und Rosenkränze und tote Heilige. Hat er gesagt.«

»Hier nicht.« Janek sah aus, als wollte er Emil ohrfeigen, und Tomasz legte ihm warnend die Hand auf die Schulter.

»Maultaschen, wunderbar!«, sagte er. »Aber wir essen lieber hier, bei Ratten. Sagst du der Mama.«

»Das – ich glaub ja gar nicht, dass das stimmt mit den Ratten«, sagte Emil unsicher. »Der Joachim kann die Polen einfach nicht leiden, weil sie in Warschau so frech zu ihm sind.« Er lächelte treuherzig. »Aber ihr könnt ja nichts dafür!«

Tomasz spürte, wie Janek unter seiner Hand zitterte.

»Weißt du, ich mag Joachim auch nicht«, sagte er. »Und deshalb ich will lieber hier essen. Im polnischen Drecksloch.«

Emil stand einen Augenblick verloren an der Schwelle; der Atem hing in kleinen weißen Wölkchen vor seinem Gesicht. »Aber der Joachim ist doch schon wieder weg! Und – und wir haben noch den Tannenbaum in der Stube, mit echten Kerzen dran. Und silbernen Kugeln! Aus Warschau. Joachim hat sie in seinem Koffer mitgebracht, und Hans und ich haben ihm geholfen, sie aufzuhängen.« Er sah Tomasz erwartungsvoll an. »So etwas habt ihr bestimmt noch nicht gesehen, da bei euch in Polen!«

Tomasz zwang sich zu einem Lächeln. »Wer weiß«, antwortete er. »Aber wir bleiben lieber hier. Und jetzt lauf!«

»Aber was soll ich der Mama sagen?«

»Sag ihr, dass wir wollen hier essen, wegen Ratten und silbernen Kugeln.« Er sah dem Kleinen hinterher, wie er über den gefrorenen Hof trabte und die Küchentreppe hochstieg. Janek fluchte leise.

»Wärst du lieber rübergegangen?«, fragte Tomasz. Jan ließ sich auf sein Bett fallen.

»Ich weiß nicht … Auf jeden Fall habe ich Hunger! Und der Kleine kann schließlich nichts dafür.«

»Wer kann schon etwas dafür«, antwortete Tomasz. »Du und ich etwa?«

Wenige Minuten später stand Georg Fahrner selbst in der Tür, schwer atmend, als wäre er gerannt.

»Was soll das?«, knurrte er. »Wieso kommt ihr nicht? Marie hat doch extra für euch – und Emil sitzt in der Küche und heult. Also.«

»Przepraszam, Pionek«, sagte Tomasz freundlich. »Aber wir haben verstanden, wir sind nicht erwünscht in Haus. Also wir bleiben hier.«

»Unsinn! Das war doch nur – das war etwas anderes. Ihr wisst es doch selber! Jetzt kommt ihr rüber ins Haus und Schluss.«

»Hast du gefragt, was denkt Joachim? Was ist, wenn er wiederkommt?«

Fahrner zog sich die feuchte Mütze vom Kopf und wischte sich damit über das Gesicht.

»Hier auf dem Hof hab immer noch ich das Sagen«, murmelte er. »Das jetzt war etwas anderes, hab ich doch schon gesagt. Weil ich zu Weihnachten keinen Streit im Haus will! Ich fang doch keinen Krach an, wenn der Junge nach neun Monaten endlich nach Hause kommt aus Warschau …«

»Hat sicher viel erzählt, stimmt's? Was er macht da in Warschau?«

Der Bauer funkelte Tomasz wütend an, wütend und hilflos. »Ich hab nicht gefragt, verstehst du? Ich bin kein dummer Trottel! Ich weiß selbst, dass wir Krieg haben! Ist nicht alles gut im Krieg, das will ich doch nicht auch noch hören, wenn ich mit den Kindern unterm Tannenbaum sitze!« Er war laut geworden. »Ist auch nicht gut, was die Polen vorher mit den Reichsdeutschen gemacht haben, oder?«

»Du meinst, ihr musstet Krieg anfangen wegen Reichsdeutsche, verstehe …«

Georg Fahrner fasste nach Tomasz' Arm, nicht fest, aber entschlossen. »Schlimm genug, dass Krieg ist in der Welt«, sagte er zwischen zusammengebissenen Zähnen. »Schlimm genug! Aber ich will nicht auch noch Krieg auf meinem Hof, Thomas. Ich will friedlich mit allen zusammenleben, meine Felder bestellen und mein Vieh durchbringen, mehr will ich nicht! Meinst du, es hätte eine Sekunde Frieden gegeben mit euch beiden und Joachim zusammen unter einem Dach?«

Tomasz zuckte die Achseln. »Weiß nicht. Vielleicht nicht. Aber wenn du nicht verhinderst, kommt Krieg auch hierhin, in Dorf, auf den Hof, überall. Kommt im Gepäck von Leuten wie Joachim, wenn du nicht verhinderst.«

»Thomas.« Der Bauer schloss kurz die Augen. »Hier der Hof in Laifingen ist alles, was ich habe. Seit über zweihundert Jahren gehört er der Familie. Keiner ist jemals reich damit geworden, aber alle haben ihr Auskommen gehabt, und wenn es so weitergegangen wäre wie vor dem Krieg, hätte vielleicht sogar eins von den Kindern nach Tübingen in die Schule gehen können und Doktor werden oder Ingenieur. Ich kann nicht zulassen, dass der Hof kaputtgeht, weil keiner mehr da ist, der sich darum kümmert! Wenn es dafür nötig ist, einmal das Maul zu halten, dann mache ich das. Und wenn es nötig ist, dass ich euch nicht ins Haus kommen lasse, dann mache ich das in drei Teufels Namen auch! Kannst du das nicht verstehen?«

»Doch.« Tomasz sah Fahrner ins Gesicht. »Ich frage mich nur, wo ist Grenze? Gibt etwas, das du nicht tun würdest, nur weil Joachim es will?«

Der Alte wich seinem Blick aus. »Bitte, Thomas, mach es doch nicht so schwer für mich. Es tut mir leid, es tut mir wirklich leid! Ich versuche doch nur, irgendwie zurechtzukommen. Und bitte, kommt zum Essen ins Haus. Tut es Marie zuliebe.«

»Jak myślisz, towarzyszu?«, fragte Tomasz. »Was denkst du, Janek?«

Der Junge nickte. »Also gut. Wir kommen.«

Kein Wort wurde darüber verloren, dass sie eine Viertelstunde zu spät zum Essen kamen. Der Tisch in der Küche war für sie mit gedeckt wie früher auch immer, der Platz des abwesenden Karl mit Tannenzweigen bekränzt, nur der symbolische Teller für Joachim fehlte. Aber auch darüber wurde nicht gesprochen.

»Schön, dass ihr da seid«, sagte Marie. »Setzt euch.«

Ihr zumindest hatte Joachims Besuch gutgetan, dachte Tomasz: Sie sah so ausgeglichen und fröhlich aus wie schon lange nicht mehr. Wenn schon Georg Fahrner seinem Sohn nicht entgegenzutreten wagte, war von ihr erst recht nichts zu erwarten – von wem überhaupt?

1943

I

Das Jahr ging mild zu Ende, und der Schnee kam erst Anfang Januar wieder – schwerer, nasser Schnee, der sich nicht abschütteln ließ, sondern im Nu Kleider und Schuhe aufweichte, so dass sie am nächsten Morgen noch feucht waren, wenn man sie wieder anziehen musste. Sobald sie mit der Arbeit im Stall fertig waren, griffen Tomasz und Jan nach den Schaufeln und machten sich daran, zuerst den Hof, dann die Zufahrt freizulegen; danach waren die Landstraße nach Tübingen an der Reihe und die Kirchgasse, die steil den Hang Richtung Wald hinaufführte. Alles, was anpacken konnte, war dort versammelt – die wenigen Männer, die der Krieg noch nicht eingefordert hatte, die Fremdarbeiter, ein paar junge Frauen und Kinder (die Schule hatte sowieso noch nicht wieder angefangen) und natürlich die Hitlerjugend in voller Montur. Früher hatte der alte Breitmeyer die Ochsen vor den Schneepflug gespannt und wenigstens die Hauptstraßen freigeschoben, aber der Pflug war ein morsches altes Ding, das jedes Jahr gewartet werden musste, und seit die Breitmeyer-Söhne im Krieg waren, hatte sich niemand mehr darum gekümmert.

Wenn es ihm gelang, die kalten Hände und Füße zu vergessen, die tropfende Nase und das eisige Wasser, das ihm von der Mütze in den Nacken lief, dann war das eine Arbeit, die ihm sogar Spaß machte, dachte Tomasz. Es war zwar anstrengend, aber man sah sofort, was man geschafft hatte. Den meisten anderen schien es ähnlich zu gehen; Scherzworte flogen hin und her, gelegentlich auch mal ein Schneeball. Alle schafften zusammen, wenn auch die HJ immer wieder zaghafte Versuche machte, die Einheimischen von den Fremdarbeitern zu trennen und so etwas wie eine militärische Ordnung durchzusetzen.

»Polen hier rüber!«, kommandierte der arrogante junge Voss, aber keiner hörte auf ihn. Hier, wenigstens hier schien allen klar zu sein, was diese jugendlichen Uniformträger eigentlich waren: nicht die Speerspitze der Bewegung, nicht die kommende Elite, sondern aufgeblasene junge Leute, denen ihre eigene Wichtigkeit zu Kopf gestiegen war. Genau in dem Augenblick traf ein gut gezielter Schneeball Hermann Voss ins Gesicht. Ein paar Leute lachten. Der Junge lief rot an vor Wut.

»Wer war das?! Ich bin Fähnleinführer, wer mich angreift, der vergreift sich an der nationalsozialistischen deutschen Jugend – «

»Nun mach mal halblang, Bub«, sagte ein alter Bauer und legte ihm kurz die Hand auf die Schulter. »Hier sind schon Schneebälle geflogen, da war von dir noch keine Rede und von Nationalsozialismus auch noch nicht. Sieh lieber zu, dass du hier die Gasse freischaufelst, sonst bleibt der Postwagen gleich stecken.«

Noch bevor der Junge sich eine Antwort zurechtgelegt hatte, hatte sich der Bauer schon wieder abgewandt und zu seiner eigenen Hacke gegriffen. Tomasz grinste. Die Hitlerjugend war eine echte Plage; kaum ein Erwachsener behandelte die Polen so geringschätzig und feindselig wie die HJler.

Er zwinkerte Pjotr zu, der ein paar Meter von ihm entfernt stand, und rief ihm auf Polnisch zu: »Gut gezielt, Bruder!«

Auch die beiden Schwestern waren da, in viele Lagen Tücher und Jacken eingehüllt, so dass sie so unförmig aussahen wie zwei wollige Elefanten. Ihre roten Backen leuchteten in der Schneeluft, und sie schwangen die Schaufeln, als würden sie dafür extra bezahlt. Unter den Frauen, die mitarbeiteten, entdeckte Tomasz auch Charlotte – gemeinsam mit den anderen Angestellten aus der Ortsverwaltung legte sie den Eingang zum Rathaus frei. Ihr Anblick gab ihm einen unangenehmen Stich. Charlotte, die Nazibraut, die über kurz oder lang einen SS-Mann heiraten würde – nicht irgendeinen, nein, sondern SS-Mann Joachim Fahrner, der es nicht ertrug, mit Polen an einem Tisch zu sitzen und zu essen. Bevor er Joachim kennengelernt hatte, war diese Zukunft etwas Abstraktes gewesen, aber jetzt hatte sie sich in seinem Kopf abzuspulen begonnen wie ein schlechter Film: Charlotte und Joachim Fahrner, ein nationalsozialistisches Musterehepaar. Die Hakenkreuzfahne an der Haustür und das Hitlerbild im Wohnzimmer, das Mutterkreuz in der Glasvitrine und brav gescheitelte Kinder im Braunhemd mit Joachims Gesichtszügen und Charlottes Augen, die eben diese stolze Mutter umringten, während sie ihnen alte germanische Heldensagen vorlas … Er kam sich betrogen vor, lächerlich. Hatte er sie völlig falsch eingeschätzt? War er einfach nur ein Idiot gewesen, als er gedacht hatte, sie würde Zuneigung zu ihm empfinden? Aber warum hatte sie ihm dann erzählt, dass sie heimlich BBC hörte? Er verstand es nicht, und vor lauter Wut und Enttäuschung war er ihr so gut aus dem Weg gegangen wie nur möglich. Mit Joachim in der Nähe war es nicht schwierig gewesen, hatten sich die Begegnungen mit der Familie doch in seiner Gegenwart auf das absolut Nötigste beschränkt. Aber jetzt war er wieder fort, und Charlotte würde Tomasz wieder regelmäßig begegnen, so wie heute. Charlotte Voss. Charlotte Fahrner. Es wollte nicht in seinen Kopf, dass das dieselbe Person sein sollte. Plötzlich drehte sie den Kopf in seine Richtung, als hätte sie mitbekommen, wie er sie anstarrte. Sie lächelte zaghaft und winkte zu ihm herüber, er packte die Schaufel fester und drosch sie wütend in die nächste Schneewehe.

»He, pass doch auf, Mann, fast hättest du mich erwischt!«

»Tut mir leid.« Er verbiss sich in seine Arbeit, schaufelte für drei, während es ihm keine Sekunde gelang, Charlottes Gegenwart zu vergessen. Schließlich war die Straße einigermaßen frei, und die Helfer begannen sich langsam zu zerstreuen. Tomasz sah sich suchend nach Janek um, damit sie gemeinsam zum Hof zurückgehen könnten, da stieß er mit Charlotte zusammen, die sich gerade das Kopftuch heruntergezogen hatte und den Schnee aus den Haaren schüttelte.

»Hallo, Thomas«, sagte sie. »Gehst du nach Hause?«

»Zum Fahrnerhof.« Er sah stur an ihr vorbei.

»Ich will heute Nachmittag auch vorbeikommen. Meine Mutter hat alte Hemden aussortiert, die bringe ich mit. Vielleicht kann man ja für die Zwillinge noch etwas daraus machen, sie wachsen so schnell aus allem heraus ...« Tomasz antwortete nicht, was hätte er zu diesem Geplapper auch sagen können? »... oder sogar für Jan, er ist ja ganz schmal.«

Mittlerweile hatte er Janek entdeckt; der Junge stand an der Hauptstraße vor der Metzgerei und redete mit Pjotr.

»Janek, czekaj!«

»Warum sprichst du nicht mit mir?« Weit aufgerissene Augen in einem blassen Gesicht. O ja, sie war schon hübsch, Charlotte Fahrner, wer würde das nicht sehen!

»Wie gefällt's dir, wenn so ein richtiger Nazi dich küsst?«, sagte er auf Polnisch. »Es schmeckt nach Blut und Boden, stelle ich mir vor. Ein deutscher Kuss, das muss so sein, als ob man einen Stahlhelm küsst, oder? Weißt du, es hat mich schon überrascht, dass dir so etwas gefällt. Von allen Männern suchst du dir so ein SS-Schwein aus, dem der Geifer aus den Mundwinkeln tropft.«

Sie sah ihn verstört an. »Was ist los, Thomas? Ich verstehe dich nicht! Was hast du gesagt?«

Mit einem Mal war er so ungeheuer wütend, auf Charlotte, auf Joachim, auf sich selbst und diesen ganzen Krieg, so wütend, dass er seine ganze Kraft brauchte, um ihr seine Sätze nicht auf Deutsch entgegenzuschleudern. Er wünschte, er könnte sie so verletzen, wie er selbst verletzt war. Er drehte sich um und lief ohne ein weiteres Wort zu Pjotr und Janek hinunter.

»*Verlobungs- und Heiratsgenehmigung*«, las Charlotte vor. Zusammen mit ihrem Vater saß sie in der Stube und ging die Liste durch, die Joachim ihr geschickt hatte, sobald er in Warschau angekommen war: eine Übersicht über die Papiere, die sie noch besorgen musste, bevor sie das Aufgebot bestellen konnten. Es waren viele, hatte sie erleichtert gesehen. Vielleicht war ja auch eine Anforderung dabei, die sie nicht erfüllen konnte, irgendeine Voraussetzung, der sie nicht genügte. Sie war sicher, dass Joachim niemals seinen Rauswurf aus der SS riskieren würde, nur um sie zu heiraten.

»Lass sehen.« Arnold Voss nahm seiner Tochter die Liste aus der Hand und überflog sie. »*Fragebogen vom Rasse- und Siedlungshauptamt mit drei dazugehörigen Lichtbildern* … Da fährst du gleich morgen nach Tübingen und lässt beim Kleinfeld ein paar schöne Bilder machen, was, Lotte?« Charlotte nickte. »*Lebenslauf* … *Erbgesundheitsbogen* … *ärztlicher Untersuchungsbogen, vom SS-Arzt ausgefüllt* … *Vermögens- und Schuldenerklärung* … Was gehen die unsere finanziellen Verhältnisse an!? Gut, aber darum kann ich mich kümmern, schreib du erst einmal den Lebenslauf, den können wir dann gemeinsam durchgehen. Und diese *Stellungnahme des Einheitsführers* muss Joachim selbst besorgen.« Zufrieden sah er auf. »Na, da ist ja einiges zu tun! Aber diese SS-Truppe ist ja auch der Augenstern des Führers, kein Wunder, dass er solchen Wert darauf legt, sie artrein zu erhalten! Ich muss sagen, Lottchen, dass ich nicht wenig stolz darauf bin, dass du demnächst irgendwie ja auch dazugehören wirst! Es war falsch von mir,

Joachim nur nach seiner Herkunft zu beurteilen. In ihm steckt mehr, als ich geglaubt habe, und ich bin froh, dass du das schon so früh erkannt hast!«

Charlotte schluckte die Antwort herunter, die sie am liebsten gegeben hätte.

»Es gibt hier noch zwei Fragebögen, die von Bürgen aus der Nachbarschaft ausgefüllt werden müssen«, sagte sie stattdessen. »*Ist die zukünftige Ehefrau kinderlieb? Wirtschaftlich? Zuverlässig? Kameradschaftlich oder herrschsüchtig? Sparsam oder verschwenderisch? Häuslich oder flatterhaft?*« Sie ließ die Blätter sinken. »Das ist entwürdigend«, sagte sie leise. »Wem um Gottes willen soll ich denn diese Fragebögen geben!?«

Arnold Voss überlegte. »Nun, der Ortsbauernführer Maifeld ist mir in vielerlei Hinsicht verpflichtet, und die Scheller von der Milchstelle kennt dich ganz gut! Ich denke, mit diesen beiden kannst du nicht viel falsch machen.«

»Ausgerechnet die Scheller, ich bitte dich! Diese alte Hexe soll ihre Meinung dazu sagen, ob *in der Familie Geisteskrankheiten, Nervenleiden, Tuberkulose oder andere schwere Erkrankungen vorkamen und ob es innerfamiliäre Suizidfälle gab*?! Und dann noch, *ob die zukünftige Ehefrau und ihre Familie sich für die nationalsozialistische Erhebung eingesetzt haben oder heute als zuverlässige Verteidiger der nationalsozialistischen Weltanschauung gelten*?!«

»Aber daran kann doch gar kein Zweifel bestehen, Lotte. Ich bin sicher, Frau Scheller hat nur Positives über dich zu berichten. Lass mich das regeln! Kümmer du dich um diesen Gesundheitskram und die Fotos, und dann schreib den Lebenslauf! Ohne Fleiß kein Preis.«

So schnell er gekommen war, war der Schnee auch wieder verschwunden und hatte unangenehmem, nassem Winterwetter Platz gemacht. In der unbeheizbaren Polenkammer war es kalt und feucht, da half auch die Nähe zum Kuhstall nichts. Wenn man nicht bei der Arbeit ins Schwitzen geriet, bestand nur bei den Mahlzeiten die Möglichkeit, sich aufzuwärmen, und Jan und Tomasz waren doppelt dankbar, dass Joachim wieder in Warschau war und sie nicht daran hinderte. In den Zeiten von Brennstoffknappheit und Kohlenrationierung war auch im Bauernhaus nur der große Ofen in der Stube beheizt, aber von dort zog die warme Luft durch das ganze Haus, so dass zumindest die Kleider, die man abends auszog, bis zum Morgen wieder getrocknet waren.

»Wir haben doch oben noch die Kammer von Karl und Joachim frei«, sagte Eva eines Abends, nachdem die Polen sich für die Nacht verabschiedet hatten. Jan hatte sich einen bellenden Husten zugezogen; selbst wenn er in seinem Bett lag und hustete, hörte man ihn im ganzen Haus, und jetzt während des Abendessens hatte er kaum eine Minute Ruhe gehabt. »Ich meine, jetzt, wo Joachim wieder weg ist, braucht sie doch keiner! Und sicher ist es da wärmer als drüben im Stall.«

Georg Fahrner war in die Zeitung vertieft und reagierte nicht. Seit ein paar Wochen ließ er sich von Charlotte den *Völkischen Beobachter* mitbringen, wenn Arnold Voss ihn ausgelesen hatte. Ein Neffe der Fahrners stand mit seinem Bataillon in Stalingrad, und der *Völkische Beobachter* lieferte deutlich mehr Berichte dazu als die *Tübinger Chronik*: »Stalingrad seit Wochen in heldenhafter Abwehr … Im Raum von Stalingrad schlugen unsere Truppen, die dort seit Wochen im heldenmütigen Abwehrkampf gegen den von allen Seiten angreifenden Feind stehen, auch gestern starke Angriffe feindlicher Infanterie- und Panzerverbände unter großen Verlusten für die Bolschewisten ab. Führung und Truppe gaben damit wiederum ein leuchtendes Vorbild heroischen deutschen Soldatentums …« Was genau sollte man darunter verstehen, fragte sich Fahrner. Was?

»Was denkst du, Papa?«

»Was denke ich wozu?«

»Dass wir Janek und Thomas in Karls altem Zimmer schlafen lassen. Es ist viel wärmer dort oben, und wenn ich höre, wie Jan hustet – «

»In Karls Zimmer?!« Marie Fahrner sah empört von ihrer Handarbeit auf. Sie hatte einen ganzen Korb alter Kindersachen neben sich stehen, die den Zwillingen zu klein waren und beim besten Willen nicht mehr passend gemacht werden konnten. Jetzt ribbelte sie die Wolle auf, um daraus neue Socken zu stricken. »Womöglich noch in Karls Bett!?«

Eva verdrehte die Augen. »Warum denn nicht, Mama? Karl braucht es nicht mehr, während Jan – «

»Wie kannst du so etwas sagen!« In Maries Augen schimmerten schon die Tränen. »Wirklich, Eva, wie kannst du so herzlos sein? Dein eigener Bruder liegt tot irgendwo im Osten verscharrt, und du verteilst sein Hab und Gut unter seinen Feinden!«

»Mama, bitte! Ich bin sicher, dass Karl nichts dagegen hätte. Weißt du nicht mehr, wie großzügig er immer mit allen geteilt hat? Und schließlich tragen sie auch schon seine Sachen – Schuhe, Jacke, Hosen …«

»Obwohl ich es nicht erlaubt habe! Jedes Mal, wenn ich sie darin sehe, schneidet es mir ins Herz. Die Jacke, die ich Karl selbst genäht habe, als er siebzehn geworden ist! Und jetzt trägt sie der Pole, als ob gar nichts dabei wäre.«

»Das stimmt doch gar nicht! Janek weiß genau, woher die Jacke kommt, und ist sehr dankbar dafür! Das hat er mir selbst gesagt!«

»Und du glaubst alles, was er dir sagt, oder? Aber ich traue denen nicht. Die Polen sind ein verlogenes Volk. Hast du nicht gehört, was Joachim erzählt hat?«

»Joachim hat viel erzählt, was ich am liebsten nicht gehört hätte«, antwortete Eva wütend. »Der ist doch nur noch ganz berauscht von diesem ganzen Nazizeug! Hast du nicht gemerkt, wie sehr er sich verändert hat!?«

»Hör auf zu streiten und entschuldige dich, Eva.« Georg Fahrner faltete seufzend die Zeitung zusammen. »So spricht man nicht mit seiner Mutter. Jedenfalls nicht in diesem Haus.«

Eva lief rot an. »Ich – tut mir leid, Mama. Ich wollte dich nicht kränken.«

Marie nickte mit versteinertem Gesicht und stand auf. »*Wohl den Frauen, die unfruchtbar sind, die nicht geboren und nicht gestillt haben*«, flüsterte sie. »Ich gehe schlafen.«

Eva starrte hinter ihr her, noch nachdem die Tür sich wieder geschlossen hatte, dann wandte sie sich mit einem Ruck zu ihrem Vater um.

»Also, was denkst du dazu, Papa?« Fahrner wich ihrem Blick aus.

»Wenn es nur nach mir ginge, würde ich sagen: ja, sofort! Aber die Zeiten sind nicht so. Wir müssen Rücksicht nehmen.«

»Rücksicht? Worauf?«

»Auf unseren Ruf, unseren guten nationalsozialistischen Ruf.« Er lächelte bitter. »Du glaubst doch nicht, dass so etwas verborgen bleibt, oder? Wenn wir die Polen hier im Haus aufnehmen, dann weiß es morgen der Maifeld und macht mir die Hölle heiß. Und zwei Tage später weiß es auch Joachim. Ich will nicht schon wieder mit Joachim streiten. Ich schaffe das nicht.«

Ungläubig sah Eva ihn an. »Das meinst du nicht ernst! Hast du uns nicht immer gepredigt, dass wir – dass wir barmherzig sein sollen, die Hungernden speisen, die Nackten bekleiden und so weiter? So wie in der Bergpredigt eben?«

Der alte Bauer rutschte unbehaglich auf seinem Stuhl hin und her.

»Die Bergpredigt ist etwas für bessere Menschen, als wir es sind«, antwortete er leise. »Die Bergpredigt ist etwas für Menschen, die keinen Hof haben und keine Familie, für die sie verantwortlich sind. Zeig mir einen, nur einen, der sich daran hält!«

»Du hast Angst vor Joachim, das ist es«, sagte Eva scharf und stand auf. »Du hast Angst vor deinem eigenen Sohn!«

Georg Fahrner knetete mit den Fingern eine Falte in seiner Arbeitsjacke, ein geschlagener alter Mann.

»Vielleicht ist es so«, murmelte er. »Gebe Gott, dass du niemals in so eine Lage kommst.«

»Am 5. Juni 1923 wurde ich als erstes Kind des Lehrers Arnold Voss und seiner Ehefrau, der Hausfrau Erika Voss geborene Bissinger, in Laifingen (Kreis Tübingen) geboren«, schrieb Charlotte und konnte im Geist die empörte Stimme ihres Vaters »*Ober*lehrer!« sagen hören. »Mein jüngerer Bruder Hermann wurde am 20.8.1926 geboren. Ich gehöre der evangelisch-lutherischen Konfession an und wurde am 14.4.1938 konfirmiert.« Vielleicht sollte sie ihr Engagement in der Kirche ein bisschen übertreiben; Frömmigkeit war keine Eigenschaft, die bei der SS gern gesehen war. »Seitdem singe ich regelmäßig im Kirchenchor und – « Sie kaute auf ihrem Bleistift herum. Gab es sonst noch etwas? Tatsache war, dass sie sich eigentlich nirgendwo besonders engagiert hatte, immerhin auch nicht im BdM. Den Mädelführerinnen war sie immer zu leichtfertig, zu unbesonnen und unzuverlässig erschienen, um Verantwortung zu übernehmen, zumindest hatten sie ihr das zu verstehen gegeben. Wenn sie geschickt war, konnte sie das möglicherweise in ihrem Sinne unterbringen: »Obwohl ich mich immer darum bemüht habe, bin ich leider nie in den Rang einer Mädelscharführerin aufgerückt. Auch in der Organisation Glaube und Schönheit bin ich nur einfaches Mitglied.« Sie ging ein paar Zeilen zurück. »Bis zum Alter von zehn Jahren war ich in der kirchlichen Jungschar, danach bei den Jungmädeln.«

Die kirchliche Jungschar war aufgelöst worden damals, es hatte keiner besonderen Überzeugung bedurft, zu den Jungmädeln zu wechseln. Sie las, was sie geschrieben hatte, und strich das »leider« wieder heraus. »Zu Ostern 1930 wurde ich in der hiesigen Volksschule eingeschult, die ich bis 1934 besuchte, dann wechselte ich an die Mädchenrealschule in Tübingen, die ich mit der Mittleren Reife abschloss.«

Sie stellte sich vor, wer im Rasse- und Siedlungshauptamt wohl diesen Lebenslauf lesen würde, um daraus abzuleiten, ob sie blutsmäßig dazu geeignet war, mit Joachim eine artreine Sippe zu gründen. Ein SS-Mann vielleicht, der sich dann das Lichtbild nehmen und auf arische Gesichtszüge überprüfen würde. Sie war zwar, worauf ihr Vater bestanden hatte, in ihrer »Glaube und Schönheit«-Kluft, mit weißer Bluse und Halstuch, zum Fotografen gefahren, hatte aber dort etwas Geblümtes übergezogen und die Lippen ganz leicht mit Lippenstift betont – nicht so sehr, dass es ins Auge sprang, sonst hätte es ja auch Joachim gesehen (»Ein hübsches Bild für den Herrn Bräutigam ist auch noch dabei, gnädiges Fräulein!«), aber doch so deutlich, dass dem geschulten Betrachter sofort der Satz von der deutschen Frau in den Sinn kommen musste, die sich nicht schminkt. Vielleicht reichte ja das Bild schon aus, um sie als nicht geeignet auszusortieren.

Sie schloss die Augen und ließ den Kopf auf die Arme sinken. Im Grunde ihres Herzens war sie überzeugt davon, dass es längst zu spät war, dass es völlig gleich war, was sie schrieb und einreichte, weil die Entscheidung schon lange feststand. Sie war in ein riesiges Mahlwerk gestürzt und wurde unerbittlich immer weiter hineingezogen, und nichts, was sie tat, konnte sie davor bewahren, darin zerquetscht zu werden.

Jetzt im Winter war Zeit, sich um all die kleinen und großen Dinge zu kümmern, die im Laufe des Jahres kaputtgegangen waren. Werkzeuge mussten repariert werden, Rechenzähne geschnitzt, Leitersprossen neu eingepasst; zwei Bohlen im Kuhstall waren morsch, der Draht um den Kükenauslauf marode. Alle Wagenachsen wurden kontrolliert und geschmiert, ebenso wie alle Metallwerkzeuge, von denen vorher noch sorgfältig der Rost abgeschmirgelt werden musste.

Jeden Tag verbrachte Jan mehrere Stunden damit, auf der Bühne mit der Handmühle Hafer und Gerste für das Schweinefutter zu schroten, dann mit der Rübenmühle die Futterrüben zu Schnitzen zu verarbeiten, die unter das Rinderfutter gemischt wurden. Die Kühe wurden sorgfältiger geputzt als sonst und bekamen die Klauen geschnitten, eine Arbeit, bei der sie noch die Hilfe eines Nachbarn benötigten. An einem milden Wintertag trieb Tomasz nacheinander zwei der Kühe zum dorfeigenen Farrenstall, wo ein Zuchtbulle gehalten wurde, und ließ sie decken, am nächsten Tag dann noch einmal zwei.

So viel der Bauer auch an seinem Thermometer herumklopfte, das Wetter blieb weiterhin mild.

»Höchste Zeit, mit dem Holzmachen anzufangen«, knurrte er, aber solange die Waldwege weich und matschig waren, war es gefährlich, mit den schweren Holzfuhren den Berg hinunterzufahren. Stattdessen entschloss er sich, die Gülle auf den Feldern auszubringen. Tomasz konnte nicht behaupten, dass er diese Arbeit mochte. Die Güllegrube befand sich unter der Miste, von ihr durch eine Art Rost getrennt, durch den Regenwasser und flüssige Bestandteile abtropfen konnten. Außerdem nahm sie den Urin der Kühe aus dem Stall auf, der durch Ritzen im Stallboden in eine zuführende Holzrinne lief.

»Am besten, ihr zieht euch ein paar alte Klamotten an«, sagte Georg Fahrner. »Irgendwas geht immer schief, und hinterher stinkt alles wie die Pest.«

Tomasz verzog das Gesicht. »Woher nehmen?«, fragte er und hielt beide Arme hoch. »Das ist einzige Jacke.«

»Verdammt.« Fahrner räusperte sich und spuckte auf den Boden. »Dass sie euch keine vernünftige Arbeitskluft geben! Vielleicht findet Marie noch irgendetwas, das ihr drüberziehen könnt.«

Angetan mit den Holzpantinen, einer alten Uniformjacke und einem zerschlissenen Regenmantel machten sie sich schließlich an die Arbeit. Sie luden das leere Güllefass auf den Mistwagen und fuhren ihn zur Mistlege, wo die Gülle mit einer Handpumpe aus der Grube hochgepumpt und in das Güllefass befördert werden musste.

»Geh du die Tiere anspannen, ich mach in der Zeit das Fass voll«, sagte Tomasz zu Janek.

Der Junge nickte, schniefte und trottete durch den Nieselregen Richtung Kuhstall davon. Seit Weihnachten hatte Janek nicht aufgehört zu husten. Eigentlich gehörte er bei diesem Wetter nicht nach draußen, sondern ins Bett, dachte Tomasz. Und es war nicht so, dass Georg und Marie Fahrner nicht versuchen würden, ihnen das Leben leichter zu machen – immerhin gab ihnen die Bäuerin jeden Abend eine Wärmekruke mit, wenn sie schlafen gingen. Aber auf ihre Arbeitskraft konnte und wollte der Bauer nicht verzichten. Solange sie gut arbeiteten, das hatte Tomasz inzwischen verstanden, hatten sie in Deutschland eine Überlebenschance. Mit aller Entschlossenheit und Brutalität trieb der Nazistaat inzwischen Arbeitskräfte aus ganz Europa ins Reich, weil die Kriegswirtschaft sonst zusammenbrechen würde, die Lebensmittelproduktion genauso wie die Rüstungsindustrie. Charlotte hatte in der BBC davon gehört und es ihm irgendwann heimlich zugeraunt – damals, bevor das Auftauchen ihres Obernazis jede Art der Kommunikation beendet hatte. Damals, als er noch geglaubt hatte, dass er ihr vertrauen könnte. Er biss die Zähne wütend zusammen und pumpte weiter, bis das Güllefass voll war.

Es war eine unangenehme, anstrengende Arbeit, die Gülle auf den winterschweren Feldern zu verteilen. Der Lehm klebte an ihren Holzschuhen und machte sie noch schwerer und unbeweglicher, als sie immer schon waren, und auch die Zugtiere und die Räder des Mistwagens sanken ständig in den Boden ein und mussten dann wieder flottgemacht werden; der Ausfluss, durch den die stinkige Brühe eigentlich gleichmäßig auf den Acker laufen sollte, musste dafür immer wieder kurzfristig verschlossen und dann wieder geöffnet werden. Schon nach kurzer Zeit waren Tomasz und Jan über und über mit Gülle bespritzt.

»Gut, dass es regnet«, bemerkte Tomasz. »Dann wird die Scheiße wenigstens gleich wieder abgespült.«

Ein Hustenanfall schüttelte Jan; er blieb stehen und hielt sich die Seiten.

»Ich hasse Landarbeit«, flüsterte er, sobald er wieder Luft schnappen konnte. »Ich hasse es, morgens um fünf in den Kuhstall zu gehen und Mist zu karren. Ich hasse es, bis zu den Knöcheln im Schlamm zu waten. Ich hasse es, das Heu von der Bühne herunterzuschleppen und zu schneiden, ich hasse es – «

»Ganz ruhig, Junge. Hilft doch alles nichts. Immerhin gibt es genug zu essen, vergiss das nicht! Und wenn du einst als feister Pfaffe in deiner Kirche sitzt, dann bist du froh, dass du weißt, wie der Alltag deiner Schäfchen aussieht.«

Jan schüttelte wild den Kopf. »Vergiss es! Das wird nicht passieren. Wenn ich erst wieder zu Hause bin – «

»Ja?«

»Ach, ich weiß auch nicht. Aber Pfarrer werde ich nicht, das ist vorbei.« Er sah Tomasz treuherzig an, und die braunen Pünktchen in seinem Gesicht zerflossen im Regen. »Ich habe überlegt, ob Eva nicht vielleicht Lust hat, mit mir nach Polen zu gehen. Wenn der Krieg zu Ende ist, meine ich! Ich könnte zum Beispiel Lehrer werden, und sie kümmert sich um die Familie und das Haus …«

»Mein Gott, Janek.« Tomasz nahm die feuchte Mütze ab und wischte sich damit durch das Gesicht. »Los, lass uns weitermachen, dann werden wir auch irgendwann fertig.«

2

»Unsere Jungs in Stalingrad frieren sich die Ärsche ab, und hier, wo wir auf den Winter warten, wird es einfach nicht kalt!«

Georg Fahrner legte wütend den *Völkischen Beobachter* an die Seite. »In todesmutigem Bewußtsein einer bedeutenden Aufgabe«, titelte die Zeitung am achtundzwanzigsten Januar. »Der Widerstand in Stalingrad bindet mehrere Sowjetarmeen … Die noch kampffähigen Teile der 6. Armee in den Trümmern der Stadt verkrallt.« Wo immer mehrere Leute beieinanderstanden, redeten sie von Stalingrad, von Kesselschlachten, mangelhafter Versorgung und wieder und wieder gescheiterten Versuchen, die eingeschlossenen Truppen zu verstärken oder eine entscheidende Bresche in die tödliche Umklammerung durch die Bolschewiken zu schlagen – kannte doch jeder mindestens einen der Soldaten, die dort eingekesselt waren. Aber der Nachschub an Menschen und Material aus den feindlichen Weiten Sowjetrusslands war schier unerschöpflich, und nicht einmal die überzeugtesten Nazis vermochten noch zu glauben, dass dieser Kampf siegreich für die Deutschen zu Ende gehen würde. Selbst das Kampfblatt der Bewegung stimmte seine Leser langsam, aber unerbittlich auf die zu erwartende heldenhafte Niederlage der 6. Armee unter General Paulus ein.

»Die Zeit läuft uns davon … Morgen gehen wir ins Holz, auch wenn wir den Schlitten nicht nehmen können, sonst wird es dieses Jahr gar nichts mehr damit.« Er wandte sich an Tomasz. »Hast du schon Bäume gefällt, da bei euch zu Hause?«

Tomasz schüttelte den Kopf, Jan sah von dem Socken auf, den er gerade stopfte. Von ihm erwartete der Bauer sowieso nicht, dass er bei irgendeiner praktischen Arbeit Erfahrung hatte.

»Auch das noch, na wunderbar! Aber sägen werdet ihr ja wohl können. Also morgen, sobald wir im Stall fertig sind. Ich habe zwei Tannen und eine Fichte ausgesucht, die fällen wir.«

Am nächsten Morgen packten sie Säge, Äxte, Beile, Seile und anderen Kleinkram in den Leutschinder, eine Art hohem Holzkarren, der von einer oder zwei Personen gezogen werden konnte, und machten sich auf den Weg. Nur die Kuppen der umliegenden Schönbuchhügel waren von Wald bedeckt; alles Land, das irgendwie nutzbar war, wurde bebaut. Selbst die steileren Bereiche taugten noch für Wein oder Hopfen, auch wenn jetzt seit Beginn des Krieges versucht wurde, dort Gemüse oder Kartoffeln anzubauen. Tomasz stellte sich vor, wie es sein musste, auf diesen Gewannen Mist und Gülle auszubringen – kein Fuhrwerk konnte dort eingesetzt werden, und wahrscheinlich musste man alles auf seinem Rücken transportieren und die stinkende Brühe mit dem Schöpflöffel verteilen. Er war froh, dass die Fahrner'schen Felder fast alle im Talgrund lagen. Dort war der Boden zwar lehmig und schwer, aber immerhin musste man nicht ständig rauf- und runtersteigen.

Jan hustete erneut und spuckte danach auf den Boden. Schon seit einer Woche produzierte er diesen gelb-rötlichen Schleim, der Tomasz an eine Nachbarin in Kraków erinnerte, die an Tuberkulose gestorben war, als er noch ein Kind gewesen war. Die Frau hatte auch immerzu gehustet und Gewicht verloren und war so blass gewesen wie der Junge. Aber die Zeiten, in denen kranke Fremdarbeiter nach Hause geschickt worden wären, waren vorbei; solange sie noch irgendwie arbeitsfähig waren, ließ man sie arbeiten, und wenn das nicht mehr ging, landeten sie oft in der sogenannten Krankenbaracke eines Lagers. Tomasz hatte von Pjotr davon gehört, der es im Lager Bietigheim erlebt hatte. In der Krankenbaracke, so hatte Pjotr erzählt, gab es weder richtige Betten noch ausreichend Nahrung, erst recht keine Medikamente, dafür aber reichlich Wanzen und Läuse. Die Kranken wurden meist sich selbst überlassen und vegetierten bei kümmerlicher Kost vor sich hin; viele von ihnen überlebten nicht. Tomasz war fest entschlossen zu verhindern, dass Janek in eine solche Baracke abgeschoben wurde.

»Komm, Junge, lass mich das Ding ziehen, das schaffe ich schon gut allein!« Janek nickte erleichtert und überließ Tomasz seinen Holm. Der Bauer warf einen Blick zu ihnen hinüber.

»Die Frau soll dir Honigmilch machen heute Abend«, grummelte er. »Diese Husterei ist ja nicht mit anzuhören! Aber dass du mir jetzt nicht gleich im Holz schlappmachst, verstanden?«

Das Flächenlos, das Fahrner gekauft hatte, lag nicht allzu weit vom Waldrand entfernt. Sobald sie es erreicht hatten, lief der Bauer mit kritischem Blick um die markierten Bäume herum und zeigte schließlich auf eine Stelle am Fuß der dicksten Tanne.

»Da, Thomas, da machst du mit der Axt die Kerbe! In die Richtung soll gleich der Baum kippen. Und dann fangt ihr auf der anderen Seite an zu sägen. Aber Vorsicht! Gerade sägen, sonst verklemmt das Sägeblatt, und die Säge bleibt stecken, verstanden?«

Tomasz griff nach der Axt und wog sie in den Händen. Ein Werkzeug, um jemanden mit Leichtigkeit zu erschlagen, schoss es ihm durch den Kopf. Er machte drei, vier Hiebe in den Baumstamm hinein, bevor der Bauer abwinkte.

»Lass gut sein, Mann … Man sieht, dass du das noch nie gemacht hast. Lass uns hoffen, dass es so reicht. Und jetzt sägen, ruhig und gleichmäßig.«

Die Säge funktionierte auf Zug und musste von zwei Leuten bedient werden, und da Janek kaum dazu in der Lage war, hatte Tomasz das Gefühl, er allein müsse alle Kraft dafür aufbringen. Schon nach kurzer Zeit klebte ihm die Kleidung am Körper, und sein Atem ging in schweren Stößen. Und dann saß die Säge fest.

»Stop«, rief Fahrner, »stop, aufhören!« Er nahm den Keil, den er von zu Hause mitgebracht hatte, setzte ihn auf den schmalen Sägespalt und trieb ihn mit ein paar gut gezielten Axtschlägen hinein, so dass die Säge wieder freikam. »So, jetzt geht es wieder … Lass mich mal sägen, Junge, du hängst ja da wie ein Schluck Wasser in der Kurve.«

Der alte Bauer mochte zwar nicht mehr viel Kraft haben, aber er wusste, was er tat, merkte Tomasz erleichtert. Mit ihm zusammen war der Stamm keine Viertelstunde später durchgesägt.

»Baum kippt!«, brüllte Fahrner. Es knackte und rauschte, als der Baum sich neigte, Nadeln, Blätter, Ästchen flogen durch die Luft, und dann, mit einem heftigen Krach, schlug der Stamm auf dem Boden auf, so dass Tomasz es unter den Füßen vibrieren spürte.

»Gut so, gut.« Zufrieden lief der Bauer um den Baum herum. »Jetzt als Erstes mit der Axt die großen Äste abschlagen, und dann sägst du den Stamm in Meterstücke.« Er warf einen Blick auf Janek, der apathisch gegen den Holzkarren lehnte. »Und du kannst Reisig aufsammeln und auf einen Haufen werfen, zu was anderem bist du ja heute sowieso nicht zu gebrauchen.«

Gegen Mittag hatten sie die großen Äste abgetrennt und an der Seite gelagert und die ersten Meterstücke gestapelt.

»Zeit zum Essen«, verkündete Fahrner. »Und heute Nachmittag bleibst du zu Hause, Junge, die Husterei ist ja kaum zu ertragen. Eva und Lotte können später noch mit dem Kleinholz helfen.«

Sie ließen das Werkzeug einfach liegen (kein Mensch käme auf die Idee, so etwas zu klauen, erklärte Fahrner) und liefen nach Hause. Janek stolperte den Weg hinunter wie eine Holzpuppe und sagte kein Wort.

Nach dem Essen spannten sie die Kühe vor den Wagen und führten sie hoch zum Holzplatz, wo der Bauer entschied, dass sie inzwischen Platz genug hätten, um auch den zweiten Baum zu fällen.

»Der ist viel einfacher, glaub mir. Nicht so dick! Und jetzt hast du ja schon ein bisschen Übung.« Fahrner grinste. »Als ich noch ein junger Mann war, hab ich vier Stämme an einem Tag geschafft, also los!«

Es zeigte sich allerdings schnell, dass er kein junger Mann mehr war. Nachdem die zweite Tanne gefallen war, ging sein Atem schwerer, und er winkte ab. »Mir reichts! Dieses verdammte Knie gibt einfach keine Ruhe. Lass uns lieber die Scheite zurichten und auf den Wagen schaffen, solange ich noch mit anpacken kann …«

Als Eva und Charlotte mit der Vesper kamen, war der Wagen voll beladen und Fahrner am Ende seiner Kräfte.

»Heute werden wir sowieso nicht mehr fertig«, entschied er und leerte seinen Mostbecher auf einen Zug. »Ich bringe das Gespann nach Hause, du«, er nickte zu Eva hinüber, »und Lotte, ihr sammelt noch ein bisschen Reisig und Kleinholz zusammen, und Thomas zersägt die Stämme, bis es dunkel wird. Und morgen machen wir weiter, vielleicht kann der Kleine dann ja wieder mitarbeiten.«

»Kommt überhaupt nicht in Frage, Papa.« Eva sah ihren Vater entschlossen an, die Arme vor der Brust gekreuzt. »Ich lass dich doch nicht allein das Gespann nach unten bringen!«

Georg Fahrner verzog das Gesicht. »Ich bin kein kleines Kind, Eva. Ich weiß schon, was ich tue.«

»Und wenn dein Knie zwischendurch nicht mehr mitmacht? Denkst du, ich habe nicht gesehen, wie du eben zusammengezuckt bist, als du dich hingesetzt hast? Außerdem brauchst du jemanden, der dir beim Abladen hilft. Die Zwillinge fühlen sich zwar stark wie Ochsen, aber meistens stehen sie doch nur im Weg herum.«

Fahrner seufzte. »Wahrscheinlich hast du ja recht. Wenn ich heute Nachmittag noch weitermache, kann ich morgen gleich ganz zu Hause bleiben. Was denkst du, Charlotte? Meinst du, du könntest noch ein bisschen hier mit anpacken? Du musst nicht, wenn du nicht willst! Hast du überhaupt Handschuhe dabei?«

Charlotte nickte und hielt ein Paar Arbeitshandschuhe hoch. »Hat Eva mir herausgesucht.«

Tomasz konnte nicht verhindern, dass er in diesem Augenblick zu ihr hinübersah: eine schlanke Gestalt in einem unförmigen wattierten Mantel.

»Ich kann ja nach Hause gehen, wenn es mir zu viel wird. Aber ihr macht doch auch Holz für meine Familie mit, da kann ich schon helfen.«

»Dein Bruder hat keine Zeit für so etwas, oder?«, grummelte Fahrner und schob sich einen letzten Kanten Brot in den Mund. Charlotte verdrehte die Augen.

»Dienst«, sagte sie. »Irgendeine dämliche HJ-Schulung, keine Ahnung, was genau sie heute vorhaben. Und danach sammeln sie noch Altmetall. Hermann ist so gut wie nie zu Hause, erst recht nicht, wenn man ihn braucht.«

»Den jungen Kerlen würd es guttun, mal kräftig mit anzupacken«, schimpfte Fahrner. »Von diesem ganzen ›Die Fahne hoch!‹

und ›Im Gleichschritt Marsch!‹ wird doch kein Mensch satt!« Er erhob sich ächzend. »Also gut, wir bringen das Fuhrwerk nach Hause, und ihr seht hier oben zu, wie weit ihr noch kommt.«

Es war anstrengend, die gefällten Stämme zu zersägen. Man musste mehr oder weniger auf dem Boden knien dafür und immer aufpassen, dass die Säge nicht verkantete, und egal, wie unbequem auch immer man vor, auf oder neben dem Stamm hockte, nie schien es die richtige Position zu sein, um mit ganzer Kraft draufloszusägen. Es war eine Arbeit, die die volle Konzentration erforderte. Niemand konnte erwarten, dass man dabei noch auf eine Frau achtete, die um einen herumturnte, lose Äste herauszog, Reisig schnitt oder Knüppelholz bündelte, niemand. Man war ganz bei der Arbeit, sonst nichts.

»Warum sprichst du nicht mit mir?«

Es war nicht schwer, so zu tun, als ob man nichts gehört hätte, und weiterzusägen. Das Sägeblatt schnurrte durch das Holz, die Sägespäne rieselten herunter. Langsam bekam Tomasz ein Gefühl für das Werkzeug und dessen Launen, verstand, wie es angefasst werden wollte, damit es keine Schwierigkeiten machte.

»Warum sprichst du nicht mehr mit mir, Tomasz?« Sie stand gleich neben ihm jetzt, er konnte es aus dem Augenwinkel sehen.

»Geh Schritt zur Seite«, sagte er. »Du stehst mir im Licht.«

»Tomasz.«

Der Scheit war abgesägt. Tomasz legte die Säge an die Seite, stand auf, streckte sich, lockerte die verspannten Muskeln. Charlotte tippte ihm mit der Hand auf die Schulter.

»Was habe ich dir getan, dass du mir nicht mal mehr ins Gesicht siehst?«

Er zwang sich dazu, genau das jetzt zu tun. Sie war blasser als sonst, fand er, und irgendwie spitz um die Nase. Und die Sommersprossen waren verblasst, wenn er nicht gewusst hätte, dass sie normalerweise welche hatte, hätte er es nicht geglaubt. Die Mütze, die sie heute trug, war einfach scheußlich, ein dunkelbraunes Wollungetüm, das nicht zu ihren roten Haaren passte, überhaupt nicht.

»Ich sehe ins Gesicht, und ich spreche mit dir«, sagte er. »Zufrieden?«

Sie schüttelte den Kopf. »Du weißt doch genau, was ich meine! Ich verstehe nicht – «

Sie war also verletzt, aha. Für einen Augenblick versuchte er, zufrieden darüber zu sein, dass es ihm nicht allein so ging.

»Wir konnten ganz normal miteinander sprechen, und jetzt plötzlich tust du so, als hättest du mich noch nie gesehen!«

Gut, dann wollte er eine Antwort geben. Er betrachtete den Holzplatz, das Chaos von halb zerlegten Stämmen, Kleinholz, Fichtenreisig, die Spatzen und Amseln, die darin herumhüpften und nach Insekten scharrten.

»Ich dachte, dass ich kann dir trauen. Du fragst nach dem Leben in Polen ... Du erzählst mir von BBC und was du gehört hast. Und dann kommt der Herr Obernazi nach Hause.« Eifersucht, genau das war es, auch wenn er sich lieber die Zunge abgebissen hätte, als es zuzugeben. »Ein strammer SS-Mann, wie ich Hunderte habe gesehen in Warschau. Einer, der nicht essen kann mit Polen an eine Tisch, kein Wunder, denn in Warschau kennt er sie ja nur zum Abknallen und Aufhängen, die Polen! So einer ist das, der Herr Joachim Fahrner. Und du willst heiraten so ein Świnia!«

»Er hat sich verändert!«, stieß Charlotte hervor. »Früher war er ganz anders. Ich hätte nie gedacht – der Krieg hat ihn verändert. Das, was da in Warschau mit ihm passiert.«

»Was *mit ihm* passiert?« Tomasz lachte böse. »Mit ihm passiert nichts. Die anderen sind, mit denen passiert. Die Polen. Und die Juden. Hast du gefragt, was er so macht da in Warschau? Ob er war schon mal in Ghetto?«

Kleine rote Flecken hatten sich auf ihren Wangen gebildet, sie öffnete den Mund, als wollte sie etwas sagen, überlegte es sich dann aber doch anders. Plötzlich kramte sie aus der Tasche ihres Mantels einen Zettel hervor, faltete ihn auseinander und hielt ihn Tomasz hin.

»Da, kannst du mir übersetzen, was darauf steht? Ich habe das in der Jacke gefunden, die Joachim mir mitgebracht hat, in der Innentasche … es ist polnisch.«

Tomasz wischte sich die Hände an der Hose ab und griff danach. »Warum willst du wissen?«, fragte er.

»Ich weiß selbst nicht … Wahrscheinlich ist es blöd, aber irgendwie denke ich, wenn ich den Zettel schon bekommen habe, dann hat er mir auch etwas zu sagen. Bitte.«

»*Mein liebste Majka*!«, übersetzte Tomasz. »Ein Liebesbrief vielleicht? Aber ist nicht für dich, du bist nicht Majka. Willst du wirklich wissen?«

»Bitte, Tomasz!«

»Also gut. *Mein liebste Majka, vielleicht das ist letzter Brief von mir, und noch weiß ich nicht, wer ihn für mich aus dem Ghetto herausbringt. Jeden Tag kann so weit sein, dass wir fortmüssen. Straße für Straße wird geräumt jetzt, die Leute deportiert. Wir alle wissen, was erwartet, aber keiner hat mehr Kraft, sich zu wehren oder zu verstecken. Mein kleiner Szymek ist ganz mager geworden, ich habe nicht mehr Milch ihm zu geben. Ich bete darum, dass geht ganz schnell für uns beide …*« Er ließ den Brief sinken, Charlotte war leichenblass geworden.

»Vielleicht reicht jetzt«, sagte er leise. »Vielleicht willst du nicht alles hören?« Aber sie schüttelte wild den Kopf.

»Bitte lies mir zu Ende vor! Ich will das wissen. Ich muss das wissen!«

Er nickte langsam. »Ja. *Mein Hoffnung ist, dass du und deine Familie überleben diesen Krieg, mein Hoffnung und Trost. Dass für euch eine gute Zukunft ist! Für mich selbst habe ich kein*

Hoffnung mehr behalten. Ich umarme dich tausendmal, liebste Majka! Vergiss mich nicht und nicht den kleinen Szymon! Vergiss mich nicht! Deine Gosia.«

Er faltete den Brief sorgfältig zusammen und gab ihn Charlotte zurück. »Woher hat er Jacke gehabt?«, fragte er leise.

»Er hat sie in Warschau gekauft, hat er gesagt. Und dass es in Warschau noch erstaunlich viele Dinge auf dem Markt gibt, die wir hier schon lange nicht mehr haben.«

»Er hat sicher in Ghetto gekauft«, antwortete Tomasz. »Fast alle Deutschen in Warschau machen so. Die Juden müssen alles verkaufen, nur um überleben.«

»Vielleicht ist sie schon tot«, flüsterte Charlotte. »Vielleicht ist sie schon seit Monaten tot, und ich habe ihre Jacke, und Joachim …« Sie presste die Fäuste vor den Mund und schloss die Augen, Tränen liefen ihr die Wangen herunter. Mit zwei Schritten war Tomasz bei ihr und zog sie in seine Arme.

»Schsch … du kannst nichts machen für sie, Kari … du kannst nichts ändern. Das ist Krieg in Polen, ist schrecklich. Du weißt jetzt, aber du kannst nichts machen.«

Seit Agnieszkas Tod hatte er keine Frau mehr im Arm gehalten. Er spürte, wie es ihn veränderte, wie es aus dem Polenschwein Thomas wieder einen Menschen machte, einen Mann. Ohne darüber nachzudenken, zog er Charlotte die Mütze vom Kopf und berührte mit den Lippen sacht ihre roten Haare. Immer schon hatte er sich gewünscht, genau das zu tun, dieses Knistern zu spüren, diese widerspenstige Röte.

»Was soll ich denn tun, wenn er wiederkommt?«, sagte Charlotte. »Ich weiß einfach nicht, wie es weitergehen soll, und ich habe niemanden, mit dem ich sprechen kann!«

Bring ihn um, dachte Tomasz, oder noch besser, lass mich es tun!

»Vielleicht kommt nicht wieder«, sagte er stattdessen langsam. »Vielleicht kommt nicht zurück. Ist ein gefährlicher Ort für die deutschen Besatzer, Warschau. Es gibt Partisanen, du hast sicher in BBC gehört.«

Charlotte nickte. »Willst du – willst du selbst hören, was sie sagen? Jeden Abend sprechen sie von Stalingrad … und dass die Deutschen den Krieg verlieren. Bald schon.«

»Selbst hören? Bei dir im Haus, meinst du?« Er spürte ihren Kopf an seiner Brust, ihre Hände, die unruhig seine Jacke entlangstrichen wie kleine Tiere auf der Suche nach Deckung. Wenn jemand uns jetzt sieht, bin ich ein toter Mann, dachte er. Es ist mir egal.

»Mein Zimmer hat ein Fenster zum Garten, meine Eltern sitzen abends immer in der Stube und lassen mich in Ruhe … und Hermann ist mit seinen HJlern unterwegs und kommt erst nächste Woche zurück. Vielleicht – « Sie überlegte einen Augenblick. »Oder ich bitte Joachims Vater, dass er dich zu uns schickt, um mit dem Holz zu helfen. Wir brauchen auf jeden Fall jemanden, der für uns Brennholz macht, Hermann ist ja immer unterwegs und mein Vater so ungeschickt, dass er sich wahrscheinlich selbst das Bein dabei abschlagen würde. Wahrscheinlich hat er Georg sogar schon längst gefragt.«

»Warum fragt ihr den Bauern? Warum fragt ihr nicht mich selbst?« Er hätte das nicht sagen dürfen, hätte sich denken müssen, dass sie sich daraufhin von ihm lösen würde, die Haare zurückstreichen, die Mütze aufheben, das feuerrote Gesicht vor ihm verbergen. »Welches Fenster ist?«, fragte er. »Nur, dass ich nicht plötzlich vor deinem Vater stehe.«

»An der linken Seite, über dem Regenfass. Aber wahrscheinlich ist es sowieso viel zu gefährlich … wegen der Verdunklung, man sieht ja sofort, wenn jemand das Fenster öffnet! Und ich kann dir ja auch erzählen, was ich gehört habe.«

»Ja.« Tomasz bückte sich und hob die Säge wieder auf. »Wahrscheinlich ist zu gefährlich, ja. Ich muss weitermachen.«

Tomasz war noch längst nicht fertig, als er mit Beginn der Dämmerung das Werkzeug zusammenräumte und sich auf den Weg zurück ins Dorf machte, um rechtzeitig zur Stallarbeit auf dem Hof zu sein. Das Holz würde sie noch Wochen beschäftigen, dachte er, erst recht, wenn sie es nicht nur für den Bedarf des Fahrnerhofes schlugen, sondern auch für die Familie Voss. Vielleicht würde Charlotte ja häufiger dabei helfen, vielleicht würden sich weitere Möglichkeiten ergeben, allein mit ihr zu sprechen, vielleicht auch nicht. Sie war schon vor zwei Stunden wieder gegangen, ohne noch mehr als auf Wiedersehen zu ihm zu sagen. Vielleicht hatte er die ganze Situation auch missverstanden; vielleicht hatte es auch gar nichts mit ihm zu tun, und sie hatte einfach irgendjemanden gebraucht in dem Augenblick. Vielleicht war sie einfach nur verzweifelt gewesen, weil der Mann, den sie heiraten wollte, ein fanatischer Nazi und vermutlich ein gewissenloser Mörder war. Vielleicht war sie schon dabei, ihren Frieden damit zu machen – schließlich gab es viele so wie Joachim Fahrner, die nichts anderes als ihre Pflicht taten für das große deutsche Vaterland. Er bemerkte, wie der Kiefer ihm wehtat, weil er die Zähne so fest aufeinanderpresste.

Sobald sie ihn entdeckt hatten, liefen die Zwillinge ihm aufgeregt entgegen.

»Jan ist krank!«, brüllte Hans. »Er ist heute Nachmittag auf dem Hof umgefallen, peng, einfach so!«

»Aber er lebt«, fügte Emil ernsthaft hinzu. »Wir haben ihm ein Bett in der Stube gemacht, damit er es warm hat. Er hustet nämlich.«

»Ist ausgerutscht?«, fragte Tomasz.

Emil schüttelte den Kopf. »Einfach umgefallen, einfach so!«

»Aber erst hat er gehustet, so« – Hans imitierte den würgenden Husten, den Tomasz inzwischen so gut kannte, und hielt sich die Seiten – »und gespuckt, so ein ekliges Zeug.«

»Das war *Blut*«, sagte Emil wohlig schaudernd. »Ich wette, das war echtes Blut.«

»Aber jetzt geht ihm besser?« Sie hatten inzwischen den Hof erreicht; aus dem Stall waren die Stimmen von Eva und Georg Fahrner zu hören.

»Ich weiß nicht.« Emil sah ihn bittend an. »Wenn der Jan jetzt in der Stube schläft, kann ich dann bei dir schlafen? Dann merkt Eva nicht, wenn ich nachts mit meinem Baukasten spiele, statt zu schlafen.«

»Nein. Hast du Ratten schon vergessen?« Tomasz schob die Kinder zur Seite. »Sagt eurem Vater, dass ich gleich komme, ich will nur erst sehen, wie es Janek geht.«

Er hastete die Stiege hoch, ließ die schmutzigen Schuhe im Flur und betrat die Stube. Jan lag auf der Eckbank, von Kopf bis Zeh in Wolldecken gehüllt, und hatte die Augen geschlossen. Der Kachelofen bollerte, es war unerträglich warm im Raum.

»Janek«, flüsterte Tomasz und legte ihm die Hand auf die Stirn. Der ganze Junge glühte. »Janek, wie geht es dir?«

Janeks Augenlider flatterten. »Beschissen, aber besser als vorher. Aber mir ist immer noch so kalt …«

»Das ist das Fieber, Junge. Ruh dich schön aus, dann wird es besser.«

Janek griff nach Tomasz' Hand und versuchte, sich aufzurichten. »Ich will nicht ins Lager, Tomek, verstehst du? Ich will nicht ins Lager …«, wisperte er.

»Keine Angst, Kleiner, das lasse ich auch nicht zu. Wer dich ins Lager bringen will, bekommt es mit mir zu tun. Ich passe schon auf dich auf.«

Ohne dass er sie bemerkt hätte, war die Bäuerin hereingekommen, eine dampfende Tasse und ein feuchtes Tuch in der Hand.

»Was machst du hier? Warum bist du nicht im Stall?«

»Alte Hexe«, sagte Tomasz freundlich auf Polnisch.

Ein leichtes Lächeln huschte über Janeks Gesicht. »Zu mir ist sie nett«, flüsterte er.

Marie Fahrner stellte die Tasse auf den Tisch und schob Tomasz zur Seite.

»Mach, dass du in den Stall kommst. Ich brauche dich hier nicht.« Und zu Janek: »Zieh deine Hose aus, dass ich dir Wadenwickel machen kann, na los …« Als ob sie vergessen hätte, dass der Junge Pole ist, dachte Tomasz verwirrt, als er zum Stall hinüberging. Warum konnte sie das erst in dem Moment, als er wirklich krank war? Auf jeden Fall schien sie zu wissen, was sie tun musste.

»Danke, dass du dich um ihn kümmerst«, sagte er. »Und dass er hier im Warmen liegt. Danke dafür.« Er zog die Tür hinter sich zu und machte sich auf den Weg zum Stall.

Zum ersten Mal war Tomasz abends allein in der Schlafkammer. Die Bäuerin hatte ihm nicht angeboten, auch noch ins Wohnhaus überzusiedeln, und er hatte nicht danach gefragt. Man durfte ihre Menschenfreundlichkeit nicht zu sehr strapazieren, dachte er. Es war gut, dass sie sich um den Jungen kümmerte und ihn hoffentlich wieder auf die Beine stellen würde. Mehr als ein warmes Bett, heißen Lindenblütentee, ausreichendes Essen und Wadenwickel würde auch kein Lazarett für ihn zur Verfügung stellen, vermutlich sogar deutlich weniger. Man konnte nur hoffen, dass so ein junger Kerl genug Widerstandskraft besaß und dass es keine Tuberkulose war, die er sich eingefangen hatte.

Obwohl die ungewohnte Arbeit auf dem Holzplatz ihm in den Knochen steckte, konnte er nicht schlafen. Vom Stall war gelegentlich ein leises Muhen zu hören oder das Rasseln einer Kette, die Kirchturmuhr schlug halb zehn; drei viertel. Tomasz verschränkte die Hände hinter dem Kopf und versuchte, sich zu entspannen, aber das Fenster zum Garten schob sich immer wieder vor sein inneres Auge. Er wusste genau, welches Fenster gemeint war, sah sich im Dunkeln durch das Dorf schleichen, über den Zaun des Voss-Hauses klettern und an das Fenster klopfen. Sah, wie die Verdunklung abgenommen wurde und eine Hand sich ihm entgegenstreckte.

»Verdammt – verdammt, verdammt, verdammt …« Er stand endlich auf, zog sich die Jacke über, die Schuhe, öffnete vorsichtig die Kammertür. Er schlich über den Hof und auf die Straße. Im Schein des milchigen Halbmondes lag das Dorf unter seiner Verdunklung wie ein schwarzes, schlafendes Ungeheuer, Tomasz meinte zu sehen, wie es sich unter seinem Atem hob und senkte. Ich bin verrückt, dachte er. Verrückt und verlogen. Dem Jungen halte ich vor, dass er der Kleinen hier schöne Augen macht, und ich selbst – aber ich bin ein Mann. Ich weiß, was ich tue, und wenn sie mich erwischen und aufhängen, dann habe ich mein Leben gelebt, während er seins noch vor sich hat. Und außerdem erwischen sie mich nicht.

»Ich finde, Hermann sollte uns hier zu Hause mehr zur Hand gehen.« Erika Voss sah anklagend von ihrer Strickanleitung auf: *Wir fertigen Wollhandschuhe für unsere Soldaten im Osten.* »Diese ganzen Schulungen für die HJ, das ist ja schön und gut, aber hier wächst mir die Arbeit über den Kopf, und du bist ständig für die Partei unterwegs und kannst mir nicht helfen … Und Lotte ist meistens drüben bei Joachims Familie. Es ist mir unglaublich unangenehm, dass ich Georg Fahrner bitten musste, mir ihren Arbeiter rüberzuschicken, damit er Brennholz für uns macht … einen Polen, ich bitte dich!«

»Du verstehst das nicht.« Arnold Voss saß mit einer Lupe in der Hand über seine Russlandkarte gebeugt und versetzte die Stecknadeln, die den Frontverlauf markierten. An der Stelle von Stalingrad befand sich inzwischen ein Loch, so dass nicht einmal der Name mehr lesbar war. »Was für eine unfassbare

Katastrophe!«, flüsterte er zwischen den zusammengepressten Zähnen hindurch. »General Paulus hat auf der ganzen Linie versagt! Wenn ich nicht um das Genie des Führers wüsste … aber wie konnte er diesem Mann die sechste Armee anvertrauen!? Es muss doch ein Plan dahinter stecken! Trotzdem, die Bereitschaft, so viele tapfere Soldaten für das große Ganze zu opfern … Ich verstehe das nicht.«

»Ach, und ich dachte, *ich* wäre es, die nicht versteht?!«

»Das ist doch etwas ganz anderes. Hier geht es um strategische Fragen, und ich überlege einfach, was die Oberste Heeresleitung mit dem Opfer der Truppen in Stalingrad beabsichtigt hat!«

»Erwartest du, dass der Führer persönlich dich in seine Pläne einweiht? Vielleicht solltest du einfach mal darauf vertrauen, dass er für Deutschland das Beste im Sinn hat und erreichen wird! So wie ich immer darauf vertraut habe, dass du für uns das Beste willst. Aber das interessiert dich ja offensichtlich nicht.«

»Ach komm, Erika, hör mit dieser Jammerei auf! Ich tue mein Bestes hier an der Heimatfront, und ich kann ja wohl erwarten, dass meine Familie mich dabei unterstützt.« Er legte die Karte zu Seite und fing an, seine Schreibtischschublade zu durchstöbern. »Hier müsste doch noch ein Rest Tabak sein …«

»Das ist es ja. Hermann unterstützt uns *nicht*. Er ist nicht einmal anwesend, wenn man ihn braucht. Fast ist es so, als hätten wir überhaupt keinen Sohn.« Erika Voss wandte sich an ihre Tochter, die stumm neben ihr auf dem Sofa saß. »Hier, wickle mal die Wolle für mich auf.«

»Hermann tut seine Pflicht als Hitlerjunge, und ich bin stolz darauf und dachte bisher immer, du bist es auch!«

»Sicher, aber – «

»Jeder muss Opfer bringen in diesen schweren Zeiten! Andere Familien haben ihre Söhne an der Front! Denk mal an

Maifeld, dessen Sohn gerade in Stalingrad von den Bolschewiken massakriert wird …«

»Arnold, ich bitte dich! Nimm ein bisschen Rücksicht, so drastisch musst du das wirklich nicht ausdrücken!«

Charlotte legte das Knäuel in den Handarbeitskorb und stand auf. »Kann ich schlafen gehen? Es war ein anstrengender Tag heute, und morgen muss ich schon um sieben auf dem Rathaus sein.«

»Geh nur, Kind!« Arnold Voss nickte ihr wohlwollend zu. »Du hast doch Fahrner heute getroffen. Hat er etwas gesagt, dass er seinen Polen vorbeischicken will?«

»In den nächsten Tagen irgendwann, ja. Wenn sie im Wald fertig sind.« Voss nickte seiner Frau zufrieden zu.

»Na also. Und du tu bitte nicht wieder so, als würde ich mich um nichts kümmern.«

Das Erste, was Charlotte sah, als sie in ihr Zimmer kam, war die Jacke – die Ghettojacke, die auf ihrem Kleiderbügel an einem Haken an der Wand hing. Gosias Jacke. Sie hatte ihrem ersten Impuls widerstanden, die Jacke in den Tiefen ihres Kleiderschranks verschwinden zu lassen; stattdessen strich sie zögernd mit den Händen über den dicken Stoff und dachte an Gosia, die den Brief geschrieben und wahrscheinlich vor ihr diese Jacke getragen hatte. Gosia musste ein bisschen kleiner sein als sie selbst, ansonsten aber die gleiche Statur haben, und Charlotte wünschte sich brennend, etwas mehr von ihr zu wissen über das hinaus, was der Brief ihr verraten hatte – dass Gosia eine Jüdin war und im Warschauer Ghetto lebte, zusammen mit ihrem kleinen Sohn Szymon. Dass sie einem Deutschen die Jacke verkauft hatte, vielleicht, um mit dem Geld etwas zu essen für das Kind zu kaufen. Dass sie eine Freundin hatte, die Majka hieß, und damit rechnete, bald zu sterben. Der Gedanke, dass diese fremde Gosia vielleicht schon tot war, während ihre Jacke hier auf dem Kleiderbügel hing, war fast unerträglich, und Charlotte konnte ihn nicht zulassen. Nein, mit dem Geld, das Joachim ihr gegeben hatte, hatte Gosia sich retten können, und sie war dem Deutschen dankbar, dass er ihr geholfen hatte …

Ob Gosia noch eine andere Jacke hatte, die sie und ihr Kind vor der Kälte schützte?

Natürlich konnte sie Joachim einfach schreiben und nachfragen: Lieber Joachim, was ist eigentlich aus der Frau geworden, der du die Jacke abgekauft hast? In der Tasche habe ich einen Brief gefunden, ich würde ihn gern zurückschicken … Sie starrte auf eine kleine dunklere Stelle unten fast am Saum, wo jemand offenbar einen Riss ausgebessert hatte, mit winzig kleinen, feinen Stichen, etwas, das Charlotte nie gelernt hatte, und wusste, dass sie Joachim nicht fragen würde. Weil er ihr nicht antworten würde, genauso wenig, wie er ihr auf die Frage antwortete, was genau er denn nun machte dort in Warschau. Charlotte strich noch einmal über die Jacke, als wäre es ein lebender Mensch – verzeih mir, Gosia, was auch immer aus dir geworden ist, verzeih mir, ich hätte dich gern kennengelernt! Majka wird dich sicher nicht vergessen, auch wenn sie niemals deinen Brief bekommt, und ich auch nicht, dich nicht und nicht den kleinen Szymek, ich verspreche es dir …

Sie kleidete sich aus, schlüpfte in ihr Nachthemd, legte sich ins Bett. Gosia hatte eine Freundin, der sie alles sagen konnte, aber sie selbst konnte mit Eva nicht über Joachim reden und über ihre Ängste, denn Eva hatte zu viele eigene Sorgen. Der Einzige, mit dem sie reden konnte, war der Pole. Sie dachte daran, wie es sich angefühlt hatte heute Nachmittag, als er sie im Arm gehalten hatte: sicher. Geborgen. Und ein bisschen mehr, ein bisschen verwegen und aufregend, ein bisschen wie Frühling und Sommer, wie jung sein und unbeschwert in einem Land ohne Krieg. Sie gestand sich ein, dass sie das wieder spüren wollte, dass sie auf eine Gelegenheit hoffte, wieder mit ihm allein zu sein. Sie hatte ihn nicht zu sich eingeladen, damit er hier BBC hören konnte, sondern weil sie sich danach sehnte, wieder von ihm umarmt zu werden, erkannte sie und erschrak. Joachim würde durchdrehen vor Wut, wenn er es wüsste, aber nicht nur das. Es würde den Polen das Leben kosten und sie selbst ins Lager bringen oder ins Gefängnis. Es durfte nicht sein.

In dem Augenblick hörte sie jemanden an ihr Fenster klopfen, und unwillkürlich hielt sie den Atem an. Wenn er glaubt, dass ich schon schlafe, geht er wieder fort, dachte sie und verkroch sich tiefer unter ihrer Decke. Geh weg, Tomasz! Bitte, geh weg! Stattdessen klopfte es erneut, lauter diesmal, so laut, dass sie Angst bekam, ihre Eltern könnten es hören, wobei die immer noch mit ihrer Streiterei beschäftigt waren und sich in der Stube anbrüllten wie so oft, unwahrscheinlich, dass sie etwas gehört hatten, unmöglich! Sie huschte vom Bett zum Fenster hinüber, nahm die Verdunklung ab, sah, dass jemand draußen stand, und schüttelte heftig den Kopf. Das musste er sehen und würde verstehen, dass sie nicht wollte – dass er wieder gehen musste. Stattdessen sah sie, wie er auf die Regentonne kletterte, und öffnete das Fenster einen Spaltbreit.

»Es geht nicht, Tomasz! Es ist zu gefährlich, geh wieder nach Hause!«

»Jetzt bin ich bis hier gekommen, Kari.« Sie hörte ihn leise lachen. »Ist genauso gefährlich wieder zurückgehen. Und ich bin kein kleiner Junge mehr, ich weiß selbst, was ich tue. Komm, ist kalt hier draußen, lass mich herein.«

Sie dachte wieder an Gosia und daran, dass sie ihr nicht helfen konnte, und an Joachim – Joachim, der durchdrehen würde vor Wut.

»Also gut, komm … warte, ich geb dir die Hand!«

Er stand in ihrem Zimmer und sah sich überrascht um.

»Ganz anders als bei Georg Fahrner«, sagte er. »Ihr habt viel Geld, oder? Eigene Radio, viele Bücher, Teppich auf dem Boden ...«

»Meine Mutter hat etwas geerbt. Ihr Vater war Fabrikant«, antwortete Charlotte. »Willst du – willst du dich vielleicht hinsetzen?« Was für ein dummes Gespräch, dachte sie, und versuchte gleichzeitig zu erlauschen, ob aus der Stube verdächtige Geräusche kamen. Tomasz bewegte sich langsam durch den Raum, nahm hier ein Blumenväschen in die Hand, da eine verstaubte Porzellanpuppe, betrachtete die Bilder an der Wand und blieb schließlich vor der Jacke stehen.

»Das ist Gosias Jacke?« Charlotte nickte. »Du hast nicht weggeräumt«, setzte er leise dazu. »Danke, dass du nicht weggeräumt hast.«

»Danke? Wofür?«

»Einfach so.« Er drehte sich zu ihr, strich mit dem Zeigefinger über ihre Wange. »Kari«, sagte er weich. Einen Augenblick lang erwartete Charlotte, dass er sie wieder in die Arme ziehen oder vielleicht sogar küssen würde, aber dann wurde ihr klar, dass sie selbst es war, die den ersten Schritt tun musste, und gleichzeitig wusste sie, was dieser erste Schritt sein würde. Sie legte ihre Hand auf das erbärmliche Kennzeichen an seiner Brust, das lila P auf gelbem Grund, das ihn vor aller Augen als minderwertig und unterlegen zeichnen sollte.

»Nimm das ab, Tomasz«, sagte sie. »Hier sollst du das nicht tragen.«

»Erzähl mir von Warschau«, murmelte sie viel später in sein Ohr, als sie zusammen im Bett lagen, berauscht und erschöpft von dem Wunder, das ihnen begegnet war. »Was für eine Stadt das ist ... Ich kenne sie ja nur aus Joachims Briefen.« Es war seit Monaten der erste Augenblick, in dem sie keine Angst hatte, dachte sie verwundert. In dem sie das Gefühl hatte, alles richtig zu machen, ganz mit sich im Einklang zu sein – der Mann, der sich immer noch sacht in ihrem Schoß bewegte, das fremde Herz, das unter ihren Fingerspitzen klopfte, all das war richtig, war gut.

»Sehr groß und schön und lebendig«, antwortete er, »vor dem Krieg jedenfalls. Bevor die Deutschen zerstört haben. Es gibt viele Paläste und Parks, es gibt Altstadt, dann die Weichsel ...« Er verstummte.

»Wo hast du gewohnt?«

»In der Wawelskastraße. Das ist südwestlich des Zentrums.«

»Kommt deine Familie aus Warschau? Wohnen sie immer noch dort?«

Tomasz löste sich von ihr, drehte sich auf die Seite und stützte den Kopf in die Hand. Im Schein der Nachttischlampe sah er plötzlich wieder fremd aus, unerwartet fremd.

»Nein. Meine Familie wohnt in Kraków, aber ich habe keine Verbindung mehr zu ihnen; wir hatten nie gutes Verhältnis zueinander. Sie haben nicht akzeptiert, als ich mich von Kirche abgewandt habe, und haben danach Kontakt komplett abgebrochen.«

»Und deshalb bist du nach Warschau gegangen?«

»Ja. Ich habe dort gearbeitet, als Sportreporter für Zeitung. Ich mochte Fußball und Leichtathletik, weißt du ... Mit meiner Frau und meinem kleinen Sohn habe ich in Wawelskastraße gewohnt.«

Mit meiner Frau, wiederholte Charlotte stumm. Es fühlte sich an, als hätte jemand ihr die Decke weggezogen, und ein eisiger Regen würde auf ihren Körper herunterpeitschten.

»Ich – ich wusste nicht, dass du verheiratet bist«, sagte sie und schloss die Augen. Sie wollte ihn nicht anschauen jetzt, wollte sein Gesicht nicht sehen, den Verrat. *Wieso Verrat?*, fragte eine Stimme in ihrem Kopf. *Er hat nie behauptet, dass du die einzige Frau in seinem Leben bist, und überhaupt, warst du es nicht, die angefangen hat?* »Schreibt sie dir manchmal, deine Frau, meine ich? Ich dachte immer, du bekommst keine Post.«

»Sie lebt nicht mehr«, sagte er. »Haus ist eingestürzt September '39, als die Deutschen Warschau belagert haben. Es war ein altes Haus, und eine Bombe ist darauf gefallen. Sie wurden verschüttet, alle beide, Agnieszka und Janek. Er war erst anderthalb Jahre alt.«

»Janek«, wiederholte Charlotte tonlos. »Deshalb – «

»Ja. Ich konnte meinen Janek nicht beschützen damals … Ich war nicht in Stadt, als die Belagerung kam. Ich war mit Freunden in der Nähe von Siedlce. Sie waren ganz allein, sind ganz allein gestorben.« Es sprach leise und monoton und ohne sie auch nur mit einer Fingerspitze zu berühren.

»Tomasz«, sagte sie leise, denn es gab sonst nichts, was sie hätte sagen können, was den Schmerz nicht kleingemacht hätte oder gewöhnlich. »Tomasz …« Sie zog ihn wieder zu sich heran, presste sein Gesicht gegen ihre Brust, strich mit den Händen durch seine Haare, hielt ihn fest. Er ließ es zu wie ein Kind.

Janek schlief weiterhin in der Stube, und selbst nachdem es ihm etwas besser ging, war keine Rede davon, dass er in die alte Kammer zurückziehen sollte. Er blieb im Haus und ging Marie Fahrner in Keller und Küche zur Hand, und es schien, als hätte sie ihm verziehen, dass er ja eigentlich nur ein dreckiger Pole war. Zwei Wochen lang, während die Schlacht von Stalingrad endgültig und nun auch offiziell in den deutschen Zeitungen verloren war (»Sie starben, damit Deutschland lebe!«), arbeitete Tomasz noch im Wald und machte Holz, manchmal unterstützt vom alten Fahrner, von Eva oder Charlotte, oft auch allein. Er entastete die gefällten Bäume, sägte sie in meterlange

Stammstücke und transportierte sie mit dem Fuhrwerk auf den Hof, wo er Tage damit verbrachte, die Rugel weiter zu zersägen, so dass sie danach auf dem Hackklotz gespalten und schließlich von den Zwillingen aufgeschichtet werden konnten. Und nachdem das Fahrner-Holz versorgt war, brachte er eine Fuhre Holz zum Voss-Haus und arbeitete dort weiter. Charlotte brachte ihm Essen nach draußen, selbstverständlich nach draußen, denn Lehrer Voss hätte ihn am Esstisch nicht geduldet, und half ihm, so weit sie das konnte, aber niemand, der sie beobachtete, hätte geglaubt, dass sie mehr miteinander verband als das Ziel, fünf Raummeter Holz in ofengerechte Scheite zu zerlegen und an der Hauswand zu stapeln. Tomasz konnte es manchmal selbst nicht glauben.

Aber sobald es dunkel und ruhig war, schlich er sich aus dem Haus, um ein paar Stunden mit Charlotte zu verbringen. Das Dorf war nachts wie ausgestorben, und bald schon machte er sich nicht mehr die Mühe, heimlich wie ein Dieb von Deckung zu Deckung zu huschen. Nur einmal wäre er um ein Haar einer Truppe von HJlern in die Arme gelaufen, die einen nächtlichen Gepäckmarsch unternahmen; im letzten Augenblick konnte er sich mit dem Sprung in eine Mistgrube retten, was ihn dazu zwang, danach komplett bekleidet in den eisigen Dorfbach zu steigen. Dieses nächtliche Leben schien so unwahrscheinlich zu sein, so sehr einer anderen Wirklichkeit anzugehören, dass es ihm schwerfiel, die Gefahr nicht zu vergessen.

»Wenn Krieg vorbei ist, Kari«, sagte er oft. »Was machen wir, wenn Krieg vorbei ist, du und ich?«

Sie schmiegte sich an seine Flanke und ließ ihre Fingerspitzen ganz leicht über die Innenseite seines Oberschenkels gleiten, eine Berührung, zart wie der Flügelschlag eines Schmetterlings, die doch seinen Herzschlag antrieb und sein Inneres zittern ließ.

»Ich weiß nicht, Tomasz …« Nur der Augenblick zählte, nur das Jetzt; einmal sich davontragen lassen, einmal fliegen.

3

Seit der Katastrophe von Stalingrad war die Stimmung bei den Kameraden nicht gut, während die Polen immer frecher wurden. Sie grinsten einem dreist ins Gesicht und schienen sich in ihrer Untermenschensprache ständig irgendwelche witzigen Dinge zuzurufen, während fast jede Nacht wie aus dem Nichts Plakate und Wandzeitungen auftauchten, die sich über die deutsche Heeresleitung, den Führer eingeschlossen, lustig machten und die baldige Niederlage der nationalsozialistischen Truppen vorhersagten. Und außerdem hatte die Zahl der Anschläge bedrohlich zugenommen; nicht nur, dass diese Banditen den deutschen Überlandtransporten feige und heimtückisch auflauerten, wie es nun mal Art der Polen war, nein, auch hier in der Stadt selbst musste man jederzeit damit rechnen, mit Steinen beworfen zu werden oder in einen Hinterhalt zu geraten. Natürlich ließ die deutsche Antwort nicht auf sich warten; Ludwig Fischer, der Warschauer Gouverneur, war nicht der Mann, der sich von irgendeinem Dreckspolen auf der Nase herumtanzen ließ. Für jeden getöteten Deutschen wurden zehn, zwanzig oder mehr Polacken erschossen oder aufgeknüpft, oft mitten in der Stadt, wo man sie zur Abschreckung tagelang hängen ließ wie gerupfte Krähen. Nur schien die Abschreckung nicht wirklich gut zu funktionieren, denn die Lage wurde nicht ruhiger, und Joachim hatte häufig ein mulmiges Gefühl, wenn er in der Stadt unterwegs war, erst recht allein oder in der Dämmerung. All die Aktivitäten, die das Leben in Warschau erträglich gemacht hatten, litten darunter, sei es der gemeinsame Sport, die Beutezüge auf dem Schwarzmarkt oder auch die Besuche bei Käthe und ihrer Familie. Da konnten sie hinterher noch so salbungsvolle Worte finden von Heldentod und Opfermut, Tatsache war doch, dass es die Wehrmacht wieder einmal versaut hatte und sie hier die Scheiße jetzt auslöffeln mussten.

Heute war er mit Lössmann an den Bahnhof nach Praga auf die andere Weichselseite beordert – ausgerechnet mit Lössmann, der einfach keine Eier hatte und im Zweifelsfall abhauen würde, wenn es hart auf hart kam. Es wurde wieder einer dieser Transporte mit Himmlerkindern aus Zamość erwartet, und nachdem es bei den letzten Transporten so viel Ärger gegeben hatte, war die SS jetzt von vornherein in ausreichender Stärke vor Ort. Auf Befehl von Heinrich Himmler, Reichsführer SS, Chef der Deutschen Polizei sowie Reichskommissar für die Festigung deutschen Volkstums hatte im letzten Spätherbst im Bereich der Stadt Zamość irgendwo im Südosten des Generalgouvernements eine Aktion mit dem Ziel begonnen, das Gebiet als eines der ersten komplett von Polen zu säubern und zum Lebens- und Siedlungsraum deutscher Bauern zu machen. Die Polacken wehrten sich verbissen, Joachim hatte in der Kantine davon gehört. Aber statt kurzen Prozess mit ihnen zu machen, hatte der Reichsführer SS sich in den Kopf gesetzt, einen Teil von ihnen einzudeutschen, darunter auch Kinder und Jugendliche. Diese nach rassehygienischen Gesichtspunkten ausgewählten Kinder wurden jetzt in Güterzügen ins Reich transportiert, aber die Kameraden vor Ort gingen nicht gerade zimperlich mit ihnen um – kein Wunder, nachdem deren Eltern vorher noch versucht hatten, die Deutschen umzubringen, dachte Joachim. Und jedes Mal, wenn so ein Transport durch ihre Stadt rollte, hatten die Warschauer wie auch immer Wind davon bekommen, versammelten sich im Bahnhof, versuchten, die Wagen zu stürmen und die Kinder aus dem Zug zu holen oder ihnen wenigstens etwas Essen zuzustecken und die Toten zu bergen. Es war ein heilloses Durcheinander, das der Stadtkommandant selbstverständlich nicht hinnehmen konnte; nachdem es schon Tote gegeben hatte und die Polizeipräsenz deshalb verstärkt worden war, glaubte Joachim allerdings nicht, dass sie heute Probleme bekommen würden. Versuchte es zu glauben, während er mit Lössmann nach Praga marschierte. Lössmann konnte nicht einmal richtig marschieren, er schlenderte den Gehweg entlang, als spazierte er durch einen Park, und hatte die Hände tief in seinen Hosentaschen vergraben. Joachim konnte immer noch nicht verstehen, wie es Lössmann überhaupt zur SS geschafft hatte.

»Haltung, Lössmann, verdammt!«, zischte er, als sie an einer großen Gruppe Frauen und Kinder vorbeikamen, die auf die Straßenbahn zu warten schienen.

»Klappe«, grinste Lössmann. »Jetzt pass gut auf, Fahrner, so etwas Spaßiges kriegst du hier nicht oft zu sehen.« Er holte die Hand aus der Tasche, voll mit getrockneten Linsen, und warf sie in Richtung der wartenden Leute. Sofort kam Bewegung in die Gruppe; Frauen bückten sich, Kindern krabbelten auf allen vieren über den Boden und steckten sich zum Teil die Linsen sofort in den Mund. Lössmann nahm eine zweite Hand voll heraus und warf.

»Hab ich mir in der Küche besorgt«, erklärte er mit glänzenden Augen. »Warte noch ein paar Sekunden, gleich fangen sie an, sich die Köpfe einzuschlagen.« Tatsächlich brach fast im selben Augenblick eine Prügelei unter den Kindern aus; dem Ersten blutete schon die Nase, er brüllte wie am Spieß. »Herrlich, oder, Fahrner?« Joachim schubste ihn voran.

»Kindisch, Lössmann. Jetzt komm, sonst sind wir zu spät dran. Ich habe keine Lust, einen Anschiss zu kriegen.« Am

Bahnhof waren keine Polacken zu sehen, trotzdem bildeten die SiPo-Leute eine Absperrkette am Bahnsteig.

»Scheint ja glimpflich abzulaufen heute«, rief er Lössmann zu, der neben ihm stand und mit seiner Pistole herumspielte. Wenn sie zeitig hier rauskamen, würde er die Gelegenheit nutzen und Käthe einen Besuch abstatten, dachte er. Je angespannter die Versorgungslage in Warschau wurde, desto entgegenkommender verhielten sich Käthe und ihre Eltern. Wenn er ehrlich zu sich war, musste er sich eingestehen, dass er das Mädchen eigentlich ganz gernhatte, mochte es auch dreimal eine Polin sein. Sie war hübsch und freundlich und offensichtlich immer erfreut, wenn er auftauchte. Und außerdem machte es mit ihr mehr Spaß als mit Charlotte, aber das lag natürlich auch daran, dass es nichts gab, das Käthe nicht für eine warme Mahlzeit getan hätte. Er konnte nur hoffen, dass sie nicht bei irgendeiner Straßenrazzia erwischt und deportiert oder erschossen würde, und hatte ihr deshalb des Öfteren schon einen Wink gegeben, wo man sich an bestimmten Tagen besser nicht aufhalten sollte. Aber wenn es hart auf hart kam, war er natürlich machtlos. Es würde auf jeden Fall schwierig werden, für Käthe einen Ersatz zu finden.

Der Zug rollte ein mit zwei fensterlosen Güterwaggons, aus denen kaum etwas zu hören war; die Kinder waren vermutlich schon seit zwei, drei Tagen unterwegs, da hörte man irgendwann auf zu schreien und zu toben, vermutete Joachim. Eine Gruppe Bahnarbeiter kam mit Kübeln voller Suppe, Wasser und Brot. Sie öffneten die Waggontüren und füllten die Näpfe, die ihnen entgegengehalten wurden; andere nahmen die stinkenden Holzeimer entgegen und leerten sie über den Gleisen aus. Joachim meinte spitze Gesichter in den Waggons zu erkennen, ausgezehrte Gespenster in Lumpen und mit verfilzten Haaren. Nicht zu genau hinschauen, ermahnte er sich.

»Kann mir nicht vorstellen, wie unser Heinrich aus diesem

Lausepack deutsche Kinder machen will«, sagte er zu Lössmann. In diesem Moment nahm er im Augenwinkel eine Bewegung wahr und duckte sich reflexartig zur Seite, bevor eine Explosion die Gegenwart zerfetzte. Für Sekundenbruchteile fragte er sich, ob es sein Brustkorb war, der gerade explodiert war, oder ob die Detonation außerhalb seines Körpers stattgefunden hatte, dann fiel er in das schwarze Loch der Bewusstlosigkeit, fiel, fiel und fiel.

Die Tage, Wochen danach waren in seiner Erinnerung zersplittert wie ein zu Boden gefallenes Glas. Momente aus gleißendem Schmerz und gleißendem Licht, dann wieder wattige Dämmerung und der beißende Geruch von Kampfer und Lysol; der Körper, der sich anfühlte wie ein fremdes Ding. Menschen, die sich über ihn beugten, in seine Augen leuchteten, seine Gliedmaßen bewegten, Nadeln, Schläuche, Sonden in ihn hineinschoben, ihn fütterten, wuschen, ihm Schmerz zufügten, ohne dass er sich auch nur gegen eins davon hätte wehren können. Träume, in denen die Sonne ihm die Augen ausbrannte, in denen Räder explodierten und abgerissene Hände und Füße um ihn herumwirbelten, in denen es Blut vom Himmel regnete und die Luft brannte. Und über allem lag das Dröhnen in seinem Kopf, das nur langsam leiser wurde.

»Unterscharführer Fahrner!«

Schwerfällig öffnete er die Lider und blinzelte. Er lag in einem Bett, das Bett stand in einer Reihe mit anderen an der Wand eines großen Raums. An der gegenüberliegenden Wand war eine weitere Bettenreihe. Menschen lagen darin, manche bewegten sich, andere verharrten reglos wie tot. Von der Decke des Raums hingen mehrere unangenehm helle Lampen. Um sein Bett herum standen Leute, einige davon in Uniform, andere in weißen Kitteln. Er schloss die Augen, jemand rüttelte leicht an seiner Schulter.

»Unterscharführer Fahrner, werden Sie mal munter und schauen Sie uns an!«

Er wollte schlafen, nichts als schlafen, aber er konnte sich gegen die Quälgeister nicht wehren.

»Es geht Ihnen besser, hören Sie? Das Schlimmste haben Sie hinter sich. Schauen Sie mich an, Unterscharführer!«

Mühsam, so mühsam. Der Mann, der ihm jetzt ans Handgelenk gegriffen hatte, verschwamm vor seinen Augen.

»Sie können sich glücklich schätzen, Fahrner! Für Sie ist der Krieg vorbei.«

Der Krieg war vorbei? So schnell? Dabei hatte er doch noch nach Moskau kommen wollen, hatte einmal den Kreml sehen wollen, den Roten Platz. Und Wodka, Wodka wollte er trinken, russischen Wodka, nicht dieses polnische Dreckszeug –

»Fahrner! Schlafen Sie nicht wieder ein!« Jemand griff unter seine Schultern, richtete ihn auf. Er stöhnte. Der Mann im Kittel nickte ihm zu. »Gratulation, Unterscharführer! Wir konnten das Bein erhalten und sogar den halben Fuß. Sah am Anfang nicht danach aus. Aber jetzt wird nur das Knie steif bleiben. Ein kleiner Preis, den Sie da zahlen müssen, wenn Sie mich fragen! Mit ein bisschen Übung werden Sie wieder ohne Krücken laufen können, kapiert?«

Er hatte das Gefühl, dass seine Ohren viel langsamer verstanden, als der Mann – vermutlich der Arzt – sprach. Dass er immer einen Satz zu spät dran war.

»Ich verstehe nicht«, murmelte er und wunderte sich, wie ausgehöhlt seine Stimme sich anhörte. Der Arzt wandte sich an die Schwester an seiner Seite. Graue Haare strähnten unter ihrer Haube hervor, sie trug eine scheußliche Brille und hatte Haare auf der Oberlippe. Er war überrascht, wie deutlich er die Haare erkennen konnte.

»Mein Gott, Schwester, geben Sie ihm immer noch Luminal?! Absetzen, sofort, sonst wird der uns nie wieder wach! Der

Mann ist ja wie betrunken.« Die hässliche Schwester murmelte eine Antwort und schrieb etwas auf den Block in ihrer Hand.

Ihm fiel ein, dass er noch etwas fragen musste, etwas Wichtiges. »Wir haben gewonnen, oder? Das Reich, meine ich?«

Der Arzt kniff die Augen zusammen. »Gewonnen? Was meinen Sie damit, Unterscharführer?« Ein leichtes Lächeln flog über sein Gesicht.

»Den Krieg, Herr Doktor. Sie haben doch eben gesagt, dass der Krieg zu Ende ist …«

Die Truppe an seinem Bett lachte.

»Für Sie, Fahrner! Nur für Sie ist er zu Ende. Mit einem steifen Bein sind Sie nicht kv, verstehen Sie? Sie kommen nach Hause und kämpfen weiter an der Heimatfront.«

»Ich bin Kraftfahrer«, sagte er leise.

»Kraftfahrer? Vergessen Sie's.« Der Arzt beugte sich zu ihm herunter; er roch unangenehm nach Zwiebeln und faulem Fleisch. »Und noch was, Fahrner. Wir haben jede Menge Metall aus Ihrem Unterleib herausgefischt – könnte man einen halben Panzer draus zusammenbauen! Ich kann nicht sicher sagen, ob wir alles erwischt haben … Vielleicht haben Sie das eine oder andere Andenken zurückbehalten.«

»Andenken?«, wiederholte Joachim verständnislos.

Der Doktor schmunzelte.

»Granatsplitter, Mann! Kann sein, dass da noch was übrig geblieben ist irgendwo zwischen Arsch und Zwerchfell. Und diese Dinger fangen gern an zu wandern, kann also sein, dass Sie irgendwann Beschwerden kriegen, Schmerzen, Entzündungen … Also, wenn Ihnen etwas komisch vorkommt, melden Sie sich im nächsten Lazarett.«

Sie zogen zum nächsten Bett wie ein Schwarm Fliegen, und Joachim schlief wieder ein.

Als er das nächste Mal wach wurde, war der Saal nur schummrig beleuchtet, und er hätte nicht sagen können, ob inzwischen Stunden oder Tage vergangen waren, ja, ob diese Visite wirklich oder nur in seinem Traum stattgefunden hatte.

»Schwester!«, rief er verhalten, um nicht die anderen aufzuwecken, aber dann lauter: »Schwester!« Nach einer Weile kam eine Gestalt herübergehuscht.

»Was gibt's, Fahrner? Endlich aufgewacht?«

»Kann ich ein Glas Wasser haben?«

»Aber sicher.« Es war die Hässliche, erkannte er. Sie griff nach einer Karaffe auf der Fensterbank und goss Wasser in einen Metallbecher. Das Geräusch hämmerte in seinem Kopf wie ein Trommelfeuer, und auch das Dröhnen im Untergrund war noch da. Er streckte die Hand danach aus, die Schwester ergriff sie. »Warten Sie, ich will erst Ihren Puls zählen.«

»Kann ich aufstehen? Ich muss pinkeln.«

Sie schüttelte den Kopf. »Sie, mit Ihrem steifen Bein? Sie stehen mir nicht mitten in der Nacht auf, wenn ich allein hier bin. Morgen sind zwei Schwestern da, dann können Sie es versuchen. Ich gebe Ihnen die Bettflasche, hier … Kriegen Sie das allein hin?«

Er nickte. Wie entwürdigend das war, dachte er. Und dass die Hässliche vermutlich nur deshalb Krankenschwester geworden war, weil sie keinen Kerl abgekriegt hatte. Und dann schlief er wieder.

4

Jetzt, da Joachims Rückkehr unmittelbar bevorstand – Joachim als Krüppel –, musste Charlotte sich eingestehen, dass sie der Antwort auf die Frage, was sie tun sollte, nicht nur um keinen Zentimeter näher gerückt war, sondern dass sie es überhaupt vermieden hatte, darüber nachzudenken. Sie hatte pflichtschuldig begonnen, die Papiere zusammenzutragen, die ihr die Ehefähigkeit mit einem SS-Mann bescheinigten, und die erforderlichen Untersuchungen über sich ergehen lassen und irgendwie daran geglaubt, dass der Zeitpunkt niemals kommen würde, auf den alle diese Vorbereitungen hinzielten. Sie hatte sich eingeredet, dass der Eifer, den sie bei den Hochzeitsvorbereitungen an den Tag legte, ihre Beziehung zu Tomasz schützen würde (und tatsächlich hatten ihre Eltern keinen Verdacht geschöpft).

»Was soll ich denn machen, Tomasz? Ich will ihn nicht heiraten, aber jetzt, wo es ihm so schlecht geht, kann ich ihn doch nicht verlassen!«, flüsterte sie Tomasz ins Ohr.

Er drehte sich zu ihr herum und strich ihr die Haare aus dem Gesicht. »Warum nicht? Macht das besseren Menschen aus ihm?«

»Natürlich nicht, aber – es wäre einfach niederträchtig und gemein, ihn jetzt sitzen zu lassen.«

»Und mich sitzen lassen ist nicht gemein?«

»Das kann man doch nicht vergleichen! Was für einen Grund soll ich denn angeben?! Alle werden sagen: ›Schau an, als er noch gesund und attraktiv war, da wollte sie ihn heiraten, aber kaum geht es ihm schlecht, da lässt sie ihn fallen wie eine heiße Kartoffel.‹«

»Ist so wichtig, was die Leute sagen?«

»Hier auf dem Dorf? Ja. So etwas vergessen die nicht, nicht in hundert Jahren. Sie würden mir das Leben zur Hölle machen.« Unvorstellbar, dass es das letzte Mal sein sollte, dass sie so nebeneinanderlagen, ebenso unvorstellbar, dass sie es weiterhin riskieren würden, sich zu treffen, wenn Joachim wieder da war.

»Ich denke, das Leben mit diesem Nazi ist auch Hölle«, sagte Tomasz. »Du musst einfach Nein sagen, aber du traust dich nicht.«

»Ich bin eben nicht so mutig wie du«, antwortete sie trotzig.

Tomasz lachte tonlos. »Mutig? Ich bin nicht mutig. Ich habe nur nichts mehr, was ich verlieren kann. Leben wird einfacher dann, viel einfacher.«

Sie tastete nach seiner Hand. »Das darfst du nicht sagen! Irgendwann ist der Krieg zu Ende …«

»Und dann? In Polen gibt nichts mehr, und hier – na ja. Denkst du, ich möchte dann als Gärtner bei euch arbeiten oder als Diener und dem Herrn Joachim die Stiefel putzen und die Kinder zu Schule bringen?«

Es kränkte sie tiefer, als sie sich hätte vorstellen können. »Wie kannst du so etwas sagen! Wenn der Krieg zu Ende ist, wird alles anders. Deutschland wird verlieren, die Nazis werden verschwinden …«

»Und du, Kari? Was wirst du tun?«

»Ich bin da und warte auf dich.«

»Aber was werden Leute im Dorf sagen? Und Joachim?«

»Das ist mir dann egal.«

Er küsste sie sanft auf die Nasenspitze. »Ich liebe, wenn du so bist, Kari … Ich hoffe, dass Ende vom Krieg kommt ganz schnell.«

Sie hörte seinen Atem, spürte seine Hand auf ihrem Schenkel. Einmal noch, dachte sie, dieses eine Mal noch, nur noch einmal –

Drei Tage später, am 12. März 1943, kam Joachim aus dem Lazarett nach Hause. Marie und Georg Fahrner waren ihm nach Tübingen entgegengefahren, um ihm mit seinem Gepäck zu helfen und weil Marie es nicht mehr länger ausgehalten hatte. Ihr Junge kam nach Hause, verletzt zwar, aber doch lebendig (was man von vielen anderen nicht sagen konnte), und er würde auch nicht mehr einrücken müssen, sondern das Ende des Krieges, wann immer es kommen mochte, in

Laifingen erleben. Ihr Junge, ihr Joachim! Tagelang war sie schon mit Eimer und Putzlappen im Haus unterwegs gewesen, hatte das Zimmer unter dem Dach gereinigt und die Gardinen gewaschen und alle Spuren vernichtet, die ein junger kranker polnischer Untermensch auf der Eckbank in der Stube hinterlassen haben mochte. Ein Untermensch, der wieder in seine Untermenschenunterkunft zurückgescheucht worden war. Tomasz hatte gar nicht erst gefragt, wo sie denn in Zukunft ihre Mahlzeiten einnehmen sollten – es war klar, dass sie von nun an wieder allein in ihrer Kammer sitzen und essen würden, und vermutlich würde Joachim auch dafür sorgen, dass die Portionen in Zukunft knapper bemessen wären.

In den letzten Tagen hatten sie das vom Mistausbringen übrig gebliebene Stroh abgerecht und waren jetzt dabei, die Felder zu eggen – Fahrner wollte möglichst bald Sommerweizen und Sommergerste säen, und auch die Kartoffelfelder mussten noch vorbereitet werden. Es nieselte häufig, die Arbeit auf den lehmschweren Böden war anstrengend, und oft schafften sie stundenlang nebeneinanderher, ohne sich überhaupt anzusprechen, das einzige Geräusch war Janeks zuverlässig zurückgekehrter bellender Husten.

Auch Eva hatte sich zurückgezogen und sich geweigert, mit zum Bahnhof nach Tübingen zu fahren. Stattdessen dämpfte sie Kartoffeln, die dann zusammen mit Gerstenschrot und Kleie an die Schweine verfüttert wurden. Tomasz beobachtete, mit welch unnötiger Vehemenz Eva die gedämpften Kartoffeln in den Händen zerquetschte, als würde sie viel lieber etwas anderes zerquetschen. Na klar, sie war wütend und enttäuscht von ihren Eltern, die Janek einfach seiner Krankheit überlassen hatten, aber egal. Er hatte genug eigene Sorgen. Tomasz zog seine Jacke enger und gab dem Zugtier einen leichten Klaps auf das Hinterteil, so dass es sich in Bewegung setzte. Ob der junge Fahrner plante, jetzt wieder selbst auf dem Hof mitzuarbeiten?

Tomasz hoffte inständig, dass die Folgen seiner Verletzungen schwer genug waren, um das zu verhindern. Außerdem gab es für einen SS-Mann vermutlich auch in der Heimat genügend anderes zu tun – Feinde, die aufgespürt, kontrolliert und eliminiert werden mussten, waren schließlich überall. Warum, so fragte sich Tomasz, hatte ausgerechnet dieser Nazi überlebt, wo doch so viele andere elend krepiert waren, obwohl sie Besseres verdient hatten?

Joachim war erleichtert, als er endlich die Tür zu seinem Zimmer hinter sich zuziehen konnte. Das tränenreiche Wiedersehen mit seinen Eltern, Marie Fahrners ständige Sorge um sein Befinden fielen ihm wahnsinnig auf die Nerven – statt tausendmal nachzufragen, was sie denn noch für ihn tun könne, hätte sie besser einmal darüber nachgedacht, wie rücksichtslos und dumm es war, einem Gehbehinderten einen Raum unter dem Dach zuzuweisen. Mit zusammengebissenen Zähnen hatte er die Treppe bewältigt, Schritt für Schritt eine Anklage gegen das Spatzenhirn seiner Mutter, das Schicksal, die verdammten Polen. Gehbehindert. Er schloss die Tür ab und sah sich um.

Das war der Raum, den er jahrelang mit seinem älteren Bruder Karl geteilt hatte. Hier hatten sie heimlich die erste Zigarette geraucht und von Lilian Harvey und Anny Ondra geschwärmt, hier hatte er die mühsam zusammengesparte »Automobil-Revue« verschlungen und seine HJ-Uniform unter dem Bett versteckt. Er sah Karl vor sich, wie er eisern jeden Abend seine fünfzig Liegestützen absolvierte, um endlich einen vorzeigbaren Bizeps zu entwickeln, und seine Fortschritte in einem Schulheft notierte. Karl war immer ein wenig schmächtig gewesen, das war aber auch das Einzige, was an ihm auszusetzen gewesen war. Er hatte sich schon als Junge getraut, den Eltern zu widersprechen; er war der Einzige gewesen, der Joachim immer unterstützt hatte, sei es in seiner Begeisterung für alles, was mit Motoren zu tun hatte, sei es später bei seiner ebenso rückhaltlosen Begeisterung für die nationalsozialistische Bewegung. Karl war jemand gewesen, auf den man sich immer hatte verlassen können, großzügig, geradlinig, mutig. Erst jetzt, in diesem Moment, wo Karl schon mehr als ein Jahr tot war, wurde es Joachim klar, dass kein Mensch ihm jemals nähergestanden hatte, die Eltern nicht, Charlotte nicht, erst recht keiner der Kameraden. Karl war der einzige Mensch gewesen, von dem er sich vorstellen konnte, dass er mit ihm darüber hätte sprechen könnte, was er in Warschau erlebt hatte; was er dort getan hatte. Der Einzige, der es verstanden hätte. Der Tod des Bruders hatte eine Lücke in sein Leben gerissen, noch eine Wunde, die nie mehr verheilen würde.

Der Raum also. Hier würde er nach den Vorstellungen seiner Eltern auch mit Charlotte zusammen wohnen, sobald sie erst verheiratet waren. Er betrachtete die beiden unter Glas gerahmten gestickten Sinnsprüche an der Wand, die noch von seiner Großmutter stammten: »Was Gott thut, das ist wohl gethan« sowie »Lerne Ordnung, übe sie, das erspart dir Zeit und Müh«, daneben das Konfirmationsbild von Karl und ihm selbst sowie eine ungelenke Zeichnung vom Laifinger Rathaus, die er mit dreizehn Jahren gemacht hatte. Einzig das Führerbild, das er vor Jahren gegen den heftigen Widerstand seiner Mutter über seinem Bett aufgehängt hatte, hätte genauso auch in der Stube hängen können, die er im letzten Jahr bewohnt hatte. Was Beck wohl sagen würde, wenn er ihn hier sehen könnte, oder Lössmann? Wobei Lössmann natürlich nie wieder etwas sagen würde, ihn hatte die Granate am Bahnhof voll erwischt. Wenn man ehrlich war, war es nicht schade um ihn, Lössmann war ein echter Scheißkerl gewesen. So wie er gehört hatte, war nicht mehr viel übrig gewesen, was man beerdigen konnte. Immerhin hatten sie ihm das EK 1 verliehen, nachträglich, und zusammen mit einem Lobesschreiben an die Eltern geschickt. Und Lössmann musste sich nicht mit der Frage herumschlagen, was er aus seinem Leben machen sollte, nachdem er zum Krüppel geworden war.

Von unten hörte Joachim Töpfe klappern, das Geschrei der Zwillinge. Klar, Georg Fahrner erwartete, dass sein Sohn wieder in die Hofarbeit einstieg, so weit es seine Gesundheit zuließ. So wie Karl es getan hätte. Sie hatten den Bahnsteig noch nicht verlassen, da hatte der Alte schon herumgefaselt von Hektarerträgen und neuen Getreidebeizen und sogar durchblicken lassen, dass er bereit war, seinen Widerstand aufzugeben und einen Schlepper anzuschaffen, wenn der Krieg erst vorbei war. Als ob man mit steifem Knie einen Schlepper fahren könnte! Joachim wusste noch nicht, was er in Zukunft machen würde, aber auf gar keinen Fall würde er zurück in die Landwirtschaft gehen. Er hatte gelernt zu kämpfen, zu kommandieren, sich durchzusetzen; er würde nicht wieder bis zu den Knien in der Scheiße stehen und Mist schaufeln, nie wieder.

Sein Blick fiel auf den alten Kleiderschrank. Sollte er überhaupt seine Sachen dort einräumen? In den letzten Minuten war ihm klar geworden, dass das hier für ihn nur eine Durchgangsstation sein konnte, dass er nicht wieder hier zu Hause einziehen konnte, als wäre davor nichts gewesen. Er öffnete die Schranktür; von Karls Kleidern war fast nichts mehr da außer dem Geruch nach Mottenkugeln. Wahrscheinlich waren die Sachen in irgendeiner Sammlung für das Winterhilfswerk gelandet, dachte Joachim, dann fiel ihm wieder ein, wie er diesen Polenbengel in Karls Jacke erwischt hatte. Natürlich, seine Eltern hatten den Polacken das Zeug gegeben, deshalb war es nicht mehr da. Was für ein Verrat an Karl, der sein Leben im Kampf gegen genau diese Ostvölker verloren hatte! Nein, er würde nicht hierbleiben und sich ständig mit diesem Schlendrian herumschlagen müssen und dem christlichen Geschwafel. Er war für die Heimatfront nicht geschaffen. Da sah er den großen Spiegel in der Schranktür.

Ein paar Minuten starrte er reglos darauf, dann zog er sich aus, mühsam, wie er es allmählich gewöhnt war. Am besten ging es im Sitzen, weil da nicht die Gefahr bestand, das Gleichgewicht zu verlieren, aber er zwang sich dazu, es im Stehen zu schaffen. Ein Mann in seinem Alter musste in der Lage sein, sich im Stehen aus- und anzuziehen, sagte er sich und biss die Zähne zusammen. Nur die Strümpfe behielt er an; den verstümmelten Fuß hatte er oft genug im Lazarett gesehen, und er hatte nicht vor, diese Erfahrung ohne Not zu wiederholen. Sich selbst im Spiegel zu betrachten, den ganzen zerstörten, zusammengeflickten Körper, war dort nicht möglich gewesen. Vielleicht machten sie es extra so, dass es keine Spiegel gab. Die meisten Kameraden, die er auf der Krankenstube gesehen hatte, waren keine Augenweide. Vielleicht wollte man ihnen den eigenen Anblick ersparen. Aber er, SS-Unterscharführer Joachim Fahrner, war nicht so eine Memme. Er humpelte ins Licht und nahm sich in Augenschein.

Ein abgemagerter, schiefer, grauscheckiger Mann sah ihm entgegen, der rechte Oberschenkel eigenartig verformt, als hätte ein Tier ein Stück herausgebissen. Der Unterleib war übersät mit kleinen Narben, wo die Metallsplitter ihn getroffen hatten; selbst auf Armen und Brustkorb hatten sie noch Spuren hinterlassen. Zwischen den Beinen baumelte schlapp und verschrumpelt sein Geschlecht; selbst da waren einige Splitter gelandet. Tränen stiegen ihm in die Augen, Tränen der Wut, der Scham, der Trauer. Was für eine jämmerliche Figur war aus ihm geworden! Den Knochenflicker, der dafür verantwortlich war, sollte man umlegen, dachte er wild, diesen arroganten Quacksalber mit seinem überheblichen Getue: *Vielleicht haben Sie das eine oder andere Andenken zurückbehalten!* Aber dann fiel ihm ein, dass es ja gar nicht der Arzt war, der für seinen Zustand verantwortlich war. Es waren die Scheißpolackenschweine, die ihm das angetan hatten. Aber sie würden dafür bezahlen, da war er sich sicher. Wenn der Krieg erst gewonnen war, würde die polnische Rasse ausgemerzt und vom Erdboden getilgt werden wie die gigantischen Schnecken, deren versteinerte Häuser man bei Wanderungen auf der Alb gelegentlich finden konnte. Von den Polen allerdings würde nichts bleiben, gar nichts.

Er zog sich wieder an und trat ans Fenster. Wie klein hier alles war, der Hof, der Kirchturm, dieses ganze Kuhdorf! Er konnte nicht verstehen, wie er es als Junge hier ausgehalten hatte. Und selbst Tübingen war ein Provinzkaff mit all seinen eingebildeten Professoren und den affigen Studenten, die von der wirklichen Welt keine Ahnung hatten, von Blut, Kampf, Heldenmut und Tod. Wer einmal dabei gewesen war, wurde ihm klar, wer einmal eine Aktion mitgemacht hatte irgendwo in einem Wald im polnischen Nirgendwo, für den gab es keinen Weg mehr zurück in den Alltag, zu Spitzhacke, Frühandacht und Apfelmost.

In dem Augenblick sah er einen Mann das Kuhgespann zurück auf den Hof führen. Es war der ältere Polacke, der vom Feld zurückkam. Er klopfte den dampfenden Tieren die Hälse und machte sich dann daran, sie loszuschirren, das alles mit einer Leichtigkeit und Gewandtheit, die ihm, Joachim, nie wieder zur Verfügung stehen würde. Ein großer, kräftiger Mann, der sich mühelos bücken und einen heruntergefallenen Strick aufheben konnte, der sich um die eigene Achse drehte und um die Scheißkühe herumscharwenzelte wie ein Tänzer. Eva kam aus der Küche mit einem Eimer voller Hühnerfutter in der Hand. Sie sah den Polen, rief ihm etwas zu und lachte, der Mann lachte zurück. Ein Hass brandete in Joachim hoch, den er vorher so noch nicht gekannt hatte. Er zerrte am Fenstergriff, aber der alte Rahmen war wahrscheinlich ewig nicht mehr geöffnet worden und klemmte, und als das Ding endlich nachgab und aufschwang, verlor er das Gleichgewicht und landete auf dem Boden. Für einen Moment wurde ihm schwarz vor Augen, er keuchte vor Schmerz. Auf der Treppe kamen hastig Schritte näher; vermutlich waren sein Sturz und der Aufprall auf den Holzdielen noch in der Küche zu hören gewesen, und jemand eilte jetzt nach oben, um ihm zu helfen. Egal, wer es war, er würde demjenigen niemals verzeihen, ihn so hilflos hier auf dem Boden liegen zu sehen. Joachim nahm alle Kraft zusammen und zog sich an einem Hocker hoch, schaffte es gerade noch rechtzeitig, bis die Tür aufging.

»Alles in Ordnung, Junge?«, fragte Marie Fahrner.

Er starrte sie wütend an. »Kannst du nicht klopfen?«

Sie wurde feuerrot und nestelte nervös an ihrem Kittel herum.

»Aber Joachim, ich wollte doch nur – das Essen ist fertig. Bitte komm herunter, damit wir anfangen können.«

»Sind eure Scheißpolacken auch dabei? Dann bleibe ich lieber hier oben.«

»Nein.« Sie schüttelte so heftig den Kopf, dass er sicher war, die Polen hatten seit Weihnachten keinen einzigen Abend mehr in ihrem Loch gegessen. »Nein, natürlich nicht. Aber Lotte ist gekommen. Sie hat dir einen Kuchen gebacken.«

Charlotte zupfte immer wieder an ihrem Kleid herum, während sie in der Stube den Tisch deckte. Sie hatte geglaubt, dass es eine gute Idee wäre, Joachim zum ersten Mal wieder im Kreis der Familie zu begegnen, aber jetzt zitterten ihre Hände trotzdem vor Nervosität. Würde er ihr nicht auf den ersten Blick anmerken, dass sich alles zwischen ihnen geändert hatte? Dass sie nur zwei Nächte zuvor noch in den Armen eines anderen Mannes gelegen hatte und sich nichts sehnlicher wünschte, als genau das wieder zu tun? Sie hatte sich von Kopf bis Zeh mit eiskaltem Wasser gewaschen, bevor sie hergekommen war, und trotzdem war sie überzeugt davon, dass Tomasz' Geruch immer noch an ihr haftete, die Indizien seiner Zärtlichkeit, die Spuren seines Geschlechts. Was würde sie tun, wenn Joachim gleich heute, gleich hier mit ihr allein sein wollte? Sie musste mit ihm reden, hatte sie sich vorgenommen, musste ihm sagen, dass sie ihre Meinung geändert hatte, dass sie ihn nicht länger heiraten wollte, aber bisher hatte sie nicht die geringste Ahnung, wie und wann sie das tun, was sie ihm als Begründung dafür liefern wollte. Von Tomasz hatte sie nichts gesehen, als sie heute auf den Hof gekommen war, und auch in Zukunft würden sie sich vermutlich kaum noch über den Weg laufen. Das machte alles viel leichter, sagte sie sich. Das machte alles viel schwerer.

»… ich bin doch kein Kleinkind! Lass mich los.« Die Tür schwang auf, und Joachim kam hereingehumpelt, Marie Fahrner im Schlepptau. Die Bäuerin hatte Tränen in den Augen.

»Aber Junge, fast wärst du auf der Treppe gestürzt! Ich will dir doch nur helfen.«

»Dann gib mir kein Zimmer unter dem Dach. Und deine Hilfe will ich nicht, ich komme allein zurecht.« Jetzt er blieb sein Blick an Charlotte hängen; sie zwang sich, ihm zuzulächeln.

»Guten Abend, Joa. Ich – ich freu mich so, dass du wieder da bist!« Zehn Jahre älter sah er aus, grau, hager, verbittert; es setzte ihr mehr zu, als sie erwartet hatte. Falls sie irgendwo noch die Hoffnung gehabt hatte, den unbekümmerten Jungen aus der Vorkriegszeit wiederzufinden, dann war sie in diesem Augenblick zerstoben.

Er kam langsam auf sie zu und setzte dabei das steife rechte Bein vorsichtig auf dem Dielenboden auf wie einen Fremdkörper.

»Hallo, Lottchen!« Er beugte sich über sie; sie drehte im letzten Moment den Kopf zu Seite, so dass seine Lippen nur ihre Wange streiften. »Gut siehst du aus«, flüsterte er ihr ins Ohr. »Im Lazarett habe ich jede Nacht nur von dir geträumt.«

Sie nickte krampfhaft, fasste nach seiner Hand und drückte sie kurz. Mein Gott, Joachim musste schon darum kämpfen, sich auf den Beinen zu halten, er hatte in diesem Krieg sowohl seine Stärke als auch seine Gesundheit eingebüßt, wie konnte sie ihm da sagen, dass – wie konnte sie ihn da zurückweisen? Auf jeden Fall nicht sofort; auf jeden Fall nicht heute. Zu ihrer Erleichterung kam da Eva herein, die Zwillinge im Schlepptau.

»Setzt euch, Vater muss auch gleich da sein …« Charlotte flüchtete in die Küche und rührte hektisch in dem großen Kessel mit der Suppe.

»… muss ich mich noch eine Zeit lang auskurieren, bis ich wieder besser laufen kann, aber dann werde ich einen neuen Einsatzort bekommen. Morgen fahre ich erst einmal nach Tübingen und melde mich in der Münzgasse.«

Georg Fahrner starrte seinen Sohn fassungslos an. In der Münzgasse befand sich die Gestapostelle, zu der man ihn nach seiner Verhaftung gebracht hatte. Er schluckte.

»Wir brauchen dich hier auf dem Hof«, sagte er schließlich. »Du hast deine Pflicht doch getan und lange genug die Knochen hingehalten da im Osten! Jetzt sind andere dran. Und hier – «

»Komische Vorstellung von Pflicht, Vater! Ich bin SS-Mann, ich kneife doch nicht den Schwanz ein, wenn es brenzlig wird! Oder glaubst du, die könnten mich nicht mehr brauchen, nur weil ich nicht mehr so schnell laufen kann wie jeder Trottel?«

»Nein, natürlich nicht.« Der alte Fahrner rührte in seiner Suppe herum. »Ich dachte nur – es wäre so gut, dich wieder auf dem Hof zu haben! Du kennst den Betrieb, du weißt, was getan werden muss …«

»Du hast doch deine Polacken, reicht dir das nicht?«

Fahrners Gesicht färbte sich dunkel. »Doch, natürlich, der Thomas ist fleißig und kann zupacken, und der Janek gibt sich Mühe, aber trotzdem … es sind eben Polen! Ich kann ihnen doch nicht so vertrauen wie meinem Sohn.«

»Ist ja beruhigend, dass du das immerhin einsiehst. Ich habe mich schon gefragt, ob dir überhaupt klar ist, dass du da einen Feind im Haus hast und keine harmlosen Erntehelfer.« Energisch löffelte er seinen Teller leer. »Lecker, Mama. So etwas Gutes gibt es in Warschau nicht. Gibt's Nachschlag?«

Marie Fahrner strahlte ihn an. »Gern, Junge. Aber lass noch ein bisschen Platz für die Spätzle.«

5

Charlotte saß in ihrem Zimmer auf dem Bett, den Brief in der Hand – Gosias Brief. *Moja najdroższa Majko, meine liebste Majka!* Mittlerweile kam es ihr vor, als könnte sie selbst die polnischen Worte verstehen. *Nie zapomnij o mnie! Vergiss mich nicht!* Sie hatte noch Tomasz' Stimme im Ohr, wie er ihr den Brief vorgelesen hatte, auf Polnisch, wieder und wieder. *Nie zapomnij o mnie!* Sie zumindest würde Gosia sicher nicht vergessen, Gosia, die Joachim ihre Jacke verkauft hatte, irgendwo auf den Straßen des Warschauer Ghettos. Joachim wollte immer, dass sie die Jacke trug. Charlotte hatte ihn nach der Vorbesitzerin gefragt, nach dem Tag, an dem er die Jacke gekauft hatte, aber er hatte behauptet, sich nicht erinnern zu können. Ganz Warschau sei ein einziger Schwarzmarkt, wie solle er sich da an einen einzigen Kauf erinnern?! Jeden Tag hätte er irgendwo irgendetwas gekauft von den Polen, die schließlich alles zu Geld machten, was ihnen in die Finger fiel … Auch sonst hatte er wenig erzählt davon, was er eigentlich in Warschau gemacht hatte, als hätte sein Alltag nur aus Kino- und Varietébesuchen, Paraden und Sportveranstaltungen bestanden. Er sei bei einem Partisanenangriff im Bahnhof verwundet worden, hatte er knapp erklärt, und er sei gottverdammt froh, dass er sich nur noch bruchstückhaft daran erinnern könne, er habe keine Lust, all das wieder hochkommen zu lassen …

Joachim war ein Fremder, und doch gab es immer wieder Momente, in denen die alte Vertrautheit wieder aufblitzte, wenn er sie an einen längst vergangenen Sommerspaziergang erinnerte oder daran, wie sie vor dem Krieg gemeinsam zum Tanzen gegangen waren. Sie hatte es noch nicht gewagt, mit ihm darüber zu sprechen, dass sie die Verlobung lösen wollte, und war ihm stattdessen aus dem Weg gegangen. Da Joachim noch so unbeweglich war, hatte ihr das keine große Schwierigkeit bereitet. Sie verbrachte kaum noch Zeit bei den Fahrners und fuhr stattdessen jeden Nachmittag nach Tübingen, wo sie einen Kurs für Schwesternhelferinnen besuchte. Seit der Katastrophe von Stalingrad wurde man immer wieder dazu aufgefordert, seinen Beitrag zur Kriegswirtschaft zu leisten, und ihre Eltern hatten sich schnell davon überzeugen lassen, dass auch Charlotte nur ihre Pflicht tun wollte.

Sie wusste nicht, was schwieriger war für sie: Joachim auf dem Hof zu begegnen oder aber Tomasz – beiden gegenüber hatte sie ein schlechtes Gewissen und kam sich vor wie eine Betrügerin. Am schlimmsten war es, sie gemeinsam zu sehen und dabei immer wieder daran erinnert zu werden, wie sehr die Männer sich hassten. Es lag in jedem Blick, jedem Wort, jeder Geste. Und es war viel intensiver noch als zu Weihnachten. In dieser Zeit hatte Joachim nur gesehen, dass Tomasz Pole war, zu einem Volk gehörte, das er verachtete; heute schien er ihn mit dafür verantwortlich zu machen, dass er ein Invalide geworden war, dass er niemals mehr auf einem Krad sitzen oder einen Wagen steuern würde. Und er sah in Tomasz tagtäglich den gesunden, kraftvollen Mann, der er nicht mehr war; einen Mann, der mit Leichtigkeit Dinge tun konnte, die ihm selbst vermutlich für immer verwehrt waren. Charlotte spürte dunkel, dass gerade dieser Punkt sehr viel mit ihrer Angst davor zu tun hatte, sich von Joachim zu trennen. Wie würde er wohl darauf reagieren? Würde das seinen Hass auf Tomasz nicht erst recht befeuern? *»Die Polacken haben mich zum Krüppel gemacht, glaubst du, das könnte ich eine Sekunde lang vergessen?«*, hatte er gleich am ersten Abend zu ihr gesagt, und ein drohender Unterton hatte darin gelegen, den sie nicht überhören konnte.

Vor sechs Wochen, vor einem Monat noch war ihr Leben so viel einfacher gewesen, dachte sie, so viel besser. Vor einem Monat noch war sie voller Ungeduld abends ins Bett gegangen und hatte darauf gewartet, ein leises Kratzen an ihrem Fenster zu hören und danach Tomasz' Stimme. Sie spürte diese freudige Ungeduld noch im ganzen Körper, und doch kam es ihr vor wie eine unendlich fern liegende Vergangenheit. Wie lange war es her, dass Joachim zurückgekommen war, versehrt und verbittert? Wie lange? Wie ein Kinderlied war das und ging ihr im Kopf herum: Wie lang, sag mir, wie lange? Ging ihr immer noch im Kopf herum, als sie es schon erkannt hatte: zu lange. Viel zu lange. Sie dachte daran, wie müde sie sich gefühlt hatte in der letzten Zeit, wie schnell sie verstimmt gewesen war und gleichzeitig bereit, jederzeit in Tränen auszubrechen; wie unwohl sie sich gefühlt hatte, vor allem morgens. Natürlich, Joachims Rückkehr hatte sie belastet, die Aussprache mit ihm, die sie vor sich hergeschoben hatte, war ihr auf den Magen geschlagen – alles gute Gründe für diesen Zustand, sehr gute Gründe sogar, wenn man außer Acht ließ, wie viel Zeit vergangen war. Fünf Wochen über der Zeit, das hieß doch, zwei Regeln waren schon ausgefallen, obwohl sie immer so pünktlich gewesen waren, dass man hätte die Uhr danach stellen können; hieß doch ganz klar nur eins. Unwillkürlich legte sie sich die Hand auf den Unterleib. Dort war es unbemerkt entstanden und wuchs heran, seit ein paar Wochen schon – ihr und Tomasz' Kind. Im ersten Augenblick, in dem noch kein Gedanke sich geregt hatte und die Ängste noch schwiegen, spürte sie nur Freude, wilde, widerspenstige, unvernünftige Freude. Ein Kind war entstanden, ein Zeugnis ihrer Liebe, so dass nichts und niemand mehr die Stunden zunichtemachen konnte, in denen sie Tomasz in den Armen gehalten hatte – entgegen aller Vernunft und jedem Verbot; entgegen jedem Tabu. Ihr gemeinsames Kind, das im November zur Welt kommen würde. Wenn sie es zuließ.

Und in dem Moment waren die Bedenken da, die Zweifel, die Panik. Wenn herauskam, dass Tomasz der Vater war, ein polnischer Fremdarbeiter!, würde er am Galgen landen und sie selbst im Lager; das Kind würde vermutlich von ihren Eltern aufgezogen werden. Noch hatte niemand etwas bemerkt, aber wie lange würde sich die Schwangerschaft verbergen lassen? Sie hatte keine Ahnung. Ebenso wenig wie sie eine Ahnung davon hatte, wo sie Hilfe finden, wie sie es wegmachen lassen könnte. Alles, was sie davon wusste, waren hinter der vorgehaltenen Hand weitergegebene Schauergeschichten von Stricknadeln, kochendem Wasser und Frauen, die sich zu Tode geblutet hatten. Offiziell waren Abtreibungen natürlich streng verboten, das hatte sie schon als Jungmädel im BdM gelernt – war es doch die vornehmste Pflicht aller Frauen, Kinder für das Vaterland zu gebären, deutsche Kinder für den Führer. Bei in Blutschande empfangenen Kindern sah die Sache selbstverständlich anders aus. Wenn sie sich also zu ihrem Verhältnis mit Tomasz bekennen oder wenn sie ihm vielleicht sogar die Schuld in die Schuhe schieben würde (*»ich habe mich gewehrt, aber er war stärker als ich«*, hörte sie sich einem gesichtslosen Tribunal versichern), wäre es vermutlich möglich, sich selbst reinzuwaschen, das Kind loszuwerden und Tomasz gleich dazu. Sie presste die geballte Faust vor den Mund. Wie kamen diese schrecklichen Gedanken in ihren Kopf? Würde sie Tomasz tatsächlich ans Messer liefern, um sich selbst zu retten? Gosia fiel ihr plötzlich ein, die ihr halb verhungertes Kind durch das Ghetto getragen und ihre Jacke geopfert hatte, um vermutlich etwas zum Essen zu kaufen, Gosia, die vielleicht längst nirgendwo mehr lebte außer in Charlottes Kopf. Gosia und Szymek. Der Gedanke ließ sie wieder klarer sehen. Sie wollte das Kind ja gar nicht abtreiben! Sie wollte es zur Welt bringen und in ihren Armen wiegen und in seinem Gesichtchen nach Tomasz' Zügen suchen. Sie wollte Tomasz davor schützen, für ihre Liebesbeziehung mit dem Leben zu bezahlen. Es musste einen Weg geben, keinen von beiden zu opfern; es musste!

»Joachim will versuchen, bei der Gestapo eine Stelle zu finden.« Eva spülte das Melkgeschirr und räumte es weg. Sie waren fast fertig mit der abendlichen Stallarbeit; Georg und Marie waren schon ins Haus gegangen, die Zwillinge sperrten die Hühner in den Stall, und Janek brachte die vollen Milchkannen zur Sammelstelle.

»Passt sehr gut zu ihm, denke ich.« Tomasz packte den Stiel seiner Mistgabel fester und warf energisch einen Schwung Stroh in die Box, wo die zwei Jungtiere standen. »Hauptsache, er bleibt nicht hier.«

Eva schüttelte den Kopf. »Wahrscheinlich nicht. Vater sagt zwar nicht viel, aber er ist furchtbar enttäuscht. Die Gestapostelle in Tübingen wird geschlossen, weißt du … Wahrscheinlich schicken sie ihn nach Stuttgart oder sogar noch weiter weg! Das ist fast so, als wäre er noch in Warschau.«

»Ich bin froh, wenn ich ihn nicht sehen muss jeden Tag«, antwortete Tomasz mit zusammengebissenen Zähnen.

»Es wird noch eine Weile dauern.« Eva trocknete sich die Hände an ihrer Stallschürze ab und strich sich die Haare zurück. »Erst mal ist er noch nicht dienstfähig, mindestens zwei Monate lang. Vielleicht heiraten sie noch in der Zeit und gehen dann zusammen nach Stuttgart, jedenfalls stellt Joachim es sich so vor. Sie haben alle Unterlagen zusammen, und er will sowieso keine große Feier.«

»Und was sagt Charlotte dazu?« Es war schwierig, in einem normalen Tonfall von Charlotte zu sprechen. Charlotte, die mit einem Mal wieder so weit von ihm entfernt war, so unerreichbar weit. Die Befürchtung, dass er sie endgültig verloren hatte so wie Agnieszka, hatte sich in seinem Kopf eingenistet und ließ sich nicht mehr vertreiben. Er versuchte sich einzureden, dass es ihm egal war; hatte er nicht immer schon gewusst, dass es so enden würde?

»Ich weiß nicht ...« Eva zuckte mit den Achseln. »Sie hat nicht viel dazu gesagt, aber ich kann mir nicht vorstellen, dass sie gern nach Stuttgart möchte. Sie hat dort ihr Pflichtjahr gemacht, und jedes Mal, wenn die Rede auf Stuttgart kommt, spuckt sie Gift und Galle ... Du kennst ja Charlotte.«

»Hm.« Was sonst hätte er auch sagen sollen?

»Aber wenn sie erst verheiratet sind, ist es vielleicht etwas anderes. Eine Frau gehört doch zu ihrem Mann, oder?«

»Ja.«

»Ich muss los ...« Sie trocknete sich die Hände an der Stallschürze ab. »Du weißt, dass es mir leidtut, dass ihr jetzt wieder allein essen müsst, oder? Ich hab versucht, die Eltern zu überzeugen, aber Joachim – « Verlegen rückte sie den dreibeinigen Melkschemel hin und her.

»Ist schon gut, ich versteh schon. Aber ist nett, dass du versucht hast.«

Er verteilte das letzte Stroh, fegte noch einmal den Stallgang, räumte das Werkzeug auf. Er wusste, wo der Bauer die

Schnapsflasche versteckt hatte, holte sie heraus und nahm einen Schluck. Früher hatte er oft getrunken, zu oft wahrscheinlich; Agnieszka hatte es gehasst, wenn er spät in der Nacht ins Schlafzimmer getorkelt war, und hatte sich geweigert, sich dann von ihm berühren zu lassen, hatte ihn sogar einmal gezwungen, auf der unbequemen Bank in der Küche zu schlafen. Zu spät, das wiedergutzumachen. Aber jetzt, heute, wäre es gut, sich zu betrinken. Er hatte Charlotte verloren; sie hatte ihn fallen gelassen, um ihren SS-Mann zu heiraten. Bessere Gründe, sich zu betrinken, konnte es eigentlich nicht geben. Er erlaubte sich noch einen Schluck, korkte die Flasche dann zu und stellte sie sorgfältig zurück. Fahrner sollte nicht merken, dass er sich daraus bedient hatte. Eine angenehme Wärme breitete sich in seinem Körper aus, als er die Stalltür hinter sich schloss und zu seiner Schlafkammer hinüberging. Erst im letzten Moment bemerkte er, dass ein Licht darin brannte, obwohl der Junge noch nicht vom Milchhäuschen zurück sein konnte. Aber der Alkohol, der inzwischen in seinem Hirn angekommen war, bewirkte, dass er sich nichts weiter dabei dachte, als dass er wohl am Morgen vergessen hatte, die Petroleumlampe zu löschen. Er öffnete die Tür und ging hinein.

»Ich hab mich mal ein bisschen umgesehen hier in eurem Drecksloch.« Joachim Fahrner saß auf dem Hocker und lächelte ihn an. Tomasz' Herzschlag beschleunigte sich. »Mach die Tür zu hinter dir! Ich hab mich also umgesehen und etwas sehr, sehr Interessantes entdeckt.« Er zog einen Stapel Papier aus der Jackentasche und warf ihn auf den Boden. »Es ist immer eine saublöde Idee, Dinge in seinem Bett zu verstecken. Nur Idioten glauben, dass das ein sicherer Platz ist … Idioten und Polacken natürlich. Da, sieh's dir an!«

Tomasz bewegte sich nicht. Er verfluchte den Schnaps, der ihn daran hinderte, klar und schnell zu denken und zu verstehen, was hier passierte.

»Du sollst es dir ansehen, habe ich gesagt.«

Langsam ging er in die Hocke und griff nach dem obersten Blatt: *»Denk bei jeder Bombe dran: Diesen Krieg fing Hitler an!«*, gefolgt von *»Hitlers schwarze Woche«* und dem Aufruf des Erzbischofs von Canterbury über einen deutschen Pastor namens Martin Niemöller … Es waren die Flugblätter, die er in den letzten Monaten gesammelt und idiotischerweise nicht weggeworfen hatte, weil sie ihm Mut und Zuversicht gegeben hatten.

»Das ist Hochverrat, weißt du? Schon einen Volksgenossen würde das ins KZ bringen, und einen Polacken erst …« Joachim legte geringschätzig den Kopf schief. Die Angst durchdrang Tomasz bis in die letzte Körperzelle, Angst und Wut und Hilflosigkeit und Verzweiflung, und er wusste, dass er es vor Joachim nicht verbergen konnte und dass Joachim es sah und genoss. Er senkte den Kopf. »Jetzt müssen wir nur noch herausfinden, wer von euch beiden das Verräterschwein ist, du oder das Milchgesicht … oder wart ihr es alle beide?«

Tomasz schüttelte den Kopf. »Ich … ich habe Blätter gesammelt, Janek weiß nicht davon …«, antwortete er heiser und zeigte auf seine Pritsche. »Das ist mein Bett.«

»Gut.« Joachim nickte, als hätte Tomasz eine besonders gute Antwort gegeben. »Ich könnte dich gleich der Gestapo übergeben, aber«, er machte eine Pause, in der Tomasz' ganze Ängste, seine ganzen Hoffnungen Platz hatten, »mein Vater will es nicht.« Die Erleichterung ließ Tomasz' Augen feucht werden, und er schämte sich dafür. »Er will dich nicht einmal nach Aistaig schicken, ins Arbeitserziehungslager … Er glaubt, dass er jetzt im Frühjahr nicht auf dich verzichten kann, und vielleicht hat er recht damit. Steh auf.«

Mühsam, mit zittrigen Knien kam Tomasz wieder hoch und sah unsicher zu Joachim hinüber, der, das erkannte er erst jetzt, zur Feier des Tages seine SS-Uniform angezogen hatte. Er konnte nicht glauben, dass das schon alles gewesen war, konnte das Lächeln auf dessen Lippen nicht deuten …

»Aber natürlich stimmt selbst er mir zu, dass wir so etwas nicht einfach durchgehen lassen können, so einen krassen Fall von reichsfeindlichen Bestrebungen. Wir sind deshalb übereingekommen, dir ein Angebot zu machen.« Joachim lehnte sich zurück, das steife Bein in einem eigenartigen Winkel vom Körper weggestreckt. »Es ist ja nicht so, als wüsste ich nicht, wie man mit aufsässigen Polacken umzugehen hat. Du kannst wählen. Entweder wir überlassen die Sache der Gestapo, oder wir regeln das Ganze hier, unter uns.«

Er deutete mit dem Kinn in die Ecke, wo, wie Tomasz jetzt erst sah, die Peitsche stand, mit der sie die Kühe zur Arbeit antrieben. Sein Mund wurde trocken.

»Also?«

Tomasz spürte, wie sein ganzer Körper rebellierte; wie er sich auf den anderen stürzen und ihm die Hände um die Kehle legen und zudrücken wollte, bis es kein Leben mehr darin gab.

»Hier«, flüsterte er.

Joachim nickte zufrieden und knöpfte sich die Uniformjacke auf.

»Wie ich mir gedacht habe. Stell dich an die Wand da drüben … Ach ja, an deiner Stelle würde ich das Hemd ausziehen, du hast ja nur eins, genau. So ist es gut. Hände über den Kopf …«

6

»Joachim hat Thomas zusammengeschlagen, dass er kaum noch laufen kann!« Eva zitterte vor Empörung. »Thomas wollte zwar nicht, dass er es weitererzählt, aber Janek hat es trotzdem gemacht. Als er gestern Abend vom Milchhäusle zurückgekommen ist und in ihre Kammer wollte, war Joachim da … Er hat Thomas mit der Peitsche zusammengeschlagen und Janek gezwungen dazubleiben und zuzuschauen!«

Georg Fahrner wich ihrem Blick aus.

»Ich weiß«, sagte er leise. »Es tut mir leid.« Was konnte er darauf sagen? Eva würde nie verstehen, dass die Familie jetzt das Letzte war, was ihm geblieben war, die Familie und der Hof. Und Joachim war Teil dieser Familie, ein wichtiger, entscheidender Teil. Georg würde nicht zulassen, dass ihm auch das noch genommen wurde, selbst wenn es bedeutete, dass er Dinge zulassen musste, die ihm selbst im Innersten zuwider waren.

»Du weißt es?!«

»Ja. Ich versuche, ihn in den nächsten Tagen ein bisschen zu schonen. Aber ich habe hier kein Krankenhaus, sondern einen Hof. Und ich brauche jemanden, der hart arbeiten kann, im Stall, auf dem Feld, im Wald, und keinen, der nur in der Küche sitzt und Kartoffeln schält. Außerdem hat er es sich selbst zuzuschreiben. Wenn er nicht so – so dumm gewesen wäre – «

Eva sah ihn an, als sähe sie ihn zum ersten Mal. »Du hast es gewusst? Und du hast es nicht verhindert?«

»Wie hätte ich es denn verhindern sollen?! Thomas kann froh sein, dass er so weggekommen ist, es hätte viel schlimmer für ihn kommen können! Joachim hat unter seinem Strohsack Flugblätter gefunden, Feindpropaganda, weißt du, was das bedeutet?! Wenn ich ihm nicht erlaubt hätte, die Sache selbst in die Hand zu nehmen, hätte er Thomas nach Aistaig gebracht, ins Arbeitserziehungslager, und ob er von da wieder zurückgekehrt wäre, weiß der Himmel!«

»Du hast es erlaubt.« Eva war fassungslos. »Du hast nicht einmal versucht, ihn zu hindern … Du hast nur daran gedacht, dass du einen Mann brauchst, der hart arbeiten kann.«

»Ich kann mich mit Joachim nicht anlegen, Eva, verstehst du das nicht? Erst recht nicht, nachdem er mich aus dem Gefängnis geholt hat und jetzt selbst ein Krüppel ist. Er will doch auch nur das Beste, und wenn erst der Krieg vorbei ist – «

»Das ist nicht dein Ernst«, sagte sie leise. »Das kannst du doch nicht wirklich ernst meinen, nachdem du mir jahrelang erzählt hast, wie wichtig dir das Evangelium ist, die Nächstenliebe …«

Fahrner wich ihrem Blick aus. Warum hatte Thomas so dumm sein müssen, so unvorsichtig?! Der liebe Gott hatte ihn wirklich vergessen in diesen Tagen.

»Man kann nicht immer so, wie man gern möchte«, sagte er schließlich. »Und ich bin nicht nur Jesus Christus verpflichtet, sondern auch anderen.«

»Wem denn?«, fragte Eva wütend. »Adolf Hitler etwa und seinem kleinen Giftzwerg?«

Schneller, als er darüber nachdenken konnten, hatte er ihr eine Ohrfeige versetzt, und als sie aufschrie, war es mehr vor Schreck als vor Schmerz. Wann hatte er sie zuletzt geschlagen?, schoss es Fahrner durch den Kopf. Es musste Jahre her sein. O Gott, es tat ihm leid, es tat ihm so furchtbar leid, aber er brachte die Worte nicht über die Lippen.

»Der Familie«, sagte er heiser. »Ich bin *euch* verpflichtet, eurer Mutter, dir, deinen Brüdern … und dem Hof. Dafür tue ich das alles, und ich bin sicher – « Und ich bin sicher, Jesus Christus hätte das verstanden, hatte er eigentlich sagen wollen, aber er schluckte es herunter.

Jetzt erst fing sie an zu weinen, dicke Kindertränen, die ihr ungehindert über das Gesicht liefen. »Ich will nicht, dass wir nur noch das tun, was Joachim für richtig hält!«

»Was heißt das schon, Kind! Es gibt Zeiten, in denen spielt es keine Rolle, was man will. Da wird man nicht gefragt, sondern muss tun, was – was eben zu tun ist.«

Er stand auf.

»Ich will noch einmal nach den Kühen sehen, die Ria war so unruhig heute Abend.«

»Vater, bitte!«

Wie sie dastand, seine Tochter, die Wangen nass, aber die Hände zu Fäusten geballt. Ein feines Mädchen, ein hübsches, mutiges Mädchen, sein ganzer Stolz –

»Hör zu, Eva. Ich sag dir noch etwas. Ich verstehe, dass du dich so für die Polen einsetzt, ich verstehe das wirklich! Aber Joachim denkt anders, und wenn er sieht, was ich sehe – nein, unterbrich mich nicht, hör zu! Wenn er sieht, wie Janek dich anschaut, wie vertraut ihr miteinander umgeht, dann – dann weiß ich nicht, was noch passiert! Glaub mir, es ist zum Besten aller, wenn du dich mehr zurückziehst und nicht ständig Streit mit Joachim anfängst.«

Er drehte sich schroff um, stapfte aus der Küchentür und über den Hof bis zum Kuhstall, wo er den Selbstgebrannten aus seinem Versteck holte und sich einen großen Schluck genehmigte.

Einige Fremdarbeiter, die in Tübingen untergebracht waren, trafen sich sonntags auf dem Gelände des Schwärzlocher Hofes, eines beliebten Ausflugslokals im Ammertal. Auf dem Hof und in der dazugehörigen Gaststätte arbeiteten mehrere polnische Geschwister, die von der Wirtsfamilie ganz anständig behandelt wurden und mehr Freiheiten genossen als die meisten anderen. Fjotr hatte sie kennengelernt, als er mit dem Metzger zusammen zu einer Hausschlachtung auf den Hof gekommen war, und war seitdem regelmäßig an den Sonntagen dort, obwohl es natürlich verboten war – ohne besondere Genehmigung durften Fremdarbeiter ihren Einsatzort nicht verlassen. Bisher hatte Tomasz keine Lust gehabt, ihn dorthin zu begleiten, obwohl Pjotr in den höchsten Tönen geschwärmt hatte – die Wirtsfrau war offensichtlich sehr großzügig und versorgte die Polen mit Most und Kuchen vom Vortag, und außerdem gab es ein paar Mädchen, die nicht ganz so zugeknöpft und spießig waren wie Mascha und Helena.

Janek hatte kein Interesse daran, aber Tomasz hatte eingewilligt, am nächsten Sonntag mitzugehen. Irgendetwas musste er unternehmen, um die Erinnerung an die erbärmliche Szene mit Joachim wenigstens kurzzeitig aus seinem Kopf zu verdrängen. Sein Herzschlag beschleunigte sich, wenn er an Joachim dachte. Er hasste ihn, wie er noch nie zuvor einen Menschen gehasst hatte, hasste ihn für die Striemen auf seinem Rücken, die langsam verheilten, für das herablassende Lächeln und die Brutalität. Er hasste Joachim für das, was dieser aus ihm machte: einen erbärmlichen Sklaven, der nachts nicht mehr schlafen konnte vor Angst, Ohnmacht und Selbstverachtung.

Der Sonntag war ein ungewöhnlich warmer Tag für Ende März. Nach der morgendlichen Stallarbeit waren die Polen sich selbst überlassen.

»Wie sieht's aus, Jan? Willst du nicht doch mitkommen?«

Der Junge schüttelte den Kopf. »Nein. Ich bleibe hier und ruhe mich aus, und später schreibe ich noch nach Hause.« Er wurde rot dabei, und Tomasz verstand, dass Jan darauf hoffte, irgendwann an diesem Tag ein paar Worte mit Eva wechseln zu können.

»Pass gut auf dich auf«, sagte er. »Und mach keinen Blödsinn. Du weißt ja, was du von unserem Nazi zu erwarten hast.«

»Pass lieber selbst auf. Ich hab aufgeschnappt, dass er heute gar nicht da ist. Sie wollen irgendetwas unternehmen, Charlotte und er.«

Noch ein Grund, Joachim zu hassen, dachte Tomasz – vielleicht der ehrlichste: Eifersucht. Die Vorstellung, dass Joachim seinen Platz in Charlottes Leben wieder eingenommen hatte, war unerträglich.

»Also gut. Bis heute Abend dann.«

Er nahm das benutzte Frühstücksgeschirr, stellte es auf das Brett vor dem Küchenfenster und verließ dann den Hof. Jetzt, noch eine gute Stunde vor dem Kirchgang, lag das Dorf wie ausgestorben da, dachte Tomasz. Wie eins dieser polnischen Dörfer, aus denen man die Bewohner vertrieben hatte – nur die Hakenkreuzfahne am Rathaus störte. Er überquerte den Marktplatz, lief hinunter zu der kleinen Brücke, kreuzte erst den Bach und dann die Gleise und wartete dann im Schutz des Bahndamms auf Pjotr. An einem Werktag hätten sie nicht darauf hoffen können, unbemerkt das Dorf zu verlassen, aber heute ruhte die Feldarbeit; keiner der Laifinger Bauern wäre auf die Idee gekommen, am heiligen Sonntag die Zugtiere anzuspannen. Denn nicht einmal die nationalsozialistische Propaganda hatte die Überzeugung, dass es sich dabei um eine Sünde handelte, aus ihren pietistischen Herzen reißen können.

»Dzień dobry, towarzysz!« Keine zehn Minuten später war Pjotr zur Stelle, die Haare glänzend in Form gelegt und in makellos sauberer Kleidung. Tomasz ließ einen anerkennenden Pfiff hören, während er selbst an seinem Polenkennzeichen herumfummelte und es abnahm.

»Morgen, Pjotr … Sag mal, merkt denn keiner, dass du etwas Besonderes vorhast, wenn du so aufgedonnert aus dem Haus gehst?«

»Klar merken die das.« Pjotr gähnte herzhaft. »Gerlach weiß genau, was ich heute mache, aber es ist ihm egal.«

»Komisch. So wie er ständig das Maul aufreißt, hätte ich ihn für einen scharfen Hund gehalten.

»Ach was. Der Alte verpfeift mich nicht, auch wenn er sonst die braune Bibel unterm Kopfkissen liegen hat. Bei dem hört die Gesinnung auf, wo das Geschäft anfängt. Ist doch ganz einfach: Wenn ich nicht mehr da bin und für ihn arbeite, dann kann er seinen Laden dichtmachen. Da tut er lieber so, als wüsste er von nichts.«

»Dem Sohn vom alten Fahrner wär's scheißegal, wenn der Hof draufgehen würde … der wartet nur auf die Gelegenheit, den Jungen und mich fertigzumachen.«

Pjotr nickte weise. »Sicher, die Sorte gibt's auch. Lieber als Herrenmensch krepieren, als sich mit den Untermenschen gemein machen und überleben! Aber irgendwann sind wir wieder oben, und dann sind sie dran. Lass uns losgehen, der Tag ist kurz genug … und ich hab keine Lust, mir auch heute noch die Laune von den Scheißnazis versauen zu lassen.«

Er klopfte Tomasz auf die Schulter; Tomasz zuckte zusammen, aber Pjotr merkte es nicht. Also wusste wenigstens nicht das ganze Dorf, dass Joachim ihn verprügelt hatte wie einen störrischen Ochsen, wie ein Tier. Gott, wie er sich wünschte, dieses Nazischwein wäre krepiert bei dem Angriff im Warschauer Bahnhof!

Sie liefen das Ammertal entlang, und Laifingen lag bald schon drei, vier Kilometer hinter ihnen. Das einzige Mal, dass er das Dorf seit ihrer Ankunft im letzten Jahr bisher verlassen hatte, war gewesen, als man sie zu der Hinrichtung des anderen Polen gebracht hatte, dachte Tomasz. Das einzige Mal. Und jetzt hatte er denselben Fehler gemacht wie dieser unglückliche junge Mann, dessen Gesicht er manchmal im Traum noch vor sich sah so wie Agnieszkas Gesicht. Die Erinnerung kam mit dem Frühlingswind, der von Westen den zarten Duft von Märzveilchen heranwehte, und er dachte daran, wie sie früher gemeinsam an den Wochenenden in aller Herrgottsfrühe am Bahnhof in Praga die Bahn bestiegen hatten und irgendwo aufs Land gefahren waren, die Rucksäcke voll mit Äpfeln, geräucherter Wurst und den steinharten Keksen, die Agnieszka nach einem angeblich uralten Familienrezept buk; wie sie durch blühende Wiesen und kleine Wäldchen gewandert waren und schließlich auf irgendeiner Lichtung ihre Decke ausgebreitet hatten, um dort übereinander herzufallen und sich unbekümmert und wild und albern zu lieben, bis die Sonne ihnen den Hintern verbrannt hatte … Wobei sie das in Wirklichkeit vielleicht deutlich seltener getan hatten als in seiner Erinnerung, möglicherweise nur ein, zwei Mal. Immer waren andere Dinge wichtiger gewesen, Treffen mit Freunden, ein Artikel, der unbedingt geschrieben werden musste, der Kater nach einem feuchtfröhlichen Abend, der ihn morgens nicht aus den Fängen ließ. Und er hatte ja geglaubt, dass sie Zeit hätten, alle Zeit der Welt, dass sie großzügig sein könnten mit ihren Möglichkeiten, weil ja noch so viele kommen würden. Warum hatte er die verhängnisvolle Entwicklung nicht kommen sehen? Er war zwar nur ein Sportreporter gewesen, und die erste Teilnahme einer polnischen Fußballnationalmannschaft an einer Weltmeisterschaft hatte ihn mehr gefesselt als die politischen Diskussionen in der Redaktion. Um wie viel wichtiger war ihm das damals erschienen als der Anschluss Österreichs oder die Sudetenkrise! Wenn die Kollegen aus dem Politikressort sich die Köpfe heiß redeten, hatte er davon geträumt, als Sportberichterstatter ins Ausland geschickt zu werden, oder auch nur von der jungen Frau, die zu Hause auf ihn wartete. Selbst im August '39, als er seine Familie vielleicht noch hätte in Sicherheit bringen können, hatte er die Augen vor der Gefahr verschlossen und war lieber nach Siedlce gefahren, als in Warschau bei Agnieszka zu bleiben …

»Tomasz, Achtung!« Ein Trupp uniformierter Kinder kam ihnen auf dem Weg entgegen, und sie beeilten sich, ihnen Platz zu machen und sich in ein Haselgebüsch zu schlagen, wo sie angestrengt so taten, als hätten sie noch nie etwas so Faszinierendes gesehen wie die länglichen Blütenkätzchen. Was für eine Zeit, wo man vor Kindern fast mehr Angst haben musste als vor Erwachsenen! Aber die meisten Kinder hatten ja auch nie etwas anderes gesehen in ihrem Leben als Hakenkreuze, Fackelmärsche und Größenwahn. Sie waren ihrem Führer treu ergeben wie Hunde (»wie die Windhunde«, sagte eine Stimme in seinem Kopf), und wie treue Hunde fielen sie über jeden her, auf den seine Hand zeigte. Man tat gut daran, sich vor diesen Kindern und Jugendlichen in Acht zu nehmen, und Tomasz war froh, als sie vorbei waren.

Auf einem Hügel voraus waren jetzt die Ausläufer einer Stadt zu erkennen, eine Burg, der merkwürdig stumpfe Turm einer großen Kirche, eine Reihe stattlicher Häuser, die sich den Berg entlangzog – sie hatten Tübingen fast erreicht.

»Da, siehst du? Das ist der Schwärzlocher Hof.« Pjotr zeigte auf eine Ansammlung von Häusern etwas außerhalb, ein kleines Dorf fast mit einer Kapelle darin. »War früher mal ein Kloster. Heute haben sie in der ehemaligen Kapelle einen Gastraum eingerichtet.« Schon aus der Ferne konnte man erkennen, dass bei diesem sonnigen Wetter reichlich Betrieb auf der Gartenterrasse war.

»Ziemlich viele Leute, oder?«, fragte Tomasz unbehaglich, aber Pjotr lachte.

»Ist doch gut für uns, da fallen wir weniger auf.« Je näher sie dem Ausflugslokal kamen, desto zahlreicher wurden die Spaziergänger, die das gleiche Ziel hatten – Frauen und alte Leute zumeist, die wenigen jüngeren Männer, den Uniformen nach zu urteilen, unabkömmlich gestellte Funktionäre und der gelegentliche Wehrmachtsangehörige auf Fronturlaub. Unwillkürlich wollte Tomasz sich kleinmachen, aber das war vermutlich das Ungeschickteste, was er tun konnte. Er zwang sich, den Blick nicht zu senken und dem einen oder anderen sogar ins Gesicht zu sehen, und lief neben Pjotr her, als wäre er schon hundertmal hier gewesen. So war es besser. Niemand schien sich an seinem abgetragenen Anzug, den ausgelatschten

Schuhen zu stören, und unbehelligt erreichten sie die Gaststätte. An einem Tisch gleich an der Brüstung, von wo aus sich vermutlich ein wunderbarer Blick auf die Tübinger Altstadt öffnete, wurde laut gelacht. Die Kellnerin, ein junges, blasses Mädchen mit einem viel zu schweren Tablett in den Händen, lief feuerrot an und sah aus, als wollte sie gleich in Tränen ausbrechen.

»Los, zurück damit in die Küche, du Polenschlampe!«, grölte ein angetrunkener Kahlkopf und schlug mit der Faust auf den Tisch, dass die Gläser klirrten. »Hier wird Apfelmost getrunken und kein Fusel, merk dir das! Und lern gefälligst Deutsch, wenn du Deutsche bedienen willst.«

Das Mädchen schwankte unter seiner Last und bahnte sich mühsam einen Weg durch die überfüllte Terrasse zum Haus; Tomasz und Pjotr folgten ihr unauffällig. Als sie durch eine Schwingtür verschwinden wollte, sprach Pjotr sie leise an.

»Hallo, Dorka, lass dich nicht ärgern!«

Das Mädchen drehte sich um und lächelte erleichtert. »Hallo, Pjotr, schön, dass du gekommen bist! Wahnsinnig viel los heute, ich hab leider keine Zeit für euch …« Sie sah zu Tomasz herüber. »Und du bist ein Freund von Pitko?« Er nickte. »Die anderen sind schon alle da. Hinten, den Weg hoch Richtung Wald.«

Pjotr zwinkerte ihr zu. »Dziękuję, księżniczka. Danke, Prinzessin. Werden sie finden.« An einem großen Gehöft vorbei gingen sie in einen Feldweg hinein und hörten bald zurückhaltendes Lachen und polnische Stimmen.

»Schade, dass die Kleine nicht dabei sein kann«, bemerkte Pjotr. »Sie hat einen Narren an mir gefressen, aber Michalina und Zofia sind auch nicht verkehrt. Na, du wirst es ja selbst sehen.« Sie beeilten sich, die Gruppe zu erreichen, die im Schatten einer Baumreihe auf dem Boden saß und redete.

»Schönen Sonntag, Leute!«

»Pitko!« Ein Mann sprang auf und kam mit ausgebreiteten Armen auf sie zu. »Willkommen. Und du bist –?«

»Das ist Tomasz. Arbeitet auch in Laifingen, genau wie ich. Auf einem Hof.«

»Deshalb sieht er so gut genährt aus. Die Bauern haben doch immer noch was an die Seite geschafft und fressen sich satt, wenn unsereiner nur Kohldampf schieben kann.« Er zeigte der Reihe nach auf die Leute am Boden. »Das da ist Władysław, vor dem musst du dich in Acht nehmen, der hat ein loses Mundwerk … und daneben Kasi, he, Kasi, zeigt mal deinen Bizeps! Kasi war Amateurboxer, ist aber schon eine Weile her. Dann kommt Wiktor, der Bruder von Dorka. Sie muss heute bedienen …«

Zu jedem hatte er etwas zu sagen, was die ganze Gruppe zum Lachen brachte. Tomasz lachte mit; er hatte sich schon ewig nicht mehr so entspannt gefühlt. Nacheinander schüttelte er allen die Hand, dem knorrigen Władysław, Anna und Kasi, die beide noch keine zwanzig sein konnten, Wiktor mit der dünnen Narbe über der Oberlippe, und hatte dabei das Gefühl, sie schon ewig zu kennen – eine Gruppe von Leuten, die zu Hause grußlos aneinander vorbeigegangen wären und hier plötzlich mehr miteinander teilten als jemals früher mit den engsten Freunden: nicht nur Unterkunft, Essen und Arbeitsplatz, sondern das allgegenwärtige Gefühl von Erniedrigung und Gefahr.

»So, und jetzt zu dir, Tomek! Erzähl!«

Er ließ sich neben Pjotr im Schatten nieder. »Tomasz Lewski, aus Warschau.«

»Und sonst? Los, lass dir doch nicht alles aus der Nase ziehen! Was hast du gemacht, wie geht's deiner Familie, seit wann bist du hier?«

»Hier seit dem letzten Sommer. Die Familie ist in Kraków. Gearbeitet habe ich als Reporter, zuletzt für den Sportbereich …«

»Vielleicht auch für den Fußball?«

»Na klar …«

Bald waren sie tief in ein Gespräch verstrickt über Legia Warszawa und Lechia Lwów und die letzte polnische Meisterschaft, über polnisches Essen, die Familien zu Hause, Heimweh und den Krieg, während sie den Krug Apfelmost herumgehen ließen, den die Wirtin spendiert hatte. Die meisten der anderen Polen hier waren bei der Reichsbahn beschäftigt.

»Schwere Arbeit«, erklärte Władysław, »verdammt schwer! Sei froh, dass du auf einem Bauernhof untergekommen bist.«

Tomasz nickte. Er hatte keine Lust, über die Vor- und Nachteile seiner Arbeit zu diskutieren, und war froh, als schließlich die dünne Anna aus Gdingen ein polnisches Volkslied anstimmte, *Panie Janie* und dann *Kukułeczka kuka*. Bald sangen alle mit, und Kasi, der ehemalige Boxer, schluchzte herzzerbrechend. Selbst der immer missgelaunte Pjotr wurde gefühlvoll und sang mit überraschend sonorem Bass die Unterstimme. Wie gut das Janek gefallen hätte, dachte Tomasz, wie gut es ihm überhaupt tun würde! Er nahm sich vor, beim nächsten Mal alle Überredungskunst einzusetzen und den Jungen schlimmstenfalls an den Haaren mitzuschleifen. Vielleicht konnten ja Michalina oder Dorka ihn von seiner Schwäche für Eva kurieren.

Schließlich war es für Tomasz Zeit zu gehen. Er stand auf und klopfte sich den Staub von der Hose.

»Mach's gut, Kasi, Wiktor … Macht es alle gut!«

Die anderen würden noch eine Weile hierbleiben und erst am späten Nachmittag wieder in ihr Lager zurückkehren, und auch Pjotr konnte sich noch etwas Zeit lassen, aber Tomasz musste sich beeilen, um pünktlich wieder in Laifingen zu sein – die abendliche Stallarbeit fiel jeden Tag an, ob Sonntag oder nicht. Er lief den Feldweg zurück, darauf bedacht, wie ein sorgloser Spaziergänger zu erscheinen, an dem Hof vorbei, am

Hinterausgang der Gastwirtschaft und an der Aussichtsterrasse, und da entdeckte er sie: Charlotte und Joachim Arm in Arm an der Brüstung. Joachim wies mit der Hand in Richtung Stadt und sagte etwas zu ihr, sie lachte und lehnte sich vertrauensvoll an ihn. Charlotte, die gesagt hatte, dass sie auf ihn warten würde; Charlotte und Joachim, die heute einen Ausflug machten. Instinktiv schreckte Tomasz zurück und wollte so schnell wie möglich verschwinden, aber sein Körper gehorchte ihm nicht. Und in dem Moment drehte Charlotte sich um und schaute in seine Richtung. Sie erkannte ihn sofort, das sah er an der Art, wie sie sich versteifte und wie ihr das Lächeln aus dem Gesicht fiel, sie erkannte ihn und wandte sich gleich wieder ab, und er wartete nur darauf, dass sie Joachim Bescheid geben und der auf ihn zustürmen und zur Rede stellen würde. Charlotte, die gesagt hatte, dass sie auf ihn warten würde, legte jetzt ihre Arme um Joachim und küsste ihn, hier vor aller Augen auf der Aussichtsterrasse im Schwärzlocher Hof. Charlotte, die gesagt hatte …

Wut und Enttäuschung nahmen ihm den Atem; er konnte nicht ertragen, sie so zu sehen, konnte keine Sekunde länger Zeuge davon sein, wie seine schlimmsten Befürchtungen Wirklichkeit wurden. Ohne sich auch nur im Geringsten um Deckung zu bemühen, stolperte er an der Ausflugsterrasse vorbei und weiter zu dem Weg, der durch das Ammertal nach Laifingen führte, und obwohl er nur wenige Meter an Joachim vorbeiging, bemerkte der ihn nicht. Wahrscheinlich war er zu beschäftigt.

Sie hatte ihn gesehen, natürlich hatte sie ihn gesehen, und das machte alles so viel schwerer, als es ohnehin schon war. Sie hatte ihn gesehen und sofort begriffen, dass er sie auch gesehen hatte, sie und Joachim eng umschlungen auf der Aussichtsterrasse des Schwärzlocher Hofes. Und trotzdem hatte sie getan, wozu sie sich entschlossen hatte, weil es keine andere Möglichkeit gab, hatte es getan trotz Schmerz und Unglauben und Verachtung in seinem Gesicht. Hatte es getan.

Die Gedanken wirbelten durch Charlottes Kopf wie Ascheflocken in einem Feuersturm, nachdem Joachim sie am frühen Abend nach Hause gebracht hatte. Sie fühlte sich erschöpft und abgekämpft, als hätte sie die ganze Strecke heute im Sprint zurückgelegt, von Laifingen zum Schwärzloch, vom Schwärzloch nach Tübingen ins NSKK-Heim auf dem Galgenberg, von Tübingen zurück nach Laifingen. Dabei waren sie mit der Bahn nach Tübingen gefahren, wo sie ein ehemaliger Motorsport-Kamerad mit einem uralten F1er DKW abgeholt hatte.

Sie ließ sich auf ihr Bett zurücksinken und schloss die Augen. Hatte es getan. Alles würde gut werden. Auch Tomasz würde verstehen, dass sie nicht anders gekonnt hatte. Sie würde es ihm erklären, und er würde es verstehen, Kari, ich weiß, wie schwer war für dich, du hast richtig gemacht … Sie hatte es getan, und sie musste mit ihm darüber sprechen. Musste ihn an einem Ort treffen, an dem sie allein waren miteinander, ohne Janek und Joachim, ohne Eva, Hermann oder sonst irgendjemanden, nur sie beide, allein. Und tatsächlich gab es so einen Ort hier im Dorf. Der Pfarrer hatte ihr vor Kurzem davon erzählt, dass er an den Sonntagen die Kirche abends gar nicht mehr abschloss; dass zwar die meisten der Polen sich nur zu einer kurzen Andacht träfen, dass aber Tomasz oft noch länger bleibe, weil er die Ruhe des Kirchenraumes mochte. Streible selbst schien sich ganz gern mit dem Atheisten Tomasz zu unterhalten; sie würden sich über alles Mögliche austauschen, hatte er gesagt; er habe den Polen schon mit in den Turm genommen und ihm sogar die ungewöhnliche Fledermauskolonie unter dem Kirchendach gezeigt. Die Kirche also.

Die Dorfkirche war nicht schön im eigentlichen Sinne – keine Kathedrale mit vergoldeten Heiligenbildern und bunten

Fenstern, die in geheimnisvollen Bildern die gesamte Heilsgeschichte erzählten, sondern ein nüchterner, schnörkelloser Bau, der unter seinen Jahren ächzte wie ein alter Mann. Jede Generation von Laifingern hatte hier ihre Spuren hinterlassen entsprechend ihren finanziellen Möglichkeiten und dem Kunstgeschmack ihrer Zeit und ungeachtet des Gesamteindrucks – fromme Herz-Jesu-Bilder und gestickte Sprüche neben inhaltsschweren Grabplatten (Memento mori!), dem schlichten uralten Taufbecken und dem verschnörkelten Chorgestühl, dem gegenüber man vor rund zwanzig Jahren einen ausgesucht scheußlichen Mehrzweckraum eingebaut hatte. Zahlreiche Risse durchzogen die Kirchenwände, Zeugen der Bewegungen des Untergrundes, die auch für die Schieflage des Turms verantwortlich waren. Früher war der Turm sogar noch schiefer und noch höher gewesen als jetzt. Als Evas Vater noch zur Schule gegangen war, hatte man ihn zurückbauen müssen, nachdem ein Teil des Daches heruntergekommen war … Die Ziegel waren damals nur knapp am Schulhaus vorbeigeflogen.

Eines Tages, so hatte der Pfarrer Charlotte einmal erzählt, eines Tages werde die Kirche hier ganz zusammenstürzen wie eine Sandburg. Eine Zeit lang hatte sie danach den Bau mit einem leisen Misstrauen betrachtet und während jedes Gottesdienstes darauf gelauscht, ob nicht aus dem Dachgebälk oder der Turmvierung verdächtige Geräusche zu hören waren, aber inzwischen konnte sie sich nicht mehr vorstellen, dass hier größere Gefahr drohte – möglicherweise ja deshalb, weil jetzt im vierten Kriegsjahr überall Gefahr drohte. Im Gegenteil, eigentlich waren die Risse das, was sie inzwischen am meisten an der Kirche mochte. Risse in den Wänden wie Falten im Gesicht, Zeichen dafür, dass die Geschichte über einen hinweggefegt war, dass man Kämpfe ausgefochten und Verletzungen davongetragen hatte und trotz allem noch aufrecht stand.

»Wo willst du denn jetzt noch hin, Lotte? Es ist schon dunkel!« Missbilligend sah Erika Voss ihre Tochter an. »Du warst doch den ganzen Tag schon unterwegs!«

»Mach dir keine Sorgen, ich – ich muss nur noch mal kurz aufs Rathaus.« Sie konnte lügen, ohne rot zu werden.

»Jetzt, am Sonntag?!«

»Ja, leider. Gestern habe ich einen Brief vergessen, der morgen früh gleich dem Bürgermeister zur Unterschrift vorgelegt werden muss, ist mir eben erst eingefallen … Ich lauf nur schnell rüber und tippe ihn ab. Wird nicht lange dauern.« Sie war aus dem Haus, bevor ihrer Mutter einfallen konnte, ihr zur Sicherheit noch Hermann mit auf den Weg zu geben.

In der Kirche war es dunkel, nur vorn vor dem Kreuz hatte jemand eine Kerze brennen lassen, und im ersten Moment glaubte Charlotte, der Raum sei leer. Sie blieb an der Tür stehen, bis ihre Augen sich an das Dämmerlicht gewöhnt hatten, und ging dann trotzdem nach vorn. Das Kerzenlicht machte aus dem Kirchenraum einen geheimnisvollen Ort und erfüllte ihn mit tanzenden Schatten. Sie dachte an die vielen Menschen, die im Laufe der Jahrhunderte vor ihr an diesem Platz gestanden hatten, traurig vielleicht, einsam, ratlos, schuldbewusst, verzweifelt, und hier Trost gesucht hatten, und fühlte sich mit ihnen verbunden. Wie viele Frauen mochten dabei gewesen sein, die genau wie sie selbst allein gewesen waren mit dem Kind, das sie erwarteten, und sich Sorgen darum machten, was wohl aus ihm werden würde? Frauen, die Angst gehabt hatten, verachtet zu werden, verstoßen, die nicht wussten, wie sie ihr Kind zur Welt bringen und aufziehen sollten, und die es trotzdem irgendwie geschafft hatten … So wie sie es schaffen würde. Es war richtig gewesen, was sie heute getan hatte, die einzige Möglichkeit, und sie hatte sie genutzt in dem Klubraum des NSKK-Heimes, zwischen nachlässig polierten Pokalen und Vitrinen mit Motor- und Getriebemodellen …

»Herzlichen Glückwunsch.«

Charlotte schrak zusammen. Nachdem sie so lange auf die brennende Kerze gestarrt hatte, konnte sie nicht erkennen, woher die Stimme gekommen war. »Hallo?«, rief sie zaghaft. »Ist da jemand?« Was für eine idiotische Frage.

Schritte fielen auf den Steinboden, ein Schatten kam den Mittelgang hinauf und blieb auf Höhe der ersten Bank stehen.

»Hallo, Tomasz«, sagte Charlotte. »Ich hatte gehofft ... Ich wollte dich hier treffen. Der Pfarrer hat mir gesagt, dass du Sonntagabend oft hier bist.«

»Hat er das?«

Sie sah wieder sein verletztes, fassungsloses Gesicht vor sich, so wie sie es vor ein paar Stunden auf dem Schwärzlocher Hof gesehen hatte, deutlicher, als sie ihn jetzt sehen konnte.

»Ich wollte mit dir sprechen.«

»So? Erlaubt das dein Nazibräutigam, dass du noch sprichst mit Polen?«

»Tomasz, bitte hör zu. Ich – «

»Und so bald schon Hochzeit! Eva hat mir erzählt. Konnte nicht schnell genug gehen, was? Kannst du nicht mehr erwarten, mit ihm ins Bett zu gehen und kleine Nazikinder zu machen, stimmt's?«

»Nein! So ist es nicht! Bitte – «

»Weiß er eigentlich, dass du Polenhure gewesen bist in der Zwischenzeit? Weiß er? Oder willst du ihm nicht erzählen?«

Sie konnte ihn jetzt deutlicher erkennen, wie er da stand, das Gesicht verzerrt, die Fäuste geballt. Das Kerzenlicht spiegelte sich in den Tränen, die ihm über die Wangen liefen. Obwohl sie Angst hatte, machte sie einen Schritt auf ihn zu.

»Ich bekomme ein Kind«, sagte sie und spürte im selben Moment die Magie, die dem laut ausgesprochenen Wort innewohnte, als würde es erst dadurch Wirklichkeit: Ich bekomme ein Kind. »Unser Kind, Tomasz. Deins und meins.«

»Ein Kind …« Fassungslosigkeit, Erschütterung, Freude, Angst, all das huschte über Tomasz' Gesicht und verlor sich den Fältchen um seine Augen, in dem stoppeligen Bart … Er ließ sich in die Kirchenbank fallen und zog sie neben sich. »Und – und wie geht dir, Kari?«

»Oh, ich – ganz gut. Manchmal bin ich müde, und morgens ist mir oft schlecht. Normal, schätze ich.« Sie hörte ihn neben sich tief atmen. »Eigentlich ist es keine Überraschung … Wir hätten damit rechnen müssen. Wir waren viel zu unvorsichtig, aber ich dachte – ich *wollte* unvorsichtig sein, und jetzt – «

»Unser Kind, Kari … Was willst du machen? Wenn einer erfährt – «

Sie griff nach seiner Hand und hielt sie fest. »Ich will es behalten, Tomasz. Du hast gesagt, dass du selbst schon ein Kind hattest, du weißt, wie das ist. Ich will es zur Welt bringen und lieb haben und aufwachsen sehen und immer wissen, dass es unser Kind ist.«

»Du weißt, was bedeutet, oder? Du weißt, was passieren wird?«

Sie schüttelte wild den Kopf. »Ich habe darüber nachgedacht. Es gibt eine Möglichkeit, dass alles gut wird!«

Seine Hand in ihrer, eiskalt. Als wäre er schon gestorben.

»Ja? Und welche? Krieg morgen zu Ende? Oder Hitler kriegt Herzinfarkt?«

»Nein. Es muss so aussehen, als wäre es Joachims Kind, das ein bisschen zu früh auf die Welt gekommen ist.«

Es blieb lange ruhig, nachdem sie das gesagt hatte. Sie stellte sich vor, wie Tomasz die Bruchstücke in seinem Kopf zusammensetzte, das Kind und ihr Entschluss, es zu behalten, der Nachmittag im Schwärzloch und die Erinnerung an einen jungen Mann, der irgendwo im Wald an einem Galgen baumelte …

»Und, wird es Joachim glauben?«

Sie nickte. »Nach heute Nachmittag, ja. Wir waren zusammen in diesem Kraftfahrerheim, und da – «

»Schschsch, Kari, ich will nicht hören. Du musst mir nicht genau erzählen.«

Plötzlich fühlte sie sich zu Tode erschöpft, als hätte der Tag sie all ihre Kraft gekostet. Der Apfelmost fiel ihr ein, den sie auf der Terrasse getrunken hatten, die Fahrt in dem klapprigen Wagen, das Abendlicht, das sich in den Türen einer Glasvitrine gespiegelt hatte, der eigentümliche Geruch des Teppichs.

»Ich hätte es nicht getan, um mich selbst zu retten«, flüsterte sie. Tomasz legte den Arm um ihre Schultern und zog sie an sich. »Aber für dich, um dich zu retten … und für unser Kind. Für das Kind würde ich alles tun, verstehst du?«

Mit seinem Jackenärmel tupfte er ihr die Tränen weg.

»Ja. Du hast gut gemacht, Kari. Ich verstehe das.« Er streichelte ihr über den Kopf, berührte ihr Haar mit den Lippen. »Ist so schwer für dich, und ich kann nicht helfen.«

»Heute Nachmittag, als wir uns gesehen haben da im Schwärzloch – «

»Ja, ich weiß. Habe ich nicht verstanden und war sehr, sehr wütend auf dich, wütend und traurig und enttäuscht. Aber jetzt bin ich nicht mehr.« Er legte sacht die Hand auf ihren Unterleib. »Witamy, trochę kochanie! … Was wünschst du, Junge oder Mädchen?«

»Ich glaube, ich hätte gern ein Mädchen. Wahrscheinlich mischt sich Joachim bei einem Mädchen nicht so ein.«

»Ihr werdet heiraten dann?«

Sie legte den Kopf an seine Schulter. »Ja, ich denke schon. Es ist einfacher so, sicherer, und wenn erst der Krieg vorbei ist – ich glaube, es wird nicht mehr lange dauern. Die BBC sagt, wahrscheinlich ist schon im Sommer alles vorbei.«

Tomasz lächelte leicht. »Wir hoffen«, sagte er. »Und wann kommt Kind zur Welt?«

»Im November. Stell dir vor, wenn dann der Krieg vorbei wäre!« Sie richtete sich auf. »Kannst du nicht versuchen zu flüchten, Tomasz? Zurück nach Polen oder sonst irgendwo hin? Joachim hasst die Polen und dich ganz besonders, ich weiß nicht, warum. Er wartet nur auf die Gelegenheit, dich fertigzumachen. Und für mich wäre es einfacher, verstehst du? Ich müsste nicht immer so tun, als wärst du mir egal.«

Ein Ruck ging durch seinen Körper. »Ich lasse Janek nicht allein«, sagte er flach. »Ich habe versprochen.«

»Dann – dann nimm ihn mit! Flüchtet zusammen!«

Er lachte leise und freudlos.

»Ich denke darüber nach, aber ich glaube nicht, dass wir kommen weit. Janek ist so – du weißt ja selbst. Ist ungeschickt und unvorsichtig. Nein, ich glaube nicht, dass gehen wird.«

Die Kerze flackerte noch einmal und verlosch und erinnerte Charlotte daran, wie viel Zeit schon vergangen war. Sie stand auf.

»Ich muss gehen, sonst schöpft meine Mutter Verdacht und schickt noch Hermann los, um mich zu suchen. Tomasz – « Sie konnte jetzt nicht einmal mehr seine Augen erkennen und hatte trotzdem den Eindruck, ihn so deutlich wahrzunehmen wie nie zuvor. »Ich warte auf dich, und wenn es bis an mein Lebensende dauert. Ich gebe dich nicht auf.« Sie stolperte durch das Dunkel Richtung Kirchentür.

»Kocham cię«, sagte Tomasz. »Pass auf dich auf, Kari.«

7

Der Gedanke an das Kind ging Tomasz nicht mehr aus dem Kopf, egal, was er tat. Er dachte daran, wenn er morgens im Stall den Mist auf die Schubkarre lud und nach draußen brachte, und abends, wenn er das Gleiche noch einmal tat; wenn er das Kuhgespann aufs Feld führte, das letzte Heu vom Boden herunterholte, das Getreide beizte. Er dachte daran. Ein Kind, sein Kind, das im November auf die Welt kommen und Joachim Fahrner für seinen Vater halten würde. Wenn er sich nicht genau an die Zeit hätte erinnern können, als der kleine Jan zur Welt gekommen war, an die Monate danach, wäre es vielleicht einfacher gewesen, aber so schien es ihm, als würde sich vor seinen Augen ein böses Bilderbuch aufblättern: Joachim, der das Kind auf den Arm nahm und sich über das erste Lächeln freute; Joachim, der es tröstete, wenn die ersten Zähnchen kamen und es nicht schlafen konnte … Es würde Papa zu Joachim sagen und ihm Bilder zum Geburtstag malen und niemals Polnisch lernen, und wenn es den ersten Blödsinn angestellt hatte, würde Joachim mit ihm schimpfen und es vielleicht übers Knie legen und verprügeln – so wie er ihn selbst verprügelt hatte. Manchmal fragte er sich, ob es für ihn nicht leichter zu ertragen wäre, wenn Charlotte das Kind abtreiben würde, dann wieder schämte er sich dafür. Sie hatte ihm das Leben gerettet und war bereit, ganz allein die Konsequenzen aus ihrer Liebesbeziehung zu tragen; sie hatte sich für das Kind entschieden und zahlte einen hohen Preis dafür. Konnte er ihr das vorwerfen? Und vermutlich war Joachim überhaupt nicht so ein Vater, wie er sich das ausmalte, war viel mehr an der Verwirklichung seiner nationalsozialistischen Träume interessiert als an Bauklötzen und vollgeschissenen Windeln.

Anfang April konnten sie die Saatkartoffeln legen. Mit der Haue wurde eine Furche in den Boden gezogen, in die sie die einzelnen Knollen dann vorsichtig steckten, alle dreißig Zentimeter eine; in einem nächsten Arbeitsschritt wurde die Furche dann wieder zugeschoben, so dass ein kleiner Hügel über den

Früchten entstand. Die meisten dieser Arbeiten musste man in der Hocke verrichten, und Marie und Georg Fahrner, die am Vormittag noch mitgeholfen hatten, blieben am Nachmittag mit geschwollenen Knien zu Hause. Dafür kamen die Zwillinge zu Hilfe, die mit Begeisterung im Dreck wühlten und schneller Kartoffeln steckten als jeder der Erwachsenen. Nach drei Tagen waren sie fertig und warteten auf den nächsten Regen, der den frisch gepflanzten Kartoffeln einen ordentlichen Wachstumsschub geben sollte.

Inzwischen waren die Getreidesämlinge so groß, dass zwischen ihnen gehackt werden konnte. Bis auf Joachim und die Zwillinge waren alle dabei; sie gingen nebeneinander langsam über den Acker und schwangen die Hacken, um damit dem Unkraut zu Leibe zu rücken, das danach liegen blieb und vertrocknete. Eigentlich war es keine besonders schwere Arbeit, selbst die Bäuerin beklagte sich nicht. Aber Tomasz spürte jedes Mal, wenn er mit der Hacke ausholte, wie die kaum verheilten Wunden auf seinem Rücken spannten. Vermutlich würde der Bauer ihm eine andere Arbeit zuweisen, aber er brachte es nicht fertig, ihn darum zu bitten. Den Bauern, der diese Brutalität zugelassen hatte und doch genau wissen musste, wie es ihm ging. Und damit waren seine Gedanken wieder bei Joachim angekommen, der bald Charlottes Ehemann werden würde und Vater des Kindes. Als er sich am Abend das Hemd auszog, klebte der Stoff an seinem Rücken, weil einige der Wunden wieder aufgegangen waren und nässten.

»Sieht nicht gut aus«, sagte Jan schaudernd. »So kann das nicht bleiben. Ich laufe rüber und hole diese Wundsalbe von der Bäuerin und irgendetwas, was du dir um die Brust wickeln kannst.«

»Nein, lass, ich will das nicht.«

»Unsinn. Willst du lieber morgen auf dem Feld zusammenbrechen? Nicht mal dieser Scheißkerl wird etwas dagegen haben, wenn du dafür sorgst, dass du weiterarbeiten kannst! Bin gleich wieder da.« Wenige Minuten später kam er zurück, einen Korb in der einen Hand und einen Eimer frisches Wasser in der anderen.

»Hier, Eva hat mir ein Bettlaken mitgegeben, etwas anderes hatte sie nicht. Aber es ist sauber, und wir können es in Streifen reißen.«

»Eva, aha.«

Janek wurde rot bis an die Ohren. »Ja, sie hat mir aufgemacht und war sehr hilfsbereit.«

Tomasz griff nach dem Laken; der mürbe, tausendmal gewaschene Stoff riss bereitwillig. Janek wusch ihm den Rücken, rieb ihn dann mit der duftenden Salbe ein und wickelte die Stoffbahnen darum.

»Wie bei einer Mumie!«, grinste er.

Tomasz seufzte. »Genau so fühle ich mich auch. Wahrscheinlich erwürge ich mich selbst heute Nacht damit.«

»Ach was. Wer wird denn jetzt aufgeben?! Der Krieg ist bald vorbei!«

»Meinst du?«

Jan packte ihn bei der Schulter, seine Augen leuchteten.

»In Warschau wird gekämpft«, flüsterte er. »Das Ghetto brennt.«

Ungläubig drehte Tomasz sich zu ihm um. »Woher weißt du das?!«

»Pjotr hat's mir erzählt. Ich habe ihn an der Milchabgabestelle getroffen. Er hat es im Radio gehört.«

Also gab es noch andere Leute, die BBC hörten. Tomasz stieß einen leisen Pfiff aus.

»Warschau kämpft gegen die Besatzer?«

»Noch nicht alle. Erst mal ist es nur das Ghetto, aber ich bin sicher, jetzt geht es bald überall los! Die Partisanengruppen sind so stark, die können sofort losschlagen.«

»Und die Engländer? Was machen die Engländer? Wollen sie unsere Leute unterstützen?«

Jan ließ ihn los; das Leuchten in seinem Gesicht begann zu flackern.

»Vielleicht aus der Luft, stelle ich mir vor … Davon haben sie noch nichts gesagt. Aber sie werden sicher auch nicht über das Radio verkünden, was genau sie vorhaben.«

Tomasz nickte langsam. Er wünschte, er könnte selbst BBC hören oder wenigstens Charlotte danach fragen. Bisher hatte alles gestimmt, was die Engländer im Radio berichtet hatten, die Landung der Alliierten in Nordafrika, die Entwicklung in Stalingrad. Und wenn sie sagten, dass im Ghetto gekämpft werde, dann glaubte er das. Aber wenn sie gleichzeitig nichts über eine Unterstützung durch englische oder amerikanische Truppen berichteten, nichts über entlastende Angriffe aus der Luft, dann hieß das genauso, dass es die nicht gab.

»Tomasz! Freust du dich gar nicht? Der Krieg ist bald vorbei!«

»Doch, natürlich. Ich kann's kaum erwarten, zurückzukommen und auf der Weichselbrücke zu stehen und die Silhouette der Altstadt anzuschauen … Natürlich freue ich mich!«

»Du siehst aber nicht besonders begeistert aus.«

»Mir tut einfach der Rücken weh, das ist alles. Und dass der Krieg vorbei ist, glaube ich genau dann, wenn die letzte Hakenkreuzfahne verschwunden ist, eher nicht.«

Es herrschte ein typisches Aprilwetter; an manchen Tagen lief ihnen der Schweiß in Strömen herunter, an anderen Tagen waren sie bis auf die Haut durchnässt, wenn sie am Abend auf den Hof zurückkehrten. Diese Frühlingswochen gehörten zu den arbeitsreichsten im ganzen Jahr und waren entscheidend dafür, dass später eine gute Ernte eingefahren werden konnte. Entsprechend nervös war Fahrner, als gerade zu dieser Zeit die

Zahl der Luftangriffe deutlich anstieg. Bisher hatten die Bombardements sich im Wesentlichen auf die Gebiete in und um Stuttgart und Sindelfingen mit ihren großen Industrieanlagen konzentriert, aber jetzt heulten auch in Laifingen immer wieder die Sirenen, und die Menschen flüchteten in die wenigen vorhandenen Bunker und warteten dort verängstigt ab, dass es endlich Entwarnung gab. Der größte Bunker befand sich unter dem Gasthof Hirsch, beim Rathaus gab es einen weiteren, in dem sich auch die Kinder aus der nahe gelegenen Schule in Sicherheit brachten. Die meisten Bauern allerdings zogen es vor, sich in ihren Kellern zu verstecken, um nicht allzu viel Arbeitszeit zu verlieren.

»Die sollen nach Berlin weiterfliegen!«, knurrte Georg Fahrner, wenn Joachim es nicht hören konnte. »Gottverdammte Tommies! Was habe ich mit diesem Scheißkrieg zu tun?! Ich habe in meinem Leben noch keinem Menschen etwas zuleide getan!« Tomasz verkniff sich jede Antwort.

Besonders tückisch waren die Tiefflieger, weil sie unterhalb des Radars heranrasten und im Grunde keine Zeit für eine Warnung blieb – falls es überhaupt Sirenenalarm gab, waren die Maschinen im gleichen Moment schon da, und man konnte nur noch beten, dass einen die Bordschützen nicht erwischten. Trotzdem musste die Arbeit wie gewohnt weitergehen. Nachdem die Sommergerste durchgehackt war, wurde dazwischen Luzerne eingesät – sie würde erst nach der Getreideernte richtig durchtreiben und im Spätsommer und Herbst als Grünfutter eingebracht werden. Marie Fahrner säte im Gemüsegarten Zwiebeln und Karotten, Schnittlauch, Radieschen und Petersilie; Erbsen, Bohnen und Salat kamen erst nach den Eisheiligen in die Erde. Nur Joachim ließ sich bei keiner der Arbeiten blicken, sondern verbrachte die meiste Zeit in der Scheune, wo er sein altes Motorrad ausgepackt hatte und verbissen daran herumschraubte und

-polierte. Einmal, ein einziges Mal hatte Marie etwas dazu gesagt (»Quäl dich doch nicht damit herum, Junge! Du kannst doch sowieso nicht mehr damit fahren.«), aber Joachims wütende Antwort darauf hatte alle Diskussionen darüber im Keime erstickt.

»Gottverdammt, dieser Zahn bringt mich um den Verstand!« Einen dicken Wollschal um den Kopf gebunden, stand Georg Fahrner eines Morgens schwer atmend im Kuhstall und stützte sich auf seine Mistgabel. »Die ganze Nacht hat er keine Ruhe gegeben, keine Sekunde habe ich geschlafen!«

»Fahr in die Stadt zum Zahnarzt und lass ihn ziehen, Papa.« Eva blickte von ihrem Melkschemel hoch. »Sonst bricht der Eiter durch, das hattest du doch schon mal und warst danach drei Wochen krank! Einen Tag werden wir wohl auch ohne dich zurechtkommen.«

Fahrner wischte sich den Schweiß von der Stirn.

»Das hat Mutter auch schon gesagt. Aber dass ich jetzt einen ganzen Tag verliere …«

»Der Gerlach kann auch Zahn ziehen. Hat bei Janek gemacht«, sagte Tomasz, während er das Heu an der Futterschneidmaschine in kurze Stücke schnitt. Viel war nicht mehr da, aber bald würden sie morgens wieder frisches Grünfutter holen können.

»Keine zwei Meter weit trau ich dem über den Weg! Nein, nach dem Frühstück fahre ich nach Tübingen. Joachim ist zu Hause, wenn es ein Problem gibt, soll er entscheiden. Und ihr zwei, Tomasz und Jan, könnt heute mit dem Rübenfeld anfangen. Verstanden?«

Tomasz nickte. Als der Junge eine dicke Backe gehabt hatte, war keine Rede davon gewesen, zum Zahnarzt zu gehen. Aber ein polnischer Zahn war vermutlich etwas ganz anderes als ein großdeutscher Zahn.

»Ist gut.« Er packte das geschnittene Futter in die Schubkarre und vermischte es dort mit geschnetzelten Rüben. Eine Schubkarre voll reichte gerade für eine Futterraufe, dann ging er zurück, um die nächste Portion fertig zu machen.

»Vielleicht sollte ich mir gleich alle ziehen lassen, dann hätte ich meine Ruhe!« Der Bauer stöhnte laut auf. »Ich geh doch sofort los. Ich glaube, ich kriege eh keinen Bissen runter.«

Nach dem Frühstück spannten Jan und Tomasz die Kühe ein und trieben sie hinüber zu dem Feld, das sie im Winter reichlich mit Mist gedüngt hatten. Sie rechten das liegen gebliebene Stroh zusammen, brachten es zurück und kippten es auf die Miste, dann hängten sie die Egge an und fuhren zum Feld zurück.

»Lass mich heute eggen, Tomasz, einverstanden?«, bat Jan, der im Laufe der letzten Monate seine anfängliche Scheu vor den Zugtieren überwunden hatte.

Tomasz legte den Kopf schief und zwinkerte. »Du? Schaffst du das überhaupt? Du bist doch noch nicht mal ein richtiger Mann.«

Janek fuhr wütend auf. »Was soll das denn heißen?! Du tust immer so, als wäre ich noch ein kleines Kind! Dabei schaffe ich genauso viel wie du!«

Tomasz hob beschwichtigend die Hände. »Reg dich nicht auf, Janek. War doch nur ein Scherz! Und wenn du damit zurechtkommst, kann du gern eggen. Ich bin froh, wenn ich das heute nicht machen muss. Ich geh hinten an die Böschung und mache die Disteln weg.« Er zeigte auf das andere Ende des Feldes. »Ruf mich, wenn du Hilfe brauchst!«

Von seiner Position zwei-, dreihundert Meter entfernt betrachtete er den Jungen, wie der mit den Tieren sprach, ihnen aufmunternd auf das Hinterteil klapste und sich schließlich breitbeinig auf die Egge stellte und von da aus die Kühe antrieb. Der Junge wird erwachsen, dachte er mit einer eigenartigen

Mischung aus Stolz und Wehmut, bald wird er mich nicht mehr brauchen! In dem Augenblick hörte er die Sirene aufheulen und gleichzeitig das mörderische Geräusch sich nähernder Flugzeuge. In Panik sah er sich um. Um zurück zum Haus mit seinem schützenden Keller zu kommen, hätte er das gesamte Feld überqueren müssen, aber für Janek war es viel näher. Janek konnte es schaffen.

»Lauf, Junge!«, brüllte er und ruderte mit den Armen. »Lauf zurück zum Hof! Schnell!«

Er sah Janek abspringen und loslaufen und ließ sich dann selbst ein Stück den steilen Hang hinunterrutschen, wo das Feld zum Maderbach hin abfiel und das Gestrüpp ihn schützte, und dann brach die erste Salve über ihn herein. Der Lärm war ohrenbetäubend; Dreck und Lehm spritzten durch die Luft, es heulte, knatterte, donnerte, dröhnte. Tomasz stand bis zu den Knien im Wasser und drückte sich gegen die steinige Böschung; er zitterte am ganzen Körper. Die Augen zusammengekniffen, Metallgeschmack im Mund, die Hände schützend auf die Ohren gepresst, während die Luft um ihn herum explodierte und das Hirn in seinem Kopf. Lass sie vorbeifliegen, betete er zu dem Gott, an den er nicht glaubte, lass sie vorbeifliegen und mich nicht erwischen, ich bitte dich …

Die Zeit fror ein, er wusste nicht, wie lange Minutenstundentage er dort schon stand, wie lange es dauerte, bis er sicher war, dass nur in seinem Kopf noch geschossen wurde. Er zog sich an ein paar Grasbüscheln hoch und kroch die Böschung hinauf, blieb auf dem Feld liegen. Die zuverlässige Erde unter seinem Körper, der krümelige Boden unter seinen Fingern, der leere Himmel. Langsam wurde sein Atem ruhiger, und er lauschte der Stille nach, die sich behutsam in seinen Ohren ausbreitete, so behutsam, so sanft. Gleich würde er wieder aufstehen und den Dreck aus seinen Kleidern schütteln und zurückgehen zu den Disteln, die in seine Haut stachen und ihm zeigten, dass er noch da war, noch lebendig, noch da – in dem Moment kamen sie zurück, drei unheimliche silberne Todesvögel, die irgendwo kehrtgemacht und neuen Anlauf genommen hatten, um den Himmel zu zerkratzen und von Neuem von Neuem von Neuem zu jagen, zu töten, was sich bewegte. Dieses Mal schaffte er es nicht mehr bis in den Bach, sondern wühlte sich nur in die Ackerkrume, die Arme über dem Kopf verschränkt, Erde in Mund und Nase. Wie begraben, dachte er, wie die vielen Toten zu Hause in den Wäldern, die ihre eigenen Gruben gegraben hatten und hineingestürzt waren, das Genick zerschossen und die Brust oder auch nicht, vielleicht noch lebendig, bis die Erde selbst sie erlöst und aufgenommen hatte – . Maschinengewehrfeuer strich über ihn hinweg wie eine todbringende Hand, Nässe breitete sich um ihn aus. Blut, Wasser, Tränen, Pisse, Schweiß, so würden sie ihn finden, ertrunken in seiner eigenen Angst, in seiner erbärmlichen, hundsgewöhnlichen, gottverdammten Todesangst.

Und dann war es vorbei. Endgültig vorbei dieses Mal, auch wenn er noch lange liegen blieb und dem Puls der Erde lauschte, weil er der Ruhe nicht traute. Langsam, schwankend fand er auf die Beine. Das Dröhnen im Kopf, das wusste er, würde irgendwann aufhören, sicher aufhören. Dann hörte er das Schreien. Es war so schrill, so haarsträubend, dass er eine Weile brauchte, um zu verstehen, was das war, das da so schrie: ein Tier, eine von ihren Arbeitskühen. Mühsam stolperte er über den frisch geeggten Boden, der seine Schritte nicht wollte, der versuchte, ihn abzuwerfen. Da vorn war das Gespann. Eine der Kühe lag auf dem Boden und brüllte, die andere hing daneben halb in der Luft und versuchte verzweifelt, sich aus dem Geschirr zu befreien. Und daneben war noch etwas, ein Haufen, ein braunes Ding, das nicht mehr zuckte oder schrie, das einfach nur lag und zu warten schien. Tomasz fing an zu rennen, rannte über das ganze Feld, stolperte, stürzte, bis er das Ding erreicht hatte.

Der Junge war tot. Tomasz wusste es in dem Moment, als er die aufgerissenen, blicklosen Augen sah, den eigenartigen Winkel, in dem der Hals abgeknickt war, das Blut, das ganze Blut, o Gott!, aber er konnte es nicht glauben. Er stürzte sich auf den leblosen Körper und riss ihn hoch, schüttelte ihn an den Schultern, während der Kopf hin- und herschaukelte und noch mehr Blut aus den Mundwinkeln lief, drückte ihn schließlich an seine Brust und wiegte ihn in den Armen wie ein Baby. Janek, der kleine Jan aus Lwów, dem er versprochen hatte, auf ihn aufzupassen, würde nicht mehr nach Hause zurückkehren.

Als endlich die anderen kamen, Eva und Joachim und Marie Fahrner, als sie endlich geduckt über das Feld auf ihn zukamen, kniete er immer noch auf dem Acker und hielt den toten Jungen auf dem Schoß. Eva presste die Fäuste vor den Mund und brach in Tränen aus, Marie faltete die Hände. Joachim war der Einzige, der etwas sagte.

»Die Tommies haben ihn abgeknallt.« Und dann, als die verletzte Kuh erneut schrie: »Verdammte Scheiße.« Er zog seine Pistole aus dem Halfter, zielte, schoss. Das Tier bäumte sich noch einmal auf und fiel dann in sich zusammen. Joachim zeigte auf Tomasz. »Los, du machst das andere Tier frei und treibst es zurück in den Stall. Und Eva, du sagst dem Metzger Bescheid. Er soll möglichst schnell kommen.« Tomasz reagierte nicht. »Wird's bald! Wir haben nicht ewig Zeit. Spar dir die Heulerei für den Feierabend auf! Oder glaubst du, der Bengel wird wieder lebendig, wenn du hier nur genug herumflennst?«

»Lass ihn in Ruhe, Joa! Lass ihn in Ruhe!«

»Wir sind im Krieg, Eva, schon vergessen? Er ist nicht der Einzige, der verreckt ist.«

Schweigend ging Marie Fahrner zu dem Gespann hinüber, berührte einmal kurz die tote Kuh an den Nüstern und machte sich dann daran, das andere Tier von seinem Geschirr zu befreien. Joachim verdrehte die Augen.

»Also gut, meinetwegen. Dann bring aber wenigstens die Leiche rüber zum Haus, hier kann sie nicht bleiben. Am besten – «, er überlegte einen Augenblick, »am besten legst du ihn auf sein Bett. Und pass auf, dass du nicht alles mit Blut einsaust.«

»Selbstverständlich nicht, bist du völlig übergeschnappt?!« Joachim gab sich keinerlei Mühe, seine Stimme zu dämpfen. »Es handelt sich um einen *Polacken*, das scheinst du immer wieder zu vergessen. Für die Bestattung polnischer Zivilarbeiter gilt: kein Pfarrer, keine polnische Sprache, also keine Trauerfeier, kein gesprochenes Gebet. Am besten ist es, wir schaffen ihn in die Anatomie nach Tübingen, dann ist er wenigstens noch zu etwas nutze. Die brauchen immer Leichen, damit die Studenten an ihnen herumschnippeln können.«

Georg Fahrner war leicht grün im Gesicht.

»Das war ein Junge, der hier mit uns geschafft und am Tisch gesessen hat – «

»Schlimm genug, Vater!«

» – ein freundlicher, ruhiger Junge, und du willst ihm das christliche Begräbnis verwehren?! Würdest ihn am liebsten zerlegen lassen und dann verscharren wie ein Tier?!«

Joachim betrachtete ihn mit zusammengekniffenen Augen.

»Ein einziger Polenbengel, mein Gott! Als ob es darauf ankäme. Wenn du wüsstest – « Er zuckte mit den Achseln und brach ab.

»Ich glaube, ich will es gar nicht wissen«, sagte der alte Fahrner heiser. »Manchmal habe ich Angst davor, was aus dir geworden ist.«

»Ein guter deutscher Nationalsozialist, was sonst? Ob du davor Angst haben solltest, musst du schon selbst wissen. Wer ein gutes Gewissen hat, braucht sich jedenfalls nicht zu fürchten.«

»Joachim.« Fahrner biss die Zähne zusammen. »Jetzt sei doch vernünftig, Junge. Wir leben hier auf dem Dorf zusammen, wie wir's schon seit Hunderten von Jahren tun, wir haben unsere Traditionen, jeder kennt den anderen … Und wenn jemand aus unserer Mitte stirbt, dann geben wir ihm ein anständiges Begräbnis und Punkt. Wenn wir aufhören, die alten Sitten zu respektieren – «

Er sah seinen Sohn bittend an; Joachim lächelte verächtlich.

»Du hast immer noch nicht verstanden, dass eine neue Zeit angefangen hat, oder? Die alten Sitten brauchen wir nicht mehr. Genau das ist es doch, was Deutschland so kleingemacht hat!«

Der alte Bauer fuhr sich gequält mit der Hand über das Gesicht.

»Eva hat mir erzählt, dass du ihn zurück aufs Feld geschickt hast«, murmelte er. »Stimmt das, Joachim? Dass der Junge es bis in den Keller geschafft hatte, und du hast ihn zurückgeschickt, damit er die Kühe in Sicherheit bringt?«

Joachim kniff die Augen zusammen. »Der Junge war für die Tiere verantwortlich«, sagte er knapp. »Und außerdem hatte er nichts in unserem Keller zu suchen. Luftschutzräume sind für Deutsche da, nicht für Polacken.«

»Mein Gott, Joachim …«

»Ich habe ihn nicht erschossen! Beschwer dich bei den Tommies und ihrem verfluchten Churchill, aber nicht bei mir!«

Georg Fahrner wandte sich ab; seine Hände zitterten, aber seine Stimme war fest.

»Der Junge wird auf dem Friedhof beerdigt. Ich habe schon mit Pfarrer Streible gesprochen. Wenn du nicht dabei sein willst, bitte. Es ist deine Entscheidung. Ich werde jedenfalls hingehen.«

Pjotr und Tomasz hoben die Grube aus, in die sie den Toten legen würden – eingehüllt in einen alten Mehlsack, denn einen Sarg hatten sie nicht. Georg Fahrner hatte ihnen klargemacht, dass sie den Jungen möglichst schnell beerdigen und vollendete Tatsachen schaffen sollten, bevor Joachim sich doch noch durchsetzte und den Leichnam gegen ihren Willen nach Tübingen brachte.

Es war ein strahlender Frühlingstag, fast zu warm schon für April. Janek hätte es gefallen, dachte Tomasz unwillkürlich, der Junge hätte die Wärme genossen und gegrinst und sein Gesicht in die Sonne gereckt ... Das Gesicht, von dem er Blut und Dreck abgewaschen hatte, bevor er ein selbst besticktes Taschentuch von Eva darübergedeckt hatte. Das Gesicht, das nie wieder jemand betrachten würde. Er schluckte. Es war harte Arbeit, das Grab auszuheben hier in dem schlechten Boden gleich an der Friedhofsmauer, aber er war dankbar dafür, dass er in der nächsten Nacht todmüde sein und Schlaf finden würde. Er hielt kurz inne und wischte sich die Stirn ab, so dass der Schweiß ihm nicht in die Augen laufen konnte.

»Wie tief noch?«, fragte er.

»Einen halben Meter mindestens.«

Pjotr hatte noch keine drei Sätze gesagt an diesem Tag. Es war schwer zu erkennen, ob und welche Gefühle überhaupt sich hinter seinem bärbeißigen Gesicht verbargen, aber mit keinem Wort hatte er in Frage gestellt, dass er sich an dieser Arbeit beteiligen würde. Eigentlich war es ihm recht, dass sie nicht miteinander sprachen, dachte Tomasz. Nicht über den Jungen sprachen, wie es vielleicht üblich gewesen wäre – wie er geredet und gelacht, was er geträumt, was gefürchtet hatte. In der letzten Nacht hatte er selbst schon alles gesagt, was er sagen konnte, wenn auch nur der tote Janek dagewesen war, um ihm zuzuhören. Joachim hatte ihn mit dem Toten zusammen eingeschlossen, um zu verhindern, dass jemand anderer kam, um sich zu verabschieden oder vielleicht ein Gebet zu sprechen, und Tomasz war auch das recht gewesen. Er wollte noch einmal allein sein mit dem Jungen, brauchte diese letzten Stunden, um selbst Abschied zu nehmen und vielleicht ein Zeichen der Vergebung in den erstarrten Zügen zu finden, irgendein Zeichen, dass der Junge nicht mit dem Vorwurf im Herzen gestorben war, Tomasz hätte ihn im Stich gelassen.

Wie oft hatte er versprochen, auf Jan aufzupassen, ihn wieder nach Hause zu bringen? Was für eine unglaubliche Arroganz war das gewesen, was für eine grandiose Selbstüberschätzung – als ob im Krieg einer auf den anderen aufpassen könnte! Diesen Tod hatte er genauso wenig verhindern können wie den von Agnieszka und ihrem eigenen kleinen Janek. Aber wenigstens hatte er den Jungen nicht so im Stich gelassen wie die beiden. Er hatte ihn in den Bunker geschickt, und der Junge hätte ihn auch erreichen können, hätte ihn erreichen müssen. Tomasz verstand immer noch nicht, warum Jan bei dem Gespann geblieben war, statt sich in Sicherheit zu bringen. Vielleicht hatte es auch gar keinen Grund gegeben, vielleicht war er vor Panik starr gewesen und nicht mehr in der Lage, wegzulaufen ... Vergib mir, dachte Tomasz noch einmal. Ich hätte dich nicht eggen lassen sollen, dann hättest *du* dich im Graben verstecken können. Oder ich hätte selbst zurücklaufen und dich mitzerren müssen ... Seine Gedanken rasteten dort wieder ein, von wo er sie gerade erst mit Mühe losgerissen hatte.

Schließlich fand Pjotr, dass sie tief genug gegraben hatten, legte die Schaufel zur Seite und wusch sich die Hände an der Regentonne, die Wasser zum Blumengießen bereithielt. Er sah Tomasz fragend an, Tomasz schüttelte leicht den Kopf.

»Noch nicht. Wir warten noch zwanzig Minuten, bis es sieben schlägt.« Um sieben wollte der Pfarrer kommen und ein Gebet sprechen. In der Dämmerung bestand die Hoffnung, dass vielleicht nicht allzu viele feindselige Augen ihn dabei beobachten würden. Mascha und Helena, beide in ihren besten Kleidern, waren schon seit einer Stunde da und ließen die Perlen ihrer Rosenkränze klacken. Tomasz setzte sich neben dem eingehüllten Toten ins Gras und sah zu, wie die Schatten länger wurden und die frisch ausgehobene Grube sich mit Dunkelheit füllte. Schließlich begann die Glocke zu läuten, und Pjotr räusperte sich.

»Er kommt nicht«, sagte er leise. »Lass es uns hinter uns bringen.«

Sie hoben den Leichnam auf zwei dicke Seile und ließen ihn daran in die Grube hinunter, dann warf Pjotr sein Seilende hinterher, während Tomasz noch wie eingefroren am Rand des Grabes stehenblieb.

»Lass los, Tomasz … lass einfach los.«

Die Seile fielen mit einem leisen Plopp auf das grobe Sackleinen.

»Gegrüßet seist du, Maria, voll der Gnade …«

Helenas Stimme brach ab. Pjotr nahm eine Handvoll Erde und warf sie auf den Toten.

»Leb wohl, Janek, du warst ein guter Kamerad. Ich wünsche dir, dass es dir besser da geht, wo du jetzt bist. Ich werde dich nicht vergessen, und wenn ich zurück bin in Polen, stelle ich einen Stein für dich auf, das verspreche ich dir!«

Mascha und Helena ließen unter Gemurmel ein wenig Erde in das offene Grab rieseln, dann war Tomasz an der Reihe. Er hatte die Hand voll mit Erde und brachte es nicht fertig, sie fallen zu lassen auf den Körper, der vor so kurzer Zeit noch warm und lebendig gewesen war, konnte die Vorstellung nicht ertragen, wie Erde auf dessen Augen fiel und in den leicht geöffneten Mund …

Jemand legte ihm die Hand auf die Schulter. »Tu's jetzt, Tomasz, es ist Zeit«, sagte Mascha.

Deutsche Worte wehten plötzlich zu ihm herüber, ein Gebet, er drehte den Kopf: Streible war doch noch gekommen. Er stand zusammen mit ein paar schwarz gekleideten Leuten vielleicht dreißig Meter entfernt und sprach das Vaterunser. Tomasz konnte die Fahrners erkennen, Eva, die Zwillinge, Charlotte. Er presste die Augen zusammen und warf seine Handvoll Erde auf den Jungen, und es fühlte sich so an, als hätte er niemals im Leben etwas Schwereres getan; als wäre Janek erst in diesem Augenblick wirklich gestorben.

»Janek«, flüsterte er, mehr nicht.

Sie blieben noch ein paar Minuten schweigend stehen, dann drückte Pjotr Tomasz die Schaufel in die Hand.

»Wir müssen das jetzt machen. Bald ist es so dunkel, dass wir nicht mehr arbeiten können.«

Sie hatten noch nicht einmal die Hälfte des Aushubs zurückgeschaufelt, als plötzlich Schritte zu hören waren, Singen, lautes Lachen. Irritiert sah Tomasz hoch: Im Schein fröhlich lodernder Fackeln rückte ein Trupp Hitlerjungen heran. Er erkannte Hermann, Charlottes Bruder, und ein paar andere Burschen hier aus dem Dorf, die eine Schubkarre vor sich herschoben, und dann waren sie auch schon da. Unter Gejohle und Gebrüll drängten sie Tomasz und Pjotr an die Seite, zertrampelten die Blumen, die die Mädchen neben dem Grab auf den Boden gelegt hatten, und leerten den Inhalt ihrer Schubkarre in die halb aufgefüllte Grube. Es war Mist, erkannte Tomasz, stinkender, feuchter, frischer Stallmist, wie er selbst ihn schon Hunderte Male aus dem Kuhstall auf die Miste gefahren hatte.

»Asche zu Asche, Staub zu Staub und Dreck zu Dreck!«, sagte jemand im Hintergrund und lachte. Es war Joachim Fahrner, der mit glänzenden Augen gegen einen Grabstein gelehnt das ganze Spektakel betrachtete und sich die Lachtränen vom Gesicht wischte. Tomasz sah ihn, und irgendwo in seinem Kopf klappte ein Schalter um, in seinem Kopf oder seinem Herzen. Er stieß einen heiseren Schrei aus, schubste die Jugendlichen, die ihn festhalten wollten, aus dem Weg und stürzte sich auf Joachim.

»Ty cholerna świnio, zabiję cię!«, brüllte er. »Ich bring dich um, du verfluchtes Schwein!«

Gemeinsam fielen sie zu Boden. Tomasz hatte das Überraschungsmoment auf seiner Seite, aber Joachim war trotz seiner Behinderung ein geübter Kämpfer und ließ sich nicht niederringen. Noch bevor Tomasz überhaupt die Chance hatte, Joachim die Hände um die Kehle zu legen oder auch nur einen gezielten Schlag zu landen, wurde er von der HJ-Meute zurückgerissen und hochgezerrt. Auch Joachim kam wieder auf die Beine. Er hob die Faust und schlug Tomasz mehrfach ins Gesicht; Tomasz Ohren dröhnten, er hörte sich selbst stöhnen und schmeckte Blut im Mund.

»Das wird dir noch leidtun, du Scheißpole«, sagte Joachim. »Schließt ihn im Rathauskeller ein! Ich gebe der Gestapo Bescheid.«

Im Rathauskeller gab es einen Arrestraum, der schon seit mehr als hundert Jahren dazu benutzt wurde, betrunkene Randalierer, Vagabunden und andere unliebsame Objekte zur Besinnung zu bringen und festzusetzen, bis sie – falls der Ortspolizist von dem Fall überfordert war – von der Tübinger Polizei abgeholt wurden. Die Einrichtung war spärlich – eine Pritsche, ein Blecheimer, ein Kreuz. Tomasz rollte sich auf der Pritsche zusammen. Sein linkes Auge war zugeschwollen, die Oberlippe blutig und aufgerissen, ansonsten schien er keine größeren Schäden davongetragen zu haben. Er lag in der Dunkelheit und lauschte in die Nacht. Eine Weile noch hörte er die Hitlerjungen, die ihn hergebracht hatten, leise miteinander reden und kichern, dann wurde es ruhig. Auch in seinem Kopf hatte sich eine beruhigende Dunkelheit ausgebreitet; in diesem Augenblick spürte er kein Bedauern, keine Reue, keine Angst. Es war richtig gewesen, dass er Joachim Fahrner angegriffen hatte, es hatte geschehen müssen. Er hatte einer Notwendigkeit gehorcht, eine Schuld abgetragen, und jetzt war irgendetwas wieder ins Gleichgewicht gebracht worden, das seit Langem schief gehangen und ihn belastet hatte. Er fuhr sich mit der Hand über die aufgesprungene Lippe. Morgen würden sie ihn abholen; er hatte keine Ahnung, was dann weiter mit ihm passieren würde, aber eigentlich gab es nur zwei Alternativen: Lager oder Hinrichtung. Morgen früh würde er zittern vor Angst, das wusste er, aber jetzt, mitten in der Nacht, war er mit sich im Reinen.

»Tomasz!« Eine Stimme flüsterte von der Tür her seinen Namen, er sprang auf.

»Kari! Was tust du hier?«

»Ich habe doch einen Rathausschlüssel ... Die Jungs liegen oben im Warteraum und schlafen, ich habe mich an ihnen vorbeigeschlichen. Es tut mir so leid, Tomasz! Ich – « Sie brach ab, er hörte sie leise weinen.

»Ist gut, Kari. Alles gut. Weißt du, was sie vorhaben mit mir?«

»Aistaig. Sie wollen dich nach Aistaig bringen, ins Arbeitserziehungslager. Joachims Vater hat versucht, es zu verhindern, aber Joachim hat nicht nachgegeben und gedroht, dass er alle anzeigt, die heute auf dem Friedhof waren, wenn sein Vater keine Ruhe gibt. Uns alle.«

»Immerhin hat der Alte versucht. Schade, dass ich ihn nicht besser erwischt habe, den wunderbaren Joachim.«

Charlotte machte ein Geräusch, das ein unterdrücktes Lachen hätte sein können. Oder Schluchzen.

»Ich hätte dir so gern noch etwas gebracht, um es dir leichter zu machen, Geld oder Zigaretten oder was auch immer, aber sie werden dir dort alles abnehmen.«

»Dann – warte.« Er nestelte unter seinem Hemd den Beutel hervor, den er bis hierhin gerettet hatte, und reichte ihn durch das Gitterfensterchen. »Verwahr das für mich, Kari, ja? Sind Erinnerungen an meine Familie, ich will nicht verlieren. Du tust das für mich?«

Ihre Finger waren eisig; für ein paar Sekunden erlag er der Versuchung, sie zu berühren, dann zog er die Hand zurück.

»Ich – natürlich. Du kannst dich auf mich verlassen! Und wenn der Krieg vorbei ist, dann – dann kommst du und holst es wieder ab, ja? Tomasz? Versprichst du es mir?«

»Ja, bestimmt. Ich komme wieder und hole es.«

»Ja, das musst du tun. Tomasz – «

»Ist gut, Kari, alles gut. Pass auf dich und das Kind auf.«

»Ich habe solche Angst! Bitte, komm zurück …« Von irgendwo über ihnen war ein Geräusch zu hören, als wäre ein Stuhl umgefallen. »Ich muss gehen. Leb wohl – «

Und dann war sie fort. Tomasz lauschte ihren Schritten nach, die sich durch den Gang und das Treppenhaus entfernten, sonst blieb alles ruhig. Sie musste es geschafft haben, sagte er sich. Er tastete sich zu der Pritsche zurück und legte sich hin, und dann kam die Angst und warf ihr graues Netz über ihn und ließ ihn nicht mehr frei.

1945

I

Am Frankonenstollen wurde in zwei Schichten gearbeitet: von morgens fünf Uhr dreißig bis abends um sechs und von abends sechs Uhr dreißig bis morgens um sechs. Im Grunde spielte es keine Rolle, für welche Schicht man eingeteilt war, dachte Tomasz; im Stollen merkte man sowieso nicht, ob es Tag war oder Nacht, und die Zeit dazwischen war völlig damit ausgefüllt, zu essen, zu schlafen und zum Arbeitsplatz zu marschieren. Die Arbeit war zwar schwer, aber sie hatte zwei Vorteile: Erstens waren die Arbeiter im Stollen vor den Fliegerangriffen geschützt, zumindest, solange sie daraus nicht vertrieben wurden, um der deutschen Bevölkerung Platz zu machen. Und zweitens nahmen die Deutschen den Stollenbau so verdammt ernst und waren so dringend auf jede einzelne Arbeitskraft angewiesen, dass kaum Gefahr bestand, von irgendeinem übereifrigen Spitzel denunziert und ins Gefängnis oder Arbeitslager geschafft zu werden.

»Tomasz? He, Demski!« Stanisław arbeitete ein paar Meter von ihm entfernt, ein ausgemergelter, graugesichtiger Buchhalter aus Gdingen, der keine zehn Minuten am Stück ruhig sein konnte. Tomasz vermutete, dass er selbst genauso schwindsüchtig aussah, aber er hatte schon ewig nicht mehr in einen Spiegel geschaut.

»Ja?«

»Ich überleg nur grade … Was wirst du zuerst tun, wenn der Krieg vorbei ist?«

Tomasz hob seine Hacke und lockerte damit einen Brocken aus dem bröseligen Gestein.

»Keine Ahnung, ich denk nicht darüber nach. Ich sehe zu, dass ich erst mal die Zeit bis dahin überlebe ... dass mir hier nicht die Decke auf den Kopf fällt oder draußen der nächste Liebesgruß der alliierten Flieger.«

Stasiek kicherte leise.

»Immer der alte Optimist, was, Demski? Kannst du nicht für einen Moment mal die ganze Scheiße hier vergessen?«

Ein leises Knirschen war zu hören, das Prasseln kleiner Steine; die Glühbirne flackerte. Die beiden Männer ließen erschreckt ihr Werkzeug fallen und drückten sich an die Stollenwand, gerade noch rechtzeitig, bevor ein größerer Teil aus der Decke hinter ihnen herausbrach, mit lautem Krachen auf dem Boden landete und in tausend Stücke zersprang. Schlagartig war es stockdunkel. Der Untergrund hier war überall brüchig wie Blätterteig; Wasser drang durch das Gestein und sprengte es im Winter auseinander, so dass es immer wieder zu unvorhergesehenen Steinschlägen und Tunneleinstürzen kam. Eigentlich hätten die Stollen schon lange abgestützt und mit Holz verschalt werden sollen, aber das Baumaterial war knapp, so dass sich der größte Teil der Anlage noch im Rohzustand befand. Der Schein einer Taschenlampe flackerte auf; einer der deutschen Vorarbeiter kam herbeigelaufen.

»Was ist hier los? Alles in Ordnung?«

Tomasz starrte auf den frischen Steinhaufen, von dem immer noch Staub aufstieg, und schluckte. Knapp war das gewesen, verdammt knapp; nur ein paar Meter weiter, und sie wären darunter begraben worden, Stasiek und er.

»Verstehst du, was ich meine, Stasi?«, sagte er. »Denk nur ans Überleben jetzt, nur daran.«

Dem Gdingener hatte es die Sprache verschlagen, er öffnete und schloss den Mund, ohne ein Wort zu sagen. Eine dünne

Blutspur lief von seiner Schläfe über die Wange bis zum Kinn. »Warte, du bist verletzt. Ich wisch dir das Blut ab.« Es war nur ein kleiner Kratzer, aber Stanisław schwankte und schien kurz davor umzukippen. Tomasz half ihm auf den Boden. Der Vorarbeiter hatte inzwischen eine Entscheidung getroffen.

»Holt euch eine Schubkarre und eine Grubenlampe und räumt den Dreck hier weg! Ich schick den Elektriker, er soll das Licht wieder in Ordnung bringen, dann könnt ihr vorn weiterarbeiten.«

»Bleib sitzen, sonst kippst du gleich um.« Tomasz drückte den anderen, der sich schon halb erhoben hatte, auf den Boden zurück und folgte dem Vorarbeiter in Richtung Hauptschacht.

»Ist nicht sicher, arbeiten vorn im Stollen«, sagte er. »Gestern sind Steine gefallen. Heute sind Steine gefallen. Und morgen – «

»Halt's Maul.« Der Vorarbeiter leuchtete ihm ins Gesicht. »Meinst du, das weiß ich nicht selbst? Meinst du, ich würde nicht auch lieber woanders arbeiten? Aber wir brauchen den Scheißstollen. Wenn demnächst die Amis wiederkommen mit ihren Flugzeugen – «

Wenn die Amis kommen, dann stehen wir draußen und können nur hoffen, dass sie an uns vorbeifliegen und uns in Ruhe lassen, dachte Tomasz, aber er sagte es nicht. Im Frankonenstollen waren Polen nur als Zwangsarbeiter erwünscht – Luftschutzbunker standen ihnen nicht zur Verfügung.

»Und jetzt an die Arbeit, aber ein bisschen plötzlich!«

Schweigend griff Tomasz nach einer Schubkarre und machte sich auf den Rückweg.

Sie schafften es, die Aufräumarbeiten bis zum Ende ihrer Schicht auszudehnen und die Spitzhacken nicht mehr in die Hand zu nehmen. Dass der Vorarbeiter noch einmal erscheinen würde, war mehr als unwahrscheinlich; der Mann wusste ja, wie einsturzgefährdet besonders dieser verdammte Tunnelabschnitt war, der wagte sich freiwillig nicht noch einmal so weit vor. Als um sechs Uhr morgens endlich die Pfeife ertönte, schoben sie den letzten Schubkarren mit Schutt aus dem Stollen heraus bis zur Abraumdeponie ein paar Meter weiter und kippten sie dort aus. Am Eingang wartete bereits die Gruppe der anderen Fremdarbeiter. Als es den beiden Wachleuten endlich gelungen war, die Leute in ordentlichen Reihen antreten zu lassen, dämmerte es schon. Erschöpft und schweigend marschierten die Männer durch die Stadt zu ihrem Lager am Heilbrunnen. Obwohl es noch fast dunkel war, konnte man überall die katastrophalen Schäden der letzten Luftangriffe vor einer knappen Woche erkennen – ausgebrannte, eingestürzte Häuser, verkohlte Straßenbäume, Trümmerhaufen. Die Stadt Reutlingen würde nie wieder so aussehen, wie es einmal gewesen war. Überall waren Leute mit Aufräumarbeiten beschäftigt, Alte, Frauen und Kinder zumeist, die reichlich freie Zeit hatten, denn auch der Schulbetrieb konnte nur noch sehr unregelmäßig stattfinden. Die Luft roch nach Rauch, und immer noch wirbelte der Wind kleine Ascheflöckchen hoch, die sich in Haaren und Kleidern festsetzten. Tomasz lief an den Ruinen vorbei, ohne ihnen große Aufmerksamkeit zu schenken. Früher hätten ihn die Zerstörungen vermutlich an Warschau erinnert und ihm die Tränen in die Augen getrieben, heute nahm er sie einfach zur Kenntnis, ohne Bedauern, ohne Genugtuung, einfach als Fakt. Ruinen, wo vorher Häuser waren. So. Vielleicht gewöhnte man sich ja einfach daran wie an alles andere auch.

Sie brauchten eine Dreiviertelstunde, um das Lager zu erreichen, das vor ein paar Jahren zwischen der Stuttgarter und der Heilbrunner Straße errichtet worden war. Im Grunde waren es zwei Lager: eins für die West- und eins für die Ostarbeiter, säuberlich durch einen Zaun getrennt. Tomasz kannte nur die Baracken des Ostarbeiterlagers, in denen hauptsächlich russische Zwangsarbeiter wohnten. Die primitiven Gebäude waren hoffnungslos überbelegt und verdreckt; da es nur wenige Wasserhähne zum Waschen und keine Waschbaracke, erst recht kein heißes Wasser gab, war es unmöglich, den Läuse- und Krätzebefall unter Kontrolle zu bekommen.

Aber es gab Schlimmeres als Läuse und Krätze, das wusste Tomasz spätestens seit den Wochen, die er im Arbeitserziehungslager Aistaig verbracht hatte. Arbeitserziehungslager. Der Name mochte an eine pädagogische Einrichtung erinnern, hatte damit aber genauso wenig zu tun wie Schutzhaft mit Beschützen oder Konzentrationslager mit innerer Sammlung. Ein Arbeitserziehungslager war einfach eine besondere Form von Hölle, die sich die Nazis ausgedacht hatten, um widerspenstige Fremdarbeiter zu brechen. Oder umzubringen, falls das schneller ging, was nicht selten passierte. Die Erinnerung an seine Zeit in Aistaig konnte Tomasz jederzeit überfallen, so sehr er auch dagegen ankämpfte; sie hatte sich wie eine undurchdringliche Nebelbank zwischen Gegenwart und Vergangenheit geschoben und ließ ihn manchmal zweifeln, dass es die Zeit davor überhaupt gegeben hatte. Manchmal. Manchmal wachte er immer noch schreiend und stöhnend auf, woran seine Barackenkollegen sich inzwischen gewöhnt hatten; manchmal kam dann einer zu seiner Pritsche herüber, rüttelte ihn an der Schulter oder sprach ihn leise an, damit er Ruhe gab. Manchmal waren die anderen aber auch einfach zu erschöpft, um zu reagieren (und Tomasz war ja nicht der Einzige, den Alpträume quälten, bei Weitem nicht). Dann wachte er irgendwann schweißgebadet auf, die Bilder der Toten und Sterbenden vor Augen und schlimmer noch die Gesichter der Männer mit den Gewehren und den Lederpeitschen in der Hand, der Männer, die die Hundemeute kommandierten und mit einem Lächeln auf den Lippen ein Leben beenden konnten. Er lag dann zusammengerollt auf seiner Strohmatratze und konzentrierte sich nur darauf, seinen Atem zu beherrschen. Manchmal fragte er sich, ob er je wieder einen Augenblick ohne Angst erleben würde. Als er damals aus Aistaig entlassen worden war, hatte er einen Zahn verloren, zwei Rippen gebrochen und wog noch knapp fünfundvierzig Kilogramm. Der Lagerarzt in Reutlingen hatte das festgestellt, ihm eine Handvoll Vitaminpillen gegeben und dann für voll arbeitsfähig erklärt, und Tomasz war dankbar dafür gewesen. Dankbar, dass es einen Kanten Brot gab, eine matschige Kartoffel und einen Becher mit irgendetwas Heißem darin; dankbar, dass er morgens davon ausgehen konnte, auch den Abend noch zu erleben. Warum er nicht wieder nach Laifingen zurückgeschickt worden war, wusste er nicht und fragte nicht danach (er hatte gelernt, dass einem Polen kein Fragen zustand). Stattdessen wurde er der Firma Wilhelm Heim zugeteilt, die an der Produktion der Flugbombe V1 beteiligt war, und hatte dort Tragflächen zusammengeschraubt, bis er mit einigen anderen im letzten Oktober zum Stollenbau hier an der Frankonenstraße abkommandiert worden war. Also arbeitete er im Stollen.

Manchmal hatte er das Gefühl, jemand anderes lebe sein Leben und er selbst stehe nur dabei und schaue zu.

»He, Demski, komm, Essen fassen!«

Er stellte sich am Ende der Schlange an und nahm schließlich das Essen entgegen, das jeden Morgen ausgegeben wurde: ein Stück Brot und einen Becher heißen Malzkaffee. Abends gab es Kohlrabi oder Rüben und eine Kartoffel, und das, obwohl man ihnen eine Schwerarbeiterzulage genehmigt hatte. Die Nazis hatten zu spät kapiert, dass Menschen nur dann vernünftig arbeiten konnten, wenn sie auch genug zu essen bekamen, dachte Tomasz. Dieser verdammte Tunnelbau war ihnen so wichtig, dass sie den Arbeitern mit Sicherheit gern größere Portionen zugeteilt hätten. Dass sie es nicht taten, konnte nur bedeuten, dass es einfach nichts mehr zu verteilen gab; dass das Reich fast am Boden lag und der Krieg zu Ende ging.

Er nahm einen Schluck von der heißen Plörre und riss gierig mit den Zähnen das erste Stück aus dem Brot. Bevor er zurück in seiner Baracke war, hatte er es schon aufgegessen. Es hatte keinen Sinn, Proviant für später aufzusparen; während man schlief, würde ja doch alles geklaut. Tomasz wischte seinen Becher an der Hose ab und stellte ihn unter seiner Pritsche auf den Boden (Becher hatten keinen Tauschwert und wurden nicht geklaut), dann legte er sich voll bekleidet auf die Strohmatratze und zog sich die Wolldecke über. Es gab zwar einen Ofen in der Baracke, aber kein Holz, das man hätte verheizen können; jetzt im Winter war es eisig, und man musste fast dankbar sein, dass die Räume so eng belegt waren und die Menschen selbst ein wenig Wärme abgaben. Immerhin besaß Tomasz inzwischen ein paar Wollsocken und ein langärmliges Unterhemd; er hatte es als Bezahlung dafür bekommen, dass er an seinem letzten freien Sonntag für eine alte Reutlinger Schneiderin Holz gehackt hatte. Überhaupt war das Leben im Lager einfacher geworden, seit die Behörden den Fremdarbeitern gestatteten, an freien Tagen in die Stadt zu gehen und dort zu versuchen, noch ein bisschen Geld oder Naturalien zu verdienen.

Wenn er nur nicht immer so müde wäre, dachte Tomasz. Jeden Tag kam ein bisschen Müdigkeit dazu, ein Berg von Müdigkeit, mehr, als in seinem Körper überhaupt Platz hatte. Er schlief sofort ein.

Irgendwann mitten am Tag fuhr er erschreckt hoch.

»Schnell, Tomasz, Alarm! Steh auf, wir müssen raus! …«

Erst da hörte er die Sirenen heulen – ein Luftangriff. Die ganze Baracke war in Bewegung, Männer fluchten und schrien. Besser unter offenem Himmel zu sterben, als in der

Baracke verschüttet zu werden und zu ersticken, da waren alle sich einig. Tomasz richtete sich auf und tastete nach seinen Schuhen; es gab keinen Grund zur Eile, auch wenn die meisten anderen schon hektisch nach draußen gestürzt waren. Nach einem Alarm dauerte es immer eine Zeit lang, bis die Bomber kamen – falls sie überhaupt kamen. Diese von keiner Uhr wirklich messbare Zeit des Wartens wurde auf unterschiedlichste Art ausgefüllt – es gab Leute, die einfach ihre normale Tätigkeit fortsetzten, bis sie die Bombergeschwader näher kommen hörten, andere brachten noch schnell möglichst viele Besitztümer in Sicherheit, wieder andere verkrochen sich beim ersten Sirenenton in den Keller und waren vor Angst nicht mehr in der Lage, etwas anderes zu tun als zu beten. Die meisten der Fremdarbeiter suchten sofort irgendeine Deckung – einige Leute drängten sich an die Straßenböschung, andere kauerten sich in Löcher, die sie sich auf dem Gelände selbst gegraben hatten. Keiner dieser Plätze bot wirklich Schutz, falls sie bombardiert werden würden, aber Bunker oder andere einigermaßen sichere Schutzräume gab es im Ostarbeiterlager nicht. Wahrscheinlich war es genau dieses Gefühl der absoluten Hilflosigkeit, das die Leute sofort die vermeintliche Sicherheit ihrer improvisierten Unterstände aufsuchen ließ, dachte Tomasz. Er griff nach seinen übrigen Besitztümern (dem Becher und der Decke) und folgte den anderen ins Freie.

Es war ein schöner Märztag; nur wenige Wolken standen am Himmel, und der Wind ließ schon einen Hauch von Frühling ahnen. Der letzte Kriegsfrühling! Tomasz konnte sich nicht vorstellen, dass es noch lange dauern würde. Seit die Fremdarbeiter auf eigene Faust in der Stadt auf Arbeitssuche gehen durften, waren sie gut informiert, was den Kriegsverlauf anging. Auch wenn es natürlich immer noch Fanatiker gab, die bis zum letzten Blutstropfen kämpfen würden und fest damit rechneten, dass Hitler im letzten Moment das Kriegsglück mit der oft angekündigten Wunderwaffe herumreißen würde, hatten die meisten Deutschen doch bang registriert, woher der Wind wehte. Da konnte es nicht schaden, sich mit den Siegern von morgen schon jetzt gut zu stellen und die eine oder andere Information weiterzugeben, die man irgendwo aufgeschnappt hatte – wenn man nicht gleich gemeinsam vor dem Volksempfänger hockte und hörte, was die BBC zu melden hatte. Alle wussten, dass die Rote Armee Warschau besetzt hatte (beziehungsweise das, was vor dem Aufstand einmal Warschau gewesen war) und auf dem Weg nach Berlin war, dass die Stadt Aachen im Westen des Reiches schon vor Monaten kapituliert hatte und die Amerikaner sich anschickten, den Rhein zu überschreiten. Der Krieg näherte sich dem Ende, eine neue Zeit würde anbrechen. Alle wussten es, und doch war es so schwer zu glauben, wenn man auf dem Gelände eines schäbigen Lagers stand und auf ein amerikanisches Bombergeschwader wartete. Der Krieg ging bald zu Ende, aber das eigene Leben womöglich noch früher.

Aus der Ferne war jetzt das typische anschwellende Dröhnen schwerer Verbände zu hören. Tomasz duckte sich auf den Boden, presste die Hände gegen die Ohren und kniff die Augen zusammen, um sich wenigstens ein bisschen vor dem Lärm und Staub zu schützen und davor, von einer Druckwelle umgeworfen zu werden. Wenn ich sterbe, dachte er, dann hier draußen und nicht wie eine Ratte in ihrem Loch. Vielleicht sind das die letzten Gedanken, die ich denke. Vielleicht sind das die letzten Sekunden. Und dann fuhr das Inferno auf ihn nieder und riss die Welt in Stücke, fuhr auf sie alle nieder in irrwitzigem Pfeifen und Prasseln, in Rattern, Sirren, Donnern, Rauschen. Die Luft war erfüllt von Staub, Rauch, Hitze, der Untergrund zitterte, die ganze Erde zitterte. Tomasz presste sich gegen den Boden, wünschte sich, er könnte damit verschmelzen, darin verschwinden wie ein winziges Tier. Ganz in der Nähe gab es eine ohrenbetäubende Explosion, die ihn mehrere Meter zurückschleuderte; er prallte gegen eine Mauer, verlor das Bewusstsein.

Hustend, nach Atem ringend kam er wieder zu sich, richtete sich auf die Knie auf; kam zum Stehen und versuchte, sich zu orientieren. Eine Baracke, die Baracke, in der er eben noch geschlafen hatte, war getroffen worden und brannte, keine zwanzig Meter von ihm entfernt. Aber nicht nur dort brannte es: Die ganze Stadt um ihn her schien zu brennen. Flammen tobten und knatterten wütend in den Himmel, ohrenbetäubendes Getöse erfüllte die Luft. Er sah Schatten vorbeihuschen, hörte Sirenen heulen und Menschen schreien. Der Himmel war dunkel von Qualm, dunkel wie mitten in der Nacht. Aber irgendwo darüber, weit über den Wolken noch, schien die Sonne. Wenn man im Flugzeug saß und nur hoch genug flog, hatte er sagen hören, konnte man jederzeit die Sonne sehen, auch wenn man unten auf der Erde gerade eine künstliche Nacht erzeugt hatte. Er hielt sich an der Mauer fest und schüttelte leicht den Kopf, um wieder einen klaren Gedanken fassen zu können. Die Flugzeuge hatten die Stadt bombardiert und waren wieder verschwunden; Reutlingen brannte, das Lager brannte, aber er hatte überlebt.

Er torkelte ein paar Schritte vorwärts, versuchte, durch den beißenden Rauch hindurch zu erkennen, was vor sich ging. Im Lager herrschte Chaos. Niemand machte sich die Mühe, die Baracke zu löschen, stattdessen hatte sich eine Gruppe Menschen an der Abtrennung zum Westarbeiterlager gesammelt und war dabei, dort den Zaun einzureißen. Tomasz sah verständnislos zu ihnen hinüber. Wozu sollte man jetzt noch ins Westarbeiterlager gehen? Nur um heute Nacht vielleicht ein Dach über dem Kopf zu haben und morgen zum Frühstück einen Becher Malzbrühe? Er wendete sich um und suchte sich einen Weg zwischen den Trümmern. Seine Decke war weg, der Becher sowieso. Um die Decke tat es ihm leid, denn nachts wurde es immer noch kalt, aber er würde schon zurechtkommen.

Ohne dass irgendjemand ihn angesprochen hätte, ja, ohne dass irgendjemand ihn überhaupt bemerkt hätte, verließ er das Lager und überquerte die Heilbrunner Straße, dann die Schienen. In Richtung Bahnhof und Innenstadt schien es die meisten Schäden zu geben, also musste er versuchen, einen großen Bogen darum zu schlagen. Obwohl die Flugzeuge längst verschwunden waren, konnte er immer noch vereinzelte Detonationen hören; es würde lange dauern, bis auch nur die schlimmsten Brände gelöscht waren, zumal auch die Feuerwehr schon seit den letzten Angriffen im Februar mit Materialengpässen zu kämpfen hatte – kaum, dass einmal ein Einsatzwagen zu sehen war. An einer Stelle war eine Gruppe Menschen hektisch damit beschäftigt, einen verschütteten Hauseingang freizulegen. Daneben standen zwei Bahren mit blutverschmierten, stöhnenden Verletzten. Tomasz ging weiter, weiter wie im Traum. Er hatte das sichere Gefühl, dass das alles ihn nichts anging, dass er nur versuchen musste, heil die brennende Stadt zu verlassen und sich dann irgendwo zum Schlafen hinzulegen. Irgendwann riss er sich das Polenkennzeichen von der Jacke und warf es in den Rinnstein. Er ließ die Stadt hinter sich und schlug einen Feldweg ein, lief immer nur weiter.

Vielleicht war er Tage unterwegs gewesen, vielleicht auch nur ein paar Stunden, bis er eine Stelle gefunden hatte, die ihm passend schien: am Fuß einer Böschung am Rand eines kleinen Wäldchens, wo er sich tief in das halb verrottete Herbstlaub einwühlte und einschlief.

Als er erwachte, war es heller Tag. Ein unangenehmes wattiges Gefühl erfüllte seinen Kopf, und als er aufstand, musste er sich übergeben – wahrscheinlich die Nachwirkungen des Aufpralls gegen die Mauer von gestern. An seinem Hinterkopf tastete er eine schmerzhafte Beule. War es wirklich gestern gewesen?, überlegte er. Seine Erinnerungen waren diffus, so als hätte er den Tag gar nicht selbst erlebt, sondern nur von jemand anderem erzählt bekommen oder im Kino gesehen. Er schöpfte ein paar tiefe Atemzüge. Unbedingt brauchte er frisches Wasser und irgendwann, wenn ihm nicht mehr so übel war, auch etwas zu essen. Er kniff die Augen zusammen und versuchte, scharf zu sehen und sich zu orientieren. Immer noch lag Brandgeruch in der Luft, wahrscheinlich war er gar nicht weit von der Stadt entfernt. Vielleicht konnte er hier einen Bauernhof finden und sich dort eine Mahlzeit verdienen oder auch mehr. Die Bauern waren in dieser Zeit so sehr auf jede Arbeitskraft angewiesen, dass sie keine unangenehmen Fragen stellten.

Er lief los, immer den Feldweg entlang. Schließlich sah er ein Haus vor sich mit einer Scheune daneben. Ein Mädchen stand davor und hängte Wäsche auf, weiße Laken, geblümte Bettbezüge, lange Unterhosen. Einen Augenblick lang starrte Tomasz fasziniert auf diese Leine voller Sauberkeit, um dann an seiner eigenen Kleidung herunterzuschauen (er trug immer noch ein altes Hemd des toten Karl, dazu eine schmutzstarrende Hose und an den Füßen die neu erworbenen Wollstrümpfe in Holzgaloschen), dann schlich er sich näher heran und versteckte sich notdürftig hinter einem kahlen Apfelbaum. Aber das Mädchen war viel zu beschäftigt, um auf ihn aufmerksam zu werden. Wahrscheinlich hatte sie es eilig, an diesem Märztag schnell mit der feuchten Wäsche fertig zu werden und zurück ins Haus zu können. Tomasz hörte sie leise singen und konzentrierte sich darauf, die Worte zu verstehen: »Poszła karolinka do gogolina …« Unwillkürlich musste er lächeln – die traurige Geschichte von der aufmüpfigen Karolinka und ihrem naiven Freund Karliczek, die er selbst früher oft gesungen hatte. Er trat aus der Deckung und ging langsam auf sie zu.

»Nicht erschrecken, bitte …«, sagte er auf Polnisch. Das Mädchen zuckte zusammen und stieß einen kleinen Schrei aus. »Ich tu dir nichts, bestimmt nicht. Ich – ich komme aus Reutlingen und suche Arbeit.«

Das Mädchen sah ihn misstrauisch an. »Wenn du noch näher kommst, schreie ich! Dann knallt der Bauer dich ab.« Ihr Blick blieb an der Stelle seiner Jacke hängen, wo das Abzeichen befestigt gewesen war. »Was hast du in Reutlingen gemacht? Warum bist du weggegangen?«

»Ich habe im Stollenbau gearbeitet. Die Stadt ist bombardiert worden, und im Lager steht kein Stein mehr auf dem anderen.«

»Du bist abgehauen«, stellte das Mädchen fest und lächelte zum ersten Mal.

»Ja«, antwortete Tomasz ermutigt. »Ich hatte Glück, dass ich überlebt habe. Den nächsten Angriff will ich dort nicht mehr erleben! Jetzt müssen wir doch nur noch ein paar Wochen schaffen, der Krieg ist bald vorbei. Denkst du, dein Bauer hier kann mich brauchen? Ich habe schon auf einem Hof gearbeitet, ich weiß, was zu tun ist.«

Das Mädchen nickte langsam.

»Ich frage ihn. Wahrscheinlich ist er ganz froh, wenn jemand ihm beim Pflügen hilft, er und seine Frau sind schon alt, und sonst haben sie niemanden.«

Tomasz betrachtete das heruntergekommene Wohnhaus. »Und, sind es gute Leute?«, fragte er.

Das Mädchen zuckte mit den Achseln.

»Wie man's nimmt. Es gibt genug zu essen, und sie schlagen mich nicht, aber es sind überzeugte Nazis, alle beide – vor allem sie. Die hätte mich liebend gern fertiggemacht, aber sie traut sich nicht, weil sie auf mich angewiesen sind. Auf jeden Fall kannst du ihr nicht trauen.« Sie streckte die Hand aus. »Emilia.«

»Ich heiße Tomasz. Fragst du gleich? Sonst muss ich sehen, dass ich etwas anderes finde.«

Sie nickte. »Da drüben ist die Waschküche, da kannst du dich in der Zwischenzeit waschen.«

Kurz danach saß er in der schäbigen Küche, einen Teller mit Kartoffeln vor sich, Brot und Marmelade und einen Becher Most.

»Und du hast schon mit einem Ochsengespann gepflügt?«, fragte der Bauer misstrauisch. Er war sicher knapp siebzig, krumm und faltig und so zittrig, dass er seinen eigenen Becher mit beiden Händen zum Mund führen musste. An seinem schmuddeligen Hemd prangte ein Parteiabzeichen.

»Ja«, antwortete Tomasz. »Ochsen, Kühe, Pferde – egal. Wann soll ich anfangen?«

»Am besten gleich nach dem Essen. Man muss ja jede Stunde nutzen, wo sie nicht mit ihren Scheißfliegern kommen.«

Der Bauer ließ Tomasz die Ochsen einspannen und zeigte ihm den Acker, der gepflügt werden sollte; sobald er sich versichert hatte, dass der fremde Arbeiter mit der Aufgabe zurechtkam, ließ er ihn allein. Tomasz arbeitete bis zum Abend und brachte dann das Gespann auf den Hof zurück. Die Bäuerin hatte Spätzle mit Kraut gekocht; sie stand neben dem Tisch, während er aß, nahm ihm dann den Teller aus der Hand und wies mit dem Kopf zur Tür.

»Du in Scheune schlafen, da drüben! Und vorher waschen, verstanden? Wasser dahinten!«

Tomasz betrachtete die Frau: eine stattliche Person, die dicken grauen Haare zu einem festen Knoten geschlungen, die Augen fahrig, die Lippen schmal und blutleer. An der Bluse trug sie eine Brosche mit Adler und Hakenkreuz, Auszeichnung für was auch immer. Als sie seinen Blick bemerkte, wurde sie wütend.

»Was stehst du hier herum und gaffst mich so unverschämt an? Mach, dass du in die Scheune kommst …!«

Am nächsten Tag pflügte er das Feld zu Ende und noch ein weiteres, das etwas weiter entfernt lag. Die Bäuerin bekam er nicht mehr zu sehen; als er am frühen Abend auf den Hof kam, stellte Emilia ihm das Essen hin, genauso am nächsten Tag. Es war ihm egal, sagte er sich; er hatte für sein Leben genug Nazis gesehen.

Die Arbeit auf dem abgelegenen Hof war in vielem so, wie er es aus Laifingen kannte: Es gab ein paar Milchkühe, Hühner und ein Schwein, es wurde Weizen angebaut, Hafer, Mohn, Kartoffeln und Zuckerrüben. Der Bauer bewirtschaftete allerdings eine deutlich kleinere Fläche, und auch sein Haus machte einen ärmlichen Eindruck; Stall, Scheune und Wohnbereich lagen unter einem Dach. Meistens gab der Bauer Tomasz Anweisungen, was an dem Tag zu tun war, und ließ ihn dann allein, um zwischendurch allerdings immer wieder zu kontrollieren, ob Tomasz auch das tat, was er sollte, und sich darüber zu beschweren, dass die Arbeit nicht schneller voran ging. Ansonsten versuchten beide Bauersleute, den Kontakt zu Tomasz auf das absolut Notwendige zu beschränken: Es gab weder gemeinsame Gespräche noch gemeinsames Essen oder sonst irgendetwas Gemeinsames, und in den hasserfüllten Blicken, mit denen die Bäuerin ihn regelmäßig bedachte, meinte er die ganze Wut und Enttäuschung über den verlorenen Krieg zu erkennen.

Anfang April brachten Tomasz und Emilia die Saatkartoffeln aus. Nach dem Frühlingsregen der letzten Wochen war der Boden weich und leicht zu bearbeiten, und sie kamen gut voran.

Gegen Mittag brachte der Bauer eine Brotzeit hinaus und begutachtete den Acker.

»Nicht so weit auseinander, die Furchen«, sagte er. »Die Pflanzen können ruhig enger stehen. Ich hab keinen Platz zu verschenken.«

Tomasz nickte. Der Bauer war nur glücklich, wenn er etwas zu meckern hatte. Es wäre ein Wunder gewesen, wenn es heute anders gewesen wäre. In dem Augenblick war ein entferntes Dröhnen zu hören, das schnell lauter wurde –Tiefflieger vielleicht. In der letzten Zeit waren die Angriffe immer häufiger geworden. Sie ließen alles fallen, was sie in den Händen hatten, rannten zu einem kleinen Schuppen am Feldrand und drängten sich hinein.

»Verdammte Amerikaner«, keuchte der Bauer, der es als Letzter geschafft hatte. »Ich hoffe, die Maschinen explodieren ihnen unter dem Hintern weg.« Schwer atmend ließ er sich auf einen Hackklotz fallen, während draußen die Flugzeuge vorbeizischten.

Im Schuppen war es düster, und Tomasz konnte erst allmählich die Gerätschaften erkennen, die hier kreuz und quer gelagert waren: eine Hacke, eine Egge, ein Blecheimer. Und dann sah er etwas, das sich bewegte – eine Gestalt hockte in der hintersten Ecke. Unwillkürlich stieß er einen kleinen Schrei aus.

»Nicht schießen!« Es war ein Mann mit brüchiger Stimme, der jetzt langsam aufstand und abwehrend die Hände hob. »Bitte, nicht schießen …«

»Kein Mensch hier hat ein Gewehr dabei«, knurrte der Bauer. »Wir arbeiten hier. Wir spielen doch nicht Krieg.« Draußen erstarb der Lärm; die Flugzeuge waren weg. Der Bauer stieß die Schuppentür auf, und das Tageslicht fiel herein. Eigentlich war es gar kein Mann, dachte Tomasz, sondern ein Junge in Wehrmachtsuniform, vermutlich noch keine siebzehn

Jahre alt. Einer von denen, die sich noch nicht einmal rasieren mussten, wenn sie an die Front geschickt und verheizt wurden.

»Wer bist du? Was machst du hier in meinem Schuppen?« Der Bauer kniff die Augen zusammen, um den Fremden deutlicher zu erkennen. »Wenn du etwas geklaut hast, sollst du mich kennenlernen!« Der Junge ließ die Hände sinken.

»Nein, bestimmt nicht! Ich habe nichts geklaut, das würde ich nie tun! Ich wollte mich nur in Sicherheit bringen vor den Auffliegern …«

In der Ecke, aus der er herausgekrochen war, konnte Tomasz jetzt deutlich eine Decke erkennen, einen Tornister. Es sah ganz danach aus, als hätte der Junge sich hier versteckt und mindestens eine Nacht geschlafen.

»Du lügst«, stellte der Bauer fest. »Du bist doch schon länger da! Warum bist du nicht bei deiner Einheit?«

»Wir – sie haben mich nach Hause geschickt. Ich habe einen Herzfehler, das hat der Stabsarzt festgestellt, deshalb bin ich untauglich, und jetzt bin ich unterwegs zurück nach Mössingen zu meiner Mutter, und in Esslingen ist unser Zug beschossen worden, deshalb bin ich zu Fuß weiter …«

Gute Geschichte, dachte Tomasz, aber ob der Bauer sie glauben wird? Der Junge rieb sich die Hände, als wäre ihm kalt. Er war wirklich kaum mehr als ein Kind.

»Bitte, hätten Sie vielleicht – hätten Sie vielleicht eine Kleinigkeit zu essen für mich? Ich hatte nicht damit gerechnet, dass ich so lange unterwegs sein würde, und habe nicht genug Proviant mitgenommen.«

»Hm.« Der Bauer schob die Hände in die Taschen und überlegte. »Milli, du holst die Brotzeit, die ich aufs Feld gebracht habe, die könnt ihr schon mal zusammen essen. Ich laufe zum Hof zurück und bringe noch Most und Käse und ein paar getrocknete Quitten, damit kommst du gut und gern von hier bis Mössingen und zurück! Wartet hier auf mich.«

Zusammen mit Emilia lief er los, ohne sich noch einmal umzudrehen. Der Junge ließ sich erleichtert auf den Boden sinken.

»Gott sei Dank …«

Tomasz betrachtete ihn mitleidig. »Wie heißt du?«, fragte er.

Der Junge blickte auf. »Günther. Günther Allmendinger.«

»Hau ab, Günther«, sagte Tomasz scharf. »Du bist desertiert, stimmt's? Der Bauer ist alter Nazi. Der holt Polizei, dann legen sie dich um. Hau ab, so schnell du kannst.«

Entsetzt starrte der Junge ihn an. »Desertiert? Niemals, ich bin krank, ich – «

»Unsinn. Mach schnell, Junge! Du hast höchstens halbe Stunde.«

Die Mundwinkel in dem Kindergesicht zitterten verdächtig. Tomasz spürte den Drang, den Jungen in den Arm zu nehmen und zu trösten, aber dafür war keine Zeit. Stattdessen griff er nach dem Gepäck und drückte es dem Burschen in die Hände. »Los jetzt. Und viel Glück.«

»Ich – danke.«

Endlich lief er los. Tomasz sah ihm hinterher und zählte die Sekunden. Als Emilia mit der Brotzeit kam, war von dem Jungen nichts mehr zu sehen.

»Wo ist er hin?«, fragte Emilia überrascht.

»Nach Hause«, sagte Tomasz. »Ich hoffe nur, er ist schnell und geschickt genug.«

Eine halbe Stunde später war der Bauer zurück, zusammen mit zwei Polizisten. Sie marschierten auf die Hütte zu, die Pistolen im Anschlag.

»Rauskommen, aber dalli! Und die Hände hoch!« Mit einem Tritt öffneten sie die Tür und sahen sofort, dass niemand mehr drinnen war. Einer wandte sich sofort zu Tomasz und packte ihn am Hemd.

»Was ist passiert? Wo ist das Schwein?«

»Er ist weg«, sagte Tomasz. »Ich war in Gebüsch, pissen. Als ich zurück, war weg.«

Der Polizist versetzte ihm einen wütenden Nasenstüber.

»Idiot! Warum hast du ihn aus den Augen gelassen? Du hättest ihn festhalten müssen!«

»Ich wusste nicht!« Tomasz gab seiner Stimme einen beleidigten Klang. »Warum? War kranker Junge auf Weg nach Hause.«

»Und wohin ist er gelaufen? Hast du ihn wegrennen sehen?«

Tomasz schüttelte den Kopf. »Ich war in Gebüsch«, wiederholte er.

»Gottverdammte Scheiße!« Die Wut der Polizisten wandte sich jetzt gegen den Bauern. »Warum hast du diesem Trottel nicht gesagt, dass er auf den Kerl aufpassen soll?! Wenn der sich hier einigermaßen auskennt, finden wir den nie wieder.« Sie palaverten noch eine Weile herum, ob sie sich an die Verfolgung machen sollten oder nicht, und zogen schließlich ab. Der Bauer sah Tomasz bitterböse an und spuckte vor ihn auf den Boden.

»Scher dich zurück an deine Arbeit!« Dann drehte er auf dem Absatz um und marschierte nach Hause.

»Der weiß genau, was passiert ist«, sagte Tomasz. »Sechs Monate früher, und er hätte mir den Hals rumgedreht.«

Emilia sah ihn besorgt an. »Du musst fort«, sagte sie. »Ich kenne den Bauern. Der wird sich rächen, der lässt dich nicht ungeschoren davonkommen. Wahrscheinlich wartet er noch ab, bis seine Äcker bestellt sind, und dann macht er dich fertig. Der kennt genug Leute, die sich darüber freuen, wenn sie einen Polen umbringen können.«

Tomasz nickte langsam. »Aber ich brauche eine Decke, Proviant …«

»Warte bis heute Abend. Ich hab immer mal was an die Seite gelegt, wenn die Alte nicht so genau hingesehen hat. Ich mach dir was zurecht.«

»Und du? Willst du nicht mitkommen?«

Sie schüttelte den Kopf. »Ich bleibe hier. Hier fühle ich mich sicherer. Es sind so viele Verbrecher auf der Straße unterwegs in dieser Zeit, und als Frau allein – «

»Ich bin doch auch da!«

Emilia lächelte. »Ach, Tomasz! Dich knallen sie doch zuerst ab. Nein, ich warte hier, dass der Krieg zu Ende geht.«

Am Abend, als es ruhig im Haus geworden war, kam Emilia in die Scheune und brachte Tomasz ein Bündel mit Lebensmitteln.

»Danke, Emilia. Wenn ich auch etwas für dich tun kann – «

Sie schüttelte den Kopf.

»Ich kann gut auf mich selbst aufpassen. Sieh du lieber zu, dass du wegkommst.« Sie beugte sich vor und küsste Tomasz auf die Wange. »Alles Gute und Gottes Segen«, flüsterte sie.

Tomasz zog sich die Schuhe an, legte sich die Decke wie einen Poncho um die Schultern und schob sich das Bündel unter sein Hemd.

»Pass auf dich auf, Emilia.« Und dann lief er los.

Es war stockfinster; die Verdunklung war eins der wenigen Dinge, die noch zu funktionieren schienen. Ohne das fahle Mondlicht hätte er keine Chance gehabt, überhaupt nur den Weg zu sehen. Er brachte das Dorf Kusterdingen hinter sich und erreichte schließlich den Neckar. Nach dem anstrengenden Tag und dem nächtlichen Marsch war er hundemüde; er setzte sich ans Ufer, hüllte sich in seine Decke und beschloss, für den Rest der Nacht hier Pause zu machen. Das Wasser gluckste leise; Tomasz holte ein Stück Brot aus seinem Proviantbeutel und lehnte sich gegen eine halb verrottete Wurzel.

Es war gut, so an einem Fluss zu sitzen und dem Wasser zuzuhören, ob es jetzt der Neckar war oder die Weichsel. Schon als Kind in Kraków hatte er es geliebt, den Abend an der Weichsel zu verbringen und sich in Gedanken der Strömung anzuvertrauen, sich den Fluss entlangzuträumen bis nach Warschau, zur Ostsee und von da aus in die ganze Welt. Das Wasser, das so anstrengungslos weiterfloss, hatte für ihn immer etwas Verlockendes, Verheißungsvolles gehabt, und als kleiner Junge war er fest entschlossen gewesen, später einmal Kapitän zu werden oder wenigstens Steuermann. Ein einziger Segeltörn mit Freunden draußen im Haff hatte ausgereicht, ihn von dieser Vorstellung zu kurieren. Noch niemand, hatten die Freunde ihm versichert, noch niemand, den sie kannten, war auf dem Boot so schnell seekrank geworden wie er. Er versuchte, sich ihre Gesichter vorzustellen, aber das gab seine Erinnerung nicht mehr her – zu viel war seitdem geschehen. Wahrscheinlich gab es auch die Freunde nicht mehr, oder wenn doch, dann hätte er sie nicht mehr erkannt und sie ihn ebenfalls nicht.

Emilia fiel ihm ein, die sich das Ende des Krieges immer in leuchtenden Farben und allen Details ausgemalt hatte – wie sie in ihr Dorf nach Polen zurückkehren würde, auf den Hof ihrer Familie; wie der Hund ihr schwanzwedelnd entgegenspringen würde; was sie essen und trinken würden zu Feier ihrer Rückkehr, und wie sie schließlich gemeinsam zur Kirche gehen und sich dafür bedanken würden, dass der Krieg vorbei war und sie alle überlebt hatten. Tomasz hatte sie ausgelacht dafür und gesagt, dass er viel zu sehr mit der Gegenwart beschäftigt sei, um sich groß Gedanken um die Zukunft zu machen. Erst jetzt wurde ihm klar, dass er einfach zu feige gewesen war, um sich damit zu beschäftigen. Nicht nur, dass es keine Stadt mehr gab, in die er hätte zurückkehren können – Warschau war im letzten Jahr während und nach dem Aufstand völlig zerstört worden, das hatten die Leute berichtet, die danach noch nach Deutschland deportiert worden waren. Es gab auch keine Familie, die auf ihn wartete, keine Freunde, keine Kollegen. Es gab nur verbrannte Erde, Ruinen und Erinnerungen, und er hatte Angst davor, dahin zurückzukehren. Der Krieg ging zu Ende, aber Tomasz wusste nicht, wie er den Frieden ertragen sollte.

Selbst unter der Decke war es kühl. Wie gut es wäre, jetzt ein Feuer anzumachen, dachte Tomasz, keins der Feuer, das ganze Straßenzüge auffraß, sondern ein kleines, zahmes. Aber er hatte keine Streichhölzer, und selbst wenn, dann wäre es doch viel zu gefährlich gewesen. Er zog die Knie näher zu sich heran und dachte an all die Feuerstellen, an denen er schon gesessen hatte – als Kind mit Pavel in den Ferien bei seinen Großeltern, später dann mit den Kommilitonen bei einem ihrer wilden Ausflüge ins Warschauer Umland und schließlich in Laifingen auf dem Kartoffelacker. Er dachte an die knisternden Flammen, den Geschmack von gerösteten Kartoffeln und den Geruch von verbranntem Kartoffelkraut und daran, dass es einer der wenigen guten Tage war, die er hier erlebt hatte.

2

Das Dorf sah im Abendlicht noch genau so aus, wie er es in Erinnerung hatte, dachte Tomasz, als er vom Waldrand aus ins Tal hinunterschaute. Offensichtlich war der Bombenkrieg bisher daran vorbeigegangen. Tomasz hatte sich ein paar Tage im Schönbuch versteckt gehalten. Hier fühlte er sich einigermaßen sicher – natürlich konnte man nie ausschließen, dass irgendein Bomberpilot irrtümlich seine Fracht auch einmal über einem Waldgebiet ausklinkte, aber es war zumindest sehr unwahrscheinlich, dass die Alliierten sich absichtlich entschlossen, diesen Bereich auszuradieren. Wenn er von den Deutschen aufgegriffen werden würde, musste er damit rechnen, ab sofort für das untergehende Reich Panzersperren zu bauen oder in irgendeine noch arbeitende Rüstungsfabrik gesteckt zu werden – beides bevorzugte Ziele feindlicher Luftangriffe. Oder als Arbeitsverweigerer oder Saboteur gleich erschossen zu werden. So kurz vor Kriegsende war das eine zwar so sinnlos wie das andere, aber er hatte inzwischen gelernt, dass Menschen auch zu sinnlosen Handlungen bereit waren, wenn sie ihnen nur das Gefühl von Macht und Wichtigkeit verschafften. Aus Wut und Enttäuschung über die gescheiterten großdeutschen Wahnvorstellungen würde es der eine oder andere überzeugte Nationalsozialist vermutlich noch einmal besonders auskosten, einen polnischen Untermenschen abzuknallen – solange es noch straflos möglich war. Der Bauer bei Reutlingen war das beste Beispiel dafür gewesen. Es war auf jeden Fall besser, in Deckung zu bleiben, solange es ging. Aber nachdem er gestern nur mit knapper Not einem Trupp Volkssturmmänner hatte ausweichen können, die in Zweierreihen in den Wald eingerückt waren, war ihm klar geworden, dass der Wald nicht länger ein gutes Versteck war. Im Dorf kannte er sich immerhin gut aus. Er würde eine Stelle finden, wo er bleiben konnte, eine Scheune, einen Geräteschuppen, einen Eiskeller, irgendetwas.

Er wartete, bis die Lichter im Dorf ausgegangen waren, und lief dann über den Fahrweg hinunter, als wäre er erst gestern zum letzten Mal hier entlanggegangen. Schließlich erreichte er den abgesperrten Friedhof und kletterte über die Mauer. Ganz in der Nähe musste die Stelle sein, an der sie damals Janek beerdigt hatte. Obwohl er inzwischen fast nichts mehr erkennen konnte, tastete er sich noch ein Stück an der Mauer entlang, hier war es gewesen, ungefähr hier … Plötzlich erfasste ihn der Strahl einer Taschenlampe.

»Wer sind Sie? Was machen Sie hier?«, hörte er jemanden fragen und hob unwillkürlich die Hände. Was für ein Idiot war er gewesen, sich hier erwischen zu lassen, an einem Ort, von dem man nicht einmal weglaufen konnte! Der Schweiß brach ihm aus allen Poren.

»Thomas?« Jemand kam auf ihn zu. »Thomas! Keine Angst, ich bin es, Erwin Streible. Der Pfarrer. Erinnerst du dich nicht?« Langsam nahm er die Hände herunter. Der Pfarrer, Gott sei Dank. Nur der Pfarrer. »Was machst du hier? Ich dachte – komm am besten mit rein. Da drüben, ins Pfarrhaus, aber leise. Die anderen schlafen schon.«

Streible ging voran. Der Lichtschein huschte über den Boden, kletterte ein paar Steinstufen hinauf, fand schließlich den Türgriff. »Hier, komm mit in die Küche …«

Plötzlich fühlte Tomasz sich unglaublich kraftlos, als wäre die Müdigkeit der letzten Jahre über ihm zusammengeschlagen. Er ließ sich auf die Wandbank fallen und begrub das Gesicht in den Händen.

»Alles in Ordnung? Ich mache einen Tee, einverstanden? Pfefferminz. Das beruhigt.« Streible entzündete die Gasflamme, füllte Wasser in den Kessel. »Thomas? Was ist los? Wo kommst du her?«

Tomasz sah langsam auf. »Ich komme aus Reutlingen. Es gab einen Luftangriff … ist viel zerstört. Auch das Lager, wo ich war.« Er rieb sich die Augen. »Können Sie mich verstecken?«

Streible wurde rot. »Der Angriff, genau. Wir haben natürlich davon gehört. Schrecklich, ganz schrecklich! Und du warst dort im Lager und hast gearbeitet? Ich hatte – wir hatten nichts mehr von dir gehört – « Er brach verlegen ab.

Tomasz nickte. Wahrscheinlich hatte Streible nie wieder an ihn gedacht, nachdem die Gestapo ihn abtransportiert hatte. Warum auch, es gab schließlich genügend andere Dinge, die einen nachts nicht schlafen ließen. Es war ein Wunder, dass er ihn überhaupt so schnell wiedererkannt hatte.

»Ich war im Stollenbau. Luftschutzbunker. Und danach bei einem Bauern in der Nähe, aber da konnte ich nicht bleiben.«

Streible goss den Tee auf und stellte Tomasz einen dampfenden Becher hin.

»Da, trink. Ist schön heiß. Du musst ja ganz durchgefroren sein, so spät draußen ohne vernünftige Jacke …«

Tomasz schob den Becher ein Stück zurück. »Bitte, Pfarrer, ich brauche ein Versteck«, sagte er langsam und sehr deutlich.

Streible zog einen Stuhl zu sich heran und setzte sich umständlich.

»Aber warum? Ich meine, hast du etwas verbrochen? Sind sie hinter dir her?«

Gott, was hatte der Mann Angst. Fast tat er Tomasz leid.

»Nein«, antwortete er und nahm einen Schluck. »Nichts verbrochen, außer abgehauen. Krieg ist bald zu Ende, Pfarrer. Ich will nicht in letzten Tagen noch sterben. Ich will nicht, dass sie mich wieder in Stollen schicken oder in eine Fabrik. Ich will nicht, dass sie mich wegen Flucht erschießen. Deshalb bin ich hier gekommen. Helfen Sie mir! Bitte.«

Nervös rutschte der Pfarrer hin und her.

»Wie stellst du dir das vor? Hier das Haus ist voll belegt, ich schlafe selbst schon in meinem Arbeitszimmer. Sie haben mir eine Familie aus dem Ruhrgebiet zugewiesen, Ausgebombte. Sie wohnen schon über ein Jahr hier, nette Leute eigentlich … Hier die Pfefferminze zum Beispiel hat die Frau gesammelt. Der Mann ist an der Front im Osten, ein Offizier. Schneidiger Mann mit Verbindungen in die höchsten Kreise, war das letzte Jahr in Urlaub hier. Du hast Glück, dass sie schon schlafen! Jedenfalls wüsste ich nicht – « Er zog die Stirn in Falten, pustete in seine Tasse.

»Sie haben uns die Kirche aufgeschlossen und bei Janeks Beerdigung gebetet«, sagte Tomasz mit Nachdruck, suchte Streibles Blick und hielt ihn fest. »Sie sind kein Nazi. Sie sind mutiger Mann. Helfen Sie mir.«

Der Pfarrer zögerte. »Ich bin nicht so mutig, wie du denkst. Wie oft habe ich genickt oder den Mund gehalten in den letzten Jahren – « Er straffte die Schultern. »Gut, ich helfe dir, ich versuche es zumindest. Aber hier im Haus kannst du auf keinen Fall bleiben, die Adele – « Er deutete mit dem Kopf Richtung Nachbarzimmer. »Frau Jansen, die Ausgebombte. Die glaubt noch an den Endsieg, da müssen wir vorsichtig sein. Aber ich habe eine Idee. Warte hier.«

Er ließ Tomasz allein am Tisch sitzen und kam kurze Zeit später mit ein paar Wolldecken und einem Stück Brot wieder. »Hast du ausgetrunken? Gut, dann komm mit. Aber leise.«

Sie verließen das Pfarrhaus und gingen hinüber zur Kirche. Streible öffnete die kleine Tür neben der Sakristei, durchquerte dann den Chorraum und brachte Tomasz im Schein seiner Taschenlampe zu der Wendeltreppe, die in den Turm hinaufführte. Auf halber Höhe blieb er stehen und schloss die niedrige Tür zum Dachboden über dem Kirchenschiff auf.

»Hier sucht dich kein Mensch«, sagte er atemlos. »Außer mir kommt niemand hier hoch. Nur die Fledermäuse … Sie kommen allmählich zurück, der Winterschlaf ist vorbei. Und du musst ganz still sein, vor allem, wenn wir unten Gottesdienst feiern und die Kirche voll ist.«

Streible ließ den Taschenlampenschein durch den Raum huschen – er war riesig, zugig, schmutzig und stank nach Fledermäusen. Er drückte Tomasz die Decken in die Arme. »Hier, mach dir daraus etwas zurecht. Ich bring dir noch eine Kerze und Wasser und einen Eimer für – na, du weißt schon. Tagsüber ist es nicht so schlimm, dann kommt ein bisschen Licht herein da, wo ein paar Dachpfannen fehlen. Und mach um Himmels willen kein Geräusch, versprochen? Wenn sie dich finden, komme ich in Teufels Küche. Wir haben immer noch ein paar überzeugte Nazis im Ort, den Volkssturm … Die würden mich wahrscheinlich noch ins Lager bringen.«

»Kein Sorge. Ich passe auf.«

Im Dunkeln wartete Tomasz, dass Streible zurückkehrte. Er setzte sich auf die Decken und spürte den Luftzug durch die schadhaften Stellen im Dach, stellte sich vor, wie unzählige Fledermäuse auf der Suche nach Insekten um ihn herumschwirrten. Er hörte Schritte auf der knarrenden Treppe, ein halb unterdrücktes Husten und das Geräusch des Schlüssels im Türschloss.

»Hier.« Der Pfarrer stellte den Eimer auf den Boden, nahm eine Wasserflasche und eine Kerze heraus und zog schließlich ein Streichholzbriefchen aus seiner Hemdtasche. »Vorsichtig mit den Streichhölzern! Wenn du nicht aufpasst, brennt der Dachstuhl wahrscheinlich wie Zunder. Ist ja uraltes Holz.«

Tomasz nickte. »Glocken sind wahrscheinlich sehr laut hier oben, oder?«

Streible presste kurz die Kiefer zusammen. »Wahrscheinlich waren sie es, aber es gibt kein Geläut mehr. Wir mussten die Glocken abgeben und einschmelzen lassen. Bis auf die Totenglocke. Also dann, gute Nacht.« Er drehte sich um und wollte zur Treppe zurückgehen, aber Tomasz hielt ihn am Arm fest.

»Danke, Pfarrer. Ich wusste, Sie sind mutiger Mann.«

Streible lächelte leicht. »Bestimmt nicht.«

Er war schon an der Tür, als Tomasz ihm noch hinterherrief: »Bitte nicht abschließen! Wenn Fliegerangriff kommt und Feuer. Ich kann nicht eingesperrt sein.«

Und dann war er allein.

Was für ein eigenartiger Ort, dachte er. Die uralten Dachbalken und die Spinnweben und der knöchelhohe Fledermausdreck auf dem ramponierten Boden zwischen den Eichenbohlen. Er legte sich hin und lauschte: Es fiepte und raschelte, kleine Füße trappelten über den Boden, und der Wind strich unablässig durch das Dach. Er schloss die Augen und versuchte zu schlafen.

Von Streible bekam Tomasz in den nächsten Tagen nichts mehr zu sehen, obwohl der Pfarrer zumindest immer wieder spärliche Lebensmittel vor der kleinen Holztür abstellte – möglicherweise hatte ihn ja Adele, die Frau des schneidigen Offiziers, fest im Blick. Eigentlich sollte er dankbar dafür sein, dass Streible so vorsichtig war, aber so hatte Tomasz keine Gelegenheit, ihm die Fragen zu stellen, die beantwortet werden mussten. Die Fragen, die die alten Häuser ihm zuwisperten, die Fledermäuse und der leere Glockenturm; die er aus den Stiefelschritten unten auf der Straße heraushörte, aus dem Klingeln eines Fahrrads und aus den Kinderstimmen, die vom Pausenhof der Schule zu ihm heraufschwirrten. Gleich am ersten Abend hätte er fragen müssen, hätte es sofort herausfinden müssen! Was war aus Charlotte und dem Kind geworden und aus Joachim? Das war es, was er wissen musste, das war der eigentliche Grund, dass er hierher zurückgekommen war. Er wollte Kari noch einmal sehen, wollte sehen, ob ihr Haar wirklich so rot war wie in seiner Erinnerung, wollte noch einmal hören, wie sie lachte, und darüber staunen, was für große Schritte sie machte und wie sie den Kopf zur Seite legte, wenn sie aufgeregt war. Er wollte sie sehen, selbst wenn das bedeutete, dass er auch Joachim Fahrner wieder begegnen würde.

Der ständige Luftalarm – morgens, mittags, abends, nachts – war schwer auszuhalten. Es gab keine Möglichkeit, sich irgendwie, irgendwo in Sicherheit zu bringen; es gab nur die Hoffnung, dass er schnell genug nach draußen entkommen würde, falls eine Bombe die Kirche traf und in Brand steckte. Tagsüber hockte er hinter dem Turmfenster und starrte hinunter auf die Kirchstraße und das Schulhaus. Gelegentlich glaubte er jemanden zu erkennen – den Ortsbauernführer, die Zwillinge Hans und Emil, die verkniffene Frau aus der Milchannahmestelle, Pjotr, den Polen aus Lublin. Er erwog kurz, mit Pjotr Kontakt aufzunehmen, verwarf den Gedanken aber wieder – er konnte nicht sicher sein, dass er ihn unbeobachtet antreffen würde. Einmal war er sogar sicher, dass Janek unter ihm die Straße entlanglief, und war schon dabei, die Treppe hinunterzustürzen, bevor er wieder zu Verstand kam. Janek würde nie wieder irgendwo entlanglaufen, er war tot und begraben und hoffentlich nun an einem freundlicheren Ort, an den Tomasz nicht glaubte.

Die Einsamkeit in seinem Versteck setzte ihm zu. Nachts, wenn er durch das verdunkelte Dorf schlich, war keine Menschenseele auf der Straße. Er füllte dann seinen Eimer am Marktbrunnen mit frischem Wasser und ließ aus den Gärten das wenige mitgehen, was jetzt schon an Essbarem vorhanden war – Ackersalat, Radieschen, Schnittlauch –, und einmal versuchte er auch, die Tür zum Krämerladen aufzubrechen, gab aber schnell auf, als drinnen ein Hund anfing zu bellen.

Am dritten Tag frühmorgens entdeckte er Charlotte. Sie trug einen dunklen Rock und eine Strickjacke und schob einen Kinderwagen. Er presste sich gegen die Fensterlamellen und starrte nach draußen, um keine Einzelheit, keine Nuance ihres Erscheinungsbilds zu verpassen – die roten Haarsträhnen, die unter ihrem Kopftuch hervorlugten, die Art, wie der Rock sich beim Gehen um ihre Waden bauschte. Aber es war nicht möglich, etwa ihr Gesicht zu erkennen oder das Kind, das sich in dem Wagen befand; war nicht möglich zu erkennen, wie sie mit dem Kind lachte und sang und Grimassen schnitt, wie sie ihm die Decke feststeckte und das Mützchen gerade zog, das sie ihm bestimmt aufgesetzt hatte, weil es doch erst April war und ein kühler Morgen … Sie blieb vor dem Schulhaus stehen, hob das Kind aus dem Wagen und stellte es auf seine Füßchen, richtig, es musste schon anderthalb Jahre alt sein und konnte sicher schon ein paar tapsige Schritte laufen und Mama sagen und vielleicht auch Papa, wenn Joachim selbst zu Hause war oder Charlotte ihm sein Foto zeigte … Sie stieg die paar Stufen hinauf, das Kind an der Hand, schloss die Tür auf und verschwand im Gebäude. Tomasz lehnte sich schwer atmend zurück und nahm seine Kraft zusammen, um nicht die Wendeltreppe hinunterzuspringen und hinter ihr herzulaufen.

Zweimal in der letzten Nacht hatten sie in den Luftschutzkeller flüchten müssen, und Charlotte war völlig fertig, als sie die kleine Greta am Morgen aus ihrem Bettchen hob. Wenigstens das Kind bekam von all dem Elend und Chaos nichts mit, so hoffte Charlotte wenigstens; Greta schlief in ihrem Körbchen im Keller genauso gut wie in der alten Wiege oder auf dem Arm ihrer Mutter und wachte nicht einmal vom Geheul der Sirenen auf. Sie trug die Kleine hinüber zur Kommode, um sie zu waschen und anzuziehen. Greta strampelte und quietschte vor Vergnügen, als sie endlich nackt auf dem Baumwollhandtuch lag, und Charlotte strich ihr zärtlich mit dem Finger über die weiche Haut. Was für ein wunderbares Geschenk war dieses kleine Mädchen! Dabei hatte sie sich früher nie sonderlich viel aus Kindern gemacht und erst recht nicht zu denen gehört, die vor Begeisterung schier durchdrehten, sobald sie ein Baby sahen. Was konnte man mit so einem kleinen Wesen schon anfangen, das nichts anderes konnte als trinken, schreien und schlafen? Interessant wurden Kinder doch erst, sobald sie anfingen zu sprechen – aber auch lästig, weil sie dann gleich immer etwas wollten. Charlotte hatte Eva nie um ihre kleinen Brüder beneidet (Hermann war mehr als genug), und sie hatte auch nie verstanden, wie die Freundin so sehr in der Kinderbetreuung aufgehen konnte. Den Kurs in Baby- und

Kinderpflege, den sie selbst zur Vorbereitung auf die Hochzeit mit Joachim hatte absolvieren müssen, hatte sie mehr schlecht als recht ertragen. Aber Greta hatte alles verändert. Greta war ein Wunder, das sie Angst und Müdigkeit vergessen ließ. Vorsichtig stellte Charlotte die Schüssel mit dem warmen Wasser außerhalb von Gretas Reichweite hin und nahm den Waschlappen.

»Erst das Näschen, dann das Öhrchen, dann das Kinn«, sang sie, und Greta versuchte mitzusingen. Schließlich hatte sie die Kleine zu Ende gewaschen und angezogen und setzte sie kurz in die Wiege zurück. »Und jetzt ganz leise sein, die Mama will noch kurz Radio hören …«

Die BBC gab wie immer zuverlässig darüber Auskunft, wie weit der Vorstoß der Alliierten gekommen war. Es konnte sich nur noch um wenige Tage handeln, dann waren sie hier. Charlotte konnte sich nicht vorstellen, wie das Leben danach aussehen würde, aber irgendwie würde sie auch damit zurechtkommen, das wusste sie. Schritte kamen auf dem Flur näher, und jemand riss ihre Zimmertür auf, wie immer, ohne anzuklopfen.

»Ich habe dir doch schon tausendmal gesagt, dass ich diesen Dreckssender in meinem Haus nicht hören will!« Arnold Voss war hereingekommen, in SA-Uniform und mit der Volkssturm-Binde um den linken Arm. »Ich verbiete es dir, hörst du? Sonst – «

»Sonst was?«, fragte Charlotte und nahm Greta auf den Arm, die sich erschreckt hatte und weinte. »Willst du mich denunzieren? Du weißt ja sicher, wen du anrufen musst.«

Voss kniff die Lippen zusammen, und Charlotte wunderte sich wieder, dass sie noch vor Kurzem Angst vor ihm gehabt und nicht gewagt hatte, ihm offen zu widersprechen. Aber auch das hatte sich mit Gretas Geburt geändert. Sie musste jetzt für das Kind stark sein, und – zu ihrer eigenen Überraschung – : Sie war es. Außerdem würde ihr Vater nicht so weit gehen, sie ans Messer zu liefern, nicht, wo die Panzer der Amerikaner und Franzosen schon auf dem Weg hierher waren. Wobei der untergehende nationalsozialistische Staat gerade jetzt noch in den letzten Wochen mit aller Macht versuchte, die alte Ordnung aufrechtzuerhalten, und unverhohlen brutal und tollwütig mit denen umging, die sie in Frage stellten – die Zeitung war voll mit Geschichten von tapferen HJ-Flakhelfern, die angesichts der feindlichen Übermacht unverdrossen weiterkämpften, sowie andererseits von Defätisten, die den deutschen Endsieg anzweifelten und deshalb ausgemerzt werden mussten.

»Und schrei bitte nicht so herum«, sagte Charlotte und schaukelte das Kind in den Armen, damit es sich beruhigte. »Greta hat Angst vor dir. Können wir jetzt zusammen frühstücken?«

»Ich muss zum Dienst.«

Er drehte sich schroff um und verließ den Raum. Dienst, das bedeutete in dem Fall das Training der paar Dutzend Volkssturmkämpfer hier im Dorf, im Wesentlichen übereifrige fünfzehnjährige Hitlerjungen, alte Männer und Invaliden. Als Ortsgruppenleiter war es Voss' Aufgabe, daraus eine irgendwie einsatzfähige Truppe zu machen, und gemeinsam mit dem Ortsbauernführer ließ er die Leute jeden Morgen drei Stunden lang exerzieren. Er konnte dabei auf die Erfahrungen zurückgreifen, die er im letzten Jahr gemacht hatte, als sie ihn doch noch eingezogen hatten (so unersetzlich, wie er immer gedacht hatte, war er an der Heimatfront dann doch nicht gewesen). Ein Granatsplitter hatte ihn bereits nach zwei Monaten das linke Auge gekostet und seinem Fronteinsatz ein Ende gesetzt. Charlotte fragte sich, ob ihr Vater wirklich noch an den Sieg glaubte, an die Wunderwaffe oder einen letzten Geheimplan des Führers, oder ob der Gedanke, all das könne bald zu Ende sein, für ihn so unerträglich und unvorstellbar war, dass er lieber die Augen vor dem nahenden Kriegsende verschloss.

Sie trug Greta in die Küche und machte gerade für sie beide einen Haferbrei zurecht, als ihre Mutter hereinkam. Seit Hermann eingerückt war, um die Festung Breslau zu verteidigen, hatte sie angefangen, sich zu vernachlässigen, und lief oft tagelang im Morgenrock herum. Charlotte hatte schon lange aufgegeben, sie darum zu bitten, auf Greta aufzupassen.

»Ach, du bist schon auf …« Erika Voss schlurfte zum Herd hinüber und setzte Wasser auf. »Willst du auch eine Tasse Malzkaffee?«

»Nein, ich muss los … bin schon spät dran.« Damit es schneller ging, nahm Charlotte Greta den Löffel aus der Hand und fütterte sie. »Wir haben ja nur den Vormittag.«

Seit ihr Vater den Volkssturm kommandierte, hatte Charlotte die gesamte Unterklasse übernommen, damit für die Kleinen überhaupt noch Unterricht stattfand – die Kinder hatten viel nachzuholen, da im Winter wegen Kohleknappheit wochenlang die Schule ausgefallen war. Die Oberklasse wurde am Nachmittag von Lehrer Voss selbst betreut, musste aber wegen der zu dieser Zeit besonders häufigen Fliegeralarme oft ausfallen.

»Bist du heute Nachmittag zu Hause, Kind?«

»Ich weiß noch nicht … Vielleicht bin ich bei Fahrners und komme erst spät wieder, vielleicht übernachte ich auch dort. Wartet nicht mit dem Essen auf mich. Ade, Mama.«

Sie setzte Greta in den Bollerwagen und machte sich auf den Weg. Wie eigenartig, dass es erst einen Krieg geben musste, damit sie endlich das tun konnte, was sie selbst wollte, dachte sie. Im Sommer '43 war ihre Stelle im Bürgermeisteramt gestrichen und ihr nahegelegt worden, stattdessen in einer der Kliniken oder der vielen Rüstungsfirmen in Tübingen zu arbeiten. Sie selbst hatte dann vorgeschlagen, ihren Vater in der

Schule zu unterstützen, und zu ihrer Überraschung hatte das Amt dem zugestimmt.

Als sie am Rathaus vorbeikam, sah sie erstaunt ein großes Feuer im Hof brennen und ging neugierig näher. Zwei, drei Leute waren damit beschäftigt, Akten aus dem Rathaus zu tragen, die dann vom alten Willi Flaisch – Briefträger, Amtsbote und Hausmeister in einem – in die Flammen geworfen wurden.

»Was macht ihr da?«, fragte Charlotte die Sekretärin, die mit einem ganzen Papierstapel auf den Armen an ihr vorbeihastete.

»Wir hinterlassen den Franzmännern doch nicht unsere Unterlagen«, keuchte Martha Berner und ließ ihre Last auf den großen Haufen fallen, der dann von Flaisch systematisch vernichtet wurde. »So weit kommt's noch!«

»Dann – dann sind sie bald hier?! Die Franzosen, meine ich?«

Die Berner antwortete nicht. Charlotte war sicher, dass auch Martha Berner zu denen gehörte, die den Glauben an den Endsieg noch nicht verloren hatten. Solange sie nur die Akten vernichteten, dachte sie, hielt sich der Schaden in Grenzen. Die Verwaltung hatte ja für jeden zu Unzeiten krähenden Hahn eine Aktennotiz angelegt, Meter um Meter schwarzer Ordner, die den Eindruck vermitteln sollten, dass man auch bis zur letzten Minute noch alles im Griff hatte. Die Frage war nur, was nach den Akten drankam – das Rathaus selbst vielleicht?

Sie war froh, als sie die Schultür hinter sich schließen und Greta in den Laufstall neben dem Katheder setzen konnte. Greta liebte es, im Unterricht dabei zu sein und die vielen Kinder um sich zu haben. Sie brauchte nur ihre Puppe und ein paar Bilderbücher und spielte dann den ganzen Morgen friedlich allein, und manchmal kuschelte sie sich in die Decke, die Eva für sie gehäkelt hatte, und schlief. Allmählich trudelten auch die Kinder ein und setzten sich auf ihre Plätze – die Dorfkinder, die immer schon da gewesen waren, in die vorderen Reihen, die Evakuierten und Ausgebombten nach hinten. Anfangs hatte Charlotte versucht, die Kinder zu mischen, aber es hatte nicht funktioniert – zum Teil verstanden sie ja nicht einmal, was die anderen sagten, zumal die Dorfkinder sich einen Spaß daraus machten, in so breitem Schwäbisch miteinander zu reden, dass es den anderen vorkommen musste wie eine Geheimsprache. Es war schwierig, unter diesen Bedingungen zu unterrichten, aber Charlotte gab nicht auf. Genau diese Herausforderung war es ja, was ihr so lange gefehlt hatte! Sie holte das dicke Märchenbuch aus ihrer Tasche, das sie als Kind selbst so geliebt hatte.

»Von einem, der auszog, das Fürchten zu lernen«, begann sie, und sofort wurde es mucksmäuschenstill. Es gab keine bessere Methode, um die Kinder zur Ruhe zu bringen, das hatte sie schon in den ersten Stunden gemerkt. Später war es viel leichter, die Schüler zum Rechnen zu motivieren oder dazu, in einem Lückentext alle Worte mit »ß« oder »ss« richtig einzusetzen.

Gegen halb eins am Mittag gab es Luftalarm, den ersten des Tages. Routiniert standen die Kinder auf, stellten sich in Zweierreihen und liefen hinüber zum Rathauskeller, wo Platz für gut fünfzig Leute war. Längst nicht alle Plätze waren besetzt; die Sirenen heulten so häufig in der letzten Zeit, und die Flugzeuge flogen doch meistens nur vorbei, so dass viele den Warnton einfach ignorierten und mit ihrer Arbeit weitermachten.

»Lesen Sie noch eine Geschichte, Fräulein Voss, bitte!«, bettelten zwei kleine Mädchen.

»Aber nur, wenn ihr schön leise seid! Also, lasst mich mal schauen … genau: Der Teufel mit den drei goldenen Haaren. *Es war einmal eine arme Frau, die gebar ein Söhnlein, und weil es eine Glückshaut umhatte, als es zur Welt kam, so ward ihm geweissagt, es werde im vierzehnten Jahr die Tochter des Königs zur Frau haben …«*

Sie hatte vielleicht zehn Minuten gelesen, da hörten sie das Geräusch sich nähernder Flugzeuge, lauter als sonst, viel lauter, und plötzlich einen sirrenden Ton, gefolgt von einer ohrenbetäubenden Explosion, die selbst den Rathauskeller erschütterte. Putz rieselte von der Decke, die Glühbirne über ihren Köpfen flackerte. Charlotte drückte Greta entsetzt an sich; die Kleine brüllte aus Leibeskräften. Ein paar Kinder schrien auf und wollten nach draußen stürmen, aber ein Mann (es war Maifeld, der Ortsbauernführer) blockierte die Tür und ließ niemanden vorbei.

»Ruhe bewahren, alle zusammen! Jeder zurück an seinen Platz! Das Rathaus ist nicht getroffen worden. Wir bleiben hier, bis Entwarnung kommt! Ruhe jetzt …«

Nicht nur die Kinder weinten jetzt. Es war klar, dass es irgendein Haus im Dorf getroffen hatte, dass es vielleicht brannte und Menschen in Not waren, und jeder fragte sich, ob es vielleicht das eigene Haus, die eigene Familie war.

»Charlotte?« Maifeld sah auffordernd zu Charlotte hinüber. Mit zitternden Händen schlug sie das Buch wieder auf.

»*… Als der Abend einbrach, kam der Teufel nach Haus. Kaum war er eingetreten, so merkte er, dass die Luft nicht rein war …*«

Eine Ewigkeit später gab es Entwarnung, und die Leute drängten nach draußen auf die Straße. Dicker Rauch stieg zwischen der Hauptstraße und dem Bahnhof auf: Die Turnhalle war getroffen worden und in sich zusammengebrochen, die Turnhalle, die der Sportverein in einer unbeschwerteren Zeit selbst gebaut hatte und die mittlerweile kaum noch genutzt wurde, weil die HJ keine Zeit mehr für ihre ewigen Heimnachmittage und Sportstunden hatte. So war glücklicherweise auch niemand zu Schaden gekommen. Ausgerechnet die Turnhalle, dachte Charlotte, während sie sich von den erleichterten Dorfbewohnern mittreiben ließ. Der Ort, wo sie zuerst erkannt hatte, was für ein Mensch Joachim eigentlich war. Je weniger sie an diesen Nachmittag erinnert wurde, desto besser. Sie behielt Greta auf dem Arm und ging langsam mit ihr nach Hause.

Am Abend waren die Franzosen so nah herangekommen, dass sie mit ihren Panzergeschützen bis ins Dorf schießen konnten. Arnold Voss nahm mit düsterem Gesichtsausdruck das Hitlerbild von der Wand.

»Das wenigstens soll ihnen nicht in die Hände fallen«, erklärte er, marschierte nach draußen und vergrub es zusammen mit seinem Parteiabzeichen und anderen Devotionalien im Garten.

»Glaubst du wirklich daran, dass du das Zeug eines Tages wieder ausgräbst?«, fragte Charlotte, während sie Greta mit Kartoffelsuppe fütterte. Ihr Vater sah sie wütend an.

»Wenn du nicht meine Tochter wärst«, zischte er. »Solche Leisetreter und Defätisten wie du sind doch schuld, dass alles so gekommen ist! Leute, die nie für die deutsche Sache gebrannt haben! Und dafür habe ich meine Knochen hingehalten!«

Es lohnte sich nicht, darauf zu antworten, außerdem war Voss schon dabei, sich die Schuhe anzuziehen.

»Wo willst du denn noch hin, Arnold?«, fragte seine Frau schwerfällig. »Ausgerechnet an so einem Tag, wo man doch nicht weiß …«

»Wir bereiten das Dorf zur Verteidigung vor«, antwortete Voss verbissen. »Eine Panzersperre gibt es schon an der Straße in den Schönbuch, eine andere bauen wir Richtung Herrenberg. Und dann postieren wir uns mit unserer Panzerfaust am Ortseingang und warten, dass sie kommen. Laifingen soll ihnen nicht einfach so in die Hände fallen.«

Entgeistert starrte Charlotte ihn an. »Du bist verrückt! Der Krieg ist verloren, die Franzosen kommen auf jeden Fall! Willst du, dass sie hier erst noch alles zusammenschießen?!«

»Ich tue nur, was getan werden muss. Was jeder gute Deutsche tun sollte! Ich und die Kameraden vom Volkssturm.«

»Bitte, tu das nicht, das ist doch der helle Wahnsinn! Uns zuliebe, bitte, Papa!«

Er schüttelte Charlottes Hände ab, verließ das Haus und knallte die Tür hinter sich zu.

Eine knappe Stunde später war er zurück, stieg wortlos die Treppe zum Schlafzimmer hoch und schloss sich dort ein. Wie sich herausstellte, war außer zwei Hitlerjungen niemand vom Volkssturm bereit gewesen, ihn bei der Ortsverteidigung zu unterstützen und das Dorf in Schutt und Asche zu legen, bevor die Franzosen kamen.

»Gib mir ein weißes Laken«, sagte Charlotte zu ihrer Mutter. »Wir hängen es zum Fenster raus, damit sie wissen, dass wir uns ergeben wollen.«

Keine zehn Stunden später rollten die französischen Panzer in den Ort Laifingen ein.

3

Charlotte und ihre Mutter standen am Fenster und sahen dem Einzug der Franzosen zu: Zuerst kamen die Panzer, dann eine lange Reihe von Infanteristen, die geordnet in Richtung Rathaus marschierten, dann ein paar weitere Fahrzeuge. Viele der französischen Kriegsgefangenen, die schon nach dem Frankreichfeldzug 1940 zur Zwangsarbeit nach Laifingen gebracht worden waren, hatten sich dem Zug angeschlossen; einer hatte eine französische Flagge um die Schultern geschlungen und sang aus vollem Hals die Marseillaise. Auch Pjotr konnte Charlotte erkennen, er schwenkte seine Kappe, lachte und winkte. Fast aus allen Häusern hing irgendetwas Weißes heraus, und selbst am Turm der Kirche flatterte ein weißes Banner.

»Hast du gesehen?«, flüsterte Erika Voss verstört. »Das sind ja fast alles Schwarze! Oh Gott, sie lassen die Leute aus dem Urwald auf uns los!«

»Unsinn.« Charlotte schüttelte müde den Kopf; sie hatte in der Nacht keine Minute schlafen können. »Das sind französische Soldaten aus Nordafrika. Marokkaner. Die BBC hat darüber berichtet.«

»Die BBC«, wiederholte Erika Voss, als hörte sie das Wort zum ersten Mal. »Du hast seit Jahren BBC gehört, sagt Vater. Unter unserem Dach! Und obwohl du wusstest, dass es uns alle in Gefahr bringen würde.«

»Die BBC hätte keinen von uns erschossen oder ins Lager gebracht«, antwortete Charlotte bissig. »Wahrscheinlich wäre es besser gewesen, du und Vater, ihr hättet auch gelegentlich mal das Radio umgeschaltet, statt immer nur Goebbels Geschrei zu lauschen. Aber das ist jetzt sowieso egal. Der Krieg ist vorbei.«

Erst in dem Augenblick, als sie das laut gesagt hatte, überkam sie eine unglaubliche Erleichterung. Der Krieg war vorbei, die Luftangriffe, die tägliche Todesangst; Greta würde nicht länger die Hälfte des Tages im Bunker verbringen müssen. Dabei hatte sie keine Illusionen über das, was jetzt als Nächstes kommen würde – ihr Leben lag vorerst in den Händen der Männer, die sie gerade hatte draußen vorbeimarschieren sehen, Männer, die bis gestern noch gegen deutsche Soldaten gekämpft und keinen Grund hatten, den früheren Feind zu schonen. Und doch. Etwas Neues fing an, und nichts konnte sie daran hindern, diesem Neuen auch mit Hoffnung entgegenzusehen.

»Was sollen wir denn jetzt nur tun?!« Ihrer Mutter liefen die Tränen das Gesicht herunter, sie kam ihr vor wie ein Kind. »Was machen wir nur, Lotte?«

»Wir warten, was passiert. Und ich mache etwas zu Essen für Greta.«

Keine zwei Stunden später wurde heftig an die Haustür geklopft.

»Ouvrez!«

Charlotte war mit Greta allein in der Küche; ihre Eltern hatten sich beide ins Schlafzimmer zurückgezogen und machten keinen Mucks. Sie strich ihre Haare zurück, nahm Greta auf den Arm und ging zur Tür. Die Hochstimmung der letzten Stunden war verschwunden, stattdessen fühlte sie sich nervös und verängstigt. Was, wenn die Männer sie schlagen oder, schlimmer noch, Greta etwas antun würden?! Keiner der Sätze, die sie sich in ihrem Schulfranzösisch zurechtgelegt hatte, wollte ihr einfallen. Es klopfte erneut, so laut, als würde jemand mit dem Gewehrkolben gegen die Tür schlagen.

»Keine Angst, die Mama ist ja bei dir«, sagte Charlotte zu Greta und öffnete. Ein Trupp Soldaten stand vor ihr, junge Männer zumeist, die sie überrascht angrinsten.

»Bon – bonjour«, sagte Charlotte. »Ich spreche nur wenig Französisch, ich – «

»'allo Charlott.« Jemand drängelte sich nach vorn, es war der Franzose, der bei Bauers arbeitete, Armand oder Armin oder so ähnlich. »Die Officiers wollen 'aus ansehen. Das ist Capitaine Lavalle.« Er deutete auf einen etwas älteren Uniformierten, der der Chef zu sein schien. Der Mann sagte etwas zu Armand, Armand übersetzte.

»Er sagt, euer 'aus ist schönstes in Ort. Das wird Kommandantur. Ihr könnt jeder ein Koffer pack, dann müsst ihr weg.«

Inzwischen war Arnold Voss die Treppe heruntergekommen; er trug ein weißes Hemd und seinen Sonntagsanzug, aber keinerlei Parteiabzeichen.

»Weg? Was soll das heißen? Das ist mein Haus!« Er nickte den Soldaten kurz zu. »Ich bin Oberlehrer Arnold Voss.«

Armand und der Capitaine wechselten ein paar Sätze, Armand grinste.

»Ist egal, sagt der Capitaine. Hier wird Kommandantur gemacht, ist kein Platz mehr für euch. Ein Stund, sagt er, dann ihr müsst weg sein.« Wieder hastige Worte auf Französisch. »Alles Wertvoll, Radio, Fahrrad, Waffen bleiben hier. Lebensmittel auch.«

Charlotte sah, wie ihrem Vater der Schweiß von der Stirn in die Augenklappe lief.

»Das ist doch wohl die Höhe! Wo sollen wir denn überhaupt hin?! Ich will einen Verantwortlichen sprechen«, rief Voss, während im Hintergrund Charlottes Mutter stand und heulte.

Armand grinste. »Ist verantwortlich Capitaine Lavalle, Voss. Ich sag dir was: Du machst, wie ich sage, sonst gibt Ärger. Ist kein geduldiger Mann, der Capitaine.«

Voss presste kurz die Lippen zusammen. »Also gut. Aber ich protestiere auf das Schärfste.«

»Oui, Voss, das tust du.«

Während Charlotte mit Greta in ihr Zimmer ging, hörte sie, wie die Franzosen ins Haus kamen, Schubladen aufzogen, Schränke öffneten, lachten, als etwas klirrend zu Bruch ging. Sie versuchte, sich nur auf das Packen zu konzentrieren, auf die Sachen, die vor allem Greta dringend brauchte, ein paar Windeln, Kleidung, ihr Lieblingsspielzeug. Wir gehen zu Fahrners, dachte sie, Georg wird uns nicht wegschicken und Eva schon gar nicht … Der Gedanke gab ihr Kraft. Sie klappte ihren Koffer zu und schleppte ihn in die Diele, Greta auf dem Arm. Dort standen auch schon ihre Eltern, deren Koffer gerade von einem französischen Sergeanten durchsucht wurden. Triumphierend hielt der Mann eine Perlenkette hoch, die er gefunden hatte, sowie eine goldene Taschenuhr.

»Das gehört mir«, erklärte Erika Voss hastig. »Es sind Erbstücke meiner Familie, versteht ihr? Das könnt ihr nicht haben, es gehört mir!«

Sie griff danach, und das Lächeln verschwand aus dem Gesicht des Soldaten. Er packte ihr Handgelenk, so dass sie entsetzt aufschrie, und brüllte sie auf Französisch an.

»Arnold, so hilf mir doch! Arnold …«

Aber Arnold Voss stand nur blass im Hintergrund und schüttelte den Kopf.

»Lass ihm den Schmuck, Erika, wir können nichts dagegen tun. Aber die Stunde der Gerechtigkeit wird kommen, und dann – «

»Stunde von Gerechtigkeit ist jetzt!« Unbemerkt war Armand dazugekommen. »Sag noch eine Wort, Voss, dann erzähle ich, dass du in gestern noch Uniform getragen 'ast.«

»Pardon.« Charlotte hatte endlich die Worte gefunden, die sie die ganze Zeit gesucht hatte. »C'était un – un erreur. Pardon, s'il vous plaît.« Tatsächlich ließ der Sergeant den Arm ihrer Mutter los. »Kommt jetzt mit, sofort, bevor sie es sich anders überlegen. Au revoir.«

Es gelang ihr, ihre Eltern auf die Straße zu drängen. Sie atmete tief durch.

»Seid froh, dass es so ausgegangen ist. Wir gehen zu Fahrners, ich bin sicher, dort können wir bleiben.«

Vom Turmfenster konnte Tomasz den Einzug der Franzosen gut beobachten. Seit er gemeinsam mit dem Pfarrer in der Nacht das weiße Laken aufgezogen hatte, hatte er hier gesessen und gewartet, und als die Dämmerung aufstieg, hatte er als Erstes gesehen, dass alle Hakenkreuzfahnen aus dem Dorf verschwunden waren. Eine neue Zeit brach an, selbst die alten Bauernhäuser, der Brunnen und die gepflasterte Hauptstraße schienen darauf zu warten. Eigentlich hätte er jubeln sollen so wie Pjotr und die französischen Kriegsgefangenen, aber wenn er in sich hineinlauschte, fand er nur eine alles überwältigende Müdigkeit, als hätte er seit jenem verhängnisvollen ersten September vor fast sechs Jahren nicht mehr geschlafen. Für eine lange Zeit saß er einfach nur da und versuchte zu verstehen, dass der Krieg vorbei war. Er wusste es, aber dieses Wissen reichte nicht bis in sein Herz hinein, löste keine Freude, keine Begeisterung aus. Es kam ihm so vor, als hätte er die Fähigkeit zur Freude im Lager Aistaig zurückgelassen; als wäre sein Herz mit Stacheldraht umwickelt und weigerte sich, heftiger zu schlagen, damit es nicht von Neuem aufgerissen würde.

Es kostete ihn Überwindung, sein Versteck zu verlassen, den Turm hinunterzusteigen und auf die Straße zu treten. Kaum jemand war zu sehen; vermutlich hatten die Laifinger sich in ihre Häuser zurückgezogen, um Begegnungen mit den Siegern so weit wie möglich aus dem Weg zu gehen. Es war ein eigenartiges Gefühl, so durch das Dorf zu gehen, aus eigenem Antrieb, ohne Kontrolle und ohne Heimlichkeit. Zum ersten Mal nahm er das Rathaus richtig wahr, die gusseisernen Verzierungen des Marktbrunnens, die Reklameschilder im Frisörladen.

»Eh! Qu'est-ce que tu fais ici?«, sagte jemand hinter ihm. Er drehte sich herum und fand sich Auge in Auge mit einem Soldaten, der seine Pistole auf ihn gerichtet hatte.

»Ich bin kein deutscher Soldat! Ich bin Pole!«, sagte Tomasz und zeigte auf seine Brust, wo so lange das Polenzeichen zu sehen gewesen war. Erst in dem Augenblick fiel ihm ein, dass er es schon lange abgerissen hatte. »Jestem Polakiem! Ich komme aus Warschau! Polski!« Aber der Franzose schien ihn nicht zu verstehen. Tomasz brach der kalte Schweiß aus. Wahrscheinlich versteckten sich hier überall ehemalige Wehrmachtssoldaten, die versuchten, der Gefangennahme zu entgehen. Er konnte nur hoffen, dass die französischen Truppen nicht den Befehl bekommen hatten, kurzen Prozess mit denen zu machen, die sie entdeckten.

»Viens avec moi«, sagte der Soldat und fuchtelte mit seiner Waffe herum. »Vite!«

Gemeinsam überquerten sie den Marktplatz und liefen zu Tomasz' Überraschung durch das Dorf bis zu dem Haus, wo die Familie Voss wohnte. Der Soldat deutete auf die Tür und nickte.

»Là!« Er legte Tomasz die Hand auf die Schulter und schob ihn durch die Diele ins Wohnzimmer. Auf dem Schreibtisch stand eine Trikolore, dahinter saß ein weiterer uniformierter Franzose.

»Capitaine Lavalle!«, grüßte derjenige, der Tomasz verhaftet hatte, und fing an zu reden. Tomasz verstand, dass es wohl darum ging, wer er war; leider konnte er kein Französisch. Er zeigte auf sich selbst.

»Polak. Polski!« – aber niemand achtete darauf. Schließlich entdeckte er zu seiner Erleichterung einen der französischen Zwangsarbeiter, der offensichtlich als Übersetzer fungierte. Der junge Franzose hatte ihn kaum gesehen, da kam er auf ihn zu und umarmte ihn.

»Mon camarade! Wir sind libres, Krieg ist fini!« Er redete rasend schnell auf den Uniformierten hinter dem Schreibtisch ein; der Mann stand auf und streckte Tomasz die Hand entgegen.

»Monsieur Thomas, je suis Capitaine Lavalle. Pardonnez les inconvénients, mais ...«

Tomasz verstand kein Wort.

»Er hat sich entschuldigt, dass sie haben gedacht, du bist eine Nazi«, erklärte der Dolmetscher. »Und, geht nach Hause bald?«

Tomasz zuckte mit den Schultern. »Weiß nicht. Ja.«

»Bleib erst noch in Dorf, bis französische Truppen sind überall. Ist zu gefährlich sonst. Kannst du schlafen bei unseren copains.«

»Ja, danke. Do widzenia.«

Tomasz wandte sich zum Gehen. Er hatte wenig Lust, sich den Franzosen anzuschließen, die wahrscheinlich ihren Sieg und sich selbst feiern würden und mit denen er nicht einmal sprechen konnte. Er hatte nicht das Gefühl, dass er dorthin gehörte – auf die Sonnenseite, ins Lager der Sieger. Stattdessen lief er die Dorfstraße entlang und bog zum Fahrnerhof ab.

Die erste Person, die er sah, als er das Hoftor geöffnet hatte, war Eva. Sie war hagerer, als er sie in Erinnerung hatte, trug einen langen blauen Kittel und ein Kopftuch und war dabei, die Hühner zu füttern. Wahrscheinlich hatte sie das Quietschen des Tores gehört, denn sie blickte sich um und sah ihn.

»Wir haben schon eine Familie aufgenommen. Wir haben keinen Platz mehr«, sagte sie, dann erst erkannte sie ihn, ließ ihren Futtereimer fallen und lief auf ihn zu. »Thomas! Wo kommst du her? Ich dachte, wir sehen dich nicht mehr wieder!«

Er lächelte unbeholfen. »Gerade jetzt komme ich von Kirchendach. Unter Kirchendach! Pfarrer hat mich dort versteckt, aber jetzt sind Franzosen da, und ich bin herausgekommen.«

»Ich dachte erst, du wärst selbst ein Franzose und wolltest unser Haus beschlagnahmen.«

Von Nahem sah Eva alt aus, viel älter, als sie war, dachte Tomasz, mit dunklen Ringen um die Augen und kleinen harten Falten um den Mund.

»Wie geht es dir? Bist du gesund? Mein Gott, dass du hierher zurückgekommen bist! Was hast du vor, jetzt, wo der Krieg zu Ende ist?«

»O ja. Mir geht gut. Aber du siehst ein bisschen krank aus.«

Eva schob ein paar Strähnen zurück, die unter dem Kopftuch herausgerutscht waren.

»Das sind die Sorgen, mehr nicht. Es war eine schwere Zeit für uns, vor allem die letzten Monate, mit all dem Fliegeralarm! Aber jetzt ist das ja endlich vorbei, Gott sei Dank.« Sie lachte verlegen. »Obwohl ich auch Angst vor den fremden Soldaten habe … Wenn sie uns nur in Ruhe unsere Arbeit machen lassen!« Plötzlich griff sie nach Tomasz' Arm. »Kannst du nicht eine Zeit lang wieder hier wohnen? Nur jetzt in den ersten Wochen natürlich, ich weiß ja, dass du schnell nach Hause willst! Aber mit noch einem Mann auf dem Hof würde ich mich sicherer fühlen. Papa ist so alt geworden, du wirst ihn kaum wiedererkennen.«

Und Joachim?, wollte er fragen, aber er brachte die Worte nicht heraus. Stattdessen nickte er Eva leicht zu.

»Für ein paar Wochen, ja, das kann ich machen. Kann ich auch auf dem Hof mithelfen, wenn du willst. Ich weiß ja, was muss getan.«

»Oh, das ist wunderbar! Wir haben so schreckliche Sachen gehört von den französischen Soldaten …«

Er antwortete nicht darauf, sondern fragte stattdessen: »Wo soll ich schlafen?«

Eva wurde rot.

»Kannst du vielleicht wieder in eurer alten Kammer schlafen? Wir mussten heute schon die Voss unterbringen, die ganze Familie. Sie wohnen in dem Zimmer unterm Dach, und jetzt ist es ziemlich voll im Haus. Nur zum Schlafen, natürlich«, setzte sie hinzu.

»Ist gut, Eva. Ist kein Problem.« Er überlegte einen Augenblick. »Ganze Familie Voss?«

Eva nickte. »Ja. Arnold und Erika Voss und natürlich Charlotte mit der Kleinen. Warte, ich sag Charlotte gleich Bescheid, dass du wieder da bist! Sie wird sich freuen!«

Noch bevor Tomasz antworten konnte, war sie zum Haus zurückgerannt und darin verschwunden. Er stand auf dem matschigen Hof und wusste nicht, was er tun sollte – wusste nicht, ob er sich darauf freuen sollte, Charlotte zu sehen, oder ob es klüger wäre, zu gehen und sich zu verstecken, solange noch Zeit war. Nachdem sie ihn aus Aistaig entlassen hatten, war er überzeugt gewesen, dass jeder ihm ansehen würde, was man dort mit ihm gemacht hatte: wie ihn aller Mut, aller Stolz, alles Selbstbewusstsein verlassen hatten und sein Leben zusammengeschrumpft war auf einen Haufen Dreck und Angst und Erniedrigung. Was er alles getan hatte, nur um nicht wieder zusammengeschlagen zu werden. Die Erinnerung daran erfüllte ihn mit abgrundtiefer, ätzender Scham. Er wusste nicht, ob diese Zeit einen anderen Menschen aus ihm gemacht oder nur schärfer herausgearbeitet hatte, wer er immer schon gewesen war, er wusste nur, dass es keinen Weg zurück gab zu dem Mann, der nachts durch das Dorf geschlichen war, um dem Schicksal ein paar Stunden Liebe und Nähe zu stehlen. Der Krieg war zu Ende, aber er gehörte nicht zu den Siegern; er hatte zu viel in den letzten Jahren verloren, und er wusste nicht, ob er es aushalten würde, die Enttäuschung darüber in Karis Blick zu lesen. Vielleicht würde sie ihn nicht einmal wiedererkennen. Äußerlich natürlich schon (nicht einmal die Jahre in den unterschiedlichen Lagern hatten ihn so sehr verändern können), aber im Inneren, da, wo er wirklich erkannt werden wollte? Es gab keine Möglichkeit, sich darauf vorzubereiten, sich für diesen Augenblick zu stärken. Er stand immer noch im Hof, als die Haustür aufschwang und Charlotte heraustrat, ein kleines Mädchen an der Hand, und auf ihn zuging.

»Tomasz? Tomasz!«

Auch Kari hatte sich verändert; sie sah nicht mehr wie ein junges Mädchen aus, sondern wie eine Frau. Er wagte es nicht, länger zu ihr hinzusehen, und starrte stattdessen auf das Kind, das vorsichtig ein Füßchen vor das andere setzte, ein kleines Kind mit speckigen Ärmchen, verschwitzten blonden Kringellöckchen und blauen Augen. Er ging in die Hocke und streckte die Hand aus; das Kind versteckte sich hinter Charlottes Rock.

»Komm, Greta, sag Tomasz guten Tag!«, murmelte Charlotte, und zu Tomasz: »Sie ist es nicht gewöhnt, Fremde zu sehen.«

»Ist nicht schlimm.« Er stand auf. »Ist nicht schlimm, Kari.«

Dann wusste er nicht weiter, wusste nicht, wie er die Entfernung überbrücken sollte, die zwischen ihnen bestand, wusste nicht, ob er es überhaupt versuchen sollte. »Wollen wir vielleicht runtergehen zu Bach?«, fragte er schließlich.

Sie nickte und setzte sich die Kleine auf die Hüfte. »Gern.«

Schweigend gingen sie hintereinanderher den kleinen Trampelpfad entlang, der vom Fahrnerhof hinunter an den Maderbach führte, und setzten sich an die Böschung. Charlotte nahm das Kind auf den Schoß.

»Ich bin froh, dass es vorbei ist«, sagte sie leise. »Dass wir es überlebt haben! So wahnsinnig froh. Ich habe oft nicht mehr daran geglaubt.« Sie hob die Augen und suchte sein Gesicht. »Und du auch. Du hast auch überlebt.«

»Ja.« Sein Blick fiel auf ihre rechte Hand, mit der sie der Kleinen über den Arm strich. »Du trägst kein Ring.«

Sie hob ihre Hand und betrachtete sie, als hätte sie sie noch nie gesehen.

»Nein, kein Ring«, wiederholte sie langsam. »Joachim hatte einen Unfall, kurz nachdem – als du nicht mehr da warst. Er ist mit seinem Motorrad gegen einen Baum gefahren, ein paar Kilometer vor Tübingen, und war sofort tot. Wir hatten das Aufgebot schon bestellt, alles war vorbereitet, aber so war alles viel – viel einfacher für mich. Alle haben trotzdem geglaubt, dass das Kind, dass Greta, meine ich – «

Sie brach ab und wich seinem Blick aus, und Tomasz stellte überrascht fest, dass er nicht allein war mit seiner Scham.

»Joachim ist tot?«, wiederholte er. Charlotte nickte.

»Warum hat er gemacht mit seinem steifen Bein?«

»Ich weiß nicht. Vielleicht wollte er beweisen, dass er es immer noch konnte. Er hat es gehasst, ein Krüppel zu sein.« Sie sprach so leise, dass er sie kaum verstehen konnte. »Ich hätte ihn geheiratet, wenn er nicht gestorben wäre, weißt du. Ich war fest dazu entschlossen, trotz – trotz allem.« Sie sah ihn an, ihre Augen schwammen. »Du denkst daran, oder? Du denkst daran, dass ich mit ihm zusammen war … dass ich und Joachim – dass ich noch einmal …«

Nein, so ist es nicht, dachte er, nicht mehr jedenfalls.

»Manchmal denke ich daran«, sagte er langsam. »Aber ich denke mehr daran, warum du getan hast. Und dass du zu mir gekommen bist.« Wie zufällig berührten sich ihre Hände, und keiner zog seine zurück.

»Du hast sicher viel erlebt, nachdem sie dich weggebracht hatten«, sagte Charlotte nach einer längeren Pause, in der sie Greta sanft hin- und hergeschaukelt hatte. »Joachim war sicher, dass du nach Aistaig kommen würdest. Es war genau das, was er wollte. Ich – ich habe versucht, mir vorzustellen, wie es dort war.«

Tomasz schloss für einen Moment die Augen.

»Nicht«, sagte er. »Irgendwann vielleicht sprechen wir darüber, aber nicht heute.«

Eine Ente schwamm an ihnen vorbei, und Greta juchzte begeistert auf. »Gackack!«, machte sie und klatschte in die

Hände, so dass die Ente aufflatterte und sich im Gebüsch versteckte.

»Du hast sie erschreckt«, sagte Charlotte. »Aber wenn wir ganz leise sind, kommt die Ente vielleicht gleich wieder.«

Sie beugte sich über Greta und nestelte an deren Bluse herum, bis sie schließlich ein Lederband in der Hand hielt, an dem ein abgegriffenes Beutelchen hing: das Beutelchen, das Tomasz ihr nach seiner Verhaftung gegeben hatte. »Hier, du willst das sicher zurück.«

Wie klein der Beutel war! Er zog vorsichtig das Bändchen auf und leerte den Inhalt in seine Handfläche: das Medaillon mit dem Foto und den Babyhaaren; der zusammengefaltete brüchige Zettel mit seinem allerersten Artikel; das winzige Stückchen Bernstein, das ihm sein Freund Pavel geschenkt hatte. Das war alles, was von seinem bisherigen Leben übrig geblieben war. Seine Vergangenheit war zusammengeschmolzen auf eine Handvoll wertloser Souvenirs, Erinnerungen an Menschen und Dinge, die es nicht mehr gab.

»Was – was ist das für ein Zeitungsausschnitt?«, fragte Charlotte.

Überrascht sah er sie an. »Du hast dir angeschaut? Auch das Foto?«

Sie wurde rot. »Ja, warum nicht? Ich dachte – ich musste doch wissen, was ich da überhaupt verwahren sollte! Es hätte ja etwas Gefährliches sein können, dann hätte ich es irgendwo anders versteckt …«

Unsicher brach sie ab und spielte mit den Löckchen des kleinen Mädchens auf ihrem Schoß herum. Greta. Es stimmte gar nicht, dachte er plötzlich. Es gab mehr als diesen toten Plunder da in seiner Hand und die bösen Erinnerungen in seinem Herzen. Es gab das Kind, das ruhig auf Charlottes Schoß saß, den Zeigefinger im Mund, und ihn mit großen Augen betrachtete.

»Schönen Namen hast du gegeben«, sagte er schließlich. »Greta, wie Greta Garbo. Ich mag sehr. Heißt in der Familie jemand so?«

»Nein. Genau deshalb habe ich sie ja so genannt.« Schüchtern lächelte sie ihn an und holte tief Luft. »Ich habe in den Beutel hineingeschaut, weil es das Letzte war, was ich von dir hatte. Das Einzige. Ich wollte sehen, was so wichtig für dich ist, dass du es die ganze Zeit mit dir herumgetragen hast. Ich wollte alles von dir wissen, weil – weil es eine Möglichkeit war, dir nahe zu sein.«

Nahe sein. Unwillkürlich musste er an die Baracken von Aistaig denken, wo man seinen Schlafgenossen so nahe gekommen war, dass man nicht mehr wusste, wo der eigene Körper aufhörte und der andere anfing. Wo man aufgewacht war, weil der Atem neben einem ausgesetzt hatte und Kälte sich ausbreitete, wo eigentlich Wärme hätte sein müssen. Das war Nähe.

»Komisches Versteck hast du dafür gefunden«, sagte er schließlich.

»Ich hab es ihr nicht deshalb umgehängt.« Charlottes Stimme war leise, aber fest. »Ich wollte, dass sie etwas bei sich trägt, das von dir stammt. Dass es eine Verbindung gibt zwischen euch.«

Der Hals wurde ihm eng, er konnte nicht antworten. Stattdessen berührte er mit den Fingern leicht Gretas Kopf und strich vorsichtig darüber. Wie ungewohnt das war! Das kleine Mädchen drehte sich herum und sah ihn erwartungsvoll an, als wäre er ein Zirkusartist, der jetzt endlich mit seinen Kunststücken anfangen sollte. Er machte eine Grimasse, blies die Backen auf, rollte mit den Augen, schnalzte mit der Zunge. Greta verzog ängstlich das Gesicht und versteckte es an Charlottes Schulter.

»Ich weiß nicht kleine Mädchen«, sagte er entschuldigend. »Ich kenne nur kleine Jungs.«

»Willst du sie einmal nehmen?«, fragte Charlotte, und er nickte. Sie hob das Kind hoch und hielt es so, dass es Tomasz wieder ansehen konnte.

»Das ist Tomasz«, sagte sie. »Du brauchst keine Angst vor ihm zu haben. Das ist unser Freund Tomasz.«

Vorsichtig nahm Tomasz die Kleine entgegen und stellte sie auf seine Oberschenkel. Sie sah ihn zweifelnd an, bereit, jeden Moment in Tränen auszubrechen, und er versuchte, sich krampfhaft daran zu erinnern, was er früher mit Janek gemacht hatte, um ihn zum Lachen zu bringen. Schließlich fasste er sie vorsichtig unter den Armen und schwenkte sie hoch in die Luft. Gretas Mundwinkel zuckten, und für einen Moment dachte er, sie würde wieder anfangen zu weinen, aber dann quietschte sie vor Vergnügen und kicherte.

»Mal!«, rief sie ihm zu. »Mal!«

»Sie meint ›noch mal, bitte‹«, erklärte Charlotte und sah zu, wie sie ausgelassener wurden und dabei vertrauter miteinander, das Kind und der Mann. »Lass sie nur nicht fallen«, sagte sie leise.

»Nein«, antwortete Tomasz ein wenig atemlos. »Nein, bestimmt nicht.«

Danksagung

Bei der Recherche zu diesem Buch haben mir viele Menschen geholfen, haben sich Zeit für meine Fragen genommen und mir Unterlagen zur Verfügung gestellt. Bei ihnen allen bedanke ich mich herzlich und nenne besonders und stellvertretend für alle Reinhold Bauer aus Ammerbuch – vielen Dank für deine Unterstützung, lieber Reinhold! Bedanken möchte ich mich auch bei meinem Mann, der mich immer wieder ermutigt und mir den Rücken stärkt. Und bedanken möchte ich mich bei den Entringern, die uns als Zugezogene vor Jahren so freundlich aufgenommen und mein Interesse an dieser Region und ihrer Geschichte geweckt haben!